외국어 번역 고소설 선집 4

애정소설 2

— 구운몽[영역본] —

역주자

배윤기 부산대학교 교양교육원 강사
이상현 부산대학교 인문학연구소 HK교수

이 책은 2011년도 정부(교육과학기술부)의 재원으로 한국학중앙연구원(한국학진흥사업단)의 지원을 받아 수행된 연구임(AKS-2011-EBZ-2101)

외국어 번역 고소설 선집 4
애정소설 2
– 구운몽[영역본] –

초판인쇄 2017년 11월 20일
초판발행 2017년 11월 30일

역 주 자 배윤기·이상현
감 수 자 정출헌·권순긍·하상복·강영미
발 행 인 윤석현
발 행 처 도서출판 박문사
책임편집 최인노
등록번호 제2009-11호

우편주소 서울시 도봉구 우이천로 353 성주빌딩 3층
대표전화 02) 992 / 3253
전 송 02) 991 / 1285
홈페이지 http://www.jncbms.co.kr
전자우편 bakmunsa@hanmail.net

ISBN 979-11-87425-66-3 94810 정가 62,000원
979-11-87425-62-5 94810(set)

외국어 번역 고소설 선집 4

애정소설 2

― 구운몽[영역본] ―

배윤기·이상현 역주

정출헌·권순긍·하상복·강영미 감수

박문사

한국에서 외국인 한국학에 대한 연구는 지금까지 주로 외국인의 '한국견문기' 혹은 그들이 체험했던 당시의 역사현실과 한국인의 사회와 풍속을 묘사한 '민족지(ethnography)'에 초점이 맞춰져 왔다. 하지만 19세기 말 ~ 20세기 초 외국인의 저술들은 이처럼 한국사회의 현실을 체험하고 다룬 저술들로 한정되지 않는다. 외국인들에게 있어서 한국의 언어, 문자, 서적도 매우 중요한 관심사이자 연구영역이었기 때문이다. 그들 역시 유구한 역사를 지닌 한국의 역사·종교·문학 등을 탐구하고자 했다. 우리가 이 책에 담고자 한 '외국인의 한국고전학'이란 이처럼 한국고전을 통해 외국인들이 한국에 관한 광범위한 근대지식을 생산하고자 했던 학술 활동 전반을 지칭한다. 우리는 외국인의 한국고전학 논저 중에서 근대 초기 한국의 고소설을 외국어로 번역한 중요한 자료들을 집성했으며 더불어 이를 한국어로 '재번역'했다. 우리가 『외국어 번역 고소설 선집』 1~10권을 편찬한 이유이자 이 자료집을 통해 독자들이자 학계에 제공하고자 하는 바는 크게 네 가지로 요약된다.

첫째, 무엇보다 외국인의 한국고전학 논저 중에서 가장 큰 비중을 차지하는 사례가 바로'외국어 번역 고소설'이기 때문이다. 한국의 고소설은 '시·소설·희곡 중심의 언어예술', '작가의 창작적 산물'이라는 근대적 문학개념에 부합하는 장르적 속성으로 인하여 외국인들에게 일찍부터 주목받았다. 특히, 국문고소설은 당시 한문 독자층을 제외한 한국 민족 전체를 포괄할 수 있는 '국민문학'으로 재조명되며,

그들에게는 지속적인 번역의 대상이었다. 즉, 외국어 번역 고소설은 하나의 단일한 국적과 언어로 환원할 수 없는 외국인들 나아가 한국인의 한국고전학을 묶을 수 있는 매우 유효한 구심점이다. 또한 외국어 번역 고소설은 번역이라는 문화현상을 실증적으로 고찰해볼 수 있는 가장 구체적인 자료이기도 하다. 두 문화 간의 소통과 교류를 매개했던 번역이란 문화현상을 텍스트 속 어휘 대 어휘라는 가장 최소의 단위로 살필 수 있기 때문이다.

둘째, 이 선집을 순차적으로 읽어나갈 때 발견할 수 있는 '외국어번역 고소설의 통시적 변천양상'이다. 고소설을 번역하는 행위에는 고소설 작품 및 정본의 선정, 한국문학에 대한 인식 층위, 한국관, 번역관 등이 의당 전제될 수밖에 없다. 따라서 외국어 번역 고소설 작품의 계보를 펼쳐보면 이러한 다양한 관점을 포괄할 수 있는 입체적인 연구가 가능해진다. 시대별 혹은 서로 다른 번역주체에 따라 고소설의 다양한 형상을 발견할 수 있다. 예컨대 민속연구의 일환으로 고찰해야 할 설화, 혹은 아동을 위한 동화, 문학작품, 한국의 대표적인 문학정전, 한국의 고전 등 다양한 층위의 고소설 인식을 살펴볼 수 있다. 이러한 인식에 맞춰 그 번역서들 역시 동양(한국)의 이문화와 한국인의 세계관을 소개하거나 국가의 정책에 도움을 주고자 하는 한국에 관한 지식을 제공하기 위해서 출판되는 양상을 살필 수 있다.

셋째, 해당 외국어 번역 고소설 작품에 새겨진 이와 같은 '원본 고소설의 표상' 그 자체이다. 외국어 번역 고소설의 변모양상과 그 역사는 비단 고소설의 외국어 번역사례로 국한되는 것이 아니다. 당대 한국의 다언어적 상황, 당시 한국의 국문·한문·국한문 혼용이 혼재되었던 글쓰기(書記體系, écriture), 한국문학론, 문학사론의 등장과 관련해서도 흥미로운 연구지점을 제공해주기 때문이다. 예를 들어 본다면, 고소설이 오늘날과 같은 '한국의 고전'이 아니라 동시대적으로 향유되는 이야기이자 대중적인 작품으로 인식되던 과거의 모습 즉, 근대 국민국가 단위의 민족문화를 구성하는 고전으로 인식되기 이전, 고소설의 존재양상을 발견할 수 있다. 이 원본 고소설의 표상은 한국 근대 지식인의 한국학 논저만으로 발견할 수 없는 것으로, 그 계보를 총체적으로 살필 경우 근대 한국 고전이 창생하는 논리와 그 역사적 기반을 규명할 수 있다.

넷째, 외국어 번역 고소설 작품군을 통해 '고소설의 정전화 과정'을 살펴보는 것이다. 20세기 근대 한국어문질서의 변동에 따라 국문 고소설의 언어적 위상 역시 변모되었다. 그리고 그 흔적은 해당 외국어 번역 고소설 작품 속에 오롯이 남겨져 있다. 고소설이 외국문학으로 번역의 대상이 된다는 사실은, 이본 중 정본의 선정 그리고 어휘와 문장구조에 대한 분석이 전제됨을 의미하기 때문이다. 사실 고소설 번역실천은 고소설의 언어를 문법서, 사전이 표상해주는 규범화된 국문 개념 안에서 본래의 언어와 다른 층위의 언어로 재편하는 행위이다. 하나의 고소설 텍스트를 완역한 결과물이 생성되었다는 것은, 고소설 텍스트의 언어를 해독 가능한 '외국어=한국어'로 재편하는 것에 다름 아니다.

즉, 우리가 편찬한 『외국어 번역 고소설 선집』에는 외국인 번역자만의 문제가 아니라, 번역저본을 산출하고 위상이 변모된 한국사회, 한국인의 행위와도 긴밀히 관계되어 있다. 근대 매체의 출현과 함께 국문 글쓰기의 위상변화, 즉, 필사본·방각본에서 활자본이란 고소설 존재양상의 변모는 동일한 작품을 재번역하도록 하였다. '외국어 번역 고소설'의 역사를 되짚는 작업은 근대 문학개념의 등장과 함께, 국문고소설의 언어가 문어로서 지위를 확보하고 문학어로 규정되는 역사, 그리고 근대 이전의 문학이 '고전'으로 소환되는 역사를 살피는 것이다. 우리의 희망은 외국인의 한국고전학이란 거시적 문맥 안에서 '외국어 번역 고소설' 속에서 펼쳐진 번역이라는 문화현상을 검토할 수 있는 토대자료집을 학계와 독자에게 제공하는 것이다.

물론 우리가 편찬한 『외국어 번역 고소설 선집』이 이러한 목표에 얼마나 부합되는 것인지를 단언하기는 어렵다. 이에 대한 평가는 우리의 몫이 아니다. 이 자료 선집을 함께 읽을 여러 동학들의 몫이자 함께 해결해나가야 할 과제라고 말할 수 있다. 이들 외국어 번역 고소설을 축자적 번역의 대상이 아니라 문명·문화번역의 대상으로 재조명될 수 있도록 연구하는 연구자의 과제를 들 수 있을 것이다. 더불어 당대 한국의 이중어사전, 해당 언어권 단일어 사전을 통해 번역용례를 축적하며, '외국문학으로서의 고소설 번역사'와 고소설 번역의 지평과 가능성을 모색하는 번역가의 과제를 이야기할 수도 있을 것이다.

목차

제1장

게일의 〈구운몽 영역본〉(1922)

-아홉 사람의 구름 같은 꿈, 한국소설 : 서기 840년께 중국 당조의 이야기

J. S. Gale, *The Cloud Dream of the Nine A Korean Novel: A story of the times of the Tangs of China about 840 A.D.*, London: Daniel O'Connor, 1922.

게일(J. S. Gale) 역

▌해제▐

게일의 <구운몽 영역본>(1922)은 그의 회고에 따르면 세계1차대전과 시카고 오픈코트(Open Court) 출판사의 편집자인 폴 카루스(Paul Carus, 1852-1919)가 사망하지 않았다면, 1922년보다는 더 이른 시기에 출판될 예정이었다. 폴 카루스는 게일의 <구운몽 영역본>에 관심을 보이며, 게일에게 질문했다. 그 요지는 번역자 게일이 원본에서 생략하고, 자신의 견해를 개입시킨 점이 있는지 그 여부였다. 게일은 이 질문에, 그는 자신의 견해에 맞춰 원본을 가감한 사항이 전혀 없으며, 그가 오로지 노력한 것은 오직 동양의 마음을 충실히 반영하고자 한 것이라고 말했다. 이러한 게일의 번역목적이 반영된 <구운몽 영역본>의 출판이 가능해진 계기를 제공해 준 인물이 1919년 3월 한국을 방문한 엘리자베스 키스(Elizabeth Keith)와 스콧(Elspet Robertson Keith Scott) 자매였다. 이 만남을 계기로 게일은 두 자매의 도움을 받아 영국 런던의 다니엘 오코너 출판사를 소개받고 그의 <구운몽 영역본>은 1922년 세상에 빛을 보게 되었다. 여기서 스콧은 <구운몽 영역본> 서설을 쓴 저자이기도 했다.

게일의 <구운몽 영역본>(1922)은 최초의 서구권 한국고소설의 번역사례로 인식되었다. 물론 게일의 <구운몽 영역본> 이전에도 한국고소설 영역본이 없었던 것은 아니다. 그렇지만 단행본으로 출판되었고 또한 완역이자 직역된 번역작품이란 이 영역본의 특징은 이러한 통념을 제공해 준 셈이다. 그 저본은 을사본 계열의 한문본으로 추정되지만 국문본을 참조했다는 견해도 있다. 그렇지만, 게일의 <구운몽> 영역이라는 실천 속에는 한문 텍스트와 게일 사이의 과정뿐만 아니라, 한문을 해석해 주는 한국인과의 구어상황을 배제해서는 안 된다. 또한 비록 상대적으로 다른 영역본들에 비해 충실한 직역이라고 평가할 수는 있지만, 서구인 독자를 감안하여 변개한 부분들이 분명히 그의 영역본에는 존재한다. 이러한 변개양상은 게일의 한국고전 번역물에서도 두루 발견할 수 있는 모습들이다. 일례로, 미성년의 양소유를 성년으로 변개하고, 육체적 정사 장면이 소거된 모습을 발견할 수 있다. 또한 서구인들의 <구운몽> 이해를 돕기 위해, 부여한 많은 주석이 존재한다. 우리는 게일의 주석을 본래 단행본에 수록된 형태로 또한 우리의 주석과 구분하기 위하여 이 책의 말미에 덧붙였다. 이러한 게일의 <구운몽 영역본>은 그의 대표적인 한국고소설 번역작품이 되었으며, 실제로 "매우 장식적인 문어체(ornate diction)"로 "원전의 내용을 字字句句 그대로 번역"하는 게일의 일반적인 한국고전에 대한 번역양상이 잘 반영되어 있다.

참고문헌

오윤선, 『한국 고소설 영역본으로의 초대』, 지문당, 2008.

이상현, 「게일의 한국고소설번역과 그 통국가적 맥락 - 『게일유고』(Gale, James Scarth Papers) 소재 고소설관련 자료의 존재양상과 그 의미에 관하여」, 『비교한국학』22(1), 2014.

이상현, 『한국 고전번역가의 초상, 게일의 고소설 담론과 고소설 번역의 지평』, 소명출판, 2013.

장효현, 「구운몽 영역본의 비교연구」, *Journal of Korean Culture* 6, 2004.

장효현, 「한국고전소설영역의 제문제」, 『고전문학연구』 19, 2001.

정규복, 「구운몽 영역본考 - Gale 박사의 The Cloud Dream of the Nine」, 『국어국문학』 21, 1959.

Rutt, Ricahrd. *James Scarth Gale and his History of Korean People*. Seoul : the Royal Asiatic Society, 1972.

Chapter I The Transmigration of Song-jin

제1장 성진의 환생

THERE are five noted mountains in East Asia. The peak near the Yellow Sea is called Tai-san, Great Mountain; the peak to the west,

Wha-san, Flowery Mountain; the peak to the south, Hyong-san, Mountain of the Scales; the peak to the north, Hang-san, Eternal Mountain; while the peak in the centre is called Soong-san, Exalted Mountain. The Mountain of the Scales, the loftiest of the five peaks, lies to the south of the Tong-jong River, and on the other three sides is circled by the Sang-gang, so that it stands high, uplifted as if receiving adoration from the surrounding summits. There are in all seventy-two peaks that shoot up and point their spear-tops to the sky. Some are sheer cut and precipitous and block the clouds in their course, startling the world with the wonder of their formation. Stores of good luck and fortune abide under their shadows.

동아시아에는 다섯 개의 명산이 있다. 황해 가까이 있는 산봉우리는 거대한 산이란 의미의 태산으로 불린다. 그 서쪽 편에 꽃의 산이란 뜻의 화산, 남쪽에 저울 눈금 모양의 산인 형산, 북쪽은 영원히 변함없는 산이라는 항산, 그리고 가운데는 고상한 산이란 의미의 숭산이 있다.[1] 다섯 산 가운데 제일 높이 치솟은 산이 형산인데, 그것은 동정강의 남쪽에 있고, 나머지 삼면은 상강에 의해 둘러싸여 있다. 그래서 그 산은 주위의 산들로부터 경배를 받는 것처럼 높이 솟아 있다. 우뚝 솟아서 뾰족한 머리로 하늘을 찌르는 전체 일흔 두 개의 봉우리로 이뤄진다. 어떤 것은 깎아지른 듯하여 험준하고 뻗는 기세가

1 원전에는 이 산들이 "天下"의 명산으로 제시된다. 하지만 게일은 이를 동아시아의 명산으로 변용했다. 중국의 五嶽에 해당되는 이 산의 이름들을 해당 한자 훈과 음 나아가 이에 대한 한국인의 관습적인 통념을 모두 서구 독자에게 전하고자 한 게일의 노력이 엿보인다.

구름을 가로막은 것도 있다. 봉우리들 형태의 경이로움은 세상을 놀라게 한다. 많은 행운과 복이 봉우리의 그림자에 감춰져 있다.

The highest peaks among the seventy-two are called Spirit of the South, Red Canopy, Pillars of Heaven, Rock Treasure-house and Lotus Peak, five in all. They are sky-tipped and majestic in appearance, with clouds on their faces and mists around their feet, and are charged with divine influences [1]. When the day is other than clear they are shrouded completely from human view.

일흔 두 개 봉우리 중 제일 높은 봉우리들은 남부 신령봉, 붉은 덮개봉, 천국의 기둥봉, 바위 보물집봉, 연화봉 다섯[2]이다. 그것들은 구름에 얼굴이 가려지고 안개가 발을 에둘러서 보기에 하늘을 찌르고 장엄한 모양이며, 신성의 작용을 받고 있다. 날이 맑지 않을 경우엔 그것들은 인간의 시야에서 완전히 가려진다.

In ancient days, when Ha-oo restrained the deluge that came upon the earth [2], he placed a memorial stone on one of these mountain tops, on which was[p4]recorded his many wonderful deeds. The stone was divinely inscribed in cloud characters, and, while many ages have passed, these characters are clear cut as ever.

2 축융(祝融), 자개(紫蓋), 천주(天柱), 석름(石廩), 연화(蓮花)의 다섯 봉우리를 일컫는다. 즉, 게일은 연화봉을 제외한 나머지 봉우리의 경우, 해당 고유명의 한자 훈을 번역했다.

옛날 하우가 그 땅에 들이닥친 큰 홍수를 다스렸을 때, 그는 이들 산꼭대기들 중 하나에 기념석을 놓았는데, 거기에는 자신의 놀라운 행실들이 기록되었다. 그 바위에는 음각 서체로 신묘하게 글씨를 새겼다. 그리고 수많은 세월이 흘렀는데도 이 글씨들은 언제나와 같이 또렷이 남아있다.

In the days of Chin See-wang [3], a woman of the genii, named Queen Wee, who became a Taoist by divine command, came with a company of angelic boys and fairy girls and settled in these mountains, so that she was called Queen Wee of the Southern Peak.

진시황 시절에는 선녀들 중 위 여왕이란 이름의 한 여인은 신성한 명령을 받아 도교인이 되었고 선남선녀들의 무리와 함께 와서 이 산에 정착했다. 그래서 그녀는 남산의 위 여왕으로 불렸다.

It is impossible to relate all the strange and wonderful things that have been associated with these mountain fastnesses.

이 산 곳곳과 연관되었던 기이하고 놀라운 일들 모두를 말하기는 불가능하다.

In the days of the Tang dynasty a noted priest came hither from India, and being captivated by the beauty of the hills built a monastery on Lotus Peak. There he preached the doctrines of the

Buddha, taught his disciples, and put an end to fearsome demons and foul spirits, so that the name of Gautama grew great in influence, and people bowed before it and believed, saying that God had again visited the earth. The rich and honourable shared of their abundance, the poor gave their labour, and so they built a wide and spacious temple. It was deeply secluded and quiet, with a thousand and one beautiful views encircling it, and a majesty and impressiveness of mountain scenery for background that was unsurpassed.

당 왕조 시대에는 어느 유명한 승려가 인도에서 이곳으로 왔고, 산세의 아름다움에 매료되어 연화봉에 수도원을 세웠다. 거기서 그는 붓다의 교리를 설파하였고 신도들을 가르쳤으며 무시무시한 귀신과 그릇된 정령을 제압했다. 그리하여 고타마의 이름은 그 영향력에서 커졌으며 사람들은 그 앞에서 신이 다시 세상을 방문했다면서 절을 했고 신봉했다. 부자와 고관은 재산을 냈고 가난한 자는 노동을 바쳐서, 넓게 트인 절을 건립했다. 그것은 둘러싼 천여가지 아름다운 풍광 속 깊이 숨어 조용했다. 그리고 산 풍경의 장엄함과 감명은 능가할 수 없는 배경을 이루었다.

This preacher of the Buddha had brought with him a volume of the Diamond Sutra, which he expounded so clearly that they called him Master of the Six Temptations and the Great Teacher of the Yook-kwan. Among the five or six hundred disciples that followed him there were some thirty well[p5]versed in the teaching, and far advanced. One, the youngest of them, was called Song-jin, Without Guile. His face was fair and beautiful to see and the light of his expression was like running water. He was barely twenty, and yet he had mastered the three Sacred Books. In wisdom and quickness of perception he surpassed all the others, so that the Master greatly loved him and intended later to make him his successor.

이 붓다 설교자는『금강경』한 권을 들고 왔는데, 그의 해설이 너무나 명료하여 사람들은 그를 여섯 유혹의 달인[3]이며 육관 대사라 불렀다. 그를 따르는 오륙백 명의 제자들 가운데 그 가르침에 통달하고 아주 앞선 삼십 명 가량이 있었다. 그들 중 가장 어린 한 명은 교활함이 없다는 뜻의 이름인 성진이었다. 그의 얼굴은 희고 잘 생겼으며, 그의 빛나는 표현은 마치 흐르는 물과 같았다. 그의 나이 겨우 스물이었지만, 이미 삼경[4]에 통달했다. 지혜에 있어서 그리고 빠른 이해에 있어서 그는 여타 제자를 능가했으며, 그래서 대사는 그를 총애했고 자기 후계자로 점지해 두었다.

As the Teacher expounded the doctrine to his disciples, the Dragon King himself, from the Tong-jong Sea, used to come in the person of

3 원전의 "六如和尙"에 대한 게일의 번역이다. "六如"는『금강경』에서 나온 말[一切有爲法 如夢幻泡影 如露亦如電 應作如是觀]이다. 세상의 모든 것이 무상함을 꿈[夢], 환상[幻], 물거품[泡], 그림자[影], 이슬[露], 번개[電]의 여섯 가지에 비유하여 이른 말이다. 게일은 이 비유 속에서 여섯 가지를 일종의 세상의 무상한 유혹으로 번역한 셈이다.

4 삼장경문(三藏經文)을 일컫는다.

an old man dressed in white clothes to listen and learn. On a certain day the Teacher assembled his pupils and said to them: "I am now an old man and frail in body, and it is thirteen years and more since I have been outside the mountain gates. Who among you will go for me to the Palace of the Waters and pay my respects to the Dragon King?" At once Song-jin volunteered. The Teacher, greatly pleased at this, had him fitted out in a new cassock, gave him his ringed staff of the gods, and he set off briskly towards the world of Tong-jong.

대사가 교리를 제자들에게 가르칠 때면, 동정 바다로부터 용왕 자신이 듣고 배우기 위해서 흰옷 입은 노인의 모습으로 참가하곤 했다. 어느 날 대사는 자기 학생들을 모아서 그들에게 말했다.

"나는 이제 늙었고 신체적으로 허약해졌다. 그리고 내가 이 산의 문 밖을 나선 지 어느덧 삼십여 년이 지났구나. 너희들 중 누가 나를 위해 바다 궁궐에 가서 용왕에게 나의 존경의 마음을 전하겠느냐?"

즉시 성진이 자원했다. 이에 아주 기뻐하는 대사는 그에게 새 승려복을 입히고 고리 모양을 한 신들의 지팡이를 주었다. 그는 동정 세계를 향하여 상쾌하게 떠났다.

Just at this moment the priest who guarded the main entrance to the monastery came to say that the noble Lady of the Southern Peak had sent eight fairy messengers to call, and that they were now waiting before the gate. The Master gave command that they be admitted, and they tripped across the threshold in modest order, circling about three times and then bowing and scattering the blossoms of the genii. They knelt reverently and gave their message from the Lady, saying: "The noble Teacher lives[p6]on the west side of the mountain and I on the east. While the distance is not great, and we are comparatively near as neighbours, still I am of humble birth and am so busily occupied that I have never come even once to the sacred temple to hear the doctrine. I have no wisdom of my own to keep me in touch with the good, but now I am sending my serving maidens to pay my respects, and at the same time to offer to your Excellency flowers of Paradise and fairy fruits, along with some other gifts of silk, which I sincerely trust you will accept as a token of my earnest heart."

바로 이즈음 수도원 정문을 지키는 스님이 와서 남산의 귀부인[5]이 여덟 명의 선녀 사자들을 보내서 지금 그들이 문 앞에서 기다리고 있다고 말했다. 대사가 그들을 들어오게 하라고 명하자, 그들은 절도 있는 순서로 문턱을 가로질러 걸어와 세 번 돌더니 절을 하고 정령의 꽃들을 흩뿌렸다. 그들은 공손하게 무릎을 꿇고 귀부인의 전갈을 전했다.

"대사님은 산의 서쪽 편에 살고 저는 동쪽 편에 있습니다. 비록 그 거리가 멀지는 않고 우리가 이웃처럼 비교적 가까이 있다하더라도, 저는 천출이고 일에 너무 바빠서 교리를 듣기 위해 신성한 법당에 한 번도 와보지 못했습니다. 저는 올바른 도리를 접하도록 할 지혜를 타고나지 못했지만, 이제야 저의 하녀들을 보내 저의 존경을 표하고

5 남산의 위진군 낭랑, 즉 위부인을 이른다.

자 합니다. 동시에 대사님께 천국의 꽃과 신선의 과일을 저의 진정한 마음의 징표로서 받아주시리라 믿으며 여타 비단으로 만든 선물을 함께 바칩니다."

Each then made her presentation of flowers and treasures to the Master. These he received and passed on to his disciples, who had them placed as offerings before the Buddha. With much bowing and folding of the hands, according to the required ceremony, he replied: "What merit has an old man like me, I pray, to have such gifts as these presented to him?"

각각 선녀들은 대사에게 자기들이 갖고 온 꽃과 보석을 바쳤다. 대사는 이것들을 받아서 제자들에게 넘겼고, 그들은 불전에 갖다 바쳤다. 필수적인 예법에 따라 절을 하고 합장을 하고는 응답했다.

"저 같은 노인이 무슨 공덕이 있어 불전에 내놓은 이런 선물을 받겠습니까?"

He gave liberally to the eight maidens in return and they set off lightly on their way.

그는 여덟 명의 선녀들에게 보답으로 후하게 대접했고, 그들은 즐거운 마음으로 자기들 길을 떠났다.

They passed out through the mountain gate hand in hand, talking as they went. Said they: "These divine mountains of the south, being of one range and having the same streams encircling them, once upon a time were all within our own boundaries, but since the setting up of the temple of the Great Teacher certain limitations have shut us off from freedom so that we have not seen the beautiful places that were once our own. Now by the good fortune of our Lady's commands we are here in this valley at this lovely season of the year. It is early in the day.[p7]Let us take the occasion to go up to the heights and have a breath of the sweet air of Lotus Peak, dip our kerchiefs in the limpid water, sing a verse or two and awaken our souls to the joy of life. On returning home we shall be the praise and envy of all our sisters. Let us do this."

그들이 이야기하면서 가는 중 손에 손을 잡고 산문을 통과해갈 즈음이었다. 그들은 말했다.

"한 열을 지어서 동일한 강이 둘러싸고 있는 남쪽에 있는 이 신성한 산들 전체가 한때 우리들의 구역 안이었지. 하지만 대사의 절 건립 이래로 우리는 특정 구역을 자유롭게 넘나들 수 없었고, 그래서 우리는 한때 우리 것이었던 아름다운 장소들을 보지 못했었어. 이제 우리 귀부인의 명령이라는 행운을 얻어서 우리는 연중 가장 좋은 시기에 이곳 계곡에 와 있는 거야. 아직 이른 시간이야. 우리 이 기회에 산꼭대기에 올라 연화봉의 신선한 공기를 호흡하고, 투명한 물에 수건을 담그고 시 한두 수 지어 노래하면서 생의 즐거움에 우리의 혼을 일깨워보자. 집으로 돌아가면 자랑 거리가 될 것이며 우리는 자매들 모두의 부러움을 살 거야. 해보자."

They set off, on their way looking down with wonder at the rushing water, walking skilfully along the giddy ridges and following the streams. At last, on this happy day of the third moon they found themselves on the stone bridge that spanned the torrent.

그들은 나섰고, 행로 중에 아찔한 산 능선을 능숙하게 걸어 강을 따라 가다가 경탄하며 폭포를 내려다보았다. 이 행복한 날 저녁 무렵이 되었고, 마침내 그들은 여울을 가로지르는 돌다리에 이르렀다.

All the flowers were in bloom; the streams beneath them sparkled with silvery brightness. There hung a tent-work of flowers and leaves like a silken canopy. The birds vied with each other in the beautiful notes of their singing. The soft breezes awakened glad and happy memories, while the beauty of the scene held them spellbound.

모든 꽃들이 활짝 폈고 그들 아래 계곡 물은 은빛으로 반짝였다.[6] 꽃들과 잎들은 비단 덮개 모양으로 하나의 막사를 지어놓았다. 새들은 아름다운 선율로 노래하면서 서로 경쟁했다. 부드러운 바람은 유쾌하고 행복한 기억들을 일깨웠고, 아름다운 경치는 그들을 넋을 잃도록 만들었다.

---

6 원문에는 춘삼월임을 부연함으로써 봄날의 아름다운 풍경을 강조하고 있다.

Thus were the eight fairy messengers charmed as they sat in delight on the bridge looking down at the wonderful mirror of the streams that met and sparkled in a crystal pool below. Their delicate eyebrows and glowing bright faces shone forth, reflected in the water as if seen in a famous picture from a master's hand. They were so entranced that they had no thought of going till the sun began to descend toward the western hills and the day to darken.

그리하여 여덟 명의 선녀들은 다리 위에서 아래로 유리 같은 연못에 모여서 반짝이는 계곡물의 놀라운 거울을 내려다보며 즐거운 기분으로 앉아 매료되었다. 그들의 우아한 눈썹과 빛나는 예쁜 얼굴들은 어느 장인의 손에 의한 명화에 나오는 것처럼 물에 반사되어 비춰졌다. 그들은 완전히 도취되어서 해가 지기 시작할 때까지 서산으로 돌아가야 한다는 것과 날이 어두워지고 있다는 것을 전혀 생각할 수 없었다.

At this moment Song-jin crossed the Tong-jong River and entered the Water Palace of the Dragon King. His Majesty was greatly delighted at his coming, stepped outside the gates to meet him, took [p8]him by the hand, led him in and bid him share his throne.

이 무렵 성진이 동정강을 건너서 용왕의 바다 궁전으로 들어갔다. 용왕 폐하는 그를 만나기 위해 문밖까지 나와 그를 직접 데리고 들어가 왕의 자리에 함께 앉도록 할 정도로 그의 방문에 매우 기뻐했다.

Song-jin made his obeisance and gave his message from the Master.

성진은 경의를 표했으며 대사로부터의 말씀을 전했다.

The King in response bowed low and ordered a feast of welcome to be prepared, at which were fruits and dainties of the fairies in abundance, and of such flavour as the dwellers in the hills alone know. The Dragon King himself passed the glass and urged him to drink. Song-jin several times refused, saying: "Wine is a drink that upsets and maddens the soul, and is therefore strictly forbidden by the Buddha, so your humble servant must not partake."

용왕은 답으로 절을 하고 환영연을 준비하도록 명했고, 요정들 그리고 산에 사는 사람들만이 아는 과일과 진귀한 음식들을 풍부하게 차려놓았다. 용왕은 직접 술잔을 돌렸고 그에게 마시라고 재촉했다. 성진은 몇 차례 거절하며 말했다.

"술은 영혼을 뒤집고 미치게 만듭니다. 그래서 부처님께서는 엄금하십니다. 따라서 당신의 천한 하인은 감히 함께 마셔서는 안 됩니다."

But the Dragon King replied: "I am aware that among the five things forbidden by Gautama wine is one, but the wine that I offer is different altogether from the maddening kind that men drink. It represses the passions and quiets the soul. You will not mistrust my sincerity in offering it I am sure."

하지만 용왕은 대응했다.

"내가 고타마께서 금지한 다섯 가지 중 술이 하나라는 것을 알고 있습니다. 하지만 내가 드리는 술은 인간이 마셔 정신을 잃게 만드는 종류와는 완전히 다릅니다. 이것은 열정을 억누르고 영혼을 평온하게 합니다. 스님께서는 내가 진정으로 확신하면서 드리는 이것을 믿지 않으시는 군요."

Song-jin, moved by this kindness, could not any longer refuse, and he drank three glasses. He then spoke his greeting and came forth from the Water Palace, riding on the wind and sailing directly for Lotus Peak.

이와 같은 친절에 감복한 성진은 더 이상 거절할 수 없었고, 그는 세 잔을 받아 마셨다. 그리고 그는 인사를 드리고, 연화봉을 향하여 바람을 타고 바다 왕궁으로부터 돌아왔다.

When he had landed at the base of the hill the influence of the wine was already manifest in his face and a feeling of dizziness possessed him, so that he reprimanded himself, saying: "If my honoured Master sees me with this inflamed expression how startled he will be and how soundly he will chide me."

그가 산 아래 착륙했을 때, 이미 술기운이 그의 얼굴에 뚜렷해졌고 어지러웠다. 그래서 그는 자신을 책망하며 말했다.

"만약 내 스승께 이렇게 취한 모습을 보신다면 얼마나 놀라고 또 얼마나 깊이 나를 꾸짖으실까!"

He sat down by the bank of the stream, put off his outer garments, placed them on the clean sand[p9]and dipped his hands in the limpid water. Thus he sat bathing his hot face, when suddenly a strange and mysterious fragrance was borne toward him, not the perfume of orchid or musk nor that of any special flower, but something wholly new and not experienced before. The soul of passion and uncleanness seemed dissipated by its presence, and a purity indescribable seemed to remain. He said to himself: "What wonderful flowers are these by the side of this brook that such sweet perfume should come floating on its wavelets? I will go and see from whence it comes."

그는 강어귀에 앉아서 웃옷을 벗더니 깨끗한 모래 위에 놓았고, 맑은 물에 손을 담갔다. 그리고는 화끈거리는 얼굴을 씻고 있을 때, 어디선가 난초나 사향도 아니고 어떤 특별한 꽃도 아닌 이전에 경험하지 못한 전혀 새로운 어떤 것의 기이하고 신비로운 향기가 그를 향해 다가왔다. 열정과 불결한 정신이 그 향기의 출현으로 흩어져 없어진 것 같았고, 형언할 수 없는 어떤 순수성만 남은 것 같았다. 그는 혼자서 말했다.

"이 향기는 이런 시냇가에 어떤 꽃에서 나는 놀라운 향이며, 그렇게 매력적인 향이 물결에 떠서 올 수 있단 말인가? 내가 그것이 어디서 오는지 가서 확인하리라."

He dressed carefully, followed the course of the stream upwards, and found the eight fairies seated on the stone bridge so that they met suddenly face to face, he and they.

그는 조심스럽게 옷을 입고는 계곡 위쪽 길을 따라 올랐다. 그리고 돌다리 위에 앉은 여덟 선녀를 발견했는데, 갑자기 그와 그들은 얼굴을 마주하게 되었다.

Song-jin laid aside his pilgrim's staff and made a deep, low bow, saying: "Ladies of the Fairies' Paradise, hear what a poor priest has to say. I am a disciple of the Master Yook-kwan and live on Lotus Peak. Just now I am returning from a mission beyond the mountains on which he sent me. This stone bridge is very narrow, and you goddesses being seated upon it block the way; will you not kindly take your lotus footsteps hence and let me pass?"

성진은 그의 여행 지팡이를 옆에 내려놓고 몸을 숙여 인사했다. 그리고 말했다.

"천국에서 온 선녀들이여 소승의 말씀을 들으시오. 저는 육관대사의 제자로서 연화봉에 살고 있습니다. 바로 지금 저는 대사께서 산 너머로 보내 임무를 마치고 돌아가는 길이오. 이 돌다리가 너무 좁으니, 거기 앉아계신 여신들이 길을 막고 있구려. 친절을 베푸시어 당신들의 연꽃 발걸음을 움직여서 지나갈 수 있도록 해주시지 않겠습니까?"

The fairies bowed in return and said: "We attendants who wait on Queen Wee are on our return from carrying a message of goodwill to the Master of the Temple, and have stopped here for a little to rest. We have heard that it is written in the Book of Ceremony concerning the law of the road that man goes to the left and woman to the right. Now as this bridge is a very narrow one, and we are already seated [p10]here, it would seem more fitting that you should avoid it altogether, and cross by some other way."

그 선녀들은 절로 답하고 말했다.

"우리는 위 여왕님을 모시는 하녀들로서 이곳 절의 대사님께 인사를 드리고 되돌아가는 길인데, 잠시 여기 머물러 쉬고 있는 중입니다. 보행법과 관련하여 『예기』에는 남자는 왼쪽으로 여자는 오른쪽으로 가라고 씌어 있다고 들었습니다. 그런데 지금 이 다리가 너무 좁고 우리가 이미 여기 앉아있기 때문에[7], 스님께서 아예 이 길을 피하여 다른 길로 건너가시는 것이 더 합당할 듯합니다."

Song-jin said in reply: "But the water of the stream is deep, and

7 원문에서는 번역문에서 '앉았기 때문'이라고 서술하는 것과 달리 이미 돌다리를 '밟았기 때문'이라고 서술되어 있다.

there is no other way. Where do you suggest that your humble servant should go?"

성진이 대답하기를
"하지만 계곡의 물이 깊고 다른 길이 없습니다. 여러분들의 이 미천한 하인이 어디로 가기를 제안하시겠습니까?"

The fairies replied: "It is said that the great Talma [4] came across the ocean on a leaf. Now if you are a disciple of the Teacher Yook-kwan and have learned the doctrine from him, naturally you will have learned to do some such wonderful thing. There surely will be no difficulty for you to cross this narrow stream instead of standing here and disputing with us girls about the way."

선녀들은 대답했다.
"위대한 달마 스님께서는 나뭇잎을 타고 대양을 건넜다고 들었습니다. 마침 스님께서 육관대사의 제자이시고 그로부터 교리를 배우셨다면, 당연히 그와 같은 불가사이한 일을 행하는 법을 배웠을 것입니다. 스님께선 우리 여자들과 길과 관련하여 여기 서서 실랑이 벌이지 않고, 분명히 이렇게 좁디좁은 계곡을 건너가는 데 전혀 어렵지 않으실 것입니다."

Song-jin laughed and said: "I see by your ladyships' behaviour that you ask that I pay some price or other for the right to cross, but I have no money, for I am only a poor priest. I have, however, eight jewels which I will present to you if you will kindly permit me to pass by."

성진은 웃으며 말했다.

"여성들의 몸가짐에 대한 말씀을 들으니 선녀님들이 저로 하여금 다리를 건너는 데 대한 대가를 요구하시는 것 같군요. 하지만 저는 가난한 일개 중에 불과하여 돈도 없습니다. 하지만 만약 친절하게도 저를 지나도록 해주신다면, 저는 여러분에게 여덟 가지 보석을 선사하겠습니다."

At this he threw the peach blossom that he carried in his hand before them and it became four couplets of red flowers, and these again were transformed into eight jewels that filled the place with sparkling light, shooting up to heaven.

이즈음 그는 복숭아꽃을 손에 들고 와서 그들 앞으로 던졌고, 이것이 네 쌍의 붉은 꽃잎이 되었고, 다시 그것들은 그 자리를 하늘로 치솟는 빛으로 가득 채우는 여덟 개의 보석[8]으로 변했다.

The fairies each picked up one; then they looked toward Song-jin, laughed in a delighted way, arose, mounted the winds and sailed off through the air.

---

8 여덟 개의 명주(明珠), 즉 밝은 구슬을 일컫는다.

그 선녀들은 저마다 보석 하나씩 주워들었다. 그리고는 성진을 쳐다보며 유쾌하게 웃었고, 일어나 바람에 올라타 공중을 가로질러 사라졌다.

Song-jin stood at the head of the bridge and watched them for a long time till they were lost in the clouds and the sweet fragrance had melted away. In loneliness, as though he had failed of his highest hopes, he came back to the temple and gave his message from the Dragon King to the Master.[p11]

성진은 다리 머리에 서서 그들이 구름 속으로 사라질 때까지 오래 동안 그를 주시했고, 그 고운 향기는 공기와 뒤섞여 사라졌다. 그는 간절한 희망을 상실한 사람처럼 쓸쓸하게 절로 돌아왔고, 대사께 용왕의 말씀을 전했다.[9]

The Master reprimanded him for his late return, and Song-jin said: "The Dragon King treated me so liberally, sir, and his urgent request to stay was so impossible to refuse, that I have been delayed beyond the time."

대사는 늦게 돌아온 데 대해 꾸짖었고, 성진은 말했다.

9 원문에서는 이후 성진이 팔 선녀가 바람을 타고 하늘로 올라간 이후, 무엇을 잃은 듯 멍하였다는 표현을 통해, 팔 선녀가 떠나간 이후의 성진의 허전한 마음을 상세히 서술하고 있다.

"용왕께서 아주 융숭하게 저를 대접하셨고, 간절하게 더 머물기를 요구하는 바람에 거절하기가 불가능하여, 시간을 넘기고 늦어지게 되었습니다."

The Master gave no direct reply, but simply said: "Go away and rest."

대사는 즉답하지는 않고
"가서 쉬어라"고만 말했다.

Song-jin went back to his little hut of meditation while the evening shadows closed down upon the day. Since meeting with the eight fairies his ears had been ringing with sweet voices, and though he tried to forget their beautiful faces and graceful forms he could not succeed. However much he endeavoured to rein in his thoughts he found it impossible. His mind was as that of a person half insane or half intoxicated. He pulled himself together, however, and knelt reverently, saying: "If a man study diligently the Confucian Classics and then grow up to meet a king like Yo or Soon, he can either become a general to go abroad, or be a minister of state at home. He can dress in silk and carry a seal of office at his belt; can bow before the king; can dispense favours among the people; can look on beautiful things with the eyes and hear delightful sounds with the ears. He can have his fill of glory in this life, and can leave a reputation for generations to come; but we Buddhists have only our little dish of rice and flask of water. Many dry books are there for us to learn, and our beads to say over till we are old and grey. It may be high and praiseworthy from the point of view of religion, but the vacant longings that it never satisfies are too deep to mention. Even though one gets to understand all the laws of the Mahayana[p12] revelation, though one proclaims the same and finds oneself exalted to the place of sage and teacher, when once the spirit and soul dissipate into smoke and nothingness, who will ever know that a person called Song-jin once lived upon this earth?"

성진은 저녁 어둠이 완전히 뒤덮을 무렵 자신의 작은 암자로 돌아왔다. 여덟 선녀와의 만남 때문에 그의 귀는 달콤한 목소리로 윙윙거렸다. 그들의 아름다운 얼굴과 우아한 모습을 잊고자 노력했지만, 뜻대로 되지 않았다. 생각의 고삐를 틀어쥐기 위해 무진 애를 썼음에도 불구하고, 불가능만 확인했다. 그의 정신은 반쯤 미치고 반쯤 술 취한 사람의 그것과 같았다. 그러나 그는 자신을 다잡고 공손하게 무릎을 꿇고 말했다.

"만약 사내가 유교 경전을 부지런히 공부하고 장성하여 요나 순 같은 임금을 만났다면, 장군이 되어 해외 정벌에 나서거나 국내의 각료가 될 수 있을 것이다. 그는 비단옷을 입고 혁대에는 관직의 휘장을 달고 다닐 것이다. 어전에서 인사를 할 수 있고, 백성에게 호의를 베풀 수도 있을 것이다. 눈으로는 아름다운 것들을 보고 귀로는 유쾌한 소리를 들을 것이다. 그는 이승에서 영광을 가득 누릴 것이고 후세들을 위해 명성을 남겨줄 것이다. 그러나 우리 불교도들은 겨우 조그만 밥그릇과 물병 하나 갖는 것으로 끝이다. 그리고 우리에겐 배워야 할 무미건조한 책들만 잔뜩 있으며 늙어서 백발이 될 때까지 염불할 때 필요한 염주만 갖는다. 그것은 종교적 견지에서 볼 때 고결하고 칭찬 할만하다. 하지만 결코 채워지지 않는 공허한 욕구들은 너무 깊이 들어차서 언급할 수가 없다. 설사 누군가 대승불교의 모든 법을 깨닫게 되었다 하더라도, 그래서 깨달음을 공표하고 현인과 스승의 자리로 높이 올라간다 하더라도, 그 정신과 영혼이 연기로 그리고 무(無)로 흩어져버린다면, 대체 누가 성진이란 자가 한때 이 세상에 살았다고 알아주기라도 하겠는가?"

So his thoughts wandered. He tried to sleep but sleep refused to come. The hours grew late. Sometimes he closed his eyes for a little, but the eight fairies persistently appeared before him in a row and drove sleep far away. Then he suddenly realised that the great purpose of Buddhism was to correct the thoughts and the heart. "I have been a Buddhist for ten years," said he, "and I had well-nigh succeeded in getting done with the world till this deceitful mind of mine got itself tangled up to the damage of my soul."

그리하여 그의 생각은 방황하고 있었다. 그는 잠을 자려고 애썼지만, 잠은 오기를 거절했다. 점점 시간은 흘렀다. 가끔은 잠시 동안 눈을 감았지만, 여덟 선녀는 끈질기게 그의 뒤에 일렬로 등장했고, 잠을 쫓아내 버렸다. 그러던 중 그는 갑자기 불교의 중심 목적이 생각과 마음을 교정하는 것이란 사실을 깨달았다. 그는 말했다.

"내가 불교도가 된지도 10년이 지났고, 이렇게 그릇된 정신이 스스로 뒤엉켜서 내 영혼에 손상을 주기까지 그 동안 세상일을 처리하는 데 거의 성공해왔다."

He burned incense, knelt, called in all his thoughts, counted his beads, recalled to his consciousness the thousand Buddhas that could help him, when suddenly one of the temple boys came to his window and spoke, saying: "Elder brother, are you asleep? The Master is calling you."

그는 향을 피고 꿇어앉아서 모든 생각을 불러 모아 염주를 굴리고 그의 의식에 자신을 도와줄 천불을 떠올렸다. 그때 난데없이 그 절의 사내들 중 한명이 창가로 와서 말했다.

"형님, 주무세요? 대사님께서 부르십니다."

Song-jin, in alarm, said to himself: "His calling me in this unusual way in the middle of the night can only mean something serious."

성진은 깜짝 놀라 혼잣말을 했다.

"한밤중에 예사롭지 않게 나를 부르심은 뭔가 심각한 일이 있음을 뜻한다."

He went along with the boy to the Audience Hall of the Buddha, where the chief had assembled all the priests of the temple and was sitting in solemn silence. His appearance was one to inspire fear and question. The light of the candles shone brilliantly. He spoke with great care, but with severe intonation.

그는 사내를 따라서 법당으로 갔다. 거기에는 대사께서 절의 모든 스님들을 모아놓고 경건한 침묵 속에 앉아 있었다. 대사의 표정은 공포와 의문을 불러일으키고 있었다. 촛불은 천연하게 빛을 발했다. 대사께서는 대단한 근심에 차 있지만 엄한 어조로 말했다.[10]

"Song-jin, do you know how you have sinned?"

"성진아, 너는 네가 어떻게 죄를 저질렀는지 알겠느냐?"

Song-jin, who was bowed low, kneeling before the[p13]dais, replied: "I have now been a disciple of the Master for ten years and more, and have never disobeyed any command or any order concerning

10 번역문은 육관대사가 정좌하여 큰소리로 꾸짖었다고 간략하게 서술하고 있는 『노존B본(강전섭본)』과 다르다. 게일은 『을사본』에서의 구절["威儀肅肅"]을 근거로 성진의 방황에 분노한 육관대사의 표정이 보다 상세히 묘사되어 있다. 이 책에서 저본대비로 활용한 자료는 아래와 같다. 『을사본』 영인본의 경우, 정규복 편, 『구운몽 자료집성』 2, 보고사, 2010에, 계해본과의 교감표시가 있는 활자본으로, 정규복, 『구운몽 연구』, 보고사, 2010에 각각 의거했다. 이에 대한 번역문은 정병설 역, 『구운몽』, 문학동네, 2013를 참조했다. 『노존B본(강전섭본)』의 영인본은 정규복 편, 『구운몽 자료집성』 1, 보고사, 2010에, 활자화된 것이자 번역문으로는 정규복, 진경환 역주, 『구운몽』, 고려대 민족문화연구소, 1996를 참조했다.

acts of worship in which I have had a part. I am dark and ignorant I know, and so am not aware of how I have offended."

절하고 있던 성진은 상단 앞에서 무릎을 꿇고 대답했다.

"저는 10년 이상 대사님의 제자로 지내면서 제 맡은 바 부처님을 모시는 행위와 관련한 어떠한 명도 어떠한 령도 어겨본 적이 없습니다. 제가 무지하고 몽매함을 아는 까닭에 정녕 제가 어떻게 죄를 범했는지 깨닫지 못하고 있습니다."

The Master said: "There are three things that must be exercised in the ordering of one's acts, namely, the body, the mind, and the soul. You went to the Dragon King and drank wine, did you not? Again, on your way back by the stone bridge you had a long and frivolous conversation with the messengers of Queen Wee. You gave them each a flower and made jokes and light talk. Since coming back, too, you have not put these recollections from your mind and heart, but instead have allowed yourself to be entangled with worldly delights; you have been thinking of riches and honour with all the other temptations of the earth, and have turned with loathing from the doctrine of the Buddha. Thus your three degrees of attainment have all fallen from you in a single hour. You can remain here no longer."

대사가 말했다.

"사람의 행동 질서에서 수련되어야 하는 세 가지가 있다. 이르자면 신체와 정신과 영혼[11]이다. 너는 용궁으로 가서 술을 마셨다, 그렇지 않느냐? 그러고도 돌아오는 길에 돌다리 근처에서 위 여왕의 사자들과 장황하고도 경솔한 대화를 나눴다. 그들에게 꽃을 선물하고 농담을 던졌으며 가벼운 이야기를 했다. 또한 돌아와서도 너는 네 정신과 마음에서 그런 기억들을 떼놓지 못했으며, 오히려 자신이 세속적 쾌락에 휩쓸리게 방치했다. 너는 그 외 이승의 모든 유혹과 부와 명예를 숙고했다. 더군다나 불가의 교리를 따분하게 여기면서 외면했느니라. 따라서 너의 세 등급을 이룬 공부가 단 한 시간에 완전히 무너졌다. 더 이상 이곳에 머무를 이유가 없느니라."

Song-jin, overcome to tears, prayed for forgiveness. He said: "Great Master, I am indeed a sinner. Still my breaking the rule regarding drink was because the king so forced and compelled me; and my talking with the fairies was only because I asked of them the way. I had had no such intention in my heart. Why am I thus condemned? I will go back to my cell, and though evil thoughts assail me I will keep my spirit awake against them and overcome their madness, so that a true mind will assuredly return. I will bite my hands and I will repent of the[p14]wrong I have done, and my heart will be restored. It tells in Confucianism how one can thus return to the right way. As I have sinned will my revered Father not give me a flogging and set me right? This is what I understand to be the

11 원문에는 몸[身]과 말씀[義]과 뜻[心]으로 서술되어 있다.

teaching of the Buddha. Why should you drive me away from all possibility of reformation? I came to you when I was only twelve years of age, gave up my parents and relatives, cut my hair and took the vows of a priest, and ever since have lived dependent on you. It is just as though you had begotten me and brought me up, and our love is as between an only son and a father. My cell is the special meeting place of the monastery, and my hopes are all here. Where shall I go?"

성진은 눈물을 억제하며 용서를 구했다. 그는 말했다.

"스승이시여, 저는 정말 죄인입니다. 그럼에도 불구하고 음주와 관련한 계율 위반이 용왕께서 강요하고 저를 어쩔 수 없게 만들었던 까닭이었고, 선녀들과의 대화는 단지 길을 내어 달라는 요청 때문이었습니다. 마음속으로 그런 의도는 결단코 없었습니다. 그럴진대 제가 왜 구제받을 수 없는 것인가요? 저는 제방으로 돌아가겠습니다. 그래서 사악한 생각이 나를 공격한다 하더라도, 저는 그에 대항하여 저의 정신을 깨어있도록 할 것이며 그 광기를 이겨내겠습니다. 그리하여 참된 정신이 확실히 돌아오도록 하겠습니다[12]. 제가 손가락을 깨물며 저지른 잘못을 후회하면, 제 마음이 회복될 것입니다. 유교에서 사람은 그렇게 바른 길로 돌아온다고 말합니다. 제가 죄를 저질렀다면, 아버님 같은 스승께서 저를 매질하여 바로 잡아주지 않으시겠습니까? 저는 겨우 열두 살 때 부모와 친척을 떠나 스승님께 와

12 원문에서 해당내용은 성진이 자신의 방으로 돌아가 미혹된 맘이 들었지만 이를 극복했다는 이야기 즉, 과거 자신의 상황을 변론하는 부분인데, 게일은 앞으로 개과천선하겠다는 식의 언급으로 번역했다.

서 머리카락을 깎고 수도자의 서원을 했습니다. 그로부터 줄곧 스승님만 의지하고 살아왔습니다. 그것은 바로 스승님께 저를 낳고 기르셔서 부친과 독자 사이의 관계와 같다 할 것입니다. 저의 방은 이 수도원의 특별한 만남의 장소가 되었고 저의 모든 희망이 여기에 있습니다. 제가 어디로 간단 말씀입니까?"

The Master said: "You desire to go and that is what makes me send you off. If you did not desire to go who would ever think of sending you? You ask 'Where shall I go?' I answer 'To the place where you desire to go.'"

대사는 말했다.

"너는 떠나기를 열망하고, 그것이 바로 내가 너를 떠나보내는 이유다. 네가 떠나고자 하지 않았다면 누가 너를 보내려 생각이라도 했겠느냐? 너는 '제가 어디로 간단 말입니까?' 하고 물었다. 나는 '네가 가고자 열망하는 곳으로 가라'고 답하느니라."

He then shouted: "Hither, Yellow Turban Guards!" Suddenly the commander of the guard dropped from mid-air, bowed low and received his orders.

그런 다음 그는 외쳤다.

"여봐라, 노란 두건 경비[13]!"

갑자기 경비장이 공중에서 내려와 절하고 그의 명령을 받았다.

The Master said: "Arrest this guilty man, take him to Hades, hand him over to the King of Youma and then come back to me."

대사는 말했다.

"이 죄인을 체포하여 지옥으로 데려가서, 염라왕에게 인계한 다음, 내게 돌아오너라."

When Song-jin heard this his spirit seemed to depart from him, his eyes streamed over with tears, he fell forward and cried out: "Father, father, please hear me, listen to what I have to say. In olden days the great teacher Aron entered the house of a harlot and had intercourse with her, and so broke[p15]all the laws of the Buddha. Still the divine Sokka did not condemn him, but took him in hand and showed him more clearly the way. I am guilty of a lack of care, but still as compared with Aron I am surely less at fault. Why do you send me thus to Hell?"

성진은 이 말을 듣고 정신이 그로부터 떨어져 나오는 것 느낌이 들 무렵, 그의 눈에선 눈물이 흘러내렸다. 그는 앞으로 꼬꾸라지면서 울부짖었다.

"아버지, 아버지, 제 말 좀 들으소서. 제가 해야 할 말이 있습니다. 옛날 위대한 사부 아난존자는 어느 창녀의 집에 들어가 그녀와 동침

13 이는 황건역사(黃巾力士)를 일컫는 것이다.

하여 불가의 법을 완전히 어겼습니다. 그럼에도 석가모니는 그를 꾸짖지 않고, 손을 잡고 데려가서 그에게 더욱 명확하게 길을 가르쳐 주었습니다. 저는 조심성이 없어 죄를 저질렀지만 그럼에도 그 잘못에서 아난존자와 비교하여 확실히 덜합니다. 그런데도 왜 스승님께서 저를 지옥으로 보내십니까?"

The Teacher replied: "Even though Aron fell into sin, still his mind was repentant; you, on the other hand, have had but one sight of these seductive things and have lost all your heart to them. Your thoughts are now turned to a life of pleasure and your mouth waters for the riches and honours of the world. If we compare you with Aron you are worse by far. You cannot escape the sorrow and distresses that lie before you."

대사는 답했다.

"비록 아난존자가 죄를 저질렀다 하지만, 그의 정신은 개전의 정을 보였다. 그런데 너는 이런 마음을 끌어당기는 것들을 한눈에 보고 네 마음을 완전히 그것들에 빼앗겼다. 너의 생각은 이제 쾌락의 삶에 가 있으며 너의 입은 세속의 부와 명예에 침을 흘리고 있다. 만약 우리가 너를 아난존자와 비교한다면, 훨씬 더 나빠.[14] 너는 네 앞에 놓여 있는 슬픔과 고통을 면할 수 없어."

14 아난존자와 성진을 비교하는 언급은 『노존B본(강전섭본)』에는 없으며 『을사본』 계열에 존재한다. 게일이 참조한 저본을 짐작할 수 있는 부분이다.

Still Song-jin cried for mercy, and had no thought of going, so that the stern Teacher comforted him finally, saying: "While your mind remains unpurified even though you are here in the mountains, you cannot attain to the truth; but if you never forget it and hold fast you may mix with the dust and impurities of the way, and your return is safe and sure. If you ever desire to come back here I will go and bring you. Depart now without doubt or question."

그럼에도 성진은 자비를 구하고 떠날 생각이 없었다. 그래서 엄한 대사는 결국 그를 위로하며 말했다.

"네가 이곳 산중에 있다고 하여도 네 정신이 불순한 상태라면, 너는 진리를 얻지 못하는 거야. 그러나 네가 진리를 잊지 않고 굳건히 지킨다면, 네가 설사 가는 길에 흙과 불순함에 뒤섞이더라도 돌아오는 길은 확실히 확보될 것이다. 만약 네가 항상 돌아오기를 욕망한다면, 내가 가서 너를 데려올 것이야. 의심이나 의문을 갖지 말고 지금 떠나거라."

There being no help for it, Song-jin made a low bow before the Master, said good-bye to his priest companions, and went along with the constables of Hell past the Look-out Pavilion till he came to the outer walls, where the guards at the gate asked the cause of his coming.

달리 도리가 없는 상황에서 성진은 대사 앞에 절을 하고 동료 스님들에게 작별 인사를 한 다음, 경비병들을 따라 망향대를 지나서 지옥의 외벽에 이르렀다. 거기서는 문지기들이 그가 온 이유를 물었다.

The constables replied: "At the order of the Teacher Yook-kwan we have arrested this guilty man and brought him."[p16]

경비병들은 답했다.

"육관대사의 명령을 받아 우리가 이 죄인을 체포하여 데리고 왔소."

The soldier guards then opened the gates for them. The constables reached the inner enclosure and announced why Song-jin had been arrested. The King of Hades had him brought in and then spoke to him in the following way: "Honoured Master, although you live in the Nam-ak Hills under Lotus Peak, your name is already on the incense table before the great King Chee-jang [5]. I have said to myself that hereafter when you are exalted to the throne of the lotus all living creatures of the earth will be greatly blessed thereby. For what possible cause are you arrested and brought here thus in disgrace?"

얘기를 들은 그 경비병들이 문을 열었다. 경비병들은 내부 구역에 도착하여 성진이 체포된 이유를 고했다. 염라대왕은 그를 안으로 들이라 하여 다음과 같이 말했다.

"스님, 당신이 비록 연화봉의 남악산에 살고 있지만, 당신의 이름은 벌써부터 위대한 지장왕(보살) 앞의 분향대 위에 있었습니다. 나는 당신께서 연화왕좌에 오르면 그로부터 지상의 모든 살아있는 생물들이 크게 복을 받으리라 혼잣말을 했었습니다. 도대체 어떤 이유로 체포되어 이렇게 불명예의 장소에 오셨는지요?"

Song-jin, in confusion and shame of face, did not reply for a long time. At last he said: "I met the fairy maidens of Queen Wee on the stone bridge of Nam-ak and failed to restrain my thoughts about them. Thus I sinned against my Master and now I await the commands of your Majesty."

혼란스럽고도 창피한 얼굴의 성진은 한동안 대답하지 못했다. 이윽고 말했다.

"저는 남악산 돌다리에서 위 여왕을 모시는 선녀들을 만났고, 그들에 대한 생각을 억제할 수 없었습니다. 그래서 제 스승의 가르침을 거스르고 이제 대왕의 명을 기다리고 있습니다."

The King of Hades sent a message by those who waited on him to King Chee-jang that ran thus: "The Teacher Yook-kwan of Nam-ak has sent me one of his disciples under arrest by his Yellow Turban constables in order that we may decide here in Hell as to his guilt. As he is different from ordinary offenders I am asking counsel of your High Majesty."

염라대왕은 하인들을 시켜 지장왕에게 편지를 올렸는데, 이렇게 적혀 있었다.

"남악산 육관대사께서 제자들 중 한 명을 노란 두건 경비장을 시켜 체포하여 이곳 지옥에서 그의 죄에 맞게 벌을 내리라고 제게 보냈습니다. 그런데 이 사람은 일반적인 죄인과는 다른 까닭에 제가 도움말을 청해 올립니다."

King Chee-jang replied: "A man who would be perfect has his journey to make, and his return, in order to accomplish all things in accord with his own will and purpose. He cannot escape it, so there is no use to discuss the matter."

지장왕이 답해왔다.

"도를 깨달을 사람은 자기 자신의 의지와 목적에 따라 모든 일을 성취하기 위해 여행을 떠나고 돌아옵니다. 그는 그 같은 이치를 피할 수 없으니, 그런 문제를 논해 봐야 아무 소용이 없습니다."

Just as the King of Hades was about to decide, two devil soldiers announced that the Yellow Turban[p17]guards, by command of Master Yook-kwan, had brought eight more offenders, who were outside the gate waiting. When Song-jin heard this he was greatly alarmed.

염라대왕이 막 판결을 할 찰나에 두 명의 귀신 병사가 노란 두건 경비들이 육관대사의 명을 받아 여덟 명의 죄인을 더 데려와서 문 밖에서 기다리고 있음을 고했다. 성진이 이 말을 듣고는 깜짝 놀랐다.

The King then ordered them in, when, behold, all the eight fairies of Nam-ak came haltingly over the threshold, and knelt down in the court. The King spoke, saying: "You fairy maidens of Nam-ak, listen to me. Fairy folk live in the most beautiful worlds that are known, and have joys and delights beyond measure. How is it that you have come to such a place as this?"

염라대왕은 그들을 안으로 들이라 명하고, 남악산의 여덟 선녀 모두가 문턱을 주저하며 넘어 들어와 법정에 꿇어앉는 것을 지켜보았다. 염라대왕은 말했다.

"너희들 남악산의 선녀들은 내 말을 들어라. 선녀들은 헤아릴 수 없는 기쁨과 즐거움을 우리는 세상에서 가장 아름다운 곳에서 산다고 들었다. 그런데 너희들이 어떻게 이런 곳에 오게 되었느냐?"

The eight in great shame and confusion made reply: "We were ordered by Queen Wee to go and make inquiry of the Teacher Yook-kwan as to his health and welfare. On our way back we met with his disciple Song-jin, and because we talked with him the Teacher said that we had defiled the sacred precincts of the hills, and he wrote and asked that we be sent to the place of the dead. All our hopes and prayers are with your Majesty. Pray have mercy upon us and let us go once again into the world of the living."

크게 창피해하고 혼란스러워 하며 여덟 선녀는 대답했다.

"저희는 육관대사를 방문하고 그의 건강과 안녕을 묻는 위 여왕의 명령을 받았습니다. 저희들이 돌아오는 길에 대사님의 성진이라는 제자를 만나게 되었습니다. 대사께서는 우리가 그와 이야기를 나누었기 때문에 연화봉의 신성한 구역을 더럽혔다고 하셨습니다. 그래서 그는 우리가 죽은 자들의 장소로 보내져야 마땅하다고 편지를 써서 요구했답니다. 우리들의 모든 희망과 기도는 대왕님의 처분에 달렸습니다. 부디 저희들에게 자비를 베푸시어 우리가 다시 한번 이승 세계로 가도록 해주십시오."

The King of Hades then called nine messengers who appeared before him. He ordered them in a low voice, saying: "Take these nine and get them back as soon as possible into the world of the living."

얘기를 들은 염라대왕은 그의 앞에 나타난 아홉 사자를 불렀다. 그는 그들에게 낮은 목소리로 명령했다.

"이 아홉 명을 데리고 가능한 빨리 이승세계로 돌려보내라."

Scarcely had he finished when a great wind arose and whirled about, carried off the nine into space, drove them asunder, and sent them into the four corners of the earth. Song-jin, following his leader, was borne along by the wind, tossed and whisked through endless space till he seemed at last to land[p18]on solid ground. Then the tempest calmed down. Song-jin gathered his scattered senses, and found himself shut in by a range of hills with the waters of a clear, beautiful stream running by. He also saw inside a bamboo paling and between the shady branches of the trees glimpses of thatched roofs, a dozen or more. Two or three people were standing and talking together. They said in his hearing: “The hermit Yang’s wife, now over fifty years of age, is to give birth to a child, a marvellous thing indeed! We have expected it now for some time, but no infant’s voice is yet heard, a somewhat anxious circumstance.”

그의 말이 끝나기가 무섭게 거대한 바람이 일어 소용돌이쳐서 그 아홉 명을 공중으로 데려가서는 따로따로 떼놓았다. 그리고는 지상의 네 귀퉁이로 그들을 보냈다. 그의 인도자를 따르는 성진이 마침내 딱딱한 바닥에 내린 것 같았을 때까지 바람이 옮기고 들어 올리며 끌어당기면서 무한한 우주를 통과했다.[15] 그 폭풍이 잠잠해졌을 무렵, 성진은 흐트러진 감각을 모았고 자신이 맑고 아름다운 강물이 옆으로 뻗어가는 계곡 지대 옆에 와 있음을 알았다. 또한 그는 대나무 울타리 안을 들여다보고 나무 가지 사이로 10여 개 초가지붕을 보았다. 사람들 두세 명이 서서 함께 얘기를 나누고 있었다. 이야기하는 소리가 들렸다.

“나이가 쉰이 넘은 양 처사의 부인이 태기가 있다고 하니, 놀라운 일이 아니오! 지금쯤 언젠가 낳을 줄 알고 있었는데, 아직도 아기 소

15 번역문에서는 염라대왕에 의해 성진이 속세에 내려오는 과정을 무한한 우주를 통과하는 것으로 표현하였다. 실제 원문에서는 성진이 사자를 따라 바람에 실려 한 곳에 도달하게 되었다는 사실만이 언급되어 있다.

리가 들리지 않으니 조금 걱정스런 노릇이오."

Song-jin said to himself: "I am to be born again among men, for now that I behold myself I have no body, but am a spirit only. My body I left on Lotus Peak, where it has already been cremated, and because I was so young I had no disciples to take my saree[6] and safeguard them."

성진은 혼잣말을 했다.

"내가 인간 세상에 다시 태어나는구나. 지금 내 자신은 몸은 없고 정신만 남아 있다. 내 몸은 연화봉에 두고 떠났으니, 거기서는 내가 너무 어리고 내 사리를 수습해 지킬 제자들도 없는 까닭에 이미 화장을 하였을 것이다."[16]

Thinking thus over his past his mind was distressed, when a messenger appeared and waved his hand to him to come, saying: "This is So-joo township of Hoi-nam county, of the Tang Kingdom, and this is the home of the hermit Yang. He is your father, and his wife Yoo See is your mother. You are destined from a former existence to be a son in this home. Go in quickly and do not lose the favourable moment."

16 번역문에서는 사리를 거둘 자가 없어 화장을 하였을 것이라 한탄하고 있지만, 원문에서는 화장을 하였으나, 사리를 거두어줄 제자가 없음을 한탄하는 내용이 서술되어 있다.

자기 지난 과거를 곰곰이 생각하면서 마음이 괴로웠다. 그때 어느 사자가 나타나 그에게 오라고 손을 흔들었다.

"이곳은 당 왕국의 회남도 수주현이고, 이 집은 양처사의 집이오. 그가 바로 당신의 부친이고 그의 아내 유씨는 당신의 모친입니다. 그대는 전생에 기인하여 이 가정의 아들이 될 운명입니다. 속히 들어가 귀중한 순간을 놓치지 마시오."

At once he went in, and there the hermit sat with his reed hat on his head and a rough hempen coat wrapped about him. He had before him a brazier on which he was preparing some medicinal drink, the fragrance of which filled the house. In the room,[p19]indistinctly, there were heard accents of suffering. The messenger urged him on, saying, "Go in quickly now," but as Song-jin still hesitated and delayed, the messenger pushed him from behind and Song-jin fell to the ground, when suddenly he lost consciousness, seeming to pass into some great convulsion of nature. He called, saying, "Save me, save me!" but the sounds stuck fast in his throat and failed to find expression, so that they became the cries of a little child only. The attendants quickly informed the hermit that his wife had borne him a beautiful son. He took the medicinal drink that he had prepared, went close up to her and they looked at each other with happy faces.

그가 즉시 들어 가보니, 양 처사는 머리에 갈대 모자를 쓰고 거친 대마 외투를 입고 앉아 있었다. 그는 그 향기가 온 집안을 채우고 있

는 약을 달이는 향로 앞에 있었다. 방 안에서 불분명하게 고통스런 소리가 흘러나왔다. 사자는

"지금 속히 들어가시오"라면서 그를 재촉했다. 그러나 성진은 여전히 주저했고 시간을 끌었다. 사자는 뒤에서 그를 밀었고 성진은 바닥에 엎어졌고, 그가 갑자기 의식을 잃는 순간 어떤 자연의 대격변을 통과해가는 것 같았다. 그는

"사람 살려! 사람 살려!"

하고 외쳤다. 하지만 그 소리는 목에 달라붙어 말이 되지 않았다. 그래서 그 소리는 오로지 작은 아기의 울음으로만 세상에 나왔다. 시종들이 처사에게 아내가 귀여운 아들을 낳았다는 소식을 급히 전했다. 그는 준비했던 마실 약을 들고 그녀에게 다가갔고 행복한 표정으로 서로를 바라보았다.

When Song-jin was hungry milk was given him, and when his wants were satisfied he ceased to cry. When first born his little mind still recollected the happenings on Lotus Peak, but when he grew older and learned to know of the love of his parents the things of his former existence faded away, so that he forgot them altogether.

성진이 배고플 때 젖을 빨았고, 배고픔이 채워지면 울기를 그쳤다. 처음 태어났을 때 그의 조그만 정신에는 연화봉의 일들이 여전히 남았지만, 나이를 먹고 부모의 사랑을 알면서 전쟁의 일들이 사라졌고, 이윽고 완전히 망각하기에 이르렀다.

When the hermit saw how handsome he was and well gifted he stroked his little brow, saying: “This child has indeed come from heaven to sojourn among us,” so he called his name So-yoo, Little Visitor, while the special name given him was Chollee, Thousands of Miles.

처사는 그 아이가 얼마나 잘 생겼고 좋은 재능을 타고났는지 살피면서 이마를 쓰다듬으며 말했다.

“이 아이는 필시 우리 사이에 체류하기 위해 하늘에서 왔어.”

그래서 그는 작은 방문자(잠시 머무는 자)란 뜻의 소유라는 이름을 주었고, 특별한 이름으로 수천 마일을 뜻하는 천리라고 불렀다.[17]

Time that goes like running water saw him grow as in the space of a moment to ten years of age. His face was like the jade-stone and his eyes like the stars of the morning. His strength was firm and his mind pure and bright, showing him to be indeed a Superior Man. The hermit said to his wife: “I am[p20]originally not a man of this world, but because I was united to you I have remained long among the dust of this mortal way. My friends of the genii who live on Mount Pong-nai [7] have sent me many messages asking that I come. On account of your labour and sorrow, however, I have refused, but now that God has blessed us and given us a gifted son superior to others in

17 즉 이름은 양소유요, 자를 천리라 하였던 것이다.

his attainments, on whom you can rely and by whom in your old age you will assuredly see riches and honour, I shall delay no longer to go."

흐르는 강물처럼 가는 세월 따라 그가 성장했고, 열 살이 되었다. 그의 얼굴은 마치 옥돌 같고 눈은 샛별 같았다. 그는 초인의 풍모를 갖추어 강인함은 견고했으며 정신은 순수하고 맑았다. 처사는 자기 부인에게 말했다.

"내 본래 이 세상 사람이 아니오. 하지만 내가 당신과 결연되었던 까닭에 이 숙명의 길의 먼지 속에서 오래토록 머물렀던 것이오. 봉래산에 살고 있는 내 신선 친구들은 많은 사자들을 보내 나에게 오라고 요청해왔소. 그렇지만 당신의 노고와 슬픔 때문에 내가 거절했었소. 허나 이제 하늘이 우리에게 복을 내려 그 능력에서 타의 추종을 불허하는 재능의 아들을 주셨소. 당신은 그를 의지할 수 있고 노년에는 분명히 그로 인해 부와 명예를 얻을 것이니, 나는 더 이상 지체할 수가 없구려."

On a certain day a number of the genii came to escort him on his way. They rode some on the white deer, some on the blue heron, sailing off toward the distant hills. Though one or two letters came at intervals from the blue sky, no traces of the hermit were ever seen on earth again.[p21]

어느 날 여러 신선들이 와서 그를 모시고 길을 떠났다. 일부가 흰

사슴을 타고 일부는 파란 왜가리[18]를 탄 그들은 먼 산을 향하여 떠났다. 띄엄띄엄 한 두 통의 편지가 파란 하늘로부터 왔지만, 처사의 어떠한 흔적도 이 세상에 다시는 나타나지 않았다.

Chapter II A Glimpse of Chin See

제2장 진씨의 모습

THE Hermit Yang left the world while the mother and son remained and lived together.

양 처사가 이승을 떠난 한편, 어머니와 아들은 남아 함께 살고 있었다.

Already before So-yoo (Song-jin)was in his teens he manifested extraordinary attractiveness and ability. The governor of his county called him the Marvellous Lad, and recommended him to the Court. But So-yoo on account of his mother declined all favours. When he was fifteen or thereabouts, with his frank and handsome face, he was said to resemble Panak [8]of ancient China. His physical strength, too, was unrivalled, and his skill in the classics and composition was excellent. In astronomy and geomancy he was well trained, while in military knowledge, such as tossing the spear and fencing with the

18 원문에는 처사에 집에 찾아온 도인들은 흰 사슴과 청학을 타고 온 것으로 되어 있다.

short sword, he was indeed a great wonder. Nothing could stand before him. In his former existence he had been a man of refined tastes, so his mind was clear and his heart kindly disposed and liberal. He deftly solved the mysteries of life as one would split the bamboo. Different altogether was he from the common run of men.

소유(성진)가 십대가 되기 전에 벌써 탁월한 매력과 능력을 떨쳤다. 그가 사는 곳의 도지사는 그를 신동이라 불렀고 궁중에 그를 추천했다. 하지만 소유는 모셔야 할 어머니 때문에 모든 호의를 거절했다. 그가 당당하고 멋진 용모를 갖춘 열다섯 살[19] 무렵이 되었을 때, 고대 중국의 반악과 닮았다는 말이 돌았다. 그의 신체적 강인함 또한 비길 데가 없었으며, 고전과 작문에의 통달은 탁월했고 천문학과 풍수에도 밝았던 한편, 단검을 다루는 기술과 창던지기와 검술 같은 군사적 지식에도 그는 놀라운 능력을 보였다. 그의 앞에 당해낼 것이라곤 없었다. 전생에 그는 정치한 취미를 가졌던 까닭에 그 정신이 맑고 마음은 호탕하고 거침이 없었다. 그는 마치 대나무를 쪼개듯이 인생의 수수께끼들을 능란하게 풀었다. 그는 보통의 사람들의 삶과는 완전히 다른 삶을 살았다.

Said he one day to his mother: “When my father went up to heaven he entrusted the reputation and honour of his home to me, and yet here we are so poor that you are compelled to toil and struggle. To

19 원문에는 열네 살로 서술되어 있다.

live here like a mere watch-dog or a turtle that drags its tail and makes no effort to rise in the world means that we shall be blotted out as a family. I shall never[p22]comfort your heart, and shall fail of the trust that my father has imposed in me. I hear just now that Government Examinations are to be held and that they are open to any candidate of the empire. May I not leave you for a little and try my skill?"

그는 어느 날 어머니에게 말했다.

"부친께서 하늘로 가실 때, 집안의 명성과 영광을 저에게 맡겼습니다. 그렇지만 지금 우리는 너무 가난하여 어머니께서 노역을 하지 않을 수 없습니다. 단순한 집 지키는 개나 꼬리를 내려뜨리고 세상에서 일어설 노력도 전혀하지 않는 거북이처럼 이렇게 사는 것은 한 가족으로서 우리를 지워 없애버릴 것입니다. 이대로는 제가 어머니 마음에 위안을 드리지 못하고 아버님께서 제게 부과하신 신뢰를 받들기 불가능할 것입니다. 저는 막 정부 시험(과거)가 열릴 것이고 그 시험은 제국의 모든 응시자에게 개방된다고 들었습니다. 제가 잠시 어머니를 떠나서 저의 능력을 시험해 봐도 되겠습니까?"

While Yoo See, his mother, had no desire to restrain this good purpose on the part of her son, she feared for the long journey that he would have to take. However, since his spirit was awake and anxious to go she gave her consent. Selling what few treasures she had she provided means for the journey.

그의 어머니 유씨는 자기 아들 편에서 이렇게 훌륭한 목적을 억제할 어떠한 마음도 없었지만, 그가 가야 할 긴 여정을 걱정했다. 그렇지만 그의 정신이 뚜렷하고 가기를 열망하는 까닭에 그녀는 동의를 표했다. 자신이 갖고 있던 몇몇 보석을 팔아서 어머니는 여비를 마련해주었다.[20]

He then bade her good-bye, and with a limping donkey and a little serving-boy to accompany him, he set out on the way. The views of mountain and stream by which he passed were specially fine, and since the opening of the examination was still somewhat distant, he lingered as he went along looking at points of interest and seeking out old landmarks and records.

그는 어머니에게 작별 인사를 하고 절뚝거리는 나귀[21]와 어린 시동과 함께 길을 나섰다. 그가 지나는 강산의 풍경은 너무나 훌륭했고, 과거 날이 아직 어느 정도 남았던 까닭에 그는 흥미로운 곳을 구경하고 옛 유적과 기록들을 찾아보며 여유 있게 여행했다.

At a certain place as he went by he saw a neat and tidy house

20 『노존B본(강전섭본)』에는 유씨가 패물을 팔아 양소유의 여비를 마련했다는 내용이 언급되어 있지 않다. 다만, 자식의 기상이 만만치 않음에 먼 길을 애석하지만 만류하지 못했다는 내용만이 서술되어 있을 뿐이다. 즉, 이 부분 역시 게일이 『을사본』 계열의 판본을 참조했음을 알 수 있는 대목이다.

21 『노존B본(강전섭본)』에는 나귀 한 필만 서술되어 있다. 게일은 『을사본』 계열의 판본에 있는"蹇驢"를 한자의 축자적 의미 그대로 '절름발이 나귀'라고 번역한 셈이다.

surrounded by a beautiful grove of shady willow trees. A blue line of smoke, like silken rolls unwinding, rose skyward. In a retired part of the enclosure he saw a picturesque pavilion with a beautifully kept approach. He slowed up his beast and went near to enjoy the prospect. The encircling boughs and leaves barely permitted him to make out through their shade a wonderful fairy world.

지나치던 어떤 곳에서 그는 그늘을 드리운 버드나무들로 이뤄진 아름다운 작은 숲으로 둘러싸인 아담하고 말끔히 정리된 집을 발견했다. 마치 비단 다발을 풀어헤치듯 연기의 파란 윤곽이 하늘로 피어올랐다. 그 구역의 그윽한 한 부분에서 그는 감히 접근하기 어려운 기이한 누각을 발견했다. 그는 나귀를 천천히 몰아서 그곳으로 가까이 다가서 그 광경을 음미했다. 둘러쳐진 가지와 잎들은 그 그늘 너머 경이롭고 아름다운 세계를 들여다보는 것을 허용하지 않는 것 같았다.

So-yoo pushed aside the intervening greenery and lingered for a time, unwilling to go. He sighed and said: "In our world of Cho there are many pretty groves, but none that I ever saw so lovely as this." [p23]

소유는 가로막은 푸른 가지를 제치고 한동안 떠날 마음을 접고 머뭇거렸다. 그는 한숨을 내쉬며 말했다.

"우리 초나라에도 예쁜 작은 숲들이 많이 있지만, 이같이 우아한

숲은 본 적이 없구나."

He rapidly composed and wrote a poem, which ran:

그는 재빨리 시를 지어 적으니, 다음과 같다.[22]

"Willows [9] hung like woven green,
Veiling all the view between,
Planted by some fairy free,
Sheltering her and calling me.
Willows, greenest of the green,
Brushing by her silken screen,
Speak by every waving wand,
Of an unseen fairy hand."

"버들가지 녹색 천으로 늘어져서
중간에서 전체 광경을 가리네
어떤 선녀가 방해받지 않고 심어
그녀를 숨겨놓고, 나를 부르네
녹색의 것들 중 가장 푸른 버드나무는
그녀의 비단 가림 막을 스치네
저마다 흔들리는 나뭇가지들로 말해다오,

22 원문에 따르면 이는 양류사(楊柳詞)라는 제목의 시이다.

보이지 않는 선녀의 손에 대하여."

When he had jotted this down he sang it out with a rich, clear voice, the notes of which resounded like the clink of silver or the echoing tones of crystal. It was heard in the top storey of the pavilion, where a beautiful maiden was having a midday siesta. She awoke with a start, pushed aside the arm-rest on which she leaned, and sat up. She then opened the embroidered shade and looked out through the painted railing here and there. Whence came this singing? Suddenly her eyes met those of So-yoo, while her hair, like a tumbled cloud, rested soft and warm upon her temples. The long jade pin that held the plaits together had been pushed aside till it showed slantwise through her tresses. Her sleepy eyelids were still somewhat weighted, and her expression was as though she had just emerged from dream-land. Rouge and cosmetics had vanished under the unceremonious hand of sleep, and her natural beauty was unveiled, a beauty impossible to picture and such as no painting has ever portrayed.

그는 이 시를 다 적은 다음 청량한 목소리로 노래했다. 그 노래는 은의 금속성이나 유리 쟁그렁 소리 같이 울려 퍼졌다. 그 누각의 꼭대기 층으로 전해졌다. 그곳에는 아름다운 여인이 낮잠을 즐기고 있었다. 놀라서 깬 그녀는 기대고 있던 팔베개를 옆으로 치우고 일어나 앉았다. 수놓인 그늘 막을 걷어내고는 색칠된 난간을 통해 바깥의 이곳저곳을 내다봤다. 어디서 들려오는 노래 소리인가? 갑자기 그녀의 눈이 소유와 마주쳤다. 굽이쳐 늘어진 구름처럼 그녀의 머리카락은 관자놀이 위로 부드럽고 온화하게 흘러내렸다. 땋은 머리를 모아 놓은 긴 옥비녀는 머리 뭉치들로 기울어져서 비켜나 있었다. 그녀의 눈꺼풀은 마치 그녀가 막 꿈나라에서 나타난 형국을 하고 있었다. 연지와 화장이 잠결의 얽매임 없는 손길에 의해 지워져서, 그녀의 본래 아름다움이 모습을 드러냈다. 그 아름다움은 어떤 화가조차 그려내지 못했던 모습이었다.

The two looked at each other with a fixed and[p24]startled expression, but said not a word. So-yoo had sent his boy ahead to order his affairs at the inn, and now he suddenly returned to announce that it had been so done. The maiden looked straight at So-yoo for a moment, and then suddenly recollected herself, closed the blind and disappeared from view. A suggestion of sweet fragrance was borne to him on the breeze.

두 사람은 정지한 듯 놀란 표정으로 아무런 말도 못하고 서로를 바라봤다. 소유는 시동을 먼저 여관으로 보내 지낼 준비를 시켰는데, 이제 그가 돌아와 준비가 다 되었노라고 알렸다. 그 여인은 한 동안 소유를 똑바로 쳐다보고는, 서둘러 마음을 진정시키고, 가림 막을 닫고 눈앞에서 사라졌다. 그윽한 향기가 양에게 바람에 실려 왔다.

So-yoo regretted at first that the boy had disturbed him by his announcement. And now that the blind had closed it was as though a thousand miles of the Yang-tze had cut him off from all his expectations. So he went on his way, looking back at times to see, but the silken window was made fast and did not again open. He reached the inn with a sense of loss and home-sickness upon him, and with his mind mixed and confused.

소유는 시동이 고하느라 방해한 것에 먼저 실망했다. 그리고 마치 그의 모든 기대로부터 그를 갈라놓는 일천 마일 양쯔강처럼 이제 그 가림막이 닫혔다.[23] 그래서 그는 가끔씩 그곳을 확인하기 위해 뒤돌아보며 자기 길을 계속 갔다. 그러나 비단으로 만든 창은 굳게 닫혀 다시 열리지 않았다. 그는 상실감과 향수에 젖어, 그리고 뒤죽박죽 혼란한 정신 상태로 여관에 도착했다.

The family name of the maiden was Chin, and her given name Cha-bong. She was the daughter of a Government Commissioner, and had lost her mother early in life. No brothers or sisters had she ever had, and now she had attained to the age when girls do up their hair, but she was still unmarried.

그 여인의 성씨는 진이었고, 이름은 채봉이었다. 그녀는 진어사

23 게일은 원문에서 신선이 살았다는 중국의 전설적인 강 "弱水"를 양쯔강으로 번역했다. 이는 弱水라는 지명에 관한 이해가 어려운 서구인 독자를 배려한 게일의 번역이라고 볼 수 있다.

의 딸이었고, 일찍이 모친을 잃었다. 형제자매도 없었으며, 이제 소녀들이 자기 머리를 올리는 나이에 이르렀으나 그녀는 여전히 미혼이었다.

The Commissioner had gone up to the capital on official business, and so the daughter was alone when she thus unexpectedly met the eyes of So-yoo. His handsome face and manly bearing attracted her wonderfully. Hearing, too, the verses that he sang she was carried away with admiration for his skill as a scholar, and thus she thought to herself:

진어사는 공무로 수도에 갔으므로 그녀가 소유와 예기치 않게 눈을 마주쳤을 때는 혼자 있었던 것이다. 그의 준수하고 남자다운 용모는 그녀를 이상하게도 끌어당겼다. 또한 그가 노래하는 시를 듣고는 학자로서 그의 솜씨에 경탄하며 넋을 잃었다. 그래서 혼잣말을 했다.

"The woman's lot in life is to follow her husband. Her glory or her shame, her experiences for the span of life are wrapped up in her lord and master. For[p25]this reason Princess Tak-moon, although a widow, followed General Sa-ma. I am yet an unmarried girl and dislike dreadfully to become my own go-between and propose marriage, but it is said that in ancient times courtiers chose their own king, so I shall make inquiry concerning this gentleman and find his name and place of residence. I must do so at once and not wait till my father's return, for who knows whither he may have gone in the meantime, or where I may search for him in the four quarters of the earth."

"인생에서 여자의 몫은 자기 남편을 따르는 일이다. 일생 동안의 영광과 수치와 경험은 자기 주인이자 사부에 의해 결정된다. 이런 이유 때문에 탁문 공주는 과부였음에도 사마 장군을 따랐다. 난 미혼의 소녀여서 내 자신의 중매쟁이가 되어 청혼을 하기가 끔찍하게 싫다. 하지만 옛날 조신들도 자기 왕을 선택하였다 하니, 내가 이 신사와 관련하여 이름이 뭐며 거주지가 어딘지에 관해 문의할 것이다. 난 즉시 그 일을 해야 하니, 아버지의 귀가를 기다릴 수가 없다. 그가 어디론가 떠나버릴지 누가 알겠는가? 혹은 내가 이 세상천지 어디서 그를 찾겠는가?"

She unclasped a roll of satin paper, wrote a verse or two and gave it to her nurse, saying: "Take this letter to the city guest-hall and give it to the gentleman who rode past here on the little donkey and sang the Willow Song as he went by. Let him know that my purpose is to find the one that is destined for me, and on whom I may depend. Know forsooth that this is a very important matter and one that forbids your acting in a light or frivolous way. The gentleman is handsome as the gods; his eyebrows are like the loftiest touches of a picture, and his form among common men is like the phoenix among feathered fowls. See him now for yourself and give him this letter."

그녀는 말려 있던 부드러운 종이를 펼치고는, 그녀가 보모에게 주며 말했다.

"이 편지를 마을의 여관으로 가져가서 작은 나귀를 타고 이곳을 지나갔고 또 지나가면서 버드나무 노래를 부른 상공에게 전하세요. 그에게 내 목적은 나에게 운명적으로 맺어진 분을 찾아 그에게 나를 의지하려는 것이라 알려주십시오. 정말이지 이 일은 아주 중요한 문제이며 행여 당신의 행위가 가볍거나 경솔하지 않도록 할 일임을 명심해주세요. 그 상공은 신들과 같이 잘 생겼습니다. 어떤 그림의 가장 고상한 필치 같은 눈썹을 하고 닭 무리 속의 불사조와 같이 평민들 속의 그의 용모를 가졌습니다. 부디 혼자서 그를 만나시고 이 편지를 전해주세요."

The nurse replied "I shall be careful to do just as you have commanded, but what shall I say if your father should inquire later?"

보모는 대답했다.

"저는 아씨가 명하신대로 신중하게 일처리를 할 것입니다만, 나중에라도 아버님께서 저에게 묻는다면 제가 어떻게 말해야 하겠습니까?"

"I shall see to that myself," said Chin See, "so do not be anxious."

"그건 제가 알아서 할 테니 걱정 마세요"

라고 진씨가 말했다.

The nurse then left, but returned again in a little to ask: "What shall I do if the gentleman is already married or engaged?"[p26]

보모는 떠났다가 잠시 후 다시 돌아와 물었다.

"만약에 그 상공께서 이미 결혼하거나 약혼하셨다 하면 어찌 하오리까?"

On hearing this the maiden thought for a moment and then replied: "If that unfortunately be so I shall not object to become his secondary wife. He is young, but whether he is married or not, who can tell?"

이야기를 들은 그 여인은 잠시 생각하더니, 다음과 같이 말했다.

"만약 불행하게도 그렇다고 한다면, 나는 그의 둘째 부인이 되는 것도 꺼리지 않겠다. 그가 젊기는 하지만, 결혼했는지 아닌지 누가 알겠어요?"

The nurse then went to the guest-hall and asked for the gentleman who had sung the Willow Song. Just at that moment So-yoo stepped out of the entrance into the court, and there he met the old dame who came bearing the message. He responded at once and said: "Your humble servant, madam, is responsible for the Willow Song. Why do you ask me?"

보모는 여관으로 가서 버드나무 노래를 지은 상공을 문의했다. 바로 그 순간 여관 입구로 나서던 소유는 전하는 말을 갖고 온 중년 여인을 만났다. 그는 즉시 반응하며 말했다.

"소생이 버드나무 노래를 지었소. 왜 나를 찾고 있는가요?"

When the nurse saw his handsome face she no longer doubted his being the one in question, and softly said: "We cannot speak here."

보모가 그의 준수한 용모를 확인했을 때, 그가 문제의 인물임으로 의심할 필요가 없었다. 그래서 부드럽게 말했다.

"여기서 말할 수 없습니다."

So-yoo, wondering, led her into the guest-house, and when they were seated quietly he asked why she had come.

의아하게 생각하는 소유는 그녀를 여관 안으로 인도했으며, 그들이 좌정했을 때 그는 그녀가 온 이유를 물었다.

"Will your Excellency," said she in answer, "please tell me where you sang the Willow Song?"

그녀는 대답했다.

"상공께서는 그 버드나무 노래를 어디서 불렀는지 제게 알려줄 수 있겠습니까?"

So-yoo replied: "I am from a far distant part of the country and have come for the first time into the neighbourhood of the capital. The beauty of it delights my soul. To-day at noon as I was passing along the main highway I saw to the north of the road a little pavilion with a grove of green willows, exquisitely beautiful. I could not restrain my joy, and so wrote a verse or two which I sang, but why does your excellent ladyship ask concerning that?"

소유는 대답했다.

"나는 이 나라의 먼 지방에서 왔습니다. 서울 주변에는 처음으로 왔습니다. 이 지역의 아름다움 때문에 내 영혼이 즐거워졌습니다. 오늘 정오께 중심 도로를 따라 지나고 있었는데, 그 길 북쪽 절묘하게 멋진 푸른 버드나무 숲과 어우러진 작은 누각을 발견했지요. 저는 기쁨을 억누를 수 없어 시를 한두 수 지었고 노래 불렀지요. 그런데 귀부인께서 그것과 관련하여 묻고 있는 것은 어떤 연유입니까?"

The nurse replied: "Did your Excellency meet anyone at that time, or come face to face with any stranger?"[p27]

보모는 대답했다.

"상공께서 그때 누구를 만나거나 어떤 낯선 이와 얼굴을 마주쳤는가요?"

So-yoo made answer: "Your servant came face to face with a

beautiful fairy, who looked down upon him from the pavilion by the way. Her lovely features I see still and the fragrance of her presence has filled the world."

소유는 대답했다.

"소인은 아름다운 선녀와 얼굴을 마주쳤지요. 그 길 곁의 누각에서 그녀는 소인을 내려다보고 있었지요. 그럼에도 저는 그녀의 사랑스러운 특징들을 보았고, 그녀가 풍기는 향기가 세상을 온통 채웠지요."

The nurse went on: "I shall speak directly to the point. The house you mention is the home of my master, Commissioner Chin, and the lady you refer to is his daughter. From childhood she has been pure of heart and gifted in mind and soul, with a wonderful talent for knowing people. She saw your Excellency but once and for a moment, yet her desire is to entrust herself to you for ever; but the Commissioner is away from home in the capital and he must needs return before any decision can be arrived at. Most important is the matter, however, and in the meantime your Excellency may be far enough away like the floating seaweed on the drift, or the autumn leaves in the wind that blows. Fearing she might never again find you, she has sent me to say that the destiny of life is the all important subject, while the diffidence of the moment and the fear to speak of it are but a passing unpleasantness. Thus has she, contrary to good form and her bringing up, written this letter and ordered me, her old servant, to ask your excellent name and place of residence."

보모는 말을 이었다.

"요점을 바로 말씀드리겠습니다. 상공께서 언급하신 그 집은 저의 주인 진어사의 집입니다. 그리고 지목하신 그 여인은 바로 그의 딸입니다. 어린 시절부터 그이는 마음이 순수했고 정신과 영혼에 재능을 타고났으며, 사람을 이해하는 탁월한 능력을 가졌습니다. 그녀가 상공을 단지 한번 그것도 잠시 보고도 공께 자신을 영원히 위탁할 정도입니다. 하지만 어사께선 지금 집을 떠나 서울에 가 계시고, 어떤 결정이라도 내려지려면 그 전에 어사님이 돌아오셔야 합니다. 그럼에도 불구하고 가장 중요한 문제는 그러는 중에 상공께서 물결에 떠다니는 부초처럼 혹은 부른 바람 속의 가을 나뭇잎처럼 아주 멀리 가버리실 수 있다는 것이지요. 그리하여 다시는 상공을 찾지 못할 것을 우려하는 그녀가 저를 보내 운명적인 삶이 전적으로 중요한 문제이지 그것을 말하는 순간의 망설임과 두려움은 그저 지나치는 불쾌감에 지나지 않는다는 말씀을 전하십니다.[24] 그래서 예를 갖춘 형식과 자신의 지론에도 불구하고 이 편지를 썼고, 늙은 하인인 저에게 명하여 상공의 성함과 거주지를 여쭙습니다."

When So-yoo heard this he was greatly interested, as his countenance

24 『노존B본(강전섭본)』에서는 진채봉이 부끄러움을 무릅쓰고 종신대사를 위해 본인(보모)을 보낸 것이라 간략하게 언급하고 있다. 게일의 번역문은 『을사본』 계열의 판본이 잘 반영되어 있다. 즉, 운명적인 삶의 중요성과 순간의 망설임이나 두려움은 고려할 것이 아니라는 언급을 통해 양소유에 대한 진채봉의 마음을 보다 강하게 표현하고 있다.

showed. He thanked her, and said: "My name is Yang So-yoo, and my home is in the land of Cho. I am young and not yet married. Only my aged mother is alive, and while the marriage question is one that will need inquiry on the part of both our clans, still consent to the contract[p28]may be given even here and now, and so for my part I consent at once, and swear it by the long green hills of Wha-san and the endless reaches of the Wee-soo River."

이를 들은 소유는 안색에 나타나듯이 몹시 흥미가 동했다. 그는 그녀에게 감사를 표한 다음, 말했다.

"저의 이름은 양소유고 집은 초나라 땅에 있습니다. 저는 아직 어려서 결혼하지 않았습니다. 연로한 모친께서 살아계시고, 혼인 문제는 양 가문의 편에 문의해야 할 문제이나 약혼에 대하여서는 지금 여기서라도 동의 되었습니다. 그래서 저의 편에서는 즉시 동의하고, 장대하고도 푸른 화산과 끊임없이 흘러가는 위수에 기대어 맹세합니다."

The nurse, delighted at her success, took a letter from her sleeve, gave it to So-yoo, who tore it open and found a poem which read:

보모는 방문 목적의 성취에 기뻐하면서 소매에서 편지를 꺼내 소유에게 전했다. 그는 봉투를 찢어 시를 찾아냈다.

"Willows waving by the way,

Bade my lord his course to stay,
He, alas, has failed to ken,
Draws his whip and rides again."

"길가에서 버드나무 손 흔드는 것은
내 주인님 도중에 머물기를 권하는 것인데
아, 그는 이해하지 못 하였네
채찍을 들어 다시 말을 타는구나."

When So-yoo had read the verse and noted its brightness and freshness, he praised it, saying: "No ancient sage ever wrote more sweetly." Then he unrolled a sheet of watered paper and wrote his reply thus:

소유는 그 시를 보고 그 선명함과 신선함에 감탄했다.
"어떤 옛 현인[25]도 더 아름답게 쓴 적이 없습니다."
그는 물결무늬 종이 한 장을 펼쳐서 답신을 적었다.

"Willow catkins soft and dear,
Bid thy soul to never fear,
Ever may they bind us true,
You to me, and me to you."

---

25 원문에서는 왕우승(王右丞)과 최학사(崔學士)에 비견하였다.

"부드럽고 사랑스런 버드나무 꽃차례
당신의 영혼이 결코 두려워하지 않도록 하여,
그것들이 우리를 인연을 영원한 진실로 묶었네,
나에게 당신을, 그리고 당신에게 나를."

The nurse received it, placed it in her bosom, and went out through the main gateway of the guest-hall, but So-yoo called her again, saying: "The young lady is a native of Chin, while I belong to Cho. Once we separate, a thousand miles come between us. With hills and streams and the windings of the way, it will be difficult indeed to get messages back and forth. We have no go-between to make proof of our contract, so I would like to go by moonlight and see my lady's beautiful face. What think[p29]you? In her letter there is some such suggestion, is there not? Please ask her."

보모는 그것을 받아 가슴 속에 넣고는 여관의 정문을 통해 나가는데, 소유가 그녀를 다시 불러 당부했다.

"그 아씨는 진 나라 태생이고 나는 초나라 사람입니다. 한번 헤어진다면 오천 리 떨어지게 됩니다. 그 사이엔 산과 강과 굽이 길로 가로 놓이기 때문에 전하는 말을 주고받기 실제로 어렵습니다. 우리의 언약을 증명해줄 어떤 중매인조차도 없습니다. 그래서 내가 달빛에 거기로 가서 아씨의 어여쁜 얼굴을 확인하고 싶습니다. 어떻게 생각하시오? 그녀의 편지에도 그런 제안이 포함되었으니, 제발 그녀에게 여쭈어주시오."

The nurse consented, and on her return gave the message to the maiden. “Master Yang has sworn by the Lotus Hills and the long stretches of the river that he will be your companion. He praised your composition most highly, and wrote a reply which I have brought you.” She then handed it to the lady.

보모는 찬성의 뜻을 비추고, 돌아와서 아씨에게 그 말을 전했다.

“양사부는 연화봉과 장대한 강을 빗대어 동반자가 되리라 서약하셨습니다. 그는 아씨의 글을 아주 높이 칭송하고 답글을 쓰시어 제가 갖고 왔습니다.”[26]

그녀는 아씨에게 그것을 전달했다.

The maiden received the letter, read it, and her face lighted up with joy.

아씨는 편지를 받아 읽고는 얼굴에 기쁨이 넘쳐흘렀다.

Again the nurse went on to say: “Master Yang has asked if it would be agreeable to you to have him come quietly by moonlight and write another message which you could enjoy together.”

---

26 양소유의 진채봉에 대한 마음을 강조하기 위해 번역문에서 부연한 내용으로 여겨진다. 원문에서는 보모가 양소유가 써준 시를 품고 나서던 길에 양소유가 다시 불러 언급한 말을 듣고 진채봉에게 돌아갔다 즉시 돌아와 회답하였다는 내용만이 서술되어 있다.

보모는 다시 말을 이어갔다.

"양 낭군은 자신이 달빛에 조용히 와서 함께 즐기자는 다른 말씀도 하셨는데 아씨가 어떻게 생각하는지를 물었습니다."

Her answer was: "It is not good form for a young man and a young woman to meet before marriage. I am promised to him, it is true, and that makes a difference. If we meet at night, however, it might cause unseemly rumour, and also my father would reprimand me for it. Let us wait till noon to-morrow and meet in the great hall and there seal our happy contract. Go and tell him, will you?"

그녀는 답했다.

"그것은 혼인 전 젊은 남녀가 만나는 모양으론 좋지 못합니다. 내가 그와 맺어졌고, 그것은 사실이니, 상황은 크게 바뀐 것입니다. 그렇지만 우리가 밤중에 만난다면, 흉한 소문을 일으킬 수도 있고, 또한 아버님께서 저를 책망하시게 될 것입니다. 내일 정오까지 기다렸다 중당에서 만나 우리의 행복한 언약을 정하지요. 가서 그렇게 좀 전해주세요."[27]

The nurse went once again to the inn and told the young master what had been said.

---

27 원문에서는 보모가 양소유와 진채봉 사이를 오가며 소식을 전하는 내용이 매우 간략하게 서술되어 있으나, 번역문에서는 각각의 대화 내용과 감정표현(진채봉의 표정 묘사) 등이 보다 상세히 기술되어 있는 편이다.

보모는 다시 여관으로 가서 그 젊은 상공에게 들은 이야기를 전했다.

He expressed his regret and made reply: “The lady’s pure heart and right ordered words put me to shame.” Several times he urged upon the nurse that there should be no failure in their plans, and so she left.

그는 안타까움을 표하며 답했다.

“아씨의 순수한 마음과 올곧은 말씀이 저를 부끄럽게 만드는군요.”

그는 보모에게 자기들의 계획이 어김없을 것임을 수차례 주지시켰고, 보모는 떠났다.

While Master Yang slept in the guest-house his thoughts were agitated and on the wing, so that he did not rest well. He got up and waited for the crowing of the cock, impatient at the length of the long [p30]spring night. Suddenly the morning star began to dawn and the awakening drums to beat. He called his boy and ordered him to feed the donkey. At this point an unexpected inrush of mounted troops greeted the city with all the clamour that goes with an army rabble. Like a great river they went thundering by, hurrying in from the west. In fear he hastily gathered up his effects and looked out into the street, where the whole place seemed filled with armed men and fleeing people. The confusion was indescribable, and the earth rang with the thunders of it, while the wailing of the citizens shook the very sky.

양사부가 여관에서 누운 동안, 그의 생각은 동요하고 들떠 있었고, 그래서 편히 쉴 수가 없었다. 그는 긴 봄날 밤의 길이를 견디지 못하고 일어나서 닭이 울기를 기다렸다. 아침 별들의 여명은 느닷없이 찾아왔고 기상 북소리가 울렸다. 그는 시동을 불러서 나귀를 먹이라고 명했다. 바로 이 순간 왁자지껄 하는 소리와 함께 오합지졸 군대와 함께 느닷없이 말 탄 군사대열이 도시를 들이닥쳤다. 마치 거대 강물처럼 그들은 서쪽으로부터 급하게 들어와 우렛소리를 내며 지나갔다. 걱정에 그는 자기 물건들을 챙겨서 거리를 내다보았다. 거리는 무장한 남성들과 피난민들로 가득 차 있었다. 그 혼란은 설명할 수가 없었고, 평민들의 울부짖음이 하늘을 찌르는 동시에 그 천둥소리에 땅 또한 울렸다.

He asked someone standing by what it meant, and was told that it was the rebel Koo Sa-ryong [10] who had risen against the Government and proclaimed himself Emperor. His Majesty was away on a visit of inspection in Yang-joo, and so the whole capital was in a state of hopeless confusion, with the rebels everywhere robbing the homes of the people. There was word, too, that they had locked the gates of the city so that no one could escape, and were enlisting by force rich and poor, every man who could bear arms.

그는 옆에 선 누군가에게 무슨 일인지 물었고, 정부에 대항하여 봉기하며 스스로를 황제로 천명한 구사량의 반란이라는 이야기를 들었다. 황제 폐하는 양주에 감찰 나가 있었고, 그래서 도처의 반란군들이 민가를 노략질하여 서울 전체가 절망의 구렁텅이에 빠져 있다는 것이다. 또한 그들이 아무도 빠져나가지 못하도록 서울의 관문을 잠그고 부자건 빈자건 무기를 들 수만 있다면 모든 남자들을 강제로 징집하고 있다는 말도 들렸다.

Master Yang, in a state of fear and bewilderment, got hold of his boy and hastened away with the donkey toward the south mountain, that stood just in front, hoping to hide himself among the rocks or in some cave. He looked up and saw on the highest peak a little thatched house that seemed to hang in the shadows of the clouds, with the voices of cranes echoing about it. Thinking it the home of some dweller in the city, he went to it, picking his way,[p31]when suddenly he was confronted by a Taoist genius who, seated on his mat, saw the young man coming toward him. He got up, greeted him, and asked: "Are you making your escape from the confusion of the city, and are you indeed the son of the hermit Yang who lived in Hoiram county?"

두려움과 당황스러운 상태로 양사부는 시동을 붙잡고 나귀를 몰고 어디 바위들 사이나 동굴 속으로 몸을 숨기기 위하여 바로 앞에 우뚝 서 있는 남산을 향하여 서둘러 길을 나섰다. 그가 올려다보니 가장 높은 봉우리에 조그만 초가집을 발견했는데, 그것을 알려주는 두루미 소리와 함께 구름 그늘 속에서 초가집이 대롱대롱 매달린 것처럼 보였다. 그 집을 이 도시의 어느 주민의 집으로 생각하면서 그는 더듬더듬 찾아갔다. 그러던 중 갑자기 그는 어느 도인을 만났다.

그는 자기 돗자리에 앉아서 젊은 남자가 오는 것을 보고 있었다. 그는 일어나 그를 맞으며 물었다.

"도시의 난리를 피해 오시는 길이지? 그리고 당신은 회남에 사는 양 처사의 아들이지?"

So-yoo gave a sudden start of surprise, bowed low, broke out into expressions of wonder, and said in reply: "I am indeed the son of the hermit Yang. Since the departure of my father I have lived with my old mother. I am dull and slow of intellect and have learned next to nothing, and yet presumptuously thinking that I might have some chance to pass the examination, I came as far as Wha-eum when this rebellion blocked my way. In trying to make my escape I entered these mountain recesses and have been so fortunate as to meet your Excellency. God has helped me to such a meeting I know. I have not heard of my father for so long, and as time has gone by my soul waits more impatiently than ever for news from him. As I hear your words I am sure you have definite knowledge of him. I pray you, lord of the fairies, do not withhold anything, but give a son the greatest comfort that can come to him. In what height does my father dwell, please, and how is he in health?"

소유는 갑작스런 놀람을 드러내며 절을 하고는 경탄하는 마음을 표현하며 대답했다.

"제가 실제로 양 처사의 아들입니다. 부친께서 떠나시는 바람에 저는 노모와 함께 살고 있습니다. 소인은 우둔한데다 지적으로 느리며 배운 것이라곤 없는 거나 마찬가지입니다. 그렇지만 주제넘은 생각에 과거 시험을 보고자 화음까지나 왔는데 이 반란이 저의 길을 막았습니다. 피신을 하는 중에 저는 이렇게 깊숙한 산으로 들어오게 되었고 대인을 만나게 되는 행운을 얻었습니다. 신이 바로 지금의 이런 만남을 도우신 것입니다. 저는 오래 동안 아버님 소식을 듣지 못하였고, 세월은 흘러 제 영혼은 그분 소식을 어느 때보다 더 절실하게 기다리고 있답니다. 대인의 말씀을 듣고 보니 틀림없이 아버님에 대해 알고 계시는 것입니다. 신선의 주인이시여, 비옵건대 어떤 것도 빠뜨리지 마시고 아들이 아버지에게 갈 수 있도록 최대의 위안을 베푸소서. 어느 산에 제 아버님께서 살고 계신지요? 건강은 어떠신지 제발 말씀해주십시오."[28]

The fairy master smiled and said in reply: "Your father and I have just had a game of draughts together on Cha-gak mountain peak, and only said good-bye a little time ago; but I cannot tell you where he has gone. His face is not changed a whit, nor has his hair grown grey, so you do not need to be anxious about him."[p32]

그 신선은 웃으며 대답했다.

28 『노존B본(강전섭본)』에서는 양소유가 자신의 처지를 이야기하며, 아버지의 소식을 궁금해 하는 내용이 서술되어 있지 않지만, 『을사본』 계열의 판본을 번역 저본으로 삼은 게일의 번역문에는 양소유가 아버지에 대한 그리움을 표출하는 내용이 상세하게 기술되어 있다. 이하 주석에서 원문이라고 말하는 판본은 1725년 전라도 나주에서 간행한 을사본을 지칭한다.

"그대 부친과 나는 자각봉에서 함께 막 바둑을 두었고, 조금 전에 인사하고 헤어졌다네. 하지만 내가 그분이 간 곳이 어딘지에 대해서는 알 수가 없어. 그의 얼굴은 전혀 변하지 않았고 머리카락도 새지 않았으니, 그대는 그에 관해 걱정할 필요가 없네."

Yang replied in tears, saying: "I wish the noble teacher would help me just once to meet my father."

양은 눈물 흘리며 대답했다.

"대선사께서 제발 제 아버님을 한번만이라도 뵐 수 있도록 도와주시기를."

But the master smilingly replied: "The love between son and father is great, but still mortals and the genii are of two different orders. I should like to help you, but it is impossible. The hills where the genii live are distant, and their ten provinces wide and far-reaching, so that it is impossible to know just where your father dwells. Now that you are here, stay for a time, and when the way opens again it will be all right for you to go."

하지만 그 신선은 미소 지으며 답했다.

"부자 간의 정이 크다고 하지만 그럼에도 인간세상과 신선세계는 두 개의 상이한 질서로 이뤄지네. 마땅히 그대를 도와주고 싶지만, 불가능한 것을 어쩔 수 없구나. 신선들이 사는 산은 멀리 있고, 그들의 열 개 고을은 드넓고 멀어서 그대 부친이 살고 있는 곳을 정확히 할 수가 없네. 지금 그대가 여기 있고, 잠시 머물러서 다시 길이 열릴 때 다시 길을 가는 것이 옳을 듯하네."

Though Yang heard that his father was well, still the fact that the teacher had no intention of bringing about a meeting beclouded his hopes; tears rained from his eyes and his soul was in deep distress. However, the holy man comforted him, saying: "To meet and to part is one of life's common experiences; also to part and to meet again. Why do you cry over the inevitable?"

비록 양이 자기 부친의 건강하다는 소식을 들었지만, 그럼에도 불구하고 그 신선이 만남을 주선할 의향이 전혀 없다는 사실은 그의 희망을 흩어놓았다. 눈물이 비처럼 흘러내렸고 그의 영혼은 깊은 고통에 빠져들었다. 그럼에도 불구하고 그 신선은 그와 마주서서 말했다.

"만나고 떠나는 것은 인생의 공통적인 경험이네. 떠났다가 다시 만나는 것 또한 마찬가지야. 그대는 왜 그 불가피한 것을 두고 슬퍼하는가?"

Then Yang brushed his tears away, thanked him and sat down. The teacher pointed to a harp hanging on the wall and asked: "Can you play that instrument?"

그제야 양은 눈물을 닦아냈고, 그에게 감사를 표하며 앉았다. 신선은 벽에 걸린 거문고를 가리키며 물었다.
"그대는 저 악기를 다룰 줄 아는가?"

Yang replied: "I have some ear for music but have never had a teacher, and so do not have a practised hand."

양은 대답했다.
"음악을 듣는 귀는 조금 있으나 적절한 선생님을 만나본 적이 없습니다. 그래서 실제 연주하는 손을 갖추지는 못했습니다."

The genius then had the harp brought, gave it to Yang and told him to try.

그 신선은 거문고를 갖고 와서 양에게 주면서 한번 해보라고 말했다.

Yang took it, placed it on his knees and played a tune called "The Wind in the Pines."

양은 그것을 받아 자기 무릎에 놓고는 '풍입송'을 연주했다.

The teacher, delighted, said: "You have skill and are really worth teaching." He then took the harp himself and taught him in succession four [p33] different selections. The music of it was entrancing, and such as no mortal had ever listened to before. Yang was by nature a skilful hand at the harp and had a well-trained mind, so that when he once caught the spirit of it he was master of the mystery.

그 신선은 반가워하며 말했다.

"그대 재능이 있어 가르칠 의미가 있겠군."

그는 그 거문고를 받아서 연주하며 다른 네 곡의 연이어서 가르쳐 주었다. 그 곡은 넋을 빼앗을 지경이었고, 그런 곡은 이전에 들어본 적도 없고 인간 세상의 음악이 아니었다. 양은 거문고에 타고난 재능이 있었고 자질도 잘 수련되어서 한번 그 곡의 기운을 포착하면 통할 수 있었다.

The genius sage, seeing this, was delighted, brought out also his jade flute, and after playing a tune taught it to Yang, saying: "Even among the ancients it was rare indeed that two should meet who are masters of music. Now I present this harp to you and this jade flute. You will find use for them later on. Guard them safely and remember what I have told you."

그 천재적인 현인은 이를 확인하고 기뻐하면서, 자신의 옥퉁소를 꺼냈고 한 곡을 연주하여 가르친 다음, 말했다.

"옛 어른들 사이에서조차 실제로 음악의 달인 두 사람이 만나는 일은 드문 일이었지. 그럼 내가 이 거문고와 옥퉁소를 그대에게 선사하지. 그대는 후에 이것들을 사용할 날이 있으리. 잘 간수하시고 내가 그대에게 이야기한 것을 명심하게."

Yang received them, bowed low and spoke his thanks. "Your humble servant's good fortune in thus meeting the lord of the genii is due to my excellent father. He has led the way for me, and you are my father's friend. How could I serve you other than as I serve him? I long to devote my life to you as your disciple."

양은 그것들을 받고는 감사의 인사를 올렸다.

"소인의 행운이 맺어준 대선사님과의 이 만남은 저희 아버님 덕분입니다. 그분께서 저를 이 길로 인도하셨고, 대선사님은 아버님의 친구십니다. 제가 아버님을 섬기는 것과 어떻게 달리 대선사님을 모시겠습니까? 저는 제자로서 저의 인생을 대선사님께 바치고 싶습니다."

The teacher smiled and said in reply: "The glory and honour of the world lie before you and are urging you on. There is no withstanding their power. It would never do for you to spend your time here in the hills with me. Your world differs from mine, and you were not intended for my disciple. Still your earnest thought I shall remember, and I here present you with the book 'Paing cho-pang' in order that you may not forget my love for you. If you once master this law, though you may not attain to earthly immortality, still old age will be long deferred."

대선사는 대답했다.

"세상의 영광과 명예가 그대 앞에 놓여 있고 그대를 재촉하고 있네. 그것들의 힘에는 대항할 수가 없네. 자네가 나와 함께 이런 산에서 시간을 보내도록 하지는 않을 것이야. 그대가 사는 세상과 나의 세상은 다르고, 그대는 내 제자의 운명이 아니야. 그럼에도 자네의 진정한 생각은 내가 기억할 것이며, 그래서 자네가 그대를 향한 나의 총애를 잊지 않도록 '팽조방'이라는 책을 선물하겠네. 만약 그대가 이 책의 원리에 통달한다면, 비록 세속에서의 영생을 얻지 못한다 하여도, 노화는 오래토록 연기될 것이네."

Yang again arose, bowed low and received it, saying: "The great teacher has said that I am to[p34]enjoy riches and honour. I would like to ask about my other prospects. I have just decided to arrange marriage with the daughter of a gentleman of Wha-eum county, but have been caught by this rebellion and compelled to fly for my life, without definitely deciding. Will this wedding turn out propitious or not?"

양은 다시 일어나 절을 하고 그 책을 받으며 말했다.

"대선사께서는 제가 부와 명예를 누릴 것이라 말씀하셨습니다. 저는 저의 다른 전망에 관해 묻고 싶습니다. 소인은 화음현의 어느 어른의 딸과 약혼하기로 결심했습니다만, 그 반란에 가로막혀서 결심을 확정짓지 못하고 그저 제 생명을 구하고 도망쳐야 했습니다. 이 혼사가 순조롭게 귀결되겠습니까?"

The teacher laughed loudly, saying: "Marriage is a matter hidden in mystery and one must not talk lightly of God's plans. Still several beautiful women are destined for you, and so you have no need specially for this daughter of Wha-eum."

대선사는 크게 웃으며 말했다.

"결혼이란 불가사이 속에 가려진 문제이며 그래서 누구든 신의 계획에 대해 가벼이 이야기해서는 안 된다네. 그렇지만 몇몇 아름다운 여인들이 그대에게 운명으로 정해져 있어. 따라서 그대는 화엄현의 여인을 어떠한 특별한 아쉬움도 없다네."

Yang knelt and received this word and then went with the teacher to the guest-room, where they spent the night. Before the day dawned the genius awoke Yang and said: "The way is now clear for you to go, and the examination is postponed till the coming spring. Your mother will be anxiously waiting. Hasten back to her and quiet her faithful heart." He gave him also money for the way.

양은 무릎을 꿇고 말을 들은 뒤, 대선사와 함께 밤을 보낼 사랑방으로 갔다. 여명이 오기 전에 그 신선은 양을 깨워서 말했다.

"그대가 갈 길이 이제 정리되었고, 과거는 오는 봄까지 연기되었네. 자네 모친께서 걱정하며 기다리실 것이니 속히 돌아가서 모친의 마음을 안정시키게."

신선은 그에게 노자돈까지도 챙겨줬다.

Yang, after saying a hundred thanks, set out on his journey, his harp with him, his flute, and his sacred book. As he left the place the sadness of departure was borne in upon his heart, so that he turned to look back just once more, but already the house and the genius were gone and only the day remained with the white clouds sailing by, fresh and clean.

한없는 감사의 뜻을 전한 뒤 양은 거문고, 피리, 책을 들고 여행을 나섰다. 그곳을 떠나면서 헤어짐의 아쉬운 마음에 그저 한번 뒤돌아 보았는데, 벌써 그 집과 그 신선은 사라지고 새벽빛만 지나가는 구름과 함께 신선하고 맑게 남아 있었다.

When Yang entered the hills the willows were in bloom and the catkins not yet fallen; and now in a single night the chrysanthemums were all aglow. He asked concerning this, and was told that it was the eighth moon of autumn. He went to seek the[p35]inn where he had stayed, but it had passed through a war meanwhile and was not the same at all. The whole world seemed changed, in fact. A great crowd of candidates was gathered and he asked about the rebellion. They said that soldiers had been enlisted from all the provinces and that the rebels had been put down, that the emperor had returned to the capital, and that the examination had been postponed till the next spring.

양이 산을 들어섰을 때만 해도 버드나무들이 꽃을 피우고 꽃차례가 떨어지지 않았다. 그런데 이제 겨우 하룻밤 사이에 국화꽃들이 만발해 있었다. 그는 이에 관해 물었고 음력 팔월, 가을이라는 말을 들었다. 그는 자신이 머물렀던 여관을 찾아 나섰다. 그러나 전란이 휩쓸고 지난 터라 전혀 달라져 있었다. 실제로 온 세상이 뒤바뀐 것 같았다. 수많은 과거 응시자들이 몰려들어, 그는 그 반란에 관해 물었다. 그들은 모든 지방에서 병사들이 징집되었고 또 반란자들은 진압되었으며, 황제는 서울로 돌아왔는데, 과거 시험은 내년 봄까지 연기되었다고 말했다.

Yang went to see the home of Commissioner Chin, but only the faded willows greeted him, as they trembled in the wind and frost. Not a trace was there left of its former beauty. The ornamented pavilion and the whitened walls were but dust and ashes. Stones, blackened with smoke, and broken tiles lay heaped up in the vacated enclosure, while the surrounding village was all in ruins. There were no sounds of domestic life, no animals or birds. Yang mourned over the transitory nature of life's affairs, and how a happy agreement had ended in desolation. He caught the willow branches in his hands, and turning toward the evening sky sang over the Willow Song that the maiden Chin See had written. His tears fell and his heart was indescribably sad. There was no one from whom he could inquire concerning the catastrophe, so he came back to the inn and asked of the inn-master: "Can you tell me what has become of the family of

Commissioner Chin?"

양은 진어사의 집을 확인하기 위해 갔지만 바람과 서리에 떨며 시든 버드나무들만 그를 맞아주었다. 이전의 그 아름다운 흔적은 하나도 남아 있지 않았다. 채색된 누각과 흰색 벽들은 흙과 재로만 남았다. 연기로 그을린 돌과 부서진 기와들이 피난가고 남은 집터에 쌓여 있었다. 또한 주위의 마을 전체가 완전히 폐허였다. 가축들 소리도, 동물이나 새들도 없었다. 양은 인간사의 덧없는 본성과 행복한 언약조차 황량하게 사라지는 모양을 한탄했다. 그는 버드나무 가지를 붙잡고는 저녁 하늘을 향해 돌아서서 그 여인 진씨가 썼던 버드나무 노래를 읊었다. 눈물이 흘렀고 마음은 형언할 수 없게 슬펐다. 재난에 관련하여 물을 수 있는 사람이라곤 하나도 없었다. 그래서 그는 여관으로 돌아와 주인에게 물었다.

"혹여 진어사의 가족이 어떻게 되었는지 아시는지요?"

The inn-master twisted a wry face, saying: "Has not your Excellency heard what became of them? The Commissioner, it seems, went up to the capital on official business while his daughter and servants[p36]remained at home. It turned out later, after peace was restored, that Chin had been in league with the rebels, and so he was arrested and beheaded. The daughter was taken to the capital. Some say that she too was condemned; some that she had become a yamen slave, and only this morning, seeing a crowd of prisoners passing the door, I asked who they were and where they were going, and was told that they were slaves bound for Yong-nam, and someone added that among them was Chin See, the Commissioner's daughter."

여관 주인은 찌푸린 얼굴을 일그러뜨리며 말했다.

"상공께선 그들 소식을 듣지 못하셨는가요? 어사께서는 딸과 하인들이 집에 있을 때 서울에 공무로 가 있었던 것 같소. 평화가 회복된 후 진어사가 그 반란에 연루되었다는 사실이 나중에 밝혀졌고, 그래서 체포되어 참수되었소. 그 딸은 서울로 끌려갔다오. 누군가는 그녀가 유죄를 선고받았다고 하고, 또 누군가는 관아의 노비가 되었다고도 하지요. 그 외엔 오늘 아침 문 앞을 지나는 죄수들 무리를 봤을 때, 내가 누군지 어디로 가는지 물었더니, 그들은 영남 현으로 이송되는 노비들이라고 들었소. 그런데 어떤 이가 그들 중에 어사의 딸 진씨가 있다는 말을 덧붙였소."

Yang heard this, and was again cut deep with sorrow. He remarked: "The master of the South Hill said that marriage with Chin See would be like groping blindly in the night. She is dead, I suppose, and there will be no longer any possibility of inquiry." So he packed up his baggage and started for his native province.

양은 이 말을 듣고 다시 깊은 슬픔에 찢기는 듯했다.

"남전산 신선께서는 진씨와의 혼인은 한 밤 중의 눈감고 짝짓기하는 것과 같다고 말했다. 추측컨대 그녀는 죽었다. 더 이상 문의 해

봐도 아무 소용이 없겠다."

그리하여 그는 자기 짐을 싸서 고향을 향해 출발했다.

During this time, Yoo See, his mother, had heard of the war and of the attack made on the capital, and fearing lest her son should be in danger, she called on God with all her heart, and prayed till her face grew thin and her form poor and emaciated. It seemed as though she could not physically long endure it. Beholding her son return safe and sound, she clasped him to her bosom, and wept as for one who had been dead and come to life again, so transported was she with joy.

이 시기 동안 그의 모친 유 씨는 전쟁과 서울 침공 소식을 듣고는 자기 아들이 위험에 처했을 것이라고 걱정했다. 그녀는 온 마음을 다해 신을 찾았고, 얼굴이 홀쭉해지고 몸이 형편 없이 수척해지도록 기도했다. 그녀가 신체적으로 길게 견딜 수 없을 것 같았다. 자기 아들이 안전하고 건강하게 돌아왔다는 소식을 접하고, 그녀는 그를 가슴에 안고서 마치 죽은 사람이 다시 돌아온 것처럼 울다가, 곧 기쁨으로 옮겨갔다.[29]

In their talks together the fading year departed. Winter went its

29 유씨부인의 심정이 슬픔에서 기쁨으로 옮겨져 갔다는 번역문의 표현은 원문에서의 아들이 죽었을 것이라 생각하다 서로 붙들고 울었다는 표현과 함께 살펴볼 때 번역문에서 유씨 부인의 감정을 드러내는 것에 보다 세심한 주의를 기울였음을 알 수 있다.

way and the spring came round, and Yang once again made preparation for departure to attend the examination.

그들이 함께 이야기는 나누는 중에 그 해가 지나갔다. 겨울도 지나고 봄이 다시 돌아왔다. 양은 다시 한 번 과거시험에 응시하기 위해 떠날 준비를 했다.

Yoo See said: "Last year you experienced all[p37]sorts of danger on your way, so that my soul still trembles as I think of it. You are young yet, and there is plenty of time for fame and fortune. Still I must not forbid your going as your wish is mine also. This Soojoo county is too narrow and isolated for a scholar's world. No one here is socially your equal, or with ability or bringing-up sufficient for your companionship. You are now eighteen, and it is high time that you decide lest you lose life's fairest opportunity. In the Taoist Kwan (Temple)of the capital I have a cousin, the priestess Too-ryon. She has been a guide to the world of the fairy for many a year, and yet she is still alive. Her appearance is commanding and her wisdom very great, I am told. She is acquainted with all the noted families, too, and the nobility. If you give her a letter from me she will treat you like a son, and will certainly assist you in your selection of a helpmeet. Bear this in mind," said she, and wrote the letter.

유씨는 말했다.

"지난해 네가 도중에 온갖 종류의 위험을 겪은 걸 생각할 때마다 지금도 내 혼이 떨린다. 너는 아직 어려서 명성과 부를 구할 시간이 많다. 그렇지만 너의 소망이 또한 내 바람이기 때문에, 내가 가는 너를 막을 수 없구나. 이곳 수주는 너무 좁고 학자 세계와 떨어져 있어. 누구도 사회적으로 능력으로 혹은 충분한 성숙으로 친분을 쌓을 정도로 너와 나란히 할 이가 없어. 네가 이제 열여덟이니[30] 인생의 황금기를 놓치지 않으려면 결정해야 할 적절한 나이다. 서울의 도교관에 내 사촌이 있는데, 두연이라는 여도사다. 그녀는 오래 동안 신선세계로의 안내자로 살아왔다. 그녀는 풍채가 당당하고 지혜가 대단하다고 들었다. 또한 모든 저명한 가문들, 귀족들과 친분도 있다. 만약 내 편지를 전해준다면 너를 아들처럼 대할 것이야. 그리고 네가 좋은 배필을 고르는 데 확실히 도움을 줄 것이다. 명심하거라."

그리고는 편지를 한 장 써주었다.

So-yoo, hearing what his mother had said, told of his meeting with Chin See of Wha-eum, and at once his face clouded over with sorrow. Yoo See sighed and said: "Even though Chin See was so beautiful she was evidently not destined for you. It is unlikely that a child of such confusion and disaster could live. Even though she be not dead, it would be very difficult to find her. Leave off vain thoughts of her, I pray, and seek a wife elsewhere. Comfort your mother and do as she desires."

30 원문은 열 여섯으로 표기되어 있다.

모친의 말을 들은 소유는 화음의 진씨와의 만남에 대해 설명했고, 그 즉시 그의 얼굴엔 슬픈 어두운 기운이 감돌았다. 유 씨는 한숨 쉬며 말했다.

"아무리 진씨가 그렇게 아름답다고 하더라도 분명이 너와 정해진 인연은 아니야. 그런 혼란과 재난에서 한 아이라도 제대로 살아남을 수 있었겠느냐. 설사 그녀가 죽지 않았을지언정 찾기는 너무 어려울 것이야. 제발 내 얘길 들어주기 바라건대, 그 애에 대한 헛된 생각 버리고 다른 데서 아내를 구해야 할 것이다. 네 어미 맘을 편하게 하려면 어미 바람대로 하거라."

The young man bade her farewell and started on his way. He reached Nakyang [11], and a sudden storm of rain overtaking him, he made his escape into a wine shop that stood outside the South Gate, [p38]where he purchased a drink. He inquired of the master, saying: "This is fairly good wine, but have you no better?"

그 청년은 어머니에게 작별 인사를 드리고 여정을 떠났다. 그는 낙양에 도착했고 갑작스런 소나기가 덮쳐서 남분 바깥에 있는 어느 술집으로 피신했다. 그는 거기서 술을 마시면서 주인에게 물었다.

"이 술은 아주 좋은 술이지만, 더 좋은 술은 없소?"

The host said: "I have none other than this. If you desire the best, however, you will find it sold at the inn at the head of the Chon-jin Bridge. It is called 'Nakyang Springtime.' One measure of it costs a thousand cash. The flavour is very good indeed, but the price is high."

그 주인은 말했다.

"저희 집에는 이 술 이외엔 없답니다. 그럼에도 불구하고 손님께서 최상의 술을 마시고 싶으시다면, 천진교 머리에 있는 여관에서 파는 술을 마셔보시지요. 그 술의 이름이 '낙양춘'인데, 술 한 말에 천 냥이나 하지요. 맛은 최상이지만, 솔직히 가격이 비싸지요."

Yang thought for a moment and said: "Nakyang has been the home of the Emperor since ancient time, a very busy and splendid city, such as the world looks on as supreme. I went last year by another road and so did not see its sights. I shall stop this time to look through it."[p39]

양은 잠시 생각하다, 말을 했다.

"옛 시절 낙양은 아주 붐비고 화려한 도시로 천하가 우러러보는 제국의 중심이었지요. 저는 지난해 다른 길로 가며 그냥 지나쳤지요. 그래서 그 경관을 보지 못했습니다. 이번에는 잠시 머물며 보고 가리다."

Chapter III The Meeting with Kay See

제3장 계씨와의 조우

MASTER SO-YOO bade his servant pay for the drink and rode off on his donkey towards Chon-jin Bridge. When he passed within the city walls he was struck by the beauty of the surrounding scenery, and the crowds of people confirmed the reports he had heard of its being a very busy world. The Nakyang River flowed across the city like a strip of white silk, and Chon-jin Bridge spanned its rippling wavelets with archways bearing down at the extreme ends as a rainbow drinks the water, or like a green dragon with bent back. The red ridges of the housetops rose high above the city, their blue tiles reflecting back the rays of the sun. Their grateful shadows fell upon the perfumed way. To So-yoo the city seemed the metropolis of all the world. Hastening forward till he reached the Chon-jin Pavilion, So-yoo stopped in front of it, where many finely caparisoned horses were tied, grooms and servants bustling about amid noise and confusion. So-yoo looked up, and from the upper storey of the pagoda came sounds of music that filled the air, while the fragrance from rich dresses and silken robes was wafted on the breeze.

상공 소유는 하인에게 술값을 지불케 하고 천진교를 향해 나귀를 몰고 떠났다. 그가 도성 안을 지나쳐 갈 무렵, 아주 번잡한 세상이라는 기록을 확인해주는 주위 풍경의 아름다움과 사람들 무리에 그는 충격을 받았다. 낙양강이 마치 흰색 비단을 펼쳐놓은 듯 도시를 가로질렀고, 천진교는 무지개가 물을 삼키는 모양으로 혹은 용이 등을 구부리고 있는 형상으로 양쪽 끝에서 장악하며 아치 모양을 이루어 일렁이는 물결에 걸쳐 있었다. 집들 꼭대기의 붉은 용마루가 청기와로 햇빛을 반사하면서 도시 위로 높이 솟아 있었다. 그것들의 쾌적한 그늘이 향기로운 거리 위로 떨어졌다. 소유에게 그 도시는 온 천지의 중심으로 보였다.[31] 천진 누각에 다다르기까지 서둘러 앞으로 가던 소유는 그 앞에서 멈췄다. 거기엔 멋지게 안장을 올린 많은 말들이 묶여 있었고, 시끄럽고 혼잡한 와중에 하인들이 부산을 떨고 있었다. 소유가 올려보았더니 주위를 꽉 채우는 음악소리가 누각의 위층에서 들려왔다. 또한 고운 옷과 비단 관복으로부터 향기가 바람을 타고 떠다니고 있었다.

The young master, thinking that the governor of Ha-nam must be giving a feast, sent his boy to inquire. He discovered that the young literati of the city had brought certain dancing girls with them and were planning an evening's amusement. So-yoo,[p40]somewhat under the influence of wine, with his spirit awake to youthful adventure, dismounted from his donkey and went inside the hall. He found there a dozen or so of young men with a score of pretty girls sitting gracefully about on the silken matting, with dainty tables of food and drink placed before them. Laughter and jesting went on in merry and hilarious tones. All the dresses were of the finest fabrics and their appearance very striking.

그 젊은 상공은 틀림없이 하남의 지사[32]가 연회를 베풀고 있다 생

31 원문에는 천하제일의 명승지[第一名區]라고 되어있다.
32 하남의 부윤(府尹)을 일컫는다.

각하고는 자기 하인을 시켜 물으러 보냈다. 그는 성안의 젊은 문사들이 무희들을 데리고 와서 저녁 놀이[33]를 준비하고 있다는 사실을 알았다. 어느 정도 취기가 있었던 소유는 젊은 모험심을 일깨우는 기질에 힘입어서 나귀에서 내려 그 누각 안으로 들어갔다. 그는 십여 젊은 남자들이 비단 방석을 깔고 단아하게 앉은 어여쁜 스물 명 정도 소녀들과 함께 있는 것을 보았다. 그들 앞에는 성대한 음식과 술판이 놓여 있었다. 웃음과 농담들이 즐겁고 유쾌하게 이어지고 있었다. 옷들이 하나 같이 최고급 직물이었고 용모는 인상적이었다.[34]

Master Yang said: "I am a humble literatus from a remote province on my way to take part in the Government examination, and when passing here heard the sound of sweet music. My foolish heart, unable to go by without a greeting, has set aside all ceremony and come in as an uninvited guest. Please forgive me, noble gentlemen."

양상공이 말했다.

"저는 외진 지방 출신 처사로서 과거시험을 보러 나선 길에 지나는 중 아름다운 음악 소리를 들었습니다. 인사 않고 지나갈 수 없는 어리석은 마음이 예의를 제쳐두고 불청객으로 들어왔습니다. 공들께서 용서해주시기 바랍니다."

33 원문에 따르면 봄 경치를 구경하기 위한 놀이이다.

34 누각에 모여있는 사람들의 모습을 원문에서는 의관을 선명하였고 의기는 의젓하였다고 서술하고 있으나 번역문에는 성대한 음식과 술판, 웃음과 농담들이 즐겁고 유쾌하게 이어지는 상황을 서술하고, 또한 참석자들의 옷들이 하나 같이 최고급 직물이었고 용모는 인상적이었다고 서술함으로써 당시의 분위기를 보다 상세히 제시하고 있다.

Noting Yang's handsome face, intelligent bearing, and well-measured words, they arose with one accord and responded to his salutation, giving him a place beside them, each announcing his name. Among them was a certain student No, who said: "Brother Yang, since you are a scholar on your way to the examination, though not an invited guest, you are welcome, and may take part in the entertainment for the day. We are delighted to have so distinguished a visitor, and you have no reason in the world to apologise."

양의 준수한 용모, 지적인 몸가짐, 절제된 말 씀씀이를 알아채고 그들은 하나 같이 일어서서 그에게 옆자리를 내주고 각자 자기 이름을 알려주면서 그의 인사에 응했다. 그들 중 노라는 학생이 있었는데, 그가 말했다.

"양형, 과거를 보러 가신다고 하셨으니, 비록 불청객이라 하더라도 환영합니다. 오늘의 잔치에 함께 즐깁시다. 우리는 귀한 방문객을 맞아 기쁠 따름이며 전혀 사과할 이유가 없습니다."

Yang's reply was: "I see by your gathering that it is not one at which to eat and drink only, but one where verses are written, and where a man may try his skill of hand at the character. For such an ignoramus as I from the obscure confines of Cho to push my way in here to a seat among you and to a part in the feast is a very rash and impudent thing."[p41]

양이 대답했다.

"여러분의 모임이 단지 먹고 마시는 것이 아니라 시를 써서 글 솜씨를 겨뤄보는 자리로 알고 있습니다. 저 같이 눈에 띄지도 않는 변경의 초나라 출신의 무식한 사람이 여기 여러분 사이의 자리에 밀고 들어와 연회에 참가하는 것은 분별없고 건방진 일이지요."

Seeing how humble Yang was, and how apparently unsophisticated, they all felt for him an undisguised condescension, and said in reply: "Brother Yang, your suggestion that we have a trial of skill at the character is very good, but since you are the late comer we will let you off if you so desire. You may write or not just as you please. Have a drink with us and a pleasant time." So they urged him, passing the glass and calling on the dancing-girls to sing.

양의 겸손함과 명백한 소박함을 확인한 그들은 그에게서 모두 꾸미지 않는 정중함을 느꼈다. 그래서 다음과 같이 답했다.

"양형, 우리가 글재주 시합을 한다는 추측은 잘 했소만, 후래자인 까닭에 만약 형이 열망하신다면 어떻게 하시든 우리는 괜찮습니다. 형께서 좋으실대로 글을 쓰든 안 쓰든 좋습니다. 우리와 함께 마시고 즐거운 시간을 가집시다."

그래서 그들은 술잔을 돌리고 무희에게 노래를 청하면서 그를 부추겼다.

Yang looked at the dancers assembled and saw that all twenty of them were persons of striking appearance. Among them was one specially noticeable, who sat in a lady-like and modest way, neither playing nor talking. Her face was very beautiful and her form was most graceful, such as few on earth could rival. She might have been likened to the merciful goddess Kwan-se-eum, who sits aloft in her silken picture. Yang felt his mind moved by her presence, and forgot all about the feasting and the drink. She also looked straight at him, and by her expression seemed to pass him a message of recognition. He also saw that there were many compositions in verse piled up before her, so he said to the gentlemen

양은 모여 있는 무희들을 보고 전체 스무 명 모두가 빼어난 모습들임을 알았다. 그들 중 한 명의 특별히 주목되는 이가 있었으니, 그녀는 놀지도 재잘대지도 않으면서 귀부인 같이 정숙하게 앉아 있었다. 얼굴은 매우 아름다웠고 풍채는 우아했으며, 어쩌면 이 세상에 거의 당할 사람이 없을 정도였다. 그녀는 자비로운 여신인 관세음에 비견될 수 있을 것이다. 그녀는 비단옷 입은 화신으로 높은 자리에 앉아 있었다. 양은 그녀의 존재에 그의 마음이 흔들리는 것을 느꼈고, 연회와 음주와 관련한 모든 것을 망각했다. 그녀 역시 그를 똑바로 쳐다보았다. 표정으로는 그녀가 그에게 확인의 의도를 전달하는 것 같았다.[35] 그 또한 그녀 앞에 쌓여 있는 다수의 시 작문을 보고서

35 양소유가 창기 중 한명에게 주목한 상황을 원문에서는 그 미인을 자주 돌아 보았다고 표현하고 있는 것에 비해, 번역문에서는 그 둘의 눈맞춤을 이야기하는 한편, 기녀의 눈맞춤의 의도까지 지적하고 있다.

는, 그가 그 자리의 양반들에게 말했다.

"I presume that these compositions are by your excellencies; I would like permission to read them."

"추측컨대 여기 쓴 글들은 여러 형들의 출중한 능력을 보인 것이지요. 읽어보는 허락을 얻고 싶습니다."

Before they could reply the dancer herself arose, brought them and placed them before him.

그들이 대답하기 전에 그 무희가 자발적으로 일어나서 그것들을 가져와 그의 앞에 놓았다.

He looked them over, one by one. Among them were some fair compositions of an average grade, but nothing striking or of special excellence. He said to himself: "I used to hear that the gifted literati of Nakyang were masters at the pen, but seeing these[p42]I count that a false report." He gave back the compositions to the fair lady, made a bow to the gentlemen and said: "A humble countryman like myself never had a chance to read the writings of the capital before. Now by good fortune I have had the opportunity and my heart has been made glad."

그는 그 글들을 하나씩 훑어보았다. 그것들은 어느 정도 평균적으로 무던한 작문들이며, 놀라움을 주거나 특별하게 우수한 것은 없었다. 그는 혼잣말을 했다.

"저는 낙양의 천부적인 문사들이 글의 달인이라고 들었는데, 이 글들을 보고나니 그게 그릇된 소문이었구나."

그는 그 그들을 우아한 여인에게 돌려주고, 그 양반들에게 절을 하고는 말했다.

"저같이 천한 촌사람은 일찍이 대도시 분들의 글을 읽어볼 기회를 갖지 못하였습니다. 마침내 행운으로 소인이 기회를 맞았고 제 마음은 기쁠 따름입니다."

The various guests had by this time become quite exhilarated. They laughed in reply: "Brother, you have thought only of the beauty of the composition you do not know what beauty of reward goes with it."

그의 말은 듣자 좌중의 다양한 손님들이 아주 기운이 고조되었다. 그들은 웃으면서 답했다.

"양형, 문장의 묘미만 생각하셨지, 그것에 따라가는 보상의 절묘함이 무엇인지 알지 못하는 군요."

Yang made answer: "I have already had special proof of your kindness, and in the passing of the glass have been permitted to become an intimate and sworn friend. Why don't you also tell me what this beauty of reward is of which you speak?"

양은 대답했다.

"저는 이미 형들의 특별한 친절함을 확인했고, 또 잔을 돌림으로써 친밀하고도 공공연한 벗이 될 허락을 얻었습니다. 이런 차에, 형들이 이야기하시는 보상의 절묘함을 저에게도 얘기해주시지 않으시렵니까?"

They laughed again and said: "Why should we not? There is an old saying that the wisdom of Nakyang is very great, and that if in the Government examination our candidate does not come off the winner he surely will have second place. We all here are sharers in the matter of literary reputation, and so cannot act as our own judges. But yonder fair dancer's family name is Kay Som-wol and her given name is Moonlight. She is not only the first singer and dancer of this East Capital, she is a master hand at the pen, and knows by intuition as the gods do. All the scholars of Nakyang consult her as to the probabilities of the examination. She decides and they pass or fail like the fittings of the tally. Never is there a mistake in her estimate. Thus have we each given over to her our compositions to have her point out their defects, to pronounce on that which specially meets her approval, and to sing it over for us with[p43]the harp. She is our judge, and we await her unerring verdict. Kay See's name is the same as that of the famous cinnamon tree of the moon, and she will indicate for us the next successful candidate. Won't you try your hand as well, and is not this a glorious opportunity?"

그들은 다시 웃으면서 말했다.

"말씀드리지 않을 이유가 없지요. 낙양은 위대한 지혜의 고장이며, 과거 시험에 응시하여 설혹 장원을 하지 못하는 일이 생기기라도 한다면, 반드시 차상을 한다는 옛말이 있지요. 문학적 명성과 관련하여서는 우리 모두가 함께 나누는 처지라, 우리 스스로 우리의 심판이 될 수가 없는 형편입니다. 그런데 저기 우아한 무희의 성은 계섬월이며 이름은 문라이트입니다[36]. 그녀는 이곳 동경 최고의 가수이자 무희일 뿐 아니라 글과 관련하여 난사람이지요. 마치 신들이 하듯 직관적으로 알지요. 모든 낙양의 선비들이 과거의 가능성에 관해 그녀에게 자문을 구한답니다. 마치 대차를 맞추듯이 급제와 실패를 판정하지요. 그녀의 판단에는 어떤 그르침이 없습니다. 그래서 우리는 그녀에게 우리의 글을 각자 제출하여 그 결점을 지적토록 해서, 특별히 그녀의 승인을 받는 작품을 발표하고 그것을 거문고 연주와 함께 노래 부르도록 청했지요. 그녀가 우리의 심판관이고 우리는 그녀의 바른 평결을 기다리고 있습니다. 계씨의 이름은 그 유명한 달나라 계수나무를 뜻하니, 그녀는 다음 장원 급제자를 가리키는 셈이지요. 양 형 또한 한번 글을 써보시지요. 이런 기회가 영광스럽지 않소이까?"

---

36 게일의 오역이다. 성은 '계'이며 이름은 '섬월 혹은 문라이트'라고 번역했어야 맞았을 것이다.

Master No said: "There is beyond this, too, a still more interesting fact, namely, that the one whose composition she selects and sings will have Kay See for his fair companion. We are all friends here and hopeful candidates. Brother Yang, you are a man as well as we, and appreciate the joys and delights of life. Will you not accept the invitation and be a competitor in this trial of skill?"

노씨가 말했다.[37]

"이것 이상의 훨씬 더 흥미로운 계획 또한 있지요. 이를테면 그녀가 선별해서 노래 부르는 글의 주인은 오늘 계씨를 자기 짝으로 가질 자격을 얻는 것이오. 여기 모인 우리 모두 친구이며 전도유망한 응시자들이입니다. 양 형 또한 우리와 같은 사내입니다. 인생의 기쁨과 희열을 즐기시지요. 초대에 응하시어 이 문예의 겨룸에 경쟁자가 되어보시지요."

Yang replied: "I have not written for so long a time, I really do not know what I can do. Has not Kay See sung you the winner's verses yet?"

양은 답했다.

"소인은 오래 동안 글을 쓰지 않아서 정말 제가 무엇을 쓸 수 있을지 모르겠습니다. 아직 계씨가 우승자의 시를 노래 부르지 않았습니까?"

37 원문에서는 노씨가 아닌 두생(杜生)이라는 자가 이야기를 한 것으로 서술되어 있다.

Master Wang replied: "The fair lady has not once struck the harp or opened her cherry lips. Her pearly teeth have not parted, nor has a single note greeted our ears. We have evidently not written up to her demands, so her heart is unmoved and weighed down for shame of us."

왕씨가 답했다.

"귀부인께서 거문고를 한 번도 퉁기지도 앵두 같은 입술을 열지도 않았습니다. 그녀의 진주 같은 치아가 열리지도 노래라고는 단 한 소절도 우리 귀에 들리지 않았습니다. 우리의 글이 분명히 그녀의 요청에 부합하지 않아서 그녀의 마음이 움직이지 않고 우리 체면을 생각하여 참고 있는 모양입니다."[38]

"Your humble servant," said Yang, "is from the distant land of Cho and though I have written verses I am an outsider, and am afraid to venture on a contest with you honourable gentlemen."

양이 말했다.

"소인은 먼 초나라 땅 출신이라 비록 내가 시를 쓴다 하여도 국외자일 뿐입니다. 여러분 고상한 귀인들과 경쟁하기 위해 감히 뛰어들기가 두렵습니다."

38 원문에서는 계섬월이 그저 부끄러워 노래를 부르지 못하고 있다고 밝히고 있다.

Wang, however, shouted out: “The Master Yang is prettier than a girl—why is it that he fails in the spirit of a gallant knight? The Sage says: ‘If it is a question of good to be done, step not aside even for your teacher,’ and again, ‘It is the duty of the Superior Man [12] to do his best.’ I doubt not[p44]that Master Yang is no hand at the pen. If he were, why should he be so modest concerning this small venture?”

그럼에도 불구하고 왕은 목소리를 높였다.

“양 선생께서 여인네보다 인물이 더 곱다하여도 왜 용맹한 장부의 정신이 없겠소? 현자의 말씀이 있습니다. ‘행하여 선한 문제가 있다면, 스승을 위해서도 비켜서지 않는 법이다.’ 또한 ‘최선을 다 하는 것이 군자의 도리다.’ 저는 양 선생께서 문학에 솜씨가 전혀 없지는 않은 걸로 확신합니다. 그러하다면, 이런 작은 모험 앞에서 그다지도 조심스러운지요?”

Now although Yang had modestly desired to decline this unexpected invitation, when he beheld the fair dancer Kay See he was all awake to the occasion. There was no power now to restrain him, so he caught up a sheet of paper that lay on the matting, selected a pen and wrote three stanzas. His writing was like a boat on the sea scudding before the wind, or like a thirsty horse making straight for a stream of water. The various guests caught the spirit of the composition so strong and swift, and seeing how the characters crowded forth from his pen like flying magic, were all startled and turned pale.

이제 양이 비록 이런 예기치 않은 초대를 조심스럽게 사양하고자 하였지만 어여쁜 무희 계씨를 본 터라 그는 완전히 그 호기에 관심을 기울였다. 급기야 그를 억제할 어떠한 힘도 없게 되어 종이 한 장 집어서 바닥에 펼치고는 붓을 골라서 세 연의 시를 썼다. 그의 필치는 순풍에 돛 단 배처럼 혹은 강물을 찾아서 곧장 달리는 목마른 말처럼 힘 있었다. 마치 나는 묘기와도 같이 그의 붓으로부터 모여드는 글자들을 지켜보는 모두가 놀라고 창백해졌다.[39]

Yang then threw down the pen, and said to the guests: "I ought to ask the opinion of you gentlemen first, but to-day as Kay See is judge and as the time allowed is passing, with your kind permission I'll hand it directly to her."

이윽고 양은 붓을 던지고 말했다.

"제가 마땅히 형들의 견해를 먼저 구해야 하지만, 오늘은 계씨가 심판관이며, 또한 허용된 시간이 지나가는 까닭에 허락하신다면 이 글을 곧바로 그녀에게 제출하고자 합니다."

The verses read:

시는 다음과 같았다.

39 양소유가 시를 쓰는 장면을 원문에서는 시의 뜻이 민첩하고, 붓의 힘이 살아 움직이는 듯 하다 정도로 서술하고 있으나, 번역문에서는 그를 순풍에 돛 단 배, 물을 찾아 달리는 목이 마른 말과 같다고 비유하고 있다.

"The man from Cho moves west and enters Chin,
He sees the wine pavilion and boldly steps within,
Now who shall pluck the flower from the tree within the moon,
And claim the winner's honour and the fairy's magic tune?

"초나라 사람이 서쪽으로 이동하여 진나라로 들어와,
술판 벌어진 누각을 발견하고 과감하게 들어서니,
오호라, 달나라 계수나무 꽃을 누가 뽑을 것인가,
또한 승자의 영예와 귀부인의 매력적인 음색은 뉘 것인가?

The catkins of the willow they float o'er Chun-jin's stream,
The gem-wrought shades of many ply close out the sun between;
[p45]
Our ears awake to hear a song of special gift and grace,
Our eyes behold in silken scenes a gifted fairy's face.

천진강 위에 떠 있는 버드나무 꽃차례
보석으로 치장된 많은 주름의 차양이 사이에서 태양을 가리구나
우리 귀는 특별한 재주와 품위를 갖춘 노래 듣기 위해 기울이고
우리 눈은 비단 막 너머 타고난 요정의 용모를 보는구나

The flowers of spring are filled with awe and drop their heads for shame,
They sense her song, they feel her step, the fragrance of her name;

The passing shadows stay their course, unwilled to steal away,
The lighted halls of gladsomeness proclaim my winning day."

봄꽃들은 경외심에 창피하여 고개를 떨어뜨리고
그녀 노래를 감지하고, 그녀의 발걸음을, 그녀 이름의 향기를 느끼며
지나가는 그늘은 무고하게 가버리는 자기 궤도에 멈춰 있네
촛불 밝힌 즐거움의 연회장은 나의 날을 선포하는구나."

For a moment Moonlight let her awakened vision rest on the composition, and then her clear voice broke forth into singing sweet and compelling. The cranes stepped forth into the city commons to cheer her, and the phoenixes made their responses. Flutes lost their charm, and the harp its store of sweet melody. The hearers were intoxicated by the music, and all faces turned pale. Out of contempt they had compelled Yang to write, but now when his composition had become the song that Moonlight sang, their joy gave place to envy, and they looked at each other speechless with dismay. To think of giving Moonlight over to this unknown stranger roused rebellious feelings. Their desire was to break the agreement, but such an act of dishonour was hard to suggest, so they sat gagged and dazed looking at each other.

한동안 문라이트[40]는 초롱한 시선을 그 글에 두고 있다가 맑은 목

소리가 곱고도 강력한 가락의 노래로 튀어나왔다. 두루미들이 그녀를 응원하기 위해 그 도시의 공터로 걸어 들었고, 불사조들이 그에 응답했다. 피리가 그 매력을 잃고 거문고의 고운 곡조 또한 마찬가지였다. 청중은 그 음악에 매료되었고, 하나 같이 얼굴이 창백해졌다.[41] 경멸하는 마음으로 그들은 양에게 글쓰기를 강권했으나 이제 그의 작문이 문라이트가 부르는 노래로 변하자, 그들의 기쁨은 부러움에 자리를 내줬다. 그들은 실망하여 말도 못 꺼내고 서로를 바라봤다. 문라이트를 면식도 없는 이 나그네에게 넘겨준다는 생각에 반발심을 키웠다. 약속을 깨고 싶은 열망이었지만, 그런 불명예 행위는 꺼내기가 힘들어서, 그들은 말문이 막혀 앉아서 서로를 멀뚱하게 쳐다봤다.

Yang saw their ominous faces, and at once got up and made his farewell: “All unexpectedly I have[p46]met with so kindly a welcome from you gentlemen, and have boldly taken part in this happy contest. I have eaten and drunk of your hospitality, for which I thank you most heartily. Having still a long way to go I cannot spend more time with you as I would like, but must now take my departure. Let us meet again at the winner’s festival on the close of the Government [13] examination,” so he quickly took his leave,

40 이는 계섬월을 이른다.

41 계섬월의 노랫소리를 원문에서는 진나라의 쟁과 조나라의 거문고 소리를 빼앗고, 이로 인해 좌중의 사람들이 얼굴색을 씻은 듯 바꿨다고 표현하고 있는 것에 비해 번역문에서는 두루미와 불사조가 모였들었다는 사실 통해 그 상황을 서술하고 있다.

none of the guests detaining him.

양은 그들의 불쾌한 안색을 살폈고, 즉시 일어서서 작별 인사를 고했다.

"완전히 의외로 소인이 여러 양반님들의 관대한 환영을 받았고, 감히 이곳의 즐거운 시합에 참가했습니다. 저는 여러분의 호의에 배불리 먹고 취해 진심으로 감사의 뜻을 표합니다. 그럼에도 먼 길을 가야 하는 저로서는 원하기는 하나 지금 떠나야 하는 까닭에 여러분과 함께 더 시간을 보내면서 머물 수가 없습니다. 과거시험 장 인근의 장원 급제 잔치에서 다시 만납시다."

그리하여 그는 서둘러 떠났고, 아무도 그를 붙잡지 않았다.

When he had passed outside of the pavilion and was about to mount his donkey, Moonlight came suddenly out and said to him: "On the south side of the road you will see a house enclosed by a white wall with cherry blossoms lining the way; that's my home. Go there, please, and wait for me. I shall come at once." He nodded and started off in the direction indicated.

그가 누각 바깥으로 나서서 막 자기 나귀에 오르려 하는 순간, 문라이트가 갑자기 나와서는 그에게 말했다.

"길을 가다 남쪽 편에 길을 따라서 앵두가 활짝 펴 있는 흰색 벽으로 둘러쳐진 집이 있습니다. 제발 그곳으로 가셔서 저를 기다리십시오. 제가 즉시 가겠습니다."

그는 고개를 끄덕이고 그녀가 가리킨 방향으로 출발했다.

Moonlight re-entered the pavilion and said to the guests: "You gentlemen have highly honoured me, and have permitted me to sing a song by which my destined one is made known. What is your wish in the matter?"

문라이트는 누각으로 다시 들어와 좌중에 고했다.

"양반님들께서는 저에게 높은 영광을 주셨고, 제 인연으로 공표된 노래를 부르도록 허락하셨습니다. 그 문제와 관련하여 어떻게 해야 하겠습니까?"

They could not hide their feelings of disgust, and said in reply: "Yang is an outsider and not one of ourselves; you are not called upon to concern yourself with him." They talked and discussed, and said this and that, but came to no conclusion.

그들은 혐오의 감정을 숨길 수 없었고, 다음과 같이 말했다.

"양 씨는 이방인이며 우리 일원이 아니다. 네가 그와 연을 맺도록 불려온 것이 아니다."

그들은 이렇게 이야기하고 저렇게 토의했지만, 어떤 결론도 내지 못했다.

Moonlight, with determination written on her pretty face, replied:

"I have no confidence in people who break faith. You have plenty of music here, please continue to enjoy yourselves. Kindly excuse me, I am feeling unwell, and so cannot stay until the end." She arose and went slowly out. Because[p47]of the agreement that had been made, and also by reason of her quiet dignity, they dared not say a word.

고운 얼굴에 결심을 드러내며 문라이트는 대답했다.

"저는 신의를 깨는 사람을 믿을 수 없습니다. 여기는 풍악으로 가득하니 계속해서 즐기십시오. 관대하게 저를 용서하십시오. 저는 몸이 좋지 않아서 끝까지 머무를 수가 없겠습니다."

그녀는 일어나 천천히 밖으로 나갔다. 이미 세워진 약속 때문에, 그리고 그녀의 정숙한 품위 때문에, 그들은 감히 한 마디도 꺼내지 못했다.

In the meantime Yang had gone to his inn, packed up his baggage and started in the darkness for Moonlight's home. She had already arrived, had put in order the entry hall, lighted the lamps and was waiting. He tied his donkey to a cherry tree and rapped at the double-panelled gate. At the sound she slipped on her light shoes and came out quickly. "You left before I did," said she, "but I am here ahead of you—how does this happen?"

그러는 중 양은 자기 여관으로 가서 짐을 싸서 문라이트의 집을 향하여 어둠 속으로 나섰다. 그녀는 이미 도착해서 응접실을 정리해

놓았고, 불을 밝힌 채 기다리고 있었다. 그는 앵두나무에 나귀를 묶어놓고 양문으로 된 대문을 두드렸다. 두드리는 소리에 그녀는 가벼운 신을 끌고 속히 나왔다.

"상공께서는 저보다 먼저 나섰는데 제가 먼저 이곳에 왔으니, 어찌된 일인지요?"

Yang replied: "The host awaits the guest, not the guest the host. I had no heart to be late, but 'my horse is slow,' as the old saying runs."

양은 대답했다.

"주인이 객을 기다리지, 객이 주인을 기다리는 법은 아닙니다. 일부러 늦을 맘은 없었습니다만, 옛말이 있지요, '나의 말이 느리다'라고."[42]

They met with great delight as those destined for each other. She passed him the glass of welcome and bade him sing. His voice was sweet and such as to awaken and captivate the soul.

그들은 운명의 짝처럼 큰 기쁨으로 서로를 맞았다. 그녀는 환영의 술잔을 그에게 전했고, 노래를 청했다. 그의 목소리는 감미로웠고 영혼을 일깨우는 동시에 사로잡았다.

---

42 원문에는 양소유의 방문이 늦어짐에 계섬월이 의문을 표하는 장면의 대화가 서술되지 않는다.

She said: "I am yours from to-day, and shall tell you my whole heart in the hope that you will condescend to take pity on me. I am originally from So-joo. My father was a secretary of that county, but unfortunately he fell ill and died away from home. Because we were poor, and his station far distant, he was buried without the required forms. Having lost his protecting arm, my step-mother sold me as a dancing-girl for one hundred yang. I accepted the disgrace, stifled my resentful soul, and did my best to be faithful, praying to God, who has had pity on me, so that to-day I have met my lord and can look again upon the light of sun and moon. Before the approaches of my home is the main roadway[p48]that leads to the market square. There is no cessation to the sound of traffic that passes day and night. None come or go without resting there. Thus for four or five years I have had a chance to study thousands of passers-by, and yet never has one passed by who is equal to my master. We have met and now my hopes are realised. Unworthy as I am, I would gladly become your serving-maid to prepare your food and do your bidding. What is your thought toward me, please?"

그녀가 말했다.

"저는 오늘부터 당신 소유입니다. 상공께서 자신을 낮추어 저를 가련히 여기실 것이라는 희망 속에 있는 제 온 맘을 말씀 올립니다. 소녀 원래 소주 출신입니다. 저의 아버님은 그 지방의 비서였지만, 불행히도 병환을 앓게 되고 객사를 하셨습니다. 우리가 가난하였고 그의 임지가 멀리 떨어져 있었기 때문에 필수적인 형식조차 갖추지 못하고 매장되셨습니다. 보호하던 아버님의 힘을 잃고 저는 계모에 의해 일백 냥에 무희로 팔렸습니다. 저는 불명예를 감수며 원통한 영혼을 억누르며 충실해지기 위해 최선을 다했고 신께 기도를 올렸습니다. 신께서 저를 불쌍히 여기시어, 오늘 저는 제 주인을 만나서 해와 달의 빛을 다시금 보게 되었답니다. 제 집으로 오는 길 앞이 시장으로 가는 주심 도로입니다. 밤낮으로 지나가는 통행의 소리가 끊이질 않지요. 쉬었다 가지 않는 사람이 없습니다. 그리하여 사오년 동안 저는 수천 명의 과객을 유심히 볼 기회를 가졌으나, 제 주인에 비길 만 한 자는 한 명도 만나지 못했습니다. 우리는 만났고 그래서 제 꿈은 실현되었습니다. 제가 비록 비천하나, 기쁘게 상공의 음식을 준비하고 분부를 이행할 하녀가 되겠습니다. 저에 대한 생각이 어떠하신지요?"

Yang comforted her with many kind words and expressions of appreciation: "I am drawn to you," said he, "as truly and as deeply as you are drawn to me, but I am only a poor scholar with an old mother depending on me. I should like nothing better than to grow old with you as husband and wife, but I am not yet sure of my mother's wishes, and I am afraid you would be unwilling to have her choose you as my secondary wife, with some unknown stranger to take first place. Even though you had no objection to it yourself, I am sure there is no one your superior or even your equal. This is my perplexity."

양은 숱한 다정한 말과 감사의 표현으로 그녀를 위안했다.[43]

“나는 그대가 나에게 끌려온 것처럼 진정으로 그리고 깊이 그대에게 끌려간 것이오. 그러나 난 노모가 의지하고 있는 가난한 서생에 지나지 않소. 필시 나는 그대와 부부로 늙는 것 이외 더 낫지도 않을 것이지만, 어느 모르는 낯선 이를 첫째 자리에 둔다든지 할 수도 있는 어머니의 바람을 아직 확실히 모르오. 비록 그대가 첫째 자리에 가지 못하는 것을 스스로 반대하지 않더라도, 나는 누구도 당신보다 우월하지도 버금가지도 않다고 확신하오. 이게 바로 나의 난처함이라오.”

Moonlight said in reply: “Why do you say so? There is no one in the world just now equal to thee, my master. I need not say to you that you are to win the first place in the coming examination, and in a little you are to carry the seal of a minister of state, and the insignia of a great general’s authority. All the world will desire to follow you; who am I that I should expect to have you to myself? Please, my lord, when you are married to some maiden of high degree and you receive your mother under your faithful care, kindly remember me. Assuredly I shall[p49]keep myself pure for thee only, and shall be at thy commands alone.”

---

43 원문에서는 양생이 말하였다라고 간략하게 서술되고 있는 부분이 번역문에서는 한 다정한 말과 감사의 표현으로 그녀를 위안했다고 서술함으로써 양소유의 감정에 주목하고 있음을 살필 수 있다.

문라이트는 답했다.

"왜 그렇게 말하십니까? 바로 지금 천하에 저의 주인에 비길 자는 아무도 없습니다. 상공께 다가오는 과거시험에 장원급제 할 것이며 또한 승상의 직인과 위대한 장군의 권위를 상징하는 기장을 갖고 올 것이라고 제가 이야기 드릴 필요가 없습니다. 온 천하가 상공을 따르려 할 것입니다. 제가 누구라고 당신을 독차지할 마음을 품겠습니까? 주인님, 어느 고위층 여인과 결혼을 하고 어머니를 충실하게 모시게 되었을 때, 제발 친절하게도 저를 기억해주시기 바랍니다. 확실히 저는 당신만을 위해서 자신의 순결을 지키며 당신의 명령만 기다리겠습니다."

"Some time ago," said Yang, "I went through Wha-joo city and caught by chance a passing glimpse of one, Commissioner Chin's daughter. Her beauty and her talents were not unlike those of yourself. Now, alas, she is gone, not to be seen again I fear. Where would you suggest then that I find your equal or superior?"

양은 말했다.

"언젠가 나는 화주 시를 지나다가 우연히 누군가를 슬쩍 보고 반했는데, 그녀는 진어사의 딸이었소. 그녀의 미모와 재능은 당신의 그것과 다를 바 없었소. 하지만 아쉽게도 그녀는 떠났고, 다시는 볼 수 없을까 걱정되오. 나가 그대보다 더 나은 사람을 대체 어디서 찾을 수 있을 것 같소?"

"The person you refer to," said Moonlight, "is undoubtedly the daughter of Commissioner Chin, whose name is Cha-bong. When he was formerly magistrate of our county his daughter and I were bosom friends. She is a surpassing mystery of loveliness, like Princess Tak-moon [14]. But there is no use in thinking of her; let your thoughts go elsewhere, I pray you."

문라이트는 말했다.

"공께서 말씀하신 그 사람은 틀림없이 채봉이란 이름의 진어사 딸입니다. 그분이 이전에 우리 고장 관리였을 때, 그의 딸과 저는 각별한 친구였답니다. 그녀는 마치 탁문 공주와 같이 미모가 신비롭게 빼어나지요. 하지만 그녀에 대해 생각해봐도 소용없습니다. 이제 제발 당신 생각을 다른 곳으로 옅어두세요."

Yang said: "It is an old understanding that not many special marvels of beauty are born into the world at one and the same time. Now we have the maiden Moonlight and Chin See, two who have known and seen each other. I am afraid that the powers of heaven and earth are exhausted and that no more such are living."

양은 말했다.

"특별하게 놀라운 미모의 여인이 동일한 시기에 세상에 태어나는 일이 드물다는 이야기는 옛 생각이지요. 드디어 세상은 이미 서로를 만나 알고 있는 문라이트와 진씨, 두 여인을 가졌소. 천지의 기력이 소진되어 이제 더 이상 그런 일이 생기지 않을까 걱정되오."

Moonlight laughed, and said: "Your words are like those of the tadpole in the well. I'll tell you who there are among us dancing girls of special beauty. There are said to be three, Sim Oh-kyon, the Swallow, who lives in Kang-nam; Chok Kyong-hong the Wildgoose who lives in Ha-pook; and Kay Som-wol, Moonlight of Nakyang. I am Moonlight, and though I have won a name out of all proportion to my merits, Swallow and Wildgoose are truly the[p50]greatest beauties living. Why do you say that there are no more such in the world?"

문라이트는 웃으며 말했다.

"당신의 말씀은 우물 속 올챙이[44] 같네요. 우리네 무희들 사이에 이름난 절색 미인을 말씀 드리지요. 세 명이 있다고들 하지요. 강남에 살고 있는 스왈로우는 심옥연, 하북에 사는 와일드구스는 적경홍, 그리고 낙양의 문라이트는 계섬월입니다. 제가 문라이트이고, 비록 제가 모든 재주를 다 부려서 이름이 났지만, 스왈로우와 와일드구스는 진정으로 살아있는 대단한 미녀들입니다. 그런데 어째서 세상에 그런 일이 더 이상 생기지 않는단 말씀인가요?"

Yang answered: "My opinion is that those two are unfairly and

44 원문에서는 우물 안 개구리라고 표현되어 있다.

unjustly given a place and name equal to yours."

양이 대답했다.

"나의 의견은 그 두 사람에겐 견주어 불공정하고 부당하게 그대와 동등한 위상과 이름이 주어진 듯하오."

Moonlight replied: "Ok-kyon, Swallow, lives so far away from me that I have never met her, but all who have come from the south are unstinted in their praises. I am sure she has no unfair reputation. Wildgoose I know and love like a sister. I'll tell you about her. She is the daughter of the Yang clan of Pa-joo, who lost her parents early in life and lived with her aunt. From her girlhood days a rumour went forth through all the north land of her beauty, so that thousands of golden yang were offered for her. Go-betweens crowded her gateway like a swarm of bees. Wildgoose spoke to her aunt about it, and had them driven away. Said they to the aunt:" Your pretty niece has driven us away and will consent to no one. What sort of person does she desire in order to be satisfied? Does she want to be wife of a minister, or of a provincial governor, or is she to be given to some noted literatus or writer of renown?

문라이트가 대답했다.

"스왈로우, 옥연은 너무 멀리 떨어져 살고 있어 한 번도 그녀를 만나지 못했습니다만, 남쪽 지방에서 오는 사람들은 하나 같이 칭찬을 아끼지 않습니다. 저는 그녀가 전혀 불공정한 명성을 얻지는 않았다고 확신합니다. 와일드구스는 제가 알고 있으며 자매처럼 사랑하지요. 그녀에 대해 설명 올리지요. 그녀는 파주의 '양'이란 가문의 딸[45]로서 일찍이 부모를 잃고 고모와 함께 살았습니다. 그녀의 소녀시절부터 그 미모에 대한 소문이 북쪽 땅 전역에 퍼졌지요. 금 수천 냥으로 구혼을 받았다 합니다. 중매쟁이들이 벌떼처럼 그녀의 대문에 몰려들었지요. 와일드구스는 고모에게 말씀드려 그들을 쫓아버렸습니다. 그들은 그 고모에게 말했지요." 당신의 어여쁜 조카가 우리를 쫓았으니, 그 누구도 받아들이지 않을 것이오. 그녀가 만족하기 위해 대체 어떤 종류의 사람을 열망하는지요? 그녀는 승상이나 절도사의 부인이 되고 싶은가요, 아니면 어떤 저명한 선비나 이름난 문사에게 약정되어 있는가요?

"Wildgoose replied for herself, saying: 'If there be as in the days of the Chin Kingdom someone like Sa An-sok, I'll follow him and be the companion of a minister of state; or if as in the days of the Three Kingdoms someone like Choo Kong-keun, I'll follow him and be the wife of a noted governor; or if there be someone like Yee Tai-baik [15], doctor of the Hallim, great in letters, I'll follow him; or if he be like Sa Ma-chang, who sang the phoenix song in the days of Han Moo-je [16], I'll follow him.[p51]Where my heart goes I will go, but who can tell in advance where this shall be?"

45 원문은 '파주의 좋은 집안의 딸'인데 게일은 성씨로 오역을 했다.

"와일드구스는 자신을 위해 대답했지요. '만일 진나라 시절의 사안석 같은 사람이라면, 나는 그를 따르고, 승상의 동반자가 될 것이요, 아니면 삼국시대의 주공근[46] 같은 이라면, 그를 따라 유명한 절도사의 아내가 될 것입니다. 혹은 위대한 문장가이자 한림의 의사 이태백 같은 사람이라면, 그를 따르리요. 그도 아님 한무제 시절에 불사조의 노래[47]를 불렀던 사마창[48] 같은 이라면, 좇아갈 것입니다. 나는 내 마음이 가는 곳으로 갈 것이지만, 누가 미리 내 맘이 어디로 갈 것인지 말할 수 있겠습니까?"

"Then the various go-betweens laughed loudly and took their departure. Wildgoose said to herself: 'How could an imprisoned girl from an obscure part of the country with no experience of the world ever be expected to select a noted lord for husband? But a dancer like me is one who shares the festal season with the rare and gifted, and talks to them face to face. She even opens the door to princes and nobles. She learns to distinguish the high-born from the mediocre, and becomes an expert in assaying human worth. She can sense the bamboo from the Tai, or jade ornaments from Namjon; how should she be anxious about whom to choose?' So she yielded herself up as a dancing-girl in order that she might attach herself to one great and renowned, but in all these years she has found nothing but an empty

46 주유
47 봉황곡을 뜻한다.
48 원문의 '司馬長卿'에서 長卿은 사마상여의 자이다. 게일은 '卿'을 벼슬명으로 오해하여 이를 오역했다.

reputation.

"그런 연후에 가지각색의 중매쟁이들은 크게 웃으며 떠났습니다. 외일드구스는 혼자서 말했지요. '이 같은 시골의 어두운 구석에서 세상 경험도 전혀 없는 갇힌 소녀가 어떻게 자기 남편으로 뛰어난 주인을 가려 뽑기를 기대한단 말인가? 하지만 무희라면 명절 같은 시기를 귀한 사람과 재능 있는 사람들과 함께 보낼 수 있고, 그들과 얼굴을 맞대고 이야기를 나눌 것이다. 심지어는 왕과 귀족에게도 문이 열려 있는 것이다. 무희라면 평범한 자들과 귀한 자들을 구별하는 법을 배우며, 인간 가치를 분석하는 전문가가 된다. 태국에서 대나무를 감지하고, 남전에서 옥을 탐지할 수 있다. 그런 여자가 어떻게 누구를 선택할지 걱정한단 말인가?' 그래서 그녀는 자신이 위대하고 저명한 사람과 접촉하기 위해서 무희로서 자기를 던졌으나, 이후로 내내 오로지 공허한 명성만을 만났을 뿐입니다."

"Last year the noted literati from the twelve counties of Shantung north of the river held a great feast in the capital and had dancing and music. At this time Wildgoose sang the Yea-sang Kok (The Rainbow Robes of the Fairy). She was like the wild bird itself in grace of motion and matchless beauty. All the dancers of the day dropped their heads before her. When the feast was over she went away by herself to the top of Tong-jak Tower, walked back and forth under the light of the moon, thinking over the writings of the ancient sages, her heart full of loneliness and sorrow, sighing to herself over past events that had broken in upon her fragrant way. All who saw her revered her grace and gazed with[p52]wonder at her loveliness. When Wildgoose and I played together in the Sang-kok Monastery and told our hopes one to the other, she said to me: 'If we two meet a master whom we like let's recommend each other. As we serve the same husband we shall pass our happy days without faults or failings.'"

"지난해 하북 산둥의 열두 개 지방의 선비 문인들이 서울에서 큰 연회를 열고 춤과 음악을 연주했습니다. 이 자리에서 와일드구스는 예상곡(선녀의 무지개 예복)을 불렀지요. 그녀는 우아한 동작과 비길 데 없는 미모로 그 자체 야생의 새였습니다. 그날 참석한 무희들 모두가 그녀 앞에 머리를 조아렸습니다. 연회가 마쳤을 때, 그녀는 혼자서 동작대 꼭대기로 가서, 옛 현인의 글과 외로움과 슬픔으로 가득한 자신의 마음을 곰곰이 생각하며, 자신의 무희의 길에 뛰어든 지난 일들에 대해 한숨을 내쉬며, 달빛 아래서 왔다갔다하고 있었지요. 그녀를 본 모든 이들은 그녀의 우아함을 숭배하며 또한 그녀의 고독을 이상하게 생각하며 응시했지요. 와일드구스와 제가 상곡사[49]에서 함께 서로에게 바람을 털어놓았지요. 그녀가 저에게 말했지요. '만약 우리가 좋아하는 한 명의 주인을 만난다면, 서로에게 추천해주자. '우리가 한 명의 남편을 모신다면 우리는 오류나 실패 없이 우리의 행복한 나날들을 보낼 것이야.'"

49 변주(卞州)의 상국사(相國寺)를 이른다.

"I agreed, and now that I have met with my destined lord I naturally think of Wildgoose, who is at present in the palace of the governor of Shantung. Alas, as the ancients said, there are many devils to interfere with what is sweet and good. The wives of the governor are surrounded with riches and honour, but this is not what Wildgoose wishes. "And Moonlight sighed and added: "Would that I could meet my fairest companion and tell her."

"저는 동의했고, 마침내 저의 운명의 주인을 만났으니 자연히 저는 현재 산둥 절도사의 궁전에 있는 와일드구스를 생각하지요. 안타깝게도 옛사람들이 말한 것처럼 좋고 선한 일에는 많은 악마들이 끼어들지요. 절도사의 아내들은 부와 명예에 둘러싸여 살지만, 이건 와일들구스가 소망한 것은 아닙니다."

그리고는 문라이트가 한숨을 내쉬고 말을 더 했다.

"내 절친한 친구를 만나서 이야기할 수 있기나 할까?"

Yang said in reply: "There are many gifted ones among the dancers, and yet why should a daughter of the gentry have to take a second place to them?"

양이 대답했다.

"무희들 가운데도 재능 있는 사람들이 많지요. 그러나 양반의 딸이 당연히 그들보다 못하다는 이유는 어디 있을까요?"

Moonlight answered: “Among those I know there is no one who equals Chin See. How could I dare propose a name to my lord not her equal? Still I have frequently heard the people of the capital say that there is no one like Justice Cheung’s daughter. For beauty of face and nobility of heart she is regarded as first of all. I have not seen her myself, but there is no question that her name is well won. When my lord reaches the capital please think of this. Seek her out if possible, and learn if this be so.”

문라이트가 답했다.

“내가 아는 사람 중에는 진씨에 버금갈 사람은 없습니다. 제가 감히 어떻게 저의 주인님께 그녀에 못 미치는 사람을 추천하겠습니까? 저는 서울 사람이 정 사도의 딸 같은 이는 없다고 하는 말을 변함없이 자주 들어왔습니다. 용모의 아름다움과 마을의 고결함에서 최고로 간주되고 있는 것이지요. 그녀를 직접 본적은 없지만, 그녀의 명성에는 어떠한 의문도 없을 것입니다. 저의 주인님께서 서울에 도착하시면, 이 점을 생각해주시기 바랍니다. 가능하다면 그녀를 찾아보시고, 이런 명성이 사실인지 확인해보시지요.”

But the time had come to part, and Moonlight said in haste: “You must not stay longer. The various guests were fiercely angry with you and will be so still. There may be danger; go quickly, please. [p53]We shall meet and have many happy days together, why should I be sad?”

하지만 이제 헤어질 시간이 되자, 문라이트는 서둘러 말했다.

"공께서는 더 오래 머무르시면 안 될 것입니다. 누각에서 놀았던 손님들이 당신에게 크게 화가 났었고, 여전히 그럴 것입니다. 위험할지도 모릅니다. 제발 서둘러 가시지요. 우리는 다시 만나서 행복한 나날들을 함께 지낼 운명인데, 제 왜 슬프겠습니까?

The master spoke his greetings: "Your words are like gold and jewels to me, and shall be written on my heart," and in tears they parted.

양은 인사말을 했다.

"그대의 말이 나에겐 금은보석 같고, 내 마음에 새겨져 있을 것이오."

그들은 눈물을 흘리며 이별했다.[p54]

Chapter IV In the Guise of a Priestess

제4장 여도사로 변장하여

YANG now made his way from Nakyang to the western capital, found a lodging-house and disposed of his baggage. Learning that the day set for the examination was still distant, he called the host and inquired of him about his mother's cousin. He was told that she resided outside the South Gate. So he prepared something in the way of a present and went to find her. She was now a little over sixty years of age, was held in great respect, and was the head of the Taoist sect of women.

이제 양은 낙양에서 서쪽 방향인 서울로 향한 길에 올랐고, 여관을 찾아 여장을 풀었다. 정해진 과거 날은 아직 멀었기 때문에, 그는 주인장을 불러서 자기 모친의 사촌[50]에 관해서 물었다. 그는 그녀가 남문 바깥에 거주한다는 말을 들었다. 그래서 그는 선물할 요량으로 좀 챙겨서 그녀를 찾아 나섰다.[51] 그녀는 지금 예순을 조금 넘긴 나이였고 대단한 존경을 받고 있었으며, 여성 도교장의 지도자였다.

The master appeared before her with due ceremony and gave his mother's letter, while the priestess inquired about his health, and with evident emotion said: "It is twenty years and more since your mother and I parted, and now here is a young man of the second generation, so handsome and strong. Surely time goes by like galloping horses or swift running water. I am an old woman now and am tired of living in the noise and confusion of the capital. I was just on the point of going off to the hills, where I could meet some sage and give my mind to non-earthly things, but now I find in my sister's letter a commission that she has for me, so I must stay and carry it out on your behalf."

50 외사촌 두련사를 이른다. 원문에 따르면 그녀는 자청관의 으뜸가는 여관(女冠)이 되어있었다.

51 원문에는 양소유가 두련사를 위해 준비한 선물에 대해 서술되어 있지 않다.

양은 마땅한 예를 갖추어 그녀 앞으로 가서 어머니의 편지를 전달했다. 그 여도사는 그의 건강을 묻고는, 분명한 감정을 넣어서 말했다.

"네 어머니와 내가 헤어지고는 이십 년 이상 흘러, 마침내 여기 이렇게 잘 생기고 강건한 후세가 나타났구나. 확실히 시간은 질주하는 말이나 순식간에 흘러가는 물 같이 지나는구나. 난 이제 늙은 여자이며, 이곳 서울의 소음과 혼란 속에서 살아가기도 지쳤다. 나는 현인들과 만나서 이 세상 것이 아닌 일에 내 마음을 둘 수 있는 산으로 막 떠날 작정이었다. 그런데 마침 내 누이의 편지에서 나에게 주어지는 위임[52]을 받았으므로, 너를 위해 내가 머물러 그 일을 해결해야 하겠구나."

Yang's appearance was most attractive, and his young countenance like that of the gods. The priestess realised that it would be very difficult indeed to find a fitting mate for him from the homes of the [p55]gentry. Still she would try. "Come and see me often in your moments of leisure," said she.

양의 외모는 정말 매력적이었고 그의 젊은 얼굴은 마치 신들의 얼굴 같았다. 그 여도사는 양반 집안에서 그에 맞는 짝을 찾기란 참으로 매우 힘들 것이라는 점을 알았다. 그럼에도 그녀는 시도할 것이었다. 그녀는

"시간 날 때마다 자주 나를 찾아오거라"

52 양소유의 배필을 찾는 일을 의미한다.

하고 말했다.

Yang's answer was: "Your humble nephew belongs to a family that is poor and unknown, with only his aged mother left to him. He is now nearing twenty, and living in an unfrequented part of the country had no chance to find a companion. In these straits, and with the question of food and clothing added, he had to remember first the law of faithfulness to his mother. Between fears and hopes he has come to solicit help from his excellent aunt, and she has so kindly consented to assist him that he is very grateful indeed. There are no words by which he can express this." He said good-bye and withdrew.

양이 대답했다.

"변변치 못한 조카가 하나뿐인 연로한 어머니를 모시면서 가난하고 이름 없는 집안에 속해 있습니다. 그는 이제 거의 스무 살이며, 동반자를 찾을 기회가 없는 한적한 시골에서 살고 있답니다. 이런 궁벽함 가운데, 식량과 의복의 문제도 더하여서, 그는 자기 어머니에 대한 효의 법도를 기억해야 합니다. 걱정과 희망 사이에서 그는 자신의 뛰어난 이모에게 도움을 간청하게 되었습니다. 그리고 그 이모는 아주 친절하게도 도움을 주는데 동의하셔서 그는 진정으로 감사올립니다. 이에 대해 그가 표현할 수 있는 말이 이 세상에는 없을 정도입니다."[53]

53 양소유가 배필을 찾는 일에 대해 어머니에 대한 효를 강조하며 두련사에게 간곡하게 청하는 내용은 원문에는 서술되지 않은 내용이다.

그는 인사를 올리고 물러났다.

The time for the examination drew gradually nearer, but now that a question of marriage had arisen, his desire for fame and literary distinction little by little declined. A few days later he went again to see his aunt.

과거시험의 일시가 점점 더 가까이 다가왔지만, 드디어 결혼 문제가 대두해 있으니 명성과 학문적 기품을 향한 그의 욕망은 조금씩 쇠퇴했다.[54] 며칠이 지난 후, 그는 이모를 만나러 다시 갔다.

The priestess met him laughingly, and said: "There is a maiden of whom I have thought whose beauty and intelligence are a match indeed for the young master; but her family is terribly proud and exclusive, with dukes and barons and ministers of state and so forth in its train for generations. I fear this family is quite unapproachable. If you could but win the first place in the examination you might think of this as a possibility. Otherwise I fear there is no hope. My advice to you is not to come visiting me so often, but to spend your efforts in the way of preparation so as to win the first place of honour when the examination takes place."

54 원문에는 양소유가 과거날이 가까워 오지만, 과거 공부에는 마음이 없었다고만 서술되어 있으나, 번역문에는 양소유가 혼사 일에 몰입하여 학문과 명예를 위한 일에 흥미를 잃었음을 서술하고 있다.

그 여도사는 웃으며 그를 맞았다.

"내가 염두에 두고 있던 한 처자가 있는데, 그 미모와 지성이 젊은 선비에게 안성맞춤이라. 그런데 그녀의 가문이 공작이며 남작이며 승상이며 등등 대를 이은 계통으로 대단히 자랑스러워하는 지위 높아. 이 집안은 꽤 접근하기 어렵다는 점이 걱정이야. 만약 네가 장원급제만 한다면, 가능하게 될 수도 있을 텐데. 그렇지 않다면 희망이 거의 없어. 너에게 주고 싶은 충고는 나를 너무 자주 찾아오지 말고 과거시험이 있는 날 장원급제를 하기 위해서 시험 준비에 노력을 투여해라는 것이야."

Yang asked: "To whose home do you refer?"[p56]

양은 물었다.

"이모님께서는 누구의 집안을 말씀하십니까?"

"Just outside the Chong-yung Gate," said she, "is Justice Cheung's house. That is the one I refer to. Before it is an approach-way ornamented with red arrows. This Justice has a daughter who is a veritable fairy, evidently some angelic visitor to the earth."

그녀는 답했다.

"총영문[55] 바로 밖에 정사도의 집이 있네. 그 집을 말하는 것이야.

55 원문에는 춘명문으로 서술되어 있다.

그 집 앞에는 붉은 화살들로 장식된 접근로가 있지. 이 사도에게 딸이 하나 있는데, 분명히 선녀야. 아마도 어느 천사가 이승을 방문한 것이 분명해."

Yang then thought of what Moonlight had told him, and said to himself: "How is it that this girl is praised so highly?" Then he asked of the priestess, "My honoured aunt, did you ever see this daughter of Cheung?"

그때 양은 문라이트가 그에게 해줬던 이야기를 생각했고 스스로에게 말했다.

"이 처자가 얼마나 고귀하게 칭송되고 있는가?"

그래서 그는 그 여도사에게 물었다.

"이모님께서는 그 정 씨 가문의 딸을 보신 적이 있으신지요?"

"See her? Of course I've seen her, and she is indeed an angel from heaven. No words can express how wonderful she is."

"보았냐고? 물론이지, 그녀는 정말 하늘에서 온 천사야. 어떤 말로도 그녀의 놀라운 모습을 표현할 수가 없어."

The young master then said: "I don't like to boast, but I am sure I shall win first place in the examination as easily as drawing my hand from my pocket. Don't be anxious on that score, please. But I have had one foolish wish all my life, and that is not to ask in marriage one whom I have never seen. Please, excellent aunt, take pity on me and help me to see what the lady is like?"

그때 그 젊은 선비가 말했다.

"자랑하고 싶지는 않습니다만, 과거시험에서 장원급제 하는 일은 제 손을 주머니에서 꺼내는 것만큼 쉽게 하리라고 저는 확신합니다. 제발 시험 점수에 대해서는 걱정하지 마세요. 하지만 저는 제 필생의 어리석은 소원이 하나 있는데, 그것은 다름 아닌 내가 한 번도 본적이 없는 사람에게 혼인 의사를 묻는 일입니다. 부디 뛰어나신 이모님께서 저를 불쌍히 여기시어 그 여인이 어떤 사람인지 보도록 도와주시지 않겠습니까?"

The priestess replied: "How could you ever hope to see this daughter of a high minister of state? [17] You do not trust what I say?"

그 여도사는 대답했다.

"어떻게 네가 이런 고관의 딸을 만날 생각이라도 할 수 있었단 말이냐? 내가 하는 말을 믿지 않는 거냐?"

He replied: "How could I ever doubt your words? But still we each have our own likes and dislikes. Your eyes could never be just the same as mine."

그는 대답했다.

"어찌 제가 고모님의 말씀에 의문을 달겠습니까? 하지만 무릇 사람은 다 자신의 호오가 있습니다. 고모님의 안목이라고 해서 무조건 저와 똑같다고 할 수 없는 노릇이라는 것이지요."

"There is no such danger," said she. "Even children know that the phoenix and the unicorn mean good luck, and the lowest classes in the world understand that the blue sky and the bright sun are[p57] exalted and glorious. A man who has any eyes at all would know that Cha-do was a beauty."

그녀는 말했다.

"그럴 위험은 없다. 한갓 아이들이라 해도 불사조와 일각수[56]가 행운의 징조라는 사실을 안다. 세상 가장 밑바닥 사람들조차 파란 하늘과 밝은 태양이 신나고 기분 좋은 일임을 이해하는 법. 어떤 안목을 가졌던지 사람이라면 자도가 아름다운 사람이라고 알고 있다."

Yang returned home unsatisfied in heart, and next day went once more, greatly desiring to obtain his aunt's definite permission. The priestess met him and laughingly said: "You have come early to-day; you must have some special news to tell me."

---

56 봉황과 기린을 일컫는다.

마음속으로는 불만을 가지고 양은 집으로 돌아왔다. 그리고 다음 날 자기 이모의 확실한 허락을 얻을 열망을 못 이겨서 다시 한 번 찾아갔다. 그 여도사는 그를 만나서 웃으며 말했다.

"네가 오늘은 일찍이 찾았구나. 필시 무슨 특별한 소식을 전하려 왔구나."

Yang smiled and made reply: "Only by seeing Justice Cheung's daughter can your humble servant rid himself of his doubts and fears. Think once again, please, of my mother's commission and my earnest desire, and tell me some plan by which I can look upon her face. If you will only do this I will thank you for such kind favour by a never ending gratitude."

양은 미소를 지으며 대답했다.

"오로지 정 사도의 딸을 만남으로써만이 고모님의 어리석은 조카가 의문과 염려를 떨칠 수 있을 것 같습니다. 제발 제 어머니의 위임과 저의 진지한 열망을 한번만 다시 생각해주십시오. 그리하여 제가 그녀의 얼굴을 볼 수 있는 모종의 계획을 저에게 말씀해주십시오. 만약 이 일만 해주신다면, 저는 평생토록 감사한 마음으로 고모님의 고마움을 표하겠습니다."

The priestess shook her head, saying: "That's a very difficult thing indeed." She thought for a time and then asked: "You are so highly accomplished otherwise, have you ever had leisure in your studies for music?"

그 여도사는 고개를 가로저으며 말했다.

"그건 정말 매우 어려운 일이야."

그녀는 한 동안 생각하더니 물었다.

"너는 다른 모든 점에서 아주 고도로 기예를 갖추었는데, 혹여 음악 공부를 할 여가가 있었느냐?"

Yang replied: "Your humble nephew once met a great teacher of the genii, and took from him a special course, and so knows something of the Five Notes and the Six Accords of the gamut."

양은 답했다.

"소인은 어느 위대한 시선을 선생님으로 만나서 특별한 과정을 겪었고, 그로부터 장음계의 다섯 음조와 여섯 화음 정도[57]를 알고 있습니다."

The priestess then said to him: "Justice Cheung's home is a very large one, and has five successive gates of entrance. It is a long way into the inner quarters, and the walls about are high and forbidding. Without wings to fly, there is no possible way of entrance. The Justice himself follows the Books of Rites and Poetry carefully and

57 원문에는 악곡을 익혔다는 정도로만 서술되어 있으나, 번역문에는 장음계의 다섯 음조와 여섯 화음이라 하여 보다 상세한 내용이 서술되어 있다.

conforms his household in every particular to their teachings, so that members of the former never come here to offer incense, nor do they seek sacrifice in the Buddhist[p58]temples. The Feast of Lanterns [18] of the first moon, and the celebration on the Kok River [19] of the third have no attractions for them. How could an outsider ever expect to gain entrance to such a family? I have thought of a plan, however, but do not know whether you would care to try it."

그런 얘기를 들은 여도사는 그에게 말했다.

"정사도의 집은 아주 거대하고, 들아 가는 데만 연속 다섯 개의 문을 거친다. 내부 구역으로 들어가기에는 긴 경로이며 주변의 벽들은 높고 가까이 하기 어렵다. 날을 수 있는 날개가 없이는 들어갈 수 있는 가망이 없어. 정사도 스스로 <예서>와 <시경>을 조심스럽게 따르고 집안사람들 모두가 세세한 모든 일에 그 가르침에 순종토록 하는 까닭에, 가족 구성원은 여기 도관에 향을 피우러 조차 오지 않을 뿐더러 불교 사원에 제물을 바치러 오지도 않지.[58] 정월 대보름 관등놀이도 삼월삼짇날 곡 강에서의 축하연도 그들을 끌어내지 못했을 정도야. 그런 집안에 어떻게 어느 이방인이 들어갈 기대를 할 수나 있겠어? 그렇지만 내가 계획을 하나 궁리하고 있지만 네가 그걸 시도해보려고 할지 모르겠다."

58 정경패가 글과 예를 익혀 도관(道觀)과 이원(尼院)에 분향하지 않는다고 서술하고 있는 원문의 내용을 번역문에서는 <예서>와 <시경>을 조심스럽게 따르고 집안사람들 모두가 세세한 모든 일에 그 가르침에 순종토록 하는 이유 때문이라고 상세히 기술하고 있다.

Yang replied: "If it be a matter of seeing the maiden Cheung, I'll go up to heaven or down into Hades; I'll carry fire on my back or walk on the water, if you just say the word."

> 양은 대답했다.
> "만약 그것이 정 처자를 만나는 계획이라면, 하늘로도 오르고 땅 속으로도 들어가겠습니다. 저로서는 불덩이도 질 것이며 물 위를 걸을 것이니 그저 말씀만 하십시오."[59]

The priestess made answer: "Justice Cheung is now advanced in years, is in poor health, and has little interest in the affairs of state. His chief delight is in sight-seeing and in hearing music. His wife, Choi See, is extravagantly fond of the harp, and the daughter being so quick and intelligent and able to grasp the thought of any and every question, has acquired a thorough knowledge of the ancient masters. A single hearing and she understands at once a player's excellences or defects. The mother, Choi See, likes to hear something new, and constantly calls people to play for her, keeping her daughter at hand to comment and to listen. Thus she delights her old age with the charm of music. My idea is this, that since you understand how to play, you should practise some special selections and then wait till the last day of the third moon, the birthday of No-ja. They always

59 원문에는 양소유가 정경패를 보기 위해서라면 어찌 좇지 않겠냐 반문하는 정도로 서술되지만, 번역문에서는 그의 감정을 보다 극대화 시켜 표현하고 있다.

send a servant on that day from Cheung's house with candles to burn in the temple here. You might take advantage of this opportunity to dress as a Taoist priestess and play so that the servant could hear you, and the servant will assuredly take the news of it to her mistress. The [p59]lady, when she learns this, will unquestionably call you. In this way you might gain admission. As for seeing or not seeing the daughter, that depends on the decrees of fate, of which I am not the master. Apart from this I have no other suggestion to offer." She added also: "Your face is quite like a girl's, and you have no beard. Priestesses, too, do not do up their hair as other girls do, or cover their ears with it. I see nothing difficult in the matter of your disguise."

그 여 도사는 대답했다.

"정사도께선 이제 연로했고 건강도 좋지 않아서, 국사에는 거의 관심도 없지. 그의 중요한 낙은 경치 구경과 음악 감상이야. 그의 아내 최씨는 거문고를 엄청나게 좋아하고, 아주 영민해서 여하한 생각의 문제들도 이해할 수 있는 그 딸은 옛 성현들의 지식에 통달했지. 음악을 한번 듣고도 즉시 그녀는 연주자의 우열을 가릴 정도야. 어머니 최씨는 새로운 음악 감상을 좋아하며, 평가하고 청취하기 위해 딸을 곁에 두고서 계속해서 사람들을 불러 연주하게 하지. 그러니까 그녀는 음악의 매력으로 자신의 노년을 즐기고 있는 거야. 내 생각은 말이야, 네가 연주법을 알고 있으니 몇 곡을 특별히 선별하여 연습을 하고 노자 탄신일인 삼월의 마지막 날까지 기다리는 거야. 그들은 언제나 이곳 사원에 촛불을 올리기 위해 정 씨 집안의 하인을 보내지. 그때 네가 여 도사의 옷을 입고 연주하면서 기회를 활용하는 거야. 그러면 그 하인이 네 연주를 듣고, 분명히 자기 마님에게 그 소식을 전할 것이야. 소식을 들은 그 부인은 의문의 여지없이 자네를 부를 것이야. 이런 식으로 너는 그 집에 들어갈 수 잇는 거지. 그 딸을 만나건 만나지 못하건, 내가 주인은 아니니 그것은 운명의 령에 달려 있어. 이 방식 이외에 나로선 어떤 다른 제안도 할 게 없네."
그녀는 덧붙여 말했다.

"너의 얼굴은 수염도 없이 꼭 여자와 같구나. 또한 여 도사의 경우 다른 여자들처럼 머리를 올리지도 않거나 머리카락으로 귀를 덮지 않으니, 네가 변장하는 데는 전혀 어려움이 없을 것이야."

Yang, greatly delighted, took his departure. He counted over on his fingers the days that must elapse before the end of the month.

크게 기뻐하는 양은 물러났다. 그달 말 이전까지의 날을 손가락으로 꼽아봤다.

Justice Cheung, it seems, had no other child but this daughter. When she was born the mother, Choi See, half unconscious, saw a fairy angel come down from heaven and drop a sparkling gem into the room before her. Then it was that the child was born. She was called Kyong-pai, Gem-Treasure, and grew up little by little, more and more beautiful, more and more graceful, more and more gifted, so that none from ancient times was ever like her. Her parents greatly loved her and sought someone to be a fitting husband, but as yet none had been found to suit them. She was sixteen now and yet no marriage had been arranged.

정 사도는 이 딸 이외 다른 자식이 없는 것 같았다. 그 딸이 태어날 무렵 반쯤 무의식 상태의 어머니 최씨는 어여쁜 천사가 하늘로부터 내려와 방에서 그녀 앞에 반짝이는 보석[60]을 떨어트렸다. 그러고 나서 아이가 태어났다. 그녀 이름을 보석이라는 뜻의 주얼라[61]고 불렀고, 조금씩 자라면서 점점 더 아름다워졌고 우아해졌으며 재능이 뛰어나게 되어서, 옛 시절의 어느 누구도 그녀를 따를 자가 없었다. 부모는 너무나 그녀를 사랑했고 적절한 남편을 구하기는 했으나, 아직도 성에 차는 임자가 발견되지 않았다. 이제 그녀 나이 16세이지만 어떤 혼약도 맺어지지 않았다.[62]

On a certain day Choi See called her nurse, old Chon, and said: "To-day is the anniversary of the great teacher No-ja. Take four candles and go to the Taoist temple and give them to the priestess Too-ryon. Take these cloth gifts as well and refreshments, and present them with my kindest greetings."[p60]

정해진 날에 이르자 최씨는 딸의 유모인 늙은 전씨 불러 말했다.

60 원문에 따르면 명주(明珠)를 의미한다.

61 정경패를 이른다.

62 원문에는 16세라는 나이가 분명히 제시되어 있지는 않으며, 단지 비녀 꽂을 나이가 되었다고만 서술되어 있다.

"오늘은 대스승이신 노자의 기념일이다. 초 네 개를 가지고 도교 사원[63]으로 가서 여도사 두연께 드려라. 또한 이 옷가지와 음식들을 선물로 드려 나의 정성스런 인사를 전하시게."

Old Chon took her orders, entered a little palanquin and went to the temple. The priestess received the candles and lit them before No-ja's portrait. She said a hundred thanks and made her bow for the presents; treated Chon royally and sent her on her way rejoicing.

늙은 전 씨는 그녀의 명을 받아 작은 가마를 타고 사원으로 갔다. 그 여도사는 초를 받아서 노자의 초상 앞에 불을 밝혔다. 그녀는 거듭 감사를 표하고 선물에 고마움을 전했다. 전 씨를 극진히 대접하며 가는 길을 즐겁게 해주었다.

Meantime, in the guise of a young priestess, Master Yang had come into the temple, tuned his harp and had begun to play. Just as the old nurse had said good-bye and was about to step into the chair, she suddenly heard the sound of music from before the portrait in the main hall. Lovely music it was, clear and sweet, such as belongs beyond the clouds. Chon, ordering the chair to wait for a moment, inclined her head and listened.

63 자청관을 이른다.

이러는 중에 젊은 여 도사로 변장한 양이 사원[64]으로 들어와서 거문고 줄을 맞춰 연주를 시작했다. 그 늙은 유모가 인사를 하고 막 자리에서 일어설 찰나에 돌연 신전의 그 초상화 앞으로부터 음악 소리를 들었다. 맑고 감미로운 그것은 저 구름 너머에서나 들을 참으로 멋진 음악이었다. 잠시 대기하기 위해 좌정한 전씨는 고개를 기울이고 경청했다.

She turned to the priestess Too-ryon and said: "While I have waited on the lady Cheung I have heard sweet music, but never in my life have I heard anything like this. It is wonderful. Who is playing?"

그녀는 여 도사 두연에게 몸을 돌려서 말했다.

"제가 정 씨 부인을 모시는 동안 훌륭한 음악을 들어왔지만, 살아오는 동안 이런 음악은 들어본 적이 없다. 정말 훌륭하군요. 누가 연주하는 것이지요?"

The priestess replied: "Recently a young acolyte from Cho has come to visit me, desiring greatly to see the capital. It is she who plays. Certainly her powers of execution are wonderful, but I am not a musician myself, and cannot well distinguish one part from the other. Still I am sure after what you say that she must be very gifted indeed."

64 원문에 따르면 삼청전(三淸殿) 서편 월랑(月廊) 안이라고 제시되어 있다.

여 도사는 대답했다.

"최근 초나라에서 한 젊은 신참자가 서울을 구경하고 싶어서 저를 방문하러 왔답니다. 그 여자가 연주자입니다. 그녀의 연주력은 분명히 놀랍기는 하지만, 제 자신 음악인이 아니어서 이것저것 잘 분별할 수가 없답니다. 그렇지만 저는 당신이 그녀가 정말 천부적 재능을 가졌다는 평가를 확신을 갖고 따르겠습니다."

Chon said: "If the lady Cheung knows of this she will certainly invite her. Ask her to stay for a little, please."

전 씨는 말했다.

"만약 정 씨 부인께서 이런 사실을 안다면, 확실히 그녀는 저 연주자를 초대할 것입니다. 부디 저 여인이 얼마 동안 여기 머물도록 부탁해주십시오."

The priestess replied: "Very well, I'll do so." So she sent her on her way and then she told Master Yang what old Chon had said. Yang was[p61]delighted, and awaited impatiently his summons to the house of Cheung.

여 도사는 답했다.

"잘 알겠습니다. 제가 그러지요."

그래서 그녀는 유모를 보낸 다음, 양에게 늙은 전 씨가 했던 말을 전했다. 양은 기뻐했고, 정 씨 가문에서의 호출을 조바심 내면서 기다렸다.

On her return the old nurse said to the lady Cheung: "In the Taoist Temple there is a young priestess who plays the harp as I have never heard it played in my life; it is the most wonderful playing in the world."

그 늙은 유모는 돌아와 정 씨 부인에게 말했다.

"도교 사원에서 거문고 연주를 하는 한 젊은 여 도사가 있었는데, 저로서는 평생 동안 그런 연주를 들어본 적이 없습니다. 이 세상에서는 가장 기상천외의 연주입니다."

The lady Cheung replied: "I wish I could hear her." The following day she sent a closed chair and a servant to the temple bearing a message to the teacher Too-ryon, saying: "Even though the young priestess should not wish to come, please use your kind offices to have her visit me."

정 씨 부인이 답했다.

"들어볼 수 있으면 좋으련만."[65]

다음 날 그녀는 두연 선생에게 보내는 편지를 들리고 하인 한 명을 덮개 씌운 가마와 함께 사원으로 보냈다. 그 편지에는

---

65 원문에는 늙은 유모가 정씨 부인에게 전하는 말이 서술되어 있지 않다.

"비록 그 젊은 여도사가 틀림없이 방문을 꺼리더라도, 제발 선생님의 친절한 알선을 통해 저를 방분할 수 있도록 해주십시오."

The priestess then said to Yang before the servant: "This high and noble lady invites you; you must not refuse to go."

그리하여 여 도사는 그 하인 앞에서 양에게 말했다.
"이 지체 높고 귀하신 마님께서 그대를 초대하셨으니, 방문을 거절하는 일은 도리가 아닌 것 같소."

"It is not fitting," said Yang, "that one born of the low classes in a distant part of the country should go into the presence of nobility, and yet how can I refuse to do what your ladyship commands?"

양은 말했다.
"나라의 외진 곳의 천한 계급 출신이 고귀한 품격 앞에서 나서는 일이 적절하지 않으나, 저로선 도사님이 명하시는 일을 행하지 않을 수 없겠습니다."[66]

So he donned the robe and hat of a priestess, took his harp and went forth. Truly he was as startling in appearance and as sweet as the ancient favourites of China. The servant of the Cheungs was beside

66 원문에는 정씨 부인이 보낸 편지의 내용과 양소유의 대답이 서술되어 있지 않다.

herself with joy.

그래서 그는 여 도사의 의복과 모자를 걸치고 자기 거문고를 갖고 나섰다. 실제로 그는 외모로 깜짝 놀라게 할 정도였고, 중국의 옛 명인들만큼이나 아름다웠다.

Master Yang, in the closed chair, safely reached Cheung's. The servant then led the way into the inner quarters. The lady Cheung, with dignified but kindly countenance, was seated in the main hall.

덮개 씌운 가마 안에서 양은 정의 집에 안전하게 도착했다. 그 하인은 그를 집의 안쪽 권역으로 길을 인도했다. 위엄 있지만 다정한 표정의 정 씨 부인은 중심 건물에 자리 잡고 앉아 있었다.

The musician bowed twice before the step-way, and then the lady ordered her to be seated, saying: "My servant went yesterday to the temple and was so fortunate as to hear the music of the gods. She [p62]returned and expressed a wish that I might hear it so. Now indeed I realise what the saying means that the beautiful presence of the genii drives all worldly thoughts from the soul."

그 음악인은 계단 앞에서 두 번 절하자, 그 부인은 그녀가 자리 잡도록 명하고 말했다.

"내 하인이 어제 사원에 갔는데 아주 운 좋게도 신들의 음악을 들었다고 한다. 그녀가 돌아와 나에게 당연히 그 음악을 들어봐야 한다는 바람을 알렸다. 마침내 나는 그 말이 의미하는 바 신선의 아름다운 모습이 영혼으로부터 모든 속세의 생각들을 쓸어가 버린다는 사실을 깨닫는다."

The young priestess arose from her seat. "Your humble servant," said she, "is from the land of Cho, and is making a hasty journey like a passing cloud. Because of my slight attainments in music your ladyship has called me to play before you. How could I ever have dreamed of such an honour?"

그 젊은 여 도사는 자기 자리에서 일어났다.

"소녀는 초나라 땅 출신으로 떠가는 구름처럼 여유 없는 여행을 다니고 있습니다. 음악에서 저의 미천한 기량 때문에 마님께서 저를 불러 앞에서 연주하도록 하셨습니다. 제가 어찌 그런 영예를 꿈이라도 꾸어봤겠나이까?"

The lady Cheung told the servant to place the harp in order. She touched. it lightly herself, saying: "This is a beautiful instrument indeed."

정씨 부인은 하인에게 거문고를 정렬토록 명했다. 그녀는 거문고를 옮기면서 가벼이 혼잣말을 했다.

"참으로 훌륭한 악기로군."

The young priestess answered: "It is made of o-dong wood that has dried for a hundred years on the Yong-moon mountain. Its fibre is close knit and hard like metal or marble. It was a gift to me that I never could have purchased with money."

그 젊은 여 도사는 답했다.

"그것은 용문산에서 백 년 동안 건조시킨 오동나무로 만들었습니다. 그 섬유질이 빽빽하게 짜여져 금속이나 대리석 같이 딱딱해졌지요. 제가 선물로 받은 것인데 결코 돈으로 살 수는 없는 악기지요."

As they talked together the shades of the afternoon began to fall upon the white stone entry, but still there was no sign of the daughter.

그들이 함께 이야기하는 동안 오후의 그늘이 흰색 돌로 만든 입구를 덮기 시작했는데도, 그 딸이 나타날 어떤 조짐도 없었다.

The musician, in a state of great inward impatience and doubt, said to the lady: "Though your servant knows many ancient tunes and prefers them to the modern, I play them only, but do not know their names or history. I have heard the priestess in the temple say that your excellent daughter's knowledge of music is equal to that of the famous Sa-kwan. I should like to have her hear and comment concerning my poor efforts."

속으로 조바심과 의문에 가득 찬 상태에서 그 음악인은 마님에게 말했다.

"비록 소녀가 다수의 옛 곡들을 알고 그것들을 현재의 곡들보다 더 좋아하지만, 저는 옛 곡들만 연주합니다. 하지만 그것들의 이름이나 내력을 알지는 못합니다. 제가 사원의 여 도사들에게 들은 바로는 마님의 훌륭한 따님의 음악 지식이 그 유명한 음악인 사관의 지식에 버금간다고 합니다. 저는 제 천한 연주를 그녀가 듣고 논평을 얻고 싶습니다."

The lady then sent a servant to call the daughter. In a little the embroidered door slid open and a breath of sweet fragrance issued forth. The maiden[p63]came sweetly out and sat down beside her mother. The musician arose, made two bows and slightly lifted his eyes to see, and lo, it was as when the first rays of the morning bursts upon one, or as when the fresh bloom of the lotus shows above the water. His mind was all in a daze, his spirit intoxicated so that he dared not look. He was sitting at a distance where he had difficulty in seeing, so he said to the lady: "I should like to hear more clearly what the young mistress says. The hall is so large and her voice so soft that I cannot catch the words."

그러자 그 마님은 그 딸을 부르러 하인을 보냈다. 잠시 후 자수 장식의 막이 열리면서, 감미로운 향기가 살랑거리며 앞으로 피어났다. 그 처자는 부드럽게 밖으로 나와 자기 어머니 곁에 앉았다. 그 음악인은 일어나 두 번 절하고는 보기 위해 그의 눈을 가볍게 치떴다. 보라, 그것은 아침 햇빛이 처음 터져 나올 때의 분위기 혹은 신선한 연꽃이 물 위로 고개를 내밀었을 때의 광경 같았다. 그의 정신이 완전히 어찔한 지경이 되었고, 도취되어서 감히 쳐다볼 수조차 없었다. 그는 보기 어려울 만큼 멀리 앉았으므로, 그 마님께 말했다.

"저는 저 젊은 여주인께서 하시는 말씀을 더 명확하게 듣고 싶습니다. 방이 너무 크고 그녀 목소리는 너무 부드러워서 제가 그 말씀을 받아 안지 못하겠습니다."

The lady then told one of the servants to bring the priestess's cushion up closer. The servant did so and arranged the seat just in front of the lady Cheung and to the right of the young mistress, and adjusted it so that they could not look straight at each other. Yang was disturbed by this, but did not dare to suggest a second change. The servant then placed the incense table in front and brought incense. Then Yang, the pretended priestess, touched the strings of his harp and began with the tune, "The Feathery Robes of the Fairy."

그러자 그 마님은 하인들 중 한 명을 시켜 여 도사의 방석을 좀 더 가까이 가져오라고 명했다. 하인이 그렇게 하자 자리가 그 정 씨 마님과 오른편의 젊은 아씨의 바로 정면에 정리되었는데, 조금 조정되어서 그들이 서로 정면으로 볼 수 없게 만들어졌다. 양은 이에 당황하였으나, 다시 바꿔달라고 감히 제안하지는 못했다. 그런 다음 그 하인은 정면에 향 탁자를 놓고 향을 갖고 왔다. 여 도사를 가장한 양은 자기 거문고 현들을 만졌고 <깃털장식 선녀복>[67]이라는 곡으로 시작했다.

The young lady said: "Oh, how beautiful! This is proof indeed of the happy world of Tang Myong days. The maiden's playing is beyond human conception, but, alas, it is said of this tune that the O-yang barbarian with the sound of the drum came thundering in, shaking the earth and drowning out the notes of the 'Feathery Robes.' This is a tune associated with wild war, and though wonderful in its power it has fearsome associations connected with it; try another, please."

그 젊은 아씨가 말했다.

"와, 정말 훌륭하군요! 이것은 당명 시대 태평세계를 보여줍니다. 저 여인의 연주는 인간의 생각을 뛰어넘지만, 아쉽게도 북 소리와 함께 어양 땅 오랑캐가 쳐들어 와서 대지를 뒤흔들고 <깃털장식 선녀복>의 음색을 쫓아내는군요. 이곡은 난폭한 전쟁과 연관되는 곡이어서 비록 그 힘에서 훌륭하나 전쟁과 연결되어 두려움을 자아내는군요. 다른 곡을 부탁합니다.

Yang played again. Then the young mistress said:[p64]"This is a beautiful tune too, but it suggests a wild, reckless life that rushes to

67 <예상우의곡>

extremes. King Hoo-joo of China enjoyed this tune to the undoing of his kingdom, and its name to-day is famous, 'The Garden of Green Gems and Trees.' The saying runs: 'Even though you were to meet Hoo-joo in Hades it would be out of place to ask him about Green Gems and Trees.' This is a tune that caused the loss of a kingdom, and is one not to be honoured. Won't you play another?"

양이 다른 곳을 연주한 다음, 그 젊은 아씨는 말했다.

"이 곳 역시 아름답군요. 하지만 그것은 극단으로 돌진하는 난폭하고 무모한 삶을 암시합니다. 진나라 후주 왕은 자기 왕국의 복구와 관련한 이 곡을 즐겼고, <옥과 나무의 푸른 정원>[68]이란 제목이 오늘날 유명합니다."

그녀의 이야기는 계속된다.

"비록 그대가 땅 속에서 후주를 만난다 하더라도 그에게 <옥과 나무의 푸른 정원>에 관해 물어보는 것은 부적절할 것이오. 이 곡은 왕국 상실을 유발한 곡이니 경의를 표하기는 곤란한 것입니다. 다른 곡을 연주해주시지요."

Yang played another tune. Then the young lady remarked: "This tune is sad, glad, sweet and tender. It is the tune of Cha Moon-heui, who was caught in a war and carried off by the barbarian. Cho-cho gave a fabulous ransom for her and had her brought home. When she

68 <옥수후정화 玉樹後庭花>

bade good-bye to her half-barbarian sons Cha Moon-heui wrote this tune. It is said, 'The barbarians on hearing it dropped their tears upon the grass, while the minister from Han was melted by the strains of it.' It is a very beautiful tune, and yet she is a woman who forsook her virtue. Why should we talk of it? Try another, please."

양은 다른 곡을 연주했다. 이어 그 젊은 아씨가 논평했다.

"이 곡은 슬픔과 기쁨과 감미로움과 온유함을 담는군요. 전쟁에서 오랑캐에게 붙잡혀 포로가 된 채문희의 곡입니다. 조조가 그녀를 위해 엄청난 몸값을 치르고 고향으로 데려왔지요. 오랑캐의 피를 받은 아들들과 이별할 때 채문희가 이 곡을 썼지요. '작별을 들은 오랑캐 자식들은 풀밭 위로 눈물을 떨어뜨리고, 한 나라 사신은 그 혈통 문제 때문에 측은한 마음이었다' 하는 노래지요. 참으로 고운 곡[69]이기는 하지만, 그녀는 자기 정조를 저버린 여인입니다. 우리가 그런 문제를 갖고 이야기할 이유가 있나요? 다른 곡을 부탁합니다."

Then Yang played again. The young mistress said: "This is 'The Distant Barbarian,' written by Wang So-gun [20]. Wang So-gun thought of her former king and longed for her native land. She put into her song her lost country, and a wail of sorrow over the portrait that was her undoing. She herself had said: 'Who will write a tune that will move the hearts of the people for a thousand years as they

69 이는 <호가십팔박 胡笳十八拍>을 이른다.

think of me?' Still it is born of life with the barbarian and is a half-foreign tune, and not just what we should call correct. Have you another?"[p65]

양은 또 다른 곡을 연주했고, 젊은 아씨는 말했다.

"이 곡은 왕소군이 쓴 <멀리 있는 오랑캐>[70]군요. 왕소군은 자신의 옛 임금을 사모했고 고향을 그리워했지요. 그녀는 자신의 잃어버린 나라와 자기 파멸의 원인인 그 초상에 대한 슬픔의 통곡을 노래에 담았습니다. 그녀 자신이 이런 말을 했지요. '나를 생각하면서 천년 동안 사람들의 마음을 감동시킬 곡을 과연 누가 쓰겠는가?' 그럼에도 불구하고 그 곡은 오랑캐와의 생활 가운데 탄생했고, 반쯤 외국풍이지요. 우리가 응당 올바르다고 할 수 있는 곡은 아니지요. 다른 곡은 있으신지요?"

Yang then tried another. Then the young lady's expression changed, and she said: "It is long since I heard this tune. You are surely not an inhabitant of the earth. This calls up the history of a great and wonderful man who had fallen on evil days and had given up all thought of worldly things. His faithful heart was bewildered over the mystery of life, and he wrote this tune called 'The Hill of the Wide Tomb.' As he was beheaded in the East market he looked at the setting sun and sang it, adding the words 'Alas, alas, will anyone ever

70 <출새곡 出塞曲>

desire to learn it? I have kept it to myself; now I grieve that there is no chance to pass it on.' You must indeed have met the spirit of the Buddha Sok-ya to have learnt it."

그러자 양은 다른 곡을 연주했다. 그 젊은 아씨의 표현이 바뀌었다.

"이 곡을 들은 지는 오래 됐군요. 당신은 확실히 이 세상 사람이 아닙니다. 이 곡은 사악한 시대에 태어나 세속 일에 대한 모든 생각을 포기했던 위대하고 놀라운 사람의 역사를 상기시킵니다. 그의 충성스런 마음은 인생의 불가사이에 가로막혀서 이 곡을 만들었는데, <너른 무덤 언덕>[71]이라고 불리지요. 그가 동쪽 시장에서 참수당할 때, 지는 해를 바라보며 '아, 아, 누구라도 이 곡을 배우려는 이가 있을까? 내 혼자서 간직해왔더니, 이제 이 곡을 전해줄 기회가 없음을 한탄하노라' 하고 덧붙이며 노래 불렀지요. 정말 당신은 그것을 수련하기 위해 석가 부처의 영을 만났던 것이지요."

Yang, kneeling as he was, replied: "The young mistress's wisdom is unequalled by any other on earth. I learned this from a great teacher, and his words were indeed the very words of your ladyship."

양은 무릎을 꿇고 대답했다.

"젊은 아씨의 지혜는 이 세상 어느 누구도 이를 수가 없군요. 저는 이 곡을 위대한 어느 스승으로부터 배웠습니다. 그의 말씀이 정말로

71 <광릉산 廣陵山>

아씨가 하신 말씀 그대로입니다."

He played still another. Then Cheung See said "Enough, enough, 'tis the sadness of the autumn. The brown hills are bare and craggy, the waters of the river wide and far across. The footprints of the fairy are seen upon the dust of earth. This is the tune of the 'Water Fairy.' My priestess musician has all the knowledge of a hundred generations."

그가 또 다른 곡을 연주했다. 정 아씨가 말했다.

"충분하오, 충분하오. 이 곡은 가을의 슬픔이군요. 갈색 산은 앙상하게 바위를 드러내고 강물은 넓게 멀리 가로질러 흐릅니다. 신선의 발자국은 대지의 흙 위에 발견됩니다. 이것은 '강물 같은 신선'[72]이란 곡이네요. 우리 여 도사 음악인은 백 세대의 음악을 다 꿰고 있습니다."

The young master played again, while the lady adjusted her dress and knelt circumspectly, saying: "This is the supreme expression of all music. The Sage alights on an evil world, travels through all parts of it, desiring to help the distressed and the needy. If not Confucius, who ever would have written a song like this? It is no other than 'The Fragrant[p66]Orchid.' The thought runs: 'He travelled through all the nine provinces and found no place in which to rest his heart.' Is

72 <수선조 水仙操>

this not so?"

그 젊은 달인은 다시 연주했다. 그러던 중 아씨가 자기 옷을 고치고 꿇어앉아서 말했다.

"이것은 모든 음악 중에서 최상의 표현이오. 현자가 사악한 세계로 가서 고통 받는 사람들과 가난한 사람들을 도울 마음으로 그 전역을 여행합니다. 공자가 아니라면 어느 누가 이런 노래를 쓰기라도 할까요? 틀림없는 <향기로운 난>[73]이지요. 그 노래에 담긴 생각은 다음과 같지요. '그 현자는 아홉 개 지방을 모두 다녔으나 자기 마음을 둘 어떤 장소도 찾지 못했다.' 이것이 그 곡이 아닌가요?"

Yang, kneeling, cast more incense on the fire, then played again, whereupon the young lady said: "Refined and beautiful is 'The Fragrant Orchid' as it came from the mind of the great Sage, who sorrowed over the world and desired to save it; but there is a strain of hopelessness in it. In the song, however, all is bright and happy like the opening buds of May, free and gladsome; there are no words by which to tell it. This is the famous tune of the 'Nam-hoon Palace of King Soon.' Concerning it, it is written: 'The south wind is warm and sweet and bears away on its wings the sorrows of the world.' This is lovely, and fills one's heart to overflowing. Even though you know others I have no desire to hear them."

---

73 <의란조 猗蘭操>

무릎 꿇은 양은 향로에 향을 더 넣었고, 다시 연주했다. 그러자 젊은 아씨가 말했다.

"세상을 우려하고 구하고자 열망하지만, 절망의 긴장이 있는 위대한 현자의 정신에서 만들어진 <향기로운 난>은 세련되고 아름다운 곡이지요. 그런 반면 이 노래에서는 모든 것이 자유롭고 기쁨 넘치는 오월의 벌어지는 꽃봉오리처럼 맑고 평화롭습니다. 그것을 설명할 말이 없네요. 이것은 <순 임금의 남훈 궁전>[74]이라는 유명한 곡이지요. 이와 관련하여 글이 있습니다. '남풍은 따뜻하고 감미로우며, 그날개에 이 세상 근심을 실어가네.' 참으로 품위 있고 사람의 마음을 채워 넘치게 하지요. 다른 곡을 알고 있다 하더라도 저는 이제 더 이상 들을 마음이 없답니다."

Yang bowed and said in reply: "Your humble servant has heard that you must play nine before the spirit of God comes down. I have already played eight; one still remains, which, with your kind permission, I will play." He straightened the bridge of the harp, tuned it once again, and began.

양은 인사를 하고 답했다.

"소녀는 아씨께서 신의 정령이 강림하기 전에 아홉 곡을 연주해야 한다고 들었습니다. 저는 이미 여덟 곡을 연주했습니다. 하나가 남았는데, 허락하신다면, 마저 연주하겠습니다."

---

74 <남훈곡 南薰曲>

그는 거문고의 기러기발을 뻗어 다시금 조율하여 연주를 시작했다.

The music seemed far distant at first, miles away, awakening a sense of delight and calling the soul in a fast and lively way. The flowers in the court opened out at the sound of it; the swallows in pairs swung through their delightful dancings; the orioles sang in chorus to each other. The young mistress dropped her head, closed her eyes, and sat silent for a moment till the part was reached which tells how the phoenix came back to his native land, gliding across the wide expanse of sea looking for his mate.[p67]

희열감을 일깨우고 빠르고 경쾌하게 영혼을 부르는 그 음악은 처음엔 수마일 떨어져 아득하게 느껴졌다. 정원의 꽃들이 연주 소리에 활짝 폈고 짝지은 제비들이 기쁘게 춤추면서 그네 타듯 했다. 꾀꼬리들이 서로에 맞춰서 합창했다. 그 젊은 아씨는 고개를 떨어뜨리고 눈을 감았으며 불사조가 짝을 찾아서 광대한 바다를 가로질러 날면서 자기 고향으로 돌아오는 과정을 설명하는 부분에 이르기까지 한동안 침묵하고 앉아 있었다.

The young mistress opened her eyes and looked once straight at the priestess. Then she bent her head as though to adjust her dress. The red blushes mounted to her cheeks and drove even the paler colour from her brow, until she looked like one who was red with wine. She quietly arose and went into her own room.

젊은 아씨는 눈을 떠서 그 여 도사를 똑바로 한번 쳐다봤다. 그러고는 머리를 숙여서 옷을 고쳤다. 그녀의 양 볼에는 붉은 기미가 돌았고, 그녀가 술 취한 사람처럼 보이기까지 눈가로부터 훨씬 더 창백한 색이 몰려왔다. 그녀는 조용히 일어나 자기 방으로 가버렸다.

Yang gave a start of surprise, pushed away his harp, got up, looked straight before him towards the place where the young lady had gone. His spirit seemed to leave him, and his soul to die away, so that he stood like a porcelain image. Her ladyship told him to be seated, asking: "What was it that you played just now?"

양은 놀라서 거문고를 밀어 물리고 일어서서 그 젊은 아씨가 떠난 곳을 향하여 자기 앞을 똑바로 쳐다 보았다. 그의 정신이 그를 떠나고 혼이 죽어 나가서 그는 마치 도자기 형상처럼 서 있었다. 부인은 그에게 좌정하기를 청하며 물었다.

"방금 연주했던 곡이 무엇이지요?"

Yang replied: "I got this tune from my teacher, but do not know what its name is. I should like the young lady kindly to tell me." But though they waited long she did not reappear. The lady Cheung then asked the cause from the servant, who returned to say that her young mistress had been exposed to the draught somewhat and was feeling unwell, so that she would not be able to rejoin them.

양은 답했다.

"이 곡은 제가 스승님으로부터 배운 것이지만, 그 제목을 모릅니다. 저로선 아씨께서 말씀해 주시기를 바랄 따름입니다."

하지만 그들이 오래 동안 기다렸으나, 그녀는 다시 나타나지 않았다. 정 씨 부인은 하인을 시켜 이유를 물었더니, 돌아온 하인은 아씨가 약간의 외풍을 맞아서 몸이 좋지 않고, 그래서 다시 함께 앉을 수 없겠다고 전했다.

In doubt whether he had been discovered or not Yang felt uncomfortable, and did not dare to stay longer. He arose and made a courteous bow to the lady Cheung, saying: "I am so sorry to hear that the young mistress is feeling unwell. I am afraid I may have upset her by some lack of good form on my part. Your ladyship will be anxious, too. May I ask leave to go?"

그가 발각되었는지 아닌지 의심하면서 양은 불편한 마음이었고, 더 오래 머물 수 없었다. 그는 일어서서 정 씨 부인에게 정중한 인사를 드리면서 말했다.

"아씨가 불편하다는 소식을 들으니 유감입니다. 제가 예를 지키지 못해 아씨를 화나게 만들지 않았는지 걱정되는군요. 마님께서도 역시 걱정하실 것입니다. 이만 물러가도 되겠습니까?"

The lady gave money and silk by way of reward, but the priestess refused it. "Though I know something of music I have studied it only as a pastime,"[p68]said she, "and must not accept these rich presents." She then bowed her thanks, went down the stone steps and was gone.

그 부인은 보답으로 돈과 비단을 제공했으나 그 여 도사는 거절했다. "비록 제가 음악을 약간 알기는 하지만 그건 단지 소일거리로 했던 것입니다. 그리고 이런 과분한 선물은 받아서는 안 됩니다."

그런 다음 그녀는 감사의 절을 올리고 돌계단을 내려 집으로 갔다.

The lady made anxious inquiry about her daughter but found that there was nothing serious the matter.

그 부인은 걱정되어 딸의 안부를 물었지만 그렇게 심각하지 않다는 사실을 알았다.

Later Cheung See entered her mother's room and asked of the servant there: "How is Cloudlet feeling to-day?"

나중에 아씨는 자기 어머니의 방으로 들어가서[75] 거기 있던 하인에게 물었다.

"클라우들릿[76]은 오늘 어떠한가?"

75 본래 정경패가 자신의 방으로 들어가는 것인데(小姐還于寢室), 게일은 이를 어머니의 방으로 간 것으로 오역했다.

76 이는 가춘운을 일컫는다.

The servant replied: "She is better. Finding that your ladyship was enjoying the music, she got up and made her toilet."

하인이 답했다.

"그녀는 더 나아졌습니다. 마님께서 음악 감상을 하고 있다는 사실을 알고는 일어나 세수를 했습니다."

Now Cloudlet's family name was Ka and her birthplace was So-ho. Her father had come up to the capital, and was a secretary in one of the offices of the ministry. He had proved himself a faithful servant to Chief Justice Cheung, and shortly after his death, when Cloudlet was about thirteen years of age, the Justice and his wife took pity on the orphan and made her a member of their family and the playmate of their daughter. There was a difference of a month only between the ages of the two girls.

그런데 클라우들릿 성은 가 씨였고, 태어난 곳은 소호[77]였다. 그녀의 아버지는 서울로 와서 승상의 부서들 중 한 곳의 서리였다. 그는 정 사도의 충실한 하인으로서 성심껏 일했고, 클라우들릿이 열세 살 쯤 되었을 때 그가 죽고 곧 정 사도와 부인은 고아를 불쌍히 여겨서 자기들 가족 구성원으로 받아들여서 자기 딸의 놀이 친구로 삼았다. 두 소녀의 나이 차는 겨우 한 달[78]이었다.

77 서촉
78 원문에는 몇 달로 표기되어 있다.

Every line and feature of Cloudlet's face was a model of comeliness. She was the equal of the young mistress in literature, in penmanship, and in embroidery, and she was treated in every way like a sister, and one whom the young lady would scarcely let go out of her sight. Though there was the relationship between the two of mistress and maid, they loved each other as only bosom friends do. Cloudlet's name originally was Cho-oon, a Cloud from Cho, but her young mistress was so in love with her beauty that she borrowed an expression[p69]from the writings of Han Toi-jee which says, "Beauty is like a cloud of springtime," and called her instead Choon-oon, "Spring Cloud," and so all the members of the family called her familiarly, Cloudlet.

클라우들릿 얼굴의 모든 윤곽과 특징은 미모의 전형이었다. 그녀는 문필과 자수에 있어 그 젊은 아씨에 버금갔고, 그녀는 모든 면에서 누이처럼 대우 받았으며, 그 젊은 아씨가 좀처럼 눈 밖에 내놓지 않는 사람이었다. 비록 형식적으로는 아씨와 하녀라는 관계이긴 했지만, 흉금을 털어놓을 수 있는 유일한 친구처럼 서로 친했다. 클라우들릿의 이름은 원래 초운이었고, 초가 클라우드라는 뜻이다. 그렇지만 아씨가 그녀의 미모에 아주 푹 빠져 있어

"아름다움은 봄 하늘 한 조각의 구름 같다"고 하는 한퇴지의 글의 표현을 빌어서 그녀를

"봄 구름"이란 뜻의 클라우들릿[79]이라 불렀으며 가족 구성원 모두가 클라우들릿이라고 친근하게 불렀다.

Cloudlet inquired of the young mistress, saying: "The servants were all excited about the visitor, telling me that the priestess who played the harp was like a fairy and that her execution was most wonderful. Your praising her so made me anxious to forget my little ailments and get a glimpse too. Why has she left so suddenly?"

젊은 아씨의 부름은 받은 클라우들릿은 말했다.

"하인들 모두가 거문고를 연주한 그 여 도사가 마치 선녀 같고 연주는 너무 경이로웠다고 말하면서 그 방문객에 열광했답니다. 아씨가 칭찬했다는 소식을 듣고 저는 미약한 통증을 잊도록 만들었고 저 또한 한번 보고자 하는 열망을 갖도록 했답니다. 왜 그녀는 그렇게 갑자기 떠나버렸지요?"

The young lady blushed, and said hesitatingly in reply: "Cloudlet, my dear, you know how I have been as careful of my behaviour as the Book of Rites requires; and how I have guarded my thoughts as the pearls and jewels of my life; that my feet have never ventured outside the middle gates; and that in conversation I have not even met my friends. Would you believe it, I have been deceived and have had put upon me a disgrace that will never be wiped out. How shall I bear it or lift up my face again to the light of day?"

---

79 춘운

아씨는 얼굴을 붉혔으며 주저하면서 답했다.

"내 소중한 클라우들릿, 너는 내가 얼마나 예서가 요구하는 대로 내 행동을 조심해왔는지 뿐만 아니라 내가 내 인생의 보석처럼 내 생각을 바로 잡아왔는지를 알 것이야. 그리하여 내 발이 중문 바깥에 감히 나가본 적도 없고 친구들과 만나 대화한 적도 없지. 너는 내가 사기를 당하고 결코 완전히 지울 수 없는 모욕을 입었다는 사실을 믿겠니? 내가 어떻게 그걸 짊어지고 다니며 또 어떻게 백주 대낮에 얼굴을 들겠니?

Cloudlet was greatly alarmed and asked: "What do you mean?"

클라우들릿은 크게 놀라서 물었다.

"무슨 말씀이세요?"

The young lady replied: "I did really say of the priestess who came just now that she was very, very beautiful, and her playing simply marvellous." Then she hesitated and did not finish what she was about to say.

아씨는 대답했다.

"정말로 방금까지 와 있었던 그 여 도사는 아주 아름답고 연주는 간단히 말해 경이로웠다고 내가 말했어."

이렇게 말한 그녀는 주저하면서 막 말하려던 것을 끝내지 못했다.

Cloudlet made answer: "But what of that?"

클라우들릿은 대답을 이끌었다.
"그런데 그건 뭔가요?"

The young lady replied: "The priestess began by playing the 'Feathery Mantle,' and then went[p70]on playing one by one, till she came to 'King Soon's Palace.' They were all in keeping, each selection following the other, so I asked her to stop there. She said, however, that she had one more that she would like to play. It was none other than the tune by which General Sa-ma fascinated the heart of Princess Tak-moon, the song of the phoenix seeking his mate. I was in doubt the minute I heard this, and so looked closely at her face, and assuredly it was not a girl's face at all. Some cunning fellow, wanting to see me, has pushed his way in here in disguise. I am so sorry for one thing; if only you, Cloudlet, had been well enough to have shared in this, and had seen him, you would have detected the disguise at once. I, an unmarried girl of the inner quarters, have sat for two full hours face to face with a strange man unblushingly talking to him. Did anyone ever hear of such a thing in the world before? I cannot tell this even to my mother. If I hadn't you to whom I could unburden my heart, what should I do?"

젊은 아씨가 말했다.

"그 여 도사는 <깃털장식 선녀복> 연주로부터 시작하여 <순 임금의 남훈 궁전>에 이르기까지 한 곡씩 이어 연주하였지. 각각 선별된 곡들은 이어서 모두가 조화로웠고, 그래서 나는 그녀에게 거기서 멈춰달라고 했어. 그럼에도 불구하고 그녀는 자기가 연주하고픈 한 곡이 더 있다고 말했지. 그것은 다름 아닌 불사조가 자기 짝을 구하는 곡으로서 사마 장군이 탁문 공주[80]를 유혹하는 바로 그곳[81]이었어. 내가 이 곡을 듣는 순간 의심을 하였고, 그래서 그녀의 얼굴을 면밀히 보았고 확실히 말하지만 그것은 전혀 여자의 얼굴이 아니었어. 나를 보고 싶었던 교활한 사람이 변장하고 여기로 들어온 것이야. 한 가지 아쉬웠던 점이 있었어. 만약 클라우들릿 네가 몸이 괜찮아서 이 일을 함께 겪었더라면, 그를 보았더라면, 너는 즉시 그 변장을 간파했을 텐데. 규방에서만 살아온 미혼의 내가 얼굴도 붉히지 않고 이야기를 나누면서 낯선 남정네와 얼굴을 맞대고 두 시간 동안이나 앉아 있었다니. 이 세상 어느 시절에 그런 일이 있었다는 것을 들어본 사람이 있을까? 난 어머니에게도 말할 수 없어. 만약 내 마음의 짐을 내려놓고 이야기할 네가 없었다면, 난 어떻게 했을까?"

Cloudlet laughed and said in reply: "Even though you are an unmarried girl why shouldn't you hear the tune of General Sa-ma looking for his mate? The young mistress is mistaken and has seen a snake's shadow in her glass of wine."

---

80 게일이 '卓文君'에서 君을 벼슬의 칭호로 보고 오역한 부분이다.
81 <봉구황 鳳求凰>

클라우들릿은 웃으며 대답했다.

"비록 아씨가 미혼의 소녀라 하더라도, 왜 사마 장군이 자기 짝을 구하는 음악을 들어서는 안 되나요? 아씨는 오해하고 있는 것이 술잔 속에 비친 뱀의 그림자[82]만 본 것이지요."

The young lady replied: "Not so, there is a law that governs the selection of tunes. If there was no meaning in the search of the phoenix for his mate, why should it have been played last of all? While there are those among women who are delicate and refined, there are also those who are coarse and ugly, but I never saw anyone just like this person before,[p71]so beautiful and yet so commanding. I have a conviction now that the examination is close at hand and candidates are gathering, that some one among them has heard a false rumour of me, and has taken this way to spy out and see my face."

아씨가 답했다.

"그렇지는 않아. 선별한 곡을 지배하는 어떤 원칙이 있었어. 불사조가 자기 짝을 찾는 것에 아무 의미가 없다면, 왜 그 곡이 맨 끝에 연주되었을까? 연약하고 세련된 여인네들이 있는가 하면 추잡하고 야비한 여인들도 있어. 하지만 난 이렇게도 아름답고도 위풍당당한 사람은 이전까지 결코 본 적이 없어. 나는 이제야 과거시험이 가까워졌고 응시자들이 모여들어서 그들 중 누군가 나에 대한 그릇된 소문

82 원문에는 활의 그림자라 표기되어 있다.

을 듣고는 이런 방식을 꾸며서 몰래 들어와 내 얼굴을 보고 간 거라는 확신을 갖게 되었어.

Cloudlet said: "If this priestess be really a man, and her face so beautiful, her manner so free and fresh, and her knowledge of music so astounding, one can only conclude that she is a most wonderfully gifted person. How do you know that it may not be General Sa-ma himself?

클라우들릿이 말했다.

"만약 이 여 도사가 진짜 남자라면, 그리고 그렇게 아름답게 생겼고 예법이 자유롭고도 신선하며 음악에 대한 지식이 그렇게 놀라울 정도라면, 누구든 그녀가 누구보다 신비롭게도 재능을 타고난 사람이라고 생각할 도리 밖에는 없습니다. 그 분이 정말 사마 장군일 수도 있다는 것을 누가 알겠어요?"

The lady replied: "Even though it be Sa-ma Sang-yo I certainly am not Princess Tak-moon."

아씨는 답했다.

"그가 사마 상여라고 하더라도, 분명한 점은 내가 탁문 공주가 아니란 사실이야."

"But," said Cloudlet, "your ladyship must not talk nonsense.

Princess Tak-moon was a widow and you are an unmarried girl. Princess Tak-moon followed her lord intentionally. You have heard it without being responsible in any way, or being influenced. How can you compare yourself with Tak-moon Koon?"

클라우들릿은 말했다.

"그렇지만 아씨 말씀이 이치에 맞지 않는 이야기는 틀림없이 아닙니다. 탁문 공주는 미망인이고 아씨는 미혼의 소녀입니다. 탁문 공주는 의도적으로 자기 주인을 따랐습니다. 아씨는 어떤 식으로든 책임이든 영향력도 없이 그것을 들었을 따름입니다. 어떻게 아씨와 탁문군을 비교하겠습니까?"

So the two laughed and talked together for the rest of the day.

그런 식으로 둘은 웃으면서 나머지 시간을 함께 이야기하며 보냈다.

Some time later, when the young lady was seated with her mother, Justice Cheung came into the room with the announcement of the successful candidates. He gave it to his wife, saying: "We have not yet made arrangements for the marriage of our daughter, and I had intended to make a selection from this company of successful scholars. However, I find that the winner is not of the capital, but is a certain Yang So-yoo from Hoi-nam. His age is eighteen, and every one is loud in his praises, saying that he has ability of the first order. I hear also that he is[p72]remarkably handsome, with commanding presence for so young a man, altogether a person who has before him a great career. They say he is not yet married. I should think he would be a very suitable person for a son-in-law."

어느 정도 시간이 흐른 후, 그 젊은 아씨가 모친과 함께 앉아 있을 때, 정 사도가 과거 급제자 발표 소식을 갖고 방으로 들어왔다. 그는 소식을 들려주면서 말했다.

"우리는 아직 우리 딸의 혼인을 정하지 못했는데, 나는 이번 과거에 급제한 사람들 중에 골라볼 요량이오. 그러나 장원한 사람은 서울 사람이 아니라 양소유라는 회남 사람이오. 그의 나이 열여덟[83]이고 모든 사람들이 그가 천하제일의 능력을 가졌다고 칭찬하느라 시끄럽답니다. 또한 그가 그렇게 젊은 사람으로서 큰일을 할 사람이라는 것은 장차의 일이기는 하지만 위풍당당한 모습으로 눈에 띄게 잘 생겼다는 이야기도 들었소. 아직 결혼도 안했다지요. 나로선 사위로 삼기에 아주 적절한 사람일 것이라고 생각하고 있소."

The lady replied: "To hear of him is one thing; to see him may be quite another. Even though others praise him you cannot trust to that. After you have seen and met him, let us talk the matter over."

부인이 답했다.

---

83 원문에는 열 여섯으로 표기되어 있다.

"그에 대한 말은 이야기일 뿐이고, 만나 보면 아주 다를 수도 있겠지요. 다른 이들이 그를 칭찬한다고 하더라도 그걸 곧이곧대로 믿을 수 없지요. 그를 만나보시고난 후에 그 문제를 논의해보시지요."

The Justice replied: "That's a very easy thing."[p73]

정 사도는 답했다.
"그건 아주 쉬운 일이요."

Chapter V Among the Fairies
제5장 선녀들 사이에서

WHEN the daughter heard what her father had to say, she hurried into her room and said to Cloudlet: "The priestess who came here to play the harp was from Cho; her age was eighteen or thereabouts. Now Hoi-nam is the same as Cho, and the age corresponds. I have more suspicion than ever of this priestess. If the winner is the same as she, he will undoubtedly come to see my father. Now I want you to take note of his coming and obtain a careful view of him."

그 딸이 자기 아버지가 해야 할 말을 들었을 때, 그녀는 급히 자기 방으로 가서 클라우들릿에게 말했다.

"이곳에 와서 거문고를 연주했던 그 여 도사가 초 나라 사람이었지. 그녀 나이가 열여덟이나 정도 되었고. 그런데 회남이 초와 동일한데, 그 나이까지도 비슷하네. 난 이 여 도사에 관해 더 의심하고 있어. 만약 장원급제자가 그녀와 동일인이라면, 분명히 내 아버님을 만나러 올 것이야. 그래서 나는 네가 그가 올 때를 염두에 두었다가 그를 잘 봐두길 바래."

Cloudlet replied: "I did not see the other person who came, and so even though I see this one face to face how should I recognise him? I think it would be much better if your ladyship would peep through a chink and see him for yourself." Thus they laughed and talked together.

클라우들릿은 답했다.

"제가 왔던 사람을 보지 않았는데, 이번에 올 사람을 대면한다 하더라도 어떻게 그라고 알아볼 수 있겠습니까? 저는 아씨가 틈새를 통해 엿보고 직접 그를 확인하시는 것이 훨씬 더 확실하다고 생각합니다."

그러면서 둘은 함께 웃고 이야기했다.

Yang So-yoo had passed both the Hoi[21] and the Chon examinations, winning the highest place of all. He was recorded a hallim[22], a master of literary rank, and his name shook the city. All the nobility and the peers who had marriageable daughters strove together in their applications through go-betweens, but Yang declined them all. He went instead to Secretary Kwon of the Board of Education, and made proposals of marriage with the house of Justice

Cheung, asking a letter of introduction. This the secretary readily gave. [p74]

양소유는 회 시험[84]과 전 시험[85]을 모두 통과하여 전체 중에서 최고 위치를 차지했다. 그는 문사 등급의 최고위인 한림으로 올랐으며, 그의 이름은 도시를 흔들어 놓았다. 혼기가 찬 딸이 있는 모든 귀족과 동료들은 중매쟁이들을 통하여 자기들 청혼을 넣기 위해 승강이 했지만, 양은 그 모두를 거절했다. 대신에 그는 교육부 비서 권[86]에게 가서 소개문을 부탁하여 정 사도 집안과 혼인을 청하였다. 그 비서가 기꺼이 써 주었다.

Yang received it, placed it in his sleeve, and went at once to Justice Cheung's and sent in his card.

양은 그것을 받아서 자기 소매 안에 넣고서 즉시 정사도의 집으로 갔고 자기 수를 보냈다.

Cheung, seeing that it was the card of the winner, said to his wife: "The champion of the kwago has come to see us."

그것이 장원급제자의 수임을 안 정은 자기 아내에게 말했다.

84 회시(會試)
85 전시(殿試)
86 예부(禮部) 권시랑(權侍郞)을 이른다.

"그 과거의 장원급제자가 우리를 만나러 왔소."

He was at once shown into the guest-room. His head was crowned with the victor's wreath of flowers. Government musicians followed in his train, singing his praises.

그는 즉시 사랑방으로 안내되었다. 그는 머리에 장원급제 화관을 쓰고 있었다. 정부의 악사들이 그를 찬양하는 노래를 부르면서 그의 행렬을 뒤따랐다.

He bowed to the Justice and made his salutation. Exceedingly handsome, modest and respectful in his manner, he so impressed the Justice that he looked on with open-mouthed wonder. The whole house, with the exception of the daughter, was in a state of excitement, anxious to catch a glimpse of him.

그는 정 사도에게 절을 하고 예를 표했다. 대단히 잘 생긴데다가 겸손하며 공손한 예의를 표한 그는 벌어진 입으로 놀라 바라보는 사도를 감동시켰다. 그 딸을 제외한 전 집안이 그를 한번이라도 보고 싶어서 들뜬 상태에 있었다.

Cloudlet inquired of one of the lady's attendants: "I understand from the conversation of the master and mistress that the priestess who came the other day and played the harp is a cousin of the gentleman who has won the honours. Do you see any marks of resemblance?"

클라우들릿은 마님의 시녀들 중 한 명에게 물었다.

"일전에 여기 와서 거문고를 연주했던 그 여 도사가 이번에 장원 급제 한 저 신사의 사촌이라는 대감과 마님의 대화를 듣고 알고 있는데, 혹시 자네는 어떤 비슷한 점이라도 보이느냐?"

The attendant caught at the suggestion at once, saying: "Really now that must be true. They resemble each other wonderfully in looks and manner. However could two cousins be as much alike as they?"

그 시녀는 즉시 그 물음을 받아서 말했다.

"정말 그건 틀림없는 사실이에요. 그들은 외모나 예의에 있어 놀랍게도 서로 닮았어요. 그렇지만 두 사촌이라지만 어찌 저들처럼 그리 비슷할 수 있을까요?"

At this Cloudlet hurried to the apartment of the young lady and said: "There is no mistake, your ladyship is correct."

이 말을 듣고 클라우들릿은 젊은 아씨의 거처로 급히 가서 말했다.

"조금도 어김없이 아씨 말씀이 맞아요."

The young mistress replied: "Go again and hear what he says and come and tell me."

그 아씨가 답했다.
"다시 가서 그가 하는 말을 듣고 와서 내게 말해줘."

Cloudlet went, and after a long time returned to say: "On our master's proposing marriage, the winner Yang bowed very low, and said: 'Your[p75]humble servant has heard many reports of your daughter's excellence, of how gifted and beautiful she is, and so boldly and presumptuously had set his hopes high upon her. For this reason I went this morning to Secretary Kwon and asked a letter of introduction, which he wrote and kindly gave me. Now, however, since I see how far inferior my family is to yours, I find we should be ill-mated like bright clouds and muddy water, or like the phoenix with a common crow bird. Such being the case I had not thought of presenting the introduction, which is still in my sleeve pocket, too ashamed and afraid was I.'

클라우들릿은 가서 한참 뒤에 돌아와 말했다.
"우리 대감께서 혼인을 청하니 그 장원급제자 양은 아주 낮게 엎드려 절하고 말했어요. '소인은 대감 딸의 탁월한 재능과 미모에 관한 많은 이야기들을 들었던 바, 감히 주제넘게도 그녀에 대한 높은 희망을 품었습니다. 이런 이유로 저는 오늘 아침 비서 권을 찾아가서 소개장을 부탁했더니 친절하게 저에게 써주었습니다. 그럼에도 불구하고 지금 생각하니 저희 집안이 귀댁에 비해 얼마나 열등한지 보니, 밝은 구름과 흙탕물이나 불사조와 흔해빠진 까마귀와 같이 그릇된 짝 맺음이 분명하다는 사실을 알았습니다. 사태가 이러하니 저로선 너무 창피하고 두려워서 제 소매에 들어 있는 그 소개장을 펼칠 생각을 못하였습니다.'"

"He then gave it to the Justice, who, after reading it with a very agreeable countenance, ordered wine and refreshments to be brought."

"그러고 나서 그는 그것을 대감께 올렸고, 아주 동의하는 표정을 하고 그것을 읽은 대감께서는 술과 안주를 내오도록 명하셨습니다."

The young lady gave a start of alarm, saying: "No one ought ever to decide marriage in this light and hasty way. Why has my father made such a reckless decision?"

아씨는 놀라움을 표하며 말했다.

"세상 어느 누구도 이렇게 가볍고도 급속히 결혼을 정하지 않는 법, 어찌하여 아버님께선 그렇게 무모한 결정을 하셨을까?"

Before she had finished speaking a servant came to call her to her mother.

그녀가 말을 끝내기 전에 한 하녀가 그녀를 어머니에게 데려가기 위해 찾아왔다.

She went at once and the mother said to her: "Yang So-yoo is the winner of the examination, and his praises are in everyone's mouth. Your father has just decided on his marriage with you, so we two old folks will have a place of support and will no longer be anxious or troubled."

그녀는 즉시 갔고, 어머니는 그녀에게 말했다.

"양소유는 과거의 장원급제자이며, 그에 대한 칭송이 만인의 입에 걸려 있다. 너의 아버지께선 너와 그의 결혼을 막 결정하셨다. 그래서 우리 두 늙은이는 의지할 자리를 잡은 것이며 더 이상 걱정하거나 고심하지 않을 것이다."

The daughter replied: "I have just learned from the servant that Master Yang's face is like that of the priestess who came the other day to play the harp. Is that so?"

딸은 답했다.

"저는 양 사도의 얼굴이 지난번에 와서 거문고를 연주했던 그 여도사의 얼굴과 같다는 사실을 하녀로부터 들었습니다. 정말 그렇습니까?"

The mother said: "The servant is quite right[p76]about that. The priestess musician was like a very goddess, and I quite fell in love with her beauty. Her looks have been constantly in my mind so that I wished to call her again just to see her, but I have not had the opportunity. Now that I see Master Yang he is indeed the very image of the priestess. You will know by that how wonderfully handsome he is."

어머니는 말했다.

"그 하녀 말 꼭 그대로야. 그 악사 여 도사는 정말 여신 같았었고, 난 그녀의 미모에 흠뻑 빠져들었지. 그녀의 생김새는 내내 나의 마음에 남아 있어서 그냥 얼굴 한번 보기 위해서라도 다시 불러보고 싶지만 아직 기회를 못 잡았구나. 그런데 양 사도를 보니 그가 정말 그 여 도사의 형상을 하고 있어. 너도 그것을 보면 그가 얼마나 신비롭게 잘 생겼는지 알게 될 거야."

The daughter replied: "Master Yang is very handsome I know, but I dislike him and so am opposed to the marriage."

그 딸이 답했다.

"양 사도가 아자 잘 생겼다는 것은 저도 알지만, 저는 그가 싫어서 결혼에는 반대해요."

"Really," exclaimed the mother, "this is a startling thing to say.

You have been brought up within our women's enclosure, while Master Yang has lived in Hoi-nam. You have had no conceivable way of knowing each other—what possible dislike can you have for him?"

"정말이야."
어머니는 놀라 소리쳤다.
"이건 정말 놀라운 일이구나. 너는 우리네 여성들의 구역 안에서 자라왔고, 양 사도는 회남에서 살았지. 서로 알 수 있는 합당한 방법이 없었을 텐데. 도대체 무엇이 그를 싫어하게 만들 수 있단 말이냐?"

The daughter replied: "I am very much ashamed to say why, or to speak of it, and so I have not told you before, but the priestess who came to play the harp the other day is none other than the famous Master Yang. Disguised as a Taoist acolyte he found his way in here and played in order to see me. I was completely taken in by his cunning ruse, and so sat two full hours face to face with him. How can you possibly say that I have no reason to dislike him?"

그 딸이 대답했다.
"저는 그 이유를 말하거나 그것에 대해 말하기가 참으로 창피합니다. 그래서 앞서 어머니께 말씀드리지 못했지만, 거문고를 연주하러왔던 그 여 도사가 다름 아닌 바로 그 양 사도라는 것입니다. 그는 도교 신참자로 분장하고서 저를 보기 위해 여기로 와서 거문고를 연주한 것입니다. 저는 그의 교활한 계략에 당한 것이고, 그래서 온전히 두 시간 동안[87] 그와 얼굴을 맞대고 앉아 있었던 것이지요. 어떻게 제가 그를 싫어할 이유가 없다고 말씀하실 수 있겠습니까?"

The mother felt a sudden shock of surprise that rendered her speechless.

그 어머니는 갑작스런 놀라움의 충격에 말을 할 수 없게 되었다.

In the meantime Justice Cheung had dismissed Yang, and now came into the inner quarters. Delight and satisfaction were written over his broad countenance. He said to his daughter: "Kyong-pai, Jewel, you have truly mounted the dragon in a way that's wonderful." [p77]

그러는 사이 정 사도는 양을 보내고 이제 집안 내부로 들어왔다. 기쁨과 만족이 그의 너른 얼굴에 쓰여져 있었다. 그는 딸에게 말했다. "주얼, 주얼아. 너는 놀라운 방식으로 정말 용을 올라탄 것이야."[88]

But the mother told Justice Cheung what her daughter had said, and then the Justice himself made fresh inquiry. When he learned that

87 원문에서의 한 나절이라는 표현에 대해 번역문에서는 정확이 두 시간 정도임을 표기하고 있다.

88 원문에서는 훌륭한 남편을 얻어 즐겁다고 서술되어있으나, 번역문에서는 양소유를 용에 비유하여, 정경패가 용에 올라타게 되었다는 표현을 사용하고 있다.

Master Yang had played the Phoenix Tune in her presence he gave a great laugh, saying: "Well, Yang is indeed a wonder! In olden times Wang Yoo-hak dressed as a musician and played the flute in Princess Peace's Palace, and later became the winner of the kwago (examination). This is a story handed down, famous till to-day. Master Yang, too, in order to win his pretty bride, dressed as a woman. It would prove him to be a very bright fellow. For a joke of this kind why should you say you dislike him? On the other hand, you saw only a Taoist priestess; you did not see Master Yang at all. You are not responsible for the fact that he made a very pretty girl musician, and your part is not to be compared with that of Princess Tak-moon who peeped through the hanging shades. What reason have you to harbour dislikes?"

하지만 어머니는 정 사도에게 자기 딸이 했던 이야기를 들려줬다. 그리고는 그 자신이 딸에게 새로 질문을 던졌다. 그가 양 사도가 <불사조 곡>을 그녀가 있는 자리에서 연주했다는 사실을 알고는 크게 웃으며 말했다.

"그런데 양은 정말 놀라운 인물이구나! 옛날 왕유학이 피스 공주[89]의 왕궁에서 악사로 변장하고 비파를 연주하고, 나중에 과거시험에서 장원급제를 했다던데. 이런 일이 오늘까지 그 유명한 양 사도에까지 물려 내려와 그 또한 자기 예쁜 신부를 보기위해 여자로 변장을 했구나. 이는 정녕 그가 아주 영리한 사람임을 보여주는 거야.

---

89 게일은 원문의 '王維學士'를 '왕유학'이라는 인명으로 오역했다. 피스 공주는 태평공주(太平公主)를 일컫는다.

이런 종류의 유희 때문에 네가 그 사람을 싫어한다는 거냐? 달리 생각해보면, 너는 단지 도교의 여 도사를 봤을 뿐, 양 사도를 본 것은 전혀 아닌 게야. 그가 아주 예쁜 소녀 악사로 변장했다는 사실 때문에 어떤 의무가 생기지는 않아. 너의 경우는 걸린 발 사이로 훔쳐봤던 탁문 공주의 경우와 비교해서는 안 되지. 그러니 네가 싫은 마음을 품을 이유가 없지 않으냐?"

The daughter said: "I have nothing to be ashamed of in my heart, but to allow myself to be taken in thus makes me so angry I could almost die."

딸이 말했다.

"제 마음에는 창피한 어떤 것도 없지만, 내 자신을 속게 내버려둔 것이 화나게 만들어 정말 죽고 싶은 심정이에요."[90]

The Justice laughed again: "This is not a matter for your old father to know anything about. Later on you can question Yang about it yourself."

정 사도는 다시 웃었다.

"이것은 네 늙은 아비가 전혀 아는 바가 없는 문제이구나. 나중에

---

90 원문에서는 정경패가 양소유에게 속임을 당한 것에 한스럽다고 표현하고 있지만, 번역문에서는 죽고 싶을 지경이라 표현함으로써 보다 극적으로 감정을 표현하고 있다.

너 스스로 그에 관해 양에게 물어보거라."

The lady Cheung asked: "What time have you fixed for the wedding?"

정 부인은 물었다.
"혼인날은 언제로 정하셨나요?"

The Justice answered: "The gifts are to be sent at once, but we must wait till autumn for the wedding ceremony, so as to have his mother present. After she comes we can decide the day."

정 사도는 답했다.
"예물이 즉시 오기로 되어 있지만[91], 그의 모친을 모셔서 식을 올리려면 우리가 가을까지는 기다려야 해요. 그분이 오시면, 날을 잡을 수 있겠지요."

"Since matters stand thus," said the mother, "there is no hurry as to the exact time." So they[p78]chose a day, received the gifts, and invited Yang to their home. They had him live in a special pavilion in the park. He fulfilled all the respectful requirements of a son-in-law, served them well, and they loved him as their very own.

91 납채(納采)를 이른다.

그 어머니는 말했다.

“사정이 그러하다면 정확히 기일을 정하기 위해 서두를 필요는 없겠네요.”

그대서 그들은 날을 택하여 예물을 받고 자기들 집으로 양을 초대했다. 그들은 그를 대정원의 특별한 누각에 거하게 했다. 그는 사위로서 존중해야 할 모든 법도를 지켰고 그들을 잘 모셨다. 그리고 그들은 자기네 자식처럼 그를 사랑했다.

On a certain day Cheung See, while passing Cloudlet's room, saw that she was embroidering a pair of shoes, but fanned to sleep by the soft days of early summer, she had placed her embroidery frame for her pillow and was deep in dreamland. The young mistress went quietly in to admire the beautiful work. She sighed over its matchless stitches, and as she thought of the loving hands that worked them, she noticed a sheet of paper with writing on it lying under the frame. She opened it and read a verse or two written as a tribute to her shoes. It read:

어느 날 정 씨는 클라우들릿의 방을 지나치다가 그녀가 신발에 수를 놓다가 초여름 따스한 낮 바람에 취해 잠들었고 또 베개에 수놓던 틀을 놓고는 꿈나라에 깊이 들어간 모습을 보았다. 그 젊은 아씨는 조용히 들어가 그 아름다운 작품에 경탄했다. 그녀는 비길 데 없는 바느질에 한숨을 내쉴 정도였다. 그녀는 그것을 만든 고운 손을 생각하던 중, 글이 적힌 종이 한 장이 그 틀 아래에 놓여 있음을 알았다.

그녀는 그것을 펼쳤고 신발[92]을 칭송하는 시를 한두 수 읽었다. 다음과 같았다.

"Pretty shoes, you've won the rarest gem for mate,
Step by step you must attend her all the way,
Except when lights are out, and silence holds the silken chamber;
Then you'll be left beneath the ivory couch forgotten."

"어여쁜 신발들, 너희들은 짝을 위한 가장 귀중한 보석을 얻었구나,
내딛는 걸음마다 너희는 그녀를 모셔야 하느니라.
불이 꺼지고 침묵이 비단 침실을 감쌀 때를 제외하고, 내내
그런 다음 너희는 상아 침상 아래 놓여 잊혀 지겠지."

The lady read this through, and said to herself: "No hand can write like Cloudlet's. It grows more and more skilful. The embroidered shoes she makes herself, and the rare gem is me, dear girl. Till now she and I have never been separated. By and by when I marry she speaks of being pushed aside. She loves me truly." Then she sighed and said: "She would like to share the same home and the same husband. Evidently this is the wish of her heart."

아씨는 이 글을 읽고 혼잣말을 했다.

---

92 원문에 따르면 춘운이 수놓은 꽃신을 이른다.

"어떤 솜씨도 클라우들릿 같이 쓸 수는 없어. 점점 더 솜씨가 좋아지는 구나. 자신을 수놓인 신발로 귀중한 보석을 나로 비유했어. 고운 아이. 지금까지 그녀와 난 떨어진 적이 없었다. 곧 내가 결혼한다면, 자기가 옆으로 밀려날 것을 말하고 있어. 진정으로 나를 사랑하는구나."

그녀는 한숨을 내쉬고 말했다.

"그녀는 같은 집과 동일한 남편을 공유하고 싶어 해. 이 시는 그녀의 마음 속 소원이야."

Fearing to disturb her in her happy dreams Cheung[p79]See softly withdrew and went into her mother's room. There her mother was busy with the servants, overseeing meals for the young master. Jewel said: "Since Master Yang came here to live, you, mother, have had much anxiety on his behalf, seeing to his clothes and his food and the directing of his servants. I am afraid that you are worn out. These are duties that rightly fall to me. Not only should I dislike to do them, however, but there is no precedent or warrant in the law of ceremony for a betrothed girl to serve her master. Cloudlet, however, is experienced in all kinds of work. I should like if you would appoint her to the guest chamber in the park, and have her see to what pertains to Master Yang. It would lessen at least some of your many responsibilities."

행복한 꿈에 젖은 그녀를 방해하지 않기 위해 조심하면서 정 씨는 조용히 물러나서 자기 어머니 방으로 갔다. 어머니는 그 젊은 사도를 위한 음심을 감독하면서 하인들과 함께 바빴다. 주얼은 말했다.

“양 사도가 이곳에 살고부터는 어머니께선 그의 옷, 음식, 하인들 지휘 등 그를 위해 너무 걱정하시는 것 같아요. 어머니께서 쓰러질까 걱정이에요. 이런 일은 제게 떨어져야 할 의무입니다. 그렇지만 내가 그런 일을 해서는 안 될뿐 아니라 약혼한 여자가 자기 주인을 모시는 것은 예법에도 전례나 근거가 없습니다. 하지만 클라우들릿이 모든 종류의 일에 능숙합니다. 저는 어머니께서 대정원의 사랑방에 그녀를 지명하여 보내서 양 사도와 관련되는 일을 돌보게 하는 게 좋을 걸로 생각합니다. 적어도 어머니의 많은 책임들 중 일부를 경감하게 되겠지요.”

The mother replied: “Cloudlet with her marked ability and her wonderful attractiveness can do anything well, but Cloudlet’s father was our most faithful attendant, and she herself is superior to the ordinary maid. For this reason, your father, who thinks so much of her, desires a special choice of husband and that she may have her own home. Is not this the plan?”

어머니가 대답했다.

“뛰어난 능력과 굉장한 매력을 갖춘 클라우들릿이 어떤 일이든 잘 할 수 있겠지만, 그녀의 부친이 우리에게 가장 충실한 신하였고 또 그녀 자신이 일반적인 하녀들보다 월등한 지위에 있다. 이런 이유로 하여 그녀를 각별히 생각하는 너희 아버지가 특별히 배필을 구하고 있으며 그녀 또한 자기 가정을 가질 것이야. 이렇다면 그 계획은 아니지 않겠니?"

The daughter replied: "Her wish, I find, is to be with me always and never to leave."

딸이 답했다.
"그녀의 소원이 언제나 나와 함께 결코 떨어지지 않는 것임을 제가 알게 되었습니다."

"But when you are married," said the mother, "she could not go with you as an ordinary servant. Her station and attainments are far superior to that. The only way open to you in accord with ancient rites would be to have her attend as the master's secondary wife."

어머니가 말했다.
"하지만 네가 결혼하면, 걔는 일반적인 하녀로서 너를 따라 갈 수 없어. 그녀의 지위와 재능은 그보다 훨씬 위에 있지. 옛날식에 맞춰서 네게 열려 있는 유일한 방법은 남편의 두 번째 아내로서 그녀가 모시게끔 하는 거야."[93]

The daughter answered: "Master Yang is now eighteen, a scholar

93 원문에서 최씨는 직접적으로 춘운을 두 번째 부인으로 맞이하는 방법을 이야기하지 않는다. 춘운이 정경패와 함께 함이 마땅치 않다는 사실을 언급할 뿐이다.

of daring spirit who even ventured[p80]into the inner quarters of a minister's home and made sport of his unmarried daughter. How can you expect such a man to be satisfied with only one wife? Later, when he becomes a minister of state and gets ten thousand bales of rice as salary, how many Cloudlets will he not have to bear him company?"

딸이 답했다.

"양사부는 재상집 내부로 감히 들어오기까지 하고 미혼의 딸을 갖고 놀았을 정도로 과감한 정신의 이제 나이 열여덟 살 학자입니다[94]. 어떻게 그런 남자가 부인 한 명만으로 만족할 것이라고 생각할 수 있겠어요? 나중에 그가 국가의 재상이 되어 수만 석 녹[95]을 받게 된다면, 자기와 동행할 클라우들릿과 같은 여인들을 얼마나 많이 데려 놓겠어요?"

At this point Justice Cheung came in, and his wife said: "This girl wants Cloudlet to be given to the young master to care for him, but I think otherwise. To appoint a secondary wife before the first marriage takes place is something I am quite opposed to."

이즈음 정 사도가 들어왔고, 아내 말했다.

94 원문은 열 여섯으로 표기되어 있다.
95 번역문에는 양소유가 받게될 녹봉 1만석을 언급하지만, 원문에는 양소유가 승상부(丞相府)에 거처하게 될 것이라는 상황을 통해 정경패가 그녀의 어머님을 설득하고자 하는 내용이 기술되어 있다.

"이 얘가 클라우들릿을 그 젊은 사도를 모시도록 보내기를 원합니다. 그러나 저로선 다른 생각입니다. 첫 번째 결혼이 성사되기도 전에 두 번째 부인을 정하는 경우는 저로서 반대하는 일입니다."

The Justice answered: "Cloudlet is equal to our daughter in ability and also in beauty of face. Their love for each other is so great that they will have to be together always and must never be parted. They are destined for the same home, so to send Cloudlet ahead will really make no difference. Even a young man devoid of love for women, being thus alone, would find but poor companionship in his solitary candle, how much more one so full of life as Yang! To send her at once and have her see that he is well looked after would be very good indeed; and yet to do so before the first ceremony comes off would seem somewhat incongruous. Might it not cause complications for his first wedding? What do you think?"

정사도는 답했다.

"클라우들릿은 그 능력이나 미모에서도 우리 딸에 버금가지요. 서로에 대한 자기들의 사랑이 너무 커서 언제나 함께 지내야 할 것이고 서로 이별하지 않을 것이오. 그들은 같은 집에 살 운명이어서 먼저 클라우들릿을 보낸다고 하여 실제 어떤 차이도 없을 것이오. 여자에 대한 사랑이 없어서 혼자 사는 젊은 남자가 고독한 촛불이라도 처량한 교우관계로 찾는 법인데, 양 사도처럼 풍부한 삶을 살 사람이라면 얼마나 더 하겠어요. 그녀를 즉시 보내서 그가 보살핌을 잘

받도록 한다면, 정말 좋은 일이 될 것이오. 그렇다고 하여도 첫 혼사 실행 이전에 그리 하는 것은 어느 정도 앞뒤가 안 맞는 것 같을 것이오. 그런 일이 첫 결혼을 앞두고 골칫거리를 제공할 수도 있지 않겠소? 당신은 어떻게 생각하오?"

The daughter replied: "I have a plan, however, by means of which Cloudlet may wipe out the disgrace that I have suffered."

딸이 답했다.

"그런데 저에겐 클라우들릿이 제가 겪었던 불명예를 깨끗이 청소할 수도 있는 계획이 하나 있어요."

The Justice asked: "What plan, pray? Come, tell me about it."

정 사도가 말했다.

"어떤 계획이냐? 어서 그걸 이야기해 보거라."

"With the help of my cousin," said the daughter, "I wish to carry out a little plan that will rid me of my mortification over what he has done to me."[p81]

딸이 말했다.

"제 사촌[96]의 도움을 입어서 저는 그가 저에게 행했던 일에 대한 울분을 해소할 작은 계획을 이행하고 싶어요."

The Justice laughed unrestrainedly. "That is a plan," said he.

사도는 거침없이 웃었다.
"그 참 대단한 계획이로고."

Among the many nephews of the Justice was one known familiarly as Thirteen, a fine young fellow, with honest heart and clear head, jolly and full of fun. He had become a special friend of the young master and was most intimate with him.

정사도의 많은 조카들 중 가까이 알고 지내는 정직한 마음과 명석한 머리 유쾌하고 재기 넘치는 젊고 멋진 친구가 하나 있었다. 그는 이미 그 젊은 사도의 특별한 친구가 되었고, 그와 가장 가까운 사람이었다.

The daughter returned to her own room and said to Cloudlet: "Cloudlet, I have been with you ever since the hair grew on our brows together. We have always loved each other since the days when we fought with flower buds. Now I have had my wedding gifts sent to me, and you too are of a marriageable age. You have no doubt thought of being married. I wonder who you have thought of for a husband?"

---

96 정십삼을 이른다.

딸은 자기 방으로 돌아와서 클라우들릿에게 말했다.

"클라우들릿, 우리 머리카락이 모두 눈썹까지 자랐을 때부터 줄곧 나는 너와 함께 살았다. 우리는 꽃봉오리 때문에 싸웠던 그때 이래로 언제나 서로 사랑했다. 그런데 이제 나에게는 결혼이란 선물이 오게 되었고, 너 또한 결혼할 나이가 되었어. 너 또한 분명히 결혼 문제를 고민할 것이다. 난 네가 어떤 사람을 남편으로 염두에 두는지 궁금해."

Cloudlet replied: "I have been specially loved by you, my dearest mistress, and you have always been partial to me. Never can I repay a thousandth part of what you have done. If I could but hold your dressing mirror for you for ever I should be satisfied."

클라우들릿은 대답했다.

"저는 존경하는 아씨의 특별한 사랑을 받아왔고 또 언제나 아씨는 제 편이 되어주셨습니다. 저로서는 아씨가 하셨던 것의 천분의 일도 갚을 수 있을지 모르겠습니다. 만약에 제가 아씨의 옷 거울을 영원히 들 수밖에 없다면, 저는 틀림없이 만족할 것입니다."

"I have always known your faithful heart," said Jewel, "and now I want to propose something to you. You know that Master Yang made a ninny of me when he played the harp in our inner compound. I am put to confusion by it for ever. Only by you, Cloudlet, can I ever hope to wipe out the disgrace. Now I must tell you; we have a summer pavilion, you know, in a secluded part of South Mountain not far from the capital. Its surroundings and views are beautiful, like a world of the fairies. We could prepare a marriage chamber there, and get my cousin Thirteen to lead Master Yang into the mystery of it. If we do this he will never again attempt a disguise or to[p82]deceive anyone with his harp; and I shall have wiped out the memory of those hours that we sat face to face. I am only desirous that you, Cloudlet, will not mind taking your part in it."

주얼이 말했다.

"나는 늘 너의 충성스런 마음을 알고 있었어. 그래서 이제 나는 네게 뭔가를 제안하고 싶어. 너는 양사부가 우리 내부 구역에 들어와 거문고를 연주하면서 나를 얼간이로 만들었던 일을 알고 있을 것이야. 그로 인해 난 영원히 혼란에 빠져 있어. 클라우들릿, 오직 너만이 내가 그 모욕을 말끔히 지울 수 있으리라 희망을 갖게끔 할 수 있어. 그래서 네게 말해야 겠어. 너도 알다시피 우린 서울에서 그다지 멀지 않은 남산[97]의 한적한 곳에 여름 누각이 있어. 그 주변 경관이 마치 신선의 세계처럼 아름다워. 우리는 거기에 신방을 준비할 수 있고, 내 사촌 써틴으로 하여금 그 신비로움으로 이끌게 할 거야. 만약 우리가 성공한다면, 그는 다시는 변장을 하려거나 거문고로 누군가를 속이지 않을 것이야. 그러면 나는 우리가 얼굴을 맞대고 보냈던 그 시간들의 기억을 말끔히 지우게 되겠지. 클라우들릿, 네가 그 계

97 종남산(終南山)

획에 가담하는 것을 마땅찮게 여기지 않기를 바랄 뿐이야."

Cloudlet said in reply: "How could I think of crossing your dear wishes, and yet on the other hand how could I ever again dare to look Master Yang in the face?"

클라우들릿이 답했다.
"어찌 제가 아씨의 소원을 거스를 생각을 하겠어요? 그런데 한편으로는 일이 끝난 후 제가 어떻게 감히 양사도를 다시 얼굴 맞대고 볼 수 있겠어요?"

The young mistress made answer: "One who has played a joke upon another never feels as bad when put to shame as one who has simply had the joke put upon him."

아씨는 답했다.
"다른 이에게 농을 걸었던 자는 자기에게 단순히 농을 건 사람만큼 창피한 경우를 당했을 때 나쁘게 느끼지는 않아."

Cloudlet laughed and said: "Well then, even though I die I'll go through with it and do just as you say."

클라우들릿은 웃으며 말했다.
"그렇다면 제가 죽는 한이 있더라도 거기 가서 아씨 말씀대로 하겠습니다."[98]

In spite of Master Yang's turn in office with the business it involved, he had abundant leisure and many days free. He would then pay visits to friends or have a time of amusement in some summer pavilion or go for jaunts on his donkey to see the willows in bloom. On a certain day his friend Thirteen said to him: "There is a quiet spot in the hills to the south of the city where the view is unsurpassed; let's go there, brother, you and I, to satisfy our longings for the beautiful."

관련된 업무로 양 사도의 당직 차례임에도 불구하고, 그는 여가가 많았고 쉬는 날도 많았다. 그럴 때면 그는 친구를 방문한다거나 어느 여름 누각에서 놀이를 즐기거나 당나귀를 타고 개화한 버드나무를 감상하기 위해 소풍을 가기도 했다. 어느 날 그의 친구 써틴이 그에게 말했다.

"이 도시 남쪽 언덕에 경치가 비길 데 없는 조용한 곳이 한 군데 있는데, 저와 함께 그곳으로 가 아름다운 경치를 감상하고픈 마음을 채워봅시다."

Master Yang replied: "Happy thought! That's just what I should like to do."

---

98 번역문에서는 원문과 달리 죽음에 빗대어 가춘운의 정경패에 대한 마음을 보다 강조하여 표현하고 있다.

양사도가 답했다.

"좋은 생각입니다! 정말 제가 하고픈 일입니다."

Then they made ready refreshments, dispensed with their servants as far as possible, and went three or four miles into the hills where the green grass clothed the mountain sides and the forest trees bent over the rippling water. The lovely views of hill and valley calmed all thoughts of the dusty world.[p83]

그래서 그들은 먹을 것들을 챙겨서 하인들 없이 가능한 멀리 초목이 산을 옷 입히고 숲의 나무들이 몸을 굽혀 여울물에 드리워진 곳으로 3, 4마일[99]쯤 갔다. 진귀한 산과 계곡의 광경은 흙먼지 날리는 세계의 모든 상념들을 잠들게 했다.

Master Yang and Thirteen sat on the bank of the stream and sang songs together, for the time was the opening days of summer. Flowers were all about them in abundance, adding to each other's beauty. Suddenly a bud came floating down the stream. The master saw it and repeated the lines:

양사부와 써틴은 강기슭에 앉아서 함께 노래를 불렀다. 시기는 막 여름의 시작이었다. 그들의 주위에는 꽃들이 서로 아름다움을 선사

99 원문에 따르면 십 여 리 정도의 거리를 이른다.

하며 만발해 있었다. 마침 꽃봉오리 하나가 개울을 타고 떠내려 오고 있었다. 사부가 그것을 보고 시를 암송했다.

"Spring is dear, fairy buds upon the water
Now appear,
Saying 'Garden of the fairies, here!'"

"아름다운 봄이 오니, 요정 같은 꽃들이 때마침
'바로 여기가 요정들의 정원'
이라 말하면서 물위에 등장하는구나,"

"This river comes from Cha-gak Peak," remarked Thirteen. "I have heard it said that at the time the flowers bloom and when the moon is bright you can hear the music of the fairies among the clouds, but my affinities in the fairy world are all lacking, so that I have never found myself among them. To-day with my honoured brother I would like just once to set foot in the city where they live, see their wing prints, and peep in at the windows on these angel dwellers."

"이 물은 자각봉에서 흘러온답니다"
하면서 써틴은
"꽃 피는 시기에 달빛이 밝을 무렵이면, 요정들 음악을 들을 수 있다고 하는 이야기를 들어왔습니다만, 신선 세계에 벗들이 전무한 저로서는 그들 사이에 들어가 본 적이 없군요. 오늘 존경받는 형과 함께 왔으니, 딱 한번이라도 그들이 사는 세상에 발을 들여놓고 그들의 자치들을 확인하고 또 창문을 통해 선녀들 사는 방을 들여다보고 싶습니다."

The young master, being by nature a lover of the wonderful, heard this with delight, saying: "If there are no fairies of course there are none, but if there are, surely they will be here. Let us put our dress in order and go to see if we can find them."

본성적으로 이 경이로운 세계의 찬미자가 된 젊은 사부는 이 말을 듣고는 즐겁게 말했다.

"세상에 신선이 없다면 당연히 거기 아무도 없겠지만, 있다면 반드시 이곳에 있을 것이요. 우리 복장을 정리하고 우리가 그들을 볼 수 있을지 없을지 확인하러 가봅시다."

Just at this moment a servant from Thirteen's home, all wet with perspiration and panting for breath, came to say: "The master's lady has been suddenly taken ill and I have come to call you."

바로 이 순간 써틴의 집 하인이 땀에 온통 젖고 숨을 헐떡이며 와서 말했다.

"마님께서 갑자기 아파서 그 말씀을 전하기 위해 왔습니다."

Then Thirteen reluctantly arose and said: "I wanted so much to go with you into the region of the genii and enjoy ourselves, but my wife is ill, and so my chance for meeting the fairies is ended. It is only [p84]another proof of what I said, that I have no affinity with fairies." He then mounted his donkey and rode hurriedly away.

그러자 써틴이 아쉬워하며 일어나 말했다.
"형과 함께 저 신선들 세상에 들어가 함께 즐기기를 절실히 원했으나, 제 아내가 아프다고 하니 신선을 만나는 저의 기회는 접어야겠습니다. 아까 말씀드린 대로 신선들과의 인연이 없다는 또 다른 증거가 밝혀지는군요."

Master Yang was thus left alone. He was not yet satisfied with what he had seen. He followed up the stream into the enclosing hills. The babbling waters were clear and bright and the green peaks encircled him solemnly about. No dust was there here of the common world. His mind was exalted and refreshed by the majesty of it as he stood alone on the bank of the stream or walked slowly on.

양사부는 그리하여 홀로 남았다. 그는 지금까지 본 것으로는 아직 만족하지 못했다. 그는 개울 따라 골짜기 속으로 들어갔다. 졸졸 흐르는 물은 맑고 빛났으며, 녹색 봉우리들이 장엄하게 그를 에워쌌다. 이곳 속세에서와 같은 먼지조차 한 티끌 없었다. 개울 어귀에 홀로 서 있다 서서히 산책하자, 그의 정신은 그 장엄함에 의해 고양되고 또한 맑아졌다.

Just then there came floating by on the water a leaf of the cinnamon tree with a couplet of verse written on it. He had his serving-boy fish it out and bring it to him, The writing said:

바로 그때 이행 시구가 적힌 계피나무[100] 잎이 개울물에 떠 내려왔다. 그는 시동을 시켜 그것을 건져 가져오게 했다. 글은 이렇다.

"The fairy's woolly dog barks from amid the clouds,
For he knows that Master Yang is on the way."

"신선 동네 삽살개가 구름 한 가운데서 짖어대니
양사부가 오는 것을 알고 하는 모양이네."

Greatly astonished, he said: "How could there by any possibility be people living on these mountains, and why should any living person ever write such a thing as this?" So he pushed aside the creeping vines and made his impatient way over rocks and stones.

아주 놀라서 그는 말했다.

"어떻게 이런 산중에 사람들이 살 수 있단 말인가? 또 누구든 살아 있는 사람이 어찌 이 같은 글을 썼겠는가?"

그리하여 그는 넝쿨을 헤쳐 가며 바위와 돌 너머 성급히 나아갔다.

100 원문에 따르면 계수나무를 이른다.

His boy said to him: "The day is late, sir, and the road precipitous. There is no place ahead at which to put up for the night; please let us go back to the city."

그의 시동이 말했다.

"날도 저물고 길이 험합니다. 더 가더라도 밤 동안 몸 둘 곳이 없을 듯하니 제발 도성으로 돌아가시지요."

The master, however, paid no attention but pushed on for another ten or eight li, till the rising moon was seen over the sky-line of the eastern hills. By its light he followed his way through the shadows [p85]of the trees and crossed the stream. The frightened birds uttered cries of alarm, and monkeys and other eerie night creatures voiced their fears. The stars seemed to rock back and forth over the wavy tips of the tree-tops, and the dewdrops gathered on all the needles of the pine. He realised that deep night had fallen and that no trace of human habitation was anywhere to be seen. Neither was there any place of shelter. He thought that perhaps a Buddhist temple might be nigh at hand or a nunnery, but there was none. Just at the moment of his deepest bewilderment he suddenly saw a maiden of sixteen or so dressed in fairy green, washing something by the side of the stream.

그럼에도 사부는 전혀 개의치 않고 동쪽 산의 하늘로 달이 뜨기까지 10여 리를 더 헤쳐 나갔다. 그는 나무들 그림자를 통과하는 달빛으로 길을 따라갔고 개울을 건넜다. 놀란 새들이 경계의 울음을 울었고, 원숭이와 그 밖의 섬뜩한 밤 생물들이 두려운 듯 소리를 냈다. 별들은 나무 꼭대기 흔들리는 가지 너머로 흔들리는 것 같고, 이슬방울들이 소나무의 모든 바늘에 모여들었다. 그는 밤이 깊었는데 어디에도 사람이 거주한 어떤 흔적도 보이지 않는다는 사실을 알았다. 어떤 안식처도 없었다. 그는 어쩌면 불교 사원이나 여승의 거주지라도 가까이 있지 않을까 생각했지만, 어느 것도 없었다. 바로 그 당황스러움이 극에 달했을 무렵, 그는 개울 곁에서 뭔가를 씻고 있는 녹색 옷을 입은 나이 열여섯[101] 정도의 여자 아이를 발견했다.

Being alarmed by the stranger she arose quickly and called out: "My lady, the Master is coming."

낯선 사람에 놀란 그녀는 재빨리 일어나서 외쳤다.
"아씨, 그 사부님이 오십니다."

Yang hearing this was beside himself with astonishment; He went on a few steps farther but the way seemed blocked before him, till unexpectedly he saw a small pavilion standing directly by the side of the stream, deeply secluded, hidden away in the recesses of the hills —just such a place as fairies were wont to choose to live in.

101 원문에는 십 여세 정도 된 여동(女童)으로 기록되어 있다.

이를 들은 양은 놀라서 흥분했다. 그는 몇 걸음 더 나아갔지만, 그 길이 그의 앞에서 가로막힌 듯 했다. 예기치 않게도 그는 개울 한쪽 옆 바로 선 자그만 누각을 발견했다. 그것은 산의 깊숙한 곳에 떨어져 숨어 깊이 은둔해 있었다. 신선들이 생활하려고 고르곤 하던 바로 그런 장소였다.

A lady dressed in red then appeared in the moonlight, standing alone below a peach tree. She bowed gracefully, saying: “Why has the Master been so long in coming?”

그때 붉은 옷을 입은 한 여인이 복숭아나무 아래 혼자 서서 달빛 속으로 등장했다. 그녀는 우아하게 절하면서, 말했다.

“사부께서는 어찌하여 오시는 데 그리 오래 걸렸던가요?”

So-yoo in fear and wonder looked carefully at her and saw that the lady was dressed in a red outer coat with a jade hairpin through her hair, an ornamented belt about her waist, and a phoenix-tail fan in her hand. She was beautiful seemingly beyond all human realisation. In deepest reverence he made obeisance,[p86]saying: “Your humble servant is only a common dweller of the earth, and never before in all his life had a moonlight meeting like this. Why do you say that I have been late in coming?”

두려움과 놀라움에 소유는 그녀를 유심히 보았고, 그 여인은 머리에 비취옥 비녀를 꽂고 허리엔 장식 허리띠를 둘렀으며 손에는 불사조의 깃털 부채를 들고서 붉은 외투를 입었다. 그녀는 겉보기에 모든 인간적 현실을 넘어서 아름다웠다. 그는 가장 깊은 존경으로 인사를 하면서 말했다.

"소인은 지상의 평범한 거주자에 지나지 않으며, 이와 같은 달빛 아래 만남은 이전까지 평생토록 해본 적이 없습니다. 어떤 이유로 당신께선 저를 오는데 늦었다고 말하시는가요?"

The maiden then ascended the steps of the pavilion and invited him to follow. Awe-struck, he obeyed her, and when they had seated themselves, each on a separate mat, she called to her maid, saying: "The Master has come a long way; I am sure he is hungry; bring tea and refreshments."

그러자 그 여인은 누각 계단으로 올라 따라오라며 그를 초대했다. 경외심에 그는 그녀를 따랐고, 각각 떨어진 방석에 두 사람이 앉았을 때 그녀는 하녀를 불렀다.

"사부께서 먼 길을 오셨느니라. 분명히 시장하실 터이니 차와 음식을 가져오너라."

The servant withdrew and in a little while brought in a jewelled table, dishes and cups. Into a blue crystal cup she poured the red wine of the fairies, the taste of which was sweet and refreshing, while the aroma from it filled the room. One glass, and he was alive with exhilaration. Said he: "Even though this mountain is isolated it is under heaven. Why is it that my fairy ladyship has left the Lake of Gems and her companions of the crystal city and come down to dwell in such a humble place as this?"

그 하인은 물러가서 잠시 후, 보석을 깎아 만든 상과 접시와 잔에 담아 내왔다. 그녀는 신선들의 붉은 술을 파란 유리잔에 부었다. 그 맛은 달콤하고도 상쾌했다. 그 향이 방을 가득 채웠다. 한 잔에 그는 기운이 돋아났다.

"비록 이 산이 외따로 떨어져 있지만, 하늘 아래에 있습니다. 어찌하여 선녀님께서는 보석 호수[102]와 유리나라의 동료들을 버리시고, 이같이 평범한 장소에 살게 되었습니까?"

The fairy gave a long sigh of regret, saying: "If I were to tell you of the past only sorrow would result from it. I am one of the waiting maids of the Western Queen Mother [23] and your lordship is an officer of the Red Palace where God dwells. Once when God had prepared a banquet in honour of the Western Mother, and there were many officers of the genii present, your lordship thoughtlessly singled me out, and tossed me some fruit of the fairies in a playful way. For this you were severely punished and driven through transmigration into this world of woe. I, fortunately, was more lightly dealt with and

102 요지(瑤池)

simply sent into exile, so here I am. Since my lord has found[p87]his place among men and has been blinded by the dust of mortality, he has forgotten all about his past existence, but my exile is nearly over and I am to return again to the Lake of Gems. Before going I wanted just once to see you and renew the love of the past, so I asked for an extension of my term, knowing that you would come. I have waited long, however. At last, through much trouble, you have come to me and we can unite again the love that was lost."

그 선녀는 후회의 긴 한숨을 내쉬며 말했다.

"만일 제가 과거에 대해 말한다면, 오로지 슬픔만 생길 뿐입니다. 저는 서역 여왕 어머니의 시녀들 중 한명이고 낭군께서는 신이 거주하는 붉은 성의 관리입니다. 신께서 서역 어머니를 위해 연회를 준비하고 있을 때, 많은 신선 관리들이 등장했고, 낭군께선 아무 생각 없이 저를 골라서 장난스럽게 신선의 과일을 던져주었지요. 이 때문에 님께선 호되게 벌 받고, 이 고뇌의 세계로 이주하도록 되었지요. 저의 경우 행운을 입어 더 가벼이 처리되었고, 그저 추방되어 여기 살고 있지요. 낭군께서는 인간 세계에서 자기 자리를 잡고 운명이라는 먼지에 눈가림되었기 때문에, 자신의 과거 존재를 깡그리 잊게 되었지만, 저의 유배는 거의 끝나기 직전이어서 이제 보석호수로 다시 돌아갈 예정입니다. 떠나기 전 저는 딱 한번이라도 낭군님을 뵙고 과거의 사랑을 다시 펼쳐보고 싶었습니다. 그래서 저는 낭군님께서 올 것임을 알았던 까닭에 유배 기간을 연장시켜달라고 요청했습니다. 그러나 저는 오래토록 기다렸지요. 결국 숱한 고통을 겪은 다음, 낭군께서는 저에게 오셨고, 우리는 잃어버린 그 사랑을 다시 결합해볼 수 있게 되었습니다."

But scarcely had they had a chance to express their love or recall the awakened secrets of the past, when the birds of the mountains began to twitter in the branches of the trees, and the silken blinds to lighten. The fairy said to the Master: "I must not detain you longer. To-day is my appointed time of return to heaven. When the officer of the genii, at the command of God, comes with flags and banners to meet me, if he should find you here we should be accounted guilty. Please make haste and escape. If you are true to your first love we shall have opportunities to meet again." Then she wrote for him a farewell verse on a piece of silk which ran thus

그렇지만 그들은 자기들 사랑을 표현할 기회를 좀처럼 잡기 힘들었고, 과거를 일깨우는 비밀들을 기억하기 어려웠다[103]. 나뭇가지의 산새들이 지저귀기 시작했고 비단 가림막에 불빛이 들었다. 그 선녀는 사부에게 말했다.

"저는 더 오래 동안 당신을 붙잡아둘 수 없습니다. 오늘이 제가 하늘로 되돌아가기로 정해진 날입니다. 신선 관리가 신의 명을 받아 깃발과 휘장과 함께 저를 만나러 왔을 때, 만약 그가 당신이 여기 있는 것을 확인한다면, 우리는 죄를 지은 것으로 통고될 것입니다. 서

103 양소유와 가춘운의 정사 장면이 매우 간략히 제시되었다.

둘러서 벗어나시기 바랍니다. 만약 당신이 첫사랑에 진심을 갖는다면, 우리는 다시 만날 기회를 맞을 것입니다."

그런 다음 그녀는 그를 위해 비단 조각에 작별의 시를 썼다. 시는 이렇다.

"Since we have met, all heaven is filled with flowers,
Now that we part, each bud is fallen to earth again.
The joys of spring are but a passing dream,
Wide waters block the way far as infinity."

"우리 만나고부터 온 하늘 꽃으로 가득 차,
우리 헤어지는 지금 낱낱의 꽃 봉우리 땅으로 다시 떨어지네.
봄의 기쁨은 그저 지나가는 꿈일 따름,
넓은 바다가 무한처럼 멀리가지 길을 가로막네."

When the Master had read this he was overcome with regret at the thought of their parting, so he tore off a piece of his silken sleeve and wrote a verse which ran:[p88]

이 글을 읽은 양사부는 자기들 이별 생각에 후회막급 하였고, 그래서 자기 비단 소매 한 조각 뜯어내 시를 쓰니, 다음과 같다.

"The winds of heaven blow through the green stone flute,
Wide-winged the white clouds lift and sail away.

Another night shall mark our gladful meeting,
E'en though wild rains should block our destined way."

"하늘의 바람이 옥퉁소를 통해 불어대니,
넓은 날개를 한 흰 구름이 들리어 멀리 떠나가네.
다음 밤 우리의 기쁜 만남을 기약할 것이니,
비록 맹렬한 비가 우리 운명의 길을 가로막는다 하더라도."

The maiden received it, and said: "The moon has set behind the Tree of Gems; hasten away! On all my flight to heaven I shall have this verse by which to see your face." So she placed it in the folds of her robe and then urgently pressed him: "The time is passing, Master, please make haste."

그 여인은 그것을 받고서 말했다.

"달이 보석 나무 뒤로 졌으니 서둘러 떠나세요! 하늘로 돌아가는 내내 저는 이 시를 당신의 얼굴이라 여기며 간직할 것입니다."

그래서 그녀는 자기 외투의 주름에 그것을 넣고서는 급하게 그를 압박했다.

"때가 지나가고 있어요. 사부님, 제발 서두르십시오."[104]

104 원문에는 양소유와 여인이 시를 주고 받은 이후, 미인의 재촉으로 헤어지게 되었다는 사실만이 언급되어 있을 뿐인데 번역문에는 그들의 대화가 부가적으로 서술되어 있다.

The Master raised his hands, said his regretful good-bye and was gone. He had scarcely passed beyond the shadowed circle of the grove when he looked back, but there was only the green of the mountains that seemed piled one upon the other till they touched the white clouds in companies. He realised then that he had had a dream of the Lake of Gems and thus he came back home.

사부는 자기 손을 들어서 유감스러운 작별을 고한 다음 떠났다. 그가 돌아다 봤을 때 숲의 그늘진 원을 넘어가지 못했다. 하지만 산들이 다정하게 흰 구름에 닿을 때까지 하나씩 겹쌓여 푸르게 나타날 뿐이었다. 그때 그는 보석호수에 관한 꿈을 꾸고 집으로 돌아왔다는 사실을 깨달았다.

But his mind was all confused and his heart had lost its joy. He sat alone thinking to himself: “Even though the fairy did tell me that the time had come for her return from exile, how could she tell the very moment, or that it was to-day? If I had only waited a little or hidden myself in some secluded corner and seen the fairies and their meeting, I would have come back home in triumph. Why did I make this fatal blunder and come away so quickly?” So he expressed his regrets over and over as he failed to sleep the night through. With these vain thoughts upon him he greeted the dawn, arose, took his servant, and went[p89]once more to where he had met the fairy. The plum blossoms seemed to mock him and the passing stream to babble in confusion. Nothing greeted him but an empty pavilion. All the fragrance of the place had vanished. The Master leaned over the deserted railing, looked up in sadness, and sighed as he gazed at the grey clouds, saying: "Fairy maiden, you have ridden away on yonder cloud and are in audience before Heaven's high King. Now, however, that the very shadow of the fairy has vanished what's the use of sighing?"

하지만 그의 정신은 완전히 혼란스러웠고 그의 마음은 즐거움을 상실했다. 그는 혼자 앉아서 생각했다.

"비록 그 선녀가 유배에서 귀환의 시간이 다 됐다고 나에게 말했다 하더라도, 어찌 그녀가 바로 그 순간이라고 그것이 바로 오늘이라고 이야기할 수 있겠는가? 만일 내가 그저 잠시 기다리거나 어느 으슥한 모퉁이에 몸을 숨기고 신선들과 그들의 만남을 보았더라면, 의기양양 집으로 돌아왔을 텐데. 왜 내가 치명적인 대실수를 저질렀고 또 그리도 급하게 떠나왔을까?"

그래서 그는 반복해서 후회를 표하면서 밤새도록 잠을 이룰 수 없었다. 이런 헛된 후회에 사로잡힌 그는 새벽을 맞아 일어나서 하인을 데리고 다시 그 선녀를 만났던 곳으로 찾아갔다. 자두 꽃이 그를 조롱하는 듯 보였고, 흐르는 개울은 혼란스럽게 재잘거렸다. 텅 빈 누각 이외에는 아무 것도 그를 맞이하지 않았다. 그 장소의 향취는 완전히 사라졌다. 사부는 관리되지 않은 난간에 기댔고, 슬픔에 젖어 위로 올려 보았으며, 회색 구름을 응시하면서 한숨을 내쉬고는, 말했다.

"선녀여, 당신은 저 구름을 타고 떠났으며, 하늘나라 고왕 앞에서 배알하고 있구나. 그렇지만 이제 바로 그 선녀의 그림자가 한숨의 소용조차 없애버리는구나."

So he came down from the pavilion. Standing by the peach tree where first he met her he said to himself: "These flowers will know my depths of sorrow."

그리하여 그는 그 누각을 내려왔다. 그는 처음으로 그녀를 만났던 복숭아나무 옆에 서서 혼잣말을 했다.
"이 꽃들은 내 깊은 슬픔을 이해할 것이야."

When the evening shadows began to lengthen he returned home.

돌아오는 길 때가 저물어 저녁 그림자를 길게 만들기 시작했다.

Some days later Thirteen came to Master Yang and said "The other day on account of my wife's illness we failed in our outing together. My regret over that disappointment is still with me, and now though the plums and the peaches are past and the long stretch of the willows is in bloom, let us take half a day away, you and I, to see the butterflies dance and hear the orioles sing."

몇 날이 지나고 써틴이 양사부를 찾아와서 말했다.

"일전에 제 아내의 병으로 인해 우리 산놀이를 망쳤지요. 그 실망에 대한 저의 유감이 여전히 저를 사로잡고 이제 자두와 복숭아꽃 들이 저물고 길게 뻗은 버드나무 가지에 꽃이 피었습니다. 형과 나 둘이서 나비의 춤을 감상하고 꾀꼬리의 노래를 들으러 반나절 다니러 갑시다."

Master Yang answered: "The green sward with the willows is prettier even than the flowers."

양사부는 답했다.
"버드나무 있는 푸른 초지가 그 꽃들보다 훨씬 더 아름답겠지요."

So the two went together outside the gates of the city across the wide plain to the green wood. They sat upon the grass and made counting points of flowers to reckon up the drinks they had taken. Just above them was an old grave on an elevated ridge. Artemisia weeds grew over it, the fresh sod had fallen away, and there were bunches of spear grass and[p90]other green tufts mixed together, while a few weakly-looking flowers strove for life.

그래서 둘은 함께 도성 문 밖을 함께 나서서 넓은 평원을 지나서 녹음을 향해 갔다. 그들은 풀밭에 앉아서 자기들이 마신 술잔을 헤아리기 위해서 꽃으로 집계했다. 바로 그들 위에 높이 솟은 벼랑 위에 오래된 무덤이 있었다. 향 쑥 풀이 그 위에 자랐고, 싱싱한 잔디는 시들어 사라졌으며, 새싹 풀과 여타 녹색 덤불이 함께 섞여 무더기를 이루고 있는 한편으로, 몇몇 힘없어 보이는 꽃들이 살기 위해 애쓰고 있었다.

Master Yang, awakened from the dejection caused by the wine he had drunk, pointed to the grave, saying: "The good and the good-for-nothing, the honourable and the mean, in a hundred years will all have turned to heaped up mounds of clay. This was the regret of Prince Maing-sang long, long ago. Shall we not drink and be merry while we may?"

양사부는 자신이 마신 술로 인한 낙담으로부터 깨어나 그 무덤을 가리키며 말했다.

"현명한 사람이나 어리석은 사람이나, 고귀한 사람이나 천한 사람이나 100년이면 흙무덤으로 쌓여 완전히 흙으로 변하지요. 이것이 오래 옛날 맹상군의 후회였지요. 그러니 할 수 있을 때 어찌 한 잔 들이키고 즐기지 않을 수 있겠소?"

Thirteen replied: "Brother, you evidently don't know whose grave this is. This is the grave of Chang-yo, who died unmarried. Her beauty was the praise and admiration of all the world in which she lived, and so she was called Chang Yo-wha, the Beautiful Flower. She died at the age of about twenty and was buried here. Later generations took pity on her and planted these willows to comfort her sorrowful soul and to mark the place. Supposing we, too, pour out a glass by way of oblation to her lovely spirit?"

써틴이 대답했다.

"형은 분명 이 무덤이 뉘 것인지 모르는군요. 이 무덤은 결혼도 하지 않고 죽은 장여[105]의 것입니다. 그녀의 아름다움은 살아생전 온 세상의 칭송과 경탄의 대상이었지요. 그래서 그녀는 아름다운 꽃, 즉 장여화로 불렸습니다. 스무 살 무렵에 죽어서 여기에 묻혔지요. 이후 세대들이 그녀를 측은히 여겨 슬픈 영혼을 달래고 그 장소를 표시하기 위해서 이 버드나무를 심었다 하지요. 우리 그녀의 사랑스런 혼에 봉헌하는 의미로 한 잔 한다면 어떻겠습니까?"

The young Master, being by nature kind-hearted, readily said in reply: "Good brother, your words are most becoming." So they went together to the front of the grave and there poured out the glass of wine. Each likewise wrote a verse to comfort her in her loneliness.

천성이 다정한 양사부는 쾌히 응답했다.

"훌륭한 형제여, 당신의 말씀이 최적입니다."

그리하여 그들은 함께 무덤 앞으로 갔고 술 한 잔을 부었다. 각자는 하나같이 외로운 그녀를 위안하기 위한 시를 한 수 썼다.

105 게일이 장여랑(張女娘)을 잘 못 번역한 부분이다.

The Master's words ran thus:
"The beauty of your form o'erturned the State,
Your radiant soul has mounted high to Heaven;
The forest birds have learned the music of your way,
The flowers have donned the silken robes you wore.[p91]
Upon your grave the green of springtime rests,
The smoke hangs o'er the long deserted height,
The old songs from the streams that bore you hence,
When shall we hear them sung?"

그 사부의 시는 다음과 같다.
"그대 형체의 아름다움이 나라를 뒤흔들었으니
그 빛나는 영혼 하늘 높이 올라갔네
숲의 새들은 그대 음악을 배웠고
꽃들은 그대가 입은 비단 의복을 걸쳤구나.
그대의 무덤 위에는 봄날의 풀들만 남아
오래 내버려진 그 명성 위로 연기가 드리웠네,
그대를 데려가고부터 개울로부터의 옛 노래들
언제나 우리가 한번 들어보겠는가?"

The scholar Thirteen's words ran thus:
"I ask where was the beautiful land,
And of whose house were you the joy,
Now all is waste and desolate,

With death and silence everywhere.
The grass takes on the tints of spring,
The fragrance of the past rests with the flowers,
We call the sweet soul but she does not come,
Only the flocks of crows now come and go."

학자 써틴의 글은 다음과 같다.
"나는 그 아름다운 땅이 어디인지 묻노니,
그리고 누구의 집에서 그대 즐거웠는지.
이제 모든 것이 버려지고 황량하니,
온 데가 죽음과 침묵이구나.
풀이 봄의 색조를 받아 안고
과거의 향취가 꽃들과 영면하니,
우리는 그 달콤한 영혼을 부르지만 그녀는 오지 않네
이제 오로지 까마귀 한 무리만 왔다 가네."

They read over together what they had written and again poured out an offering. Thirteen then walked round the back of the grave, when unexpectedly in an opening where the sod had fallen away, he found a piece of white silk on which something was written. He read it over, saying: "What busybody, I wonder, wrote this, and placed it on Chang-yo's grave?"

그들은 자기가 쓴 것을 함께 읽었고, 다시 잔을 올렸다. 그러고는 써틴이 그 무덤의 뒤로 돌아 걸었다. 그때 그는 예기치 않게 잔디가 메말라 사라진 공터에서 뭔가가 적힌 흰색 비단 한 조각을 발견했다. 그가 그것을 읽고는, 말했다.

"어느 참견하기 좋아하는 자가 이런 걸 써서 장여의 무덤에 놓았을까?"

Master Yang asked for it, and lo! it was the piece he had torn from his sleeve on which was the verse he had written for the fairy. He was astounded at it, and greatly alarmed, saying to himself: "The beautiful woman whom I met the other day is evidently Chang-yo's spirit." Perspiration broke out on his back and his hair stood on end. He could scarcely control himself, and then again he tried to dismiss his fears by saying: "Her beauty is so perfect, her love so real.[p92] Fairies too have their divinely appointed mates; devils and disembodied spirits have theirs, I suppose. What difference is there, I wonder, between a fairy and a disembodied spirit?"

양사부가 그에 의문을 표했는데, 아니 보라, 그것은 자신이 선녀를 위해 썼던 시가 적힌 자신의 소매로부터 찢어냈던 조각이었다. 그는 놀라서 정신이 번쩍 들었고, 혼잣말을 했다.

"일전에 만났던 그 아름다운 여인은 분명히 장여의 혼령이다."

등에 식은땀이 흘러내렸고 머리카락이 주뼛 섰다. 그는 좀처럼 자제할 수 없었고, 반복하여 두려움을 떨치려고 시도했다.

"그녀의 아름다움은 아주 완벽했고, 그녀의 사랑 정말 실제였어.

신선들 또한 자기들의 신성한 인연을 갖는 게야. 악마와 신체 없는 귀신들도 자기 인연이 있듯이. 대체 신선과 귀신 사이에 무슨 차이가 있는가?"

Thirteen at that moment arose, and while he turned away the Master took advantage of the occasion to pour out another glass of spirit before the grave, saying as a prayer: "Though the living and the dead are separated the one from the other, there is no division in love; I pray that your beautiful spirit will accept of my devotion and condescend to visit me again this night so that we can renew the love that was broken off."

그 순간 써틴이 일어섰고, 그가 사부에게서 돌아서 그 기회를 이용하여 무덤 앞에 혼령을 위해 또 한 잔을 따르려고 하면서 기도처럼 말했다.

"비록 산 자와 죽은 자가 서로 분리된다 하여도, 사랑에는 어떠한 분리도 있을 수 없으니, 기도하노니, 당신의 아름다운 혼령이 저의 기도를 받아들이시어, 오늘 밤 다시 어여삐 여겨 저를 찾아와서 그 깨어졌던 사랑을 다시 불태울 수 있기를 바랍니다."

When he had done so he returned home with his friend Thirteen, and that night he waited all alone in the park pavilion chamber. He leaned upon his pillow and thought with unspeakable longing of the beautiful vision.

기도가 끝나고 양은 그의 벗 써틴과 함께 집으로 돌아왔다. 그날 밤 그는 정원 누각의 방에서 내내 혼자서 기다렸다.[106] 그는 베개에 기대서 그 아름다운 형상에 대한 말할 수 없는 갈망에 사로잡혔다.

The light of the moon shone through the screen and the shadows of the trees crossed the window casements. All was quiet till a faint sound was heard, and later gentle footsteps were audible. The Master opened the door and looked, and there was the fairy whom he had met on Cha-gak Peak. Delighted in heart, he sprang over the threshold, took her white soft hands in his, and tried to lead her into the room, but she declined, saying: "The Master knows now my place of dwelling, and does he not dislike me for it? I wanted to tell you everything when we first met, but I was afraid I would frighten you, and so I made believe that I was a fairy. Your love is so dear that my soul has a second time returned to me, and my decaying bones are again clothed with flesh. To-day also your[p93]lordship came to my grave and poured out a libation and offered me condolences written in verse. Thus have you comforted my soul that never had a master. I cannot sufficiently express my thanks when I think of what you have done, and so have come to-night to say my word of gratitude. How dare I again have my dead body touch the form of my lord?"

---

106 원문에는 양소유가 선녀를 기다렸다는 내용이 직접적으로 서술되어 있지 않다. 다만, 밤이 깊도록 선녀를 생각하다 잠을 이루지 못했다는 내용만이 언급되어 있을 뿐이다.

달빛이 차양 막을 통하여 비쳤고 나무 그늘이 창틀을 가로질러 들어왔다. 어떤 가냘픈 소리가 들려올 때까지 완전한 고요였다. 그리고는 온화한 발걸음 소리가 들려왔다. 양사부가 문을 열고 내다보니 바로 자각봉에서 만났던 그 선녀가 있었다. 반가웠던 그는 뛸 듯이 문턱을 넘어가 그녀의 하얗고 부드러운 손을 잡았고 그녀를 방으로 데려가려 했지만, 그녀가 거절하며 말했다.

"이제 사부께서는 제가 살고 있는 곳을 아시며 그 때문에 저를 싫어하지 않으시겠지요? 저는 우리가 처음 만났을 때의 모든 것을 말씀드리고 싶었습니다만, 저로선 사부께서 놀라실까 우려하지 않을 수 없었지요. 그래서 제가 선녀라고 믿도록 만든 것이지요. 당신의 사랑은 아주 애틋해서 내 혼이 나에게 두 번째로 회귀했으며 저의 썩어가는 뼈들이 다시 살을 입습니다. 오늘 역시 낭군님께서 저의 무덤에 오셔서 헌주하시고 또 시로 애도를 표했지요. 님께서는 내 영혼을 위안하여 결코 맞아본 적이 없는 낭군이 되셨습니다. 낭군께서 하신 일을 생각하면 제가 어찌 저의 사의를 충분히 표현할 수 있겠으며, 그래서 오늘 밤 감사의 말씀을 드리기 위해 왔습니다. 제가 어찌 감히 저의 죽은 육신을 낭군님의 몸에 다시 대겠습니까?"

But the Master took her gently by the arm and said: "A man is a fool who is afraid of spirits. If a man dies he becomes a spirit, and if a spirit lives it becomes a man. A man who fears a spirit is an idiot; and a spirit who runs away from a living man is a foolish spirit. They all come from one and the same source. Why should we make a difference or divide the living from the dead? My thought is thus, and my love is thus. Why do you resist me?"

하지만 사부는 팔로 그녀를 온화하게 안으며 말했다.

"장부가 귀신을 두려워한다면 바보일 뿐이지요. 사람이 죽는다면 귀신이 되고, 귀신이 살아나면 사람이 되는 법. 귀신을 두려워한다면 어리석은 자이지요. 살아있는 사람을 보고 도망가는 귀신은 바보 같은 귀신입니다. 그들 모두 하나이며 같은 원천으로부터 온 것이지요. 왜 우리는 차이를 만들거나 죽은 자와 산자를 나눠야 한답니까? 내 생각이 그렇고 내 사랑이 그렇지요. 당신은 왜 나를 밀어내려 하는가요?"

The maiden replied: "How could I ever resist your kindness or refuse your love? But you love me because of my dark eyebrows and red cheeks, and these are not true, only make-believe. They are all part of a great trick to get into touch with one who is living. If the Master really wishes to know my face, it is but a few bones with the green ivy creeping through its openings. How can your lordship ever wish to come into contact with anything so unclean?"

그 여인이 답했다.

"어찌 제가 한번이라도 당신의 다정함을 밀어내고 당신의 사랑을 거부하겠습니까? 하지만 낭군님께서는 저의 검은 눈썹과 붉은 볼 때문에 저를 사랑하시지만 이건 진짜가 아니라 화장일 뿐입니다. 그런 것은 모두 산 사람을 만나기 위해 거창한 속임수의 일환이어요.

만일 사부님께서 정말 저의 얼굴을 알고 싶어 하시지만, 얼기설기 담쟁이 넝쿨로 덮인 몇 조각 뼈일 뿐이랍니다. 낭군님께 어떻게 이렇게 불결한 것과 접촉하시려는 맘을 가질 수 있단 말입니까?"

The Buddha says: "A man's body is but froth on the water, or a gust of wind, all a make-believe," he said. "Who can say that it is anything, or who can say that it is nothing at all?" So he led her into the room.

부처님 말씀이
"인간의 몸은 물거품이나 한 차례 돌풍[107]일 뿐, 모두 그럴듯하게 만들어진 것"이라, 그는 말했다.
"무엇이 실제인지 가짜인지 말할 수 있는 사람이 누가 있겠소?"
그리하여 그는 그 천사를 방으로 인도하여 들어갔다.

Later as they sat talking, "Let's meet every night," said he, "and let nothing keep us apart."

앉아서 이야기를 나누게 되면서 그는
"우리 매일 밤 만납시다"면서
"어떤 것도 우리를 분리시킬 수 없어요."

107 원문에는 지수(地水)와 화풍(火風)으로 표기되어 있다.

The maiden replied: "Dead spirits and living[p94]people are different, and yet love can bind even these together."

그 여인이 답했다.

"죽은 귀신과 산 사람은 다르지만 사랑은 이런 것들조차 함께 묶을 수 있군요."

He loved her from the depths of his heart, and apparently his love was reciprocated. When the sound of the morning bells was heard she disappeared among the flowers. He remained leaning over the arm-rest as he saw her go. "Let's meet again to-night" was his farewell greeting, but she said nothing in reply and was gone.[p95]

그는 마음 깊이 그녀를 사랑했고, 분명히 그의 사랑은 상호적이었다[108]. 아침 종소리가 들려왔을 때, 그녀는 꽃들 사이로 사라졌다. 그는 그녀가 가는 모습을 보면서 팔걸이에 몸을 기대고 있었다.

"오늘밤 또 만납시다"가 작별 인사였지만, 그녀는 아무 답 없이 갔다.

---

108 양소유와 선녀의 사랑이 상호적이었다는 부연은 원문에는 나타나지 않는 언급으로 "소유가 미인을 끌고 잠자리로 가서 편안한 밤을 보내니 둘 사이의 정이 전보다 배는 더 두터워졌다(携抱入寢, 稳度其夜, 情之縝密, 一倍前矣"를 직접적으로 번역하지 않고 번역자 나름으로 풀이한 부분으로 여겨진다.

Chapter VI It is Cloudlet
제6장 그 정체는 클라우들릿

AFTER meeting with the fairy, Yang no longer kept company with his friends nor received guests. He lived quite by himself in the park pavilion and gave his thoughts to this one thing only. When night came he waited for her footsteps, and while day dragged on its way he waited again for the night. He hoped to persuade her to more frequent visits, but she refused to come often. Thus his mind became more and more consumed with thoughts of her.

선녀를 만난 후, 양은 더 이상 벗들과도 당연한 손님들과도 교제하지 못했다. 그는 정원 누각에서 아예 혼자 살았으며, 그 일 하나에만 집중하고 있었다. 밤이 오자 그는 그녀의 발걸음 소리를 기다렸으며, 낮이 질질 끌며 제 길을 가는 동안에는 다시 밤을 기다렸다. 그는 그녀가 더 자주 방문하도록 설득하고 싶었지만, 그녀는 자주 오기를 거절했다. 그래서 그의 마음은 점점 더 그녀에 대한 생각으로 애가 탔다.

Some time later two persons came to visit him by the side entrance of the park. He noticed that the one in front was his friend Thirteen, while the other was a stranger whom he saw for the first time. Thirteen presented the stranger to Master Yang. “This is Professor Too Chin-in,” said he, “from the Temple of the Absolute. He is as well versed in physiognomy and fortune-telling as were the ancients. He would like to read your Excellency's face, for which purpose he has come at great effort."

어느 정도 시간이 흘러 두 사람이 그 정원 옆문으로 그를 만나러 왔다. 그는 앞쪽 사람이 그의 벗 써틴임을 알아챘지만, 나머지 사람은 처음 보는 낯선 이였다. 써틴이 그 낯선 이를 양사부에게 소개했다.

"이 분은 절대사원[109]에서 오신 두진인 교수[110]입니다. 그는 선인들에 버금갈 정도로 관상학과 점술에 정통합니다. 그는 당신의 호관상을 읽고 싶어 여기 오기 위해 대단한 노력을 기울였습니다."

Yang received him with open-handed welcome. "I have heard your honourable name for a long time," said he, "but we have never met before. Our coming thus face to face is beyond my highest hopes and expectations. Have you ever read our friend Thirteen's fortune? What do you think of it, pray?"

양은 그를 거리낌 없는 환영으로 그를 맞았다.

"저는 오래 동안 선생님의 명예로운 성함을 들어왔습니다. 하지만 우린 지금까지 한 번도 만난 적이 없었지요. 그래서 우리의 대면은 저의 최상의 희망과 기대를 넘는 일입니다. 선생님께서는 우리의 벗 써틴의 운명을 읽은 적이 있으신지요? 제발 그의 운명을 어떻게

109 태극궁

110 게일이 '杜眞人'을 오역한 부분이다.

생각하시는지요?"

Thirteen replied for himself, saying: "The professor read my face and greatly praised it. 'Within[p96]three years,' said he, 'you will pass the examination and become a magistrate of the Eight Districts.' This satisfies me and I know it will come to pass. Brother Yang, you try once and have him read yours."

써틴은 스스로 답했다.

"교수님께서는 제 관상을 보시고 크게 칭찬하셨습니다. '3년 이내에 과거에 급제하여 여덟 지방을 관할하는 지사가 될 것[111]'이라고 말씀하셨지요. 저는 과거 급제하리라는 말씀 들은 것으로 족합니다. 양형께서 한 번 시도해 보시고 선생께 관상을 보시도록 하시지요."

"A good man," said Yang, "never asks about the blessings he has in store, but only of the troubles that await him, and now you must tell me the whole truth."

양이 말했다.

"훌륭한 사람은 자신을 기다리는 고난들 이외에 자기가 비축하고 있는 복에 관해 묻지 않는 법입니다. 자, 이제 선생님께서는 저에게 온전한 진실을 말씀해주셔야 합니다."

111 팔주(八州)의 자사(刺使)

After Professor Too had examined him for a long time, he said: "Your eyebrows are different from those of anyone I have ever seen. You have almond eyes that are set slantwise across the cheek-bones. They indicate that you are to rise to the rank of a minister of state. Your complexion is as though powdered with rouge, and your face is round like a gem. Your name will assuredly be known far and wide. Across your temples and over your face are indications of great power. Your name, as a military officer, will encompass the Four Seas. You will be made a peer when three thousand miles away, and no blemish will ever tarnish your fair name. One danger only I see, a strange and undreamed of one. If you had not met me I am afraid you might have come to an untimely end."

두교수가 오래 동안 그의 관상을 본 이후 말했다.

"사부의 눈썹은 제가 지금까지 봤던 어느 누구의 것과도 다릅니다. 광대뼈를 비스듬히 가로지르는 편도 모양의 눈을 가졌습니다. 그것들은 양사부께서 국가의 재상 자리까지 오를 것임을 가리킵니다. 안색은 붉은 분을 바른 듯하지만 얼굴 형상은 보석처럼 둥급니다. 양사부의 이름은 의심할 여지없이 천하에 알려질 것입니다. 대권력의 표식들이 관자놀이를 가로지며 얼굴을 덮고 있습니다. 군사관리로서 사부의 이름은 사해를 에워쌀 것입니다. 삼천 마일 밖에서도 동료가 될 것이며, 어떤 흠결도 사부의 고귀한 이름을 전혀 훼손하지 못할 것입니다. 제가 보는 유일한 위험이, 기이하고 뜻밖의 위험이 있습니다. 만약 저를 만나지 못했더라면, 사부께서는 불시의 운명[112]을 겪었을 것이어서 우려스럽습니다."

"A man's good luck," said Yang, "or evil fortune all pertain to himself if they pertain to anything. Sickness I accept as something that I cannot of myself escape. Are there any signs that I am to fall seriously ill?"

양이 말했다.

"사람의 길흉화복은 전적으로 자신에 귀속하느니, 질병이라면 내가 스스로 벗어날 수 없는 까닭에 받아들이지요. 제가 어디 심각한 질환에 걸릴 징조라도 있습니까?"

Professor Too replied: "What I refer to is a wholly unexpected evil. A bluish colour is evident on your upper brow, and an unpropitious expression has got itself fastened on to the rims of your eyelids. Have [p97]you any serving man or maid in your employ whose origin you are doubtful of?"

두교수는 답했다.

"제가 말씀드리는 바는 완전히 예기치 않은 악입니다. 어떤 푸른 빛을 띤 색깔이 사부의 상부 눈가에 분명합니다. 어떤 불길한 표현은 사부의 눈꺼풀 테두리에 걸려 있습니다. 사부에게 혹시 출신이

112 원문에서는 목전에 횡사(橫死)할 액이 있음을 언급하고 있다.

의심스러운 하인이나 하녀가 있으신지요?"

The Master thought in his heart of the spirit Chang-yo, and guessed that this must be due to her, but he suppressed his feelings and replied without a quaver: "There is no such person as you suggest."

사부는 마음속 귀신 장여를 생각했으며, 이것은 분명 그녀로 인한 것임에 틀림없다고 추측했지만, 자기감정을 억눌러서 떨림 없는 목소리로 대답했다.

"선생님께서 제시하는 그런 사람은 없습니다만."

Then Too said further: "Have you passed an old grave or anything of the kind that has upset you or given you a fright? Or have you had any intercourse with disembodied spirits in your dreams?"

그러자 두는 더 나아가 말했다.

"혹시 옛 무덤을 지나치거나 사부를 화나게 하거나 겁을 주는 그런 종류의 일을 겪으셨는지요? 아니면 꿈속에서라도 신체 없는 귀신과 관계를 맺은 적이라도?"

"I know nothing of that kind," said the Master.

"저로서는 그런 종류의 일을 알지 못합니다."

사부가 말했다.

Here Thirteen broke in to say: "Professor Too's words never miss the mark to the fraction of a hair. Think well, Yang, please," but Yang made no reply.

이제 써틴이 끼어들어 말했다.

"두교수님의 말씀은 머리카락 한 가닥에까지 그런 징조를 놓치는 법이 없지요. 잘 생각해보십시오, 양형, 제발."

그러나 양은 아무 대답이 없었다.

The Professor then went on: "A mortal has his being from the yang or positive principle in nature, while a spirit has its from the negative or eum. As it is impossible to change day for night or night for day, so the difference between the two remains for ever fixed, like that of fire and water. Now that I see your Excellency's face, I can read that some spirit has got its hold upon your body, and that in a few days it will get into your bones, in which case I fear that nothing can save your life. When this comes to pass please do not complain against me or say that I did not tell you."

두교수는 말을 계속 이었다.

"사람은 자연의 적극적 원리 혹은 양으로부터 생명을 이어가는 반면, 귀신은 부정의 원리 혹은 음으로부터 이어가지요. 밤을 낮으로 낮을 밤으로 대체하기가 불가능하듯이, 사람과 귀신의 차이는 물과 기름처럼 영원히 고정되어 있습니다. 자, 제가 사부의 훌륭한 얼굴을 보니, 어느 귀신이 사부의 몸을 사로잡아 버렸고 수일 내로 그것이 뼈에까지 미치리라는 사실을 읽을 수 있습니다. 그렇게 된다면 어떤 것도 사부의 생명을 구할 수 없게 된다는 점이 걱정입니다. 이런 사태가 온다고 하여도 저를 탓하시거나 혹은 제가 말씀을 올리지 않았다고 말하지 말아주시기 바랍니다."

Master Yang thought to himself: "Even though Too's words are true, still Chang-yo and I have long had to do with each other, and have sworn a solemn oath to live and die together. Our love increases day by day, why should she do me harm? Yang Won of Cho met a fairy and they were married and shared the same home, and Nyoo Chon had for wife a disembodied spirit, and they had children. If such things happened[p98]in the past, why should I be specially alarmed?" So he said to the Professor: "A man's length of life and good or evil fortune are all decreed and appointed for him when he is born. I have proofs already of becoming a great general and minister of state, with riches and honour to my name; how could an evil spirit upset such a fortune as this?"

양사부는 혼자 생각했다.

"설사 두교수의 말씀이 옳다고 하여도, 그럼에도 불구하고 장여와 내가 오래토록 관계하기로 하고 함께 살고 죽을 것이라고 경건하게 맹서했다. 우리 사랑은 나날이 커져가고 있는데, 어떤 이유로 그녀가 나를 해할 것인가? 초나라 양원[113]이 선녀를 만나 결혼하고 같은 집에 함께 살았고, 노충은 신체 없는 귀신을 아내로 가져 아이들까지 낳았습니다. 만약 그런 일이 과거에 일어났다면 내가 왜 특별히 경각심을 가져야 하지?"

그래서 그는 그 교수에게 말했다.

"한 사람의 수명과 선악의 운명은 하늘의 명이며 나면서 정해져 있지요. 저는 제 이름에 부와 명예와 함께 대장군과 재상이 될 증거들을 이미 갖고 있습니다. 어떻게 이와 같은 운명을 사악한 귀신이 뒤엎을 수 있겠습니까?"

Too replied "The shortening of life rests with yourself; the lengthening of life rests also with yourself. But this is no concern of mine." So he gave his sleeves a shake and was gone, the Master no longer urging him to stay.

두가 답했다.

"명을 단축하는 것도 자신에 달렸고, 연장하는 것 또한 자신에 달렸습니다. 그렇지만 이것은 나의 소관이 아니지요."

그래서 그는 자기 소매를 휘저으며 가버렸고, 사부는 그를 있으라고 더 이상 권하지 않았다.

113 원문에는 양왕(梁王)으로 되어 있다.

Thirteen comforted him, saying: "Brother Yang, you are by nature a lucky man. The gods are on your side, why should you fear any spirit? This contemptible fellow likes to upset people with his miserable fortune-tellings and sleight-of-hand."

> 써틴이 그를 위안하며 말했다.
> "양형은 본성적으로 행운아이지요. 신들이 당신 편인데, 어찌 귀신을 두려워하겠습니까? 이런 하찮은 사람이 천한 점술과 교묘한 솜씨로 사람들을 화나게 만드는군요."

So they drank together, spent the day happily and then parted. In the evening the Master, recovered from the effects of the wine, burnt incense and sat in silence waiting impatiently for Chang-yo to come. The night passed on into the morning watches, and there were no signs of her. He beat the table with impatient hand, saying: "The day is beginning to dawn and yet there is no Chang-yo." He put out the lights and tried to sleep, when suddenly he heard someone crying outside his window, and then a voice speaking which was no other than Chang-yo's. She was saying: "The Master wears upon his head a demoniacal charm, placed there by this woeful professor. I dare not approach him. I know it was not accepted of your own free will, but still it is done now, and it indicates that our destiny is finished, and this[p99]dire creature has found his delight. My one wish is that the dear Master may be protected safe and sound from all harm. I say my last and final farewell."

그리하여 둘이 남아 술을 마시며 그날을 즐겁게 보낸 뒤 헤어졌다. 저녁 무렵 술 기운에서 회복된 사부는 향을 피우고 장여가 오기를 조바심 내면서 침묵하며 앉아 있었다. 그날 밤은 아침 파수꾼이 움직일 때까지 흘렀고, 그녀가 올 조짐이 없었다. 그는 조급한 손으로 상을 치면서 말했다.

"날이 밝기 시작하고 아직도 장여가 오지 않는구나."

그는 불을 끄고 잠을 청하려 했을 때 창 밖에서 누군가 우는 소리를 들었고 말하는 목소리는 다름 아닌 장여의 목소리였다. 그녀는 말하고 있었다.

"양사부님께서 머리에 신 내린 마력을 쓰고 있습니다. 지독한 그 교수가 그에게 얹어, 저는 감히 그에게 접근하지 못합니다. 난 당신의 자유 의지로 그것을 받아들이지 않았음을 알고 있어요. 그것은 우리 운명의 종말을 가리킵니다. 이렇게 음산한 요물이 장난을 치고 있네. 오직 하나의 소원이 있다면 다정한 사부님께서 건사하시기를 비는 것입니다. 저는 마지막으로 최종적 작별을 고합니다."

Yang gave a great start of alarm, opened the door to see, but there was no trace of her. A piece of folded paper only remained on the doorstep. This he opened and read. Two verses that she had written on it ran thus

양은 엄청나게 놀라서 문을 열고 내다봤지만, 어떤 흔적도 없었다. 접힌 종이 한 장만이 입구 계단에 있었다. 그가 이를 펴서 읽었다. 그녀가 쓴 두 편의 시가 이렇다.

“To fill our lot as God intends,
We rode the gilded clouds together,
You poured the fragrant wine as friends,
Before my grave upon the heather.
Ere you had time my heart to see,
We’re parted wide as gods and men,
I have no fault to find with thee,
But with a man called three and ten.”

“신이 점지하신 우리 인연을 이루기 위해
우리는 함께 호화로운 구름을 함께 탔네,
당신은 벗으로서 향기로운 술을 부었네
내 무덤 앞의 그 풀숲에다.
그대가 내 맘을 알기도 전에
우리는 귀신과 인간으로서 멀리 분리되었네,
내가 당신을 흠 잡지는 않지만
삼과 십(써틴)이란 이름의 남자를 원망하네.”

The Master read it over in a state of woeful astonishment. He felt his head and there under his topknot was, sure enough, a charm against spirits. He roared out against it: “This miserable demon of a creature has upset my plans," so he tore it all to pieces and flew into a towering rage. He again took up Chang-yo's letter, read if through, and suddenly recollected, saying: "This word 'three and ten' indicates that her resentment is directed against Thirteen. He's at the back of this, and while his part may not be the wicked one that Too's is, he has interfered with what is good. The rascal! I'll give him a piece of my mind when I meet him." Then following the rhyme characters of Chang-yo's verses, he wrote a reply and put it in[p100] his pocket, saying: "I have written my answer, but by whom shall I send it?"

사부는 비참하게 경악하며 그것을 읽었다. 그는 자기 머리를 느끼고 상투 아래 확실히 귀신에 대항적인 부적이 있었다. 그는 그것을 향해 노해서 고함쳤다.

"이런 비천한 요물이 내 계획을 뒤집었구나"하면서 그는 부적을 갈기갈기 찢었고 치솟는 분노가 솟구쳤다. 그는 다시 장여의 편지를 집어 들고 급히 읽고는 갑자기 떠올리며 말했다.

"여기 '삼과 십'이란 말은 그녀가 써틴에게 분한 마음을 표시한다. 그가 이런 일의 배후에 있는 것이다. 그의 작업이 두교수의 일인 사악한 것이 아닐지는 모르지만, 좋은 일에 간섭한 것이다. 악당! 내 그를 만나면 갚음을 하리라."

그러고는 장여의 시에 있는 운자를 따라서 화답시를 써서 자기 주머니에 넣었다.

"나의 대답을 적었으나 누구를 통해 이걸 보낼 것인가?"

It ran thus:

"You mount the speeding wind,
You ride upon the cloud;
Don't tell my soul you dwell
In the gruesome, secret shroud.
The hundred flowers that blow,
The moonlight soft and clear,
Are born of you, where will you go,
My soul, my life, my dear?"

그 시는 이와 같다.
"당신은 세찬 바람에 올라
구름을 타는 구려,
내 혼에 대고 말하지 마시오,
당신이 섬뜩하고 비밀스런 수의 속에 산다고.
온갖 꽃들이 달빛을
부드럽고 맑게 뿜어내는 듯하고,
그대 어디로 갈 것이오?
내 혼, 내 삶, 내 사랑 모두 당신으로 인해 생겨났는데.

He waited till the morning and then went to pay a call on Thirteen, but Thirteen had gone for a walk and was not to be seen. On three successive days he went again and again, looking for him but failed each time to find him. Even the very shadow of Thirteen seemed to have disappeared. He visited Cha-gak Pavilion in the hope of meeting Chang-yo, but he found that it was a difficult thing to meet a disembodied spirit at will. There was no one to whom he could unburden his heart. Filled with distress, little by little his sleep failed him and his desire for food fell away.

그는 아침이 되길 기다렸다가 써틴을 만나러 갔지만, 그는 산책을 나가 보이지 않았다. 삼 일 동안 연이어 가고 또 가서 그를 찾았지만 매번 그를 만날 수 없었다. 써틴의 그림자조차 사라져버린 듯 했다. 그는 혹여 장여를 만날 희망으로 자각루를 방문했지만 마음 내키는 대로 귀신을 만나는 일이 어렵다는 사실을 확인할 뿐이었다. 자기 마음을 털어놓을 마땅한 사람이 없었다.[114] 고뇌로 가득 차서 조금씩 조금씩 잠도 잘 수 없었고 식사를 할 마음도 없었다.

Justice Cheung and his wife took note of this and in their anxiety prepared special dainties, had him called, and while they talked and partook together the Justice said: "Why is it, Yang my son, that your face looks so thin and worn these days?"

정사도와 그의 아내는 이 사실을 알고는 걱정에 특별한 산해진미를 준비하여 그를 불렀고, 그들이 이야기를 나누고 함께하는 동안 사도

114 원문에서는 장여랑의 묘를 찾아가고자 하였으나, 음성과 용모를 접하기 어려워 물어볼 만한 곳이 없었다고 서술되어 있으나, 번역문에서는 장여랑을 향한 양소유의 답답한 마음을 풀어낼 곳이 없었음을 강조하는 내용으로 서술되어 있다.

는 말했다.
"나의 아들 양, 요즘 자네의 얼굴이 매우 수척하니 무슨 연고인고?"

Yang replied: "Thirteen and I have been drinking too much. I expect that is the cause."

양이 답했다.
"써틴과 제가 너무 술을 많이 마셨습니다. 제 생각엔 그것이 이유인 것 같습니다."

Just at this point Thirteen came in and Yang, with[p101]anger in his eye, gave him a side glance but said nothing. Thirteen spoke. "Brother, is it because you are so taken up with affairs of state that you seem disturbed in heart? Are you homesick or feeling unwell? What is the reason, I wonder, for your dejected looks and unhappy frame of mind?"

바로 그 시점에 써틴이 들어왔다. 눈에 가득 분을 품은 양은 그를 흘겨보고는 아무 말도 하지 않았다. 써틴이 말했다.
"양형, 동요하는 마음에 너무 사로잡혀 있는 것 같습니다. 혹시 향수병이나 불편한 느낌이십니까? 낙담한 얼굴과 불쾌한 마음의 이유가 무엇인지 궁금하군요."

Yang made an indefinite answer: "A man who is away from home, knocking about in strange places, would he not be so?"

양은 분명하지 않게 답했다.

"낯선 곳을 떠돌면서 고향을 떠나 있는 사람이 어찌 그러하지 않겠소?"

The Justice then remarked: "I hear the servants say that you have been seen talking to some pretty girl in the park pavilion. Is that so?"

정사도는 이렇게 말했다.

"내 자네가 정원 누각에서 어느 어여쁜 소녀와 이야기 나누는 것을 보았다고 말하는 하인들의 이야기를 들었네만?"

Yang replied: "The park is enclosed, how could anyone get in there? The person who said that is crazy."

양은 답했다.

"정원은 구획되어 있는데 어찌 다른 누가 들어올 수 있겠습니까? 그런 말을 하는 이가 미쳤겠지요."

"Brother," said Thirteen, "with all your experience of men and affairs, why do you blush and act so like a bashful girl? Although you sent off Too with such dispatch, I can still see by your face that there is something you have concealed. I was afraid that you would get yourself bemused and not see the danger ahead, and so I, unknown to you, placed Too Jin's charm against evils under your topknot. You were the worse for drink and unaware of what I did. That night I hid myself in the park and took note of what passed, and, sure enough, some female spirit came and cried outside your window and then said her good-bye. She cleared the wall at a bound and was gone. I know by this that Too Jin's words were true, and so my faithfulness has saved you. You have not thanked me for it, however, but on the other hand have seemed angry. What do you mean by such conduct?" [p102]

써틴이 말했다.

"양형, 온갖 세상사를 겪으신 형께서 어찌 그리 수줍어하는 여자애처럼 얼굴을 붉히며 행동하십니까? 비록 형이 그리 급하게 두교수를 보냈지만, 그럼에도 불구하고 형의 얼굴을 보니 뭔가를 숨기고 있다는 사실을 볼 수 있습니다. 저는 형이 스스로 정신을 혼미하게 만들어 앞에 놓인 위험을 보지 않는 것이 걱정됩니다. 그래서 형께 알리지 않았지만 제가 상투 밑에 악을 쫓는 두진의 부적을 놓았던 것입니다. 술이 너무 취해서 제가 하는 일을 모르더군요. 그날 밤 저는 정원에 몸을 숨기고 무슨 일이 벌어지는지를 보았더니, 어느 여자 귀신이 와서는 창 밖에서 울더니 작별을 고하더군요. 그녀는 담벼락을 넘어가더니 사라졌습니다. 이로써 저는 두진[115]의 말이 사실임을

115 게일이 杜眞人을 오역한 부분이다.

알았고 그래서 저의 충심이 당신을 구했던 것이지요. 형은 제게 사의를 표하지도 않았지요. 그럼에도 오히려 화가 난 듯 보입니다. 그런 처신이 무엇을 뜻하는지요?"

Yang could no longer conceal the matter, and so said to the Justice: "Your unworthy son's experience is indeed a very strange and remarkable one. I shall tell my honourable father all about it." And so he told him everything. He said finally: "I know that Thirteen has done what he did in my interests, but still the girl Chang-yo, even though you say she is a disembodied spirit, is firm and substantial in form, and by no means a piece of nothingness. Her heart is true and honest, and not at all of evil or deceptive make-up. She would never, never do one a wrong. Though I am a contemptible creature, still I am a man and could not be so taken in by a devil. Thirteen, by his misplaced charm, has broken into Chang-yo's life with me, and so I cannot but feel resentment toward him."

양은 더 이상 그 문제를 숨길 수 없었다. 그래서 정사도에게 말했다.

"소자의 경험은 정말 아주 기이하고도 놀라운 일입니다. 모든 일을 아버님께 고하겠습니다."

그리하여 그는 모든 일을 이야기 했다. 그리고 그는 마지막으로

"나는 써틴이 했던 일이 나를 위해서였다는 사실을 알고 있습니다. 하지만 그럼에도 그 여인 장여의 경우 그녀가 신체 없는 귀신이라고 아무리 말한다고 하여도 그 형체가 명확하고 실체가 있었으니 결코

없는 것이 아니었습니다. 그녀의 사랑은 진실하고 정직했으며 사악하거나 속임이 없었습니다. 그릇된 일을 결단코 하지 않았지요. 비록 제가 하찮은 미물이긴 하지만, 장부로서 어찌 악에게 그렇게 정신을 빼앗긴단 말이겠습니까. 써틴이 부적을 잘못 붙이는 바람에 저와 장여의 삶을 파탄냈고 그래서 그를 향한 분을 품지 않을 수 없습니다"

하고 덧붙였다.

The Justice clapped his hands and gave a great laugh: "Yang, my boy," said he, "your taste and elegance are equal to that of Song-ok [24]. You have already called up the fairies; how can you fail to know the law by which it is done? I am not joking now when I say to you that when I was young I met a holy man, and I learned from him the law by which spirits are called up, and I shall now for the sake of my son-in-law call forth Chang-yo, have her forgive your sin, and comfort your troubled heart. I wonder if this would suit you?"

사도는 박수를 치며 크게 웃었다.

"내 아이, 양아, 자네의 취향과 기품이 송옥의 그것과 같구나. 이미 선녀들을 불러냈는데, 어떻게 네가 그런 일의 법을 알지 못할 수가 있겠는가? 지금 농담하는 것이 아니라 내 젊은 시절에 신령한 사람을 만나서 귀신을 불러내는 법을 내웠네. 이제 내 사위를 위하여 내가 장여를 불러내서 그녀가 너의 죄를 용서하도록 하고 자네의 고심을 위안하라고 할 것이야. 그래도 괜찮을지 모르겠네만."

"You are making sport of me," said Yang. "Even though Song-ok called up the spirit of Lady Yoo, the law by which he did so has been lost for many generations; I cannot believe what you say."

"저를 놀리시는군요"
라면서 양은
"설사 송옥이 부인 유의 귀신을 불러냈다고는 하더라도, 그가 그리하였던 법은 수세대를 거치면서 사라졌지요. 아버님 말씀을 믿을 수 없습니다."

Then Thirteen broke in: "Brother Yang called up the spirit of Chang-yo without making a single effort,[p103]and I drove her away by means of one small charm. When we think of this it surely proves that there is such a thing as calling up spirits; why do you lack faith so?"

그러자 써틴이 끼어들었다.
"양형이 조금의 노력도 들이지 않고서 장여의 귀신을 불러냈고, 저는 보잘것없는 부적으로 그녀를 쫓아냈지요. 가만히 생각해보면, 이건 귀신을 부를 어떤 방법이 있다는 것이 확실히 증명된 셈입니다. 어찌하여 형은 그렇게 의심하는지요?"

At this moment the Justice struck the screen behind him with his fan and called: "Chang-yo, where are you?"

바로 이 순간 사도는 자기 뒤의 장막을 부채로 치며 불렀다.
"장여야, 네 어디 있느냐?"

Immediately a maiden stepped forth, her face all sunshine and wreathed in smiles. She tripped gently forth and went and stood behind the lady Cheung.

그 즉시 한 여인이 걸어 나왔고, 그녀의 얼굴은 화사하게 빛났으며 미소를 둥글했다. 그녀는 온화하게 걸어 나와서 정마님의 뒤로 가 섰다.

Yang gave one glance at her, and lo! it was Chang-yo. He was in a state of inexpressible astonishment and entirely unable to understand.

양이 그녀를 흘끗 보았는데, 아뿔싸! 그것은 장여였다. 그는 나타낼 수 없이 놀랐으며 전혀 이해할 수 없었다.

The Justice and Thirteen looked at him in a questioning way, and asked: "Is this a spirit or a living person? How can it come forth thus into the broad light of day?"

사도와 써틴은 그를 의심한다는 듯이 보면서 물었다.
"이것이 귀신이냐, 아니면 산 사람이냐? 그것이 어떻게 백주대낮에 걸어 나올 수 있단 말인가?"

The Justice and the lady Cheung laughed gently, while Thirteen simply rolled in fits of merriment. All the servants likewise were convulsed with laughter.

사도와 정마님은 점잖게 웃었다. 써틴은 흥겨움에 배를 잡고 마구 굴렀다. 마찬가지로 모든 하인들도 포복절도 하였다.

The Justice then went on: "Now I'll tell you, my son, how it all came about. This girl is neither a disembodied spirit nor a fairy, but Ka See, who was brought up in our home and whose name is Choon-oon or Cloudlet. We thought of you living by yourself in the park pavilion, so lonely, and sent this girl, telling her to see to your home and to comfort you. This was a kind thought on the part of us two old people. But the young folks came in at this point and arranged a practical joke that has gone beyond all bounds and limits, and put you to no end of discomfort, and yet a laughable enough joke in its way."

그때 사도는 말을 이었다.

"자 이제, 내 모든 일이 어떻게 일어났는지 말하지. 이 여자 아이는 귀신도 선녀도 아니야. 우리 집에서 성장한 성은 가씨요 이름은 클라우들릿 혹은 클라우들릿이야. 우리는 네가 정원의 누각에서 외롭게 혼자 사는 것을 생각하여 네 집안을 돌보고 위안을 주라고 말하여 이 여식아이를 보냈던 거야. 이 일은 우리 두 늙은이 입장에선 호의였어. 하지만 젊은 아이들이 이 지점에 끼어들어 너를 끝없는 불쾌한 상황으로 넣었고, 그런 식으로 웃을 수밖에 없는 장난이 된 거야."

Thirteen, at last getting himself under control, said:[p104]"Your meeting the fairy twice was a favour accorded you by me. You have not been thankful to me as a go-between, but have, on the other hand, treated me as an enemy. Evidently you are a man with no gratitude of heart."

써틴은 마침내 자제하며 말했다.

"선녀와의 두 번 만남은 내가 형께 맞춘 호의였습니다. 그런데 형은 중매인으로서 저에게 전혀 감사하지 않은데다 오히려 저를 적으로 취급하기까지 했습니다. 정녕 형은 감사의 마음이 없는 사람입니다."

Here Yang laughed and said: "My father it was who sent her to me, and Thirteen it was who played the trick between us; what possible favour have I to thank him for?"

이즈음 양이 웃으며 말했다.

"아버님께서 그녀를 저에게 보내셨고, 써틴이 둘 사이에서 장난을 쳤군요. 그런데 그에게 감사할 어떤 호의가 있었다는 말씀인가요?"

Thirteen replied: "I am unmoved by your reprimand for the joke. The whole plan of it, and the directions for the carrying of it out, belong to another person. I bear only the smallest part in the blame."

써틴이 답했다.

"그런 조롱에 대한 형의 책망에 제 마음이 흔들리지는 않습니다. 전체 계획과 그를 수행하는 방향은 다른 사람이 맡았지요. 저는 단지 그 책망의 가장 적은 부분만 떠맡았을 뿐입니다."

Then Yang laughingly looked at the Justice and said: "Can it be true, did you, my father, play this joke on me?"

그러자 양은 웃으면서 정사도를 보며 말했다.

"어찌 그럴 수가, 그럼 아버님께서 제게 장난을 쳤다는 말씀입니까?"

The Justice said: "By no means. I am already an old, grey-headed man. Why should I indulge in the sport of children? You have made a mistake in so thinking."

사도는 말했다.

"이미 늙고 머리가 희끗한 내는 결단코 아니야. 무슨 이유로 내가 아이들 장난에 빠진단 말인가? 네 그런 생각은 실수야."

Then Master Yang looked at Thirteen and said: "If you are not at the back of it I'd like to know who is?"

그러자 양사부는 써틴을 바라보며 말했다.

"당신이 배후가 아니라면, 누구인지 궁금하지는데."

Thirteen made answer: "The sage says, 'What comes forth from me returns to me again.' Think, brother, where this could come from. Who did you once play a trick upon and deceive? If a man can become a woman, why can't a woman become a fairy, or again a fairy become a disembodied spirit? What is there so strange about it?"

써틴이 답했다.
"현자는 '내게서 나온 일이 다시 내게 돌아온다'고 말했는데, 형께서 이런 일이 어디로부터 올 수 있는지 생각해보시오. 형이 누군가에게 장난을 걸고 속인일이 있는지요? 만약 어떤 남자가 여자가 될 수 있다면, 어찌 어떤 여자가 선녀가 될 수 없겠소? 아니면 다시 어떤 선녀가 귀신이 될 수 없겠소? 그런 일이 왜 그리 기이하단 말이오?"

Then it was that the Master understood. He laughed and said to the Justice: "I see it now, I see it now. I played a trick once upon the young lady of this house and she has never forgotten it."[p105]

그러자 사부는 사정을 이해했다. 그는 웃으면서 사도에게 말했다.
"이제 알겠습니다. 이제야. 저는 이 집의 젊은 처자에게 장난을 쳤고, 그녀가 그것을 잊지 않았군요."

The Justice and his wife both laughed, but said nothing in reply.

사도와 아내는 함께 웃었지만, 아무런 대답도 하지 않았다.

Master Yang then turned to Cloudlet and said: "Cloudlet, you are indeed a bright and clever girl, but for you to undertake, first of all, to deceive the man you intend to serve, is hardly the law that governs husband and wife, is it?"

양사부는 클라우들릿에게 방향을 돌리고 말했다.

"클라우들릿, 당신은 정말로 똑똑하고 영민한 사람이오. 하지만 당신이 행했던 일, 무엇보다도 섬기려는 남자를 속인 일은 남편과 아내의 도리와는 좀처럼 맞지 않소, 그렇지 않습니까?"

Cloudlet knelt down and made her reply: "Your humble servant heard only the general's orders, not the commands of her king."

클라우들릿은 무릎을 꿇고 답변했다.

"사부님의 미천한 종은 왕의 명령이 아니라 장군의 명령만 들을 따름입니다."

Yang sighed and said: "In olden times fairies in the morning were clouds and in the evening they became rain, but, Cloudlet, you became a fairy in the morning and a disembodied spirit in the evening. Though clouds and rain differ they were one and the same fairy, and though the fairy I saw and the spirit differed they were one and the same Cloudlet [25]. Yang Wang understood it to be one and the same fairy in the trick of the rain and the clouds. I, too, understood it to be

Cloudlet now, so why talk about fairy or spirit? Still when Yang Wang saw a cloud he didn't call it a cloud but a fairy, and when he saw the rain he did not call it the rain but his fairy. I, when I met a fairy, did not call her Cloudlet but a fairy, and when I met a spirit I did not call it Cloudlet but a spirit, which shows that I have not yet attained to Yang Wang; and also that Cloudlet's power to change is not equal to that of the ancient fairy. I have heard it said that a powerful general has no poor soldiers. Since the soldier is such as this, I can only guess at the nature of the general whom I have not seen."

양은 한숨 쉬며 말했다.

"옛날 선녀들은 아침에 구름이 되고 저녁에 비가 되었다 하지만, 클라우들릿, 당신은 아침에 선녀가 되었고 저녁에는 신체 없는 귀신이 되었소. 비록 구름과 비가 다르긴 하지만, 하나이며 똑같은 선녀였지요. 그리고 내가 본 선녀와 귀신이 다르다 하지만, 하나이고 또 동일한 클라우들릿이라. 양왕은 비와 구름의 장난 가운데 그것이 하나이며 동일한 선녀라고 이해했소. 이제 나 또한 그것이 클라우들릿이란 사실을 알았는데, 그리하여 무슨 이유로 선녀나 귀신에 대해 이야기하리요? 그럼에도 불구하고 양왕이 구름을 봤을 때 구름이 아니라 선녀라 불렀으며 비를 보았을 때 비가 아니라 선녀라 불렀지요. 나로서는 내가 선녀를 만났을 때 클라우들릿이 아니라 선녀라 불렀고, 귀신을 만났을 때 클라우들릿이 아니라 귀신이라고 불렀소. 이는 내가 양왕의 경지에 아직 도달하지도 못한 점을 설명하오. 또한 클라우들릿의 변신 능력은 옛 선녀의 그것과 같지 아니하오. 내 듣기로 강한 장군은 약한 병사를 갖지 않는다고 했소. 병사가 이렇게 출중하니 나는 내가 보지 못한 그 장군의 위력을 추측만 할 뿐이오."

All joined in the universal merry-making, more[p106]refreshments were brought in, and they spent the day in feasting.

모두가 하나같은 즐거움에 모여들었고 더 많은 음식들을 들여왔으며 그들은 잔치로 그날을 보냈다.

Cloudlet, a new person in the company, sat on the mat and took part. When night had fallen she carried a lantern and went with her lord to the Park Pavilion. He, hilarious from wine, took her by the hand and jokingly said: "Are you truly a fairy or a spirit?" Again he added: "Not a fairy, and not a spirit, but a living person. If I can love a fairy thus, and even a spirit, how much more a living person. You are not a fairy, and you are not a spirit; but she who made you a fairy, and again she who made you a spirit, surely possesses the law by which we turn to fairies and spirits, and will she say that I am but a common man of earth and not want to keep company with me? And will she call this park where I live the dusty world of men, and not wish to see me? If she can change you into a fairy or into a spirit, can't I do just the same and change you too? If I turn you into a fairy shall I turn you into Han-ja who lives in the moon, or if I turn you into a spirit shall it not be into Chin-chin of Nam-ak that I turn you?"

그 모인 자리의 새 사람인 클라우들릿은 방석에 앉아서 잔치에서 어울렸다. 밤이 깊어지자 그녀는 등불을 들고 주인을 모시고 정원의 누각으로 갔다. 술로 인해 들뜬 그는 그녀를 팔로 안고 장난스럽게 말했다.

"당신은 정녕 선녀이거나 귀신인거요? 선녀도 아니고, 귀신도 아닌 살아 있는 사람이군. 내가 만약 선녀를 사랑할 수 있다면, 그래서 귀신도 사랑할 수 있다면, 산 사람을 사랑할 수 있는 것은 더 말해 무엇 하겠소? 당신이 선녀도 귀신도 아니니, 선녀로 만든 그녀, 그러니까 당신을 귀신으로 만든 그녀는 분명히 인간이 신선이나 귀신으로 변신하는 술법을 부릴 줄 알 것이며, 그래서 내가 속세의 범부에 불과하니 나와 함께 지내길 원치 않는다고 말할 것인가? 그리고 그녀는 내가 거주하는 이 정원을 인간의 속세라 하여 내 만나길 소망하지 않겠는가? 만약 그녀가 당신을 선녀로 혹은 귀신으로 변신시킬 수 있다면, 나 또한 똑같이 하여 당신을 변신시킬 수 없겠는가? 만약 내가 당신을 선녀로 변신시킨다면, 나는 당신을 달나라에 사는 한자[116]로 변신시킬 것이요, 아니면 만약 내가 당신을 귀신으로 변신시킨다면, 내가 변신시키는 당신이 남악의 진진이겠소?"

Cloudlet replied: "Your dishonourable wife has done a bold and terrible thing, and my sins of deception are without number. Please,

116 항아(姮娥)

my master, will you ever forgive me?"

클라우들릿이 답했다.

"불충한 아내가 무엄하고 끔찍한 짓을 저질렀습니다. 사부님을 속인 나의 죄는 헤아릴 수 없습니다. 제발 용서해주십시오."

The Master replied: "Even when you changed into a spirit I did not dislike you. How could I now bear any fault in mind toward you, my Cloudlet?"

사부가 답했다.

"설사 당신이 귀신으로 변한다고 하더라도 내가 당신을 싫어하진 않을 것이오. 나의 클라우들릿, 내 어찌 당신을 향해 어떤 잘못을 추궁할 마음을 가질 수 있겠소?"

She arose and bowed her thanks.

그녀는 일어나 감사의 절을 올렸다.

After Yang Hallim had won his honours he entered the office of the graduates, where he had his official duties assigned him. Till the present he had not yet[p107]visited his mother, whom he greatly desired to see and bring up to the capital, so that she might be present at his wedding; but just at this juncture a mighty event happened that changed all his plans. The Tibetans arose in revolt and marched into the western part of the kingdom. The three governors also of the territory north of the river, in league with their stronger neighbour, arose likewise, calling themselves the Kings of Yon, Cho and Wee. The Emperor, in a state of anxiety, discussed the whole situation with his ministers and made preparation to send troops to put them down, but the various officials could not agree on a plan of action, till at last the graduate Yang So-yoo stepped forth and said: "In olden times Han Moo-je summoned the king of southern Wol, and remonstrated with him. Let your Majesty do the same. Have an imperial order written out and reason with these men. If after that they do not yield, then let troops go against them with all the force possible."

양 한림이 과거 급제를 한 이후 그는 급제자들의 직에 진입했고, 거기서 그는 자신에게 할당된 공적 임무를 수행했다. 지금까지 그는 자기 어머니를 찾아가지 못했지만, 그는 정말 보고 싶었고 도성으로 모셔서 자기 결혼식에 참석하게 하고 싶었다. 그러나 마침 이런 시점에 그의 모든 계획을 바꾸어버린 위중한 일이 일어났다. 티베트인[117]들이 반란을 일으키고 왕국의 서쪽 지역으로 진출했던 것이다. 또한 강북 영토[118]의 세 절도사들은 더 강한 이웃나라들과 동맹을 맺어 비슷하게 반란을 일으켜 각각 연, 조, 위나라의 왕임을 자처하고 나섰다. 수심에 찬 황제는 신하들과 함께 전체 상황을 논의했으며,

117 토번(吐藩)
118 하북(河北)

그들을 진압하기 위해 군대를 파견할 준비를 했지만, 다양한 의견의 관리들은 한림 양소유가 다음과 같은 말을 내놓기 전까지 행동 계획에 대해 합의할 수 없었다.

"옛날 한 무제는 남월의 왕을 불러서 질책했습니다. 폐하께서도 그와 같이 하십시오. 서신으로 제국의 명령을 알리시고 이들을 설득하십시오. 그런 연후에도 그들이 항복하지 않는다면, 군대를 보내 가능한 모든 힘을 써서 그들에 대항하십시오."

The Emperor, pleased with this, commanded So-yoo immediately to write out such an order. So-yoo bowed low, took the pen as commanded, and wrote it.

이런 조언에 기뻤던 황제는 소유에게 즉시 그런 명령을 작성하도록 명했다. 소유는 큰 절을 하고 명령을 받들어 붓을 들고 써나갔다.

Delighted with him, the Emperor said: "The form is splendid and preserves our dignity, at the same time demonstrating our favour. So reasonable is it, too, that the foolish rebels will be won over I am sure."

크게 기뻐하며 황제는 말했다.

"그 형식이 훌륭하면서 우리의 위엄을 보존하는 동시에 우리의 은덕을 나타내고 있구나. 아주 합리적이기도 하고. 그 어리석은 반란자들이 제압되리라고 확신이 드는군."

Thus was it sent to the three armies in insurrection. Cho and Wee at once laid aside their claims to kingship, submitted, and sent humble memorials confessing their sins. Along with these came ten thousand horses and a thousand rolls of silk as tribute. Only the King of Yon refused. His district was far distant[p108]from the capital, and he had under his command many well-trained troops.

그리하여 반란에 나선 세 군대에 그것을 보냈다. 조나라와 위나라는 즉시 자기들의 왕위 주장을 철회하고 항복했으며, 자기들의 죄를 고백하는 순박한 각서를 보내왔다. 이와 함께 조공으로 말 일만 마리와 비단 일천 필이 도착했다. 유일하게 연나라 왕만 거부했다. 그 지방은 도성에서 아주 먼 거리였고, 그의 휘하에는 잘 훈련된 대군이 있었다.

The Emperor announced that the submission of Cho and Wee was due entirely to the merits of Yang So-yoo, and he wrote out the following edict:

황제는 조와 위의 복종은 전적으로 양소유의 공 덕분이라 공표했으며, 다음과 같은 칙령을 내놨다.

"About a hundred years ago the three districts to the north of the river, each separated by wide stretches of territory, and trusting in its trained forces, raised an insurrection. The Emperor, Tok-chong, marshalled an army of a hundred thousand men and ordered his two best generals to the front. But they failed entirely to obtain the required submission. Now, however, by one word, written by Yang So-yoo, we have brought two armies of rebellion to terms, in which not a single soldier was killed or a person injured. The power of the Emperor has been demonstrated to a distance of ten thousand li. We view this with deepest gratitude, and send herewith five thousand rolls of silk and fifty horses to express our highest favour."

"약 백여 년 전 강북의 세 지방은 광활한 영토로 각각 분리되어 있었고, 자체로 훈련된 군사에 의존하여 반란을 일으켰다. 덕종 황제는 일만 군대를 정비하여 최고의 두 장군을 전선에 보냈다. 하지만 그들은 합당한 굴복을 받아내는 데 완전히 실패했다. 그런데 양소유가 작성한 한 마디 말로써 우리는 단 한 명의 병사도 잃지 않고 부상도 입히지 않고 반란군을 관계를 회복하였다. 황제의 권력은 만 리 밖까지 떨쳤다. 우리는 이를 깊은 감사의 마음으로 보면서, 우리 최상의 호의를 표하기 위해 비단 오천 필과 말 오십 마리를 이와 함게 보내노라."

He desired to raise his rank, but Yang So-yoo went into the imperial presence, thanked his Majesty, and declined the favour, saying: "The striking off of a draft of an imperial order is the duty of a minister; the submission of the two armies is due to your imperial prestige. What merit have I ever won to receive such bountiful gifts as these? There remains still one army unyielded. I regret that I have not been able to draw the sword and wipe out this disgrace. How could your humble subject receive promotion[p109]with pleasure under such circumstances? My office now is sufficiently high to display any merits that I have. Nothing would be gained by its being higher. As victory or defeat are not dependent on the number of troops engaged, I wish that I might have a single company of soldiers, and with the backing of your imperial presence go out to settle the matter with Yon for life or death. Thus would I make some little return for the ten thousand favours that your Majesty has conferred upon me."

황제는 그의 직위를 상향하고자 했으나 양소유는 황제의 면전으로 가서 감사를 표한 다음, 그 은혜를 거절하며 말했다.

"황제의 명령 초안을 즉석에서 문서로 써내는 일은 신하의 임무입니다. 두 군대의 복종은 황제의 존엄 때문입니다. 소인이 무슨 공이 있다고 이런 막대한 선물을 받겠나이까? 그럼에도 아직 항복하지 않은 한 무리가 있습니다. 저로서는 검을 빼서 이런 수치를 말끔히 청산하지 못하고 있어 유감일 뿐입니다. 그런 상황에서 폐하의 미천한 신하가 어찌 기쁜 마음으로 승진할 수 있겠습니까? 저의 직위는 이제 저의 공을 보여줄 정도로 충분히 올라가 있습니다. 더 높아져서 얻을 것은 아무 것도 없습니다. 승패는 참전하는 군사의 수에 달려 있지 않습니다. 저로서는 한 무리의 군사만 있다면 폐하의 위엄에 힘입어 생사를 걸고 연나라와의 문제를 해결하러 나서고 싶습니다. 그리 한다면, 폐하께서 내리신 일만의 은혜에 조금이라도 갚을 수 있을 것입니다."

The Emperor gladly welcomed the suggestion, and asked the opinion of the ministers assembled. They replied: "Three armies in league with each other were against us, and now two have submitted. Mad little Yon will be like a piece of meat ready for the boiling pot, or an ant caught in a hole. Before the imperial troops he will be but a dried twig, or a decayed piece of wood ready to be broken. Let the imperial army try all other means before striking. Let Yang So-yoo be put in command, to try his skill for better or for worse. If after that Yon does not yield, then make the attack."

황제는 흔쾌히 그 제안을 환영했고, 모인 대신들에게 조건을 물었다. 대신들은 답했다.

"서로 연합했던 세 군대가 우리에 대항했었고, 이제 둘이 항복했습니다. 하찮은 미친 연나라는 끓는 솥에 들어갈 고기 한 조각이나 구멍에 갇힌 개미 같습니다. 제국의 군대 앞에서 그는 말라빠진 잔가지에 불과할 것이며 막 부서질 썩은 나무 조각일 따름입니다. 제국의 군대로 하여금 무력으로 치기 이전에 모든 다른 수단을 시도하도록 하십시오. 양소유가 명령을 받들어 상황이 개선되든 악화되든 그의 역량을 쏟아보게끔 하십시오. 만약 그런 연후에도 연나라가 포기하지 않는다면 공격하는 것이 좋을 듯합니다."

The Emperor, deeming this wise, ordered Yang So-yoo to start for

Yon with all the insignia of power, flags, drums and battle-axes, but his commands were to use persuasion first. So Yang So-yoo set out on his way after having said good-bye to Justice Cheung.

이런 형세를 생각하던 황제는 양소유에게 모든 권력의 기장, 깃발, 북, 전투용 도끼 따위를 갖고 연나라로 출발하도록 명했는데, 그의 명령은 설득을 먼저 하라는 것이었다. 그리하여 양소유는 정사도에게 인사를 한 다음, 자기 길을 떠났다.

On parting, the Justice said to him: "Men are wicked in these far distant places, and rebellion against the state is a matter of everyday occurrence. I feel that you, a scholar, are going into danger. If some unforeseen misfortune should overtake you, it would not only be your old father-in-law who would[p110]be left desolate, but the whole house. I am old and out of the question, so I no longer have a share in the affairs of state. My desire is to send a memorial objecting to your going."

이별을 하면서 정사도는 그에게 말했다.

"변방 사람들은 심술궂은데다 반국가적 반란은 다반사로 일어나는 일인즉, 내 생각에는 학자인 양사부가 위험지로 가는 것이다. 만약 어떤 예견하지 못한 변고가 닥친다면, 자네의 이 늙은 장인 뿐 아니라 전체 집안 또한 쓸쓸하게 남을 것이네. 내 늙었고 그 문제의 밖에 있는 사람이라서 국가의 업무에 더 이상 아무런 연결이 없네. 나의 마음은 자네 출장을 반대하는 탄원을 올려보고 싶구나."

"Please do not do that," said Yang in reply, "and don't be over anxious. These far-off peoples sometimes take advantage of a disturbed state of affairs in the government to rise up, but with the Emperor so great and powerful, and the Government so enlightened, there is no such fear. Also the two states of Cho and Wee have yielded. Why should we be anxious about the little isolated kingdom of Yon?"

양이 답하여 말했다.

"제발 그리 하지는 마시고 과도하게 걱정하지 마십시오. 이들 변방 사람들은 가끔씩 정부의 혼란스러운 정세를 틈타 봉기하지만, 위엄과 위력을 갖춘 황제 그리고 문명화된 정부라고 한다면, 그런 두려움은 전혀 없습니다. 또한 조와 위 두 나라는 포기하였습니다. 우리가 무슨 이유로 고립된 작은 연나라를 걱정하겠습니까?"

"The Emperor's commands," said the Justice, "are supreme, and the matter is already decided, so I have nothing more to say. Only be careful of yourself, and let not His Imperial Majesty have any cause for shame."

정사도는 말했다.

"황제의 명이 최상이며 문제는 이미 결정되었다는 사실이야. 그래서 나는 더 할 말이 없네. 다만 스스로 주의하여 황제의 위엄이 여하한 경우라도 능욕되지 않도록 하시게."

The lady of the house wept over his going, and in parting said: "Since we have won so noble a son we have tasted the joys and delights of old age. Alas for my feelings now as you start off for this distant region! To go and return quickly is my one wish for you."

그 집안의 마님은 그의 출정에 슬피 울면서 작별하며 말했다.

"우리는 그렇게 귀한 아들을 얻었던 까닭에 노년의 기쁨과 즐거움을 누렸네. 그런데 자네가 먼 지역으로 떠난다니 내 마음이! 가서 빨리 돌아오는 것이 내 유일한 소원이네."

Yang withdrew, betook himself to the park pavilion, and made ready for his journey. Cloudlet shed pearly tears over him, saying: "When my lord went daily to his duties in the palace, your humble wife loved to rise early, make neat his room, bring dress and official robes; while you looked on with kindly eyes upon her, and delayed your steps as though you found it hard to go. Now you are starting for a thousand miles distant. What word of love could answer under such a circumstance as this?"

양은 물러나 혼자서 정원 누각으로 가서 여정을 떠날 준비를 했다. 클라우들릿은 진주 같은 눈물을 뚝뚝 흘리며 말했다.

"제 주인이 매일 같이 궁정으로 출근할 때, 소녀는 일찍 일어나 방을 정돈하고 의관을 가져오는 일을 좋아했습니다. 사부께서 저에게 온화한 눈길을 주시면서 마치 출근하기 어려운 것처럼 발길을 머뭇거렸지요. 이제 일천 마일[119] 먼 길을 떠나시는군요. 이 같은 상황에서 어떤 사랑의 말이 답이 될 수 있겠습니까?"

The Hallim replied laughing: "The man of[p111]affairs who enters upon a mighty question of the state, impelled by the commands of his Emperor, thinks naught of life or death. All the minor affairs of the day disappear from his vision. You, Cloudlet, bear up bravely now. Don't be anxious or mar your pretty face. Serve your mistress well and in a little, if all goes right, I'll finish what I have to do, win great renown, and come back with flying colours and a gold seal like a grain measure hanging at my belt. Be patient and wait for me."

양한림은 웃으면서 답했다.

"국가로부터 막중한 임무를 받아 일하는 남자가 자기 황제의 명을 받았을 때 생사를 돌아보지 않는 법. 지난날의 모든 사소한 일들은 눈앞에서 사라지는 거요. 당신, 클라우들릿은 이제 용감하게 감당해야지요. 걱정하여 예쁜 얼굴을 망치지 마시오. 안주인[120] 잘 모시면, 일이 잘 된다면 잠시 동안에 임무를 마쳐 대단한 영예를 얻을 것이며, 휘날리는 깃발과 내 혁대에 금장을 달고서 돌아올 것이오. 인내하며 날 기다리시오."

119 원문에는 만리(萬里)로 표기되어 있다.
120 정경패를 이른다.

He passed through the gate, mounted his palanquin, and was gone. When he reached the city of Nakyang he found once more the old landmarks. On his last journey he had been but a youngster in his teens, in his student's dress, riding a hobbling donkey.

그는 정문을 나서서 마차에 올라 사라졌다. 그가 낙양에 도착했을 때, 그 옛 사건의 흔적을 다시 한 번 보았다. 지난번 여행의 경우, 학생의 옷을 입고 비실거리는 당나귀를 탄 겨우 십대[121] 젊은이였을 뿐이었다.

A few years only had passed and here he was with the banners and spears of office going before him, and he seated in a four-horse palanquin. The magistrate of Nakyang hastily repaired the roads, while the governor of the south of the river respectfully assisted him on his way. The glory of his progress lightened the world, while the vanguard of his march shook the towns like an earthquake. Country folk struggled for a place to see, and the passers by in the street shouted out their acclamations. So great was his splendour as he passed along.

겨우 몇 년이 지나서[122] 그는 이곳에 관직의 깃발과 창을 앞세우고 나타났다. 그리고 그는 말 넷이 끄는 마차에 앉았다. 낙양 지사가 급

121 원문에 따르면 십 육세를 이른다.
122 원문에 따르면 한 해 사이라고 한다.

히 도로를 정비했고 강남의 행정관[123]이 나와 행로를 도왔다. 그의 영광스런 행차가 세상을 밝혔고, 행렬의 전위가 마치 지진 난 것처럼 마을들을 뒤흔들었다. 마을 백성들은 구경하기 좋은 자리를 놓고 다투었으며, 행인들은 감탄을 토했다. 그의 행차는 실로 장관이었다.

General Yang got his boy servant to make inquiry first of all as to any news of Moonlight. He went to her home and inquired but the entrance gates were locked, and the upper pavilion closely curtained; only the cherry blossoms were in bloom, smiling over the wall. He asked the neighbours, and they answered that[p112]Moonlight had left the place a year and more ago. Some gentleman, they said, who was on his way to a distant part of the country had become betrothed to her, and after that she pretended to be ill, received no guests, went to no official feasts, and declined everything. A little later, in a fit of insanity, she threw away her jewels and head ornaments, donned the garb of a Taoist priestess, and went visiting the temples in the mountains. She never came back and no one knew where she had gone.

양장군은 시동을 시켜 무엇보다 먼저 문라이트에 관한 안부를 묻도록 했다. 그는 그녀의 집으로 가서 문의했으나 대문이 잠겨 있었으며, 누각 상부는 엄밀하게 가려져 있었다. 벚꽃만이 벽 넘어 고개 내

123 하남(河南)의 부윤(府尹)

밀고 웃으며 개화해 있었다. 그는 이웃들에게 물었고, 그들은 문라이트가 일년 남짓 전에 그곳을 떠났다고 대답했다. 그들 말로는 먼 곳으로 가는 어느 선비가 그녀와 약혼을 했으며, 그런 후 그녀는 아픈척하면서 손님도 안 받고 관청의 연회에 나가지도 않았으며 모든 것을 거절했다는 것이었다. 시간이 좀 지난 후 광기가 발작하여 보석과 머리장식을 내던지고 도교의 여도사 복장을 걸치고 산중 사원을 찾아갔다. 그녀는 돌아오지 않았고, 아무도 어디로 갔는지 모른다.

The boy returned and told his master, and Yang, who had been happy in the high expectation of seeing her, fell into a fit of gloom and sadness. He passed her home and thought of the happy experiences gone by, and with disappointed feelings went to a public guest-house. Their mysterious meeting had now faded away into the distance, leaving him sleepless.

그 시동은 돌아와 주인에게 아뢰었고, 그녀를 만날 기대에 부풀어 행복했던 양은 깊은 우울과 슬픔에 빠졌다. 그는 그녀의 집을 지났고 행복했던 지난 일들을 생각했으며 낙담하여 객관으로 갔다. 그들의 신비로운 만남은 이제 그를 잠못 이루게 만들고는 멀리 사라져갔던 것이다.

The governor sent him a score of dancing-girls to entertain him, all women of note in their world. As they sat about in their pretty dresses he recognised among them some who had been present at the

Bridge Pavilion. They vied with each other in their attempts to please and win his attention, but he would have nothing to do with any of them.

그곳 지사는 그에게 십여 명 무희를 보내 그를 위안했는데, 그들은 하나같이 내 노라는 듯 유명한 여성들이었다. 예쁜 옷을 입은 그들이 둘러앉자, 그는 그들 중 천진교 누각에 와 있었던 여인을 알아보았다. 그들은 그의 관심을 구하고 또 얻으려 애쓰며 서로 경쟁했지만, 그는 아무에게도 관심을 두지 않았다.

He composed these two verses and wrote them on the wall:

그는 시 두 편을 지어서 벽에다 썼다.

"The rain sweeps by the Bridge Kiosk,
And o'er the catkins fresh and green,
Its music calls me through-the dusk,
Back to its flowery silken scene;[p113]

비가 다리 오두막 곁을 휩쓸고
버드나무 꽃차례를 신선하고 푸르게 만드네.
그 음악은 저 먼지를 뚫고 나를 불러
꽃이 핀 비단 풍경으로 되돌아가게 하네.

Behold me now dressed out in state,
Returned to greet my chosen one,
But I have come, alas, too late,
And she, who stirred my heart, is gone."

보라, 지금 관복을 입은 내가
나의 인연을 맞기 위해 돌아왔는데,
하지만 어쩌나 내가 너무 늦게 왔으니
그리고 내 마음을 뒤흔든 그녀는 떠났구나.

When he had finished, he tossed aside his pen, mounted his palanquin and rode away, while all the dancing folk seeing him thus leave untouched by their influence held down their heads in shame.

글을 다 쓴 다음, 그는 붓을 옆으로 던졌고, 마차를 타고 떠나갔다. 모든 무희들이 지켜보는 가운데, 그들의 영향이 미치지도 못하고 그를 떠나보냄으로 인하여 그들의 고개는 창피함에 숙여졌다.

The dancing-girls copied the verses and gave them to the governor, and he scolded them soundly. "If you had won General Yang's attention your names would have been enhanced a hundred-fold," he said. "But with all your finery you did not even win a glance from him, and have caused Nakyang to lose face."

무희들이 벽에 쓰인 시편을 베껴서 지사에게 전달하니, 그는 그들을 몹시 꾸짖었다.

"만약 너희들이 양장군의 관심을 얻기라도 했더라면, 너희 이름이 백배는 더 높아졌을 터인데, 그 화려함에도 불구하고 그로부터 눈길 한번 받지도 못했다니 낙양이 체면을 잃게 되었구나."

He asked them who the General meant by his reference, and when he learned who it was, he advertised for Moonlight far and wide in the hope of finding her before the General's return.

그는 그들에게 장군의 글에서 가리키는 자가 누군지를 물었고, 그가 누군지를 알게 되자 장군이 돌아오기 전까지 그녀를 찾기 위해서 사방팔방으로 문라이트를 찾는 방을 부쳤다.

Yang finally reached the land of Yon. The people living in that distant region had never dreamed of the power or splendour of the capital. Now when they beheld Yang Hallim he seemed like the fabled unicorn that steps down upon the earth, or the phoenix that appears among the clouds. They jostled each other to get close round his palanquin, and blocked his way in their desire to see.

양은 결국 연나라 땅에 도착했다. 그 먼 변경 지역에 사는 사람들은 도성의 권력이나 그 장대함을 꿈에도 그려본 적이 없었다. 마침내 양한림을 보게 되자, 그가 마치 우화에 나오는 지상에 막 내려온 일각수처럼 보였다. 아니면 구름 사이에서 나타난 불사조 같았다. 그들은 그의 마차 주위에 더 가까이 가기 위해 서로 드잡이 했으며, 너무 보고 싶어서 그의 길을 막아섰다.

The General in his power of execution was like the swift thunder, and in his readiness to bestow favour like the spring rain; so that these rude people were overcome by his presence, danced and sang with delight, and said to one another: "His divine Majesty the Emperor, will indeed spare us."[p114]

장군은 권력을 휘두를 때 날쌘 벼락 같았고, 쾌히 호의를 베푸는 경우는 봄비와 같았다. 그래서 이들 무례한 사람들은 그의 등장만으로 압도되었던 것이다. 그들은 춤추고 기뻐서 노래 불렀고, 서로에게 말했다.

"신성한 황제 폐하가 정말 우리를 보호하구나."

When Yang met the King of Yon he spoke so boldly of the power and prestige of His Majesty; praised the attitude of the Government, and explained so fully the difference between submission and opposition, assistance and resistance, that his words were as irresistible as the lift of the sea, or the falling of autumn frosts. The King of Yon, greatly moved and impressed, was won over. He bowed down to the earth and confessed his faults, saying: "We, in this benighted district, are so far away from the great centre of things, and so out of touch with imperial blessings and favours, that we dared to offer resistance to the state. We have made light of life, and have been ignorant whence our blessings and favours come. And now having heard the convincing words of your Excellency, I see that I have done a great wrong. No more shall such mad thoughts possess me, but I shall sincerely do the part of a loyal and faithful subject. Please, on your return, make my statement for me and let this tributary land find peace instead of war; and blessing and life instead of calamity. This indeed would be for me more than I could expect."

양이 연나라 왕을 만났을 때, 그는 아주 과감하게 폐하의 권력과 특권을 말했으며, 정부의 태도를 칭송했고, 복종과 반대 그리고 협력과 저항 사이의 차이를 충분히 설명하였으므로, 그의 말들은 일어나는 바닷물이나 내리는 추상 같이 버텨낼 수 없는 것이었다. 크게 감동하고 감명을 받은 연나라 왕은 압도되었다. 그는 땅에 닿을 만큼 절을 하고 잘못을 고백하며 말했다.

"이런 미개한 지역에 사는 우리는 만물의 위대한 중심으로부터 멀리 떨어져 있고 또 제국의 은혜와 호의와도 닿지 않았기 때문에, 감히 국가에 저항하려 했습니다. 우리는 삶의 빛을 찾았고, 우리의 은혜와 호의가 어디서 오는지 몰랐습니다. 그런데 마침내 공의 설득력 있는 말씀을 들으니 제가 얼마나 큰 잘못을 저질렀는지를 알았습니다. 그런 미친 생각이 나를 더 이상 사로잡지는 못할 것이며, 저는 진정으로 한 군주의 일부이자 충실한 백성의 직분을 다할 것입니다. 제발 돌아가시면 저의 말을 전해주시고 이 조공을 바치는 땅이 전쟁이 아니라 평화를 그리고 재앙이 아니라 은혜와 생명을 찾도록 해주시기 바랍니다. 이는 실로 제가 기대하는 이상이 될 것입니다."

A great feast was held in the palace of Yon, and the General was offered when he left a hundred talents of gold and ten of the finest horses as tribute presents.

연나라 왕궁에서는 거대한 잔치가 열렸고, 장군은 떠날 때 바치는 선물로 금 백 냥과 최고 명마 열 마리를 받았다.

Yang bowed, but did not receive them, setting out empty-handed on his way westward toward home. In ten days or so he passed Hantan, the old capital of Cho, when suddenly a beautiful lad, riding a superb horse, appeared just in front of him. He had heard the calls of the General's out-runners and had dismounted, standing respectfully by the side of the way.[p115]

양은 인사를 하면서도 그것을 받지는 않았다. 그는 서쪽으로 고향을 향하여 빈손으로 자기 길을 나섰다. 십여 일 후 그는 조나라의 옛 수도였던 한단을 지났다. 그때 갑자기 훌륭한 말을 탄 잘생긴 청년이 그의 앞에 나타났다. 그는 장군 행차의 선두의 외침을 듣고는 말에서 내려 길 가로 공손하게 서 있었다.

The General looked at him and said: "Yonder horse that that young man rides is a Persian steed, surely."

장군이 그를 보고 말했다.
"저 젊은이가 탄 저기의 말은 분명히 페르시아의 군마[124]야."

As he advanced closer the young rider appeared strangely beautiful, as an opening flower, or the returning circle of the moon. His graceful form, with the light that seemed to emanate from him, dazzled the eyes of the onlooker.

그가 더 가까이 나가자 그 젊은 기수는 한 송이 벌어진 꽃처럼 혹은 둥근 달처럼 기이하게 아름다운 모습이었다. 그로부터 뿜어져 나오는 것 같은 빛이 어린 그의 품위 있는 기골은 보는 사람의 눈을 어질하게 만들었다.

"In all my travels," said Yang, "I never before saw so handsome a youth as yonder lad. One glimpse of his beautiful face would tell of his gifts and graces. He said to the servants: "Invite him to follow us, will you?"

양이 말했다.
"내 생애 여행 다녀본 중에 이전에 저 청년같이 저렇게 잘 생긴 젊

124 원문에는 준마(駿馬)라는 표현만이 서술되어 있을 뿐, 페르시아의 군마라는 표현은 번역문에서 추가된 것이다.

은이는 결코 보지 못했다. 그의 아름다운 얼굴을 한번 보기만 해도 그의 재능과 매력에 대해 이야기하게 될 것이다.”

그는 하인들에게 말했다.

“우리를 따라오도록 초대해 주겠느냐?”

When the General had retired to his lodgings for the night, the young man appeared before the door and was invited in. Yang at once fell a captive to his spell, and said: “Your handsome face has wholly won my heart. I wish to take you with me, and so sent for you. My one fear has been that you might not respond or wish to follow. Now that you have come I am greatly delighted and want to know who you are and your honourable name.”

장군이 밤 숙소에 물렀을 때, 그 젊은이가 문 앞에서 나타나 안으로 들여졌다. 양은 즉시 그의 마력에 포로가 되어버렸고, 말했다.

“너의 잘 생긴 얼굴[125]은 내 마음 모두 사로잡았다. 내 너를 데려가려고 사람을 보냈다. 네가 반응하지 않거나 따라오지 않을까 걱정했다. 이제 네가 왔으니 내가 매우 기쁘고 누구인지 이름은 무언지 알고 싶구나.”

The young man made answer: “Your humble servant is from the north land, and my surname is Chok, and given-name, Paik-nan. I

125 원문에서는 양소유가 그의 잘생긴 얼굴이 아닌, 반랑과 같은 풍채에 매력을 느꼈다고 서술되어 있다.

have been brought up in an exiled country, have had no special friends or teachers to guide me, and so my learning is of a very shallow nature, attaining to proficiency neither in the character, nor in the handling of the sword. My heart only is right adjusted, and means to stand by its friends, or if need be die for them. Your Excellency's journey through the north, where all have been equally impressed by your commanding presence and[p116]unexampled favour, has awakened my heart in admiration to a point that knows no bounds. Forgetful of my low birth and ignorance, I desired to attach myself to your lordship, to be your faithful bird of the morning or watch-dog of the night. Now your Excellency, taking note of this wish of mine, has condescended to call me, and has done me such an honour as I had never dreamed. Assuredly the great teacher's kindness bestowed upon a humble pupil is mine to-day."

그 젊은이 답했다.

"소인은 북쪽 땅 사람으로 성은 적이고 이름은 백난입니다. 외딴 곳에서 자라서 이끌어줄 특별한 친구나 스승이 없었고, 그래서 저의 배움은 문장에서나 검을 다루는 데서도 그 능력이 아주 얕은 수준입니다. 하지만 제 마음만은 올바르게 길러져서 벗들을 지키는데 필요하다면 죽음도 마다하지 않습니다. 각하께서 여행하신 북방 지역에서는 모두들 하나 같이 위풍당당한 모습과 비길 데 없는 호의에 감명받았습니다. 공의 행차는 제 마음을 그 끝을 알 수 없는 지점까지 경탄하도록 일깨웠습니다. 제 천한 출생과 무지를 망각하고서 저는 공을 주인으로 모시고자 열망하여 아침에는 충실한 새가 되고 밤에는 감시견이 되고 싶어 하였습니다. 이런 저의 소원을 알아채신 각하께서 몸 낮추어 저를 불러주시고 내가 꿈꾼 적도 없는 영광을 베푸셨습니다. 비천한 학생에게 주어지는 위대한 스승의 친절은 분명하게 오늘 저의 것입니다."

Yang, greatly delighted, made reply: "The ancients said, 'A similar sound makes like echo, and like strength does a similar deed.' A beautiful fulfilment of this is evident in the fact that our hearts agree."

매우 기쁜 양은 답했다.

"옛 선조께서 말씀하시길 '유사한 소리는 비슷한 메아리를 만들고, 비슷한 힘은 유사한 행동을 낳는다'고 하셨다. 분명히 우리의 마음이 일치한다는 사실은 이런 옛말을 조화롭게 충족시키는 것이다."

From this time on Master Chok rode bridle by bridle in company with the General and lived and dined with him. They admired the beauties of nature together, delighted themselves under the soft rays of the moon, and forgot all about the hardships of the way.

이때부터 적사부는 장군과 어울려서 고삐를 나란히 하고 말을 탔으며 그와 함께 생활하며 식사를 했다. 그들은 함께 자연을 감상했으며 즐겁게 부드러운 달빛 아래를 거닐었다. 그러는 중 여행의 힘겨움과 관련하여서는 까맣게 잊었다.

Again the cavalcade arrived at Nakyang and crossed the Chon-jin Bridge. Old remembrances came crowding back on Yang, and he said: "Now that Moonlight is a so-called priestess, my heart condemns me when I think of her wandering over the hills in order to fulfil her vow, and to wait for my return. Already I have gone by once with the insignia of battle-axes and banners accompanying me, but she was nowhere to be seen. So all our plans have come to naught, as men's plans do. How can I be other than sad? If Moonlight knew of my coming she would not fail to meet me, but her sweet face is not here. I expect that if she is not to be found in the Taoist[p117]Temple, she will be somewhere among the Buddhist priestesses. How can I send word to her? Alas, if we do not meet this time, how much of life may pass before we ever meet again?"

행렬은 다시 낙양에 당도했으며 천진교를 건넜다. 옛 기억이 양에게 밀려들었다. 그는 말했다.

"이제 문라이트가 소위 여도사가 되었으니 자신의 맹세를 이행하기 위해 산들을 다니는 그녀에 대해 생각한다면, 또한 내 돌아오기를 기다린다고 생각한다면, 내 마음이 나를 저주해야 겠지. 나는 이미 전투용 도끼의 표장과 깃발을 대동하고 한번 떠났지만, 그녀는 어디에도 보이질 않는구나. 따라서 무릇 인간의 계획이 그렇듯, 우리 모든 계획이 무로 돌아갔어. 어찌 내가 슬프지 않을 수 있으리오?

만약 문라이트가 내가 온다는 사실을 안다면, 그녀는 반드시 나를 만날 것이지만, 그녀의 아리따운 얼굴은 여기 없구나. 나는 그녀가 도교 사원에 들어가 있지 않다면 불교 비구니가 되어 어딘가 있을 텐데. 내 어떻게 그녀에게 말을 전할꼬? 이런, 이번에 우리가 만나지 못한다면, 또 만나기 위해 얼마나 많은 세월이 지나야 할 것인가?"

Just then he raised his eyes toward the distance and there he saw a young woman with a gem screen hanging before her, leaning gently on the railing of a neighbouring pavilion, evidently watching the chariots and the horses go by. It was Moonlight.

바로 그때 그는 눈을 들어 멀리 쳐다보았더니 한 젊은 여인이 앞에 보석 장식된 가림막을 하고서 이웃의 누각의 난간에 기대서 마차와 말들의 행렬이 지나는 모습을 주시하고 있었다. 그녀는 바로 문라이트였다.

Yang, pent up with heart longings and desire to see her face to face, caught sight of her lovely expression which took a fresh and new grip upon him. He drove hastily by and the two looked their messages of lively recognition each toward the other.

그녀의 얼굴을 마주보고자 하는 마음과 욕망을 가두고 있던 양은 신선하고 새롭게 그를 사로잡는 그녀의 빼어난 모습에 눈길을 빼앗겨버렸다. 그는 급히 나아갔고 두 사람은 상대를 향해 서로를 인지

한 눈길을 확인했다.

When he reached the guest-house Moonlight was already there, having come by a short and ready road. She saw him dismount from the chariot and tripped forth to meet him. First she bowed low. She then accompanied him into the guest-room, where, in her joy of soul, she took hold of the border of his robes and told how happy she was after the sorrows of the year that had gone. Her tears flowed faster than her words. She bowed again and congratulated him upon his safe return. All that had happened during the long interval since they had said good-bye was told.

그가 객관에 당도했을 때, 문라이트는 가까운 지름길로 이미 거기에 와 있었다. 그녀는 마차에서 내리는 그를 보고 대하기 위해 앞으로 나왔다. 먼저 그녀는 절을 했다. 그리곤 그녀는 그와 함께 객관으로 들어갔다. 거기서 그녀는 영혼의 기쁨에 취해 그의 옷자락을 움켜쥐었고, 지나간 시간의 슬픔을 뒤로 한 자신이 얼마나 행복한지를 말했다. 그녀의 눈물이 말보다 더 먼저 흘러나왔다. 그녀는 다시 절하고 무사 귀환을 축하했다. 그들이 작별을 고한 뒤의 시간 동안 있었던 모든 일들이 이야기되었다."

"When you left me," said she, "I was invited to the gatherings of the princes, and feasts of the nobility. Invitations came from north, south, east and west, till I was wearied out. At last I cut off my hair with my own hands to escape dishonour, and then pretended that I was smitten with a dangerous illness. I threw away all my pretty ornaments, put on the dress of a priestess, made my escape from the busy city and[p118]went and lived in the mountains. From the guests who came to visit the temples, and from others of the city and the capital who were studying Taoism, I learned news of your lordship. Early last spring I heard that you had memorialised the Emperor and had gone forth as his special envoy. I knew that you passed the city, but the distance was too great for me to return. All I could do was to look toward the distant kingdom of Yon and let my tears fall. The magistrate, knowing that I had become a priestess because of you, showed me what you had written on the walls of the monastery, saying: 'General Yang, with direct orders from His Majesty the Emperor, came by this way. Many dancing-girls welcomed his coming, but because his lordship did not see you, he was greatly disappointed and would have nothing to do with any of them. In his disappointment he wrote this on the wall and left. How was it that you of all others should be off there in the hills and so cause my entertainment of the envoy to be a failure?'

그녀가 말했다.

"사부님이 떠나셨을 때, 왕족들의 모임과 귀족들의 연회에 초대되었지요. 초대는 넌더리가 나도록 동서남북 도처에서 왔습니다. 결국 저는 치욕을 벗어나기 위해서 내 손으로 직접 머리카락을 잘랐고,

내가 어떤 위험한 병에 갑자기 걸린 듯이 가장했지요. 저는 모든 예쁜 장식물들을 버렸고, 승복을 입었고, 번잡한 도시를 벗어나서 산으로 가서 살게 되었습니다. 사원을 방문하는 이들을 통해, 도교를 공부하는 도시와 도성의 사람들을 통해서, 사부님의 소식을 알게 되었습니다. 지난 초봄 저는 황제의 은해를 받들어 특별 사신으로 떠난다고 들었지요. 그래서 제가 당신이 이 도시를 지나가시지만 저에게 돌아오기에는 너무 먼 거리라는 것 또한 알았지요. 제가 사부님과의 인연으로 도사가 된 사실을 안 지사께서 사부님이 수도원 벽에 쓰신 것을 제가 보여 주며 말했습니다. '위엄의 황제가 직접 내린 명을 받드는 양 장군이 이 길을 지나갔다. 수많은 무희들이 그의 방문을 환영했지만, 장군께서 너를 보지 못했기 때문에 크게 실망하셨고 또 그 무희 어느 누구와도 어울리지 않았다. 그 실망의 마음을 벽에 이렇게 남기고 떠나신 거야. 다른 사람도 아닌 네가 거기 산속으로 들어 가 있고, 그래서 내가 양 장군께 예를 표할 수도 없게 만들고 있는데, 어떻게 생각하느냐?' 하였지요."

"And thus desirous of showing you all respect, he apologised for his hard treatment in the past, earnestly desiring me to come back to my home in the city to await your return. I was delighted to do so. Then it was that I first realised that I, an insignificant woman, had a certain value attaching to my person. I waited alone in the Chon-jin Pavilion hoping for your coming. Will not the many dancing-girls of the city and the crowds of the streets, every one of them, envy my place of honour and the glory that comes to me?

"그리하여 그는 사부님께 완전한 존경을 표하기 위해서 진정으로 제가 시내의 제 집으로 돌아와 장군의 귀환을 기다리기를 열망하였고, 이는 그가 지난번 소홀했던 대접을 사죄드리는 차원이었습니다. 그런 일은 제가 기뻐해야 할 일이었지요. 하찮은 소녀가 누군가에게 귀속될 가치가 있다는 사실을 처음으로 깨달았던 것입니다. 저는 혼자서 당신이 오기를 천진 누각에서 기다렸지요. 이곳 무희들과 거리의 군중들 제각각 모든 이들이 제게 오는 명예와 영광의 자리를 부러워하지 않겠습니까?"

"I have already learned that you won the kwago(examination), and that you were made a hallim (a[p119]literary senator), but I have wondered whether you were married or not."

"저는 상공께서 과거 급제를 하셨고, 또 한림원의 일원이 되었다는 사실을 알고 있었지만, 혼인은 하셨는지 아닌지는 궁금했었습니다."

Yang replied: "I am already engaged to the daughter of Justice Cheung, but the ceremony has not yet been celebrated. The superior attainments of the lady are already known to me, and she is exactly what you foretold. My pretty go-between has loaded me with obligations greater than the mountains of Tai."

양은 답했다.

"난 이미 정사도의 딸과 약혼을 하였는데, 아직까지 식을 올리지 않았소. 그 여인의 출중한 학식은 이미 내가 알고 있었고, 그녀는 분명히 당신이 예견한 바였소. 나의 어여쁜 중매자가 태산보다 더 거대한 의무를 나로 하여금 짊어지게 하였소."

They renewed their former happy acquaintance and he tarried for several days. Because of Moonlight's presence the young man Chok did not call. Once the servant-boy came in in great alarm to say to the master: "Your humble servant has noticed that the young gentleman Chok is not a good man. I saw him in the women's quarters joking and playing with Moonlight. Moonlight is in the service of your lordship, how could she be treated thus familiarly?

그들은 이전의 행복한 친분을 되살렸고 며칠 동안 함께 지냈다. 문라이트의 등장으로 인해 적씨 소년은 부르지 않았다. 한번은 하인이 크게 상기되어서 들어와 사부에게 아뢰었다.

"소인은 그 젊은 신사 적씨가 착한 자가 아님을 알게 되었습니다. 그가 여자들의 구역에 들어가 문라이트와 농담하고 노는 것을 목격했습니다. 문라이트는 상공을 모시는 입장인데, 어찌하여 그녀를 그렇게도 친밀하게 대할 수 있는 것이지요?"

The Hallim made reply: "Master Chok would never do such a thing as this, and I have all confidence in Moonlight too; you have been mistaken."

한림은 대답했다.

"적사부는 그런 일을 할 사람이 아니며, 나는 문라이트를 철저히 믿는다. 너의 실수일 것이다."

The boy was very angry and went out. In a little he came again and spoke: "Your lordship said that my report was nonsense. The two now are holding hands and enjoying themselves together. If you will please come out and see for yourself you will know whether my story is correct or not."

그 소년은 몹시 화가 나서 나갔다. 잠시 지난 후 그가 다시 들어와 말했다.

"상공께서는 저의 보고를 가당찮다고 말씀하셨나이다. 그 두 명은 지금 손을 맞잡고 함께 즐기고 있습니다. 상공께서 직접 나가 보신다면, 제 이야기가 맞는 아닌지를 알 수 있을 것입니다."

Yang went out and looked toward the servants' quarters, and there the two were leaning over the wall talking and laughing together, fondling each other's hands and having a very amusing time.

양은 밖으로 나가 하인들 쪽으로 보았으며, 실제로 두 사람이 함께 벽에 기대서 서로의 손을 애무하고 아주 즐겁게 웃으며 이야기하고 있었다.

Desiring to hear what they were saying, Yang went closer, but master Chok hearing the sound of foot-falls took alarm and ran away. Moonlight looked back[p120]at the master, and an unexpected blush of shame covered her face.

그들이 얘기하는 내용을 듣고 싶었던 양은 더 가까이 다가갔지만, 적사부는 발자국 소리를 듣고 깜짝 놀라서 달아났다. 문라이트는 양사부를 돌아보았는데, 예측 못한 창피스러운 홍조가 그녀 얼굴을 덮었다.

Yang asked gently: "Moonlight, my dear, are you specially acquainted with master Chok?"

양은 젊잖게 물었다.
"내 사랑 문라이트, 당신이 적사부와 특별한 친분이 있는 거요?"

Moonlight replied: "We are not relatives, he and I, but I dearly love his sister and we were talking about her. I am, as you know, only a dancing-girl, so that my eyes and ears are steeped in the ways of the world, and I am not afraid of men. By holding hands and jesting, and whispering as I have done, I have raised a doubt in my kind master's mind. My shame is so great for it that I really desire to die."

문라이트가 답했다.

"그와 제가 친척은 아닙니다만, 제가 그의 누이를 각별히 아끼고 있으며, 우리는 그녀에 관해 이야기하고 있었습니다. 상공께서 아시다시피 저는 한갓 무희에 지나지 않으니, 제 눈과 귀는 세속의 방식에 물들어 남자들을 겁내지 않습니다. 보셨듯이 손을 잡고 농담하며 속삭임으로써 제가 제 주인의 마음에 의문을 일으켰군요. 내 창피가 너무 커서 정말 죽고 싶을 따름입니다."

Yang said: "I have no doubts of you at all, so do not be in the least disturbed."

양은
"난 전혀 당신을 의심하지 않으니, 조금도 동요하지 마시오"
하고 말했다.

He thought to himself: "Chok is a young man, and his being caught thus by me will make him feel ashamed. I must call him and assure him that I am not disturbed." So he sent for his boy to come, but he was nowhere to be found. With great regret he said: "In olden time King Cho-jang made them all break off their hat-strings in order to quiet their fears; now I, in my aimless peering about, have disappointed my friend and have lost me my lovely scholar. What shall I do about it?" He made the servants seek high and low, inside and outside the walls for Chok.

그는 혼자 생각했다.

"적씨는 젊은 남자이어서 나에 붙잡힌 사실이 그를 부끄럽게 만들 것이다. 내 그를 불러서 내가 동요하지 않는다고 그에게 확인해줘야 겠다."

그래서 그는 하인을 그에게 보내서 오라고 했지만, 그는 어디에도 없었다. 크게 후회하면서 그는 말했다.

"옛날 조장왕[126]은 그런 이들의 두려움을 잠재우기 위해서 모든 사람들의 모자 끈을 끊어버리도록 했다. 무심한 눈길을 돌리다가 나는 내 벗을 실망시키고 총애하던 선비를 떠나보냈구나. 어떻게 해야 한단 말인가?"

그는 하인들을 시켜서 적을 찾아 성의 안팎과 아래 위를 뒤지도록 명했다.

That night he talked over the past with Moonlight and said how they were indeed destined for each other. They drank and were happy till the hours grew late. Then they put out the lights and slept. When the east began to lighten he awoke and saw Moonlight doing up her hair before the mirror. He looked at her with tenderest interest and then gave a start and looked again. The delicate eyebrows, the bright eyes, the[p121]wavy hair like a cloud over the temples, the rosy-tinted cheeks, the lithe graceful form, the white complexion – all were Moonlight's, and yet it was not she.

126 게일이 원문의 '楚莊王'이라는 인명을 오역한 부분이다.

그날 밤 그는 문라이트와 과거에 대해 이야기했고, 실제로 그들이 어떻게 운명적 연이 되었는지를 말했다. 술을 마시며 늦은 시간까지 행복했다. 불을 끄고 잠을 청했다. 동녘이 밝기 시작하자 그는 깨어서 문라이트가 거울 앞에서 머리를 올리는 모습을 보았다. 그는 가장 애정이 깃든 관심으로 그녀를 보았고 놀라게 했으며 다시 보았다. 고운 눈썹과 총명한 눈과 구름처럼 굽이치는 머릿결과 유연하고 우아한 몸체와 하얀 얼굴, 완전한 문라이트의 모습이었지만, 그것은 그녀가 아니었다.

Alarm and doubt overcame him so that he dared not speak.[p122]

놀라움과 의심이 그를 휘감았지만, 그는 감히 말하지 못했다.

Chapter VII The Imperial Son-in-Law

제7장 제국의 사위

WHEN Yang had looked again carefully and had made sure that it really was not Moonlight, he asked: "Maiden, who are you?"

양이 다시 조심스럽게 보자 그게 분명히 문라이트가 아님을 확신할 수 있었기에 물었다.

"여인은 누구신지요?"

She replied: "Your servant was originally from Pa-ju. My surname is Chok and my given name is Kyong-hong, or Wildgoose. When I was young, Moonlight and I became covenanted sisters, and because of this close bond of union, she said to me last night: "I am feeling unwell and cannot wait on the Master. Take my place, please, and save me from a reprimand. Thus at the request of Moonlight I came boldly into your lordship's room."

그녀는 대답했다.

"소첩은 원래 파주 사람입니다. 제 성씨는 적이며 이름은 경홍입니다. 와일드구스라고도 부르지요. 제가 어렸을 적에는 문라이트와 저는 의자매가 되었답니다. 그리고 이렇게 가까운 결속으로 인해 그녀는 어젯밤 제게 말했지요. "내가 몸이 좋지 않아서 사부님을 모실 수 없겠어. 제발 내 자리를 좀 지켜서, 질책을 면하게 해주렴. 그리하여 문라이트의 요청에 따라 제가 감히 상공의 방으로 오게 되었답니다."

Before she had done speaking, Moonlight herself opened the sliding door and came softly in. She said: "Your lordship has won a new and wonderful person to yourself, and I congratulate you. You will remember that I recommended Chok Kyong-hong when we were in the North River District. Is she not equal to my recommendation?"

그녀가 말하기를 끝내기도 전에 문라이트가 문을 열고 사뿐히 들어왔다. 그녀는 말했다.

"사부님께서는 훌륭한 새 사람을 얻었으니 축하드립니다. 우리가 하북 지방에 있었을 때 제가 적경홍을 추천하였던 사실을 기억하실 것입니다. 그녀가 제 추천과 같지 않으십니까?"

"She is sweet in face and reputation," replied he. He looked at her again and behold she was like the young scholar Chok in every feature. By way of inquiry the Master remarked: "The young literatus Chok must be some relative of yours; have you a brother? I regret to say that I saw Chok yesterday acting in a way very improper. Where is he now do you suppose?"[p123]

"인물과 평판이 훌륭하오."

그가 답했다. 그는 그녀를 다시 보고, 그녀가 모든 측면에서 그 젊은 선비 적씨와 비슷함을 알아챘다. 심문의 방식으로 사부는 말했다.

"그 젊은 선비 적씨가 필시 당신의 친척이 틀림없겠소. 혹 남자 형제가 있소? 나는 어제 적씨를 보고 아주 부적절하게 처신한 일이 유감스럽소. 그가 어디 있다고 생각하오?"

Wildgoose said in reply: "I have no brothers or sisters."

와일드구스가 대답했다.

"저는 형제자매가 없답니다."

Then the Master looked at her for a moment and suddenly guessed the whole game that had been played upon him. He laughed and said: "The one who followed me from the side of the way near Hantan was the maiden Chok; and the one who talked across the wall with Moonlight was Chok See also. I wonder how you dared to deceive me in such a disguise."

그러자 사부는 그녀를 한참 쳐다보다가 갑자기 그를 두고 벌어진 전체 놀이였음을 추측했다. 그는 웃으며 말했다.

"한단 가까운 길 옆에서부터 나를 따라왔던 자가 바로 적이라는 처자였소. 그리고 벽을 넘어 문라이트와 이야기를 나눴던 자 역시 적씨였소. 나는 당신이 어찌하여 변장을 하고 나를 감히 속였는지 궁금하오."

Then Wildgoose answered: "How could I ever have ventured to do such a thing were it not that I have had born in me one great and indomitable longing that has possessed me all my life—to attach myself to some renowned hero or superior lord. When the King of Yon learned my name and bought me for a heaped-up bag of jewels, he fed me on the daintiest fare and dressed me in the rarest silk. And yet I had no delight in it but was in distress, like a parrot bird behind cage bars, grieving out its days and longing to shake its wings and fly away. The other day when the King of Yon invited you to his feast, I spied on you through the screen chinks, and you were the man that my heart bounded forth to follow. But the palace has nine gateways of approach, how could I safely pass these? The journey on which you had entered was a thousand miles long, how could I escape and follow for so great a distance? I thought over a hundred ways and means, and then hit on a plan, but I dared not put it into execution at the time of your departure. Had I done so the King of Yon would have sent his runners out to arrest me. When you had been gone ten days or more, I secretly took one of the King's fast[p124]horses and sped forth on my way, overtaking you at Han-tan and making myself known to your lordship. I should have told you at once who I was, but there are so many eavesdroppers about, that I did not dare to speak; so I made myself a deceiver and am guilty of great sin. I wore a man's dress in order to escape those who might attempt to arrest me. What I did last night was done at the earnest request of Moonlight. Even if you graciously overlook these many faults of mine, the longer I live the more I shall look with amazement on my having been so bold. If your lordship will kindly forgive and forget my wrongdoing and overlook my poor and humble birth; if you will permit me to find shelter under your wide-spreading tree where I may build my little nest, Moonlight and I will live together, and after the Master is married to some noble lady, she and I will come to your home and speak our good wishes and congratulations."

그러자 와일드구스가 대답했다.

"제가 어찌하여 그런 일을 감히 할 수 있었겠습니까? 그건 제 전 생애를 사로잡아 온 타고난 하나의 거대하고 불가피한 갈망 아니겠습니까? 제 자신을 어느 걸출한 영웅이나 뛰어난 주인에게 연결시키려는 욕망이지요. 연나라 왕께서 제 이름을 알고는 보석을 가득 채운 자루로 저를 구입했을 때, 저를 맛깔스런 음식을 먹이시고 또 귀한 비단으로 입히셨지요. 그러나 저는 그에 전혀 기뻐하지 않았고 오히려 새 장에 갇힌 앵무새 같이 고통스러웠습니다. 그날들을 탄식하며 날개를 흔들어서 날아 가버리고 싶었지요. 연나라 왕이 상공을 연회에 초대했던 당일에 저는 가림막 너머로 상공을 몰래 보았는데, 바로 상공께서 제 마음이 따라서 앞으로 나아가도록 운명적으로 정해진 그 분이었습니다. 그 성은 9개 관문으로 에워싸여 있어, 제가 어떻게 무사히 통과해 나갈 수 있겠습니까? 상공께서 나선 여정이 수만리 길인데, 제가 어떻게 탈출하여 그렇게 먼 길을 따라갈 수 있겠습니까? 저는 백여가지 방법과 수단을 생각했고, 한 계획을 정했지요. 그러나 당신이 떠날 때 그것을 감히 실행하지 못했습니다. 만일 내가 계획대로 했더라면 연나라 왕이 추적을 보내 나를 체포했을 것입니다. 당신이 떠나고 10일째 되는 날 저는 왕의 날쌘 말들 중 하나를 몰래 타고 나의 길로 내달려 한단강에서 당신을 따라잡아 주인님께 제 모습을 알렸습니다. 제가 즉시 제 자신을 알렸어야 했지만 주변에 엿듣는 사람들이 아주 많아 말씀 올리지 못했습니다. 그래서 제 자신을 속임꾼으로 만들고 큰 죄를 짓게 되었습니다. 저는 저를 체포할지도 모를 사람들로부터 피하기 위해서 남자 옷을 입었지요. 제가 어젯밤 했던 일은 문라이트의 각별한 요청에 따른 것입니다. 상공께서 이런 저의 잘못을 감사하게도 눈감아 주신다면, 제가 오래 살면 살수록 제가 그렇게 과감하게 했던 일을 즐거운 마음으로 더 음미할 것입니다. 만약 상공께서 정감 넘치게 용서하시고 제 그릇된 행동도 용서하시며 제 가련하고 천한 출생 또한 눈감아 주신다면, 만약 당신이 당신의 넓게 뻗은 나무 아래 내가 안식처를 구하도록 허락하신다면, 작은 둥지 하나 지은 그곳에서 문라이트와 제가 함께 살겠습니다. 그리고 상공께서 어느 귀부인과 결혼하게 된 후에는, 문라이트와 제가 찾아가 우리들의 진심어린 기원과 축하를 드릴 것입니다."

General Yang said in reply: "My fairest maid, not even Chi-pool the famous dancer was your equal. Not only have you highly esteemed the attainments of this poor prince of Wee, but you desire to follow him for good. How can he remember any fault of yours?"

양장군은 답변했다.

"나의 예쁜 여인이여, 그 유명한 무희 치풀[127]마저도 그대에 이르지 못할 것이오. 그대는 이렇게 보잘 것 없는 위나라 제후의 학식을 높이 평할 뿐 아니라, 선한 마음으로 그를 따르기를 원하는데, 어떻게 그가 그대의 잘못을 하나라도 기억할 수 있겠소?"

Then Wildgoose thanked him, and Moonlight said: "Now that Chok See has waited on my lord as well as I, I thank thee on her

127 원문에 따르면 양월공(楊越公)의 홍불기(紅拂妓)를 이른다.

behalf." And thus they bowed repeatedly.

그러자 와일드구스가 그에게 감사를 표했고, 문라이트가 말했다. "이제 적씨 또한 저와 함께 주인님을 모시었습니다. 감사드립니다." 그래서 그들은 거듭 절을 올렸다.

Next morning by break of day the General was ready to depart, and said to the two: "There are many who spy and eavesdrop on a long journey, so we may not go together, but as soon as I have[p125] completed the marriage awaiting me, you must both come." Thus he resumed his way.

다음날 아침 날이 밝자, 장군은 떠날 준비를 했고, 그 두 사람에게 말했다.

"긴 여정에서 밀정과 엿듣는 자들이 많을 것이니[128], 우리 함께 갈 수는 없겠지만, 내가 결혼을 하자마자 그대 둘은 함께 와야 하오."

그래서 그는 다시 장도에 올랐다.

Once more he reached the capital and reported at the Palace. At this time, too, a letter of submission arrived from the King of Yon, with quantities of tribute, gold, silver, silks, etc. The Emperor, greatly delighted at his success, comforted Yang after the long hardships of

128 원문에서는 길이 불편하여 함께 하지 못한다는 이유를 밝히고 있다.

the way; congratulated him, and proposed to make him a tributary prince as reward; but Yang, alarmed at this too high favour, bowed low before the throne, asking earnestly to be permitted to decline.

다시 그는 도성에 도착하여 보고를 드렸다. 또한 이때 항복 문서가 상당량의 조공, 금, 은, 비단 등과 함께 연나라 왕으로부터 도달했다. 그의 성공에 크게 기뻐한 황제는 오랜 그 길의 노고를 마친 양을 위로했다. 그를 축하하며 보상으로 그를 제후로 명하고자 했지만, 양이 너무 높은 시혜에 크게 놀라며 크게 엎드려 절하면서 진정으로 사양함으로 허락받고자 청했다.

The Emperor, charmed with his modesty, yielded to his wishes and made him only a chief minister as well as Director of the Hallim (College of Literature), besides giving him great rewards. He caused him to be most lavishly honoured by the State, so that history scarcely presents a case of one so markedly distinguished.

그의 겸손에 매료된 황제는 그의 소망에 양보했으며 그를 주요 대신과 한림원(문학자 공동체)의 수장[129]으로 임명했다. 더불어 큰 상을 내렸다. 황제는 국가에서 내리는 가장 아낌없는 명예를 내렸고, 역사는 그렇게 현저하게 뛰어난 사람의 경우를 좀처럼 나타내지 않는다.

129 원문에 따르면 예부상서 겸 한림학사(翰林學士)에 봉한 것으로 보인다.

After his return, Yang went to pay his respects to the home of Justice Cheung. He and the lady Cheung greeted him with special joy, congratulated him on his high attainments and honour, and were delighted at his being made a minister, so that the whole house was filled with rejoicing.

그가 돌아온 후, 양은 정사도의 집으로 가서 존경심을 바쳤다. 그와 아내 정씨는 특별한 기쁨으로 그를 맞았고, 그의 높은 성취와 명예에 축하해주었으며, 대신으로 된 일을 반겼다. 그래서 전 집안이 즐거움으로 가득찼다.

Yang then went to his quarters in the park pavilion, once more met Cloudlet and renewed the happy relationship with her that had been broken off by his departure.

그리고는 양이 자기 공간인 정원 누각으로 갔고, 다시 클라우들릿을 만나서 그 동안 끊어졌던 그녀와 행복한 관계를 새로 복원했다.

The Emperor was greatly delighted with the rising fame of Yang So-yoo. He frequently summoned him to the inner palace to talk about history and the Classics, as well as other subjects, so that the days went by imperceptibly.[p126]

황제는 양소유의 높아지는 유명세를 크게 반겼다. 황제는 소유를 자주 궁내로 불러들여 역사와 고전 그리고 여타 주제들에 대해 이야기를 나눴으며, 그래서 날들이 가는 줄도 모르게 흘러갔다.

One evening Yang was detained till late in the presence of the Emperor. On his return to his official quarters, the moon shone softly and his feelings of happiness were so great that sleep refused to come. He went alone up into the upper pavilion, and there leaned on the balustrade and looked out upon the scene so softly gilded by the shining moon. Suddenly he heard on the gently passing breeze the notes of a flute, far off, as though from among the clouds, coming nearer and nearer. He could not distinguish the tune, but the sweetness was such as is not heard among mortals.

어느 날 저녁 양은 황제 면전에 늦게까지 잡혀 있었다. 그의 사무 공간으로 돌아오자 달이 부드럽게 빛났으며 그의 행복감이 아주 커져서 잠이 오지 않았다. 그는 혼자서 누각 상부로 올라갔고 난간에 기대서 빛나는 달빛이 아주 부드럽게 활강하는 광경을 내다보았다. 돌연 잔잔하게 지나는 바람을 타고 멀리서 마치 구름들 사이로부터 점점 더 가까이 다가오는 것처럼 퉁소 연주가 들렸다. 그는 그 음색을 구분할 수 없었지만, 그 감미로움은 사람들 사이에서는 들리지 않는 그런 종류였다.

Minister Yang then called one of the secretaries of the Hallim and asked him, saying: “Does this music come from outside the palace, or is there someone within the enclosure who is playing?"

그러자 양대신은 한림의 서기 한 명을 불렀고 그에게 물었다.

"이 음악은 궁성 밖에서 들려오는 것이오, 아니면 연주하는 이가 궁성 안의 누군가가 있는 것이오?"

The secretary said he did not know. The minister then ordered wine to be brought, and when he had taken a glass or two he called for his flute on which he began to play. The sound of it went up to heaven, and soft tinted clouds came out to listen; the phoenix birds called to each other, and two blue storks came flying from the palace and danced to the music; while all the secretaries looked on in wonder, saying: "Wang Ja-jin [26] has come down to earth to share our joys and sorrows."

그 서기는 자기는 모른다고 말했다. 그러자 양대신은 술을 가져오라고 명했고, 한 두 잔 정도 마셨을 때, 그는 자기 퉁소를 가져오도록 하여 불기 시작했다. 그 소리는 하늘로 올랐고, 부드럽게 색칠된 구름들이 듣기 위해 나타났다. 불사조들이 서로를 불렀고, 파란 황새 두 마리가 궁정으로부터 날아와서는 음악에 맞춰 춤을 췄다. 모든 서기들이 놀라운 눈빛으로 보면서 말했다.

"왕자 진이 인간의 기쁨과 슬픔을 나누기 위해 지상에 내려왔구나."

The Empress Dowager had two sons and one daughter; the

Emperor, Prince Wol, and Princess Nan-yang or Orchid. When Orchid was born, a fairy had come down from heaven to the Empress in a dream, and had placed a jewel in her bosom. Such was the princess. When she was grown up she was graceful in form as a flower and all her ways were[p127]according to the highest measure of the genii. No marks of earth were there upon her. Marvellously skilled was she, too, in the character, in needlework and embroidery. The Empress loved her better than all others.

황제의 어머니 태후에게는 두 아들과 한 명의 딸이 있었다. 황제, 월나라 왕, 난양 혹은 오키드공주다. 오키드가 태어났을 때, 꿈 속에서 어느 선녀가 하늘에서 태후에게 내려와서는 그녀의 가슴에 보석을 놓았다. 그것이 공주였다. 그녀가 성장했을 때, 몸매가 꽃과 같이 우아했으며 모든 그녀의 방식은 신선의 최고 표준에 따랐다. 그녀에겐 속세의 어떠한 흔적도 없었다. 경이로운 솜씨는 서예, 바느질, 자수 따위에도 발휘되었다. 태후는 어느 누구보다 더 그녀를 사랑했다.

Among the tribute paid at this time there was a white stone flute from the western empire of Rome. The form of it was very beautiful, and the Empress ordered the court musicians to try it, but they failed and no sound was forthcoming. In a dream one night the princess met a fairy and learned from her how to play it. After waking she tried this flute of the far west and the tones were exceeding sweet, agreeing in harmony with the laws of the eum-rul (Chinese music).

이번에 온 조공 중에는 서역 로마제국으로부터 흰색 돌로 된 퉁소가 있었다. 그 형태가 아주 아름답고 태후가 궁궐 음악사들에게 그걸 불어보라고 명했지만 그들은 실패했고 아무 소리가 나오지 않았다. 한번은 꿈에서 공주는 어느 선녀를 만나서 그 연주법을 배웠다. 잠에서 깬 그녀는 먼 서양에서 온 이 퉁소를 불어보았는데, 그 음조가 감미롭기 그지없고 음률(중국 음악)의 법에 따라 조화롭게 맞춰졌다.

The Empress Dowager and the Emperor were greatly astonished at this, but no outsiders knew anything of it. At one time when she played the storks gathered in front of the audience hall and danced to the music.

태후와 황제는 이에 크게 놀랐지만, 외부인 어느 누구도 이에 관해서는 아무 것도 몰랐다. 한번은 그녀가 연주할 때 황새들이 청중실 정면에 모여들어 음악에 맞춰 춤췄다.

The Empress said to the Emperor: "In ancient days Prince Chin-mok's daughter, Nong-ok [27], played beautifully on the crystal flute, and now Orchid plays no less marvellously. Nong-ok found her destined husband by this matchless music of hers. May it be so with Orchid, and may we thus happily settle the question of her marriage.” Though Nan-yang was grown up she had not yet been betrothed.

태후는 황제에게 말했다.

“고대 진목왕[130]의 딸 농옥이 유리 통소를 아름답게 연주했다는데, 이제 오키드가 못지않게 경이로운 연주를 합니다. 농옥은 자신의 비길 데 없는 음악으로 운명의 남편을 찾았습니다. 오키드 또한 그러하기를. 그리고 우리도 그녀의 혼인문제를 흔쾌히 정할 수 있기를 기원합니다.”

난양이 비록 장성하였지만, 그녀는 아직 약혼하지 않았던 것이다.

On this night, Orchid, inspired by the soft light of the moonbeams, played till the storks danced before her, and when she had finished they flew away to the office of the Hallim and danced there likewise; so it became reported throughout the palace that the[p128]storks had danced to the music of General Yang. The Emperor heard it, and marvelled as he thought to himself: “The Princess’s destiny evidently rests with this man.”

이날 밤 부드러운 달빛 광선에 감명하여 오키드는 황새가 그녀 앞에서 춤출 때까지 연주했다. 그리고 그녀가 연주를 끝내자, 그들은 한림원 방향으로 날아갔으며, 마찬가지로 거기서 춤을 췄다. 그래서

130 게일이 원문의 ‘秦穆公’을 오역한 부분이다.

양장군의 음악에 맞춰 황새들이 춤을 췄다는 소식이 궁정을 돌아서 알려지게 되었다. 황제가 이 소식을 듣고는 혼자 생각하며 경탄했다.

"공주의 운명은 분명히 이 사람에 달렸구나."[131]

[CUTLINE: The Stork Dance: The Palace Maids in Waiting][132]

[황새의 춤: 시중 드는 궁정의 하녀들]

He then reported to the Empress Dowager, saying, "General Yang's age is about the same as that of Princess Orchid, and there is no one in the Court his equal in handsome bearing or ability. Never again can we expect to find his like if we search the whole wide realm."

그리하여 그는 태후에게 알리며 말했다.

"양장군의 나이가 오키드 공주의 나이와 거의 같으며, 맵시 있는 행동거지에서나 능력에서나 궁궐에서 그에 따를 자가 없습니다. 우리가 온 세상을 찾아 나선다 하더라도, 그와 같은 이를 결코 다시 만나기를 기대할 수 없을 것입니다."

The Empress laughed, and said: "Orchid's marriage has not yet

131 원문에는 양소유가 난양공주의 운명을 쥐고 있다는 황제의 말이 아닌, 양소유가 하늘에서 내린 난양공주의 배필이라는 태후의 말이 서술되어 있다.

132 원문에서는 이 부분에서 특별히 장을 나누지 않았지만, 번역문에서는 난양공주와 양소유의 이야기에 주목하기 위해 이 부분을 따로 구분한 것으로 여겨진다.

been decided upon, and I have been somewhat anxious about it. Now that I hear this, I am sure that Yang So-yoo is God's appointed mate for her; still, I must have a look at him before I decide finally."

태후가 웃으면서 말했다.

"오키드의 결혼이 아직 결정되지 않았으니 저로선 조금씩 걱정을 하고 있었습니다. 마침 이런 얘기를 들으니 양소유가 그 애를 위해 하늘이 내린 배필인 게 분명하군요. 그렇긴 하지만 저로선 최종 결정하기 전에 그를 만나 봐야 하겠습니다."

"That will be very easy," said the Emperor in reply. "I shall summon Yang one of these days to one of my private audiences, have a talk with him on some literary subject, and then you can peep through the screen and see what kind of man he is."

황제가 대답했다.

"그건 아주 쉬운 일입니다. 제가 요 며칠 내에 양을 사적인 알현의 자리에 소환하겠습니다. 그래서 어느 문학적인 주제로 그와 이야기를 나눈다면, 태후께서는 그를 가림막 너머로 볼 수 있으시며 그가 어떤 이인지도 아실 수 있을 것입니다.

The Empress was greatly delighted and so the matter rested.

태후는 크게 기뻤으며, 그 문제를 내려놓게 되었다.

Princess Orchid's special name was So-wha, so called because these two characters were found engraved upon the flute. They meant "flute harmony."

공주 오키드의 특별한 이름은 소화(簫和)였는데, 서방에서 온 그 퉁소에 그 두 글자가 새겨져 있었던 까닭에 불리게 되었다. 글자의 의미는
"퉁소로 이루는 조화"이다.

On a certain day the Emperor took his seat in the Hall of the Fairies, one of the palaces of the Imperial Court, and commanded a eunuch to summon Yang So-yoo. The eunuch went first to the office of the Hallim, but learned there that Yang was out. Then he went post-haste to the home of Justice Cheung and made inquiry, but was told that Yang had not[p129]yet returned. So he rushed about here and there but could get no trace of him.

어느 날 황제는 황궁의 궁전들 중 하나인 요정전의 옥좌에 앉아서 내관에게 양소유를 불러라 명했다. 그 내관이 한림원으로 먼저 갔는데, 양이 출타했다는 사실을 알았다. 그러자 그는 파발마를 타고 정사도의 집으로 가서 문의했지만, 양이 아직 돌아오지 않았다는 이야기를 들었다. 그래서 그는 여기저기를 찾았으나 그의 흔적을 찾지 못했다.

At this time Yang, accompanied by Thirteen, had gone to one of the places of amusement, where he had imbibed so freely that he was very much intoxicated. He was happy and having a hilarious time.

이때 양은 써틴과 함께 유흥 장소들 중 하나에 가 있었다. 거기서 그는 아주 대놓고 마셨기 때문에 매우 취해 있었다. 그는 행복했으며 유쾌한 시간을 즐기고 있었다.[133]

The eunuch hurriedly rushed in and ordered him to report at once to the palace. Thirteen, alarmed by this call, jumped up and went out. But Yang's eyes were heavy with drink and his hair was in disorder. The eunuch addressed him so that he got up and changed his dress and then followed into the inner palace, where he appeared before the Emperor, who commanded him to sit down.

그 내관은 급하게 들어가 즉시 궁으로 오라는 명령을 전했다. 이 소환에 깜짝 놀란 써틴은 펄쩍 뛰며 나갔다. 하지만 양의 눈은 술로 쳐졌고 그의 머리는 난발이었다. 그 내관이 그에게 정식으로 이야기하자 양은 일어나 의관을 정비했고, 그를 따라 내궁으로 들어갔고, 황제의 앞에 이르자 황제는 그에게 앉으라고 명했다[134].

---

133 본래 원문을 보면, 양소유가 장안의 기방에서 만취하여, 두 기생이 양소유의 관대를 입혀주는 장면이 제시된다. 게일은 기생과 노는 장면을 생략했고, 의복을 환관이 입혀주는 것으로 대신했다. 게일의 의역이 엿보이는 대목이다.

134 원문에 두 기생이 양소유에게 관대를 입혀주는 것으로 되어 있다.

There they discussed the history of the past line of kings, their successes and their failures, and Yang, quick as he was asked, gave answer, his words flowing like running water.

거기서 그들은 지난 왕들의 성공과 실패를 이야기하면서 계보의 역사를 논했다. 양은 질문을 받는 즉시 마치 흐르는 물과 같은 말로써 답을 내놓았다.

The Emperor, greatly delighted, said: "I should like to ask whom you regard as greatest among the kings of the past, and whom among the ministers."

크게 기뻐하며 황제는 말했다.

"짐은 그대가 생각하는 지난 왕들 중에서 최고와 대신들 중 최고가 누구인지 묻고 싶구나."

The Hallim replied: "Among the kings we rank Yo and Soon [28] first, but we need not specially dwell on them. Han Ko-jo wrote an essay called, 'The Great Wind,' while Wee Ta-jo wrote one called, 'The Bright Wind and Shining Stars.' These come first among the kings. Among ministers are Yi Yung of Sa-kyong, Cho Ja of Up-to, To Yon-myong of Nam-cho, and Sa Yom-eum. These are regarded as the first literary masters. Among the kingdoms Tang is first, and among the Tang kings, Hyon-jong. Among ministers is Yi Tai-baik, who is without a peer in all the world."[p130]

양한림이 답했다.

"왕들 중에서는 우리가 요임금과 순임금을 먼저 꼽지만, 우리가 특별히 그들에 대해 논할 필요조차 없습니다. 한고조는 '큰바람'[135] 이란 에세이를 썼고, 위태조는 '맑은 바람, 빛나는 별들'[136]이란 글을 썼습니다. 이들이 왕들 중에 첫째입니다. 대신들 중에서는 사경의 이융, 업투의 조자, 남조의 도연명, 그리고 사염음[137]이 있습니다. 이들이 첫째 가는 문사들입니다. 왕국들 중에는 당나라가 첫째요, 당의 왕들 중에는 현종입니다. 대신들 중에는 온 천하에서 필적할 자가 없었던 이태백입니다.

The Emperor said: "Your opinion is assuredly just what mine is. When I read Yi Tai-baik's 'Chong Pyong-sa' and 'Haing Nak-sa,' I was always very sorry that I did not live at the same time as he did, but now that I have won your lordship to my side, why should I even envy Yi Tai-baik?

황제는 말했다.

"공의 의견은 확실히 짐의 의견과 꼭 같구나. 내 이태백의 '청평사'와 '행락사'를 읽었을 때, 그와 동시대에 살지 못했던 것이 언제

135 원문은 「대풍가(大風歌)」로 되어 있다.
136 月明星稀
137 첫 번째 사람은 한나라의 이릉, 위나라(Up-to; 영어로 위쪽임)조조의 아들 조자건, 남조의 도연명과 사영운 등으로 되어 있다.

나 유감이었지만, 이제 경을 내 곁에 두게 되었으니 내가 이태백을 부러워할 이유가 있겠는가?"

"I have," said his Majesty, "in accordance with ancient law, selected ten or more palace women who are specially gifted with the pen and beautiful to see, and put them under a secretary. Now I should like your lordship, following the example of Yi Tai-baik, to write for these women something that they would specially enjoy"; and so he ordered the ink-stone, jade table, and pens to be brought, and placed before the master. The women, delighted that they were to have a sample of his renowned penmanship, brought special paper, silken pocket handkerchiefs, embroidered fans and so forth, on which he was to write.

폐하는 말했다.

"나는 옛 법에 따라서 문필에 특별히 천부적 재능을 갖고 미모를 갖춘 궁녀 십여 명을 선발해서 대기시켜 놓았다. 이제 나는 이태백의 모범을 따라서 경이 그 궁녀들이 특별히 즐길 만한 어떤 것을 써 주었으면 한다."

그리하여 황제는 벼루와 옥 탁자와 붓을 가져와 사부 앞에 놓으라고 명했다. 저명한 그의 문필로 본보기를 받게 된다는 사실에 기뻐하는 여인들은 그가 글을 쓸 특별한 종이, 비단 주머니 손수건, 자수 놓인 부채 등등을 가져왔다.

The Hallim, delighted to show them this attention, wrote with great readiness and rapidity, dashing off his strokes like the wind and clouds or the dazzling lightning. Before the shadows of the evening had begun to fall he had finished the pile of invitations that lay before him. The palace ladies knelt in order, passing writings to His Majesty, who examined them all interestedly. Some were in couplets, some in fours, some again in doubles; all were gems of their kind. There was no limit to the praise the King bestowed upon them. Then he said to the palace maids-in-waiting: "Now that the Hallim has worked so hard and written for you, you must bring him the best wine there is." [p131]

한림은 그들에게 이런 배려를 베푸는 데 기뻐서 바람과 구름 혹은 눈부신 번개처럼 필치를 빠르게 휘두르며 기꺼운 마음으로 그리고 급속도로 써나갔다. 저녁 어둠이 내리기 이전에 그는 자기 앞에 놓인 종이 더미에 글을 다 썼다. 궁녀들은 나란히 무릎을 꿇고 황제 폐하께 글을 전달했고, 그는 글들을 흥미롭게 읽어나갔다. 일부는 이연 시였고 일부는 사연 시였다.[138] 또 몇몇은 다시 이연 시였으며 모두가 보석 같은 글이었다. 왕이 글들에 내리는 칭찬은 끝이 없었다. 글을 다 쓴 다음 양은 시중드는 궁녀에게 말했다.

"자, 한림이 일을 아주 열심히 하였고, 너희를 위해 글을 썼느니라. 너희는 마땅히 저기 있는 가장 훌륭한 술을 가져와야 할 것이야."

138 절구(絶句)와 사운(四韻)을 지었다.

Then the ladies brought choice wine in golden platters, in crystal goblets, and in parrot cups, on green stone tables, and arranged various dainties to accompany the wine. Sometimes kneeling, sometimes standing, they vied with each other to serve him.

그러자 그 여인들은 금 원반, 유리 술잔에, 그리고 앵무새 술잔에 담겨 옥탁자 위에 놓여 있는 훌륭한 술을 가져왔고, 또 술안주로 다양한 진미 음식을 차려놓았다. 때로는 무릎을 꿇고서 궁녀들은 그를 모시기 위해 서로 경쟁했다.

The Hallim received each with his left hand and raised it to his lips with the right, and when he had had ten glasses or so his face grew rosy like the springtime, while mists beclouded his vision, Then His Majesty ordered the wine to be removed and said to the women: "The Hallim's verses are each worth their weight in gold. What will you give him now in return?"

한림은 왼손으로 각각의 잔을 받았고, 오른손으로 그의 입으로 가져갔으며, 열 잔 정도에 이르자 그의 얼굴이 봄날 같이 붉어졌고, 그의 앞이 안개로 흐려졌다. 그러자 황제는 술을 물리라고 명하고, 궁녀들에게 말했다.

"한림의 시편들은 각각이 금과 같은 무게의 가치가 있다. 너희들은 그에게 무엇을 돌려주겠느냐?"[139]

Some of the women drew forth the golden hairpins that were shot through their hair, some unclasped their jade belt ornaments, some took rings from their fingers. Each tried to outdo the other till their gifts were piled up before him. Then His Majesty ‘said to one of the eunuchs: “Take the ink-stone used by the Master, the pens, and the gifts of the palace-maids, wrap them up, and when he goes take them to his house.”

> 궁녀들 중 몇몇은 자기들 머리카락 속에서 빛나던 금제 머리핀을 앞으로 밀어놓았고, 또 일부는 자기들 혁띠 장식을 풀었으며, 또 몇몇은 자기들 손가락에서 반지를 뺐다. 각자는 그의 앞에 자기들 선물이 쌓일 때까지 다른 이를 능가하기 위해 애썼다. 그리고는 황제가 내관들 중 한 명에게 말했다.
>
> “상공이 사용한 벼루, 붓, 궁녀들의 선물을 가져가 싸서 그가 갈 때 그것들을 집으로 갖다 주도록 하여라.”

The Hallim thanked His Majesty for his kindness, got up to go but fell over. The Emperor then ordered a eunuch to help him along under the arms as far as the South Gate; where they mounted him on his horse. At last he reached his quarters in the park pavilion. Cloudlet received him, helped him to change his ceremonial dress, and asked in amazement: “Wherever has your lordship been that you

---

139 원문에 따르면 황제는 『모시(毛詩)』의 ‘나무 과실을 던지면 보배 구슬로 갚는다’는 구절을 인용하여 궁녀들에게 묻고 있다.

have drunk so much?"

한림은 폐하에게 배려에 감사의 절을 올렸고, 일어서 가다가 그만 넘어졌다. 황제는 내관에게 남문까지 그를 부축해서 따라가 도와주라고 명했다. 거기서 내관들이 그를 말에 올려 태웠다. 결국 그는 정원 누각의 자기 처소로 도착했다. 클라우들릿이 그를 맞아 예복을 갈아 입도록 도왔으며, 어처구니가 없어 물었다.

"어디서 그렇게 많이 드셨는지요?"

Yang, who was very drunk indeed, could only nod his head. Then in a little time there came a servant[p132]bearing a great load of gifts from the Emperor－pens, ink-stone, fans, etc., which were piled up at the hall entrance.

실제로 너머 취한 양은 고개를 끄덕일 수만 있을 정도였다. 그러고 잠시 지나자 하인이 황제의 선물 자루를 들고 왔다. 붓, 벼루, 부채 등등이 누각 규방 입구에 쌓였다.

Yang laughed and said: "These are all presents that His Majesty has sent to you, Cloudlet. How do my winnings compare with those of Tong Pang-sak?"

양은 웃으며 말했다.

"이것들 모두가 폐하께서 당신께 내리신 선물이요, 클라우들릿.

내가 받은 상이 동방삭의 그것과 어떻게 비교하겠소?"

The next day the Hallim arose late, and after he had made his toilet the gate-keeper came suddenly to say that Prince Wol had come to call upon him.

다음 날 한림이 늦게 일어나 용변을 보고나자 문지기가 갑자기 들어와 월나라 왕이 자기를 만나러 와 있다고 말했다.

Yang gave a start and said: "Prince Wol has come? Something surely must be the matter."

양이 놀라서 말했다.
"월나라 왕이 왔어? 확실히 무슨 문제가 생긴 모양이군."

He went hastily out to meet him, showed him in, and asked him to be seated. His age would be about twenty. Very handsome he was, with no traces of the common world on his features.

양은 급히 그를 만나기 위해 나가서 그를 안으로 안내하고 자리에 앉도록 했다. 그의 나이는 이십 살 정도였다. 그는 아주 잘생겼으며, 용모에는 속세의 어떠한 흔적도 없었다.[140]

---

140 원문에는 마치 천인(天人)과 같았다고 서술되어 있다.

Yang, humbly kneeling, said to him: "Your Highness has condescended to visit my humble dwelling; what orders have you for me, please?"

겸손하게 무릎을 꿇은 양은 그에게 말했다.

"전하께서 이렇게 몸을 낮추어서 저의 비루한 처소에 오셨는데, 저에게 내리실 무슨 명이 있으신지요?"

The Prince answered: "I am an admirer of specially gifted men, even though I have had no opportunity to get acquainted with your Excellency. Now, however, I come with commands from His Majesty, and to convey his message. The Princess Nan-yang has now reached a marriageable age and we have to choose a husband for her. The Emperor, seeing your superiority, and greatly admiring your gifts, has made you his choice, and has sent me to let you know. In a little the Imperial orders will be issued."

왕은 답했다.

"나는, 비록 내가 공의 덕망을 직접 접할 기회를 갖지 못했지만, 그 특별한 천부적 재능을 사모하는 사람이오. 그러나 오늘 내가 온 것은 폐하의 명을 받들어 전하기 위해서요. 난양 공주가 이제 혼기가 차서 우리는 남편감을 물색해야 하오. 황제께서는 당신의 훌륭한 면모를 확인했고 또 그 천재를 크게 칭찬하시면서 당신을 낙점했고, 그래서 그 사실을 알리러 나를 보내신 것이오. 머잖아 황제의 명이 발령될 것이오."

Yang, greatly alarmed, said: "The grace of heaven coming down to so low and humble a subject means 'blessing exceeding bounds,' and where[p133]blessing exceeds bounds it becomes disaster. There is no question about it. Your servant is engaged to the daughter of Justice Cheung, and almost a year has gone by since the gifts were exchanged. I beg and beseech your Highness to make this known to His Majesty."

크게 놀란 양은 말했다.

"아주 낮고 비천한 백성에게 내려온 하늘의 은총이 뜻하는 바는 '복이 지나치다'는 말이며, 복이 지나치면 오히려 재앙이 된다는 말씀입니다. 그런 이치에는 의문의 여지가 없습니다. 소인은 정사도의 딸과 약혼을 한 상태이며 폐물이 오고 간 지가 어느덧 거의 일 년이 지났습니다. 저로서는 전하께서 폐하께 이 사실을 아뢰어주시길 빌고 간구할 따름입니다."

The Prince replied: "I shall certainly report as you say, but I regret it very much, for the Emperor's love of the highly gifted will turn out a disappointment."

왕이 답했다.

"내 확실히 당신의 말을 전하겠소만, 그것으로 황제의 그대에 대한 사랑이 실망으로 변할까 아주 유감이오.

The Hallim answered: "This matter is of great concern in my world of affairs, and one I dare not deal lightly with. I shall bow before His Majesty and ask for punishment."

한림이 답했다.
"이 문제는 저의 세상사 처신과 크게 관련되어 감히 가벼이 처리할 수 없는 문제입니다. 제가 폐하 앞에 절하고 벌을 청할 것입니다."

The Prince then bade farewell and returned to the palace.

그러자 왕은 작별을 고하고 왕궁으로 돌아갔다.

Yang then went to the apartments occupied by Justice Cheung, and reported to him what the Prince had said. Already Cloudlet had told the lady of the house, so that the whole house was upset and in a state of consternation, no one knowing what to do. Clouds of anxiety gathered on the old Justice's face and over his eyebrows, and he had no words to say.

그런 다음 양은 정사부가 사는 처소로 가서 그에게 왕이 와서 했던 말을 고했다. 이미 클라우들릿은 마님에게 전했으며, 그리하여 전체 집안은 술렁였고 놀란 상태로 있었다. 누구도 어쩔 줄을 몰랐다. 근심의 구름이 연로한 사도의 얼굴과 눈가에 몰려들었고, 그에

겐 할 말이 없었다.[141]

"Do not be anxious," said the Hallim. "The Emperor is good and enlightened and most careful to do exactly what is according to ceremony and good form. He would never set any of the affairs of his minister at naught, and though I am unworthy I would die rather than do the wrong that Song Hong did."

한림이 말했다.

"근심하지 마십시오. 황제께서는 선하고 사리에 밝으셔서 예법과 옳은 예절에 따른 일을 정확히 하는데 아주 신중하시지요. 자기 신하의 일 어느 것도 결코 무로 만들지 않으실 분입니다. 비록 불초 소생이지만 송홍이 그랬듯이 저는 그릇된 일을 하기보다는 차라리 죽겠습니다."[142]

The Empress Dowager had the previous day come into the Hall of the Fairies and had peeped in on Yang So-yoo. She had been greatly taken with[p134]him, saying to the Emperor: "He is indeed a fitting mate for Nan-yang (Orchid). I have seen him, and there is no longer

---

141 원문에는 정사도의 심경에 대한 상세한 서술이 없다. 다만 온 집안이 당황하여 어쩔줄 몰라 했다는 사실만이 서술되어 있을 뿐이다. 이에 반해 번역문에서는 정사도의 심리상태에 대해 상세하게 서술하고 있다.

142 원문에는 차라리 죽겠다는 양소유의 강력한 다짐의 말이 서술되어 있지 않지만, 번역문에는 죽음을 거론하며 자신의 의지를 강조하는 양소유의 마음가짐이 서술되어 있다.

any need for consultation.” Thus she commanded Prince Wol to report to Yang.

> 태후는 일전에 요정전으로 왔었고, 양소유를 훔쳐보았다. 그녀는 그가 크게 마음에 들어 황제에게 말했다.
>
> “그는 정말 난양(오키드)의 천상배필입니다. 내가 그를 본 바로는 의논을 할 필요가 전혀 없겠습니다.”
>
> 그래서 그녀는 월왕을 보내 양에게 알리라 명했다.

The Emperor himself now desired to make the same proposition. He was seated alone in the Special Hall. He was thinking over the wonderful skill that Yang had displayed in the writing of the character, and desiring once more to see what he had written, ordered one of the eunuchs to have the women bring him their compositions. They had each put the writing very carefully away, but one palace maiden took the fan on which Yang had written, went alone to her room, placed it in her bosom and cried all night over it, refusing to eat. This maiden’s family name was Chin, and her given name was Cha-bong. She was a daughter of Commissioner Chin of Wha-joo. The Commissioner had died a violent death, and Cha-bong had been arrested and made a palace maid-in-waiting. All the women loved and praised Chin See. The Emperor himself summoned her to his presence and desired to make her one of the Imperial wives, but the Empress, fearing Chin See’s surpassing beauty, did not consent.

"Chin See is indeed very lovable," said she, "but Your Majesty has had to order her father's execution. To have close relations with his daughter would break the saying of the ancients, which runs: 'Enlightened kings of the past put far away women who were related to the households of the punished.'"

황제 자신은 이제 동일한 제안을 하고 싶었다. 그는 특별전에 홀로 앉아 있었다. 그는 양이 글을 쓰면서 보여줬던 경이로운 기술에 대해 생각하고 있었다. 그리고 다시 한 번 그가 쓴 글을 보고 싶어서 내관들 중 한 명에게 궁녀들이 가지고 있는 글들을 보내라고 명했다. 궁녀들은 각자의 글을 아주 조심스럽게 내놓았지만, 한 궁녀 양의 글이 적힌 부채를 들고 혼자서 자기 방으로 가서 자기 가슴에 넣고는 먹기도 거절하며 밤새도록 울었다. 이 궁녀의 성씨는 진이며 이름은 채봉이었다. 그녀는 화주 진어사의 딸이었다. 어사는 사고사를 당했고 채봉은 체포되었으며 궁정의 시중 하녀가 되었다. 모든 여성들이 진씨를 좋아했고 칭찬했다. 황제 자신 그녀를 자기 앞에 불러 황실의 첩들 중 하나로 만들고 싶었지만, 진씨의 넘치는 미모를 우려한 태후가 동의하지 않았다. 태후가 말했다.

"진씨는 정말 사랑스럽군요. 하지만 폐하께선 그 아버지의 처형을 명해야 했습니다. 그의 딸을 가까이 두는 일은 선현들의 말씀을 위반하는 일입니다. 그에 따르면, '과거 현명한 왕들은 처벌 받은 자들의 가계와 관계되는 여인들을 멀리했다' 합니다."

The Emperor, recognising that this was true, consented. He had asked Cha-bong if she could read the character, and finding that she could, had[p135]appointed her to be one of his literary secretaries and put her in charge of palace documents. Also, the Empress Dowager had made her the literary companion of Princess Orchid, to read to her, and to drill her in the practice of composition. The Princess greatly loved Chin See for her beauty of character and the wonderful knowledge she possessed. She treated her like a near relative and would not let her out of her sight.

그게 옳다고 생각한 황제가 동의했다. 그는 채봉에게 글을 읽을 수 있는지 물었고, 그녀의 능력을 알고 문서 비서들 중 한 명으로 그녀를 임명하여 궁중 문서 임무를 주었다. 또한 태후는 그녀를 책을 읽어주고 또 작문 연습을 연마시키는 오키드 공주의 문학적 동반자로 삼았다. 공주는 진씨의 성품과 학식에 아주 매료되었다. 그녀는 진씨를 가까운 친척처럼 대했고 자기 옆에서 떼놓지를 않았다.

On that day she was waiting on the Empress Dowager in the Hall of the Fairies, ready to attend the commands of the Emperor. She was one of the women who received the verses composed by Yang. Yang's face and form were already deeply imprinted upon her heart. How could she mistake him? Waking or sleeping, she had never dropped him from her memory. She knew him at once, but Yang, having no knowledge that she was alive, and being in the presence of the Emperor, did not dare to lift up his eyes. He simply wrote and passed on what he had written.

그날 그녀는 요정전에서 태후에게 시중을 들며 황제의 명을 받기 위해 대기하고 있었다. 그녀는 양이 지은 시를 받은 궁녀들 중 한 명이었다. 양의 얼굴과 풍채는 이미 그녀 마음에 깊이 각인되어 있었다. 그녀가 어떻게 그를 못 알아볼 수 있겠는가? 깨어있거나 잠들었거나 그녀는 기억에서 한 시도 그를 놓지 않았다. 그녀는 즉시 그를 알아봤지만 그녀가 살아 있다는 사실을 알지 못했던 양은 황제의 앞이어서 감히 눈을 치뜰 수가 없었다. 그는 그저 글을 썼고, 다 쓴 글을 전달했을 뿐이었다.

Now that Cha-bong had seen him, her heart was all afire, but she stifled her feelings and emotions, and her desire to be known, fearing that she might arouse suspicion. After her return to her room, in distress over the hopelessness of trying to piece together the broken threads of her destiny, she had unfolded the fan and read over what he had written. She opened it again and again, not once putting it down. The writing read:

마침내 채봉이 그를 보았기 때문에 그녀의 심장이 불타올랐지만, 그녀는 혹여라도 의심을 불러일으킬 수도 있다는 걱정 때문에 자신의 감정과 감성과 자기 존재를 알리려는 욕망을 억눌렀다. 자기 운명의 부서진 맥락을 다시 조합하는 시도의 절망 앞에서의 고뇌를 안고 자기 방으로 돌아온 후, 그녀는 그 부채를 펴고서는 그의 글을 읽고 읽었다. 펼치고 또 펼쳐서 한 번도 그것을 놓지도 않았다. 그의 글은 이렇다.

"This silken fan is round as the moon
As fair and soft as the hand that holds it, [p136]
Over the harp strings its zephyrs play
Till it find its way to the Master's keeping.
As round it is as the shining moon,
May the soft fair hand ne'er lay it down,
Nor its silken smile e'en once be hidden,
In all the days of the happy spring."

"이 비단 부채는 달처럼 둥그네,
그것을 쥔 손만큼이나 곱고 부드럽구나,
거문고 현 너머 그것의 제피로스[143]가 나부끼네,
주인에게 보관되기까지
그것은 빛나는 달처럼 둥그네,
부드럽고 고운 손이 그것을 결코 놓지 말기를
그 비단옷 입은 미소 한번이라도 숨겨지지 않기를
행복한 봄의 모든 날들에."[144]

143 그리스신화에 나오는 서풍(西風)의 신, 하지만 원문에는 따뜻한 바람이 많다고만 서술되어 있다.

144 원문에는 2편의 시로 나뉘어 서술되어 있지만, 번역문에는 한 편의 시로 합쳐서 서술되어 있다.

When Chin See had read the first lines she sighed, saying: "Master Yang does not know my heart. Even though I am in the palace, why should I ever be thought of as the wife of the Emperor?"

진씨가 첫 행을 읽고는 한숨을 쉬며 말했다.

"양사부는 내 마음을 모르셔. 비록 내가 왕궁에 있다 하더라도, 어째서 내가 언제나 황제의 아내로서 간주되어야 하지?"

She read further and sighed again and said: "Although others have not seen my face, assuredly Master Yang will never forget me in his heart. His verses prove, however, that a foot away may mean a thousand miles. When I think of the willow song that I received when I was in my home I cannot stifle my sorrow."

그녀는 더 읽고는 또 한숨 짓고 말했다.

"다른 이들이 내 얼굴을 보지 못했을지라도, 확실히 양사부는 자기 마음속에서는 나를 결코 잊지 못할 것이야. 그럼에도 그의 시가 한 발짝 떨어지는 것이 일만리를 의미할 수도 있다는 사실을 증명하지. 내가 집에 있을 때 받았던 그 버드나무 노래[145]를 생각하면, 슬픔을 억누를 수 없구나."

The tears dropped upon her dress. She now wrote a verse and

145 양류사를 일컫는다.

added it to his upon the border of the fan, read it over, and sighed again. Suddenly she learned that a command had gone forth from the Emperor to collect all the fans and other things upon which Yang had written, Chin See in great alarm, and with terror entering into her very bones, said “I am doomed to die, doomed to die.”[p137]

눈물이 그녀의 옷에 떨어졌다. 그녀는 이제 시를 적었고, 그것을 부채 가장자리에 붙여 그의 시에 추가했다. 그것을 읽고는 다시 한숨이 나왔다. 갑자기 그녀는 양의 글이 붙은 모든 부채와 여타의 것들을 모아라는 황제로부터의 명령이 떨어졌음을 알았다. 크게 놀란 진씨는 뼛속까지 공포에 절어서 말했다.

“난 죽을 운명이야, 죽을 운명이야.”

Chapter VIII A Hopeless Dilemma

제8장 절망적인 진퇴양난

THE eunuch said to Chin See: “His Majesty desiring again to see the writing of Master Yang, has commanded me to gather up the fans. May I have yours also?”

그 내관이 진씨에게 말했다.

“폐하께서는 양사부의 글을 다시 보고 싶어서 나로 하여금 그 부채들을 모아서 오도록 명했소. 내 자네의 것 또한 가져가도 되겠소?”

Chin See began to cry, saying: "Unhappy being that I am, I thoughtlessly wrote a companion verse under what the Master had written for me, and now it proves my death warrant. If His Majesty sees it there will be no chance of escape. Rather than die under the arm of the law, I would prefer to take my own life. When I am dead, may I trust you for the burial of my body? Please have pity on me, and see that my poor remains are not left to the mercy of the ravens."

진씨는 울면서 말했다.

"이 불행한 존재가 아무 생각 없이 사부님께서 저를 위해 쓰신 시 밑에 짝으로 시를 하나 썼는데, 이게 내 죽음의 보증서가 될 줄이야. 만약 폐하께서 그걸 보시면, 피할 길이 없을 텐데. 법의 완력에 죽느니, 차라리 제 자신의 생명을 저가 가져가리다. 저 죽으면 제 시신을 묻어달라 부탁해도 될까요? 제발 저를 불쌍히 여기시고, 저의 보잘 것 없는 몸을 까마귀 밥으로 버려지지 않도록 돌봐주시기를."

The eunuch replied: "Why do you, a literary secretary, say such things as these? The Emperor is kind and ready to take a liberal view of everything. He would never regard this as a serious offence. Even though he should be angry I will use my office to placate him; follow me."

그 내관이 대답했다.

"어찌하여 문서 비서인 자네가 그런 일을 이런 식으로 이야기하시는가? 황제께서는 친절하시고 모든 일을 관대하게 볼 분이신데. 폐하는 이런 일을 그렇게 심각한 도발로는 결코 생각하지 않으실 것이오. 설사 화가 나신다 하더라도 달래기 위해 나의 직분을 활용할 것이니 나를 따르시오."

Chin See then followed the eunuch, who left her outside the palace while he went in alone. His Majesty looked at the compositions in order till at last he came to Chin See's fan, where he found someone else's verses just below Master Yang's. He wondered what it could mean and asked the eunuch. The eunuch said in reply: "Chin See told me that, never dreaming of your Majesty's asking to see them again, she had[p138]boldly written this just below the poem on her fan, bringing upon herself a sentence of death. Her purpose now is to take her own life, but I urged her not to do so and brought her here."

그러자 진씨는 그 내관을 따랐다. 그가 혼자 황궁에 들어가 있는 동안 그녀는 바깥에서 기다렸다. 폐하께는 순서대로 그 글들을 읽었고, 마침내 진씨의 부채를 보게 되었는데, 거기서 그는 양사부의 글 바로 아래에 다른 누군가의 시편을 발견했다. 그는 그게 뭔지 궁금했고 내관에게 물었다. 내관이 대답했다.

"진씨는 폐하께서 그것을 다시 보자고 하실 줄은 꿈에도 생각하지 못하고서 자기가 감히 부채의 시 바로 아래에 자기 죽음을 몰고 오게 될 시를 썼다고 말했습니다. 그래서 그녀는 자기 생명을 가져가겠다고 했지만, 제가 그러지 말라고 설득하여 이곳으로 데리고 왔습니다.”

The Emperor read what was written and it ran as follows:

황제는 그 시를 읽었고 다음과 같았다.

“The rounded fan, like the shining moon,
Calls me back to the light that was dimmed so soon.
I never had thought through my tears and pain,
That a day would come when we’d meet again.”

“그 빛나는 달과 같은 둥근 모양 부채는,
그렇게 빨리 흐릿해지는 빛으로 나를 돌이켜 이끄네[146]
내 눈물과 고통으로 결코 생각할 수 없으리,
우리 만났던 때와 같은 날이 다시 오리라고.”[147]

When his Majesty had read it through, he said: “Chin See must have had some experience in the past that this refers to. She is highly gifted in her writing and worthy of praise.” He then told the eunuch to call her.

146 원문에는 누각 위에서 부끄러워 얼굴을 가렸었다는 내용의 시구절이 서술되어 있다.

147 원문에는 지척에 두고도 알아보지 못함에 자세히 얼굴을 보게나 할 것을 아쉬워 한다는 내용의 시가 서술되어 있다.

황제가 그걸 다 읽고서는 말했다.

"진씨는 필시 시가 가리키는 과거에 어떤 일을 겪은 것이 분명하다. 그녀의 시재가 정말 뛰어나니 칭찬할만 하구나."

그는 내관으로 하여금 그녀를 부르라고 말했다.

As she came in she bowed low in the court, and confessed her fault.

그녀가 왕궁으로 들어와 엎드려 절했고, 자기 잘못을 고백했다.

His Majesty said: "If you tell me the truth I will forgive your deadly sin. To whom do you refer in this verse?"

폐하는 말했다.

"만약 네가 그 진실을 내게 말한다면, 죽음의 죄를 용서하리라. 그 시에서 가리키는 사람이 누구인가?"

Chin See bowed again and said: "How can I dare to hide anything from your Majesty after what I have done? Before my home was destroyed, Master Yang, on his way to the Government examination, passed in front of our house. Unexpectedly we saw each other, and on his writing a love song to me, I composed a reply and sent it by a messenger, proposing marriage. He accepted it and so it was decided upon. The other day in the Hall of the Fairies, while in waiting on your Majesty, I saw him again and knew his face, but he did not see me. Your unworthy[p139]servant, thinking of what had passed, foolishly wrote this verse which has found me out. I deserve to die a hundred deaths."

진씨는 다시 절하며 말했다.

"어떻게 폐하 앞에서 제가 감히 제가 했던 일을 무엇이라고 숨기겠습니까? 저의 집안이 망하기 전 과거시험을 보기 위해 길을 나섰던 양사부가 우리 집 앞을 지났습니다. 예기치도 않게 우리는 서로를 보게 되었고 그가 제게 연시를 써주었지요. 저는 하인을 시켜 청혼을 하는 답시를 썼습니다. 그는 청혼을 받아들였고, 그래서 정혼이 된 것이지요. 지난번 요정전에서 폐하를 기다리고 있는 동안 저는 그를 다시 보았고 그의 얼굴을 알아보았습니다만, 그는 저를 보지 않았습니다. 지난 일들을 회고하며 이 천한 하인이 어리석게도 저를 드러내는 시를 썼습니다. 저는 백번 죽어도 마땅합니다."

His Majesty, sorry for her sad experience, said: "Can you recall the love song that brought about your engagement of marriage?"

그녀의 슬픈 사연에 측은해진 황제는 말했다.

"정혼하게 만들었던 네가 쓴 사랑의 시를 기억할 수 있느냐?"

Chin See then wrote it out and presented it to him. He said to her: "Though your fault is a grievous one, still, because you have wonderful ability and are so greatly loved by the Princess Nan-yang,

I forgive you. Be thankful for my clemency, and give your whole heart and attention to the service of the Princess." He then gave her back the fan, which she received, and after thanking him again she withdrew.

그러자 진씨는 그것을 썼고 황제에게 바쳤다. 그는 그녀에게 말했다. "비록 너의 잘못이 무엄하다고 할지라도, 그럼에도 네 재능이 가상하고 또 난양 공주에게 각별한 사랑을 받고 있는 까닭에, 내 너를 용서하노라. 나의 자비를 감사히 여기고, 너의 전심과 주의를 공주 모시는 데 쏟아라."

그러고는 황제는 그녀에게 그 부채를 돌려줬다. 그녀는 그것을 받아 절하고 물러났다.

On the same day Prince Wol returned from the home of Justice Cheung and told the Emperor that Yang's future was decided, and that he had already sent his marriage presents.

같은 날 월나라 왕이 정사도의 집으로부터 돌아왔고, 황제에게 양의 미래가 결정되어 있으며 이미 서로 혼인 선물들을 보냈다고 아뢰었다.

At this the Empress Dowager was very much displeased, and said: "Master Yang has already been advanced to the rank of Minister of State, and must know the laws and traditions of the Government.

How can he be so determined to have his own way?"

이에 태후는 너무나 불쾌한 기분으로 말했다.

"양사부는 이미 국가의 대신의 지위에 올랐고 정부의 법과 전통을 아는 것이 틀림없을 터. 어찌하여 자기 자신의 방식에 그렇게 결연할 수 있단 말인가?"

The Emperor replied: "Yang So-yoo may have sent his marriage gifts, but that is not the same as having completed the marriage ceremony. I am sure that if one reasons with him, he will not fail to listen." So the next day Minister Yang was summoned to the palace, and he at once appeared.

황제가 답했다.

"양소유가 혼인 선물을 보냈다 하더라도 혼인의 예식을 완성한 것과 동일하지는 않습니다. 저는 누군가 이치에 맞게 설득한다면 그가 경청하지 않을 수 없을 것이라 확신합니다."

그래서 다음날 양대신은 왕궁으로 소환되었고 그는 즉시 왔다.

The Emperor said: "I have a sister who is uncommonly gifted, and, apart from yourself, I know of no one who could be a suitable mate for her. Prince Wol has already conveyed to you my wishes,[p140] but I hear that you decline and offer as an excuse the fact that you have already sent your marriage gifts to the house of Justice Cheung.

Evidently you have not thought the matter over carefully. In olden days when a choice of Imperial daughter-in-law was to be made, sometimes even a wife was chosen, not to speak of one simply betrothed. One ancient king spent a whole life of regret thinking of the women who refused his command. My idea is that we are not just the same as the nation at large. We are the parents of the people, and therefore what binds the people does not necessarily pertain to us. Even though you should break off your engagement with Justice Cheung's daughter, she could easily find another opportunity. As you have not yet celebrated the marriage, in what way can you be said to have broken the law of human deportment?"

황제는 말했다.

"나에게는 비범한 자질을 갖춘 누이가 있는데, 공을 제외하고는 그녀와 적절한 짝이 될 수 있을 사람이 없구나. 월나라 왕이 이미 나의 바람을 공에게 전했을 터이지만, 공이 거절하고 벌써 정사도의 집에 결혼 선물을 보낸 사실에 대해 양해를 구했다고 들었다. 분명히 공은 그 문제를 신중하게 생각하지 않았다. 옛날 제국의 수양딸을 정했을 때는 때로 정혼한 여인은 말할 것도 없이 결혼한 아내까지 선택되기도 했다. 어떤 선왕께서는 자기 명을 거절했던 여인을 유감으로 생각하며 전 생애를 보냈다[148]. 내 생각은 우리가 지금 그런 나

148 원문은 과거의 제왕들이 부마를 택할 때에, 부마로 선택된 이의 정처를 내보내게 함으로써, 王獻之가 이를 따라 평생토록 후회했다는 내용이다. 게일의 오역을 엿볼 수 있는 대목이다.

> 라와 똑같은 데서 살고 있지는 않다는 것이다. 우리는 백성들의 부모이며, 그래서 백성들을 결연시키는 일은 반드시 우리에게 귀속되는 것이 아니다. 설령 공이 정사도의 딸과 약혼을 파기한다 하더라도 그녀는 쉽게 다른 기회를 찾을 수 있는 일이다. 공이 아직까지 결혼의 예식을 치르지 않았기 때문에, 어떤 식으로 공이 인간이 처신하는 도리를 어겼다고 말해질 수 있겠는가?"

Yang humbly bowed and said in reply: "Your Imperial Majesty has not only not punished me, but like a father with his son has kindly and gently admonished me. I thank you most sincerely for this. I have nothing to say further except to add that my circumstances are not like those of others. I am only a poor literatus from a distant part of the country. I had not even a lodging when I first entered the capital. By the kindness of Justice Cheung I escaped the loneliness that beset me. Not only have I sent the marriage gifts, but I have taken the place of son-in-law to Justice Cheung, and also I have already seen his daughter's face, so that we are as good as husband and wife. That the marriage ceremony was not already performed was due simply to the fact that there were so many affairs of State to see to, and that I have had[p141]no opportunity to bring my mother up to the city. Now, fortunately, since the outside States are pacified and there are no longer fears for the Government, your humble servant intended to ask a short furlough to return home to bring his mother, choose a day, and have the marriage performed, when unexpectedly your Majesty's commands have come to him and he is alarmed and knows not what to do. I know that if I obeyed out of fear of punishment, Cheung's daughter would guard her honour safe till death, and never marry elsewhere. But if she should lose her place as wife would this not be reckoned a flaw in the reign of your Imperial Majesty?"

양은 겸손하게 절하고 대답했다.

"황제 폐하께선 저를 벌주지 않으실 뿐더러 마치 부자지간처럼 온화하고 관대하게 저를 훈계하십니다. 진심으로 이점 감사드립니다. 저는 제 조건이 타인의 것들과 다르다고 덧붙이는 이외에 더 아뢸 말씀이 없습니다. 저는 나라의 외딴 곳 출신의 한갓 서생에 지나지 않습니다. 처음 도성에 왔을 때 기거할 곳조차 없었습니다. 정사도의 친절 덕택에 저는 제를 에워싸고 있었던 외로움을 벗어났습니다. 저는 결혼 선물을 보냈을 뿐 아니라 정사도의 사위 자리도 차지하고 있으며, 또한 딸의 얼굴마저도 이미 봤던 까닭에 우린 부부와 마찬가지입니다. 결혼예식이 벌써 이뤄지지 못한 것은 다만 제 어머니를 도성으로 모실 기회를 잡지 못했던 때문이었습니다. 이제야 다행히도 바깥 나라들을 평정하여 정부에 우환이 없어 소신은 어머니를 집으로 모시고, 날을 잡아 결혼식을 올리기 위해 집으로 돌아갈 짧은 휴가를 청하고자 했습니다. 이런 중 예기치 않은 폐하의 명령이 떨어지자 소신은 놀라서 어찌할 바를 모르고 있습니다. 저는 만약 벌을 두려워하여 복종한다면 정사도의 딸은 죽을 때까지 자기 명예를 지키기 위해 다른 어디와도 혼인을 하지 않을 것임을 알고 있습니다. 그런데 만일 그녀가 아내의 자리를 잃는다면, 이는 황제 폐하의 다스림에 오류로 남지 않겠습니까?"

The Emperor replied: "Your ideas are most correct and good, and yet, if we speak according to the actual conditions of the case, you and Cheung's daughter are not really husband and wife. Why should she not marry elsewhere? My wish to decide this marriage with you is not only in order to place you as a pillar of the State and so reward you, but also to please the Empress Dowager, who is greatly taken with your bearing and commanding gifts, and does not leave me free to act as I might wish."

황제는 답했다.

"공의 생각이 가장 옳고 선한 답이지만, 그렇지만 우리가 사실의 실제 형편에 따라 이야기한다면, 공과 정사도의 딸이 실제 남편과 아내가 아니지 않는가. 왜 그녀가 다른 곳으로 시집가지 않는단 말인가? 공과의 이 결혼을 정하려는 내 바람은 공을 국가의 중진으로 삼아 상을 주기 위한 것일 뿐만 아니라 공의 행동거지와 탁월한 재능에 크게 호감을 가지신 태후를 기쁘게 해드리고자 함이야. 태후께서는 내 뜻하는 대로 하도록 내버려 두시지도 않으시지."

Still Yang emphatically declined.

그럼에도 양은 단호하게 거절했다.

The Emperor said: "Marriage is a very important matter and so cannot be settled by a single conference; let us have a game of go and help to pass the time."

황제는 말했다.

"결혼이란 매우 중요한 일이라 한번 논의로 정할 수 없는 법, 자, 고(바둑)나 한판하며 시간을 보내지."

His Majesty then ordered a eunuch to bring a go-board, and they sat down, Emperor and Minister, to try their skill. Only when the day grew late did they cease to play.

그러곤 폐하는 내관에게 바둑판을 가져오라 명하고, 황제와 대신이 자기 기량들을 뽐내기 위해 앉았다. 날이 늦어져서야 그들은 놀이를 끝냈다.

Yang returned home, and Justice Cheung met him[p142]with a very sorrowful countenance. Wiping his eyes he said: "To-day a command came from the Empress Dowager to send back to you your marriage gifts, so I passed the order on to Cloudlet and they are now in the park pavilion. If we think of it from our side, it puts us two old people in a very pitiful plight. I might bear it, but my old wife is overcome by it and has been rendered ill, and is now unconscious and unable to recognise her friends."

양은 집으로 돌아왔으며, 정사도는 아주 슬픈 얼굴로 그를 맞았다. 눈을 닦으면서 말했다.

"오늘 태후로부터 너의 결혼 선물을 네게 돌려보내라는 명령이 당도하여, 내가 클라우들릿에게 전해 하인들이 정원 누각에 갖다 놓았네. 우리가 우리 입장에서 생각해보면 그것이 우리 두 늙은이를 아주 고통스런 궁지로 몰아넣은 셈이야.[149] 나는 그걸 감내할 수도 있지만, 내 늙은 아내는 완전히 짓눌려 있고 병이 들어 마침내 정신을 잃고 자기 친구들조차 알아볼 수 없네."

Greatly upset by this, Yang turned pale and was unable for an hour or so to say anything in reply. At last he said: "If they realise the unfairness of this, and if I memorialise the Government against it with all my heart, will they not heed?"

이를 듣고 크게 망연하여 양은 창백해져서 한 시간 여 동안[150]이나 아무런 대답도 할 수 없었다.

"만약 그분들이 이 일의 부당함으로 깨닫는다면, 또 제가 그 조치에 맞서서 정부에 상소를 올리다면, 그분들이 유의하지 않겠습니까?"

The Justice waved his hand in opposition: "Master Yang, you have

149 원문에는 딸 아이의 비참한 신세를 생각하니 이를 형언할 수 없다고 서술되어 있으나, 번역문에는 그들이 아주 고통스러운 궁지로 몰아지게 되었다는 심사를 서술하고 있다.

150 번역문에서 시간을 명시하고 있는 것과 달리, 원문에서는 양소유가 "잠시 후 말했다(過食頃乃告曰)" 정도로 서술되어 있다.

already run counter to the Imperial orders. If you petition against it I fear for the results; you may be severely punished. Your only way is to submit. Besides, too, under the circumstances your living here at the park pavilion will be embarrassing, so if you can find a suitable place elsewhere you had better move."

정사도는 손사래를 쳤다.

"양사부, 자네는 이미 제국의 명령들을 어겼었지. 만약 자네가 상소를 한다면, 나로선 그 결과가 걱정되네. 필시 자네는 가혹한 벌을 받을 것이니. 자네의 유일한 길은 복종이야. 게다가 또한 이런 상황에서 자네가 이곳 정원 누각에 사는 것이 골칫거리를 만들 수 있으니, 만약 적절한 다른 곳을 찾을 수 있다면, 이사하는 것이 더 좋을 것이야."

Yang made no reply but went into the Park Pavilion, and there was Cloudlet with tearful face and broken voice, who offered him the marriage gifts. "As you know," said she, "I was ordered by the young mistress to wait on your lordship. I have been kindly treated and am grateful to you, but the devils have been jealous, and men have looked askance at our happiness, so that all has come to naught; and the marriage expectations of the young lady are hopelessly ended. I, too, must bid you a long farewell, and return to my mistress. Is it God, or Mother[p143]Earth, or devils, or men who have done it?" Her sobs and tears were most distressing.

양은 아무 대답 없이 정원 누각으로 갔다. 거기서 클라우들릿이 눈물어린 표정과 갈라진 목소리로 결혼 선물을 전달했다. 그녀가 말했다.

"아시겠지만, 저는 아씨의 명을 받아 사부님을 모셨습니다. 저는 친절한 대우를 받았고 감사드립니다. 그러나 악령들의 질투가 있었고 사람들이 우리 행복을 흘겨보았던 것입니다. 그래서 모든 것이 무로 돌아갔습니다. 그리고 아씨가 기대하던 결혼은 허망하게 끝났어요. 저 또한 사부님께 작별을 고하고 아씨에게 돌아갑니다. 이건 신의 조화인가요, 대지의, 악령의, 아니면 인간의 조화인가요?"

그녀의 흐느낌과 눈물은 무엇보다 고통스러웠다.

"I intend to petition His Majesty," said Yang, "and I am sure he will listen. But even though he does not, when once a young woman has yielded her consent, her following her husband is one of the first laws of nature. How can you possibly leave me?"

양이 말했다.

"난 폐하께 상소를 할 생각이고 경청하실 거라고 확신하오. 그러나 귀담아 듣지 않는다 하더라도, 젊은 처자가 한번 관계를 승낙했다면 지아비를 따르는 것이 첫 번째 자연의 순리이거늘, 어찌하여 그대는 나를 떠날 수 있다는 것이오?"

Cloudlet replied: "Though I am only of the lower classes, still I have heard the sayings of the Sages and am not unaware of the Three

Relationships [29] that govern a woman's life. My circumstances, however, are peculiar and different from those of others. I played from earliest years with the young lady and was brought up with her. All thoughts of difference in station were dropped, and we swore a solemn oath to live and die together, to accept the fortunes of life with the glory and shame that might come to us. My following the lady is like the shadow following the body. When once the body disappears, how can the shadow play a part alone?"

클라우들릿은 답했다.

"비록 제가 미천한 출생일뿐이지만, 그럼에도 선현들의 말씀을 들어서 여자의 일생에 적용되는 삼종지도를 모르는 바 아닙니다. 그렇지만 제 사정이 특별하고 또 다른 사람들과는 다릅니다. 저는 일찍부터 아씨와 함께 놀며 함께 성장했습니다. 신분의 차이에 대한 모든 생각들을 떨치고 우리는 함께 살고 죽기로 신성한 맹서를 했습니다. 우리에게 닥치는 영광과 수치를 포함한 인생의 운명을 수용하기로 하였지요. 제가 아씨를 따르는 것은 몸을 따라가는 그림자와 같습니다. 신체가 사라진다면 어찌 그림자 홀로 놀 수 있겠나이까?"

Yang answered: "Your devotion to your mistress is most commendable, but your lady's person and yours are different. While she goes north, south, east, or west as she chooses, your following her, and at the same time attempting to render service to another, would break all the laws that govern a woman's existence."

양이 답했다.

"당신의 주인아씨에 대한 헌신은 정말 기특하지만, 아씨의 인격과 자네의 인격은 다르오. 아씨는 자기 선택에 따라 동서남북으로 가지만, 그녀를 따르는 동시에 다른 사람을 모신다는 것은 여자의 삶에 적용되는 모든 법을 어기는 일이 될 것이오."

Cloudlet said: "Your words prove that you do not know the mind of my mistress. She has already decided to remain with her aged parents. When they die she will preserve her purity, cut off her hair, enter a monastery and give herself up in prayer to the Buddha, in the hope that in the life to come she may[p144]not be born a woman. I, too, will do just the same as she. If your lordship intends to see me again, your marriage gifts must go back to the rooms of my lady. If not, then to-day marks our parting for life. Since I have waited on your lordship I have been greatly loved and favoured, and I can never repay, even in a hundred years, a thousandth part of all your kindness. It has turned out, however, different from what we had anticipated, and we are come now to this dire extremity. My one wish is, that in the life to come I may be your faithful dog or horse, and may show my devotion to you. Please, noble Master, may all blessing and happiness be yours." She turned away and wept bitterly. A moment later she stepped from the verandah, bowed twice and entered the women's apartments.

클라우들릿이 말했다.

"사부님 말씀은 제 아씨의 마음을 모르시고 하시는 말씀입니다. 그녀는 이미 노부모와 함께 살아가기로 결심하였습니다. 그들이 돌아가시면, 내세에는 다시 여자로 태어나지 말기를 희망하면서 자신은 순결을 지키며 머리카락을 깎고 수도원으로 들어가 자신을 부처의 제단에 바칠 것입니다. 나 또한 그녀가 하는 그대로 똑같이 할 것입니다. 만일 사부께서 다시 저를 보려 하신다면, 결혼 선물이 다시 아씨의 방으로 돌아가야만 할 것입니다. 만약 그렇지 않는다면, 오늘이 생애의 마지막일 것입니다. 제가 사부님을 모셔왔던 까닭에 저는 너무나 사랑받고 또 은혜를 입었습니다. 백년이 지난다 하더라도 제가 주인님의 친절의 천분의 일도 갚을 수는 없을 것입니다. 그럼에도 불구하고 우리가 예견했던 것과는 다르게 일이 나타나고, 우리는 이제 이렇게 비참한 파국의 직전에 이르렀습니다. 제게 하나 소원이 있다면, 돌아올 생에는 사부님의 충실한 개나 말이 되어 당신에 대한 저의 헌신을 보여드리는 것입니다. 제발 훌륭하신 사부님께 은총과 행복을 가득하시길."

그녀는 돌아서 격하게 울음을 터뜨렸다. 잠시 지나자 그녀는 툇마루에서 발을 떼고 두 번 절하고 여성들의 처소로 들어가버렸다.

The Master's heart was greatly disturbed, and all his thoughts were in confusion. He looked up at the sky and sighed long and deeply; he clasped his hands and drew hopeless gasping breaths, saying: "I must petition His Majesty with all my heart." So he wrote out his memorial, which was full of earnestness, and ran thus:

양사부의 마음은 극심하게 동요했고 온통 혼란스런 생각이었다. 하늘을 올려보고 길고 깊은 한숨을 쉬었다. 자기 손을 맞잡고 절망적으로 숨을 헐떡이다 말했다.

"내가 폐하께 온 마음을 다 바쳐서 상소를 올려야 하겠다."

그래서 그는 상소문을 썼고, 진정성으로 가득채웠으며 내용은 다음과 같았다.

"The servant of your Imperial Majesty, Yang So-yoo, bows low and prostrates himself in the dust as he offers this memorial. In deepest reverence he would say, The Primary Laws [30] are the foundation stone on which your Imperial Majesty's Government rests, and marriage is the first of these laws. If once we lose its right relation all prosperity for the State ends, confusion and disorder must follow. If we fail to exercise care in[p145]regard to this fundamental matter, the house affected by it will not long endure. Matters of State prosperity rest here also. Therefore the Sages, and the specially enlightened ones, thought carefully of this in the governing of a country, and regarded the correct observance of the Primal Laws as the most important thing of all, and considered that in a well-ordered house marriage was of greatest importance.

"폐하의 하인 양소유 엎드려 절하며 이 상소를 올리면서 흙 속에 엎어집니다. 가장 깊은 존경의 마음으로 말씀 올립니다. 인간사 기본 법도(오륜)는 황제의 정부가 기초로 삼는 주춧돌이며, 결혼은 이런 법들 중 최우선의 문제입니다. 만약 한번 우리가 그 옳은 관계를 잃는다면, 국가의 모든 번영은 끝나고 혼란과 무질서가 반드시 뒤따를 것입니다. 만약 우리가 이런 근본적인 문제와 관련하여 주의를 기울일 수 없다면, 그에 영향 받은 집안은 오래 유지될 수 없습니다. 국가 번영의 문제도 바로 여기에 기초를 둡니다. 따라서 현인들과 특별히 깨달은 자들은 한 나라를 다스리는 데 있어 이런 문제에 대해 신중하게 생각했고, 기본 법도의 바른 준수가 모든 일에서 으뜸으로 중요하다 간주했으며, 사리에 맞는 집에서의 결혼은 인륜에서 가장 중요했습니다.

"Your humble servant had already sent his gifts to the daughter of Justice Cheung, and already had become a member of his household. After this had been accomplished, he is, by your gracious command, unexpectedly and unworthily chosen as the Imperial son-in-law. At first he was in doubt, and finally he was reduced to great distress and fear. He fails to see that the decision of your Imperial Majesty and the approval of the Government is in accord with the established laws of ceremony. Even though your humble subject had not sent the required gifts, still his social position is so inferior and his knowledge so circumscribed, that these alone would disqualify his being chosen as the Imperial son-in-law. Also he is already the son-in-law of Justice Cheung, and though the whole Six Forms [31] are not yet completed it is the same as an accomplished marriage. How can Her Highness the Crown Princess ever bow to one so low as he, and how can your Majesty let pass so improper a proceeding without close investigation; or permit so grave a breach of form without searching inquiry? Alas, a secret order has come forth making null and void that part already accomplished and commanding the return of accepted [p146]marriage gifts, a thing that your humble servant could never have dreamed possible. The petitioner fears that on his account the Government of your Majesty may suffer permanent loss, and the laws that rule society will be hopelessly damaged; that in high places truth will be forfeited, and that in low places violence and wrong-doing may result. He earnestly prays that your High Majesty will stand by the rock on which the State rests, reverse the order that has gone forth, and set your humble servant's heart free."

"폐하의 미천한 하인은 자신의 선물을 정사도의 딸에게 이미 보낸 바 있고, 벌써 그 가계의 일원이 되었습니다. 이런 일이 이뤄진 이후에 그 하인은 폐하의 자비로운 명으로 예기치도 않게 그리고 어울리지도 않게 제국의 부마로 간택 되었습니다. 처음에 그는 의심스러웠고, 결국에 그는 엄청난 고뇌와 두려움에 빠져들었습니다. 그는 황제 폐하의 결정과 정부의 승인이 기존의 예법과 일치한다는 점을 볼 수가 없습니다. 비록 폐하의 미천한 백성이 성혼의 필수적인 선물들을 보내지 않았을지라도, 그의 사회적 지위는 너무 비천하고 그 지식도 아주 제한적입니다. 이런 것들만 해도 부마로의 간택이 그에겐 아주 부적절할 것입니다. 또한 그는 이미 정사도의 사위이며, 비록 여섯 예 전체를 아직 다하지 않았지만 이뤄진 결혼과 진배없습니다. 어떻게 지체 높은 공주님께서 그처럼 낮은 자에게 절을 하며, 어떻게 폐하께서 면밀한 조사도 없이 그렇게 부적절한 일의 진행을 놔두실 수 있겠습니까? 혹은 의문을 찾지도 않고 그렇게 중대한 형식의 위반을 허용하실 수 있겠습니까? 더군다나 비밀스런 명령으로 이미 이뤄진 부분을 무효로 만들고 받은 결혼 선물을 되돌려라 하는 명령은 폐하의 천한 하인이 가능하리라 꿈도 꿔본 적이 없는 일입니다. 상소자는 나름의 셈으로 폐하의 정부가 영구적인 상실을 겪을까, 그리고 사회를 규율하는 법도들이 절망적으로 손상될까 두렵습니다. 높은 곳에서 진실은 몰수되고, 낮은 곳에서는 폭력과 비행을 낳을 것입니다. 상소자는 지체 높으신 폐하께서 국가가 딛고 선 반석에 서 계시고, 발효시킨 명령을 거두시며, 비천한 하인의 마음을 해방하시길 기원합니다."

The Emperor read the memorial and showed it to the Empress Dowager. The Empress was very angry, and ordered the arrest of Yang So-yoo, but the various officers of the Government used their united efforts against such a proceeding. The Emperor himself said: "I think it would be going too far to arrest him, but the fact that the Empress Dowager is so angry renders it impossible for me to forgive him out and out."

황제는 그 상소문을 읽고는 태후에게 보여주었다. 태후는 몹시 화가 났고 양소유 체포 명령을 내렸지만, 정부의 다양한 관리들이 그런 일의 진행을 가로막고 연합의 힘을 사용했다. 황제 자신이 말했다.

"난 그를 체포하기에는 사태가 너무 멀리 가 있다고 생각하지만, 태후께서 몹시 화났다는 사실은 내가 그를 용서하고 구해내기가 불가능함을 말해주고 있소."

Several months went by and the Empress did not recognise Yang or show any signs of yielding. Justice Cheung, too, was under a cloud, so that he closed his doors and saw no one.

몇 달이 지나고 태후는 양을 인정하거나 어떤 양보의 조짐도 보이지 않았다. 정사도 역시 구름아래 있었고, 그래서 문을 걸어 잠그고 아무도 만나지 않았다.

At this time the Tibetans, with an army of a hundred thousand men, made a sudden invasion into China proper, and took possession of certain cities and territory. The advanced outposts had come as far as the Bridge of Wee, so that the capital itself was in great confusion. The Emperor assembled his ministers and conferred with them. They replied: "The soldiers of the capital do not exceed a few[p147] thousands, and those of the provinces are far away and out of reach. Your Majesty therefore ought to leave the capital for a time, make a wide circuit eastward, muster all the soldiers from the various districts and set matters right."

바로 이때 십만의 군대로 티베트인[151]들이 중국으로 갑작스런 침공을 감행해서 몇몇 도시와 영토의 재산을 강탈했다. 그 진출한 전초는 위교(謂橋)[152]만큼 도달하여 도성은 거대한 혼란에 빠졌다. 황제는 대신들을 모아 그들과 의논했다. 그들은 답했다.

"도성의 병사들은 수천 명에 지나지 않고, 지방의 병사들은 멀리 떨어져 동원할 수 없습니다. 폐하께서 한동안 도성을 떠나셔서 동쪽으로 넓게 순회하셔서 지방의 군사들을 소집하여 문제를 해결하시는 것이 마땅할 것 같습니다."

The Emperor could not decide, but said: "Among all my retainers Yang So-yoo is the most resourceful in the way of plans and proposals, and has excellent judgment. I have found him the very soul of wisdom heretofore. The three States that we returned to order and submission were brought so by his merit." He then dismissed the assembly and appealed to the Empress Dowager. "Let us forgive So-yoo, call him and ask what plans he would suggest."

황제는 결정할 수 없었지만 다음과 같이 말했다.

"모든 대신들 중에 양소유가 계책을 짜는 데 가장 생각이 풍부하고 탁월한 판단을 하지요. 내 지금까지 그가 지혜로운 영혼을 가진 것으로 알고 있소. 우리가 명령과 복종으로 되돌렸던 세 국가도 그의 공에 의하지 않았소."

그러고는 그는 회의 끝내고 태후께 가서 호소했다.

---

151 토번

152 장안 입구의 다리

"소유를 용서하시고 그를 불러 제시할 계획을 물어보면 좋을 것 같습니다."

So-yoo was called, and said: "In the capital are the tombs of the Imperial ancestors, and the palaces. If your Majesty were to turn your back on them, the people would be greatly disturbed. At such a moment, if a powerful enemy were to enter the city, it would be exceedingly hard ever to dislodge them. In the days of Tai-jong (627-650 A.D.), the Tibetans, along with the Mohammedan tribes, marshalled a million men or so and attacked the capital. At that time the forces in the city were not equal to the present, but with his cavalry, Prince Kwak Cha-heui drove them off and defeated them. My powers and gifts are not in any sense equal to those of Kwak's, but with a few thousand good soldiers I can settle accounts with these invaders, and so repay a little the great favours accorded me by your Imperial Majesty."

소유가 소환되어 말했다.

"도성에는 제국의 선조들 무덤과 왕궁이 있습니다. 만약 폐하가 그들에게 등을 보이신다면, 백성들이 크게 당황할 것입니다. 만약 강력한 적이 도시로 들어올 예정일 때라면, 그들을 몰아내기란 너무나 힘들 것입니다. 대종(代宗, 627~650)때 모하메단[153] 종족들과 함께 티베트인들이 백만 군대를 모아서 도성을 공격했습니다. 그 당시 도

153 원문에는 위구르의 음역어인 회흘(回紇)로 되어 있다.

성 내 군사는 지금의 형편과 같았습니다만, 곽차희[154]왕이 기병대와 함께 그들을 물리쳐 패퇴시켰습니다. 저의 힘과 재능이 어떤 면에서도 곽의 그것에 미치지 못하나 수천 명의 양질의 병사만 있다면 제가 이런 침략자들의 문제들을 해결할 수 있으며 황제 폐하께서 제게 내리신 크나큰 은혜에 조금이라도 보답할 수 있을 것입니다.

The Emperor at once appointed Yang as Generalissimo, and allowed him to set out from the barracks with thirty thousand troops to attack the Tibetan army.[p148]

황제는 즉시 양을 전군 총사령관으로 임명하고 그가 병영으로부터 삼만의 군대를 데리고 티베트 군 공격에 착수할 수 있도록 했다.

Yang said the word of farewell, drew up his army and encamped near the Bridge of Wee. He drove back the vanguard of the enemy, and took prisoner Prince Choa-won, so that the enemy were thrown into confusion and many troops hid themselves or ran away. He followed up this advantage at once and fought three battles, beating the enemy badly, killing about thirty thousand men and taking eight thousand horses. From this place he sent a memorial of his victory to the Emperor.

154 안사의 난을 평정한 장군인 곽자의(郭子儀, 697~781)를 이른다.

양은 하직의 말씀을 올리고 자기 군대를 모아 위교 부근에 진을 쳤다. 그는 적의 선봉군을 물리치고 좌원[155]왕을 포로로 붙잡았다. 그리하여 적을 혼란에 빠뜨리고 많은 군사들이 숨거나 도망가게 만들었다. 그는 즉시 이런 유리한 기세를 좇아서 세 번의 전투를 펼쳐 적에게 심각하게 타격했고 약 삼만 명을 죽이고 팔천 필의 말을 빼앗았다. 이곳에서 그는 황제에게 승리의 보고를 올렸다.

His Majesty was greatly pleased, ordered his return, and appointed for each general gifts according to his merit.

황제는 크게 기뻐하며 그의 귀환을 명하고 공적에 따라서 각각의 장수들에게 상을 내렸다.

The message sent by His Excellency ran thus: “I have heard it said that the Imperial troops are ever to be depended on. I have heard it also said that troops who always win think lightly of the enemy, and are not anxious to take advantage of special moments of weakness or hunger. This is a mistake. I cannot say that the enemy is not strong, or that they are not well equipped in arms. They have rebelled against their sovereign, and we ought to await only the moment of their greatest disadvantage to make our final attack. Their condition grows less favourable for them daily. It says in the Book of Wars: ‘Labour

155 원문에는 좌현왕(左賢王)이라고 되어 있다.

hard to strike the enemy in the moment of his hardest labour.' One who fails to conquer then will fail simply from lack of skill. Already the enemy is broken and on the run. Their weakness is evident. All the districts along the way have abundant provision piled up for us, so that we have no fear. The wide plains and broad valleys are at our service, and the enemy has no place in which to pitch his camp. If we follow[p149]them sharply with fast cavalry we can make them completely ours. But if your Majesty rests now with a partial victory our best opportunity will be lost. To cease from the attack is not good policy in your servant's opinion. My wish, with your gracious permission, is to set the troops at once in motion, follow into the enemy's camp, burn them out, and make sure that not another armed man will cross the border, or another arrow be shot at us, and so remove from your Majesty all anxiety."

양이 보낸 보고의 내용은 이렇다.

"저는 제국 군대는 언제 믿을 수 있다는 말을 들었습니다. 또한 언제나 이기는 군대는 적을 가벼이 생각하고 허약하거나 굶주린 특정 시기를 이용할 걱정을 하지 않는다고 들었습니다. 이것이 오해입니다. 저는 적이 강하지 않다거나 그들의 무장이 부실하다고 말할 수 없습니다. 그들은 자기들의 주권에 대항해 반란했고, 우리는 우리의 결정적인 공격을 위한 그들의 가장 불리한 시점만 기다려야 했습니다. 그들의 조건은 날마다 자기들에게 덜 우호적으로 변했습니다. 병서는 말합니다. '적이 가장 힘든 시기에 타격하도록 힘써라.' 정복에 실패하는 자는 계략의 결여만으로도 실패할 것이다. 이미 적의 대열은 흐트러지고 도주하고 있습니다. 그들의 약점은 명확해졌습니다. 도중의 모든 지역들은 우리를 위해서 풍부한 식량을 쌓아놓았습니다. 그래서 우리는 어떤 두려움도 없습니다. 넓은 평야와 거대한 계곡이 우리의 편이며 적은 군영을 세울 마땅한 곳도 없습니다. 만약 우리가 기동 기마대로 날카롭게 그들을 쫓는다면, 그들을 완전히 장악할 수 있을 것입니다. 하지만 폐하께서 지금 부분적 승리에 족하시다면, 우리 최상의 기회는 날아갈 것입니다. 폐하의 종이 생각할 때, 지금 공격의 중단은 좋은 책이 아닙니다. 폐하의 은혜로운 허락이 떨어진다면, 제 바람은 군대를 즉시 기동시켜서 적의 진영을 따라 들어가 완전히 불태우고 어떤 또 다른 무장한 자들이 국경을 넘보지 않도록 혹은 또 다른 화살로 우리를 쏘지 않도록 확실히 해둠으로써, 폐하로부터 모든 근심을 없애버리는 것입니다."

The Emperor read this memorial and was greatly struck by the wisdom of it. He advanced Yang to the rank of Chief Commissioner and Minister of War. He gave him his own sword, bow and arrows, embroidered belt, white flag and gilded battle-axe, and wrote out a command mustering further troops from north, east, and west.

황제는 이 보고서를 읽고는 그 지혜로움에 크게 감복했다. 그는 양을 대원수 겸 병부상서[156]로 지위를 상승시켰다. 그에게 자신의 칼, 화

156 원문에 따르면 어사대부 겸 병부상서, 정서대원수로 삼았다고 되어 있다.

살, 수놓인 혁대, 흰색 깃발 그리고 금빛 전투 도끼 등을 선물했고, 북과 동과 서로부터[157] 더 많은 군대를 소집하라는 명령을 써 보냈다.

Yang So-yoo received this, bowed his thanks toward the palace, selected a propitious day, made the necessary sacrifices and then set out. His disposition of the army was according to the ancient Six Laws [32], and his arrangement of the camp according to the Eight Diagrams [33]. All were under strict discipline. Like rushing water they went forth and straight as the splitting bamboo. In a few months the lost territory was recovered and Yang's main forces had arrived at the foot of the Chok-sol Mountains. A strange sign occurred there. A great whirlwind appeared in front of his horse and broke into the camp and passed by. On this the Master cast the horoscope and learned that the enemy would attack his forces with great vigour, but that in the end he would be victorious. [p150]

양소유는 이를 받고 왕궁을 향하여 감사의 절을 올렸고, 길일을 잡았으며, 어쩔 도리 없는 희생을 치르며 착수했다. 그의 군사 배치는 고래의 <육도>에 따랐고, 군진의 배열은 <팔괘>를 따랐다. 모든 것은 엄격한 규율 하에 있었다. 쇄도하는 물처럼 그들은 앞으로 나아갔고 쪼개지는 대나무처럼 거침없이 전진했다. 몇 개월 만에 잃었던 영토는 회복됐고 양의 주축 군대는 적설산 자락에 도달했다. 거기엔

157 원문에는 삭방(朔方), 하남(河南), 산남(山南), 농서(隴西)를 칭했다고 서술되어 있다.

기이한 표시가 있었다. 그의 말 앞에서 거대한 회오리바람이 일었고 군진을 돌파하며 지나갔다. 이에 양사부는 별점을 쳐서 거대한 기세로 적이 공격해 올 것이지만 결국 이길 것이라는 사실을 알았다.

He pitched his camp under the lee of a mountain, and scattered about it caltrops and "Spanish riders" to keep off the enemy. At this time the General was seated in his tent with a lighted candle before him, reading certain military dispatches, while the guards outside had already announced the third watch of the night. Suddenly a cold wind extinguished the light of the candle and an eerie chill filled the tent. At this moment a maiden stepped in upon him from the upper air, and stood before him with a glittering double-edged sword in her hand. The General, guessing her to be an assassin, did not quail before her, but stood his ground sternly and boldly asked: "What kind of creature are you, and what is your intention coming thus into the camp by night?"

그는 군진을 산의 바람이 미치지 않는 곳에 잡았고, 군진의 주위에 적의 접근을 차단하기 위해 마름쇠와 "스페니쉬 라이더스"[158]를 흩어놓았다. 이때 장군은 자기 막사에 촛불을 켜고 자리 잡고 있었으며 몇몇 군사 급송 문서를 읽고 있었다. 바깥의 경비병들은 벌써 밤 열두시를 알렸다. 갑자기 차가운 바람이 촛불을 꺼버렸고 소름끼

158 원문에 따르면 녹각(鹿角)과 질려(蒺藜) 같은 것을 깔아두었다고 되어 있다.

치는 냉기가 막사를 채웠다. 바로 이 순간 한 처자가 그의 위 공중으로부터 들어와서 그의 앞에 번쩍이는 양날의 검을 손에 쥐고 섰다. 그녀를 암살자로 추측한 장군은 그녀 앞에서 움찔하지 않았지만 단호하게 땅을 딛고 서서 과감히 물었다.

"대체 뭐하는 사람이며, 이 밤중에 진중에 들어온 의도는 무엇이냐?"

She said in reply: "I am under command of King Chan-bo of Tibet to have thy head."

그녀는 대답했다.

"나는 티베트의 왕 찬보의 명을 받아 당신의 머리를 가지러 온 자요."

The General laughed. "The superior man," said he, "never fears to die. Take my head, will you not, and go?"

장군은 웃었다.

"대장부는 죽기를 결코 두려워 않는 법. 머리를 가져가라. 어서, 베라."

Then she threw down her sword, bowed low, and said in reply: "My noble lord, do not be anxious, how could your servant ever dare to cause you fear?"

그러자 그녀는 검을 내던지고 대답했다.

"귀인이시여, 걱정하지 마십시오. 어떻게 소녀가 감히 당신을 두렵게 할 수 있겠습니까?"

The General then raised her up, saying: "You have come into the camp with a sword girded at your side, and now you say you will not harm me. Pray, what is your meaning?"

장군은 그녀를 일으켜 세우고 말했다.

"그대는 허리에 칼을 차고 군진에 들어와서는, 이제 나를 해치지 않겠다고 말하오. 도대체 그게 무슨 의미요?"

"I would like to tell you," said she, "all my past history, but I cannot do so in a moment."

그녀가 말했다.

"제가 당신께 저의 모든 과거사를 말씀드리고 싶었으나 그럴 기회를 갖지 못하였습니다."

Then the General asked her to sit down and inquired of her: "Your ladyship, not fearing the terror of my forces, has come seeking me. There must be some beneficent purpose in your mind; tell me, please."[p151]

그러자 장군은 그녀에게 앉을 것을 권하며 질문했다.

"나의 군대의 위엄을 두려워하지 않는 낭자께서는 나를 찾아왔소. 당신 마음에는 분명히 어떤 좋은 목적이 있을 것이오. 말씀해보시오."

The lady made reply: "Though I am called an assassin, yet really I have no heart for anything of the kind. I will tell your lordship exactly what my mind meditates." She got up, lit the lamp again, and came close to the general and sat down. He looked at her. Her cloudlike hair was fastened with a golden pin. She wore a narrow-sleeved outer coat with a military jacket underneath, embroidered with stone and bamboo designs. She wore phoenix-tail shoes and at her belt hung a dragon sword. Her face was bright like rose petals with dew upon them. She opened her lips, which were red as the cherry, and spoke slowly in tones like the oriole, saying: "Your servant came originally from Yang-joo county, where for generations we have been subjects of the Tangs. I lost my parents when young, and became a disciple of a woman who was a great master in sword-drill; she taught me her art. My name is Sim Nyo-yon, commonly spoken of as the Swallow. Three years after learning the science of the sword, I learned also that of metamorphosis—to ride the winds, to follow the lightnings, and in an instant to travel a thousand li. Several of us were taught, and we were all about alike in our sword skill, but when the teacher had some special enemy to destroy or some wicked person to kill, she invariably sent one of the others to do it. She never sent me. I was angry at this, and asked: 'We all alike have followed our teacher and have been taught the same lessons, yet I alone have made no return to you for your kindness. Is it because my skill is poor and I could not be trusted to carry out the will of my mistress that you fail to send me?' [p152]

그 여인은 답했다.

"비록 제가 암살자로 불리지만, 실제로는 그런 일에 추호도 관심이 없습니다. 저는 귀인께 제 마음 속으로 생각하는 것을 확실히 말씀 드리겠습니다."

그녀는 일어서서 등불을 다시 밝히고는 장군에게 다가와 앉았다. 그는 그녀를 쳐다봤다. 그녀의 구름같은 머릿결은 금색 비녀로 고정되어 있었다. 그녀는 군인 복장 위에 돌과 대나무 문양의 수가 놓인 소매가 좁은 외투를 입었다. 그리고 불사조 꼬리 신발을 신고, 혁대에는 용검이 매달려 있었다. 그녀의 얼굴은 이슬 머금은 장미 꽃잎처럼 빛났다. 그녀는 입을 열었고, 입술은 체리처럼 붉었다. 꾀꼬리 같은 음성으로 천천히 말했다.

"소녀는 원래 양주 사람으로, 거기서 수 세대 동안 당나라의 백성으로 살아왔습니다. 조실부모하고 검술의 대가 밑에 문하생이 되었습니다. 그녀는 자기 검술을 제게 가르쳤지요. 제 이름은 심요연입니다.[159] 평상시에는 스왈로우로 불립니다. 저는 검술학을 배운지 삼년 후 변신술 또한 익혔습니다. 바람을 타는 법, 번개를 따가는 법,

159 원문에는 도사의 제자로 심요연 외에 진해월, 금채홍의 이름이 거론된다.

즉시 천리를 가는 법 따위를 배웠습니다. 문하생이 몇 명 있었는데, 검술의 정도는 거의 같았지요. 그런데 스승께는 타도해야 할 어떤 적과 죽여야 할 어떤 사악한 사람이 있었고, 언제나 문하생들 중 한 명에게 그 임무를 주어 보냈습니다. 스승께서는 저를 보내지 않았습니다. 저는 화가 나서 물었습니다. "모두 하나 같은 우리는 스승님을 따랐고 똑같은 수업을 받았습니다. 그러나 제 혼자만 스승님을 위해 보답할 기회를 갖지 못했습니다. 그것이 제 검술이 형편없어 스승님의 뜻을 수행할 능력을 믿을 수 없기 때문입니까?"

"The teacher then said: 'You are not of our race. Later you will hear the truth and be made perfect. If I were to send you as I do the others, to kill and to destroy, it would for ever mar your virtue. For this reason I do not send you.'

"스승께선 이렇게 말하셨죠. '너는 우리 부류가 아니다. 나중에 진실을 알게 될 것이며 완성을 이루게 될 것이다. 만약 내가 다른 제자들에게 하듯이 죽이고 해치도록 너를 보낸다면, 네 미덕을 영원히 망치게 될 것이다. 이런 이유 때문에 너를 보내지 않는 것이야.'

"I asked again, saying: 'If that be so, then of what use is my practising sword drill?'

"저는 다시 물었지요. '만약 그렇다면, 제 검술이 어떤 소용이 있을까요?'

"The teacher replied: 'Your appointed mate lives in the Tang kingdom, and he is a great and noted lord. You are in a foreign land and there is no other way by which you can meet him. By means of my teaching you this insignificant craft you may come face to face with your special affinity. In your search you will enter a military camp of a million men, and among the swords and spears you will find him. The Emperor of the Tangs, I know, is to send a great general against the Tibetans, and King Chan-bo has issued a proclamation calling for assassins who are ready to destroy this appointed leader. Do not miss the opportunity to descend from the hills. Go at once to Tibet and show your skill with the swordsmen of that country. On the one side you can save them from the danger that the Tangs threaten, and on the other you can meet your Master.'

"스승께서 답하셨지요. '너의 배필이 당나라에 살고 있고 그는 위대하고 유명한 귀인이다. 그런데 너는 지금 외국 땅에 있고 네가 그를 만날 어떤 다른 길도 없다. 내가 네게 가르친 이 보잘 것 없는 기능을 도구로 하여, 너는 너의 특별한 배필을 대면할 수도 있을 것이다. 너는 백만 대군의 진영에 들어가 검과 창들 사이에서 그를 만날 것이다. 내가 알기로 당나라 황제는 티베트인들에 대항해 어느 위대한 장군을 보낼 것이며 찬보왕은 이렇게 임명된 지도자를 파괴할 능력이 있는 암살자를 구하는 방을 냈다. 산에서 내려가, 그 기회를 놓치지 말라. 즉시 티베트로 가서 그 나라 검객들과 너의 검술을 겨뤄 보이라. 한편으로 너는 당나라 사람들이 위협하는 위험으로부터 그들

을 구할 수 있으며, 다른 편으로 너의 주인을 만날 수 있을 것이다.'

"I received the commands of my teacher and went at once to Tibet, tore off the notice that I found on the city gate, and carried it to the king. He called me and allowed me to try my skill with others. In a few minutes I had struck off the top-knots of more than ten persons. The king was greatly delighted and chose me, saying: 'When you bring me the head of the general of the Tangs, I will make you my queen.' Now that I have met your Excellency I find[p153]that my teacher's words have come true, and my desire is to join those who wait on you and share a part in your life. Will you consent?"

"저는 스승의 그 명을 받들어서 즉시 티베트로 가서 도성의 문에 붙은 방을 찢어 왕에게 가져갔습니다. 그는 저를 불렀고 제가 타 검객들과 검술을 겨루도록 했습니다. 몇 분 만에 저는 열 명이 넘는 사람들의 상투를 베었습니다. 그 왕은 크게 반가워하면서 저를 선택하였지요. '네가 당나라 장수의 머리를 가져온다면, 너를 왕비로 삼겠다.' 그리하여 이제 저는 귀인을 만남으로써 제 스승의 말씀이 이뤄졌고 또 저의 열망은 장군님을 모시고 그 인생에 한 부분을 나누는 사람들에 합류하게 되었습니다. 용납하시겠습니까?"

The General, greatly surprised and delighted, answered: "Your ladyship has already spared this head of mine that was doomed, and now you wish to serve me. How shall I repay you? My wish is to bind you to me by the endless contract of marriage."

크게 놀라고 반가워서 장군은 답했다.

"처자는 이미 운명의 내 머리를 구했고, 이제 나를 모시겠다고 하오. 내가 어찌 보답 하리오? 나의 소원은 결혼이라는 끝없는 계약으로 그대를 내게 묶어놓는 것이오."

Thus they plighted their troth. Around the tent the glitter of swords and spears served for candle light, and the sound of cymbals for the festal harp. This marriage hall within the warlike enclosure was a happier one than was ever that of shimmering silks or embroidered screens.

그리하여 그들은 약혼을 맹세했다. 막사 주변의 검과 창의 빛이 화촉을 대신했고, 순찰 징소리가 경축의 거문고를 대신했다. 전장 안에서의 이런 결혼식장은 가물거리게 빛나는 비단이나 수놓인 장막으로 이루진 결혼식장 보다 더 행복한 장소였다.[160]

From this day forth the General fell a victim to the fair one and took no account of officers or men. Days passed thus, when Sim the Swallow said: "A military camp is no place for women. I fear that I shall hinder the movement of the troops, so I must go."

160 원문에는 전장에서의 결혼식이 다른 어떤 결혼식장 보다 행복한 장소였다는 표현이 서술되어있지 않다. 이는 번역문에서 부연된 번역자의 평가로 생각된다.

이날부터 장군은 그 아름다운 여인의 포로가 되었고 관리들과 군사들을 돌보지 않았다. 그렇게 날들이 흐르자[161], 스왈로우 심씨가 말했다.

"군진은 여자들의 자리가 아닙니다. 저는 제가 군사들의 기동에 방해가 될까 걱정됩니다. 그래서 저는 떠나야 하겠습니다."

The General replied: "But your ladyship is not a common woman; I hope that you will stay and teach me some special craft or science that pertains to war so as to defeat these rebels. Why should you leave me?"

장군이 답했다.

"그대의 여성적 풍모는 일반 여성의 그것이 아니오. 나는 그대가 머무르면서 나에게 이들 반란자들을 무찌르기 위해 전쟁과 관계되는 특별한 기예나 학문을 가르쳐 주기를 희망하오. 어떤 이유로 나를 떠나야 하오?"

"Your lordship," said Swallow, "does not need me, but with your power will easily destroy the haunts of the rebel. Why should you fear? Though I came forth by order of my superior, yet I have not said my farewell to her, so I shall go back to my teacher in the hills and await your return to the capital. By and by I shall meet you there."

161 원문에는 삼 일 동안 장수를 보지 않았다고 서술되어 있다.

스왈로우가 말했다.

"주인님께서는 저를 필요로 하지 않으십니다. 제가 없더라도 님의 힘으로 능히 반란의 유령들을 쳐낼 것입니다. 장군께서 무슨 걱정을 하십니까? 제 비록 스승의 명을 받아 왔지만, 작별 인사도 고하지 못했습니다. 그래서 산에 계신 스승께 돌아갔다가 도성에서 장군의 귀환을 기다리고 있겠습니다. 안녕히 계십시오. 거기서 만나게 될 것입니다."

The General asked: "After you are gone, in case[p154]Chan-bo sends another assassin, how shall I defend myself?

장군이 물었다.

"그대가 떠나고 나서, 찬보가 다른 암살자를 보냈을 때 내가 어떻게 나를 보호하오?"

Swallow said: "Though there are many assassins they are not my equals, and if your lordship accepts me as your devoted one all danger is dispelled." She then felt at her belt, drew forth a jewel, and gave it to him, saying: "The name of this is Myo-ye-wan, a pin that King Chan-bo wore in his head-dress. Please send a messenger to him with it saying I shall return no more."

스왈로우는 말했다.

"비록 암살자들이 많기는 하지만, 그들은 저의 적수가 될 수 없습니다. 그리고 만약 장군께서 저를 심복으로 받아들였다면, 모든 위험은 일소된 것입니다."

그러고는 자기 혁대를 만져서 보석[162]을 하나 꺼내놓고 그에게 주었다.

"이것의 이름은 묘아완인데, 찬보왕이 머리 장식에서 쓰는 장식 바늘입니다. 사신을 통해 그에게 이것을 보낸다면, 내가 돌아가지 않는다는 말이 될 것입니다."

The General inquired further: "Have you no other matters to suggest?"

장군은 더 물었다.

"어떻게 제시할 다른 문제들은 없소?"

Swallow said: "On your way ahead you will pass a place called Pan-sa-gok where good drinking-water will fail you. Make all haste to dig wells when there, so that the soldiers may not die of thirst."

스왈로우가 말했다.

"앞으로 장군의 도중에 마실 물이 없는 반사곡이란 곳을 지나게 될 것입니다. 그곳에 당도하면 무엇보다 서둘러서 우물들을 파세요. 그런다면 병사들이 목마름으로 죽지 않을 것입니다."

He desired to ask further questions, but Swallow gave a leap into

162 원문에는 묘아완(妙兒玩)이라 이른다.

the air and was gone. The General then called his officers to him and told them of her coming. With one accord they said: "Your Excellency's luck is like that of the gods, and your power to affright the rebels is by means of angels who come to help you."[p155]

그는 더 많은 질문을 하고 싶었지만, 스왈로우는 도약하더니 공중으로 사라졌다. 그러자 장군은 장교들을 불러서 그녀가 왔다는 사실을 이야기했다. 하나 같이 그들은 말했다.

"대인의 행운은 신들의 그것과 같습니다. 반란자들을 두렵게 만드는 장군의 힘은 도우러왔던 천사들에 의한 것입니다."

Chapter IX Among Mermaids and Mermen

제9장 인어들 사이에서

GENERAL YANG at once sent an officer into the camp of the enemy to restore the pin to King Chan-bo. The army was then set in motion and moved forward till it reached Tai-san, where the valley was exceedingly narrow with room only for horsemen to pass in single file. Circling a wall of rock they skirted the high bank of a river. In a long thin line of procession they went like fishes in a stream, till after some hundred li they found a fairly roomy place and there pitched their camp and rested. The soldiers were greatly worn by thirst and could find no drinking water. There was beneath the mountain a large lake toward which they struggled. Scarcely had they tasted of it, however, than their bodies turned green and they became dumb. Trembling seized them, and the expression of their faces grew fixed as in death.

양장군은 즉시 적의 군진에 찬보왕에게 그 장식 바늘을 반환하기 위해 장교를 보냈다. 그리고는 군대를 기동시켜서 태산에 도달하기까지 전진 이동했다. 그곳의 계속은 정말로 좁아서 겨우 말을 탄 한 사람만이 일렬로 지날 공간이 있었다. 암벽을 에워싸면서 그들은 어느 강의 높은 사구를 에둘러서 갔다. 한 줄의 가늘고 긴 행렬로 그들은 수백 리를 지나 그들이 아주 넓고 군진을 세우고 쉴 장소를 찾았을 때까지 강물 속 물고기들처럼 갔다. 병사들은 갈증으로 크게 지쳤고 음용수를 찾을 수 없었다. 산 아래 큰 호수가 있어 그들이 경쟁적으로 달려갔다. 그런데 그들이 그 물을 맛보자 마자 몸이 녹색으로 변했고 벙어리가 되었다. 몸을 벌벌 떨면서 안색이 죽은 자의 그것처럼 굳어져갔다.

The General was greatly distressed and went himself to look at the lake, the water of which was green and the depth of it beyond his power to fathom. A cold, forbidding breath seemed to issue from it like the frosts of autumn. Then he remembered, and said: “This must be the place that Sim Nyo-yon referred to as Pan-sa-gok.” He urged those soldiers who were able to do so to dig wells, and though they dug in several hundred places to the depth of ten kiland more, not a drop of water was to be found.

장군은 아주 침통해져서 자신이 직접 호수를 확인하러 갔다. 호수의 물은 녹색이었고 그 깊이는 가늠할 길이 없었다. 마치 가을 서리처럼 거기서 차갑고 무시무한 바람이 나오는 것 같았다. 그러자 그는 기억하며 말했다.

"이건 분명히 심요연이 반사곡이라 언급한 그곳이 틀림없다."

그는 일을 할 수 있는 병사들을 재촉하여 우물을 파도록 하였고, 그들이 수백 군데에 열길 너머 정도 깊이로 팠음에도 불구하고 한 방울의 물로 볼 수 없었다.

The General determined at once to move his camp[p156]to another place, when suddenly the sound of drums was heard from behind the mountain. The earth shook and trembled and the valleys echoed. Evidently the enemy had blocked the way in this dangerous defile and had cut off all means of retreat.

장군이 즉시 군진을 다른 장소로 옮기기로 결정하자, 갑자기 북소리가 그 산 뒤편으로부터 들려왔다. 대지가 흔들렸고 계곡이 반향했다. 분명히 적이 이렇게 위험한 골짜기 길을 막았고 퇴각의 모든 수단을 차단한 것이다.

Thus were the Imperial forces dying of thirst, and menaced in front and to the rear. The General sat in his tent vainly thinking by what means he might extricate himself from the difficulty. In his distress and weariness he leant on his desk and fell asleep. Suddenly a sweet fragrance seemed to envelop the camp and two maidens came before him. Their faces were wonderful, and he knew that if they were not fairies they must be of a certainty disembodied spirits.

그래서 제국의 군사는 갈증으로 죽어가고 있었으며, 앞뒤로 위협받았다. 장군은 멍하게 어떤 수단으로 자신을 그 위험에서 구해낼 수 있을지를 생각하며 막사에 앉아 있었다. 고뇌와 피로 가운데서 그는 책상에 기대서 잠에 빠졌다. 갑자기 어떤 달콤한 향기가 군진을 포위한 것 같았고 두 여인이 그의 앞에 나타났다. 그들의 얼굴은 경이로웠고, 그는 그들이 선녀가 아니라면 확실히 신체 없는 귀신들임에 틀림없다고 생각했다.

Said they: "We have a message from our Lady Superior to your Excellency; please condescend to come with us to our lowly place of dwelling."

그들이 말했다.

"우리는 대인께 우리의 주인마님의 전갈을 가져왔습니다. 부디 몸을 낮춰서 우리의 누추한 처소에 우리와 함께 가시지요."

The General asked: "Pray, who is your mistress, and where does she live?"

장군이 물었다.

"여러분의 마님은 누구이며, 어디에 살고 있소?"

They said: "Our mistress is the younger daughter of the Tong-jong Dragon King. She has left the palace for a little and is living here."

그들이 말했다.
"우리 마님은 동정용왕의 어린 딸입니다. 그녀는 잠시 동안 왕궁을 떠나서 여기에 살고 있습니다."

The General replied: "But the place of residence of the Dragon King [34] is underneath the water and I am but a man of mortal race. By what possible law can my body descend to your depths?"

장군은 말했다.
"그러나 용왕의 처소는 물 아래에 있으며, 나는 죽는 존재인 인간일 뿐이오. 어떤 가능한 법으로 내 신체가 그렇게 깊이까지 내려갈 수 있겠소?"

The maidens made answer: "We have spirit horses tethered outside the gate. If your Excellency will but mount one of these you will go there without trouble. The Water Palace is not far off, and there is no difficulty connected with the journey."

그 여인들은 답했다.

"우리는 문밖에 귀신 말들을 매놓았습니다. 만약 대인께서 올라타시기만 한다면, 어려움 없이 그곳으로 갈 것입니다. 그 수궁은 그리 멀지는 않습니다. 그 여행과 관련되는 어떠한 어려움도 없습니다."

Yang then followed the maidens to the entrance[p157]outside the camp, and found there a score or more of servants of peculiar appearance, wearing strange dresses. They took hold of him and set him upon his horse. The creature went skimming along, its feet never touching the ground, and suddenly they were at the Water Palace. The palace was high, massive, and beautifully built, as a place where a king dwells should be. Guards with fish heads and beards like the whale stood before the entrance. Several waiting-maids came from within, opened the gate and led the general to the throne room. In the hall of audience there was a white marble seat facing south, and the maids persuaded Yang to come forward and be seated there. A silken rug covered the floor and led off toward the inner chambers. In a little, a dozen or so of waiting women accompanied a fair lady from the apartment to the left and conducted her to the centre of the audience hall. Her appearance was very beautiful, and her dress more splendid than words can describe. One of the ladies came forward and said: "The daughter of the Dragon King desires to meet General Yang."

그러자 양은 그 여인들을 따라 군진의 바깥에 있는 입구로 갔다. 거기서 낯선 옷을 입은 십여 명의 특유의 모습을 한 하인들을 보았다. 그들이 그를 붙잡아 말에 태웠다. 말은 미끄러지듯이 나아갔고, 그것의 발은 땅에 닿지도 않았으며, 불시에 수궁에 도달했다. 그 궁전은 왕이 거주하는 곳답게 높고 크며 아름답게 지어졌다. 고래처럼 물고기 머리와 수염을 한 경비들이 입구 앞에 서 있었다. 몇 사람의 시중드는 하인들이 안에서 나와서 대문을 열었고 장군을 왕실로 안내했다. 왕실에는 흰 대리석 왕좌가 남쪽을 향했고, 하녀들이 양에게 앞으로 나오도록 했으며 거기 앉도록 했다. 비단 깔개가 바닥에 깔렸고 규방으로 쭉 이어졌다. 잠시 후 십여 명의 하녀들이 왼쪽 별채로부터 아름다운 여인을 수행했고 왕실 중앙에 모셨다. 그녀의 모습은 아주 아름다웠고 옷은 말로 표현할 수 있는 것보다 더 화려했다. 그 여인들 중 한명이 앞으로 나와 말했다.

"용왕의 따님께서 양장군을 뵙고자 합니다."

The General gave a start and attempted to make his escape, but they took him by the arms and held him prisoner, while they made him bow four times before this daughter of the Dragon King. Clinking of gem ornaments made sweet music for the occasion, while the odour of soft perfume greeted the nostrils.

장군은 놀라서 피하려고 했지만 그들이 그의 팔을 붙잡고 포로처럼 꼼짝 못하게 했다. 그들은 그 용왕의 딸에게 네 번 절하도록 만들었다[163]. 그

163 본래 원문은 양소유가 피하려 했지만 어쩔 수 없이 용왕의 딸, 백능파의 절을 받는 대목이다. 게일은 반대로 양소유가 시종들에 이끌려 백능파에게 4번 절하는 것으로 오역했다.

러는 동안 보석 장식들의 부딪히는 소리가 아름다운 음악 같았고 부드러운 향수 냄새가 코를 맞았다.

The General invited her up to the throne seat beside him, but the Dragon King's daughter declined and instead caused a small mat to be spread on which she sat. Said he: "I am but a being from among mortal men, while your ladyship is a daughter of the[p158]world of spirits. Why should you prepare for me so elaborate and extravagant a reception?"

장군은 그녀를 자기 옆 왕좌로 초대했지만 용왕의 딸은 사양하고 대신에 작은 깔개를 펼치게 하고 거기 앉았다. 그가 말했다.

"나는 한갓 인간에 지나지 않는데, 귀부인께서 정령 세계의 딸이오. 어떤 이유로 당신은 나를 공들이고 넘치게 맞아주시는 것이오?"

The Dragon King's daughter said: "I am Pak Neung-pa, the youngest child of the King of Tong-jong. When I was born my father was having an audience with God Almighty, and there he met Chang Jin-in, of whom he inquired concerning my future fortune. Jin-in took my birth characters and unfolded them, saying: 'This daughter, in essence, is one of the fairies, but because of sin that she has committed she has been sent into exile and has become your child. She will later take on human form and be the wife of a famous and gifted man. She will enjoy great riches and honour, and all the delights of eye and ear. In the end she will return to the Buddha and become a priestess of the priestesses. We dragon folk who have merman ancestors and dwell in the midst of the sea count it great glory to be born into human form, or to arrive at the state of the fairy or the Buddha. For this we all long. My eldest sister at first became a daughter-in-law of the Dragon King of Kyong-soo, but because she was unhappy in her marriage the two homes were rendered unfriendly and she married again Prince Yoo-jin, where her relations honoured her and all her attendants reverenced her. As for myself, I expect by and by to meet my appointed lord, and even to surpass my sister in glory and honour.'

용왕의 딸이 말했다.

"저는 동정왕의 막내 박능파[164]입니다. 제가 태어났을 때 아버지는 전능한 신을 만나고 있었는데, 거기서 장진인을 만났습니다. 그 분은 아버지께서 저의 운명을 문의한 분이었습니다. 진인은 저의 타고난 성품을 뽑아 펼쳤습니다. '본래 이 딸은 선녀들 중 한 명이었지만 저지른 죄 때문에 귀양살이 보내졌고 당신의 딸로 태어난 게요. 그녀는 나중에 인간의 형상으로 되어 이름나고 유능한 자의 아내가 될 것이오. 큰 부와 명예를 누리며 눈과 귀의 모든 즐거움을 얻을 것입니다. 결국에는 부처에게 돌아가 여승이 됩니다. 인어의 선조를 가지고 바다 속에 사는 우리 용들은 인간의 형상으로 태어나거나 신선 혹은 부처의 경지에 이르는 것을 큰 영광으로 생각합니다. 우리

164 백능파를 이른다.

모두는 이를 갈망하지요. 저의 큰 언니는 처음에 경수 용왕의 며느리가 되었는데, 결혼 생활에서 불행하여서 양가가 불편한 관계가 되었고 그녀는 유진왕[165]과 결혼했지요. 거기서 그녀의 관계는 그녀를 받들었고 모든 시종들이 존경했지요. 제 자신과 관련하여서 말씀드리면, 저는 운명의 주인을 만나서 그 영광과 명예에서 제 언니를 능가할 정도로 기대하고 있습니다.'

"When my father heard what Jin-in said, he loved and prized me more than ever, and all the waiting-women of the palace treated me as an angel visitor from heaven. When I grew up, Oh-hyon, the son of the Dragon King of Nam-hai, who had heard[p159]of my history and attainments, asked marriage with me of my father, and because we of Tong-jong are under the authority of Nam-hai, my father dared not refuse but went instead and explained what Jin-in had said, asking permission to withhold his consent. For this the Dragon King on behalf of his proud son told my father that he had deceived him, severely reprimanded him, and became most insistent in the matter of the marriage. I reasoned to myself: 'If I am with my parents I shall not escape dishonour, so there is nothing else for me to do but to make my escape.' This I did, breaking through thorns and briars and taking refuge by myself in this unknown place. Here I am living poorly and in fear while the persecution on the part of the King of Nam-hai lasts.

165 원문의 柳眞君은 당대 전기 <柳毅傳>의 주인공 柳毅을 지칭한다. 게일은 이를 오인하여 柳眞을 이름으로 번역한 셈이다.

My parents said: ‘Our daughter does not wish your son but has run away and hidden herself.’ The foolish boy, however, regardless of my sufferings, gathered an army and came and tried to take me prisoner. My cries of despair moved heaven and earth so that the waters of the lake changed and became cold as ice and dark as hell. Thus the troops have not dared to enter it, and I have been preserved and have escaped with my life. To-day I ventured to invite your Excellency to come to this humble home of mine, not only to tell you how I am circumstanced, but also to consider how the Imperial troops have long suffered want and lacked water, no springs appearing in the wells they dig. The work of digging and delving is a great labour, and though you dig through the whole mountain a thousand cubits and more, no water will be forthcoming. Human power is not equal to it. The original name of this lake was[p160] Chong-su-tam, Bright Water Lake. It was wonderfully sweet then, but since I have come here to live, the flavour has changed and all who drink of it fall ill, so that the name now is Paik-yong-tam, White Dragon Lake. Since your Excellency has accepted my invitation my soul has found a place of dependence, like spring coming back to the shaded hill. I put myself under your care and my life into your keeping. Your anxieties become my anxieties, so I shall use all my powers to give you aid. From now on the flavour of the water will be sweet as formerly, no harm will come to the soldiers who drink of it, and those who are ill will recover.”

"저의 아버지께서 진인의 말씀을 듣고는 저를 지금까지보다 더 저를 사랑하고 칭찬하셨습니다. 그리고 왕궁의 모든 시녀들은 저를 하늘에서 내려온 천사 방문객으로 대우했습니다. 제가 자랐을 때, 저의 내력과 학식을 전해들은 남해 용왕의 아들 오현은 제 아버님께 청혼을 했습니다. 우리 동정은 남해의 관할 하에 있기 때문에 아버님은 감히 거절하지 못했지만, 대신에 자신 승낙의 보류[166]를 허락받기 위해 직접 가셔서 진인의 말씀을 설명했습니다. 이에 용왕은 자기 아들 편에서 제 아버님께 자신을 속였다고 이야기하며 심하게 질책했으며 결혼 문제를 너무 끈덕지게 강요했던 것이지요. 저는 제 자신을 설득했습니다. '만약 내가 내 부모와 함께한다면, 불명예도 마다하지 않겠다. 내가 달아나는 것 이외엔 할 일이 없구나.' 우거진 가시덤불을 헤치고 이렇게 알려지지 않은 곳에 혼자 피신처를 만들어 탈출을 결행했습니다. 남해 용왕 쪽에서의 박해가 지속되는 동안 여기서 저는 보잘것없이 두려움에 떨며 살고 있습니다. 제 부모님은 말씀하셨습니다. '저희 딸이 전하의 아들을 원하지 않아 달아나서 숨었습니다.' 그러나 그 멍청한 녀석은 제 고통에 아랑곳하지 않고 군대를 모아서 저를 포로로 잡아가려 했습니다. 제 절망의 울부짖음이 하늘과 땅을 감동시켜서 호수의 물이 변했고, 얼음처럼 차갑고 지옥처럼 검게 되었습니다. 그래서 그 군대가 감히 들어오지 못했고, 저는 생명을 온전히 보존하며 피신할 수 있었습니다. 오늘 저는 저의 이 누추한 처소에 감히 장군을 모셔서 제가 놓인 상황을 말씀드릴 뿐만 아니라 병사들이 팠던 관정에서 샘물(봄)이 솟지 않아서 제

166 원문에는 번역문과 같이 혼사 승낙을 보류하는 것이 아니라, 혼사를 사퇴하기 위한 목적에서 직접 남해 용왕을 찾아갔음이 서술되어 있다.

국의 군대가 오랫동안 물 부족과 결핍의 고통을 당하는 점을 걱정해서입니다. 파고 뚫기의 작업은 대단한 노역입니다. 비록 장군께서 전체 산에 천 척 이상을 판다고 하더라도 한 방울의 물도 나오지 않을 것입니다. 인간의 힘은 그에 따를 수 없습니다. 원래 이 호수의 이름은 맑은 물 호수를 일컫는 청수담이었습니다. 그때의 물은 놀랍게도 달콤했답니다. 하지만 제가 여기에 살고부터는 그 맛이 변했고, 그것을 마시는 사람들을 병에 들었던 까닭에, 이제 이름이 하얀 용의 호수를 뜻하는 백룡담이 되었습니다. 이제 위대한 장군이 제 초대를 받아들인 까닭에 제 영혼이 의지할 곳을 찾았고, 이는 마치 이 어두운 계곡에 봄(샘물)이 돌아온 것과 같습니다. 저는 제 자신과 생명을 장군의 보호 아래 두게 되었습니다. 이제 장군의 근심은 제 근심이 되는 까닭에 제 모든 힘을 장군을 돕는 데 쓰게 될 것입니다. 이제부터 그 물의 맛은 이전처럼 달콤할 것이며 마시는 병사들에게 어떤 위해도 가하지 않을 것이고 이미 병든 사람들도 회복할 것입니다."

The General said: "Now that I have heard your ladyship's words, I realise that people are mated in heaven, that the devils know of it, and that the decision of the Grandmother of the Moon [35] is something for which it is worth casting lots. All your wishes find their complement in mine."

장군이 말했다.

"자, 나는 그대의 말씀을 다 들었소. 나는 사람들이 하늘에서 짝을 지워주며, 악마도 그것을 알며 달의 할머니 신의 결정은 제비뽑기할 만큼 가치가 있다는 사실을 아오. 그대의 모든 바람은 나의 바람 안에서 보완될 것이오."

The Dragon King's daughter said: "I have already made promise to you of this humble body, but, in short, there are three reasons why I ought not to be mated to your Excellency. The first is, I have not yet told my parents; the second, that I should accompany you only after I have changed this form of mine. I still have the scales and fishy odours of the mermaid, with fins that would defile my lord's presence. The third reason is that the messengers of the son of Nam-hai are all about spying in every nook and corner. It would be sure to arouse their anger and to cause disaster and no end of trouble. Let your Excellency retire to the camp as soon as possible, destroy the enemy, win great renown, and return to[p161]the capital singing your song of victory. Later, your servant will pick up her skirts, emerge from the waters, and follow you to your home in the great city."

용왕의 딸이 말했다.

"저는 이미 이 미천한 몸으로 장군에게 약속을 하였습니다만, 간단히 말씀드려서 제가 장군과 배필이 되어서는 아니 되는 세 가지 이유가 있습니다. 첫째는 제가 아직 부모님께 고하지 못했기 때문이고, 둘째는 제가 이런 모양새를 변신시킨 연후에야 장군과 함께 갈 수 있다는 이유이며, 셋째는 남해 아들의 사신들이 전 사방 모든 구석과 모퉁이에서 염탐을 하고 있는 까닭입니다. 그런 일은 분명 그들의 화를 불러일으킬 것이며 재난과 끝없는 고난을 야기할 것입니다. 가능한 빨리 장군께서는 군진으로 돌아가셔서 적을 무찌르시고 큰 명성을 얻어서 승리의 찬가를 부르며 도성을 귀환하십시오. 나중에 당신의 하녀는 물에서 올라와서 치마를 걷고 달려서 그 거대한 도시의 장군 집으로 따라가겠습니다."

The General said: "Though your ladyship's words are most acceptable, it seems to me that your being here is not only to preserve your own honour, but because the Dragon King desired you to await my coming and to please me. Your ladyship was a fairy in your former life, and therefore you have a spiritual nature. Between men and disembodied spirits intercourse may be carried on without wrong being done, then why should I have any special aversion to fins and scales? Though I have no special natural gifts, still I am under orders from His Imperial Majesty with a million of troops at my command, with the wild winds for guide and the spirit of the sea for my protector. If I can but meet this wilful child of the South Sea he will be but an insect for me to crush. If he does not at once repent and cease from his foolishness, I shall unsheathe my sword and finish him. We have met thus happily to-night, why should we miss the opportunity to seal our happy contract?" So they swore the oath of marriage, and found great delight in each other.

장군은 말했다.

"비록 그대의 말이 제일 납득이 가기는 하지만, 나에게는 그대가 여기 있는 것이 자신의 명예를 지키는 일이기도 하지만 또한 부왕께서 당신으로 하여금 나의 방문을 기다려 나를 반겨주기를 바랬던 때문이기도 하지요. 그대가 전생에 선녀였던 고로 영적인 본성을 가진 것이오. 인간과 신체 없는 귀신 사이의 교합은 그릇된 일 없이 수행될 수 있는 것인데, 어찌하여 내가 지느러미와 비늘에 대해 특별한 혐오를 가져야 하는 거요? 내 비록 어떠한 특별한 천성적인 재주가 없다지만, 제국의 폐하 명을 받들어 거센 바람을 인도자로 삼고 바다의 영을 보호자로 삼아서 휘하에 백만의 군사를 이끌고 있소. 만약 내가 남해의 외고집 아이를 만나기라도 한다면, 그는 내가 짓밟아버릴 한갓 곤충 한 마리[167]에 지나지 않을 것이오. 만약 그가 당장 뉘우치고 어리석은 짓을 그만두지 않는다면, 난 칼을 뽑아서 그를 끝내버릴 것이오. 따라서 우리 오늘밤 행복하게 만났으니, 어찌하여 우리의 경사스런 혼약을 확인할 기회를 미루어야 한단 말이오?"

그래서 그들은 결혼의 맹세를 했고, 서로에게서 커나 큰 희열을 맛보았다.

Before the day dawned fully a sound of thunder was heard, so that the Crystal Palace shook and trembled. Then the daughter of the Dragon King gave a start and arose, while the palace women in intense excitement came to her and said that a fearful disaster had overtaken them. The Crown Prince of Nam-hai had brought a vast

167 원문에 따르면 모기나 개미 등으로 여긴다(如蚊虻螻蟻而已)고 서술되어 있다.

army to the foot of the hills,[p162]had pitched his camp, and now demanded that they try the fierce odds of battle.

여명이 충분이 밝아오기 전에 천둥소리가 들리고는 유리성[168]이 뒤흔들렸다. 그러자 용왕의 딸은 놀라 일어났고, 왕궁의 여인들이 격하게 흥분하여 달려와서는 무서운 재앙이 닥쳤다고 말했다. 남해의 왕자가 대군을 이끌고 산자락까지 와서는 군진을 설치하고 이제는 난폭한 전투의 우열을 겨루기를 요구했다는 것이다.

The General, in anger, said: "Mad creature, how can he dare so to venture?" He shook his sleeves and arose, sprang forth to the shores of the waters, where he found that the Nam-hai soldiers were already encircling the walls of the Paik-yong-tam with a wild clamour of noise, and causing noxious odours to arise on all sides. The so-called Prince Imperial on horseback rode swiftly out of the camp and shouted: "Who are you who would dare to steal another man's wife? I swear I will no longer live on the same earth with you."

화가 난 장군은

"미친 것들 어떻게 감히 그런 일을 감행하는가?"

하고 말했다. 그가 소매를 후려치며 일어나서 물가로 튀어 올라오니, 거기엔 남해 병사들이 이미 노호하면서 백룡담의 담을 포위하고

168 수정궁을 일컫는다.

있었으며 사방에 악취를 풍기고 있었다.[169] 이른바 왕자가 말을 타고 군진 밖으로 날쌔게 나와서 소리쳤다.

"감히 다른 남자의 아내를 빼앗는 너는 누구냐? 내 맹세코 너와 같은 세상에서 더 이상 살지 않을 것이다."

The General mounted his charger, laughed, and said: "The daughter of the Dragon King of Tong-jong and I have been mated to one another from a former existence, and it is so recorded in the palace of the great God, as Jin-in well knoweth. I am but carrying out the will of heaven and doing as I have been directed. A contemptible creature of a merman like you to dare to affront me thus!" He commanded his troops to form in order and to advance to the attack.

장군은 자기 군마에 올라타서 비웃으며 말했다.

"동정용왕의 딸과 나는 전생에 서로 짝 지워진 사이다. 그것은 진인께서 잘 알다시피 위대한 신의 궁정[170]에 그리 기록되어 있느니라. 나는 다만 하늘의 뜻을 수행할 뿐이며 내 운명의 길을 따라서 행할 따름이야. 너 같은 인어라는 하찮은 존재가 어디 감히 내게 맞서려 하느냐?"

그는 자기 군대에 정렬하여 앞으로 돌격을 명했다.

---

169 원문에는 남해 용왕의 아들의 군사가 악취를 풍겼다는 내용은 서술되어 있지 않다.

170 천조(天曹)를 이른다.

The Prince Imperial, in fury, called together all the fishes of the sea; a carp, the general of the forces; a turtle, his chief of staff. He aroused them to a pitch of wild enthusiasm so that they advanced with unexampled bravery.

분노한 왕자는 총사령 잉어와 참모장 거북을 비롯한 바다의 모든 물고기들에게 모이기를 명령했다. 그는 맹렬한 열정으로 뛰어오르도록 자극해서 그들은 전례 없이 용감하게 진군했다.

[CUTLINE: The Dragon King Defeated: Among the Mermaids][171]

[용왕의 승리: 인어들 사이에서]

The General met them by a counter sword attack and raised aloft his white stone whip. In a moment, thousands and tens of thousands were crushed beneath the blow. Pulverised scales and fins bedewed the earth. The Prince himself received two or three spear thrusts, so that power to metamorphose departed[p163]from him, and finally he was captured, taken prisoner, bound, and brought before the charger of the General. Greatly pleased, Yang sounded a bugle call to his troops to retire, when the gate guards brought him word, saying: "The lady of Paik-yong-tam is now before the camp entrance and wishes to congratulate your Excellency on so great a victory."

171 원문과 달리 번역문에서는 양소유와 남해 용왕의 아들 사이의 전투 내용을 장을 달리하여 서술하고 있다.

장군은 검 공격으로 대항하며 그들을 맞았고 그의 흰색 돌 채찍을 높이 들어올렸다. 한순간에 수십만의 물고기들이 그 타격에 짖이겨 졌다. 떨어진 비늘과 지느러미들이 땅을 적셨다. 왕자 자신은 두세 차례 창 공격을 당했으며, 그래서 변신의 능력이 없어졌고 마침내 체포되어 묶어서 장군의 말 앞에 옮겨졌다. 크게 기뻐하며 양은 군대의 퇴각을 명하는 나팔을 불게 했다. 문지가 그에게 전언을 가져왔다.

"백능파 아씨가 지금 군진의 입구에 와 있으며, 장군께 대승을 축하드리고 싶어합니다."

Courtiers were sent forth to show her in. She presented her distinguished compliments, and added a thousand measures of wine and ten thousand head of cattle to feast the soldiers. They ate to the full, and were a hundred times more than ever incited to deeds of bravery.

신하들이 그녀를 안내하도록 보내졌다. 그녀는 어디서도 볼 수 없는 자신의 경의를 표했고 병사들을 먹이도록 일천 통의 술과 일만 마리의 소를 보냈다. 그들은 배불리 먹고 이전보다 천 배나 더 용감한 행위에 자극되었다.

General Yang then sat side by side with the daughter of the Dragon King and ordered that the Prince Imperial of Nam-hai be brought before them. In a commanding voice he addressed him thus: "I am under orders from the Emperor to beat down rebellion in all quarters of the State, and to put far from us devils who disobey Imperial commands. You, however, a little child, ignorant of what is right, desire to oppose the troops and thus to die by suicide. I have a sword called Eui-song-sang, the same sharp knife with which I killed the King of Kyong-hai. With it I ought to cut off your head to prove the truth of my words, but your dwelling in Nam-hai gives rain to a wide world of men and is for that reason deserving of merit. I shall therefore forgive you. Cease from your past evil ways, and do not sin any more against this woman." So he sent him off.

그때 양장군은 용왕의 딸과 나란히 앉아서, 남해 제국의 왕자를 그의 앞에 데려오라고 명령했다. 위풍당당한 목소리로 그는 그에게 말했다.

"나는 지금 나라 전역에서 일어난 반란을 진압하기 위해 황제의 명을 받들어 제국의 명령에 불복하는 악마들을 우리로부터 멀리 내쫓고 있다. 그럼에도 불구하고 뭐가 옳은지도 모르는 일개 어린애에 불과한 네 녀석이 그런 군대에 반기를 들어 자살하려 한다. 나는 내가 경해왕을 살해했던 바로 그날카로운 칼, 이른바 의승상이란 이름의 검을 갖고 있다.[172] 이것으로 네 머리를 잘라서 내 말의 진실을 증명하고자 하나, 네가 사는 남해가 인간들의 넓은 세상에 비를 뿌려주고 그런 공적에 마땅한 이유 때문에 내가 너를 용서하려 한다. 지난날의 사악한 삶의 방식을 청산하고 이 여인에게 더 이상의 죄를 짓

172 원문에는 위징(魏徵) 승상이 경하(涇河)의 용을 죽인 물건이라 부연되어 있다.

지 말도록 하여라."

그리하여 그는 그 왕자를 풀어주었다.

The prince was so overcome that he was unable to draw a long breath. He bowed low and ran for his life like a rat that desires to hide itself.[p164]

왕자는 너무 압도되어 긴 숨을 들이쉴 수 없었다. 그는 생명을 지키기 위하여 숨을 곳을 찾는 생쥐 같이 도망갔다.

Suddenly a bright light arose from the south-east and a red cloud shone forth that sparkled with variegated colours. Flags and battle-axe insignia became visible in the upper air, and an angel dressed in scarlet bowed low and said: "The Dragon King of Tong-jong, learning that General Yang had scattered the troops of Nam-hai and saved the princess from dishonour, desired to come himself to the camp and offer his congratulations, but being held by his office and unable to leave of his own free-will, he has arranged instead a great feast in honour of the General and now invites him to come. Please will your Excellency condescend to follow me? He commands also that the princess attend us."

어떤 밝은 빛이 동남 방향으로부터 갑자기 올라왔고 다채로운 빛으로 반짝이는 붉은 구름이 비춰졌다. 깃발들과 전투용 도끼의 휘장이 공중에서 보였고 자줏빛 옷을 입은 천사들이 와 절하고 말했다.

"양장군께서 남해 군사들을 패퇴시켜 공주를 불명예에서 구해냈다는 사실을 아시고 동정 용왕께서 몸소 군진까지 오셔서 축하를 하고 싶어 하십니다만, 공무에 붙잡혀 멋대로 자리를 비울 수 없어서 장군을 경애하며 거대한 축하연을 준비하셨습니다.[173] 장군께서 몸을 낮추시어 저를 따라오시겠는지요? 용왕께서는 공주님도 함께 오라 명령하셨습니다."

General Yang said: "Although the enemy is driven off they still have their camp close by. Tong-jong is thousands of miles from here. It would take many days to go and come. How can one thus in command of troops go so far away?"

양장군이 말했다.

"비록 적이 쫓겨 나갔지만, 여전히 근처에 자기네 군진을 갖고 있네. 동정은 여기서부터 수만리라. 다녀오려면 수일이 걸릴 터. 대군사를 지휘하는 자로서 어떻게 그리 멀리까지 갈 수 있겠는가?"

The angel said: "The light dragons are hitched to the sky-wagon and are ready. Half a day will be quite sufficient for you to go and return."[p165]

173 원문에는 응벽전(凝碧殿)에 연회를 마련했다고 서술되어 있다.

그 천사는 말했다.

"빛의 용들[174]이 하늘 마차에 매여져 준비되어 있습니다. 반나절이면 다녀오시는데 충분합니다."

Chapter X Humble Submission

제10장 겸손한 복종

THE General then mounted the dragon-car with the Dragon King's daughter beside him; a wonderful wind blew the wheels and they whirled away up into mid air beyond the clouds. He did not know how close lay the outskirts of heaven, or how many miles from earth they were. A veil of mist like a white umbrella covered all the sphere. Little by little they descended till they came to Tong-jong. The King had come out a long distance to meet his guest with every possible form of ceremony and every evidence of love for him as a son-in-law. He bowed, and after having made Yang mount the highest seat of honour, prepared for him a great feast. The King himself raised his glass and congratulated Yang, saying: "I am a man of few and feeble gifts, with but little means at my disposal, not able even to make my own daughter prosperous and happy. By means of your Excellency's surpassing skill we have taken prisoner this proud

174 원문에 따르면 용 여덟 마리를 준비했다고 서술되어 있다.

upstart, and have saved my daughter's honour. I greatly desire to repay this kindness high as heaven and deep as the nether sea."

그래서 장군이 용왕의 딸과 함께 용수레에 오르니 놀라운 바람이 그 바퀴를 불어 그들은 소용돌이치며 구름 너머 공중으로 올라갔다. 그는 하늘 끝자락 얼마나 가까이에 가 있는지 혹은 땅에서 얼마나 멀리 왔는지 알지 못했다. 마치 하얀 우산처럼 안개의 막이 전체 공간을 뒤덮었다. 조금씩 조금씩 동정호에 도달하기까지 그들은 하강했다. 용왕은 경축을 위한 모든 가능한 형식과 사위로서 그에 대한 사랑을 표현하는 모든 증거를 동원하여 손님을 맞기 위해 멀리서 나와 있었다. 그는 절을 했고, 양을 최고 명예의 자리에 오르게 한 뒤 성대한 축하연을 준비했다. 왕 스스로 자신의 잔을 들어서 양을 축하하며 말했다.

"나는 재주가 없고 덕도 미약한 사람으로 내가 할 수 있는 수단이 거의 없어 내 자신의 딸에게 영예와 행복을 줄 수조차 없었소. 장군의 탁월한 기량으로 우리는 이런 오만한 어정뱅이를 포로로 만들었으며 내 딸을 명예롭게 구해냈구려. 나는 이런 장군의 배려에 위로는 하늘 같이 높게 아래로는 바다 같이 깊게 보답하고 싶습니다."

The General said: "It was all due to the incomparable strength and prowess of His Imperial Majesty. What cause have you to thank me?"

장군이 말했다.

"이는 모두 황제 폐하의 비견할 수 없는 위력과 용맹 덕택입니다. 저한테 무슨 수로 감사하겠습니까?"

They drank till their hearts were merry and then the King called for music; and splendid music it was, arranged in mystic harmony, unlike the music of the[p166]earth. A thousand giants, each bearing sword and spear, beat monster drums. Six rows of dancing-girls dressed in phoenix garb and wearing bright moon ornaments, gracefully shook their long flowing sleeves and danced in pairs, a thrilling and entrancing sight.

그들은 자기들 마음이 즐거울 때까지 마셨고, 왕은 음악을 청했다. 그 음악은 더할 나위 없는 음악이었고 신비의 조화로 연주됐고 지상의 음악과는 달랐다. 각각 검과 창을 가진 천명의 거인들이 기이한 북을 쳤다. 여섯 줄의 무희들이 불사조 복장을 입고 맑은 달 장식을 한 채 긴 소매를 우아하게 흔들면서 짝 지어서 춤을 췄다. 그 광경은 전율이 일고 매혹적이었다.

The General asked: "What tune is this to which they dance? "

장군이 물었다.
"저들이 맞춰 춤추는 이 음악은 어떤 가락인지요?"

The Dragon King said: "In ancient days this tune did not exist in the Water Palace. My eldest daughter, as you know, was married to the Prince Imperial of Kyong-ha, and according to the writings of Dr. Yoo in 'The Shepherd and the Sheep,' was found destined to hardship. She fell a victim to oppression and ill-treatment, and my younger brother fought and defeated the King of Kyong-ha and saved her. The musicians of the palace invented this tune, calling it 'The Defeat of the Enemy.' Now, however, that your Excellency has overcome the Prince of Nam-hai and have caused the father to meet his daughter once more, the name of the tune has been changed to 'The Song of the General's Victory.'"

용왕이 말했다.

"옛날에는 이런 가락이 수궁에는 존재하지 않았지요. 아시는 바와 같이 내 큰 딸이 경하 제국의 왕과 결혼했는데 유박사가 쓴 글 <목동과 양>[175]에 따르면 고생하며 산다는 거였소. 그녀는 억압과 부당한 처우를 받고 있으며, 그래서 내 동생이 경하왕과 싸워서 이기고 그녀를 구했지요. 그 궁정의 악사들이 이런 가락을 창조했는데, 이름 하여 <전승곡>[176]입니다. 그렇지만 이제 장군께서 남해의 왕자를 이기고 또 아버지가 자기 딸을 다시 만나도록 해주셨으니, 이 가

---

175 원문에는 "유씨 선비의 보내온 편지를 통해"용왕의 딸이 "양을 치며 어렵게 산다는 것을 알게 되었습니다(因柳生傳書, 知其遭牧羊之困)"로 되어 있다. 게일은 이 구절의 "목양의 곤란함(牧羊之困)"을 어떤 일인지 유의가 남긴 글 제목으로 해석했다.

176 원문에 따르면 <전당파진악(錢塘破陣樂) 혹은 <귀주환궁악(貴主還宮樂)>이라 이른다.

락의 이름이 <장군의 전승곡>[177]으로 변해야 겠지요."

Yang asked again: "Where is Dr. Yoo now, and may I not see him?"

양이 다시 물었다.

"지금 유박사는 어디에 있으며 이제 그를 볼 수는 없는 건가요?"

"Dr. Yoo," said the Dragon King, "is an official among the genii and so is at his post and cannot come."

용왕이 말했다.

"유박사는 신선들의 사는 곳의 관리여[178]서 직을 수행하므로 올 수 없습니다."

After the various glasses, nine in all, had been passed, the General said good-bye. "I have many things to see to in the camp," he said, "and cannot stay longer, for which I am very sorry. My one desire is that the lady may not forget her marriage vows."

모두 아홉 번의 다양한 술잔이 전달된 이후에, 장군은 작별을 고했다.

"저는 군진에 가서 돌봐야 할 많은 일이 있습니다. 그래서 더 이상

177 원문에 따르면 <원수파진악(元帥破陳樂)>이라 이른다.
178 원문에 따르면 영주(瀛洲)산의 선관이 되었다고 한다.

머물 수 없어 미안할 따름입니다. 제 한 가지 바람은 따님께서 결혼의 맹세를 잊지 말기를 하는 것입니다."

The Dragon King said that he would see that they were kept. He came outside the palace to see the General off.[p167]

용왕은 맹세가 지켜지도록 살피겠다고 말했다. 그는 왕궁 밖으로 나와 장군을 전송했다.

On looking up Yang saw before him a great and high mountain, with five peaks that reached up to the clouds. At once a desire took possession of him to go and see them, so he asked of the Dragon King: "What mountain is this? I, So-yoo, have seen many famous mountains of the world, but never this one before."

양이 위로 올려다보자 다섯 개의 봉우리가 구름에 까지 도달해 있는 거대하고 높은 산이 그의 앞에 나타났다. 그 즉시 가서 보고 싶은 욕구가 그를 사로잡았다. 그래서 그는 용왕에게 물었다.

"이게 무슨 산이지요? 이 소유가 지금까지 세상의 유명한 산을 많이 보았습니다만,이런 산은 본 적이 없습니다."

The Dragon King inquired: "Do you not know the name of this mountain? It is Nam-ak, full of spiritual lights, strange and mysterious."

용왕이 물었다.

"이 산의 이름을 모르십니까? 영적인 빛, 기이함과 신비로움으로 가득 찬 남악[179]입니다."

"Where are the approaches?" asked the General.

"어느 길로 올라갈 수 있습니까?"

장군이 물었다.

The Dragon King replied: "The day is not yet late, let us take a hasty look at it before we go."

용왕이 대답했다.

"날이 아직 늦지 않았으니 우리가 가기 전에 같이 가서 급하게 보지요."

The General then mounted the chariot and was soon at the base. He took his bamboo staff and entered on the stony way, crossed a hill, passed over a yawning chasm, where the surroundings seemed more and more wonderful, with a thousand views opening out before his vision, impossible to take in at a single glance. The old saying of "A thousand peaks vied with each other and a thousand streams rushed

179 남악 형산을 이른다.

by" was true of this fairy region.

그러고는 장군이 마차에 오르니 순식간에 산자락에 이르렀다. 그는 대나무 지팡이를 잡고 돌길로 들어서 언덕을 가로질러 크게 벌어진 깊은 구렁을 건너갔다. 그곳의 주위 환경은 점점 더 경이로웠고, 눈앞에서 수천 개의 광경이 펼쳐지고 있었다. 한 번의 눈길로 포착하기는 불가능할 정도였다.

"천개의 봉우리가 서로 경쟁하고 천개의 물길이 서로 쇄도한다"는 옛 말이 이곳 아름다운 지역의 진실을 담는 것이었다.

The General rested on his staff and surveyed the wide landscape with an increasing sense of surprise and questioning. He then sighed and said: "I have long been a follower of the camp and engrossed in the fortunes of war, so am tired of the dust of earth. How can the earth-to-earth particles of this body be so important? How can one win lasting merit, and after death attain to eternal life?"

장군은 지팡이에 몸을 의지한 채 증대되는 놀라움과 호기심에 광대한 풍경을 살폈다. 그때 한숨을 내쉬며 말했다.

"내가 오랫동안 군진의 따라다니며 전쟁의 운명에 몰두해 있었기 때문에 세속의 먼지에 지쳤구나. 어찌하여 이 몸의 흙에서 흙의 티끌로 이치가 그렇게 중요할 수 있는가? 사람은 어떻게 영속하는 공을 이루어 죽은 후 영생을 얻을 수 있을까?"

As he said this to himself he heard the sound of bells from among the trees. He pushed forward. "Evidently," said he, "there is a temple of the[p168]Buddha somewhere near." He crossed a dangerous pass and ascended a lofty peak, and there stood a temple with the main hall hidden away in a shady recess. Many priests were gathered about. The chief priest sat on an elevated dais, and at the time of Yang's approach was reading the sacred books and discoursing on the same. His eyebrows were long and white and his features thin and transparent. His age must have been very great indeed.

그가 혼자 이렇게 말하고 있을 때, 나무들 사이에서 종소리가 들려왔다. 그는 앞으로 밀고 나갔다.

"분명히 불교 사원이 근처에 있다."

그는 위험한 길을 건너 높은 봉우리로 올라갔다. 거기에는 절이 하나 있었는데, 대웅전이 그늘진 은신처에 숨겨져 있었다. 다수의 스님들이 모여 있었다. 노승이 위쪽 연단에 앉아 있었다. 양이 접근할 시점에 경전을 읽으며 담화를 나누고 있었다. 그의 눈썹은 길고 하얗다. 그의 용모는 야위었고 명료했다. 연륜이 대단함에 틀림없었다.

Seeing the General approach, he called all the priests together to meet him. "We dwellers in the hills," said he, "are dull of hearing and so did not know beforehand of the coming of your Excellency, nor have we gone out to meet you beyond the gates as we should have done. Please forgive us. The day of your final coming has not yet arrived. Will you not enter the hall, worship and return?"

장군의 접근을 보자 그는 모든 스님들을 모이게 해서 그를 맞도록 했다.
"우리 산 속 사람들이 소리에 무감하여 장군께서 오시는 것을 미리 알지 못하였고, 마땅히 대문 밖으로 나가 장군을 맞이하지도 못했습니다. 용서하시기를. 장군께서 최종적으로 오실 날은 아직 이르지 못하였습니다. 불전에 들러서 경배하시고 돌아가시지 않겠습니까?"

The General entered before the Buddha, burnt incense and made his obeisance. Then he returned, and as he stepped down his foot slipped and he awoke with a start, and behold he was leaning on his writing-table in the midst of the camp.

장군은 부처 앞으로 들어가 향을 태우고 절을 했다. 그러고는 돌아와 계단을 내려오다 미끄러졌다. 그리고는 그는 놀라서 깨어났고, 막사 중앙의 책상에 기대고 있음을 알았다.

The east began to lighten. In wonder he asked his aides: "Did you gentlemen sleep and dream too?"

동쪽이 밝아왔다. 궁금해서 그는 장수들에게 물었다.
"너희들도 잠에서 꿈을 꾸었느냐?"

They made as one reply: "We accompanied your Excellency and fought an awesome spirit army, defeated it, took captive their commander, and returned. This is assuredly a proof of certain victory."

그들은 하나 같이 답했다.

"우리는 장군과 함께했고, 무서운 귀신 군대와 싸워 무찔렀고, 그들 사령관을 포로로 잡아서 귀환했습니다. 이건 확실히 승리의 징조입니다."

The General told all that he had seen in his dream, and afterwards they went together to inspect the White Dragon Lake. The ground was covered with scattered scales of fish and blood that flowed like running water. First of all the General raised his cup[p169]and took a drink of the fateful potion and then refreshed the sick soldiers. They recovered, and the army came in companies with their horses to the shore and drank freely. Their glad shoutings shook the earth; the rebels heard it and trembled, desiring forthwith to make terms.

장군은 자기 꿈에서 본 것들을 모두 이야기했고, 이후에 그들은 함께 백룡담을 조사하러 갔다. 그 바닥은 흩어진 물고기 비늘과 흐르는 강처럼 쇄도하는 피로 덮여 있었다. 우선적으로 장군이 먼저 자기 잔을 들어서 치명적인 양의 물[180]을 마시고, 그 다음 아픈 병사들에게 새로 공급했다. 그들은 회복되었고, 전군이 말과 함께 물가로 가서 자유롭게 마셨다. 그들의 기쁨의 외침들이 대지를 흔들었고, 반란군이 그걸 듣고는 즉시 협상을 하고자 열망하면서 벌벌 떨었다.

Yang then wrote a communication announcing victory. The Emperor was greatly delighted, and in his memorial to the Empress Dowager he praised Yang So-yoo, saying: "So-yoo is indeed the greatest general since the days of Kwak Pom-yang; let us wait for his return to make him First Minister of State and so reward him for his unparalleled success. If he has fully decided as to the marriage proposal with the Crown Princess and can conform to our commands, all is well, but if he still persists in having his own way, we cannot punish one so meritorious as he nor compel him by force. It is a question difficult to solve and one full of deep perplexity."

그러자 양은 승리를 알리는 전통문을 썼다. 황제는 크게 반가워하면서 태후에게 그의 보고서를 갖고 가서 양소유를 칭찬했다.

"소유는 정말 곽분양 이래로 가장 위대한 장군입니다. 그의 귀환을 기다렸다가 그에게 승상의 벼슬을 주어 그의 비길 데 없는 성공에 보답합시다. 만약 그가 공주와의 결혼 제안을 완전히 결정하고 우리 명에 순응할 수만 있다면 모든 게 다 풀리지만, 만일에 그가 여전히 자기 길을 고집한다면 우리가 그 사람만큼 공을 세운 사람을 벌줄 수

---

180 원문에는 먼저 물을 떠서 마셨다는 사실이 언급되어 있을 뿐, 번역문과 같이 치명적인 수준의 양의 물을 마셨다는 내용은 서술되어 있지 않다.

도 없고 힘으로 강제할 수도 없으니, 참으로 딱한 노릇입니다. 참으로 풀기 어렵고 당혹스럽기 끝이 없는 문제입니다.

The Empress Dowager said in reply: "The daughter of Justice Cheung is truly a very beautiful girl. He and she have met and seen each other. How can he readily cast her aside? My idea is to take advantage of So-yoo's absence, issue an order commanding Justice Cheung to marry off his daughter elsewhere, and so do away for ever with this desire of So-yoo. How can they fail to do as we command?"

태후가 대답했다.

"정사도의 딸은 참으로 아름다운 아이입니다. 양과 그 여식은 서로 만나서 얼굴을 확인했지요. 어떻게 그 사람이 쉽게 그녀를 옆으로 제칠 수 있겠습니까? 내 생각은 소유의 부재를 이용해서 정사도에게 자기 딸을 다른 곳에 시집보내라는 명령을 발하여 소유의 이런 욕망의 대상을 없애는 것입니다. 우리가 명령을 내리는 데 어떻게 그들이 그리하지 않을 수 있겠습니까?"

His Majesty did not reply, but waited for a moment. He then got up quietly and went out. At this the Crown Princess, who was seated by the side of her mother, said: "Mother, your honourable decision is indeed quite wrong. The question of Cheung See's marriage belongs not to us but to her family. How can[p170]the Government undertake to direct a matter of this kind?"

폐하는 답하지 않았지만 잠시 동안 기다렸다. 그리고는 조용히 일어나서 밖으로 나갔다. 이에 자기 어머니 곁에 앉았던 공주가 말했다.

"어머니, 어머니의 고견은 정말로 잘못된 것입니다. 정씨의 결혼 문제는 우리에게 달려 있는 것이 아니라 그녀 가족에게 달려 있습니다. 어찌하여 정부가 이런 종류의 문제를 지휘하려고 할 수 있습니까?"

The Empress replied: "This is a matter of exceeding great importance to yourself as well as to the State. I must talk with you about it. General Yang So-yoo is not only superior to others in looks and learning, but already by the tune he played on the jade flute he has proven himself your chosen affinity. You cannot possibly turn him away and choose another. So-yoo has already established a special attachment with the house of Justice Cheung, and cannot cast that off either. This is a most perplexing matter. I think that after So-yoo's return, if he is married to you, he will not object to take Cheung's daughter as a secondary wife. I wanted first to inquire what you thought of this."

태후가 답했다.

"이는 네 자신에게 뿐만 아니라 국가에도 정말로 중요한 문제인 것이야. 내가 그걸 이야기해야 하겠구나. 양소유장군은 외관과 학식에서 타인들보다 우월할 뿐만 아니라 그가 옥퉁소로 연주했던 그 가락에 의해 너의 천생 배필임을 증명한 것이야. 네가 그를 어떻게든 거부하고 다른 이를 선택한다는 것은 가당치 않아. 소유가 이미 정사도 집안과 특별한 연분을 쌓고 그것을 던져버릴 수도 없는 문제, 그것이 제일 곤혹스런 문제야. 나는 소유가 돌아온 후에 만약 그가 너와 결혼한다면 정씨의 딸을 첩으로 삼는 것에 이의가 없을 것이라고 생각한단다. 그래서 나는 먼저 이에 대한 네 생각을 묻고 싶구나."

The Princess said: "I am not a person given to jealousy. Why should I dislike Cheung See? But the fact that Yang had already sent her his wedding presents forbids his making her his secondary wife. An act like this would be contrary to all good form. Justice Cheung's is one of the oldest ministerial families, distinguished from time immemorial for ability and learning. Would it not be high-handed oppression to force her into the place of secondary wife? It would never never do."

공주가 말했다.

"저는 질투에 사로잡힌 사람은 아닙니다. 무슨 이유로 제가 정씨를 미워하겠습니까? 하지만 양이 이미 결혼선물을 보냈다는 사실이 그가 그녀를 첩으로 삼는 것을 금하는 것입니다. 이 같은 행위는 모든 올바른 형식에 위배될 것입니다. 정사도의 집안은 그 능력과 학식에서 옛날부터 두드러지게 가장 오래토록 정승을 배출한 집안들 중 하나입니다. 그런데도 그녀에게 첩의 자리를 강제하는 것은 고자세의 억압이 되지 않겠습니까? 이는 결코, 결단코 해서는 안 될 것입니다."

The Empress said: "Then what do you propose that we should

do?"

태후가 말했다.

"그렇다면 우리가 어떻게 해야 할 것이라 생각하느냐?"

The Princess replied: "Ministers of State may have three wives of the first order. When General Yang returns with his high honours, if he attain to the highest he will be made a subject king, if to the lowest he will still be a duke, and it will be no presumption[p171]on his part to take two wives. How would it do to have him take Justice Cheung's daughter as his real wife as well as myself?"

공주가 답했다.

"국가의 대신들은 국법에 의해 세 명의 아내를 둘 수 있습니다. 양장군이 높은 공을 세우고 돌아와 가장 높은 상을 받으면, 작은 왕이 될 것이며, 가장 낮은 상을 받더라도 공작[181]이 될 것입니다. 그의 입장에서 두 명의 아내를 두는 것이 어느 모로나 주제 넘는 일이 아닙니다. 그로 하여금 나 자신 뿐 아니라 정사도의 딸을 정실로 받아들이도록 하는 것은 어떤지요?"

"It would never do," said the Empress. "When two women are of the same rank and station there need indeed be no harm or wrong

181 원문에 따르면 후(侯)를 이른다.

done, but you are the beloved daughter of his late Majesty and the sister of the present monarch. You are therefore of specially high rank and removed from all others. How could you possibly be the wife of the same man with a common woman of the city?"

태후가 말했다.

"그건 결코 안 될 일이다. 두 여자가 똑같은 위상과 지위라고 한다면, 어떠한 위험도 그릇됨도 없어야 하지만, 너는 돌아가신 폐하의 총애하는 딸이며 현재 군주의 누이야. 따라서 너는 특별히 높은 지위이며 다른 모든 이들과 다른 것이다. 어떻게 네가 시중의 일반 여자와 함께 한 남자의 아내가 될 수 있겠느냐?"

The Princess said: "I am truly high in rank and station; this I know, but the enlightened kings of the past and those who were sages honoured good men and great scholars regardless of their social position. They loved their virtue, so that even the emperor of a thousand chariots made friends and intimates of such and took them in marriage; why should we talk of high rank or station? I have heard that Cheung's daughter, in beauty and attainments, is not behind any of the famous women of the past. If this be true I should find it no disgrace at all but an honour to make an equal of her. Still, what I have heard of her may not be true, and by rumour alone one cannot be sure of the real or the imaginary. I should like to see her for myself, and if her beauty and talents are superior to mine I shall condescend to serve her, but if they are not as we hear them reported, then we might make her a secondary wife, or even a serving-maid, just as your Majesty may think best."

공주가 말했다.

"저는 진정으로 지위와 신분에서 높습니다. 저도 알고 있지요. 하지만 과거의 합리적인 왕들과 현자들은 사회적 위치와 무관하게 훌륭한 사람들과 위대한 학자들을 공경했습니다. 그들은 그런 사람들의 장점을 귀하게 여겼고, 그래서 일천 대의 마차를 가진 황제도 친구를 사귀었고 그런 대화 상대를 만들어 결혼도 하였지요. 왜 우리는 높은 지위와 신분에 대해 이야기해야 할까요? 제가 듣기로는 정씨 집 딸은 그 미모나 학식에 있어 과거의 어느 유명한 여성들에 뒤처지지 않는답니다. 이것이 사실이라면, 그녀를 동등하게 대우하는 일이 저에겐 전혀 치욕이 아니라 오히려 명예로운 일이지요. 그럼에도 불구하고 제가 그녀에 대해 들은 것이란 사실이 아닐 수도 있습니다. 소문 하나만 갖고 실제인지 상상인지를 확정할 수 없는 노릇입니다. 저는 제 자신을 위해서 그녀를 만나고 싶습니다. 만일 그녀가 미모와 재능에 있어 제보다 우월하다면 제가 몸을 낮추어 그녀를 모시겠습니다. 그러나 우리가 들은 것과 다르다면, 태후마마께서 최상으로 생각할 수도 있는 그대로 그녀를 첩이나 혹은 하녀로까지도 삼아 무방할 것입니다."

The Empress sighed, and said: "To be jealous of another's beauty is a natural feeling with women, but[p172]this daughter of mine loves the superiority of another as much as if it were her own, and reverences another's virtue as a thirsty soul seeks water; how can the mother of such a one as she fail to be happy? I, too, would like to see Cheung's daughter. I shall send a dispatch to that effect to-morrow."

태후는 한숨을 쉬며 말했다.[182]

"다른 이의 미모에 대한 질투는 여자에겐 자연스런 감정이지만, 나의 이 딸은 다른 이의 우월성을 자기 자신의 것처럼이나 귀하게 여기는구나. 그리고 목마른 영혼이 물을 찾듯이 타인의 미덕을 존중하는구나. 어떻게 그런 딸의 어미가 행복하지 않을 수 있겠는가? 나 역시나 정씨의 딸을 보고 싶구나. 내 내일 당장 그 결과를 낳을 급 전송을 보낼 것이야."

The Princess replied: "Even though your Majesty should send such a command I am sure Cheung's daughter would feign sickness and not come. If she should decline there would be no way of summoning her by force as she belongs to a minister's household. Let us do it by means of the Taoist priestess and the Buddhist nun. If we knew of Justice Cheung's day of sacrifice in advance, I imagine we should have no difficulty in meeting her."

공주가 답했다.

182 원문에는 태후가 난양공주의 말에 감탄하며 말을 했다고 서술되어 있지만, 번역문에는 한숨을 쉬며 말했다고 서술되어 있다.

"비록 태후 마마께서 그런 명령을 보낸다 하더라도, 정씨의 딸은 아픈 체 하여 오지 않을 거라고 확신합니다. 만약 그녀가 거절한다면, 그녀가 정승의 집안에 속해 있는 까닭에 힘으로 소환할 어떠한 방법도 없을 것입니다. 우리 도교 여도사와 불교의 여승 힘을 빌어서 그리해봅시다. 만약 우리가 먼저 정사도 집안의 기일을 안다면, 우리가 그녀를 만나는 일에 어려움이 없을 것이라 생각합니다."

The Dowager thought well of this and sent a special servant to make inquiry of the various Taoist priestesses who lived in the neighbourhood. The old woman superior of the Chong-se Temple said: "Usually Justice Cheung's family do their sacrificing to the Buddha at our temple, but the daughter does not come herself; she sends her servant, General Yang's secondary wife, Ka Choon-oon. She comes with orders for her mistress and with prayers written out that are placed before the Buddha. You may take this written prayer of hers if you care to show it to Her Majesty the Dowager."

태후는 이를 잘 이해했고, 궁궐 주변에 이웃하여 사는 다양한 도교 여도사들에게 문의하기 위해 특무 하인을 보냈다. 정세사의 늙은 여도사가 말했다.

"대체로 정사도 집안은 우리 사원에서 부처님께 제를 올립니다만, 그 따님은 오지 않습니다. 그녀는 자기 하녀이자 양장군의 첩인 가춘운을 보냅니다. 그녀는 자기 아씨를 위한 명을 받아 부처님 앞에 놓이는 기도문을 갖고 옵니다. 만약 그것을 태후 마마께 보여드리고자 한다면, 그녀의 기도문을 가져가도 좋습니다."

The eunuch accepted it, returned, and told what he had heard and showed Cheung See's written prayer.

그 내관이 그것을 받아서 돌아왔다. 그리고 자신이 들은 이야기를 고했고 정씨의 기도문을 내놓았다.

The Dowager said: "I am afraid in these circumstances that it will be difficult to see her." With that the Crown Princess and she unfolded the written prayer and they read it together:[p173]

태후가 말했다.
"이런 상황에서 그녀를 만나기 어려울까 걱정되는구나."
그 기도문을 공주와 함께 펼쳐서 함께 읽었다.

"Thy disciple, Cheung Kyong-pai, by means of her servant Cloudlet, who has bathed and made the required offerings, bows low, worships and makes her petition. I, thy disciple, Kyong-pai, have many sins to answer for, sins of a former existence as yet unexpiated. These account for my birth into this life as a desolate girl who never knew the joy of sisterhood. Already had I become the recipient of marriage gifts from General Yang and had expected to live my life in his home, but the choice of Yang as son-in-law to her Majesty the

Empress Dowager has reduced all my poor hopes to nothingness. I am cut off from him, and can only regret that the ways of the gods and the ways of men do not harmonise. Such an unlucky person as I have therefore no place of expectation. Though I had not yet given my body, my mind and soul were already given, and for me to change and put my affections elsewhere would not be according to the law of righteousness. I will stay then with my parents during their remaining years. In this moment of sadness and disappointed experience I come to offer my soul to the Buddha, and to speak my heart's desire. Please condescend, ye Holy Ones, to accept this prayer of mine, extend to me pity, and let my parents live long like the endless measure of the sky. Grant that I be free from sickness and trouble so that I may be able to dress neatly, and to please them, and thus play out my little part in life on their behalf. When their appointed span is over I will break with all the bonds of earth, submit my actions to the requirements of the law and give my heart to the reading of the[p174]sacred sutras, keep myself pure, worship the Holy One, and make payment for all the unmerited blessings that have come to me. My servant, Ka Choon-oon, who is my chosen companion, brings this to thee. Though in name we are maid and mistress, we are in reality friend and friend. She, in obedience to my orders, became the secondary wife of General Yang, but now that matters have fallen otherwise, and there is no longer hope for the happy affinity that was mine, she too has bade a long farewell to him and come back to me so that we may be one in sorrow as well as in blessing, in death as well as in life. I earnestly pray that the divine Buddha will condescend to read our two hearts, and grant that for all generations and transmigrations to come, we may escape the lot of being born women [36]; that thou wilt put away all our sins of a former existence, give blessing for the future, so that we may transmigrate to some happy place to share endless bliss for ever. Amen."

목욕 재계하고 필수 봉납을 바쳐왔던 부처님의 제자 정경패, 자기 하녀 클라우들릿을 통하여, 엎드려 절하고 기도를 올립니다. 부처님의 제자인 저 경패는 아직 속죄되지 않은 전생에서의 죄들과 함께 보속해야 할 많은 죄를 지었습니다. 이 죄들은 자매지간의 기쁨을 알지 못하는 외로운 소녀로 이생에 태어난 사실을 설명해줍니다. 이미 저는 양장군으로부터 결혼 선물의 수혜자가 되었으며 그의 집에서 내 삶을 살기를 기대해 왔습니다. 그러나 태후마마께서 양장군을 사위로서 선택함으로써 나의 모든 가련한 희망이 없는 일로 되었습니다. 저는 그로부터 단절되었고, 신의 방식과 인간의 방식이 조화를 이루지 못함을 유감으로 생각할 수 있을 따름입니다. 저와 같이 그렇게 불행한 사람에게 기대할 어떤 구석이 있겠습니까. 비록 제가 아직 몸을 허락하지는 않았으나 제 정신과 영혼은 벌써 허락되었고, 제가 저의 애정을 변화시켜 다른 곳으로 옮기는 일은 바른 도리에 어긋나는 것입니다. 그렇다면 저는 남은 생애 부모님과 함께하며 지낼 것입니다. 슬픔과 실망의 경험을 하는 이 순간에 저는 제 영혼을 부처님께 바치고 제 마음의 욕망을 말씀드리기 위해 왔습니다. 신성한 존재이시여, 제발 몸을 낮추시어 제 기도를 들어주시어 저에게 자비를 베푸십시오. 그리고 끝 없는 하늘의 크기만큼 제 부모님께서 오래 사시도록 해주십시오. 제가 병과 고난으로부터 면제된다면, 곱게 옷을 차려 입고서 부모님을 기쁘게 해드리고 그래서 그들을 위하여 저의 작은 직분을 수행할 수 있을 것입니다. 그분들의 정해진 수명이 다한다면, 저는 속세의 모든 연을 끊고서 제 행동을 법의 요구에 맞추며 저의 마음을 불경을 읽고 자신의 순결을 지키며 신성한 존재를 경배하는데 바치겠습니다. 그리고 제게 왔던 과분한 모든 은혜를 갚겠습니다. 신에 의해 맺어진 저의 동반자이며 제 하녀인 가춘운이 이 기도를 당신께 가져왔습니다. 비록 명목상 우리가 하녀와 마님이지만, 우리는 실제로 친구와 친구 사이입니다. 제 명을 받들고 온 그녀는 양장군의 첩이 되었습니다만 이제 사정이 달리 진행되는 바람에 제 것이었던 행복한 친근 관계에 대한 더 이상의 희망이 없어져 그에게 긴 작별을 고하고 제게 돌아와서 우리는 슬픔뿐만 아니라 축복에서도 그리고 삶에서 뿐 아니라 죽음에서 또한 하나가 될 수 있습니다. 저는 신성한 부처님께서 우리 둘의 마음을 몸을 낮춰 읽으시고 앞으로의 모든 다음 생과 윤회에서 여자로 태어나는 존재의 자리를 벗어날 수 있도록 해주시기를 기원합니다. 당신께서는 전생에 우리 모든 죄들을 사하시고 미래를 위해 축복을 내리시어, 우리가 어떤 행복한 자리에 윤회하여 영원히 끊임없는 기쁨을 나눌 수 있도록 기도드립니다. 나무관세음보살."

When the Princess had read this she knit her brows, and said: "By one person's marriage decision two happy people's hopes are broken. I fear that a great wrong may be done to worth and virtue unknown to us."

공주는 이 글을 읽고는 눈살을 찌푸리며 말했다.

"어느 사람의 결혼 결정으로 행복한 두 사람의 희망이 깨졌습니다. 저는 어떤 거대한 잘못이 우리에게 알려지지 않은 가치와 미덕에 행해질 수 있다는 사실[183]이 두렵습니다."

The Dowager heard this and sat silent.

태후가 이를 듣고는 말없는 채로 앉았다.

At this time Cheung's daughter waited upon her parents with placid countenance and resigned expression. Not a trace was there of dejection or sorrow. When her mother saw her she felt overcome with a sense of pity and dismay. Cloudlet attended lovingly[p175] and compelled Cheung See to engage in writing or games so as to pass the time, her own mind likewise being most desolate and her heart broken. Little by little she became thin and frail, as one overcome by an incurable sickness. Cheung See served her parents on the one hand, and on the other engaged herself on behalf of poor Cloudlet. Thus was her heart hopelessly confused, finding no place

183 원문에는 음덕(陰德)에 해가 있을 것이라 서술하고 있다.

of peace, though others would not have guessed it. The daughter, wishing to comfort her mother by means of the servants, sought every variety of music or interesting recreation, and so moment by moment tried to gladden her ears and eyes.

바로 이 시간에 정씨 집의 딸은 평온한 얼굴과 체념한 표정으로 자기 부모를 모시고 있었다. 낙담이나 슬픔의 어떤 흔적도 남아 있지 않았다. 자기 어머니가 그녀를 쳐다보자 그녀는 동정심과 실망감에 휩싸였다. 자기 자신의 정신은 가장 외로운 상태였고 또 마음은 파괴되었지만, 클라우들릿은 애정 어리게 시중들었고 시간을 보내기 위해 정씨를 글쓰기나 놀이에 가담하도록 만들었다. 조금씩 조금씩 그녀는 마치 치료 불능의 병에 걸린 사람처럼 야위고 허약해졌다. 한편으로 정씨는 자기 부모를 모셨고, 다른 편으로 불쌍한 클라우들릿을 위해 자신을 바쳤다. 그래서 다른 사람들이 그것을 짐작하지 못하였지만, 그녀의 마음은 평온의 장소를 찾을 수 없어 절망적으로 혼란을 겪었다. 자기 어머니를 위하기를 바랐던 그 딸은 하인들을 시켜 다양한 음악이나 흥미로운 놀이를 구했으며 그렇게 순간순간 어머니의 귀와 눈을 즐겁게 하기 위해 애썼다.

On a certain day a woman came bringing two embroidered pictures to Cheung's house desiring to sell them. When Cloudlet had unrolled and looked at them, one was a picture of a peacock among the flowers, and the other of a partridge in the forest. All the embroidery work was exquisitely done. Greatly admiring them, Cloudlet made the maid wait till she had shown them to the mother and daughter. She said: "My mistress is always praising my embroidery, but look at these pictures, please. What do you think of them for skill?"

어느 날 한 여자가 수놓인 그림 두 개를 갖고 팔기 위해서 정씨 집으로 찾아왔다. 클라우들릿이 그것을 펼쳐서 보니 하나는 꽃밭에 있는 공작새 그림이고 다른 것은 숲속의 자고새 그림이었다. 모든 수작업은 절묘하게 수행되어 있었다. 그것들을 크게 칭찬하면서 클라우들릿은 그것들을 어머니와 딸에게 보여줄 때까지 하녀를 시켜서 기다리도록 했다. 그녀는 말했다.

"마님께서는 언제나 나의 수 작품을 칭찬해주시고 있지만, 이 그림들을 보셔요. 그 기예를 어떻게 평가하십니까?"

[CUTLINE: Visit to the Monastery: Pictures to Sell][184]

[사원의 방문: 그림 팔기]

The young lady opened them out before her mother, gave a great exclamation of surprise, and said: "No present day embroidery can possibly equal these, and yet the colour and decorations mark them as new and not old. They are wonderful. Who can possess skill such as this?" She bade Cloudlet ask the maid whence they came, and the maid replied: "This embroidery is done by the hand of the young

184 원문과 달리 번역문에는 자수 족자를 들고와 이를 판매하고자 하는 여동의 이야기를 장을 구분하여 서술하고 있다.

[p176]mistress of our home. Just now she is living alone, and finding special need of money wants to sell them regardless of price."

젊은 아씨는 자기 어머니 앞에 그것들을 펼쳐놓고는 놀라움의 큰 감탄을 하면서 말했다.

"요즘의 어떠한 수 작품도 이것들과 비길 수 없을 것입니다. 그런데 색깔과 장식들을 보면 옛 것이 아니라 새로운 것임을 알 수 있습니다. 정말 경이롭습니다. 누가 이런 기술을 가질 수 있겠습니까?"

그녀는 클라우들릿에게 이것들이 어디서 온 건지 그 하녀에게 물어라 했고, 그 하녀는 답했다.

"이 수 작품은 우리 집의 젊은 아씨의 손으로 놓은 것입니다. 지금은 그녀 혼자서 살고 있으며, 특별히 돈이 필요하여 가격과 상관없이 그것들을 팔기 원합니다."

Cloudlet asked: "To what family does your mistress belong, pray, and for what reason is she staying alone?"

클라우들릿이 물었다.

"너의 아씨는 어느 집안 사람이며 어떤 이유로 혼자 살고 있지?"

The maid replied: "Our mistress is the sister of Yi Tong-pan, who, with his mother, has gone to Chol-dong where he holds office. Because she was unwell and unable to follow, the young lady remained at the home of her maternal uncle, Chang the Charioteer.

Her quarters are occupied by Madam Sa, just over the way, where she is awaiting the return from Chol-dong."

그 하녀는 답했다.

"우리 아씨는 자기 어머니와 함께 사무실을 갖고 있는 절동으로 떠난 이통판의 누이입니다. 그녀가 건강이 좋지 않아 따라갈 수 없었기 때문에, 외삼촌인 마부 장씨의 집에 남아 있게 되었던 것입니다. 그녀의 처소는 사부인이 차지해서, 길 바로 건너편에서 그녀는 절동에서 돌아오기만 기다리고 있습니다.

Cloudlet, on hearing this, went in and told it to her mistress. The young lady gave a liberal price in hairpins and other ornaments for the pictures, and had them hung up in the main hall where she sat all day in admiration of them, praising their excellence and expressing her delight. After this the maid who sold the pictures came frequently to Justice Cheung's home and became very friendly with Cheung's servants.

이를 들은 클라우들릿은 들어가 아씨에게 보고했다. 그 젊은 여인은 그림의 대가로 비녀와 여타 장식물 형태로 자유로운 값을 치렀고, 그것들을 중앙 거실에 걸었는데, 거기서 그녀가 작품을 탁월함을 칭찬하고 자신의 기쁨을 표현하면서 온종일 감상하기 위해서였다. 이런 연후에 그림을 판 그 하녀는 자주 정사도 집을 찾았고 정씨 집안 하인들과 아주 친하게 되었다.

The young lady said to Cloudlet: "The fact that Yi See has such wonderful skill of hand is proof that she is no common citizen. I shall make one of the servants follow her maid and find out what kind of personage she is." She chose a bright waiting-woman and sent her. The servant followed and found the lady's residence to be one of the town houses, very small and very neat, with no outside quarters for men.

젊은 아씨는 클라우들릿에게 말했다.

"이씨가 그렇게 놀라운 손재주가 있다는 사실은 그녀가 전혀 평범한 시민이 아니라는 증거이다. 내가 하인들 중 한명을 그 하녀를 따라가 보고 그녀가 어떤 종류의 인물인지를 알아내라고 할 것이야."

그녀는 영리한 하녀를 선택하여 보냈다. 그 하인은 그 여인의 거처가 남자들을 위한 어떠한 바깥 구역도 없이 아주 작고 매우 산뜻한 시내 집들 중 하나임을 알았다.

When Yi See knew that she was a servant from Justice Cheung's, she treated her to the best of fare[p177]and sent her on her way rejoicing. The servant returned and reported, saying: "For beauty and loveliness of face and form, she is a second copy of our own dear lady. They are just alike."

이씨는 그녀가 정사도 집안의 하인이라는 사실을 알고서는 최상의 음식을 대접하고 즐겁게 돌아가도록 했다. 그 하녀가 돌아와 보고했다.

"얼굴과 풍채의 아름다움과 귀함에서 그녀는 우리 집안 아씨의 복사본이었습니다. 두 분은 꼭 같습니다."

Cloudlet did not believe this. "Her embroidery," said she, "is indeed wonderful, but as for her beauty, why do you tell me such stories? I am sure there is no one in the world so pretty as our own lovely mistress."

클라우들릿은 이 말을 믿지 않았다.

"그녀의 수 작품은 실제로 경이롭지만, 그 미모와 관련하여서는 어찌하여 너는 그런 식으로 이야기하는 것이냐? 내가 확신컨대, 세상에 우리의 귀한 아씨만큼 예쁜 사람은 아무도 없다."

The servant replied: "If Madam Ka doubts my word, let her send someone else to see and then she will know the truth of what I say."

하녀가 대답했다.

"만약 가부인께서 제 말이 의심되시면, 아씨께 말씀드려서 다른 사람을 보내 확인토록 하신다면 제 말의 진실을 알게 될 것입니다."

Cloudlet then sent another person privately, who also came back saying: "Beautiful, beautiful, the lady is a fairy angel from heaven. What we heard yesterday is true. If my lady Ka still doubts, how would it be if she should go and see for herself?"

그러자 클라우들릿은 내밀하게 다른 사람을 보냈다. 그 사람 역시 돌아와 말했다.

"아름답고도 아름다워요. 그 아씨는 하늘에서 온 어여쁜 천사입니다. 우리가 어제 들었던 것이 정말입니다. 만약 가부인께서 여전히 의심하신다면, 자기 스스로가 가서 확인해야 하는 수밖에 어찌 다른 도리가 있겠습니까?"

"All this talk," said Cloudlet, "is nonsense. How is it that you have no eyes?" And so they laughed together and then separated.

"이런 모든 이야기가 터무니없구나. 어떻게 그다지도 보는 눈이 없는 게냐?"

그리고 그들은 그렇게 함께 웃고는 헤어졌다.

A few days later Madam Sa called at Justice Cheung's to say: "The daughter of Yi Tong-pan has come to live in my house for a little, and her beauty and wonderful ability excel anything I have ever seen. She has heard of your daughter and greatly admires what she hears of her beautiful spirit and behaviour. She would like to meet her once and hear her sweet accents, but they are not acquainted and so she could not readily herself make request. Knowing that I was a friend of yours, she has begged me to come instead and make it for her."

며칠이 지난 후 정사도 집에 부름을 받은 사부인이 말했다.

“이통판의 딸이 잠시 동안 제 집에 살게 되었는데, 그녀의 미모와 놀라운 능력은 제가 지금까지 보아온 어느 것도 능가할 정도입니다. 그녀는 마님의 딸에 대해서 들어왔고 자신이 들었던 그녀의 아름다운 정신과 행동을 크게 칭송했습니다. 그녀는 그 딸을 한번 만나고 싶어 했고, 감미로운 목소리를 듣고 싶어 했지만, 서로 친하지 않으니 그녀가 쉽게 그런 요구를 할 수 없었던 것입니다. 제가 마님의 친구란 사실을 알고는 제게 자기 대신 와서 일을 성사시켜 달라고 사정하는 것입니다.”

At once Madam Cheung called her daughter and told her what had been said. The daughter replied:[p178]“I differ from other people in my freedom and I really do not wish to see anyone, but, learning that the young lady’s attainments and beauty are on a par with this wonderful embroidery work, I should like to meet her once to brighten my darkened outlook.”

그 즉시 정씨부인은 자기 딸을 불렀으며 들은 이야기를 그녀에게 말 했다.

“저는 지금 제멋대로인 다른 사람과 다른 처지입니다. 정말 어떤 사람을 만나고 싶지 않습니다. 하지만 그 젊은 아씨의 학식과 미모가 바로 이 경이로운 수 작품과 동등하다는 사실을 알고는, 저는 한번 그녀를 만나고 싶고 그래서 제 흐려진 시야를 밝히고 싶습니다.”

Madam Sa was greatly pleased at this and returned home.

사부인은 이에 크게 반가워하면서 집으로 돌아갔다.

On the day following, the young lady sent her servant in advance to say that she was coming, and a little later she came in a neat curtained chair with two or three attendants who accompanied her to Cheung's mansion. Cheung See met her in her bedroom, and there they sat, hostess and guest, to east and west, just as when the Weaving Damsel [37] was welcomed to the Palace of the Moon, or to the feast of gems in the Paradise of Kwon-loon. The halo of light that attended them illuminated the room, so that they startled each other.

다음날 그 젊은 아씨가 먼저 자기 하인을 보내서 자신이 오고 있다고 말 했으며, 잠시 후 이씨는 가림막이 쳐진 가마를 타고 두세 명의 시종을 거느리고 정씨 대저택을 찾아왔다. 정씨는 자기 침실에서 이씨를 만났고, 안주인과 손님으로서 두 아씨가 동과 서로 앉았다. 그것은 마치 견우와 직녀가 달나라 궁전에 환영받는 것처럼, 혹은 관룬의 천국의 보석 축제에 환영받는 것과 같았다. 그들에게 붙어 다니는 빛의 후광은 방을 밝게 했으며 그래서 서로가 서로에게 놀랐다.

Cheung See said: "From messengers that have come and gone, I learned that you were living in the neighbourhood, but one so unlucky and so unfortunate as I had broken off intercourse with friends and had given up paying visits till now your ladyship has condescended to call on me. Thank you so much. I am unable to express my delight and appreciation."

정씨는 말했다.

"일전에 왔다간 사신들의 전언을 통해 그대가 이웃에 살고 있다는 것을 알았습니다만, 제가 지금까지 친구들과 교류도 끊고 방문하기도 포기할 정도로 불행하고 불운한 존재인지라, 아씨께서 직접 몸을 낮추시어 저를 찾아오셨군요. 대단히 감사드립니다. 제 기쁨과 감사를 표현할 길이 없습니다."

The visitor replied: "This little sister of yours is a very stupid girl. Early in life I lost my father, and my mother spoiled me so that I really did not learn anything and have nothing to show for the years that have gone by. This I regret as I say to myself: 'A boy is free to go to all points of land and sea, can pick and choose good friends, can learn from another and can correct his faults, while a girl meets no one but[p179]the servants of her own household. How can she expect to grow in goodness or to find in any such place answers to the questions of the soul?' I was mourning over the fact that I was a girl shut up in prison, when happily I heard that your knowledge was equal to that of Pan-so's [38], and your virtue and loveliness on a par with the ancients. Though you do not pass outside your own gateway, yet your name is known abroad even to the Imperial Palace.

Because of this, and forgetting my own mean qualifications, I wished to see your excellent face. You have not refused me admittance, and now I have attained my heart's dearest desire."

방문객이 답했다.

"이 보잘 것 없는 자매는 아주 어리석은 소녀입니다. 일찍이 아버님을 잃고 어머님께서 버릇없이 기르셔서 아무 배운 것도 없고 지나간 세월동안 보여줄 것도 하나 없습니다. 이를 제가 후회하면서 자신에게 하는 말이 있습니다. '사내는 땅과 바다 할 것 없이 사방을 자유로이 다니고 좋은 친구를 골라 사귀며 다른 이로부터 배우고 자기 잘못을 교정할 수도 있지만, 여식은 자기 집안의 하인들 외에는 아무도 만나지 못한다. 어떻게 그녀가 우수하게 성장하고 또는 그런 곳에서 자기 영혼의 문제들에 대한 답을 찾을 수 있겠는가?' 행복하게도 제가 아씨의 지식이 반소의 그것과 대등하며 그 미덕과 우아함이 선조들에 버금간다고 들었을 때, 저는 제가 여자로 서 감옥 같은 곳에 갇혀 있다는 사실에 대해 탄식하고 있었습니다. 아씨는 대문 밖을 나가지 못한다고 하더라도, 그 이름은 넓게 알려져 심지어 궁중에까지 유명합니다. 이 때문에 그리고 저의 미천한 지위를 잊고서, 아씨의 탁월한 면모를 보고자 하였습니다. 아씨께서 저의 입장을 거부하지 않으셨기에, 마침내 제 마음의 고운 바람을 이루게 되었습니다."

Cheung See made answer: "Your kind words will ever live in my humble heart. Locked up as I am in these inner quarters, my footsteps are hindered from freedom and my sight and hearing are limited to this small enclosure. I have never seen the waters of the wide sea nor the long stretch of the hills. So limited in experience and knowledge am I that your praise of me is too great altogether." She brought out refreshments and they talked as those long acquainted.

정씨가 화답했다.

"아씨의 다정한 말씀은 제 보잘 것 없는 마음에 영원히 남을 것입니다. 제가 있는 이 규방 공간을 보시는 바와 같이 제 발걸음은 자유롭지 못하고 제 시야와 가청 범위는 이렇게 작은 구역에 한정됩니다. 저는 넓은 바닷물도 장대한 산들의 줄기도 한번 보지 못했답니다. 경험과 지식에서 그렇게 한정된 저에 대한 아씨의 칭찬은 너무 과한 것입니다."

그녀는 다과를 내왔으며 그들은 오랜 친구들처럼 이야기를 나눴다.

Yi See said smilingly: "It has reached my ears that there is a little Madam Ka in your home. If that be so I should like very much to meet her."

이씨는 웃으며 말했다.

"아씨의 집에는 작은 아씨인 가씨가 계신다는 얘기를 들었습니다. 만약 그게 사실이라다면 그녀를 매우 만나보고 싶습니다."

Cheung See replied: "I, too, had just that wish in mind," so she called Cloudlet to come.

정씨는 답했다.

"저 역시 마음속에 꼭 그런 바람을 가졌습니다."

그녀는 클라우들릿에게 오라고 불렀다.

When Cloudlet came Yi See arose to greet her. With that Cloudlet gave a sudden start of surprise, and then with a sigh said to herself: "What we were told is true. Divine heaven hath surely created my own dear lady and also this most charming Yi See.[p180]Beyond one's expectation I find that Pi-yon [39]and Ok-han are alive at one and the same time upon earth."

클라우들릿이 오자 이씨는 일어나서 그녀를 맞았다. 클라우들릿은 갑자기 놀라서 한숨을 쉬며 자신에게 말했다.

"우리가 들은 얘기가 정말이야. 분명히 천지신명이 우리 아씨 뿐 아니라 이렇게 아름다운 이씨도 만들었어: 기대를 넘어서 나는 비연과 옥한[185]이 지상의 한 곳에 같은 시간에 살아 있음을 보는구나."

The young lady said to herself: "I have often heard of Madam Ka, but she is really prettier than I ever dreamed. How could General Yang fail to love her? Why, also, when mistress and maid are thus

185 미녀 조비연과 양귀비

gifted and graced, should he give them up willingly?" So interested was she in Cloudlet that she spoke to her frankly and familiarly as with the dearest friend. Then she said farewell, and added: "The day is drawing late and I must not stay longer, but I am sorry to go. Your little sister's home is just over the way; when you have a moment of leisure, come, I pray you, and let me hear your dear voice again."

이씨 또한 자기에게 말했다.

"가씨에 대하여 자주 들었지만, 내가 생각했던 것보다 실제로 더 예쁘구나. 어찌 양장군이 그녀를 사랑하지 않을 수 있겠는가? 아씨와 하녀가 이렇게 재주 있고 우아한데, 어떤 이유로 그가 선뜻 그들을 포기해야 하겠는가?"

그녀는 클라우들릿에게 관심이 많아서 솔직하고 제일 친한 친구처럼 친근하게 말을 건넸다. 그러고는 작별 인사를 하고 덧붙여 말했다.

"날이 늦어지고 있어 저는 더 이상 머물지 못하겠습니다. 일어나게 되어 죄송합니다. 보잘 것 없는 자매의 집이 길 건너에 있으니 잠시 시간이 나시면 제발 와주시기 바랍니다. 저에게 아씨들의 사랑스런 목소리를 다시 들려주세요."

Cheung See said: "All unexpectedly you have come into my life and I have heard your sweet words. In return I should like so much to call on your distinguished home and present my felicitations, but my circumstances are different from those of others, and I dare not set foot out of the main gateway. Please forgive this defect of mine and accept my love."

정씨가 말했다.

"전혀 예기치 않게 아씨가 제 삶 속으로 들어왔고, 저는 아씨의 감미로운 이야기를 들었습니다. 답례로 제가 아씨의 유명한 집을 방문하여 축하드리고 싶습니다. 하지만 저의 상황이 다른 사람들과는 달라서 제가 감히 정문 밖으로 발을 옮기지 못합니다. 제발 저의 이런 결함을 용서하기고 저의 애정을 받아주십시오."

The two bade each other good-bye with the keenest regret. Not only so, but Cheung See said to Cloudlet: "Although the sword is within the sheath, the glittering light from its blade shoots up to the seven stars of the Dipper; and though the ancient crayfish lies hidden in the depths of the sea, the sphere of it ascends to the pavilion heights. That we have lived in this same city all our lives, she and I, and yet that I have never heard of her before puzzles all my powers of comprehension."[p181]

두 사람은 서로에게 강한 아쉬움으로 작별 인사를 보냈다. 그러할 뿐 아니라 정씨는 클라우들릿에게 말했다.

"비록 검이 칼집 안에 있다 하더라도, 그날의 번득이는 빛은 국자 같은 북두칠성까지 뻗어 오른다. 또한 옛날 왕새우[186]는 깊은 바다에 숨어 있었다 하더라도, 그것의 영역은 창공 높이까지 이른다 하지. 그녀와 나, 우리가 같은 도시에서 모두 삶을 살아왔지만, 이전까지 한 번도 그녀에 대해 들어본 바가 없다는 것은 내 모든 이해력을 동원해도 이상하네."

Cloudlet replied: "Your humble servant has one doubt in mind regarding this matter. General Yang has frequently said that he met the daughter of Commissioner Chin first of all by seeing her in the upper storey of her pavilion, and again he received her writing in the city guest-house and made a contract of marriage with her, but Commissioner Chin died a violent death and lost everything. He praised her matchless beauty and sighed over her. I, too, have seen the love-song that she wrote and assuredly she is a gifted girl. It may be that she has changed her name, and by making friends with your ladyship hopes to unite the broken threads of her affinity."

클라우들릿이 답했다.

"소녀는 이 문제와 관련하여 마음속에 한 가지 의심을 하고 있습니다. 양장군께서는 자신이 진어사의 딸을 누각 상층에 있는 그녀를 봄으로써 만났고 다시 그는 그 도시의 객사에서 그녀의 글을 받았으며 그녀와 혼인의 약조를 했지만, 진어사가 객사하고 모든 것을 잃었다고 자주 말씀하셨습니다. 그분은 그녀의 비길 데 없는 아름다움을 칭찬하고 그를 생각하며 한숨을 지었지요. 저 역시 그녀가 쓴 연

186 원문에는 "늙은 이무기(老蜃)"에 빗대어 이야기하고 있다.

시를 보았는데, 확실하게 그녀는 천재 소녀입니다. 어쩌면 그녀가 자신의 이름을 바꿨을 수도 있을 것이며, 그래서 아씨와 사귀어서 자기 연인과의 끊어진 연을 잇고 싶어 하는 것일 수도 있습니다."

Cheung See replied: "I, too, have heard elsewhere of Chin See's beauty and I think she must be very much like this lady, but after the disaster that overtook her I understood that she became a palace maid-in-waiting. In such circumstances how could she ever come here?" Then she went in to see her mother, and ceased not in her praise of the mysterious visitor.

정씨가 답했다.

"나 역시 진씨의 미모에 대해 다른 곳으로부터 들었는데, 그녀가 바로 틀림없이 네가 말한 아가씨일 가능성이 다분해. 하지만 그녀를 덮쳤던 재난 이후에 그녀가 왕궁의 시중 하녀가 되었다는데 모르겠어. 그렇다면 어떻게 그녀가 여기에 올 수나 있겠어?"

그러고는 정씨는 자기 어머니를 만나러 들어가서는 그 의문의 방문자에 대한 칭찬을 그치지 않았다.

The lady replied: "I, too must invite her once and see her." A few days later she sent a servant asking that Yi See would condescend to come. To this she gladly assented.

정씨부인은 대답했다.

"나 또한 그녀를 한번 초대해서 보고 싶구나."

며칠 후 그녀는 이씨가 몸을 낮추어 와줄 수 있는지 물으러 하인을 보냈다. 여기에 그녀는 기쁘게 동의했다.

The lady Cheung went out before the main hall to welcome her. Like a near relative, Yi See made a deep obeisance before her. The lady Cheung was highly delighted, and loved her dearly and treated her with the greatest respect. "My young ladyship came the other day so graciously to see my daughter and was so loving and dear to her. Old woman as I am, I thank you most heartily. That day I was unwell and[p182]did not see you, a matter of the deepest regret to me now."

정씨부인은 중앙당 앞으로 그녀를 맞이하기 위해 나갔다. 마치 가까운 친척처럼 이씨는 그녀 앞에서 깊은 경의를 보였다. 정씨부인은 아주 기뻐서 애정을 가득 담아서 최대의 존중으로 그녀를 대우했다. "젊은 아씨께서 일전에 아주 호의적으로 저의 딸을 만나기 위해 오셔서 그녀에게 대단한 애정을 보였다지요. 이 늙은이는 다만 진심으로 감사할 따름입니다. 그날 저는 몸이 좋지 않아서 만나지 못해 후회스러웠습니다."

Yi See bowed before her and said: "Your humble niece had long desired to see the fairy dweller of your household, but had feared that she might miss her. Meeting her thus and being treated by her as a dear sister, and your ladyship's receiving me as though I were a member of your family, embarrass me so that I do not know how to express my thanks. I desire, as long as I live, to go in and out of your home and serve your ladyship as though you were my mother."

이씨는 그녀 앞에서 절하고 말했다.

"보잘 것 없는 질녀는 오래토록 마님 집안의 어여쁜 처자를 만나고자 열망해왔습니다만, 그녀를 놓치지나 않을까 걱정했습니다. 아씨와의 만남과 귀한 자매처럼 대우받은 데다, 오늘 마님께서 저를 마치 가족 구성원처럼 맞아주시니 저를 당황하게 만드시어 제 감사한 마음을 어떻게 표현해야 할지를 모르겠습니다. 살아온 만큼 저는 마님 댁을 다녀가 보고 싶었으며 마님을 어머니처럼 모시고도 싶었습니다.

The lady two or three times declared that she could never let that be so.

마님은 두세 번이나 이씨의 말이 과분하다고 분명히 말했다.

Cheung See in company with Yi See waited on her mother for the day and then she invited her into her own room, where they sat like the three feet of the incense burner, she, and Yi See, and Cloudlet.

이씨와 함께 정씨댁 아씨는 그날 어머니를 모셨고, 이후 자기 방으로 이씨를 초대했다. 거기서 그녀와 이씨와 클라우들릿은 향로의 세 다리처럼 앉았다.

They laughed sweetly and talked in soft and tender accents. Perfect agreement possessed them in thought, and mind, and soul, and they loved each other with infinite delight, talking of all the great masters of the past and of the renowned ladies of ages gone by till the shadows of the night began to cast their lines athwart the silken window.[p183]

그들은 다정하게 웃었고 부드럽고 온화한 억양으로 이야기를 나눴다. 생각과 마음과 영혼으로 완벽한 조화가 그들을 사로잡았다. 그리고 과거의 위대한 대가들과 지난 시대의 유명한 여성들에 대해 이야기하면서 밤의 그림자가 비단 창을 가로지르는 선을 던지기 시작할 무렵까지 무한의 즐거움으로 서로를 아꼈다.

Chapter XI The Capture of Cheung See

제11장 정씨의 납치

WHEN the young lady had taken her departure, the lady Cheung said to her daughter and to Cloudlet: "The relation of our two families, Choi and Cheung, has always been very close and intimate. Hundreds of times and more they have intermarried, and in these two families, from my earliest years, I have seen many persons of great gifts and beauty, but none just like Yi See. She is indeed your peer. If you two, gifted as you are, could become sworn sisters it would indeed be well."

그 젊은 아씨가 떠나자, 정씨마님은 자기 딸과 클라우들릿에게 말했다.

"최씨 가문과 정씨 가문의 관계는 언제나 가깝고 또 친밀했었어. 수백 번 이상 혼인 관계를 맺었고 내 어린 시절부터 두 가문에서 큰 재능과 미모를 가진 사람들을 많이 보았어. 그러나 이씨와 같은 사람은 없었어. 그녀는 실로 너의 동료라 할 수 있겠구나. 만약 너처럼 재능이 있는 두 사람이 자매의 의를 맺는다면 정말 좋은 일이겠지."

Cheung See mentioned what Cloudlet had said regarding Chin See, and added: "Cloudlet has her doubts about the lady Yi, but her opinion differs from mine. Besides ability and beauty of face, Yi See has a distinguished manner and a dignity of behaviour that differs entirely from the ordinary young women of the city. Although Chin See be as gifted as she is said to be, how could she ever hope to compare with one so striking? If I were to speak as I have heard rumour say, she has a face and a heart that answers to the Princess Orchid. Her great ability agrees thereto likewise, and her loving tender spirit. I have heard it said, too, that Yi See's face is not unlike that of the Princess Imperial."

아씨는 클라우들릿이 진씨와 관련하여 말했던 내용을 언급하고 덧붙였다.

"클라우들릿은 이씨에 관해 의심을 하지만, 내 생각과는 다릅니다. 능력과 미모에 더하여 이씨는 이 도성의 일반 젊은 여자들과는 완전히 다른 고귀한 예법과 행위의 위엄을 가졌지요. 비록 진씨가 전해지는 대로 그녀만큼 재능이 있다 하더라도, 어떻게 그녀가 그렇게 인상적인 이씨와 비교할 수 있을까요? 제가 들은 소문에 따라 말한다면, 그녀는 오키드 공주에 부합하는 얼굴과 마음을 지녔습니다. 그녀의 대단한 능력은 그기에 상당하며 그녀의 애정어린 온화한 정신 또한 그렇습니다. 내가 들었던 이야기에 따르면, 이씨의 얼굴 또한 공주 마마의 그것과 다르지 않다는 것입니다."

To this the lady Cheung made answer: "I have never seen the Princess and so cannot definitely say; but even though she occupies her high place and[p184]wears her Imperial name, how could she possibly equal Yi See?"

이에 정씨마님이 답했다.

"난 공주를 한번도 본적 없어서 확정적으로 말할 수는 없지만, 설사 그녀가 높은 자리를 차지하고 제국 황실의 이름을 갖더라도 어떻게 이씨와 같다고 할 수 있겠는가?"

The daughter's reply was: "I am in doubt, and must send Cloudlet to take note of her surroundings and behaviour."

그 딸은 대답했다.

"저는 궁금해서 그녀의 주변과 행동을 살피게 클라우들릿을 보내야 하겠습니다."

On the second day Miss Cheung and Cloudlet were talking the matter over when Yi See's servant arrived to say: "Our lady finds a messenger going to Chol-dong, where her brother is, and intends to depart to-morrow. She would like to come to-day and make her farewell salutation to the lady and her daughter."

다음 날 아씨와 클라우들릿이 그 문제를 두고 이야기를 나누고 있을 때, 이씨의 하인이 와서 말했다.

"우리 아씨께서 자기 오빠가 있는 절동에 갈 사신을 찾고 있으며, 내일 떠나시려 합니다. 아씨는 오늘 여기 와서 이 집 마님과 딸에게 작별의 예를 표하고 싶어 하십니다."

On hearing this, Cheung See ordered the hall to be specially brightened up and waited breathlessly. Shortly after Yi See arrived, bowed to the lady and to Cheung See, and spoke her message of departure. The sincerity with which the two took their farewell was specially touching. They were like two dear sisters separating one from the other, or a lover bidding a long good-bye to his sweetheart.

이를 듣고 아씨는 거실에 특별히 불 밝힐 것을 명하고 숨도 쉬지 않고 기다렸다. 잠시 후 이씨가 도착해서 마님과 아씨에게 절했다. 그리고 작별 인사를 고했다. 두 아씨가 고하는 작별의 진정성은 특히 감동적이었다. 그들은 이별하는 사랑스런 두 자매 혹은 연인에게 긴 작별을 고하는 사람의 모습과 같았다.

Yi See said to the lady Cheung: "Your niece's separation from her mother and brother now measures a whole year, and I long so much to see them that I cannot wait. My heart, however, is bound to your ladyship and to my dearest friend with an unbreakable tie. As I attempt to pull myself away I find that it grows stronger and stronger. I have one word to say and one wish to express. I fear, nevertheless, that Cheung See may not grant my wish, so I mention it to your ladyship." She hesitated, however, so that the words failed to express themselves.

이씨는 정씨 마님에게 말했다.

"어머니와 오빠에게서 떨어져 산 지 꼬박 일 년이 되었습니다. 그래서 저는 기다릴 수 없을 정도로 그분들을 만나고 싶습니다. 그럼에도 불구하고 제 마음이 마님과 저의 귀중한 벗에게 표현할 수 없는 끈으로 묶여 있습니다. 내 자신을 끌어 당겨 빼내려 시도하자 점점 더 그 끈이 강해집니다. 한 마디 드릴 말씀과 표현하고픈 소원이 있습니다. 그럼에도 저는 아씨가 제 소원을 허락하지 않을까 걱정됩니다. 그래서 그것을 마님께 말씀 드리려고 합니다."

그러나 그녀는 주저했고 말이 잘 나오지 않았다.

The lady said: “What is it that you would like to ask?”[p185]

그 마님이 말했다.
“아씨가 요청하고픈 것이 무엇이지요?”

Yi See made answer: “I have just finished an embroidered picture of the merciful Buddha that I have worked in memory of my late father. My brother is now in the county of Chol-dong; I am a woman and cannot ask a favour of the literati, so I have not found anyone to write an inscription on it for me. I am most desirous that my sister Cheung See should write two or three lines of verse. Because the picture is wide in size and difficult to fold or carry, and in danger of being damaged by a journey, I would rather not bring it. The only alternative is that I take her to my home with me and get her to write or compose something there, so that my poor effort on behalf of my late father may be made perfect and my soul find delight. I do not know, however, what Cheung See may think of it, so I did not dare to ask her directly; therefore I make my wishes known first to your ladyship.”

이씨가 대답했다.
“제가 돌아가신 아버님을 기억하며 시작했던 자비로운 부처님 그림 수놓기를 막 완성했습니다. 제 오빠는 현재 절동에 있습니다. 저는 여자로서 선비에게 호의를 요청할 수가 없습니다. 그래서 저를 위해 그 작품에 헌사를 써줄 사람을 찾을 수 없습니다. 저의 자매인 정씨가 두 세 행의 시를 적어 준다면 제일 좋을 듯합니다. 그 그림은 폭이 넓어 접거나 옮기기가 어렵고 여행으로 손상될 수도 있습니다. 저는 차라리 가져가지 않을 생각입니다. 유일한 대안은 아씨를 제집에 모셔서 그녀로 하여금 거기에 어떤 것을 쓰도록 하는 것입니다. 그리하여 돌아가신 아버님을 위한 저의 작은 노력이 완성되어 내 영혼이 기쁨을 누릴 수 있을 것입니다. 그렇지만 저는 정씨가 이에 어떻게 생각할지를 몰라 감히 직접 요청하지 못했습니다. 그게 마님께 먼저 제 소원을 말씀드린 이유입니다."

The lady looked at her daughter and said: "You are not accustomed to go to the homes even of your near relatives, but you have this invitation now which we cannot but regard. It comes from Yi See's earnest heart of devotion to her father. Besides her place of residence is not far away. I think it would be quite right and proper for you to go and return quickly."

그 마님은 자기 딸을 쳐다보며 말했다.

"너는 네 가까운 친척에게조차 집도 찾아가는 데 익숙하지 않지만, 이제 우리가 고려하지 않을 수 없는 이 초대를 받았다. 그것도 자기 아버님에 대한 헌신하는 이씨의 성실한 마음으로부터 나왔다.[187] 게다가 그녀의 거주 장소가 멀지도 않다. 나는 네가 급히 갔다 오는

187 원문에는 아버님에 대한 마음을 칭찬하는 내용은 생략되어 이싸.

것이 아주 바르고 합당할 것이라 생각한다."

Cheung See's face clouded at first with hesitation, but when she thought of it she quieted her apprehensions and said: "Yi See's circumstances are such that her time is very limited, so it would not do to send Cloudlet instead. I shall avail myself of the opportunity to see what her world is like and thus solve the question that is in my mind." This she said to herself, but to her mother she replied: "If [p186]Yi See's invitation were an ordinary one I could not accede to it, but her devotion to her father is something that all must commend. How can I refuse? I shall wait, however, till evening, and when night falls I shall go."

정씨의 얼굴이 처음에는 망설임으로 흐려졌지만, 그것을 생각하는 동안 그녀는 자기 우려를 진정시키고 말했다.

"이씨의 처지가 그렇게 시간이 제한되어서 클라우들릿을 대신 보내지도 못하겠습니다. 내가 그녀의 세계가 어떤지 볼 기회를 갖게 되어 내 마음의 의문을 풀 수도 있겠습니다."

이건 그녀의 혼잣말이었지만, 자기 어머니에게 이렇게 대답했다.

"만약 이씨의 초대가 일상적인 것이라면 제가 그에 응할 수 없을 것입니다만, 그녀의 아버님에 대한 헌신은 모두가 칭찬해야 할 문제입니다. 어떻게 제가 거부할 수 있겠습니까? 그렇지만 저는 저녁이 될 때까지 기다렸다가 밤이 올 무렵 가겠습니다."

Yi See was greatly delighted and thanked her over and over again, saying: "But if it is too dark it will be very difficult for you to write. If you dislike the confusion of the way, my chair, though narrow and uncomfortable, can easily enough accommodate two persons like us. Come with me, will you not, please, and when evening falls you can then return home."

이씨는 크게 반겼고 거듭 감사를 표하면서 말했다.

"하지만 너무 어두우면 아씨가 글쓰기 힘들 것입니다. 만약 가시는 길의 혼란을 피하고 싶으시다면, 비록 비좁고 불편하기는 하지만 제 마차가 우리 같은 사람 두 명은 수용하기에 충분할 것입니다. 저하고 같이 갑시다. 그러지 않겠습니까? 그리고 저녁이 찾아올 무렵 집으로 돌아오시면 될 것입니다."

Cheung See made answer: "I am unable to resist your kind words."

정씨가 대답했다.

"아씨의 배려 깊은 말씀에 저항할 수 없네요."

With this she bowed to her mother and said her adieu. She gave to Cloudlet a little press of the hand by way of special recognition, and then she and Yi See rode side by side in the same palanquin, with a number of serving-women from Justice Cheung's following behind.

이렇게 하여 그녀는 어머니에게 절을 하고 다녀오겠다 인사했다. 그녀는 특별한 인사로서 클라우들릿의 손을 꼭 잡았다. 그러고는 그녀와 이씨는 뒤로 정씨 집안의 많은 하녀들을 대동하고 나란히 같은 가마를 탔다.

They arrived at Yi See's private room, where the things displayed were not many in number but were of a very excellent quality. The fare, also, while not lavish in quantity, was of the daintiest kind.

그들은 이씨의 방에 도착했는데, 거기 펼쳐진 것들은 그 수가 많지는 않았지만, 아주 훌륭한 품질이었다. 또한 식사는 양에서 그렇게 사치스럽지 않으면서도 맛깔스런 종류였다.

Cheung See thought: "I am in greater perplexity than ever."

정씨는 생각했다.
"나는 어느 때보다 더 당혹스럽다."

The day passed and the evening gradually grew near, but Yi See said nothing whatever about the writing.

날이 가고 저녁이 차츰 가까워졌으나, 이씨는 그 쓸 글과 관련해서는 이런저런 아무 말이 없었다.

"Where have you placed the picture of the Merciful Buddha?" inquired Cheung See. "I would like so much to make my bow before it."

정씨는 물었다.
"아씨께서는 그 자비로운 부처 그림을 어디다 두셨는지요? 그 앞에 절을 드리고 싶은데요."

Yi See said: "Assuredly, I must ask you to come with me to see it." [p187]

이씨는 말했다.
"물론이지요, 그것을 보기 위해서 저와 함께 오자고 요청했으니까요."

Before she had finished speaking, a sound of horses and chariots was heard from before the door and a long succession of flags suddenly lined the street-way.

그녀가 그말을 끝내기도 전에 말들과 마차들 소리가 문 밖에서 들려왔고, 갑자기 깃발들의 긴 행렬이 도로에 줄지어 섰다.

The servants from Justice Cheung's came rushing in in great fear to say that a company of soldiers had surrounded the house."

Mistress, mistress," said they, "what shall we do?"

정사도 집 하인들이 매우 두려워서 돌진해 들어와서 일단의 병사들이 집을 포위했다고 말했다.

"아씨, 아씨, 우리 어쩌면 좋아요?"

Cheung See, already guessing the nature of the commotion, sat still and unmoved.

그 소동의 본질을 이미 짐작한 정씨는 고요히 앉아서 움직이지 않았다.

Yi See said to her by way of assurance: "Please do not be alarmed in the least. Your little sister is no other than Princess Nan-yang, So-wha. Nan-yang my title and So-wha my given name. My bringing you here was at the command of the Empress Dowager."

이씨는 그녀에게 보증하기 위해서 말했다.

"제발 조금도 놀라지 마시오. 아씨의 자매는 바로 난양 공주 소화입니다. 난양은 제 직책이며 소화가 이름이지요. 제가 아씨를 여기 모신 것은 태후 마마의 명령에 따른 것입니다."

Cheung See instantly arose from her seat and made reply: "Though wholly unenlightened myself and unsophisticated, I knew by your

Highness's face and form that you were different from the rest of the world. But your visiting me was so far beyond the most extravagant dreams of my fancy that I have been entirely taken off my guard. I have failed in the proper forms and have in a hundred other uncomely ways sinned before you. Please have me punished as I deserve."

정씨는 즉시 자리에서 일어나 답했다.[188]

"비록 전혀 사리분별 못하고 세련되지도 못하지만, 제가 공주마마 모습을 뵙고 세상 사람들과는 다름을 알았습니다. 그러나 마마의 방문은 제 공상이 꿀 수 있는 가장 터무니없는 꿈을 훨씬 뛰어넘는 일이었기에 제가 예의에서 한참 벗어나 있었습니다. 마마 앞에서 제대로 몸가짐을 하지도 못했고, 갖가지 어울리지 않는 방식으로 죄를 지었습니다. 제발 제게 마땅한 벌을 주시십시오."

The Princess did not have time to reply before a servant came in and said: "The palace maids, Sol, Wang and Wha, have been sent to inquire for your Highness."

공주는 하인이 들어와 말했기 때문에 대답할 겨를이 없었다.

"왕궁의 하녀 설, 왕, 화[189]가 공주마마께 문안드리기 위해 왔습니다."

188 원문에는 정경패가 자리를 피하며 답했다고 서술되어 있지만, 번역문에는 그 자리에서 즉시 일어나 대답한 것으로 서술되어 있다.

189 원문에서는 설상궁, 왕상궁, 화상궁이라 일컬어진다.

The Princess then said to Cheung See: "Wait here for a moment, will you please." She went out to the main hallway where the three women had entered in order and gave the ceremonial bow before [p188]her, saying: "It is now several days since your Highness left the palace. The Empress Dowager greatly desires to see you. The Emperor, too, and the Empress have sent maids-in-waiting to make inquiry. To-day is the appointed time of your return, so horses, carriages and other necessaries wait outside the door. His Majesty has ordered the eunuch Cho to attend you."

공주는 정씨에게 말했다.

"잠시 기다려 줄 수 있지요."

그녀는 중앙 복도로 나가자 세 여인이 줄서서 들어와 그녀 앞에서 예를 갖춘 절을 했다.

"공주 마마께서 왕궁을 떠나신지 며칠이 지났습니다. 태후마마께서 몹시도 보고 싶어 하십니다. 황제께도 역시 그리고 태후께서 하녀들을 문안차 보내셨습니다. 오늘이 정해진 귀궁 날이어서 말, 마차, 그리고 여타 필요한 행차 용품들을 문 밖에 대기시켜 놓았습니다. 폐하께서는 조내관을 시켜 공주님을 모시도록 명하셨습니다."

The three maids added: "The Empress Dowager has commanded that Cheung See ride with you in the royal palanquin and come to the palace."

세 하녀는 덧붙였다.

"태후께서는 정씨가 공주님과 함께 왕실 가마를 타고 궁으로 오라고 명하셨습니다."

The Princess told the maids to wait while she went in once more, and said to Cheung See: "I have many things to say to you as soon as we find quiet, but now the Empress Dowager, my mother, wants to see you and has come out to the Ma Pavilion, where she is waiting. Please come with me at once and be presented to her."

공주는 하녀들에게 기다리라고 말한 다음 다시 들어가서 정씨에게 말했다.

"우리가 안정된 분위기를 맞게 되면 할 말이 많이 있지만, 지금 제 어머니이신 태후마마께서 아씨를 보고 싶어 하시고, 또 태후전으로 나오셔서 우릴 기다기고 계십니다. 즉시 나와 함께 가서 태후마마께 알현하도록 하시오."

Cheung See, knowing that she must not refuse, said in reply: "Your humble servant knows already how tenderly your Highness loves her, but an uncouth country girl who never in her life before was presented at court, fears that she may fail to do the proper thing, and is very much alarmed."

거부해서는 안 된다는 사실을 아는 정씨는 대답했다.

"이 비천한 하녀가 이미 마마께서 얼마나 친절하게 소녀를 대하시는지 알고 있습니다만, 생전에 왕궁이란 곳에 발디뎌본 적이 없는 세련되지 못한 시골 소녀가 예를 갖추지 못할까 두렵고 아주 의기소침해 있습니다."

The Princess replied: "The thought that prompts the Dowager to see you is the same thought that makes me love you. Please do not be anxious in the least, but just come."

공주가 답했다.
"태후마마께서 아씨를 보고자 하는 생각은 나로 하여금 아씨를 사랑하도록 하는 생각에서 나온 것입니다. 조금도 걱정하지 마시고 바로 갑시다."

Cheung See said: "Will your Highness not proceed to the palace first? If you do so I shall return home to tell my mother and then follow."

정씨가 말했다.
"공주마마께서 먼저 왕궁으로 가시지 않으시겠습니까? 만약 그러신다면 저는 집으로 돌아가 어머니께 말씀 올리고 곧 따라 가겠습니다."

But the Princess objected. "The Empress has already given commands," she said, "that I ride[p189]with you in the same palanquin. Her commands are very pressing. I urge you not to hesitate."

그러나 공주는 반대했다.

"태후께서 이미 둘이서 같은 가마를 타고 오라 명하셨습니다. 그 명령이 아주 간절한 까닭에 제가 아씨를 주저하지 말라고 재촉할 수 밖에 없습니다."

Cheung See then said: "I am only a humble child of a subject; how could I think of riding in the same chair with your Highness?"

그러자 정씨는 말했다.

"저는 겨우 한 백성의 천한 아이일 뿐입니다. 어떻게 제가 공주마마와 같은 자리에 타고 갈 생각이나 할 수 있겠습니까?"

"Kan Tai-kong," said the Princess Nan-yang, "was only a fisher by the Wee River, and yet he rode in the same chariot with King Moon. Hoo-yong was only a gatekeeper, and yet he held Prince Sillong's horse. It is our duty to do honour to those who are great and good. Why do you call attention to rank and station? You yourself are of an old family of the nobility. Why should you hesitate to ride in the same chair with your little sister?" So she took her by the hand and they mounted the palanquin together.

난양 공주가 말했다.

"강태공은 위강 옆에 사는 어부일 뿐이었지만 그는 문왕과 함께 같은 마차를 탔습니다. 후영은 한갓 문지기에 불과했지만, 신릉 왕자의 말고삐를 붙잡았지요. 위대하고 어진 사람들을 공경하는 일은 우리 왕실의 의무입니다.[190] 어째서 아씨는 지위와 신분을 염려하시는지요? 아씨 자신은 오랜 귀족 집안의 자제입니다. 왜 아씨는 당신의 자매와 같은 자리에 타기를 망설입니까?"

그래서 공주는 정씨의 손을 잡고 함께 가마에 올랐다.

Cheung See sent one servant home to tell her mother, while another attended her to the palace.

정씨는 어머니에게 설명하기 위해 하녀 한명을 집으로 보냈고, 다른 하녀는 왕궁으로 가는 그녀와 대동했다.

Thus they went together, the Princess and her charge, entering by the East Gate. They passed the nine pagoda arches to the private entrance, where they dismounted. The Princess said to lady Wang, who was in waiting: "You remain here for a little with my lady Cheung."

그리하여 공주와 동반자는 함께 타고 동문을 통해 궁으로 들어갔다. 그들은 아홉 개 탑의 아치문을 지나 왕궁의 사저 입구에서 내렸

190 원문에는 왕실의 의무를 언급하는 내용이 서술되어 있지 않다.

다. 공주는 보필하던 왕상궁에게 말했다.

"너는 우리 정씨와 함께 여기서 잠시 기다려라."

Lady Wang replied: "I have, in accordance with the commands of her Majesty the Dowager, prepared a special place for the lady Cheung to stay."

왕상궁은 대답했다.

"태후마마의 명을 받들어 제가 정씨가 머무를 특별한 장소를 마련해 놓았습니다."

The Princess, greatly pleased at this, bade them wait while she went in and presented herself before the Empress Dowager.

공주는 크게 반가워하면서 그들을 대기하도록 하고 들어가 태후 앞에 나섰다.

At first the Dowager had had no desire to meet Cheung See, but since the Princess had lived in disguise near her, and had won her friendship by means of the pair of pictures, and had discovered that[p190]her character and attainments were lovely, her feelings of interest were kindled likewise. From what had been reported she had learned to appreciate why Yang had not wished to give her up; why her daughter, the Princess, and Cheung See loved each other; why they had made a contract of sisterhood; and why in one home they would serve the same husband.

애초에는 태후가 정씨를 만날 마음이 전혀 없었으나 공주가 그녀 가까이서 변장을 하고 살다가 자수 그림을 통해 그녀와 우정을 쌓고 정씨의 인품과 학식이 훌륭하다는 사실을 알고서 그녀에 대한 태후의 흥미가 동했던 것이다. 보고된 바에 따라서, 그녀는 양이 그녀를 포기하지 않으려 했던 이유, 자기 딸인 공주와 정씨가 서로를 아끼게 된 이유, 그들이 자매의 의를 맺은 이유, 그리고 그들이 같은 집에서 동일한 남편을 모시기로 한 이유를 헤아리게 되었다.

The Empress Dowager had therefore learnt to understand, and had given consent at last to the Princess and Cheung See both becoming wives of General Yang. She now desired greatly to see her face, and had devised the plan by which she had been brought.

따라서 태후는 결국에는 공주와 정씨 둘이서 함께 양장군의 부인이 되는 일을 이해하고 또 동의했던 것이다. 이리 되자 그녀는 정씨의 모습을 몹시도 보고 싶었고 또 그녀를 데리고 오는 계획을 고안해 냈던 것이다.

Cheung See waited for a little in the appointed place. Presently two maids came out from the inner palace bearing a box with clothing. They also delivered the commands of the Empress Dowager, which read: "Miss Cheung is a daughter of a minister and should therefore conform to the required ceremonies of the nobility. She is now wearing the dress of an unmarried girl, in which no one can come into my presence. I am sending herewith a ceremonial robe of a lady of high rank."

정씨는 정해진 장소에 잠시 동안 기다렸다. 이내 두 하녀가 내궁으로부터 의복 상자를 갖고 나왔다. 그들은 또한 태후의 명을 전달했다.

"정씨는 대신의 딸이며 따라서 귀족의 필수적인 예법에 순응해야 할 것이다. 정씨가 내 앞으로 올 수 없는 미혼 소녀의 옷을 입고 있다. 따라서 내가 여기 고위의 부인 예복을 보내노라."

"We maids-in-waiting have taken Her Majesty's commands," said the attendants. "Please, your ladyship, dress and enter."

이어서 시종들이 말했다.

"우리 시녀들은 태후마마의 명을 받들고 있습니다. 제발 부인께서는 옷을 입고 들어가시지요."

Cheung See bowed, and said: "How can anyone so unpractised as I dress in a lady's ceremonial robe? Though my garb is poor, still it is the dress in which I appear before my parents. Her Imperial Highness is the mother of us all, please let me appear in the dress that I wear before my parents while I go into audience before her."[p191]

정씨는 절을 한 뒤 말했다.

"어찌하여 나처럼 미숙한 사람이 부인의 예복을 입을 수 있겠는가? 비록 내 복장이 형편없다 하더라도, 부모님 앞에 나서며 입은 옷이다. 태후는 우리 모두의 어머니이시니 제발 내가 부모님 앞에서 입는 옷을 입고 마마의 앞에 가도록 해주시기를."

The maids so reported, and Her Majesty was greatly delighted with the answer and called her at once. She followed step by step, and arrived at the dais. On each side the ladies-in-waiting vied in their efforts to see, and said in wondering admiration: "We had thought that all beauty and loveliness belonged exclusively to our Princess. Who would have believed that this little lady Cheung could be so startlingly beautiful?"

하녀들이 그렇게 보고했고, 태후는 그 대답에 크게 기뻐하며 즉시 그녀를 불렀다. 그녀는 한 걸음 한 걸음 따라가서 상단에 도달했다. 각 옆으로는 궁녀들이 서로 보기 위해 애쓰며 경쟁했고, 경탄하며 칭송했다.

"우리는 모든 미모와 됨됨이를 갖춘 여자는 우리 공부뿐이라 생각해왔어. 그런데 이 작은 부인 정씨가 이렇게 놀랍도록 예쁠 수 있다는 사실을 누구라 믿겠는가?

She made her deepest obeisance and then was led by the maids up to the dais. There the Empress made her sit down and gently said to her: "The issuing of an Imperial command ordering the return of your marriage gifts to General Yang was an act of the Government, and not of myself personally. My daughter objected to it at that time, and said: 'For any man to break a marriage contract pertains not to the straight and narrow way on which kings should walk.' She desired instead, and proposed in fact, that she should serve General Yang along with you. I counselled with His Majesty, and we have decided to follow the unselfish wish of our daughter. We now await the return of Yang in order to have him once more send his gifts and make you his first and chief wife. Such kind favour was not known before, nor was it ever heard or dreamed of, I am sure. This is what I specially desired to tell you."

정씨는 가장 깊은 존경을 표했고, 하녀들에 의해 연단 쪽으로 안내받았다. 거기서 태후는 그녀를 앉게 했고 온화하게 말했다.

"너의 결혼 선물을 양장군에게 돌려 주어라고 내린 황실의 명령은 정부의 행동이었고, 내 자신 사적으로 한 것은 아니었다. 당시에 내 딸이 그 조치에 반대하며 '누구에게라도 결혼의 약속을 깨라는 것은 왕들이 걸어서 마땅한 곧고도 엄밀한 길에 맞지 않습니다' 하고 말했다. 그 애는 대신에 너와 함께 양장군을 모시기를 원했고 또 실제로 제안하기까지 했느니라. 내가 황제와 협의했고, 우리는 우리의 딸이 가진 사심 없는 소원을 따르기로 결정했다. 우리는 이제 양장군에게 다시 한 번 선물을 보내도록 하여 너를 첫째 본부인[191] 으로 삼도록 하기 위해 그의 귀환을 기다리고 있다. 그렇게 친절한 호의는 이전에 알려진 바가 없을 뿐 아니라 들려오는 이야기도 없고 꿈꾼 적도 없다고 확신한다. 이것이 특별히 내가 네게 해주고 싶었던 이야기야."

Cheung See arose and made reply: "Your Majesty's kindness is exceedingly great, and of such a character as no courtier could ever dream. I, in my lowly station, can make no return for your illimitable favour. I, your humble subject, am only the daughter of a minister and ought never to stand on the same[p192]footing as Her Highness the Crown Princess, nor accept a place equal to her in station. Even though I might desire to yield obedience to your commands, it would be impossible for my parents to consent. They would rather die than allow me to do so presumptuous a thing."

정씨는 일어나서 답했다.

"태후마마의 친절은 너무도 크고, 정말 어떤 신하도 꿈꿔 볼 수 없는 은혜입니다. 천한 신분의 제로서는 그 무한한 은혜를 갚을 수가 없습니다. 이 미천한 백성은 일개 대신의 딸일 뿐이어서, 공주마마의 위치와 같은 곳에 결코 서서는 아니 되오며 제 신분에 상응하는

191 원문에는 난양공주와 정경패를 똑같이 양소유의 부인으로 삼고자 한다는 내용만이 서술되어 있을 뿐, 정경패를 첫 번째 본부인으로 삼으라는 내용은 서술되어 있지 않다.

자리를 받아들여야 옳습니다. 비록 제가 마마의 명에 복종하기를 열망하지만, 제 부모님도 동의하기는 불가능할 것입니다. 그 분들은 차라리 제가 그런 주제 넘는 일의 실행을 허용하기보다는 죽음을 택하실 것입니다."

The Dowager replied: "Your humility is most becoming, yet members of your family for generations have been marquesses and earls. Your father was a valued minister of my late husband, and received special honour in the court. Difference in rank is not a thing to be troubled about."

태후가 답했다.

"너의 겸손은 아주 어울리는 태도이긴 하나 네 집안사람들은 수세대 동안 후작과 백작 등을 지내왔다. 너의 아버지는 내 죽은 남편이 아끼던 중신이었고 궁정에서 특별한 명예를 얻었다. 지위의 차이는 장애가 될 문제가 아니다."

But Cheung See said: "A courtier's ready obedience to his king's commands is as natural as the course of nature in the changing seasons. Though you elevate me to the rank of nobility, or degrade me to the place of servant, how dare I offer opposition, and yet how could Yang So-yoo accept it with complacency? Your humble subject has no brothers or sisters, and my parents are already old. My one supreme wish is to serve them with a faithful heart during the remaining years of their life."

그러나 정씨는 말했다.

"자기 왕의 명에 신하의 즉각적인 복종은 계절이 바뀌는 자연의 길만큼 당연한 것입니다. 마마께서 비록 저를 귀족의 지위로 높이 사시건, 아니면 하인의 지위로 강등시키신다 하더라도, 제가 어찌 감히 반대하겠습니까? 하물며 어떻게 양소유가 그 제안을 만족하여 수용할 수가 있겠습니까? 마마의 천한 백성은 형제도 자매도 없으며 양친은 이미 연로하십니다. 저의 최고 소원은 그분들의 남은 생애 동안 충실한 마음으로 모시는 것입니다."

The Dowager went on to say: "Your devotion to your parents greatly pleases me, but why should you stay in a place of obscurity where you will never be able to attain to a single wish of the heart? You are born with all possible graces and gifts. How could Yang So-yoo think of casting you off? Also my daughter here has given proof of a destined affinity with him by a tune played upon the flute. What God hath joined together let no man put asunder. Yang So-yoo is a great general of the highest order. He has such genius as has not been seen since the days of the[p193]ancients. What offence against society would it be his taking two wives? I had originally two daughters, but Nan-yang's sister died at ten years of age, and I have always much regretted Nan-yang's loneliness. Now that I see you, with your pure heart and beauty, not inferior in the least to hers, it seems as though I had got back my dead child. I shall make you my adopted daughter, and shall get the Emperor to assign you title and rank. In the first place you shall be the sign of my love for my dear departed child; in the second place you shall be my gift to Nan-yang; and in the third place I shall have you along with her come under the protection of Yang So-yoo and so settle all these perplexing questions. What do you say to this?"

태후는 계속해서 말했다.

"네 양친에 대한 너의 헌신은 나를 매우 기쁘게 하는구나. 하지만 어찌하여 네가 마음의 소원 하나라도 결코 이룰 수 없는 암흑의 장소에 머물러 있어야 하는가? 너는 모든 가능한 축복과 재능을 안고 태어났다. 그런 너를 양소유가 어떻게 저버릴 생각이라도 하겠느냐? 여기 내 딸 또한 퉁소 연주로 그와의 천생연분을 나타내는 증거를 보였다. 신이 함께 결합시킨 것은 누구라도 갈라놓은 것을 허용치 않는 법. 양소유는 최고위의 대장군이다. 그는 조상들의 전시대 이래로 볼 수 없었던 그런 천재다. 그런 그가 두 부인을 취한다 해서 사회에 무슨 위해가 되겠느냐? 내게 원래 두 딸이 있었지만, 난양의 언니가 열 살 때 죽었고, 그래서 나는 늘 난양의 외로움을 아주 유감스럽게 생각해왔다. 때마침 그녀에 비해 조금도 뒤처지지 않는 순수한 마음과 미모를 가진 너를 보니 마치 죽은 내 딸에게 돌아간 것 같구나. 나는 너를 내 수양딸로 삼아 황제로 하여금 너에게 신분과 지위를 승인토록 할 것이야. 최우선적으로 너는 세상 떠난 아이에 대한 내 사랑의 증표가 될 것이야. 그 다음으로 너는 난양에게 주는 나의 선물이 될 것이다. 마지막으로 너를 그녀와 함께 양소유의 보호 아래 둠으로써 이런 모든 곤혹스러운 문제들을 해결할 것이다. 어떻게 생각하느냐?"

The young lady bowed low and said: "Since your Majesty has so decided, this humble girl will, I fear, die under the weight of too great favour. My one desire is that your Majesty will withdraw the command, and let this obscure child fly away in peace."

그 어린 여인은 낮게 몸 굽혀 절하고 말했다.

"마마께서 그렇게 결정하셨기에, 천한 소녀 그 크나큰 은혜의 무게에 짓눌려 죽을까 걱정입니다. 제 한 가지 바람은 태후마마께서 그 명을 거두시고 이 신분 낮은 아이가 평화로이 날아가도록 해주시는 것입니다."

The Empress said: "I have made known my wishes to His Majesty the Emperor, and he will definitely decide it. You must not be headstrong in the matter."

태후가 말했다.

"나는 나의 소원들을 황제 폐하께 말씀드렸고 그는 확실히 그렇게 결정할 것이야. 너는 그 문제와 관련하여 고집 부려서는 안 될 것이다."

She called the Princess and made her come forward near to Cheung See.

그녀는 공주를 불러 정씨 가까이 오도록 했다.

The Princess, in ceremonial robes, shining in glory, sat by her side.

화려하게 빛나는 예복을 차려 입은 공주는 정씨의 옆에 앉았다.

The Dowager laughed and said: “You have wished to have Cheung See for your sister, and now it has come to pass. No one could tell who is the elder, you or she. Have you no regrets now?” She took Cheung See by the hand to make her her[p194]adopted daughter. She then stood her close up to Princess Orchid. The Princess, greatly delighted, thanked her mother, saying: “Your Highness's decision is the dearest in the world. You have brought all my fondest wishes to pass. How can I tell you of the joy that now fills my soul?”

태후는 웃으면서 말했다.

“너는 정씨를 네 자매로 삼고 싶어 했는데, 드디어 이뤄졌구나. 아무도 너와 정씨 중 누가 더 나이 들었는지 말할 수 없겠구나.[192] 자, 혹시라도 아무런 후회가 없겠느냐?”

192 원문에는 난양공주와 정경패의 나이에 대한 내용이 서술되어 있지 않다.

그녀는 정씨를 자기 수양딸로 삼기 위해 손을 잡았다. 그러고는 난양공주에 가까이 서도록 했다. 크게 기뻐하며 공주는 어머니에게 감사하며 말했다.

"마마의 결정은 이 세상에서 제일 훌륭하십니다. 제 가장 소중한 소원이 이뤄지도록 하셨습니다. 드디어 내 영혼을 충만하게 한 그 기쁨을 어떻게 말로 설명드릴 수 있겠습니까?"

The Dowager gave Cheung See a great and magnificent reception, and as they talked of the old poets she said: "I have heard from the Princess that you are skilful with the pen and at poetic composition. It is all quiet here in the palace, and with the delights of spring about us, will you sing for me once? Do not be backward now, but cheer me, my child. Among the noted ancients there was one famous scholar who could write a verse before the quick of foot could go seven courses; can you do that, my child?"

태후는 정씨에게 거대하고 품격 있는 환영연을 베풀었고, 그들이 옛 시인들을 논할 즈음 그녀가 말했다.

"공주로부터 들으니 글씨와 시작(詩作)에 능숙하다고. 왕궁 안 여기는 완전히 고요하고 봄의 환희가 우리를 감싸고도니 나를 위해 노래 한번 불러주겠니? 이제 뒤로 물러서지는 말고 나를 즐겁게 해다오, 애야. 빠른 걸음으로 일곱 번 걷기 전에 시 한 편을 쓸 수 있는 유명한 학자가 이름난 선조들 중에 있었다는데, 애야, 네가 그렇게 해 볼 수 있겠느냐?"

Cheung See made reply: "Now that I have heard your gracious command, I must try with all the skill I have to please your Majesty."

정씨가 답했다.
"은혜로운 명을 들었으니 모든 재주 다하여 마마를 즐겁게 해드리는 일이 제 의무입니다."

The Empress picked out from the palace maids those most nimble, made them stand in a row in front of the main hall, gave out the subject and made ready a signal.

태후는 가장 영민한 궁녀들을 뽑아서 중심 궁전 정면에 줄지어 서도록 하고 주제를 주어서 신호를 준비시켰다.

But Princess Orchid called to her and said: "Mother, you must not have Cheung See write all alone; I'll join her and try also."

그런데 오키드 공주가 말했다.
"어머니, 정씨 혼자만 쓰게 해서는 안 됩니다. 저도 함께 해보겠습니다."

The Dowager, pleased with this, gave permission. She said: "Daughter, your wish is a proper one." She then thought of a subject. It was late spring. The peaches were in bloom outside the pavilion railing, and the happy jay-birds were calling as they sat upon the branches. The Dowager pointed to these and said: "I have decided upon your marriage, and[p195]yonder jay upon the high tree-tops announces his delight. He is a lucky omen. Let us make this the subject, The Peach Flower and the Happy Jay-bird." They were to write a verse before the seven courses could be run, and each verse was to contain some reference to their happy marriage.

이를 듣고 태후는 반가워 허락했다.

"딸아 네 뜻이 바람직하구나."

그녀는 주제를 궁리했다. 늦은 봄이 되었다. 누각의 난간 밖으로는 복숭아꽃이 만발했고, 까치들이 그 가지들에 앉아서 노래 부르고 있었다. 태후가 이것들을 가리키며 말했다.

"내가 너의 결혼을 결정했고, 저기 나무 꼭대기 위의 까치가 그의 즐거움을 표현한다. 이건 어떤 길한 징조이다. 이걸 주제로 하자. '복숭아꽃과 즐거운 까치'"

그들은 일곱 걸음 이전에 시를 쓰기로 되어 있었다.[193] 각자의 시는 자기들 행복한 결혼에 대한 어떤 의미를 포함해야 했다.

She told the maids-in-waiting to have everything in order, pen, ink, and so on, for the Princess and Cheung See. At the given signal the women in front of the main hall started on their way, but fearing that

193 원문에 따르면 칠언절구를 한 수씩 짓도록 하였다고 이른다.

the two would not be able to finish while the seven courses were being run, they looked back at them and took their steps slowly. The two pens flew like swift wind or a sudden squall of rain. Off the lines were dashed, and they were done before the women had completed five of the courses.

그녀는 하녀들에게 공주와 정씨를 위해 붓, 먹 따위의 모든 것을 정비해놓도록 명했다. 신호가 주어지고 중심 궁전 앞의 궁녀들이 걷기 시작했지만, 두 사람이 일곱 걸음 내디딜 동안 끝내지 못할까 걱정하여 궁녀들이 두 사람을 돌아보며 걸음을 천천히 하였다. 두 사람은 날쌘 바람이나 갑작스런 비바람처럼 붓을 휘둘렀다. 시 행들이 순식간에 작성됐고, 궁녀들이 다섯 걸음을 딛기 전에 완성됐다.

The Dowager read what Cheung See had written, and it ran thus:

태후는 정씨가 쓴 시를 읽었다.

"The swift wind rocks the tipsy peach
Before the Palace Hall,
While from the height, far out of reach,
There sounds the mavis' call.
The dancer's swing and silken fold
Awake the happy day,
While in the group a magpie bold

Has found her wondering way."[p196]

"돌풍이 궁궐 앞으로 기울어진
복숭아를 진동시키고,
개똥지빠귀의 지저귐 소리
알 수 없이 먼 높이서 들리네,
무희의 율동과 비단결 주름
행복한 때를 일깨우네,
무리 중 까치 한 마리 대담하게
신통한 제 길을 찾네."

The Princess's verses ran thus:

공주의 시는 다음과 같다.

"In the court of the Palace a hundred buds blow,
As the jay-bird sweeps in with his spirit aglow.
He bends his strong back o'er the wide Milky Way,
To bear two small dots who are coming to stay."

"왕궁의 궁전은 수많은 꽃들이 만발하고,
기분 달아오른 까치가 날쌔게 들어오네.
그는 드넓은 은하수 위에 튼튼한 자기 몸을 젖히네,
머물기 위해 다가오는 작은 두 점을 품기 위하여."

The Dowager read these and sighed, saying: "These two are the spirits of Yi Tai-baik and Cho Cha-gon. If we could mark women as literary graduates, we should rate them first and second in the contest of the year." So she exchanged the two compositions, giving one to each, and each admired and praised the other.

태후가 이 시들을 읽고는 감탄했다.

"이 시들은 이태백과 조자곤의 기백이구나. 우리가 여자들을 문사로 정한다면, 올해의 경연에서 이 시들을 첫째와 둘째로 삼아야 마땅할 것이다."

그녀는 두 시를 돌려 읽게 했고, 각자는 상대의 글에 경탄하고 칭송했다.

The Princess said to Her Majesty: "I have managed to fill out my couplets, but the sentiment is one that might be easily expressed by anyone. Cheung See's, however, are beautifully done. I cannot attain to such excellence."

공주가 태후에게 말했다.

"제 그럭저럭 이연 시를 채우기는 했으나, 그 정서는 누구라도 쉬 표현할 내용입니다. 그렇지만 정씨의 정서는 세련되게 완성되었습니다. 저는 그 정도 수준에 도달할 수가 없습니다."

"That is so," said the Empress; "but yours too, dear, is very well done, and everyone would admire it."

태후가 말했다.

"그렇기는 하지만 네 시 또한 훌륭하게 완성되었고, 누구나 칭찬할 것이다."[194][p197]

Chapter XII Yang's Supreme Regret
제12장 양소유의 더 없는 유감

AT this time the Emperor came in to make his salutations before the Empress Dowager, and the Empress bade the Princess and Cheung See make their escape into a neighbouring room. She spoke to the Emperor, saying: "In reference to the Princess's marriage, you know I made the Cheung family return the gifts that had been sent, and this has caused damage to the Imperial prestige. To make Cheung's daughter a wife along with the Princess would be refused by the Cheungs themselves; to make her a mistress would seem cruel and hard. To-day I have called her, and she is indeed lovely and gifted with great ability, a fitting sister for the Princess. Because of this I have adopted her and have decided to wed them both to Yang So-yoo. What do you think of it?"

194 번역문에는 그 모습을 바라보고 있었던 소상궁이 시의 의미를 묻고, 태후가 그 내용을 설명해 주는 원문의 내용이 생략되어 있다. 이 대목은 게일이 가장 간략한 형태인 『을사본』을 따르고 있음을 여실히 보여주는 부분이다.

때마침 황제가 태후에게 문안 인사하기 위해 들어왔고, 태후는 공주와 정씨를 옆방으로 물러가 있도록 하였다. 그녀는 황제에게 말했다.

"공주의 혼인과 관련하여, 아시다 시피 제가 정씨 집안에 받은 선물을 되돌려주게 했고 또 이런 일이 황제의 위신에 손상을 일으켰습니다. 공주와 정씨 집안의 딸을 함께 아내로 만드는 것은 정씨 자신들이 거부할 것이고, 그녀를 첩으로 삼는 일은 무자비하고 무정한 일이지요. 오늘 제가 그 아이를 불렀더니 정말 아름답고 대단한 능력을 갖추어서 공주를 위해 꼭 맞는 자매였습니다. 이 때문에 제가 그녀를 입양했고, 두 사람 모두를 양소유에게 시집보내기로 결정하였습니다. 어떻게 생각하시오?"

The Emperor was greatly pleased and congratulated her, saying: "This is a right and noble decision, and wide as the sky in its justice. In such generous treatment and bountiful favour as this no one has ever equalled my mother."

황제는 크게 반기면서 태후에게 축하를 올렸다.

"이것은 옳고 품위 있는 결정이며 그 자체로 정의 속에 있는 하늘과 같은 포용입니다. 이처럼 자상한 대우와 아낌없는 은혜로는 제 어머니에 비견되는 사람이 없습니다."

Then the Empress called Cheung See so that she might meet the Emperor, as she was now his sister. He made her come up and sit upon the dais, while he said to the Dowager: "Since Cheung See has now become a sister of the Emperor, why should she still wear the dress of the common people? "

그러자 태후는 정씨를 불러 이제 그의 여동생으로서 황제를 알현토록 했다. 황제는 그녀를 가까이 오게 했고 상단에 앉으라 했다. 그는 태후에게 말했다.

"정씨가 이제 황제의 누이가 되었는데, 어찌하여 일반인의 복장을 하겠습니까?"

The Empress replied: "As there is no command[p198]of the Emperor to that effect she declined to put on ceremonial robes."

태후가 답했다.

"아직 그런 결과에 대한 황제의 명이 없는데다, 그녀가 예복 입기를 거절했습니다."

Then the Emperor said to the chief of the palace ladies-in-waiting: "Bring a roll of figured silken paper." This Chin See, the phoenix, brought. The Emperor raised the pen and made as if to write. Then he said to the Empress Dowager: "Since you have already made Cheung See a princess, you must, of course, give her the family name of our house."

그러자 황제는 궁중 하녀들의 장에게 말했다.

"무늬 새긴 비단 한 필을 가져오라."

궁녀 진씨가 불사조 형상을 가져왔다. 황제는 붓을 들어 글을 쓰려 했다. 그러다 그는 태후에게 말했다.

"어머니께서 이미 정씨를 공주로 삼았기 때문에 그녀에게 우리 가문의 이름을 주어야 하겠지요."

The Dowager replied: "I thought at first to do so, but learning that Justice Cheung and his wife are old people, and that they have no other children, I felt desirous on their behalf that she should carry on their family name, and so I decided to leave her surname as it is."

태후가 답했다.

"처음에 그렇게 할 생각을 했는데, 정사도와 그 아내가 늙었고 다른 자식들이 아무도 없다는 사실을 알고는, 자기들 편하게 자기네 성을 계속 유지하는 것도 바람직하다고 느꼈고, 그래서 그녀의 성을 그대로 두기로 결정했습니다."

Then the Emperor wrote the following in large characters with his own hand. "I approve of the divine wish of Her Majesty the Empress Dowager, and record Cheung See to be her adopted daughter. Her name is Princess Yong-yang, or Blossom." When he had written this he stamped it with a pair of palace seals and gave it to Cheung See, and he ordered the palace maids to dress her in royal robes.

그러자 황제는 아래와 같이 큰 글씨로 직접 썼다.

"나는 태후마마의 명을 승인하고 정씨를 수양딸로 등록하노라. 그 이름은 영양공주 혹은 블라썸으로 한다."

그가 이런 내용을 쓰고, 왕실 인장 한 쌍을 가져와 거기 찍었다. 그리고 정씨에게 내리고 궁녀들에게 그녀에게 왕족 복장을 입히도록 명했다.

Cheung See descended from the dais and expressed her thanks.

정씨는 상단에서 내려와 감사를 표했다.

The Emperor then decided the order of precedence between Princess Orchid and Princess Blossom. Blossom was a year the senior of Nan-yang, but she would not have thought of taking precedence of her.

그때 황제는 공주 오키드와 블라썸 사이의 우선순위를 결정했다. 블라썸이 난양보다 일 년 연장자였으나, 정작 그녀는 난양보다 앞서기를 생각하지도 못했을 것이다.

The Empress said: "Princess Blossom is now my daughter, and for the elder to be first and the younger second is the proper order. There is no readjusting of the place between brothers and sisters."[p199]

태후가 말했다.

"블라썸 공주는 이제 내 딸이니, 나이 많은 이가 먼저이며 적은 이가 나중 되는 것이 도리에 맞는 순서이다. 형제와 자매 지간에 자리 재조정이란 없는 법이니라."

Blossom bowed low, and touching her brow to the ground, said: "The order appointed pertains only to the future, why should we not ignore it to-day?"

블라썸이 낮추어 절했고, 눈썹을 바닥에 붙이고서 말했다.

"정해진 순서는 나중에 그리하면 되는 것인데, 어찌 오늘 그것을 무시해서는 안 된다는 것인가요?"

The Dowager said: "In the time of the Spring and Autumn Classic, the wife of Cho-chi, although the daughter of Prince Chin-moon, gave up her place to the first wife who was chosen. Much more should my daughter, as you are her elder sister, give up without a question."

태후는 말했다.

"봄 · 가을 고전시대 조치의 부인은 진문왕의 딸임에도[195] 불구하고 첫째 부인으로 선정된 자기 자리를 포기했느니라. 하물며 내 딸이

195 원문에는 "춘추시대 조쇠(趙衰)"로 되어 있다. 또한 '진문왕'은 원문의 "秦文公"에 대한 오역이다.

네가 그녀에게 손위 언니라 말없이 내주는 것은 당연한 처사이다."

Still Blossom persisted long in declining the place. Then the Dowager settled it: "We have decided, and it is settled according to seniority." And from that time forth all in the palace called her Princess Blossom. The Empress showed the verses that the two had written to the Emperor, and he praised them, saying: "They are both very pretty, but Blossom's verse has followed the order of the Book of Poetry and places all the credit with Orchid. She has observed the highest refinements of good form."

그럼에도 블라썸은 한동안 그 자리 거절을 고집했다. 그러자 태후가 문제를 해결했다.

"우리는 이미 결정했고 연장자 순서를 따르는 것이다."

그때부터 공중의 모든 사람들은 그녀를 블라썸 공주라고 불렀다. 태후가 두 사람이 썼던 시를 황제에게 보이자 그가 칭찬했다.

"두 시 모두가 수려합니다만, 블라썸의 시가 <시경>의 가르침을 따라서 오키드와의 전적인 신뢰를 표현했군요. 그녀는 훌륭한 형식의 최고 경지를 보았습니다."

"True," replied the Dowager.

"옳습니다."

태후가 답했다.

The Emperor again said: "Since you love Blossom so greatly, for truly nothing was ever before seen equal to it, I too have a favour to ask of you." He then told of the palace-maid Phoenix, and of what had taken place in regard to her affair. Said he: "Her case is indeed a very pitiful one. Though her father died from his own fault, her forefathers were all faithful ministers of state. If we take all the circumstances into account and make her a secondary wife to Yang, would it not be a kindness on your part? I pray you so to do."

황제가 다시 말했다.

"태후께서 그리고 블라썸을 아끼시니, 진정으로 이전까지 그에 이를만한 일이 없었습니다. 제가 어머니께 청할 일이 있습니다."

그러고는 그가 궁녀 피닉스[196]에 대해서, 그리고 그녀의 궁내 업무와 관련하여 일어났던 일에 대하여 이야기했다.

"그녀의 처지가 정말로 아주 딱합니다. 자기 부친이 그의 잘못으로 죽기는 했어도, 그녀의 선조들은 모두 국가의 충실한 대신들이었습니다. 만약 모든 정황들을 충분히 감안하여 그녀를 양의 둘째 부인으로 삼는다면, 어머니께서 보실 때 자상한 배려가 아니겠습니까?"

The Dowager then looked toward the two princesses, and Orchid said: "The palace-maid Phoenix[p200]told me her story some time ago. She and I are now fast friends and never wish to part. Even

196 채봉

though you should not consent to order it, my wish would already be recorded thus."

그러자 태후는 두 공주를 향해 눈길을 보냈고, 오키드가 말했다.

"궁녀 피닉스는 일전 언젠가 자기 이야기를 제게 한 적이 있습니다. 그녀와 저는 이제 절친한 벗이 되었고 결코 떨어지지 않으려 합니다. 비록 태후마마께서 그것을 명하는 데 동의하지 않는다 하더라도 제 소원은 이미 그렇게 그려져 있답니다."

Then the Empress Dowager called Phoenix and said to her: "The Princess desires that you should keep each other company through life and unto death. I therefore appoint you a secondary wife to General Yang, so that your wishes may come to pass. In future let all your heart go into repaying the Princess for her kindness to you."

그러니 태후가 피닉스를 불러서 말했다.

"공주가 서로 친구로 평생 죽을 때까지 함께하기로 원한다. 따라서 나는 너를 양장군의 둘째 부인으로 명하여 너희들의 소원이 이뤄지도록 할 것이다. 차후에 공주의 너에 대한 배려에 보답하도록 온 마음을 다 바치도록 하여라."

Chin See, overcome with gratitude, shed tears and spoke her thanks.

감사의 마음에 북받친 진씨는 눈물을 뚝뚝 흘리며 감사를 표했다.

The Empress went on: "The marriage of the two Princesses is now happily decided upon, and a jay bird of good omen comes to confirm it. I have already had the Princesses write for me, and now that you, too, have found a place of refuge and have the same happy prospect in view, you must write for me as well."

태후는 말을 이었다.

"두 공주의 결혼은 이제 행복하게 결정되었고, 길조의 까치가 그것을 확인해주러 온다. 이미 두 공주로 하여금 나를 위해 글을 쓰도록 하였는데, 너 또한 안식처를 얻었으니 똑 같이 눈앞의 행복한 전망을 가졌을 터, 마찬가지로 나를 위해 시를 써야 하리라."

At once Chin See wrote and handed her verse to the Empress. It read:

즉시 진씨는 시를 써서 태후에게 전달하였다.

"The happy jay that shouts his mirth
Athwart the Palace halls,
Has seen the spring on gilded wing,
Step forth within his walls.
So, too, the humble phoenix bird

Will long no more to roam,
But with the four, she'll meet once more,
And join the happy home."

"환희를 노래하는 행복한 까치
왕궁의 궁궐을 가로지르네,
빛나는 날개에 의지하여 봄을 확인하고
자기 둥지 밖으로 발걸음 내딛네,
그렇게 천한 불사조 또한
더 이상 오래 방황하지 못해
그러나 그 네 명과 함께 그녀는 다시 만나
행복한 가정에 함께하리니."

The Empress along with the Emperor read the verses and in delight said: "Even Sa Do-on who[p201]wrote concerning the willow catkins could not surpass this. The verse also follows the Book of Poetry and draws a clear distinction between the first and second wife, most sweet and becoming."

황제와 함께 태후는 그 시를 읽고는 기뻐 말했다.

"버드나무 꽃에 관련하여 시를 쓴 사도온조차 이를 능가할 수 없었다. 이 시 또한 <시경>의 가르침을 따라서 첫째와 둘째 부인을 분명히 구분함으로써 참으로 감미롭고 어울린다."

Princess Orchid said: "The subject and material from which this verse is drawn are limited, and we two sisters had already written all that was to be said about it. Poor Chin See had nothing left on which to place her hand, and yet how pretty it is."

오키드 공주가 말했다.

"우리 두 자매가 이미 그와 관련하여 언급되었던 모든 것을 써버렸으니, 이 시가 그리는 주제와 제재는 한정되었습니다. 불쌍한 진씨는 자기 손을 놀릴 곳이 남아 있지 않았지만, 이 시는 정말로 빼어납니다."[197]

The Dowager replied: "Since ancient times the most noted writers among women were Pan Heui, Chai Nyo, Princess Tak-moon and Sa Do-on, these four only. Now three girls of unsurpassed ability meet in one and the same dwelling-place. It is surely a marvellous sign."

태후가 답했다.

"옛날부터 가장 유명한 여자 문인들이라면 반휘, 채녀, 탁문 공주, 사도온[198] 이들 네 명 정도다. 이제 능가할 수 없는 능력을 가진 세 여인이 하나의 동일한 생활 장소에서 만났으니 이 얼마나 확실한 경사스러운 일인가."

197 원문에는「까치시」를 쓴 조조, 두보를 언급하며 이를 설명하고 있다.
198 반첩여, 탁문군, 채문희, 사도온을 언급하고 있다.

Orchid replied: "Princess Blossom's waiting-maid, Cloudlet, is also greatly gifted with the pen."

오키드가 답했다.

"블라썸 공주님의 하녀 클라우들릿 또한 글에 있어 대단한 재능을 갖췄습니다."

At this point the day began to draw late and the Emperor withdrew to the outer palace. The two Princesses retired and slept in their rooms, and when at the earliest dawn the cocks crew, Blossom went in and made her salutation to the mother, and asked permission to withdraw, saying: "When your child came into the Palace, my parents must certainly have been anxious and full of wonder. May I please withdraw for a little, see them, and make my boast to all my kin of the grace of your High Majesty and the loving kindness and beauty of my sister Orchid? Kindly grant me this favour."

이즈음 날이 저물기 시작했고, 황제는 바깥 궁전으로 물러났다. 두 공주는 물러나 자기들 방에서 잠 들었고, 수탉이 우는 이른 새벽에 블라썸이 어머니께 문안 인사를 드리기 위해 방문했고, 인사를 마치고 물러나면서 말했다.

"어머님의 자식이 입궐했을 때, 저의 양친께서는 확실히 걱정하고 또 궁금해 하셨을 터입니다. 제가 잠시 물러가서 그들을 만나서 태후마마의 은혜와 내 여동생 오키드의 아리따운 배려와 미모에 대해 모든 집안사람들에게 자랑하여도 되겠습니까? 제게 이런 은혜를 베풀어주십시오."

The Empress said: "My child, how can you think of leaving me so easily? I have something to consult about with your mother, and so shall make request that she come here in audience instead."[p202]

태후가 말했다.

"내 아기야, 어찌하여 너는 그리도 쉽게 나를 떠날 생각을 하느냐? 내 너의 어머니와 상의할 것이 있어서 그녀로 하여금 여기 오도록 요청할 생각이다."

The Cheungs, when they heard what the servant had come to tell, were somewhat relieved from their fears, and a feeling of thankfulness took possession of them. Suddenly the command came for the lady Cheung to report in the palace.

정씨 집에서 하인이 와서 이야기한 바를 들은 그들은 자기들의 걱정을 어느 정도 위안 받았고, 감사의 마음이 그들을 사로잡았다. 그런데 갑자기 정씨마님이 궁중에서 보고하도록 명이 도달했던 것이다.

The Empress met her, took her by the hand, and said: "My taking possession of your daughter is not only because I love her beauty, but for the sake of Princess Orchid's marriage. Once having seen her lovely face I can never let her go again, so I have made her my adopted daughter and the elder sister of Orchid. My thought is that in a former existence she may have been my daughter, and that she has now come to be yours. Since Blossom is a Princess, one ought really to give her the name of the Imperial household, but I have thought of your having no son, and so have not changed her name. You will know by this how deeply I love you."

태후가 그녀를 만났고, 그녀 손을 잡고 말했다.

"내 당신 딸을 데리고 온 것은 내가 그 애의 미모를 아끼기 때문만이 아니라 오키드 공주의 혼사를 위해서였다오. 그 애의 모습을 보았을 때, 나는 걔가 돌아가도록 놔둘 수가 없었고, 그래서 오키드의 언니로서 수양딸로 삼게 되었소. 내 생각에 전생에 그 애가 내 딸이었는데 이승에서 그대의 딸로 태어난 것 같다는 것이오. 블라썸이 공주이기 때문에 황실 가문의 성을 주어야 마땅하오. 하지만 정씨 집안에 아들이 없다는 것을 생각하여 그녀의 성을 바꾸지는 않았소. 이로써 내가 얼마나 정씨 집안을 깊이 배려하는지 알 수 있을 것이오."

The lady Cheung could not express the thanks that filled her soul. She bowed low and said: "I, your humble subject, had a daughter born to me late in life whom I loved as one loves only gems and pearls. Her marriage proposals failed of fulfilment and we sent back the bridegroom's presents. My soul lost all its sense of life, and my bones seemed broken within me. My one wish was to die quickly and no longer see her sad and desolate plight. Unexpectedly the dear Princess came to our home and bent her lovely form to our low conditions, making friends with my humble daughter. Then she took her with her to the Palace and made her the recipient of undreamed of honours. This is indeed making green leaves to sprout forth on the dry tree, and waters to[p203]flow afresh along the parched bed of the stream. All my heart and soul and strength would go forth to requite, if possible, one of the thousand favours and kindnesses of your Majesty, but my husband is an old man and has many ailments of body. While his heart would desire it, still he is too old to enter upon the duties of office, and so make some small return. I, too, am feeble and am already a neighbour of the spirit world, so that I could not serve as palace-woman even to do menial labour. What can we possibly do to show our gratitude for the kindness heaped upon us by your Imperial Majesty? The only way I know is to let the grateful tears fall as rain." She arose and bowed again, and then prostrated herself and wept till her sleeves were soiled with tear-drops.

정씨부인은 자기 영혼을 충만케 하는 감사를 표현할 길이 없었다. 그녀는 숙여 절하고 말했다.

"마마의 비천한 백성이 늦게 보옥 같이 사랑하는 딸을 얻었습니다. 그녀의 혼담이 완수되지 못했고, 우리는 신랑의 선물을 돌려보냈습니다. 혼은 모든 삶의 의미를 잃고, 몸속 뼈가 부서져 내린 것 같았습니다. 제 하나의 소원은 빨리 죽어서 걔의 슬픈 모습과 내버려진 혼인의 약속을 더 이상 보지 않는 것이었습니다. 예기치 않게도 공주님께서 저희 집을 방문하셨고, 우리 천한 조건에 자비롭게도 몸을 굽혀 내 천한 딸과 벗이 되었습니다. 그러고는 제 딸을 황궁으로 데려가서 꿈도 못 꾸었던 명예의 수혜자로 만들었습니다. 이는 실로 마른 나무에서 푸른 잎이 돋게 하고 바짝 마른 강바닥을 따라 새로 흐르도록 물을 대주는 일입니다. 만약 가능하다면, 태후마마의 은혜와 배려에 천분의 일이라도 보답하기 위해 제 모든 마음과 혼과 기력을 바치겠습니다. 하지만 제 남편은 늙어서 신체 곳곳에 통증으로 고생하고 있습니다. 마음으로는 그러고 싶지만, 그럼에도 그는 너무 늙어서 공직에 들어서지도 못하여서 보잘 것 없는 보답을 하려합니다. 그런데 저 또한 허약하여 이미 귀신 세계와 이웃이 되어서, 아무리 사소한 일이라 하더라도 궁녀로조차 일할 수 없습니다. 무엇으로 태후마마의 우리에 대한 은혜를 감사하는 표시를 할 수 있겠습니까? 제가 아는 유일한 길은 고마움의 눈물을 비처럼 흐르도록 놔두는 것입니다."

그녀는 일어나 다시 절하고 엎드린 채 눈물로 소매가 얼룩으로 더러워지도록 울었다.

The Empress, moved with pity, sighed and said: "Since Blossom is now my daughter your ladyship must never take her away."

동정심에 마음이 동한[199] 태후는 한숨을 쉬며 말했다.

"블라썸이 이제 내 딸이기 때문에 그대는 그녀를 데려가서는 안 될 것이오."

The lady Cheung replied: "How could I think of taking her away from you? But the fact that we cannot meet together and speak the praises of all your Majesty's worth is my only disappointment."

정씨부인은 답했다.

"어찌 제가 마마로부터 그녀를 데려갈 생각이라도 할 수 있겠습니까? 그런데 우리가 함께 만나서 태후마마의 은혜를 칭송할 수 없다는 사실이 제 유일한 실망입니다."

Here the Dowager laughed and said: "Before the marriage ceremony she may not go out, but after that, of course, she may go. Do not be anxious about that. After the wedding Princess Orchid shall be put into your care, too, and you must look upon her just I do upon Blossom." She called Orchid that she and lady Cheung should meet again. The lady Cheung several times spoke of her regrets at the way in which she had received the Princess when she came to call at her home.[p204]

이즈음 태후는 웃으며 말했다.

"결혼식 이전까지 그녀는 외출할 수 없지만, 그 이후에는 물론 갈

---

199 원문에는 태후가 말 하였다라고만 서술하고 있으나, 번역문에서는 태후가 동정심에 마음이 동했다는 사실을 부연하고 있다.

수 있을 터이니, 너무 걱정 마시오. 결혼 이후 오키드 공주를 부인에게 맡길 테니, 내가 블라썸을 보살피듯이 그녀를 보살펴주어야 할 것이오."

그녀는 오키드를 불러서 그녀와 정씨부인이 다시 만나도록 했다. 정씨부인은 공주가 자기 집을 방문했을 때 대하는 방식에 대한 후회를 몇 차례 표했다.

The Empress said: "I have heard that you have among your waiting-maids a little one called Cloudlet; I should like very much to see her."

황후는 말했다.

"내 듣기로 부인이 하녀들 중 클라우들릿이란 이름의 아이를 데리고 있다는 데, 내 몹시 그녀를 보고 싶소."

The lady then summoned Cloudlet, who came in and made her bow before her Majesty.

그러자 부인은 클라우들릿을 불렀고, 그녀는 들어와 태후 앞에서 절했다.

The Empress said to herself: "Beautiful she is!" She made her come up close beside her, and then said to her: "I have heard Orchid say that you are very skilful with the pen. Will you not write something for me?"

태후는 혼자서 말했다.

"정말 아름답구나!"

그녀를 좀 더 가까이 자기 곁으로 불러서 말했다.

"오키드의 말을 들으니 문장에 아주 뛰어나다고. 나를 위해 무엇이든 써줄 수 있겠느냐?"

Cloudlet said: "How could so ignorant a person as I dare to write before your High Majesty? But I shall try to do my best as you command me."

클라우들릿이 말했다.

"저같이 무식한 사람이 어떻게 감히 태후마마 전에 글을 올리리까? 그럼에도 명하신다면 최선을 다해서 한번 해보겠습니다."

The Empress opened up the four verses that had already been written and said: "Can you equal these?"

태후가 이미 쓰인 네 편의 시를 펼쳐 보이며 말했다.

"이 정도 쓸 수 있겠느냐?"

Cloudlet then brought her ink and pens and with one swift dash wrote her verse and handed it to the Empress Dowager. It read:

그러자 클라우들릿은 붓과 먹을 가져와 일필휘지로 시를 써서 태후에게 전했다.

“This magpie heart of mine
Awakes to joys untold,
Shall join the circle superfine,
And both its wings unfold.
Ye pretty flowers of Chin,
Behold the wondrous sight,
A group of fairies gathering in
From all their scattered flight.”

“이 까치 같은 내 마음
알려지지 않은 기쁨에 눈을 뜨니
최상의 무리에 함께하려고
양 날개를 펼치네.[200]
너희 진나라의 어여쁜 꽃들이여,
보라 저 불가사이 한 광경을
뿔뿔이 흩어져 떠났다가
일군의 선녀들이 모여드네.[201]”

---

200 원문에는 ‘순임금 뜰에서 존귀한 봉황의 자태를 따르리(虞庭幸逐鳳凰儀)’라고 서술되어 있다.

201 원문에는 ‘세 번을 돌고 보면 어디 한 가지 앉을 자리 없으랴(三繞寧無借一枝)’라고 서술되어 있다.

The Empress read it, showed it to the two Princesses, and said: “I heard before that the lady Ka had great skill, but who would have dreamed of this?”[p205]

태후가 그것을 읽고는 두 공주에게 그것을 보여 주었다.

“나는 이전에 가씨 부인이 훌륭한 재주를 가졌다 들었지만, 누가 이럴 거라 꿈이라도 꾸었겠느냐?”

Princess Orchid remarked: “In this verse she likens herself to the magpie and us to the ‘circle superfine.’ She has caught the spirit of the old masters and reminds one of the songs of the Book of Poetry. Her thought is pretty but she has stolen it from the ancients. They say ‘The birds of heaven find rest with man, and man is naturally sorry for the birds,’ and this suggests Cloudlet.”

오키드 공주가 평했다.

“이 시에서 그녀는 자신을 까치에 비유했고, 우리를 ‘최상의 무리’로 비유했습니다. 그녀는 옛 달인들의 정신을 이해했고 <시경>의 노래들 중 하나를 상기시켜주는군요. 그녀의 생각은 멋지지만 그것을 선인들로부터 취하였습니다. ‘천상의 새들이 사람과 함께 휴식을 취하고, 사람은 자연스럽게 새에게 연민을 느낀다’고 했습니다. 이는 클라우들릿을 암시합니다.”

The Princess again said: “The chief of the waiting-maids is Chin

See from Wha-eum, the one who decided to live and die with Cloudlet."

공주는 다시 말했다.

"궁녀들의 장인 진씨는 화음현 출신으로 클라우들릿과 함께 살고 죽기로 결정했습니다."

Cloudlet replied: "Is this not Chin See who wrote the willow-song?"

클라우들릿이 답했다.

"이분이 '버드나무시'를 썼던 진씨 아닙니까?"

Chin See gave a start and asked: "From whom did you ever hear of my willow-song?"

진씨가 놀라면서 물었다.

"누구에게서 저의 '버드나무시'를 들으셨는지요?"

Cloudlet made answer: "General Yang has ever had you in his thoughts, and once when he repeated this verse I overheard him."

클라우들릿이 답했다.

"양장군께서 당신 생각 속에 당신을 늘 간직했었고, 한번은 그가 이 시를 읽었을 때 제가 엿들었습니다."[202]

Chin See, with a sorrowful countenance, said: "And so General Yang has not forgotten me?"

슬픈 안색으로 진씨가 말했다.
"그렇다면 양장군께서 저를 잊지 않으셨단 말이지요?"

Cloudlet replied: "How can you suggest such a thing? The General carried hidden away with him these verses of yours, and when he read them the tears used to flow. When he sang them he sighed. How is it that you alone fail to know his loving heart?"

클라우들릿이 답했다.
"그대가 어찌 그런 말씀을 하시오? 양장군께서는 그대의 시를 숨겨 다녔고, 그것을 읽을 때마다 눈물을 흘리곤 했지요. 노래 부르고 한숨 쉬고. 그의 사랑하는 마음을 당신만이 알지 못하니 어찌된 일인가요?"

Chin See said: "If the General has the same love that he used to have, then this humble person, though she never see him again, can die happy." Then she told of his verse that had been written on her

202 원문에는 양소유가 읊던 것을 몰래 엿들은 것이 아니라, 양소유가 직접적으로 이야기해준 것으로 서술되어 있다.

silken fan, and Cloudlet said: "The hairpins and rings that I wear were won for me on that day."

진씨가 말했다.

"만약 양장군께서 이전에 하셨듯이 똑같은 사랑을 간직하신다면, 이 비천한 몸 다시 그를 볼 수 없다더라도 행복하게 죽을 수 있을 텐데."

그러면서 그녀는 자기 빈단 부채에 썼던 그의 시에 관해 말했다. 그러자 클라우들릿이 말했다.

"제가 하고 있는 머리 비녀와 반지가 그날 저를 위해 받아오신 것이군요."

Then the maids-in-waiting gathered and reported,[p206]saying: "The lady Cheung is about to take her departure."

그때 하녀들이 모여들었고 보고했다.

"정씨부인께서 막 떠나실 예정입니다."

The two Princesses went in and waited upon her, while the Empress Dowager said to the lady Cheung: "In a little time Yang the Wanderer will make his return and the former marriage gifts will naturally be sent once again; but to receive the gifts again that were once sent back would seem poor and mean. On the other hand, Princess Blossom having become my daughter, I want to have the two of them send theirs at one and the same time. Will your ladyship give consent? "

두 공주가 들어가서 태후가 정씨부인에게 이야기하는 동안 그녀를 기다렸다.

"조만간에 방랑객[203] 양이 돌아올 것이고 이전의 결혼 선물이 당연히 다시 보내질 것이오. 하지만 한번 돌려보내진 선물을 되받는 일은 구차하고 볼품없지요. 달리 생각해보면, 블라썸 공주가 내 딸이 된 까닭에, 나는 그 두 명으로 하여금 자기들 폐백을 한 사람에게 동시에 보내게 하고 싶소. 부인께서 동의하시겠소?"

Then the lady Cheung bowed low to the earth and said: "How can your humble subject dare to do otherwise? Let it be as your Imperial Majesty suggests."

그러자 정씨부인은 땅에 닿도록 절하고 말했다.

"어찌 마마의 천한 백성이 감히 달리 생각할 수 있겠습니까? 태후마마께서 제안하신대로 진행시키십시오."

The Dowager laughed: "General Yang has for the sake of Blossom more than three times refused to do my bidding, and now I want to play a practical joke on him. They say in common speech: 'The unpropitious word turns out to be propitious.' You shall wait till he

203 원문에는 양소유를 방랑객이라 칭하는 내용이 서술되어 있지 않다.

returns and then say that Cheung See has suddenly fallen ill and died. I saw in the General's letter that he had met her in a dream. On the first day of the ceremony I shall be amused to see if he will know her or not."

태후가 웃었다.

"양장군은 블라썸을 위하여 나의 제안을 무려 세 번 이상이나 거부하였소. 그래서 이제 내가 그에게 어떤 장난을 걸어볼 참이오. 이런 말이 있지요. '불길한 말이 행운의 말로 드러난다.' 그가 올 때까지 기다렸다가 정씨가 갑자기 병에 들어 죽었다고 말하시오. 장군이 자기 꿈에서 그녀를 만났었다고 편지에 쓴 것을 보았소. 결혼식 당일에 나는 즐거운 마음으로 그가 그녀를 알아보는지 아닌지 지켜볼 것이오."

The lady Cheung received the command, took her departure, and returned. The daughter saw her beyond the first palace entrance, and then bowed and spoke her farewell. She called Cloudlet and told her secretly of the plan to deceive the General. Cloudlet replied: "I have been a fairy and I have been an evil spirit to deceive him, and that is surely enough.[p207]Would it not be mean of me to attempt anything more?"

정씨부인은 그 명을 받아 궁을 떠나 집으로 돌아왔다. 딸은 궁궐 제일문 밖에서 그녀를 배웅하며 절하고 작별했다. 그녀는 클라우들릿을 불러서 장군을 속이는 계획에 대해 비밀스럽게 말했다. 클라우들릿은 답했다.

"나는 선녀로 위장했었고, 또 그를 속이는 악한 귀신이 되기도 하여 그것으로 충분할 듯합니다. 더 이상 한다면 비열한 일이 아닐까요?"

Cheung See replied: "This is not our plan, or our affair, but the Empress Dowager's."

정씨는 답했다.

"이건 우리 계획이나 우리 일이 아니라, 태후마마의 계획이야."

Cloudlet smothered her laughter and went away smiling.

클라우들릿은 웃음을 참고 미소 지으며 떠났다.

At this time General Yang had made his soldiers drink the waters of the White Dragon Lake till their health returned and they longed for battle. The General then summoned his aides, gave them their orders and made them march forth at the sound of the drum. Just at this moment Chan-bo received the gem sent by the dancer Swallow, and knowing that General Yang's troops had passed Pan-sa valley, he approached the General's headquarters in a state of great fear and talked of surrender. The various leaders of the Tibetan forces took Chan-bo, bound him, entered General Yang's camp and there surrendered.

이 무렵 양장군은 군사들로 하여금 건강이 회복되기까지 백룡담의 물을 마시게 했더니, 이제 그들이 전투를 하고 싶어 했다. 그러자 장군이 보좌진을 소환하여 명령을 내려 북소리에 맞춰 전진하도록 했다. 바로 이 시점에 찬보는 무희 스왈로우가 보낸 보석을 받았고 양장군의 군대가 반사계곡을 통과했음을 알고는, 두려워서 장군의 진영으로 가서 항복을 논하고자 했다. 티베트 군대의 다수 장군들이 그를 포박하여 양장군의 주둔지로 와서 항복했다.

Once again Yang drew his troops up in order and marched into the capital, stopped the plundering of the city, and quieted the people. He then went up into the Kolyoon Mountains and put up a memorial tablet with a record of the power and goodness of the kingdom of the Tangs. Then he faced about with his army, sang his songs of victory, and returned home. When he reached Chin-joo it was already autumn; the mountains were bare and the earth dry and sear. All the flowers had been baptised in death and sorrow. The wild geese piped out their sad notes, reminding him that he was far away from home. [p208]

다시 한 번 양은 자기 군대를 정렬시켜 티베트 도성을 향해 행진했다. 도중에 도시 강탈을 금지시켰고 백성을 위안했다. 그때 그는 곤륜산에 올라 당 왕국의 위세와 미덕을 기념하는 비석을 세웠다.

그러고는 군대의 방향을 돌려서 승리의 노래를 부르며 고향으로 향했다. 그가 진주에 당도했을 때 벌써 가을이 되었다. 산들이 옷을 벗었고 대지는 말라 비틀어졌다. 모든 꽃들은 죽음과 슬픔의 세례를 받았다. 야생 거위[204]들이 그에게 자신이 고향을 아주 멀리 떠나 있다는 사실을 상기시키며 구슬픈 음을 연주했다.

The General spent the night in a guest house. His mind seemed unrested and the hours long. Sleep failed him. He thought in his heart: "It is already three years since I left home and my mother's health cannot be as it has always been. To whom can she turn for protection and care in sickness? To what time shall I put off my morning and evening salutations to her? To-day the land is quiet, war has ceased, but my desire to wait on and serve my mother is not yet satisfied. I have failed in the serious part of life's duty and man's first requirement. For several years I have been busy with State affairs, have not married, and have found it difficult to hold my engagement with Cheung See. The various matters in which I have been disappointed proved the truth of the old saying: 'Eight or nine times out of ten comes disappointment.' Now I have quieted five thousand li of territory, and have received the surrender of a million rebels, so that my name will be heralded abroad as great. His Majesty will doubtless appoint me to some high office as a reward for my many

204 기러기를 이른다.

labours. If I decline office and ask instead that my request to marry Cheung See be granted, I wonder if consent will be forthcoming? ”

장군은 객관에서 밤을 보냈다. 마음은 안정을 취하지 못하는 것 같고 시간은 길었다. 잠들 수 없었다. 마음속으로 생각했다.

“집을 떠난 지 어느덧 삼년이구나. 어머니의 건강이 예전에 늘 그랬던 대로 일 수는 없을 것이다. 누구에게 어머니가 보호 받으며 병환을 간호 받겠는가? 어머니께 드리는 아침저녁 문안 인사를 그만 둔 지가 언제인가? 오늘 대지는 고요하고, 전쟁은 끝났다. 하지만 내 어머니를 모시고 시중들려는 마음은 아직도 충족되지 못하고 있다. 인생의 의무와 인간 제일의 자격 중 중요한 부분에서 나는 실패하고 있다. 수년 동안 나는 국무로 바빴고, 결혼도 못했으며, 정씨와의 결혼도 지키기 어려운 지경이다. 나를 실망시키는 다양한 문제들은 옛 말씀의 진리를 증명한다. ‘십중팔구 뜻대로 안 된다.’ 이제 내가 오천 리 영토를 평정했고 백만 반란자들의 항복을 받아냈다. 해서 내 이름 크게 알려졌을 터이다. 폐하께서는 틀림없이 나의 숱한 노고에 대한 보상으로 어떤 고위직을 맡길 것이다. 만약 내가 관직을 거부하고 대신에 정씨와의 혼인 요구를 승인해주기를 요청한다면, 동의하실지 어떨지 모르겠구나?”

Sad were his thoughts, and thus did his mind seek relief, so he laid his head upon his pillow and fell asleep. In a dream his body took wing and flew up to heaven. From the Palace of the Seven Precious Things, [40] that shone with glittering splendour and was encircled with clouds of glory, two waiting-maids came out to meet him and said: “Cheung See is calling for your Excellency.”

슬픈 생각이 여기를 지나자 그의 마음이 위안을 찾고 있었고, 머리를 배게 위에 놓자 잠이 들었다. 꿈속에서 그의 몸은 날개를 가져 하늘로 날아올랐다. 휘황찬란하게 빛나고 행복의 구름으로 에워싸인 칠보궁궐로부터 두 하녀가 그를 만나기 위해 나와서 말했다.

“정씨가 고귀한 당신을 부르고 있습니다.”

So the General followed them and entered. In the[p209]wide court the flowers were in bloom. Three fairies were seen seated in an upper pavilion of white marble. Their dresses were like those of the waiting-maids of the palace and their eyebrows lined off with soft touches of the fairy’s wand. Their eyes were luminous and a halo of light encircled their forms. They leaned upon the railing and dallied playfully with each other, having in their hands buds of fragrant flowers. When the General entered they rose from their seats, made way for him, and when he was seated the leading fairy asked:

그리하여 장군은 그들을 따라 들어갔다. 넓은 궁중에는 꽃들이 활짝 피어있었다. 하얀 대리석 누각의 상단에 앉은 세 선녀가 보였다. 그들의 옷은 궁중 하녀의 옷과 비슷했고, 그들의 눈썹은 선녀 지팡이의 부드러운 필치로 그려졌다. 그들의 눈은 광채를 발했고, 후광이 그들의 외형을 감돌고 있었다. 그들은 난간에 기대서 손에 향기

나는 꽃 봉우리를 갖고서 서로를 희롱하고 있었다. 장군이 들어갔을 때 그들은 자리에서 일어나 그를 위해 길을 내주었으며, 그가 자리를 잡자 맨 위 선녀가 물었다.

"Since your Excellency said good-bye have you been well all the time?"

"장군께서 작별 인사를 하신 이래로 내내 건강하게 지내셨는지요?"

The General rubbed his eyes and looked peeringly, and lo! it was the lady who had talked to him about the tunes on the harp, Cheung See. In fear and gladness he tried to speak, but the words refused to come. The fairy then said: "Since I have departed from the world of men and have come to dwell in heaven with its delights, I find that all that has happened belongs to my former existence. Though your Excellency meet and see my parents you will find no news from me awaiting you." And she pointed to the two fairies at her side, saying: "This is the Weaving Damsel and the other is the Incense Angel. They are united to you by the affinity of the world life. Please do not think of me any more but think only of them. If you are joined first to them by the happy contract, I, too, will find a place of consolation."

장군은 눈을 문지르며 자세히 보았는데, 오호라, 바로 거문고의 음조에 관해서 그에게 이야기해주었던 그 여인, 정씨였다. 두려움과 반가움에 그는 말하려고 했지만 말이 나오질 않았다. 그 선녀가 말했다.

“제가 인간 세상을 하직하고 하늘나라에서 기쁨으로 생활하고 온 이래로 일어났던 모든 일들이 내 전생에 연결되어 있음을 알았어요. 장군께서 제 부모님을 만나시더라도 당신을 기다리던 나에 관한 어떤 소식도 알지 못할 거예요.”

그리고 그녀는 자기 옆의 두 선녀를 가리키며 말했다.

“여기는 ‘직녀’이고 저기는 ‘향 피우는 천사’입니다. 그들은 세속 인생의 동족관계에 의해 당신에게 결합되어 있습니다. 이제 제발 저에 대하여 더 이상 생각하지 마시고 오로지 저들만 생각하십시오. 만약 장군께서 행복한 인연으로 그들과 먼저 결합된다면, 저 역시 위안의 거처를 찾을 것입니다.”

The General looked at the two fairies, and the one who sat on the lower seat was known to him, but he could not recall her name. Suddenly the drum sounded and he awoke, and it was only a dream. [p210]

장군은 그 두 선녀를 보았고, 아래 자리에 앉은 사람은 그가 아는 사람이었지만, 그녀의 이름이 기억나지 않았다. 갑자기 북소리가 울렸고, 그가 깨어났다. 그것은 그저 꿈이었다.

He thought over what he had seen, and he realised that it was not a happy omen, so he sighed and said: “Cheung See is surely dead; if not why should I have had so unpropitious a dream?" Again he thought: "On the other hand, if we think specially of a thing we dream of it; perhaps, because of my thinking so much of her, I have so dreamed. Moonlight's recommendation, and the priestess Tooryon's serving as go-between, were, I am sure, according to the leading of the Mother of the Moon. If our predestined affinity be not attained to, and if the living and the dead are thus to contradict each other, then surely God must be uncertain and ignorant of the laws that rule. It is said that the unlucky omen becomes the lucky. I wonder if that will find fulfilment in this dream of mine? "

그는 자기가 본 것을 생각했고, 그것이 길조가 아니란 것을 알았다. 그래서 한숨을 내쉬며 말했다.

"정씨가 분명 죽었어. 그렇지 않다면 왜 내가 그렇게 불길한 꿈을 꾸었겠는가?"

다시 생각했다.

"다른 한편으로 우리가 특별히 어떤 것을 생각하면 그에 대한 꿈을 꾸게 된다. 어쩌면 그녀에 대해 많이 생각했던 까닭에 그렇게 꿈을 꿨던 거야. 문라이트의 추천과 여도사 두연의 중매는 내 확신컨대 달나라 어머니의 인도에 따른 것이야. 만약 우리 운명 지어진 동족들이 이뤄지지 못한다면, 그리고 산 자와 죽은 자가 그래서 서로 모순을 이룬다면, 확실히 신은 통치하는 법에 대해 확실치 않고 또 무지한 것이야. 불행한 징조가 행운으로 귀결된다는 말이 있다. 내 이런 꿈이 그런 말처럼 된다면."

After a prolonged march the leading forces reached the capital and the Emperor came out as far as the River Wee to meet and welcome him. The General, wearing a green helmet with phoenix plume ornaments, and gilded armour, rode a Persian war-horse, and there were banners and battle-axes in front, behind, and extending out on each side of him. King Chan-bo was drawn along in a cage in advance of him, while thirty-six princes of Tibet, each bearing his tribute, followed in the rear. The majesty of the sight was something never before seen. Onlookers lined each side of the road for a hundred li, and within the walls of the capital there was a deserted city.

오래 끈 행진 이후에 선도 군사가 도성에 이르고 황제가 그를 만나 환영하기 위해서 위강까지 멀리 나왔다. 불사조 깃털 장식을 한 녹색 투구와 금빛 무기로 무장한 장군은 페르시아 전투용 말[205]을 탔고, 그의 전방과 후방, 그리고 양 옆으로 연장하여 깃발들과 전투용 도끼들이 배치되었다. 그에 앞서 찬보왕이 우리에 갇힌 채로 실려 호송되는 한편, 각자의 조공을 가진 티베트의 서른여섯 왕들이 뒤를 따르고 있었다. 그 광경의 위엄은 이전에 결코 볼 수 없는 것이었다. 백리 길 양편에 구경꾼들이 줄지었고, 도성 성벽 안은 텅 비어 있었다.

205 원문에는 대완마(大宛馬)를 탔다고 서술되어 있다.

The General dismounted from his horse and bowed low, while the Emperor took him by the hand, raised him up, and spoke kindly to him concerning all his hard labours; praised him for his great[p211] success, and for the merit he had won. He then had an order issued similar to that which related to Kwak Poon-yang, of ancient times, appointing to him a certain district of territory and making him a king with great and rich rewards.

장군이 말에서 내려 절하자, 황제는 그의 손을 잡아 일으키고 그의 모든 노고와 관련하여 다정하게 말했다. 대단한 성공과 그가 이룬 공을 칭찬했다. 그러고 그는 옛날 곽분양과 관련되었던 것과 유사한 명을 내렸다. 그에게 어떤 구역의 영토를 맡겨 대단하고 풍성한 보상과 함께 그를 왕으로 봉했다.

These the General emphatically and sincerely declined. Finally the Emperor yielded and issued a special order making Yang the Wanderer Generalissimo, and creating him Prince of Wee. The remaining gifts and presents were so many that it is impossible to record them.

장군은 단호하고도 진심 어리게도 이런 것들을 사양했다. 결국 황제는 양보하여 양을 원정군 총사령관으로 하고 위나라의 왕으로 봉하는 특별 명을 내렸다. 남은 선물들이 너무 많아서 기록하기가 불가능하다.

General Yang then followed the Imperial car, entered the palace and gave thanks for all the favours and rewards showered upon him.

그런 다음 양장군은 황제의 마차를 따라서 왕궁으로 들어가서 그에게 쏟아지는 모든 호의와 보상에 대한 감사를 표했다.

The Emperor, in response, gave command that a great feast celebrating peace should be prepared, and that the gifts and prizes should be displayed before those assembled. He ordered, also, that Yang's portrait should be given a place in the Temple of Famous Men.

이에 응답하여 황제는 평화를 축하하는 거대한 축제를 준비하고 모인 사람들 앞에 선물과 상이 전시되도록 명을 내렸다. 또한 그는 명인사에 양의 초상화를 걸 자리를 부여했다.

The General then withdrew from the palace and betook himself to the home of Justice Cheung. There he found all the family and relatives gathered in the outer rooms. They met him, bowed before him, and offered him their congratulations. When he had inquired for the Justice and her ladyship, Thirteen made reply: "Uncle and aunt were holding out well until after my cousin's death. They were so heart-broken and distressed over that that they have fallen ill, and their strength is not what it used to be. That is the reason they do not come out to the outer court to greet you. My wish is that you let me go in with you to the inner quarters."[p212]

그런 다음 장군은 왕궁으로부터 물러나서 정사도의 집으로 갔다. 거기서 그는 사랑채에 전 가족과 친척들이 모여 있음을 알았다. 그들이 그를 맞았고 절을 했으며 축하를 전했다. 그가 정사도와 마님에 대하여 문의했을 때, 써틴이 대답했다.

"삼촌과 숙모께서는 조카의 죽음이 있기까지는 건강을 근근이 지키셨는데, 그에 대해 상심하고 고통이 막심하여 병에 자주 걸리며 기력도 예전 같지 않다네. 그것이 자네를 맞이하기 위해 사랑채에 나오시지 않은 이유이지. 자네가 나와 함께 안채로 들어가 만나보는 게 좋겠는데."

The General, when he heard this, behaved as if he were mad or drunk and could make no intelligent inquiry. After the lapse of some time he returned to consciousness and inquired: "Who is dead?"

이를 듣자 장군은 마치 미친 사람이나 술 취한 것처럼 행동했으며 질문에 어떤 대답도 내놓을 수 없었다. 약간 시간이 경과한 후 그는 의식을 되찾고 물었다.

"누가 죽었다고?"

Thirteen made answer: "My uncle never had a son; he had one daughter only, and God's way with him has been very hard indeed.

Thus has he arrived at this condition. Is it not pitiful? When you go in please do not say anything about it."

써틴이 대답했다.

"내 삼촌은 아들이 없었지. 외동딸 하나가 다였는데, 그와 가는 하늘의 뜻이 실로 가혹하였지. 그래서 그가 이런 지경에 이르렀어. 불쌍하지 않은가? 자네 들어가시면, 그 일에 관한 어떤 질문도 하지 마시게."

Then Yang gave a great shudder, and overcome by untold distress could scarcely get his breath or utter a syllable. Tears streamed from his eyes.

그러자 양은 온 몸을 떨면서 말 못한 슬픔에 압도되어 숨을 제대로 쉬지 못하고 말 한 마디 하기 힘들었다. 눈으로부터 눈물이 강을 이루었다.

Thirteen comforted him, saying: "Even though your marriage contract was made firm as rocks and tempered steel, still the luck of this house is so unpropitious and bad that it has turned out otherwise. I hope that you will do the right thing and exercise yourself to comfort the old people."

써틴이 그를 위로했다.

"자네의 결혼 약속이 바위처럼 그리고 단련된 강철처럼 굳었다 하더라도, 이 집안의 운이 아주 불길하고 또 다른 방향으로 일이 진행된 것을 볼 때 나빴던 게야. 나는 자네가 바른 일을 행하고 노인들을 위로하는 데 몸을 움직이도록 하게."

Yang wiped away his tears, thanked him, and they went in together to the Justice and the lady Cheung. They were seemingly happy over the congratulations poured out upon Yang, and made no reference to the fact that their daughter was dead.

양은 눈물을 닦아내며 그에게 고마움을 표했다. 그리고 그들은 함께 정사도와 정씨부인에게로 갔다. 그들은 외견상 양에게 축하의 말을 쏟아내며 행복했고, 딸이 죽은 사실에 대해선 전혀 언급조차 하지 않았다.

Yang said to them: "Your humble son-in-law, by good fortune and with the prestige of the State behind him, has fallen heir to great gifts from his Imperial Majesty. I had just declined these with the one earnest request that his Majesty should change his mind and let me fulfil the marriage contract that I had entered upon, but already the dew of the morning has dried up and the colours of the springtime have faded. How can life and death overtake one thus without breaking the heart?"[p213]

양이 그들에게 말했다.

“이 비천한 사위는 행운을 얻고 또 뒤에 국가의 위엄을 업어서 황제 폐하로부터 큰 선물의 계승자가 되었습니다. 저는 폐하가 마음을 돌려주시고 제가 이미 진입했던 결혼의 약속을 이행할 수 있도록 해 달라는 하나의 진실한 요구로서 이런 보상을 거절했습니다만, 이미 아침 이슬이 말라버렸고 봄의 빛깔이 지워져 버렸습니다. 삶과 죽음은 어떻게 심적인 고통도 없이 그렇게 사람을 덮칠 수 있는가요?”

The Justice said in reply: “Life and death are wrapped in destiny; gladness and sorrow, too, aid destiny and are the appointments of God. What is the use of talking about or discussing them? To-day the whole household has met for a great celebration; let us not talk of anything that grieves or is sad.” Thirteen frequently made signs and winks in the direction of Yang so that he ceased to say anything more about the matter, but went out into the park.

정사도가 답으로 말했다.

“생과 사는 운명으로 싸여 있어. 기쁨과 슬픔 역시 운명을 촉진하고 하늘의 명령이지. 그에 대해 이야기하거나 토론하여 무엇에 쓰겠는가? 오늘 온 집안이 큰 경사를 만났으니, 비탄과 슬픔에 대한 이야기는 하지 않기로 하세.”

써틴은 빈번하게 신호를 보냈고 양에게 눈길을 보내어 그가 그 문제에 대해 더 이상 어떤 것도 말하지 못하고, 정원으로 나갔다.

Cloudlet came down the steps to meet him, and when he saw her it was like seeing the daughter. Grief overcame him once more and his tears began to fall.

> 클라우들릿이 그를 만나기 위해 계단을 내려왔다. 그가 그녀를 보았을 때 이 집 딸을 만난 것 같았다. 다시 한 번 슬픔이 그를 압도했고 눈물이 쏟아지기 시작했다.

Cloudlet knelt down and comforted him, saying: "Why should your Highness be sad to-day? I humbly beg of you to set your mind free, dry your tears and hear what I have to say. Our maiden was originally a fairy from heaven, who was sent to earth for a little period of exile, and the day she returned home to heaven she said to your humble servant: 'You, too, must cut yourself off from General Yang and follow me. Since I have already departed from the world of men, if you were to go back to General Yang it would mean leaving me. One of these days he will return home, and should he think lovingly of me or sorrow at my loss you must give him this message: "The sending back of the wedding gifts indicated my departure. How much more the resentment that I felt over the hearing of the harp. Do not be too sad or anxious. If you sorrow overmuch for me it will mean opposition on your part to the Emperor's command, and a desire to do your own will. It will mean damage to the one who is dead.[p214] Besides, if you should pour out a libation at my grave or go there to wail it would proclaim me as a girl whose life had not been correct and would distress my soul in hades. This too I will add: his Majesty will await your return and will again make proposals of your marriage with the Princess. I have heard it said that Kwan-jo's dignity and virtue were a fitting mate for the superior man. My hope is that you will willingly accede to the command of the Emperor, and not fall into rebellion." Tell him this, will you.' This is what she said," added Cloudlet.

클라우들릿은 무릎을 꿇고 그를 위로하며 말했다.

"어찌하여 상공께서 오늘 같은 날 슬퍼야 합니까? 아뢰오니 마음을 슬픔에서 떼놓으시며 눈물을 멈추시고 저의 말씀을 들어주시기 바랍니다. 우리 아씨는 원래 하늘에서 온 선녀였습니다. 잠시 동안 이승에는 귀양살이 온 것이지요. 그녀가 하늘나라 고향으로 돌아가는 날, 이 비천한 하인에게 말했습니다. '너 또한 양장군과의 연을 끊고 나를 따라야 한다. 내가 이미 남자의 세계와 결별해 있었으므로, 만약 네가 양장군에게 돌아간다면, 그것은 나를 떠나는 것을 의미한다.[206] 조만간 그분이 귀환하셔서 나를 귀히 생각하시어 나의 상실에 슬퍼하시면, 너는 이런 말을 전해드려라.

"결혼 선물의 반환은 저의 결별을 뜻합니다. 제가 거문고를 들었던 그 분함은 얼마나 훨씬 더 하겠습니까. 너무 슬퍼하거나 심려하

206 원문에는 정경패 자신은 세상을 버려야 하니, 가춘운에게 양소유에게 돌아가 그를 모시라는 당부의 내용이 쓰여져 있지만, 번역문에는 그와 반대되는 내용이 서술되어 있다.

시지 마십시오. 만약 저에 대한 슬픔이 과하다면 그것은 황제의 명을 놓고 상공의 편에서 하는 반대와 제 멋대로 하려는 욕망을 나타냄입니다. 그것은 죽은 사람에게 해가 될 것입니다. 게다가 장군께서 제 무덤에 헌주를 붓는다거나 거기로 가서 소리 내 운다면, 그것은 저를 살아생전 바르게 살지 못한 소녀로 공표하는 일여 지하의 제 혼에 고통을 안길 것입니다. 이런 말도 덧붙이겠습니다. 폐하께서는 상공의 귀환을 기다리실 것이며 공주와의 결혼을 다시 제안하실 것입니다. 내가 듣기로 관조의 위엄과 덕이 위인의 천생배필이란 것입니다[207]. 제 소원은 상공께서 기꺼이 황제의 명을 받드시어 반역자로 전락하지 마시라는 것입니다."

그분께 이 말을 전해주겠지' 이것이 그녀가 했던 말입니다."

하고 클라우들릿이 말했다.

The General on hearing it was greatly overcome and said: "Even though the dear girl's wishes were such, how can I be without sorrow? To know that she thought thus of me at the last moment makes me feel that though I die ten times I can never repay so great a devotion as hers."

이야기를 들은 장군은 크게 짓눌려서 말했다.[208]

"설혹 그 사랑스런 여인의 바람이 그랬다손 치더라도, 어찌 내가

207 원문은 『詩經』 關雎 편에 담긴 文王의 배필인 后妃의 덕을 지녀 좋은 배필이 될 것이라는 내용인데, 게일은 關雎를 인명으로 오해하여 오역했다.

208 원문에는 가춘운의 말을 듣고 양소유가 더욱 슬퍼하며 말했다고 서술되어 있으나, 번역문에는 더욱 크게 짓눌려 말한다고 서술되어 있다.

슬픔 없이 있을 수 있단 말이오? 마지막 순간에 그 여인이 나를 그렇게 생각했다는 것을 알게 되어 나는 내가 열 번 죽더라도 그의 같이 그렇게 큰 헌신을 내가 보상하지 못할 것이라고 생각하오."

Then he told the dream he had had in the camp and Cloudlet wept and said: "Doubtless she dwells with God before the altar of Incense, and, when your Excellency has lived out your years on earth, you will meet again and fulfil your happy contract. Do not sorrow, please, or injure your health."

그러고는 그가 군진에서 꾸었던 자기 꿈을 이야기했고, 클라우들릿이 울며 말했다.

"분명히 그녀는 향 피운 제단 앞에서 하느님과 함께 살고 있을 겁니다. 그리고 상공께서 지상에서의 기간을 다 살아냈을 때, 두 분은 다시 만나서 행복의 약속을 이룰 것입니다. 제발, 슬퍼하여 건강을 상하게 하지 마시어요."

Yang asked: "Did she say anything beyond this?" Cloudlet made answer: "She did say something to herself, but I dare not repeat it with my lips."

양이 물었다.

"이것 이외에 그녀가 했던 이야기는?"

클라우들릿이 대답했다.

"그녀는 자기 자신에 대한 이야기를 했지만 제가 감히 제 입으로 그것을 반복하지 않겠습니다."

"What you heard," said the General, "you must tell me now and make no concealment."

장군이 말했다.
"들은 것이 무엇이요. 그대 당장 숨김 없이 나에게 말해야 하오."

Then Cloudlet said: "The young lady said finally to me, 'You, Cloudlet, and I, are one and the same person. If his Excellency does not forget me and desires you as he desires me, and does not throw you away even though I descend into the[p215]earth, it will be as though I were blessed and loved of him.'"

클라우들릿이 말했다.
"그 아씨는 마지막으로 저에게 말했습니다. '클라우들릿, 너와 나는 하나이며 동일한 사람이다. 만약 상공께서 나를 잊지 않으시고 나를 욕망하듯 너를 욕망하신다면, 그리고 내가 땅 속으로 내려갔음에도 불구하고 너를 내쳐 버리지 않는다면, 그것은 내가 그분으로부터 복을 받고 사랑받는 것과 같으니라.'"

Yang was greatly moved by this, and said: "How could I ever think of putting you away, my Cloudlet? How much the more now with the dear one's wishes so expressed. Though I should marry with the Weaving Damsel or be wedded to the Water Fairy, I would never, never put you away."

양은 이에 크게 감동하여 말했다.

"어떻게 내가 당신을 버릴 생각이라도 한번 했겠소, 클라우들릿? 그 사랑스런 사람의 소원이 지금 더 이상 어떻게 표현되겠소. 비록 내가 직녀와 결혼하거나 수중 천사와 혼인을 한다 하더라도, 내 결코 결단코 당신을 밀쳐내지 않으리오."[p216]

Chapter XIII The Awakening

제13장 눈을 뜸

THE day following, the Emperor called General Yang and said to him: "In regard to the marriage of the Princess, the Empress Dowager issued a very urgent command that at first quite distressed me, but learning later that the daughter of Justice Cheung was dead, and that the Princess's wedding had waited long for your return, I feel that, even though your thoughts be with Cheung See, the dead are the dead, and no power on earth can restore them. You are a young man and belong to the highest rank and therefore need a wife. How can you yourself see to such matters as food and dress? A minister, too, of your standing while he holds office ought not to remain unmarried. You are also Lord and Prince of Wee, and at the ancestral grave need your wife to pour out the second libation which ought not to be lacking from the sacrifice. I have already made the necessary preparations within the Palace and am now awaiting the decision. Do you still oppose the request, and refuse to marry the Princess?"

다음날 황제는 양장군을 불러 그에게 말했다.

"공주의 결혼과 관련하여 태후마마께서 몹시 재촉하는 명을 내리시어, 먼저 나를 아주 고통스럽게 하오. 그런데 최근 정사도의 딸이 죽었다는 사실을 아시고 또한 공주의 결혼이 공의 귀환을 오래토록 기다리셨소. 내 생각에는 비록 공의 생각이 설사 정씨와 함께 있다고 하더라도 죽은 자는 죽은 자이며, 지상의 어떤 힘도 그들을 돌이킬 수 없는 노릇이오. 공은 젊은 남자이며 최고위 직에 올랐으므로 아내가 필요하오. 어떻게 공이 음식이나 의복과 같은 문제를 살필 수 있겠소? 그대가 공직을 맡는 동안 승상의 지위 또한 미혼으로 남는 것은 마땅하지 않소. 공은 또한 위나라의 주인이자 왕이오. 조상의 묘에 제물에서 빠져서는 안 될 헌주를 바칠 아내가 필요할 것이오. 나는 이미 궁중에 필요한 준비를 해두고 이제 결정을 기다리고 있소. 공은 아직도 그 요청을 반대하고 공주와의 결혼을 거절하오?"

Yang bowed low and said: "My sins of rebellion merit that I fall under the headsman's axe, but your Majesty has granted me a second opportunity and has so kindly dealt with me, that I am moved to accede and act as though I were fearless of all presumption. My repeated refusals, heretofore, were because of my regard for the laws of honour, and I[p217]could not help myself; but now that Cheung See is dead, why should I offer any objection, except to say this, that my social standing is insufficient for it, my gifts are mediocre, and I am in no way suited to be the Imperial son-in-law."

양은 낮게 엎드려 절하고 말했다.

"저의 반역죄는 제가 망나니의 도끼 밑에 드러누워도 마땅할 것입니다만, 폐하께서 저에게 두 번째 기회를 허하시고 다정하게 저를 대우 하셨습니다. 그리하여 저는 그 명을 받들기로 변했고, 마치 모든 추정에 두려움을 모르는 것처럼 행동할 것입니다. 따라서 저의 반복된 거절은 저의 명예에 대한 고려 때문이었고[209], 제 자신을 어떻게 할 수 없었습니다. 하지만 이제 정씨가 사망하였는데, 저의 사회적 지위가 보잘 것 없는 재능에 맞지 않으며 제가 제국의 부마로서 전혀 들어맞지 않는 사람이라고 하는 말씀 이외에 어째서 제가 이의를 제기하겠습니까."

His Majesty, highly delighted, at once issued an order to the Master of Ceremonies to have a lucky day selected and reported, and later the Chief Geomancer announced the fifteenth day of the ninth moon as the day agreed upon.

크게 기뻐한 폐하는 즉시 예관에게 명하여 길일을 선택하여 보고

209 원문에는 양소유가 본인의 명예를 걱정했다는 사실이 언급되어 있지 않다.

하게 했으며, 이후에 천문관장은 음력 구월 열닷새를 합당한 날로 발표했다.

The Emperor said to General Yang: "The other day, when we had not fully decided about the wedding, I did not tell you all, but now that this is settled I want to say that I have two sisters, both refined and highly gifted, and since we can never possibly find such another one as thee, I have been commanded by the Dowager to have my two sisters put under your care."

황제는 양장군에게 말했다.

"일전에 우리가 결혼에 관해 충분히 결정하지 못했을 때, 내가 공에게 모든 것을 이야기하지 않았지만, 이제 이 일이 정해졌으니, 내가 한 명은 세련되고 또 한 명은 재능이 뛰어난 두 여동생이 내게 있다는 말을 하고 싶소. 그런데 우리가 공과 같은 다른 어떤 사람을 찾으려 해도 결코 가능하지 않으니, 태후로부터 내가 명을 받은 바, 내 두 여동생 모두를 공의 보호 아래로 보내고자 하오."

Suddenly General Yang remembered the dream that he had had in the guest-loom of the camp, and his mind was greatly disturbed when he thought how unearthly it was. He bowed low and said:

갑자기 양장군은 군진의 객관에서 꾸었던 꿈을 기억했고, 그가 그런 일이 얼마나 비현실적인가를 생각했을 때[210], 그의 마음은 크게 혼란해졌다. 그는 절하고 말했다.

"Since you have chosen me as the Imperial son-in-law, I have tried to make my escape by all possible means, but could find no way; I have endeavoured to run off but the road has been blocked. I did not know what to do, and now your proposition that two Princesses should serve this one man is something never dreamed of since the world began. How can I venture to accept any such proposal?"

"폐하께서 저를 제국의 부마로 선정하셨던 까닭에, 저는 모든 가능한 수단을 동원하여 벗어나려고 애를 써 왔습니다. 하지만 어떤 길도 찾을 수 없었습니다. 저는 달아나려 노력했지만, 그 길이 막혀 있었던 것이지요. 저로서는 무엇을 해야 할지를 몰랐습니다. 그리고 이제 두 공주가 이 한 남자를 모셔야 한다는 폐하의 제안은 이 세상이 시작된 이래로 결코 꿈에도 생각되지 못한 일입니다. 어떻게 제가 무모하게도 그런 제안을 넙죽 받아 안을 수 있겠습니까?"

The Emperor replied: "Your service for the State is of the very highest order, and there is no possible way open to reward you as you deserve.[p218]That is why I propose that my two sisters should serve you together. Also the love of these two for one another is a born instinct with them. When they rise each follows the other; when they

210 원문에는 양소유가 본인의 꿈이 더욱 기이하다 생각했다는 사실만이 언급되어 있을뿐, 번역문과 같이 비현실적이라 판단했다는 내용은 서술되어 있지 않다.

are seated each finds support in the other; and their one wish is never, never to part, so that their being given in marriage to the same man is not only their own desire, but the wish of her Majesty the Dowager as well. Please do not refuse it. Also there is the palace-maid, Chin See, a daughter of a house that has been for generations high in office. She has beauty, too, and ability, and is specially gifted with the pen, while the Princess regards her as her good right hand, and treats her as her very own. On the day of the wedding she desires to make her her married maid-in-waiting, and this too I am to inform you of."

황제는 대답했다.

"공이 이룬 국가를 위한 위업은 최상의 것이고, 공이 받아 마땅한 보상을 위해 열린 가능한 길이 어디에도 없을 지경이오. 그것이 바로 내가 나의 두 여동생이 함께 공을 보필하여야 마땅하다고 제안하는 이유인 것이오. 또한 이 둘의 서로에 대한 각별함은 그들의 타고난 본성이라오. 그 아이들이 일어나면, 각각이 서로를 따랐지요. 자리에 앉을 때도 상대를 위한 길을 찾지요. 그리고 그들의 하나같은 소원은 결코 떨어지지 않는 것이어서 그들이 같은 남자에게 결혼하도록 되는 일도 그들 자신의 소망일뿐 아니라 마찬가지로 태후마마의 소원이기도 하다오. 제발 거부하지는 말아주시오. 또한 궁녀 진씨가 있는데, 대대로 고위 공직을 지냈던 집안의 여식이오. 그녀 또한 미모와 능력을 갖추었고, 특히 글쓰기에 재주를 가졌소. 공주는 그녀를 유능하고 올바른 일꾼으로 여기며 그녀를 바로 자기 자신처럼 대합니다. 결혼식 날 그녀는 그녀를 자기의 결혼한 시종으로 만들고자 하며 이 또한 내가 공에게 알려줄 이야기라오."

The General again rose and expressed his thanks.

장군은 다시 일어나 감사의 뜻을 올렸다.

Cheung See had already been a Princess in the palace for several days. Her service on the Empress's behalf had been performed with all her heart. She, along with Princess Orchid and Chin See, were like born sisters, and in return the Dowager loved her dearly.

정씨는 이미 며칠 동안 궁정에서 공주로 살았다. 그녀의 태후를 위한 보필은 전심전력으로 수행되었다. 오키드 공주 및 진씨와 함께 그녀는 자매로 태어난 것 같았고, 그 보답으로 태후는 그녀를 각별하게 사랑했다.

The time for the marriage being now at hand she said quietly to the Empress: "At first when you decided the place of precedence for Orchid and me, you made me sit in the upper seat, which was a very presumptuous thing on my part, and yet to refuse it I feared might wound the love and tenderness of my dearest Orchid. So I yielded, and did as your Majesty commanded me; but this was never my wish or[p219]desire. Now when we are united to General Yang, it will never do for Orchid to decline the first place. My desire is that your

Majesty and the Emperor will kindly think of the proper form and arrange it so that I shall be happy according to my station, and not be a cause of confusion in the home."

결혼할 날이 이제 막 손에 잡힐 듯한 시점에 그녀는 태후에게 조용히 말했다.

"처음 마마께서 오키드와 저를 위해서 우선 자리를 정하실 때, 마마께서는 저를 더 높은 자리에 앉히셨지요. 그것은 제 입장에서 아주 주제 넘는 일이었습니다. 그러나 그것을 거부한다면, 사랑스런 오키드의 사랑과 배려에 상처를 줄까 걱정이 되었습니다. 그래서 제가 양보했었고, 태후께서 명하신 대로 하였습니다. 그렇지만 이건은 결코 제 바람이나 욕망이 아니었습니다. 마침내 우리가 양장군에게 함께 뭉쳐지는 시기에 오키드가 첫째 자리를 사양하게 해서는 절대 안 될 것입니다. 제 욕망은 태후마마와 황제폐하께서 적절한 형식을 친절하게 생각해주시고 바로 정리하여서 제가 제 신분에 맞게 행복하게 되는 것이며 집안에서 혼돈의 원인이 되지 않는 것입니다."

At this Orchid replied: "Blossom's accomplishments and ability make her my superior, my teacher, and though it be a 'gate of honour' in question, I shall, just as the wife of Cho Che-wee resigned her place, resign mine. Since we have already become elder and younger sisters, how can we again raise the question of rank? Though I become the second wife I shall still not lose the reality that I am the Emperor's daughter, but if I am pushed up to the first place, wherein, mother dear, will lie the purpose of your adopting Blossom? If my sister declines in my favour, I shall not wish then to become a member of General Yang's household."

이런 주장에 오키드가 답했다.

"블라썸의 학식과 능력은 그녀를 저의 윗사람으로, 스승으로 삼도록 하지요. 그것이 비록 문제의 '명예의 문'일 뿐이라 하더라도, 저는 마치 조체위의 아내가 자기 자리를 내놓았던 바와 같이 제 자리를 내놓겠습니다. 우리가 이미 아래 위 자매지간이 되었기 때문에, 어떻게 우리가 다시 순위의 문제를 제기할 수 있겠나이까? 설령 우제가 둘째 부인이 된다 하더라도 제가 태후의 딸이라는 현실을 잃지는 않을 것입니다. 그러나 제가 첫째 자리에 오르도록 강요된다면, 자애로운 어머니, 당신께서 블라썸을 입양한 목적이 어디에 있겠습니까? 만일 제 언니가 저의 호의를 사양한다면, 저는 양장군의 가문의 일원이 되고 싶은 마음이 없습니다."

Then the Empress said to the Emperor: "How shall we decide the matter?"

그러자 태후는 황제에게 말했다.

"그 문제를 어떻게 결정하시겠습니까?"

The Emperor's reply was: "Orchid's wish, as she expresses it, is from the heart; and yet from ancient days till the present time, I never heard of such a thing. Please take note, however, of her humble and beautiful spirit and yield to her on the matter."

황제는 대답했다.

"오키드의 바람은 그녀가 표현했듯이 마음에서 우러난 것입니다. 옛 선조의 시대부터 현재까지 저는 그런 얘기를 들어본 적이 없습니다. 그렇지만 제발 그녀의 겸손하고 아름다운 정신에 주목하시어 주십시오."

The Empress replied: "You are right." At once she issued a command making Princess Blossom[41] the left hand wife of Prince Wee, while Princess Orchid was made the right hand wife, and because Chin See was the daughter of a high official she was made the highest wife of second grade.

태후가 답했다.

"그대의 말이 옳소."

즉시 그녀는 블라썸 공주를 위나라 왕의 좌부인으로 봉하고 오키드 공주를 우부인으로 봉하는 명을 내렸다. 진씨는 고위 공직자의 딸임으로 두 번째 등급 중 최고위 아내[211]로 삼았다.

Since ancient times the marriage of a Princess had[p220]always

211 숙인(淑人)

been celebrated outside of the palace, but on this occasion the Dowager decided that it should be held within the Imperial precincts.

옛날부터 공주의 결혼식은 언제나 궁궐 밖에서 이루어졌지만, 이번의 경우는 태후가 황궁 경계 안에서 열리는 것이 바람직하다고 결정했다.

When the happy day came, General Yang, dressed in Imperial robes and jewelled belt, went through the ceremony with the two Princesses. The splendour and magnificence of the scene are impossible to describe. When all the rites were completed they sat themselves down on the embroidered cushions, and Chin See appeared, made her bow and was led before the Princesses. When they were seated, lo! they were like three fairies gathered before him. The colours that bedecked them reflected the brilliance of the clouds; and lights and shades were seen in a thousand shimmering patterns. The General was dazed by the brilliance of it, and uncertain of his own consciousness. He wondered if he were amid realities or in a dream.

경사 날이 다가오자, 황실 복장과 보석 장식의 혁대를 한 양장군은 두 공주와 결혼식을 치뤘다. 그 광경의 광휘와 장엄함은 묘사하기가 불가능하다. 모든 의식들이 완료되었을 무렵, 그들은 자수 방석에 앉았다. 진씨가 나타나서 절을 하고 공주들 앞으로 왔다. 그들이 자리를 정하자, 오호라, 그의 앞에 앉은 사람들이 세 선녀 같았다.

그들을 꾸며주는 색깔들은 구름의 빛깔을 반사했다. 명과 암이 가물거리는 무늬로 나타났다. 장군은 그 현란함에 어지러웠고, 의식의 불명료해졌다. 자신이 현실 속에 있는지 꿈속에 있는지 궁금했다.

That night he shared the room of the Princess Blossom and arose early in the morning and made his obeisance to the Empress.

그날 밤 그는 블라썸 공주의 같은 방을 썼고, 아침 일찍이 일어나 태후마마께 인사를 올렸다.

She had a great feast spread, at which both the Emperor and the reigning Empress were present, and the whole day was spent in rejoicing. The second night he spent with Princess Orchid, and on the third he went to Chin See's room.

그녀는 성대한 잔치를 펼쳤고, 거기엔 황제와 실권을 행사하는 태후가 참석해 하루 종일 즐기면서 보냈다. 둘째 날은 그가 오키드 공주와 보냈으며, 셋째 날은 진씨의 방으로 갔다.

When Chin See saw him she began to weep.

진씨가 그를 보자 그녀는 눈물을 떨어뜨리기 시작했다.

Yang in wonder asked what she meant: "To-day we should laugh and be glad, why do you weep? What do these tears mean?"

양이 궁금하여 무슨 뜻이냐고 물었다.

"오늘 우리는 웃고 기뻐하는 게 마땅한데, 어떤 연고로 그대는 울고 있소? 이 눈물에는 무슨 내력이 있는 거요?"

Chin See made answer: "You do not know me, and so I know you have forgotten who I am."

진씨가 답했다.

"공께서는 저를 모르시지요, 저는 당신이 내가 누군지를 잊었다고 알고 있습니다."

Then he suddenly recollected, took her white[p221]hand in his, and said: "You are Chin See from Wha-eum, are you not?"

그러자 그는 급히 기억을 떠올려, 그녀의 하얀 손을 잡고 말했다.

"그대는 화음의 진씨요, 그렇지 않소?"

Chin See choked up with tears and could make no reply.

진씨는 울음에 숨이 막혀 아무 대답도 할 수 없었다.

The General said: "I thought that you had left us, and that you were buried beneath the sod, but here you are in the Palace. We parted in far off Wha-eum, and your dear home was broken up so that no one dared to speak of it. Since my flight from that inn, not a day has passed that I have not thought of you. But I thought you were dead and never imagined that we should meet again. To-day comes the fulfilment of our contract, which I never dreamed could come to pass."

장군은 말했다.

"나는 당신이 우리를 떠나서 뗏장 아래 매장되었던 것으로 생각했지만, 여기 왕궁에 당신이 있구려. 우리는 멀리 떨어진 화음에서 헤어졌고, 당신의 아름다운 집은 파괴되어서 누구도 그에 대해 감히 이야기하지 않았소. 그 여관에서 도망친 이래로 단 하루도 그대를 생각하지 않고서 흘려보내지 않았소. 그렇지만 나는 당신이 죽었다고 생각했고, 우리가 다시 만나리라고는 상상도 못했다오. 오늘 내가 거쳐 가리라고 꿈도 꾸지 못했던 우리의 혼약을 이행할 때가 왔소."

Here he drew from his pocket the verses that Chin See had written, while Chin See drew from her bosom what he had sent her, and they were the same as they had despatched to each other on that day of first acquaintance. Each unwrapped the piece of paper, and their hearts melted at the sight of it and beat a tattoo in their bosoms.

이제 그가 주머니 안에서 진씨의 시를 끄집어내자, 진씨는 자기 가슴에서 그가 보냈던 것을 꺼냈다. 그들은 자기들이 처음 얼굴을 알게 된 날 서로에게 편지를 보내고 받았던 똑같은 상황에 놓이게 되었다. 각자는 종이를 펼쳐놓았고, 그 광경에 그들의 마음을 녹아내렸으며, 그들 가슴 속에서는 북소리를 울려대고 있었다.

Chin See said: "The Willow song seals the contract that we made so long ago. I did not know that a little silken fan, too, was to be evidence of the union that is consummated to-day." Then she opened a lacquer box and took out the fan, showed it to General Yang, and told him about it, saying: "It is due entirely to the kindness and favour of her Imperial Majesty, the Empress Dowager, his Majesty the Emperor, and Princess Orchid."

진씨가 말했다.

"버드나무시는 우리가 오래 전에 맺었던 혼약을 보증합니다. 저는 작은 비단 부채 또한 오늘 완성되는 결합의 증거가 되리라고는 알지 못하였습니다."

그러면서 그녀는 옻칠된 상자를 열어서 그 부채를 꺼내서 양장군에게 보이며 그에 대해 이야기했다.

"그것은 전적으로 태후마마와 황제폐하, 그리고 오키드 공주님의 친절과 은혜에 따른 것입니다."

General Yang said: "At that time I made my escape to the South

Mountain and when I came back I asked of your whereabouts. Some said you were[p222]attached to the palace; some that you had been removed to a distant county as a yamen slave; others that you had not escaped from the general destruction. I did not know the exact truth, but I had no hope and so was compelled to seek marriage elsewhere. Always when I passed Wha-eum or crossed the waters of the Wee I was like the wild bird that had lost its mate. Now, however, through the Imperial kindness, we meet again. My one sorrow of heart is that the contract we made by the way in the inn should have turned out the contract for a subordinate wife. To think also that you should have condescended to take so humble a place fills me with shame."

양장군은 말했다.

"그 당시 나는 남산으로 탈출했고, 내가 돌아왔을 때 당신의 행적을 물었소. 어떤 이는 당신이 궁중에 매인 몸이 되었다 하고, 어떤 이는 멀리 떨어진 어느 지역 아문의 노예로 잡혀갔다고 했소. 다른 이는 당신이 그 완전 파괴의 참화를 피하지 못하였다 하였소. 나는 진상을 알 수 없었지만, 희망을 가지지 못했으며, 그래서 다른 혼처를 찾을 수밖에 없었던 것이오. 내가 화음을 지나거나 위강을 건널 때면 언제든 짝을 잃은 야생의 새처럼 되었다오. 그럼에도 불구하고 마침내 황실의 배려에 힘입었지만, 우리 이렇게 다시 만났소. 내 마음에 남는 한 슬픔은 그 당시 여관에서 우리가 맺었던 혼약이 어쩔 수 없이 첩의 자리를 위한 혼약이 되어버린 것이오. 또한 당신이 몸을 낮춰서 그렇게 비천한 자리를 받아들였다는 사실을 생각하면, 난 창피할 따름이오."

Chin See said: "I was not unaware of my ill-starred home and its prospects when I sent the old nurse to the inn, and it was with the thought that if you took me it might be even as a subordinate wife. Now that I have won a place, second only to my revered Princesses, I am crowned with glory and blessed with the highest of good fortune. If I should complain or be ungrateful, God would be displeased with me."

진씨가 말했다.

"저는 제가 늙은 유모를 여관으로 보냈을 때 제 비운의 집안 문제와 그것에 닥칠 일에 대하여 알지 못한 것은 아니었습니다. 그래서 만약 당신이 저를 보호하시기만 한다면, 저는 첩이라도 될 수 있다는 생각을 보냈던 것입니다. 이제야 제가 존엄한 공주들 다음 가는 자리를 얻었으니, 영광의 관을 쓴 것이며 최고 행운으로 축복받는 것이지요. 만약 제가 불평하거나 감사하지 않는다면, 하늘이 저를 불쾌하게 생각할 것입니다."

The joy of meeting Chin See with old faith and new love was very great.

옛 충정과 새 사랑으로 진씨와 만나는 기쁨은 너무나 컸다.[212]

The day following, the Master and Princess Orchid met in Blossom's room, and as they sat together the wine glass was passed. Suddenly Princess Blossom gently summoned a waiting-maid to call Chin See. When the Master heard her voice there was awakened in his heart a sense of loss and sorrow that at once showed itself in his face. On the occasion when he visited Justice Cheung's and played the harp before the maiden he had heard her comments on the tunes,[p223] and he remembered her face distinctly, and now to-day the Princess's accents seemed as though they were a voice that came from Cheung See. He had heard the voice and now that he glanced up to see the face, the voice was not only Cheung See's but the face was Cheung See's as well.

다음 날 양사부와 오키드 공주는 블라썸의 방에서 만나서, 함께 앉아 술잔을 돌리고 있었다. 그러던 중 돌연 블라썸 공주는 조용히 시종 하녀를 시켜서 진씨를 불렀다. 양사부가 그녀의 목소리를 듣자 어떤 상실과 슬픔의 감정이 마음속에서 일깨워졌고 즉시 그것이 얼굴에 드러났다. 그가 정사도 댁을 방문하여 그 같은 목소리의 여인 앞에서 거문고 연주를 했을 때, 그는 그 가락에 대한 그녀의 논평을 들었던 것이다. 게다가 그는 그녀의 얼굴을 뚜렷이 기억했다. 그리고 오늘 이 자리의 공주의 억양이 정씨에게서 나온 목소리와 하나가 된 것 같았다. 그는 그 목소리를 들었고, 이제 그는 그 얼굴을 힐끗 올

212 원문에는 "이날 밤은 옛정에 새 정을 더했으니, 전날의 두 밤보다 더욱 친밀했다(是夜舊誼新情, 比前兩宵, 尤親密矣)"는 내용이 부연 서술되어 있다.

려보았더니, 그 목소리는 정씨의 것일 뿐 아니라 얼굴도 마찬가지로 정씨의 것이었다.

He thought to himself: “In this world it happens sometimes that those who are not sisters, and in no way related, look exactly alike. When I made a contract of marriage with Cheung See I decided in my heart that it was for life and death, and now here am I enjoying the delights of home felicity while poor Cheung See’s lonely spirit is wandering I know not where. To avoid making myself conspicuous, I have not poured out even a single glass as an offering at her grave; nor have I once even wept in the little hut by her tomb. I have indeed treated dear Cheung See very, very unkindly.”

그는 혼자 생각했다.

“이 세상에는 자매지간이 아니고 전혀 무관한 사람들조차도 꼭 닮은 경우가 가끔씩 일어나는 법이다. 내가 정씨와 혼약을 맺었을 때, 나는 마음속으로 삶과 죽음을 같이하고자 결정했었는데, 지금 여기 나는 집안 경사의 즐거움을 누리는 반면, 정씨의 외로운 혼은 내가 알지 못하는 곳을 방황하고 있는 것이다. 내 스스로 눈에 띄지 않기 위해서 나는 그녀의 무덤에 주기 위해 술도 한잔 따르지 않았으니, 또한 그녀 무덤 곁의 작은 움막에서 울어주지도 않았다니, 한심할 따름이다. 정말로 사랑스런 정씨를 너무도 불친절하게 대우하였구나.”

The thoughts in his heart showed themselves in his face, and the tears were ready to come. Cheung See, with her clear and quick perception, guessed the sorrow that possessed him, and so caught her skirts neatly about her and knelt to ask: "I have heard that if the king is dishonoured, the courtiers should die; and that if the king is anxious it is a discredit to his ministers. My service to my lord is like that of a courtier to his king. I notice with anxiety that even now when the glass is passed a hidden shade of disappointment crosses my master's face. May I ask the reason?"

자기 마음 속 생각들이 그의 얼굴에서 그 자체로 드러났고, 눈물이 막 나올 참이었다. 명료하며 재빠르게 간파한 정씨는 그를 사로잡은 슬픔을 짐작했으며, 그래서 자기 치맛자락을 정갈하게 하여서 무릎을 꿇고 물었다.

"저는 만약 왕이 치욕을 당하면 조신들이 죽어 마땅하고, 왕이 걱정이 많으면 신하를 못 믿는 까닭이라고 들었습니다. 주인에 대한 저의 섬김은 왕에 대한 조신의 관계와 같습니다. 저는 술잔이 왔다 갔다 하는 바로 지금 실망의 은밀한 그림자가 제 주인의 얼굴을 가로지르는 것을 우려하는 마음으로 봅니다. 혹시 제가 그 이유를 물어도 되겠습니까?"

The Master thanked her and said: "There is no reason why I should conceal from your Highness the thoughts that trouble my soul. I, So-yoo, once went[p224]to Justice Cheung's home and there I saw his beautiful daughter. Her voice was your Highness's voice, and her face was your Highness's face, and so my eyes, spellbound by you, call up these recollections and fill my soul with sorrow. I regret that I have given you cause for anxiety. Please do not be troubled or disappointed with me."

양사부는 감사를 표하면서 말했다.

"제 혼을 괴롭히는 생각을 마마에게 숨겨야 할 이유는 없습니다. 저 소유는 한때 정사도 댁에 갔었고, 거기서 그의 아름다운 여식을 보았습니다. 그녀의 음성이 공주마마의 목소리였고, 그녀의 얼굴이 공주님의 얼굴이었답니다. 그래서 마마에게 넋을 잃고 꽂힌 제 눈이 이런 회상을 불러 일으켜 제 혼을 슬픔으로 가득 채웠답니다. 제발 저로 인하여 곤란해 하거나 실망 마시기 바랍니다."

When Blossom heard this her cheeks suddenly blushed crimson. She arose and hurried into the inner chamber and did not come out again.

블라썸이 이 이야기를 들었을 때, 순간 그녀의 뺨이 진홍색으로 붉어졌다. 그녀가 일어서서 규방으로 급히 들어갔다. 그리고는 다시 나오지 않았다.

The Master sent a waiting-maid to invite her, but still she did not come.

양이 시종을 보내 그녀를 모시도록 했으나, 여전히 그녀는 나오지 않았다.

Princess Orchid said: "My sister is so greatly loved of our mother, that her head has been turned and her heart has grown proud over it. She is not lowly in her disposition as I am, so that the Master's comparing Cheung's daughter with her has made her very indignant."

오키드 공주가 말했다.

"제 언니는 어머니의 아주 큰 사랑을 받습니다. 그런 문제와 관련하여서는 생각이 뒤바뀌며 마음으로 자부심이 일어납니다. 그녀는 저처럼 기질에 있어 그렇게 천박하지는 않지요. 그래서 사부님께서 정씨 집안의 딸과 언니를 비교하시니 몹시 성이 났나봅니다."

Yang then asked Chin See to beg forgiveness for him and say to Princess Blossom that he was intoxicated at the time and so said what he regretted. "If she will please come out I will do as Prince Chin Moon did and request that she put me in prison."

그러자 양은 진씨에게 자신을 위해 용서를 빌어주고 블라썸 공주에게 그가 그때 술에 취했고 유감으로 생각하는 바를 전해주기를 요청했다.

"만약 그녀가 나와 주신다면, 내가 진문왕이 했던 대로 할 것이며, 나를 감옥에 넣어달라고 요청할 것이오."

After a long time Chin See returned but had nothing to say.

오랜 시간이 지난 후, 진씨가 돌아왔지만 말할 거리가 없었다.

The Master asked again: "What does her Highness say?"

양이 다시 물었다.
"공주마마는 뭐라 말씀하시오?"

Chin See replied: "Her Highness is very angry. What she says is too dreadful to be repeated."

진씨가 답했다.
"공주마마께서는 몹시 화가 났습니다. 하시는 말씀이 너무 끔찍하여 반복할 수가 없습니다."

The Master said: "Her Highness's dreadful words are her own, and no fault of yours; tell me exactly what she said."[p225]

양이 말했다.
"공주마마의 끔찍한 말씀은 그 분 말씀이지 그대의 잘못은 아니니, 정확히 전해주시오."

Chin See then made reply: "Princess Blossom says, 'Even though

I am contemptible and mean, I am the Dowager's much-loved child. This girl, Cheung See, even though she be so wonderful, is only a common village maid. It says in the Book of Ceremony that men even bow before the King's horse. That does not mean that they reverence horses in general, but that they reverence what his Majesty rides. If they reverence even the King's horse, should they not reverence the daughter whom her Majesty loves? If the Master truly reverences the King and reveres the court he can hardly compare me with the daughter of a plebeian. Moreover this daughter of Cheung, forgetful of common modesty, and presuming on her knowledge, met the Master face to face and talked with him, yes and argued with him over the tunes he played. She can hardly be called superior. One can read from this the sort of character she was. She worried herself, too, over the delay in her wedding till she brought on "impatient" sickness, and died in her youth. When her fortunes have turned out so unhappily, why should the Master compare her with me?

그러자 진씨가 답했다.

"블라썸 공주님은 '비록 내가 보잘 것 없고 비열하다 하더라도 태후마마의 총애를 받는 자식이야. 정씨라는 여인은 설사 인품이 최고라 하여도 평범한 마을 여자에 지나지 않아. <예기>에서는 임금의 말이라 할지라도 예를 표한다고 했다. 그것은 사람들이 일반적으로 말을 존경한다는 의미가 아니라, 자기 폐하가 타는 그것을 존중한다는 뜻이야. 하물며 왕의 말에게까지 존중을 표하는데, 태후가 사랑하시는 딸을 존경하는 것은 마땅하지 않겠는가? 만약 양사부께서 진정으로 왕을 존중하시고 왕실을 받드신다면, 한갓 평민의 딸과 나를 비교할 수가 없는 것이다. 더욱이 이 정씨의 딸은 평민의 겸손을 망각하여 자기 지식을 자랑하며 사부님을 대면하여 만나고 그가 연주한 음악에 대해 그와 논했던 사람이기에, 그녀를 최상의 정결한 여인이라고 부르기는 어렵다. 이 사실만으로도 사람들은 그녀의 인품의 종류를 읽을 수 있다. 또한 그녀는 "애가 타서

"병에 걸리기까지 결혼 연기를 걱정하다가 어린 나이에 죽었다. 그녀의 운명이 그렇게 불행한 것으로 밝혀졌다면, 어찌하여 양사부가 그녀를 나에 비교하는가?"

"'In ancient days in the Kingdom of No, Chin Ho, by means of gold, tried to tempt an honest woman who was picking mulberries, and she, rather than yield her honour to him, jumped into the stream and took her own life. Why should I be obliged to look upon the Master with a shamed face? I do not wish to be the wife of a man who has no respect for me. Besides, the Master remembers her face after she is dead and long departed. He thinks he still recognises her voice in mine. I am outraged by it, and though I have not[p226]the courage to follow the woman of antiquity and jump into the water, I shall indeed from now on never go outside the middle gateway, but stay here till I die. As Orchid is so very meek in her disposition she will suit you. Be pleased to live your life with Orchid, pray.'"

"'옛날 노왕국에서 진호[213]는 오디를 따고 있던 정직한 여인을 금으로 유혹하려 했는데, 그는 자기의 명예를 그에게 내어주기보다는 차라리 강에 몸을 던져서 자기 자신의 목숨을 자기가 갖고 갔어. 내가 어떤 이유로 창피한 얼굴을 하고 양사부를 우러러 봐야 마땅하겠느냐? 나는 나를 존중하지 않는 남자의 아내가 되고 싶지는 않아. 게다가 사부님은 그녀가 죽은 후에 그것도 오랫동안 떨어져 지냈으면서도 그녀 얼굴을 기억하고 계시지 않는가. 그는 내 목소리에서 그녀의 목소리를 아직도 알아내고 있다고 생각하는 거야. 나는 그게 화가 나고, 또 비록 내가 옛 여인을 따라서 물속에 뛰어들 용기는 없다 하더라도, 정말 지금부터는 중앙 출입 통로로는 절대로 나가지 않을 것이야. 그저 여기서 있다 죽을 것이야. 오키드는 기질적으로 너무 유순하여서 너와 잘 어울릴 것이야. 부디, 오키드와 함께 살아가는 것을 기쁘게 생각해.'"

The Master grew very angry at this, and said: "In all the world who ever saw a girl pride herself so on her rank and station and act as Blossom does? You may judge of what this son-in-law is destined to suffer."

양사부는 이런 이야기에 점점 화가 나서 말했다[214].

"세상에 어느 누가 자기 지위와 신분을 그렇게 자만하며 블라썸

213 추호(秋胡)

214 원문은 양소유가 속으로 하는 말인데, 게일은 이를 양소유가 실제 한 말로 번역했다.

같이 행동하는 여인을 보았는가? 그대가 이 사위가 운명적으로 고통 받을 문제를 결정하는구나."

He said to Orchid: "My meeting with Cheung's daughter has caused this misunderstanding, and Blossom tries to put upon me some wretched wrong or other. I am not anxious about this myself, but the disgrace of it affects even the dead with shame."

그가 오키드에게 말했다.

"정씨 집안의 딸과 나의 만남은 이런 오해를 일으켰고, 블라썸이 어떤 야비한 부정 같은 잘못을 나에게 올려놓으려 하고 있소. 나는 이와 관련하여 자신을 걱정하지는 않지만, 그 불명예가 수치로써 죽은 자에게 영향을 미칠까 우려되오."

Orchid said: "I will go in and see my sister and explain it to her so that she will understand." And she turned and went in; but to the close of day she did not come out again. Already the lights were trimmed and shining in the rooms.

오키드가 말했다.

"제가 들어가 언니를 만나 그것을 설명한다면 이해할 것입니다."

그리고 그녀는 돌아서 들어갔다. 그러나 날이 저물기까지도 그는 다시 돌아오지 않았다. 벌써 등불들이 환하게 밝혀지고 방들을 비추었다.

Orchid sent a waiting-maid to say: "Though I have explained the mistake in every possible way, my sister will not change her mind, and I have been compelled to do as she has done, and decide to live and die with her and share her joy and sorrow. Thus have we sworn to heaven and earth and all the gods. If my sister means to shut herself away alone in the inner palace, I too will do the same and shut myself away. If my sister does not mean to live with the Master, I too cannot live with him. Please let my lord go to his dear wife Chin See and be at peace."

오키드는 하녀를 보내 말했다.

"제가 모든 방식으로 그 오해를 설명하였으나, 언니는 마음을 바꾸지 않을 것입니다. 그리고 저까지 그녀처럼 생각하도록 강요받고 있습니다. 우리는 생과 사를 함께 하고 기쁨과 슬픔을 나누기로 결심했었습니다. 그렇게 우리는 하늘과 땅과 모든 신들에게 맹세했습니다. 만약 제 언니가 내궁에서 혼자 문 닫고 스스로를 고립시킨다면, 나 또한 똑같이 할 것입니다. 만약 언니가 사부님과 함께 살지 않으려 한다면, 저 또한 마찬가집니다. 제발 나의 주인을 그의 고운 아내 진씨에게 가서 평화롭게 살도록 해주십시오."

At this Yang's anger flamed up, but still he[p227]controlled himself and did not let it show in his words or countenance. The empty curtains and coldly embroidered screens seemed very comfortless to him. He leaned on his reclining bed and looked at Chin See. Chin

See took a light and led the way for him to her room, where she cast some dragon incense into the golden brazier. On the ivory couch she arranged the embroidered quilts and pillows and then said to him: "Though I am very dull and stupid still I have read of the Superior Man, and it says in the Book of Ceremony: 'The secondary wife may not appropriate the early hours of the evening.' The two Princesses have retired to the inner palace, but even so I cannot think of being the one to wait upon your Excellency at this time of the night, so shall now retire. May you sleep in peace." And with this she quietly withdrew.

이에 양의 화는 불이 붙었지만, 여전히 자제하며 자기 말이나 안색에 드러나지 않도록 했다. 텅빈 휘장과 차갑게 자수된 장막이 그에게 쓸쓸하게 보였다. 그는 침대에 기대서 진씨를 보았다. 진씨는 등불을 들고 금향로에 용향을 피워놓은 자기 방으로 그를 안내했다. 상아 침대 위에 그녀가 자수 누비 이불과 베개를 정돈했고, 그에게 말했다.

"제 비록 둔감하며 어리석기는 하지만, 그럼에도 위인을 이해합니다. <예기>에서는 '첩이 저녁의 이른 시간을 차지해서는 안 된다' 고 하였습니다. 두 공주님께서 내궁으로 물러갔지만, 설사 그렇다 하더라도 밤의 이 시간에 공을 모시는 사람이 되려는 생각을 할 수 없습니다. 따라서 저는 물러가겠습니다. 편히 주무십시오."

이 말과 함께 그녀는 조용히 물러났다.

The Master, hating all this disagreeable fuss, let her go for the sake of quiet. The prospect seemed a hopeless one, so he drew the curtains and lay down upon his pillow. Uneasy in heart, he said to himself: "This company forms itself into a league and plays all manner of tricks to befool its lord and master; how can I find any pleasure in praying or supplicating them? When I lived in the park pavilion at Justice Cheung's, Thirteen and I enjoyed ourselves during the happy hours of the day, and Cloudlet and I sat in peace before the lights and passed the glass. Every day was happy, not one failed us; but now that I have come to be the son-in-law of the Imperial Family, three days have scarcely gone by before I am lorded over and my life made miserable."

이런 모든 어긋나는 소란이 싫은 소유는 안정을 위해 그녀를 가게 놔뒀다. 전망은 절망적일 것 같아서 일단 휘장을 자기 배게 위까지 내렸다. 마음이 불편한 그는 혼잣말을 했다.

"여기 모인 사람들이 연대를 형성하여 주인이자 사부를 바보로 만들기 위해 모든 방식의 속임수를 쓰는구나. 내가 어떻게 그들에게 기원하거나 탄원하여 즐거움을 찾을 수 있겠는가? 정사도 댁 정원 누각에서 살 때에는 써틴과 나는 우리들끼리 행복한 시간을 즐겼고, 클라우들릿과 나는 등불 앞에서 편안히 앉아서 술잔을 돌렸었지. 하루도 예외 없이 매일 매일이 행복이었다. 하지만 내가 제국의 왕가의 사위가 된 지금 삼일도 채 지나지 않아 나는 과한 짐을 졌고 또 내 삶은 불행해졌다.

He drew aside the curtains, opened the windows,[p228]and the Milky Way was seen athwart the sky. The light of the moon flooded the open court. He took his shoes and went out, and following the shadow of the eaves, stepped across the square to where he saw in the distance Princess Blossom's room with the lights burning brilliantly behind the illumined blinds.

그가 차양을 옆으로 젖히고 창을 열자, 하늘을 가로지르는 은하수가 나타났다. 달빛이 열린 정원 위로 쏟아져 내렸다. 그는 신발을 신고 밖으로 나갔다. 처마의 그림자를 따라서 공터를 가로질러 갔다. 그는 멀리 블라썸 공주의 방이 불빛이 반사된 차양 너머로 불 밝힌 등으로 빛나고 있는 것을 보았다.

The Master whispered to himself: "The night is already late; why are they not sleeping I wonder? Blossom is angry with me and has sent me off; I would like to know if she herself has retired."

양은 혼자서 속삭였다.

"밤이 이미 깊었는데, 어찌하여 그들은 잠들지 않았는고, 궁금하도다. 블라썸은 내게 화나 있고 나를 떼놓더니. 자신이 자기 방으로 갔다는 것인지 알고 싶구나."

Fearing lest his shoes might make a noise he stepped lightly and carefully, and at last reached the outside of the window. The two

Princesses were talking and laughing together, and the sound of dice was heard within. He peeped in through the chink of the blind, and there was Chin See seated before the two Princesses with another person in front of the dice table who was calling out the numbers. When she turned to trim the candle, behold it was Cloudlet. Cloudlet, desirous of seeing the Princesses' wedding, had already been several days in the palace, but she had concealed her whereabouts so as not to let the Master know.

자기 신발이 소리를 낼까 걱정하여 그는 발걸음을 가볍고도 조심스럽게 했다. 결국 그 장 밖에 도달했다. 두 공주가 이야기하며 함께 웃어대고 있었다. 안에서는 주사위 놀이를 하는 소리가 들렸다. 그는 가림막 틈새를 통해 들여다보았더니 주사위 놀이판 앞에서 셈을 하는 다른 사람과 함께 두 공주가 있었고 그 맞은편에 진씨가 앉아 있었다. 판을 읽는 그녀가 초를 바로 잡는데, 그것은 클라우들릿이었다. 공주의 결혼식을 보기 위해 클라우들릿이 벌써 궁궐에서 몇일 동안 살았던 것이다. 하지만 그녀는 양사부가 알지 못하도록 하기 위해서 자신의 행적을 숨겼던 것이다.

He gave a sudden start of surprise as he said to himself: "How in the world has Cloudlet come to be here? Evidently the Princesses must have invited her."

그는 그 장면에 놀라서 혼자 말했다.

"세상에 어떻게 클라우들릿이 여기 와 있다는 거지? 필시 공주들이 그녀를 초대했었던 것이야."

Once again Chin See arranged the dice board and said: "You have put down no wager, and so evidently you are not interested in the game. I will make a bet with you, Cloudlet."

진씨가 다시 주사위 놀이판을 정리하면서 말했다.
"그대는 내기에 아무것도 걸지 않았으니, 분명히 놀이에 흥미가 없는 거야. 내가 클라우들릿 자네와 내기를 해야겠네."

Cloudlet said: "Cloudlet is only a poor low-class[p229]girl; one dish of sweets would be a fortune for her. But Chin See has for ages been at the side of the Princess; she would look on silks and satins as rough sackcloth and would regard the daintiest fare as common seaweed. How can you propose to me to make a wager?"

클라우들릿은 말했다.
"클라우들릿은 한갓 가난하고 천한 신분의 여자 아이라서 사탕 한 접시면 큰 재산이 되지요. 허나 진씨는 오랫동안 공주님 곁에서 살아왔던 까닭에 비단과 공단을 거친 마포 정도로 보며 맛깔스런 음식 또한 평범한 바다풀로 간주하지요. 어찌하여 제게 판돈을 걸라 하십니까?"

Then Chin See said: “If I do not win I’ll give whatever you select from the gems at my waist-belt, or from the pins in my hair; but if you don’t win then you must give me what I ask. Truly it will only be very little and something that will cost you nothing.”

그러자 진씨가 말했다.

“만약 내가 이기지 못하면, 난 자네가 나의 허리띠의 보석들이나 머리의 비녀들 중에 고르는 것이면 무엇이든 줄 것이야. 하지만 자네가 이기지 못하면 자네는 내가 요구하는 것을 내게 주어야 해. 진짜 그것은 아주 사소한 것일 뿐이지만, 자네에게 아무런 비용을 치르지 않을 무엇이지.”

Cloudlet said in reply: “What will you ask, pray, and what would you like to have?”

클라우들릿이 답했다.

“무엇을 청할 요량이시며 무엇이 갖고 싶어신지요?”

Chin See said: “I have heard the two Princesses talking together, and I understand from them that you, Cloudlet, once became a fairy, and again became a disembodied spirit, and so befooled the Master. I have never heard about it definitely, so if you lose you must tell me the story.”

진씨가 말했다.

"내가 두 공주님의 대화를 들어본 바, 클라우들릿이 한번은 선녀가 되었고, 또 다시 신체 없는 귀신이 되어서 사부님을 바보로 만들었다지. 난 그런 일에 대해서 정확히 들어본 바가 없어서, 만약 자네가 지면, 그 이야기를 내게 해주시게."

Cloudlet then pushed away the dice board from her and said to Princess Blossom: "Sister, sister, sister, you told me the other day that you loved me dearly. Why have you reported this ridiculous story to the Princess? Chin See has also heard about it. Everybody in the palace who has ears to hear will know of it. With what face can I meet people?"

그러자 클라우들릿은 주사위 놀이판을 밀어내고는 블라썸 공주에게 말했다.

"아씨, 아씨, 아씨께서는 저를 사랑스럽게 아낀다 하셨습니다. 어찌하여 그런 요상한 이야기를 공주님께 알리셨는지요? 진씨 역시 그에 관하여 들었다니요. 듣는 귀가 있는 모든 궁중 사람들이 그것을 알겠군요. 무슨 얼굴로 제가 사람들을 만날 수 있겠습니까?"

Chin See said: "Cloudlet, in what way is the Princess your sister? Blossom is the wife of our lord and Master, and Princess of Wee, and though she is still young, her rank is exceedingly high. How can she possibly be a sister of yours?"

진씨가 말했다.

"클라우들릿, 어떻게 하여 공주님이 자네의 아씨이겠는가? 블라썸 공주님은 우리 주인님이자 사부님의 아내이며 위나라의 왕후이시라, 비록 아직 젊기는 하지만 그녀의 지위는 대단히 높으시네. 어떻게 그런 분이 자네의 아씨가 될 수 있는가?"

In reply, Cloudlet said: "The lips that have been[p230]trained for years cannot change their ways in a single morning. Our happy contests together with flowers and sprigs of green are as yesterday. I am not afraid of her Highness the Princess." And they all laughed together.

답하여 클라우들릿이 말했다.

"오랜 세월[215] 훈련된 입술은 하루아침에 그 놀림을 변경할 수 없습니다. 봄날 꽃을 놓고 함께 행복했던 경쟁이 어제와 같습니다. 그러니 공주마마를 두려워하지 않는군요."

그러면서 그들 모두는 함께 웃었다.

Princess Orchid asked of Blossom: "Your sister never fully heard about Cloudlet either. Did she really deceive the Master?"

오키드 공주는 블라썸에게 물었다.

215 원문에는 십 년이라 서술되어 있다.

"당신의 여동생 역시 클라우들릿에 관해 충분히 듣지 못하였어요. 그녀가 정말로 사부님을 속였나요?"

Blossom said: "The Master has been many times deceived by Cloudlet. How can smoke come from a chimney where there is no fire? She only wanted to see the frightened look in his face, but he was too dense for that and did not know what fear was. It reads in the Book of Ceremony, 'The man who greatly loves women is possessed of a spirit that has died of starvation.' Evidently this is true of the Master. Why should a spirit that has died thus fear another spirit?" And they all burst out laughing.

블라썸이 말했다.

"사부님께선 수차례 클라우들릿에게 속았지요. 아니 땐 굴뚝에 어찌하여 연기가 나겠습니까? 그녀는 단지 그분의 얼굴에서 놀란 표정을 보고자 했는데, 그것에 너무 아둔하여서 무슨 두려움인지 분간하지 못했습니다. <예서>는 '여자를 너무 밝히는 남자는 굶어죽은 귀신에도 사로잡힌다' 하지요. 분명히 이 말씀은 사부님께 꼭 어울리지요. 그러니 어찌하여 죽은 귀신이 다른 귀신을 무서워하리까?"

그러고는 그들에게서 웃음이 터져나왔다.

At last Yang recognised to his amazement that Princess Blossom was none other than Cheung See. Like meeting one from the dead, and with his startled soul in his mouth, he was about to throw open the window and go violently into the room, when he thought again and said to himself: "Their desire is to play all manner of jokes upon me, so I'll befool them instead." Then he went quietly to Chin See's room and slept soundly.

결국 양은 블라썸 공주가 다름 아닌 정씨라는 사실에 경악했다. 죽은 자를 만난 것 같고, 또한 깜짝 놀라서, 그는 연방 창문을 열어젖히고 방으로 뛰어 들어갈 참이었다. 그러다 다시 생각하면서 혼자 말했다.

"그들의 욕망은 내게 온갖 방식의 놀림으로 노는 것이니, 내 또한 그들을 속여보리라."

그러고는 그가 진씨 방으로 조용히 가서 곤히 잠들었다.

Early the next morning Chin See came 1and asked of the waiting-women: "Is the Master up yet?"

다음날 아침 일찍 진씨가 와서는 시종들에게 물었다.

"사부님께서 이미 깨셨는가?"

They replied: "Not yet."

그들은 답했다.

"아직 일어나지 않으셨습니다."

She waited for a long time outside the window till daylight filled the court. Breakfast too was ready, but still the Master slept.[p231]

그녀는 창 바깥에서 햇빛이 궁중을 채울 때까지 오랫동안 기다렸다. 아침 식사가 준비되었지만, 사부는 잠들어 있었다.

Chin See then went in and asked: "Is your Excellency unwell?"

그러니 진씨가 들어가서 물었다.
"승상께서는 몸이 안 좋으신가요?"

Suddenly he opened his eyes, stared blankly as though he did not see anyone, but went on talking to himself in a wandering way, so that Chin See asked again: "Master, why do you act so?"

갑자기 그가 눈을 뜨더니, 마치 누구도 보이지 않는 것처럼 멍하니 응시했다. 그런데 종잡을 수 없이 혼잣말을 계속하여 진씨는 다시 물었다.
"사부님, 왜 그리 행동하십니까?"

Yang then seemed to hear but made no reply. After a little he asked: "Who are you?"

그러자 양은 듣는 것 같았지만 답은 하지 않았다. 조금 뒤 그가 물었다.

"당신 누구요?"

Chin See answered: "Does the Master not know his wife? I am Chin See."

진씨가 답했다.

"사부님께서 아내를 모르십니까? 저는 진씨입니다."

Yang replied: "Chin See? Who is Chin See?"

양이 답했다.

"진씨? 누가 진씨요?"

She made no further answer but stroked his brow and said: "Your head is very hot, and I am sure you are unwell. What trouble is it that has overtaken you, I wonder?"

그녀가 더 이상 답하진 않았지만 그의 이마에 손을 대보고는 말했다.

"열이 많군요. 분명히 아프신 거예요. 무슨 변고가 닥친 것인지?"

The Master replied: "All night long I saw Cheung See in a dream and talked with her. How can I be well?"

사부가 답했다.

"밤새도록 나는 정씨를 꿈에서 만나서 그녀와 이야기했소. 어떻게 몸이 성하겠소?"

Chin See asked him to tell her more fully, but he made no reply and simply turned as if to sleep again.

진씨는 자기에게 더 충분히 이야기해달라고 청했지만, 그는 답 없이 다시 잠드는 것처럼 그저 돌아누웠다.

In a state of great distress, Chin See told a palace-maid to wait on the Princesses and say that the Master was ailing and to please come at once.

크게 심란하여서 진씨는 한 궁녀에게 공주님들께 가서 양사부가 아프니 즉시 와달라고 말해라고 명했다.

When the message was given, Blossom remarked: "One who ate and drank so freely yesterday could hardly be seriously ill to-day. It is only a trick on his part to get us to go to see him."

그렇게 보고가 되자, 블라썸이 말했다.

"어제 그렇게도 편하게 먹고 마셨던 분이 오늘 심하게 편찮을 수가 있겠는가. 우리로 하여금 그에게 오도록 만들기 위해 쓰는 속임수일 뿐이야."

But Chin See came herself in great anxiety: "The Master is dazed seemingly and unconscious, and does not know anyone, but talks in a wandering way. Would it not be well to inform his Majesty and let the chief physician of the Court be sent for?"

하지만 진씨가 크게 걱정 되어 직접 왔다.

"사부님께서 정신이 혼미하고 의식이 없어 누구도 알아보지 못하십니다. 다만 종잡을 수 없는 이야기를 할 뿐입니다. 폐하께 알려 궁중 의관을 보내도록 하는 것이 좋지 않겠습니까?"

The Dowager overheard them at this point, called[p232]the Princesses, and reprimanded them, saying: "You have gone too far in your jesting, you naughty girls. You hear that he is very unwell and yet have not even gone to see him. What kind of treatment is that? Go at once and make inquiry, and if he is very ill, get the most experienced and skilful Court physician called and see that he is cared for."

태후가 이런 점을 듣고는 공주들을 불러서 질책했다.

"너희들의 놀림이 너무 멀리 갔구나. 생각 없는 아이들이야. 너희들은 그가 편찮다는 말을 듣고도 찾아가지도 않았지. 이게 무슨 경우이냐? 당장 가서 살펴라. 만약 많이 아프다면, 제일 숙련되고 기술이 뛰어난 의관을 불러서 치료받도록 보이도록 해라."

Blossom now finding that there was no help for it, went with Orchid to the room where the Master slept and waited for a little at the threshold of the door. She made Orchid and Chin See go in first.

이제 블라썸은 그와 관련하여 어쩔 수 없게 되었음을 알고는 오키드와 함께 사부가 잠든 방으로 가서는 문턱에서 잠시 대기했다. 그녀는 오키드와 진씨를 먼저 들여보냈다.

The Master looked at Orchid, waved his two hands, and gazed into space as though he did not know her. Then he whispered: "My life is going and I want to take a long farewell of Blossom. Where is Blossom that she does not come?"

사부는 오키드를 보더니 두 손을 흔들고는, 그녀를 모르는 듯이 허공을 쳐다보았다. 그러고는 속삭였다.

"내 명이 다 되어가니, 블라썸에게 작별 인사를 하고 싶소. 블라썸은 오지 않고 어디 있소?"

Orchid replied: "Why does the Master say such things?"

오키드가 답했다.

"어찌하여 사부님께서 그런 말씀을 하십니까?"

He answered: "Last night, in a vision, Cheung See came to me and said, 'Master, why have you broken your vow?' and then in great anger she upbraided me and gave me a handful of pearls. I took and swallowed them. Assuredly this was a dreadful omen, for when I shut my eyes Cheung See seems to hold my body down, and when I open them she stands before me. Life is but a moment at best, and that is my reason for desiring to see Blossom."

그가 답했다.

"어젯밤, 정씨가 나에게 나타나서 말했소. '사부님, 어찌해서 맹세를 깨십니까?' 그런 다음 크게 화가 나서 그녀는 나를 신랄하게 비난하고 진주 한 줌을 주었소. 내가 그것들을 집어 삼켜버렸소. 확실히 이것이 무시무시한 징조요. 내 눈을 감으면 정씨가 내 몸을 잡아서 내리는 것 같고 눈을 뜨면 내 앞에 그녀가 서 있소. 인생이란 기껏해야 한 순간일 뿐이니, 하고자 하는 말은 블라썸을 보고 싶다는 것이오."

Before he had finished speaking an apparent faintness came over him, and he turned his face to the wall and talked at random.

그가 말을 마치기도 전에 분명한 현기증이 그에게 일어났고, 그는 얼굴을 벽 쪽으로 돌리고 횡설수설했다.

When Orchid saw this she was alarmed and came out and said to Blossom: "I am afraid that the Master's illness is due to worry and anxiety. Without[p233]you there is no hope of his recovery." And she told just how he seemed.

오키드가 이걸 보자 깜짝 노라서 밖으로 나와 블라썸에게 말했다. "전 사부님의 병이 우려와 걱정 때문이라는 것이 두려워요. 언니가 없으면 그의 회복이 불가능합니다."

그리고 그가 어떤지를 설명했다.

Blossom, half inclined to believe, and half inclined to doubt, hesitated to go in, but Orchid took her by the hand and they went in together. They found Yang talking incoherently in a conversation that he seemed to be having with Cheung See.

반쯤 믿고 반쯤 의심하는 블라썸은 들러가기를 주저했지만, 오키드가 손을 잡고 함께 들어갔다. 그들은 양이 마치 정씨와 함께 있는 것처럼 대화하면서 뒤죽박죽 이야기하고 있는 것을 알았다.

Then Orchid in a loud voice said: "Master, Master, Blossom has come; please look at her."

그러자 오키드는 큰 목소리로 말했다.

"사부님, 사부님, 블라썸이 왔습니다. 제발 그녀를 보세요."

He raised his head for an instant, waved his hand about several times as though he wished to get up, then Chin See took hold and helped him. He sat on the side of the couch and speaking to the two Princesses said: "I, So-yoo, have abused the grace of God and have been married to you two Princesses. I have sworn my vow that for all time to come I will live and grow old with you, but there is one whose purpose it is to arrest and bear me away, so I cannot long remain."

그가 잠깐 동안 고개를 들어 일어나고 싶은 듯이 몇 차례 손을 흔드니, 진씨가 붙잡고 도왔다. 그가 침대 옆에 앉아서 두 공주에게 이야기했다.

"나 소유는 하늘의 은혜를 남용하여 두 공주와 결혼하였소. 나는 앞으로 올 날들을 함께 살며 늙어가기로 맹세했지요. 그러나 나를 포박하여 가져가려는 목적을 가진 사람이 한 명 있소. 그래서 내가 오래 버틸 수 없소."

Blossom said in reply: "Master, you are a gentleman of intelligence and reason. Why do you talk such nonsense? Even though Cheung See's frail soul and dead spirit do exist, this inner palace is so closely guarded by a hundred angels, who serve as its protecting force, that she could never enter here."

블라썸이 대답했다.

"사부님께선 지성과 이성을 가지신 귀족입니다. 어찌하여 그런 실없는 말씀을 하시는지요? 설혹 정씨의 부정한 혼과 죽은 영기가 살아 있다 하더라도, 내궁은 보호하기 위해 복무하는 수많은 천사들이 아주 엄밀하게 지키고 있습니다. 정씨가 여기로는 결코 들어올 수 없답니다."

The Master replied: "Cheung See was just now at my side; how can you say that she could not enter?"

사부가 답했다.

"정씨가 지금 막 내 옆에 왔소. 어떻게 그대는 그녀가 들어올 수 없다고 말하시오?"

Then Orchid answered: "The ancients saw in the wine glass the shadow of a bow, and fell ill of fear. I am sure that the Master's illness is because he has mistaken the archer's bow for a serpent."

그러자 오키드가 답했다.

"옛사람들이 술잔 속의 활 그림자를 보고 두려움에 몸져누웠다 합니다. 사부님의 병은 궁사의 활을 뱀으로 오해했기 때문에 생겼음이 확실합니다."

But the Master made no reply, simply waving his[p234]hands. Blossom, seeing that the matter grew gradually worse and worse, did not longer dare to keep up the deception. She went forward, knelt down, and said: "Master, do you want to see only the dead Cheung See and not the living?"

그러나 사부는 아무 대답이 없이 그저 손을 흔들었다. 문제가 차츰 더 악화되고 있음을 확인한 블라썸은 그 속임수를 감히 더 이상 유지하지 못했다. 그녀는 앞으로 가서 무릎을 꿇고 말했다.

"사부님, 진정 죽은 정씨만, 그 산 자가 아닌 이를 보고 싶어 하십니까?"

Yang, pretending that he did not understand, replied: "What do you mean? Justice Cheung had one daughter only, and she has been dead for a long time. Since the dead Cheung See visited me, what living Cheung See can there be beside her? If she is not dead, why she is alive? If she is not alive, why she is dead? Anybody knows that. To say sometimes of anyone, 'Why they are dead?' and again sometimes 'Why they are alive?' is nonsense. One must inquire whether the dead person is really Cheung See, or whether the living person is really Cheung See. If it is true that she is really alive then it is false that she is dead; and if it is true that she is really dead then it is false to say that she is alive. I cannot understand what your Highness says."

이해하지 못하는 척하는 양은 대답했다.

"무슨 말씀이요? 정사도님에겐 딸 한 명 뿐이고, 그녀는 오래 전에 죽었소. 그 죽은 정씨가 나를 방문하니, 무슨 살아있는 정씨가 그녀 옆에서 있을 수 있는 거요? 만약 그녀가 죽었다면, 왜 그녀가 살아있소? 만약 그녀가 살아 있다면, 왜 죽은 거요? 어느 누가 그것을 아는가. 언젠가 누구에게 '왜 그들이 죽었소?' 또 다시 언젠가 '왜 그들이 살아 있소?'하고 이야기하는 것은 실없는 말이 아닌 거요? 죽은 사람이 정말 정씨인지 혹은 살아 있는 사람이 정말 정씨인지 물어봐야 하오. 그녀가 정말 살아 있다는 게 진실이라면, 그녀가 죽은 것은 거짓이지요. 그녀가 정말 죽은다는 게 진실이라면, 그녀가 살아 있다고 말하는 것은 거짓이지요. 나는 공주마마의 말씀을 이해할 수가 없소."

Orchid then broke in: "Her Majesty the Dowager adopted Cheung See as her daughter and made her Princess Blossom, and put her and me together in the Master's service. Princess Blossom is indeed the same Cheung See who listened when you played the harp. If not so, why should she be in every look and feature the exact image of Cheung See?"

오키드가 끼어들었다.

"태후마마께서 정씨를 딸로서 입양하시어 블라썸 공주로 만드셨고, 그녀와 저를 함께 사부님을 모시도록 하셨습니다. 블라썸 공주가 실제로는 공의 거문고 연주를 들었던 그 동일한 정씨입니다. 만약 그렇지 않다면, 어찌하여 그녀가 모든 면모와 특징에서 정씨의 정확한 형상을 보이게습니까?"

The Master made no reply but gave a little moan and then suddenly raised his head and said: "When I lived at Cheung See's home,

Cheung See's maid Cloudlet waited upon me. I have something that I want to ask of Croudlet. Where is she now? I want to see her." [p235]

사부가 답하지 않고 다만 신음 소리만 냈다. 그러고는 갑자기 머리를 들어서 말했다.

"내가 정씨의 집에서 살 때, 정씨의 하녀 클라우들릿이 나를 보살폈소. 내 클라우들릿에게 묻고 싶은 것이 있소. 지금 그녀는 어디 있소? 그녀를 보고 싶구려."

Orchid said: "Cloudlet just now came into the palace to see Blossom, and learning that the Master was unwell, she is anxiously waiting outside and wants to make her salutations."

오키드가 말했다.

"클라우들릿이 방금 블라썸 공주를 만나기 위해 왕궁으로 들어왔습니다. 사부님께서 편찮다는 것을 알고 밖에서 대기하며 걱정하고 있으며 예를 표하고자 합니다."

The door opened and Cloudlet entered. She went up to the Master and said: "Are you better, my lord? I certainly hope so."

문이 열리고 클라우들릿이 들어왔다. 그녀가 사부 가까이로 가서 말했다.

"좀 나아지셨나요, 주인님? 저는 그러기를 바랍니다."

Yang replied: "Let Cloudlet stay by me alone, and let all the others go out." And so the Princesses and Chin See withdrew and stood at the head of the open porch.

양이 답했다.
"클라우들릿 혼자 내 곁에 있고 나머지 모두가 나가도록 해주시오."
그래서 공주들과 진씨가 물러가고, 트인 현관의 머리께 서 있었다.

Then the Master arose, washed, arranged his dress and told Cloudlet to call the other three.

사부가 일어나 씻고는 옷을 정리했으며, 클라우들릿으로 하여금 나머지 세 명을 부르라 하였다.

Then Cloudlet, bottling up her smiles, came out and said to the two Princesses and to Chin See: "The Master wants to see you," and so the four went in.

웃음을 억누르면서 클라우들릿이 밖으로 나와서 두 공주와 진씨에게 말했다.
"사부님께서 여러분을 보려 하십니다."
그래서 그 네 명이 안으로 들어갔다.

Yang now wore a ceremonial robe and special hat, and held in his hand a white stone chatelaine. His face was fresh as the spring breezes, and his mind as clear as the autumn stream. Not a vestige was there of anything that would mark him as ill. Blossom suddenly realised that she had been fooled, laughed and bowed low, making no further inquiries as to his health.

양은 이제 제례용 의관을 갖추고 흰 돌로 만든 여주인의 장식용 쇠줄을 손에 쥐고 있었다. 그의 얼굴은 봄바람처럼 싱그러웠고 정신은 가을 강물처럼 맑았다. 병의 기색이라곤 어떤 것도 눈에 띄지 않았다. 블라썸은 갑자기 그녀가 속았음을 깨달았고, 더 이상 그의 건강에 관해 문의하지 않고 웃으면서 절을 올렸다.

Orchid asked: "How is your lordship feeling now?"

오키드가 물었다.
"주인님께서는 지금 상태가 어떠하신지요?"

The Master, with a serious countenance, said: "Truly we have fallen on peculiar days when the women of a household band together to play practical jokes upon the husband. I am a man of high rank, of the dignity of a first minister, and I have sought high and low for some way by which to correct this disorder in my family but have not succeeded. In my[p236]anxiety I fell ill, but I am quite recovered now, so do not be anxious, please."

심각한 표정으로 사부는 말했다.

"한 집안의 여자들이 한 통속이 되어 남편을 속이며 놀지를 않나, 우리는 실로 기이한 시절을 살고 있소. 나는 높은 자리에 오른 남자로 정승의 품위를 지켜야 하나, 내 집안의 이런 무질서를 바로 잡으려고 아래위로 살폈으나 성공하지 못했소. 나의 근심 때문에 내가 아팠고, 하지만 지금은 완전히 회복되었으니, 부디 걱정하지 마시오."

Orchid and Chin See laughed with all their might but made no reply, and then Cheung See said:

오키드와 진씨가 온 힘을 다해 웃으며 대답하지는 않았고, 이후 정씨가 말했다.

"This was not our doing, please. If the Master would find full recovery from his sickness let him look up to the Empress Mother and tell her."

"이번 소동은 우리 노력이 아니었습니다. 만약 사부님께서 완전히 병에서 회복되려 하신다면, 태후마마를 뵙고 말씀 올리십시오."

Yang could no longer restrain his pent-up feelings, but broke out laughing and said: "I had expected to meet you only in the next world and had so planned, but to-day you were in my dream. Is it not truly a beautiful dream?"

양은 더 이상 울적한 감정을 억제할 수 없었으나 웃음을 터뜨리며 말했다.

"나는 당신을 저 세상에서 보기를 기대하고 계획을 짜놓았는데, 오늘 당신이 내 꿈에 나타나셨군. 이 어찌 정말 아름다운 꿈이 아니겠소?"

Cheung See said: "It is all due to her Gracious Majesty's kindness to me her child, and to the unbounded favour of his Majesty the Emperor, and the love and tenderness of Princess Orchid. It is written on my bones and engraved deep in my heart. Never can my life be able to speak all my remembered gratitude." Then she told him everything that had come to pass, and he thanked her, saying: "The equal of your dear-heartedness has never been recorded since time immemorial. I have no way to make any return for this highest favour. My sincerest regards and tenderest love shall all be yours while we live our happy life together."

정씨가 말했다.

"모든 일이 소녀에게 내린 은혜로운 태후마마의 배려와 황제폐하의 무한한 호의와 오키드 공주의 사랑과 자비로 말미암은 사안입니다. 그것은 저의 뼈에 기록되고 마음속에 깊이 새겨졌습니다. 살아 있는 동안 감사의 마음 전부를 결코 말로 다할 수는 없을 것입니다."

그런 다음 그녀는 지나간 모든 일을 그에게 밝히자 그가 감사의 뜻을 표했다.

"그대의 사랑스런 마음 또한 마찬가지로 먼 옛날부터 기록된 바가 없소. 나 역시 이런 깊은 은혜에 대한 보답을 결코 할 수 없을 것이오. 나의 진정 어린 감사와 배려 깊은 사랑은 모두 당신의 것이오. 우리 함께 행복한 삶을 살아봅시다."

The Princess then spoke her thanks, saying:

공주는 감사의 말을 올렸다.

"This is all due to my dearest sister's plans, and it is her heart of love that has moved heaven to bless us. It was no work of mine."

"이것은 전적으로 내 귀한 여동생의 계획으로 말미암았습니다. 하늘이 감동하여 우리에게 은혜를 내리도록 한 것은 바로 그녀의 사랑하는 마음이지요. 사실 저는 아무 일도 하지 않았습니다."

At this time the Empress Dowager summoned some of the palace-maids to inquire concerning the Master's health, and when she knew the reason for it she laughed heartily and said: "I was indeed in[p237]doubt regarding it." So she summoned Yang to her presence and the two Princesses came as well and sat together with him.

이즈음 태후가 사부의 건강을 묻기 위해 몇몇 하녀들을 불렀고, 그 연고를 알고는 마음껏 웃으며 말했다.

"나는 실제로 의심하고 있었느니라."

그래서 그녀는 자기 면전으로 양을 불렀고, 두 공주 또한 함께 와서 앉았다.

The Empress said: "I hear that the Master has united again the happy bonds that bound him to his dead Cheung See."

태후가 말했다.

"나는 양사부가 자기를 죽은 정씨에게 운명 지었던 그 행복한 유대를 다시 연결시켰다고 들었소."

Yang bowed and made answer: "Your Majesty's kindness is great as high heaven; though I wear down my body and offer up the vitals of my soul I can never pay the hundredth part of all the favours you have shown me."

양이 절하고 대답했다.

"태후마마의 배려는 저 높은 하늘만큼 큽니다. 제가 저의 몸을 닳아 없어지게 하고 제 혼의 활력을 제물로 바친다 하여도, 마마께서 제게 내리신 은혜의 백분의 일[216]조차 갚을 수 없을 것입니다."

The Empress said: "That is all a joke; why do you talk of such nonsense?"

태후가 말했다.

"그 일은 그저 웃자고 한 일이니, 그런 무의미에 대해 논할 이유는 없겠지요?"

On this day the Emperor received audience of the ministers in the Grand Hall of the palace. Certain of them said: "We learn that a great star has arisen; that sweetened dew has fallen; that the waters of the Whang-ho have become clear; that the crops have grown to abundance. Three subject kings have offered their land as tribute; the fierce Tibetan rebels have changed in heart, and now bow in grateful submission. This is due to the virtues of your Majesty."

이날 황제는 궁중의 대청에서 대신들을 알현했다. 그들 중 몇몇이 말했다.

"최근 거대한 별이 떠올랐고, 달콤한 이슬이 내렸으며, 황하의 물이 맑아졌고, 곡식들이 풍성하게 자랐다고 들었습니다. 복속지의 세 왕이 조공으로 자기네 땅을 바쳤으며, 흉포한 티베트 반란자들이 마음을 고쳐먹고 이제 은혜로운 복종으로 절하고 있습니다. 이것은 폐하의 덕에 따른 일입니다."

216 원문에는 만분의 일이라 서술되어있다.

The Emperor graciously disclaimed merit and put it all to the credit of his ministers.

황제는 정중하게 공덕을 거절하고 그것 모두를 자기 신하들에 대한 신임으로 돌렸다.

But they made reply, saying: "General Yang So-yoo remains these days long within the palace and affairs of State are heaped up and need looking after."

그러나 그들은 답하였다.

"양소유장군은 궁중 안에서만 근래 오래토록 머물고 있어, 국무가 쌓여 있고, 그 일들을 처리할 필요가 있습니다."

His Majesty laughed and said: "The Empress Dowager has held him fast these days and so the General is not free to go. I shall tell him myself, however, and see that he gets to work."[p238]

황제가 웃으면서 말했다.

"태후마마께서 요즘 그를 꼭 붙잡아서 장군이 자유로이 나가지 못합니다. 내가 직접 말씀드려서 그가 일터로 돌아가도록 하겠습니다."

The day following the Master went to the home of Justice Cheung to look after some business, and from there he wrote a memorial asking that he be permitted to bring his mother. His memorial read:

다음날 사부가 업무 차 정사도 댁을 갔는데, 거기서 그는 자기 어머니를 모셔올 기회를 허락받기 위한 상소문을 썼다. 상소의 내용은 다음과 같다.

"General the Prince of Wee, son-in-law of her Majesty, bows in humble salutation, and presents to his Majesty this memorial. Of humble origin from the land of Cho, I had but two or three fields on which to live. My scholarship embraced only a single set of the Classics. My old mother still lives, but I have not cared for her as I should have liked. I thought of the measures of grain that I would have given her, and of the delicacies that I would have prepared. When it came to parting, my mother said to me, 'Our literatus home has fallen to decay, and the fortunes of the family run low. You are responsible for the future, and the lives of the past are in your keeping. Be diligent and learn; win the examination and let your mother share your renown. This is my hope. But if office or reward come too quickly there is danger in it. Think well of this.'

"위나라 왕이자 태후마마의 사위인 소신, 황제폐하께 황송하게도 절하며 본 상소를 올립니다. 조나라 출신의 비천한 출생으로 소신은 땅 두세 마지기로 사는 형편이었습니다. 제 학식이라곤 겨우 경전 한 질 정도에 불과합니다. 저의 노모께서는 아직 살아계시지만, 제가 하고 싶었습니다만 모친을 모시지 못하고 있습니다. 소신이 어머니께 드렸을 곡식의 양과 준비했었을 맛있는 음식들을 생각해 보았습니다. 과거시험을 위해 떠날 시간이 되었을 때, 어머니께서 저에게 말씀하셨습니다. '우리 선비 집안은 쇠퇴하여 가운이 기울었다. 너에게 미래에 대한 책임이 있고, 과거의 삶은 네 안에 보관되어 있다. 부지런히 배워서 과거시험에 급제하여 어미가 너의 명성을 나누도록 하여라. 이것이 나의 희망이다. 그렇지만 관직이나 보상이 너무 빨리 찾아오면, 거기에 위험이 따른다. 이에 대해 잘 생각하여라.'"

"I took my mother's word, wrote it in my heart, and never have I forgotten it. Great and good fortune have fallen on me, for only after a few years at Court my rank has risen by leaps and bounds. By Imperial decree I passed others by and made the knees of the rebel to tremble. I received orders to go west and to bind the hands of the fierce Tibetan. To begin with I was but an inexperienced son of the literatus; how could I have ever imagined plans to attain to such as this? It is all due to the[p239]prestige of your Majesty. The officers gladly risked their lives and your Majesty so generously encouraged the little efforts that we made, and rewarded them so liberally, that my heart is rendered uneasy and ashamed and I would rather not speak of it. All my mother's wishes on my behalf have come to pass, and I am chosen as the Imperial son-in-law with fortune unheard of. The Imperial command has been so pressing that I could not resist it, and ashamed as I am that the State should be dishonoured by one so mean, I still have had to accede. My aged mother's hopes did not pass at first the peck measure, and my own, too, did not go beyond a humble office of the literati. Behold me now in the highest seat of the land and first among my peers. In the rush and business of the day I have never yet had an opportunity to escort my mother to the capital. I have lived in my beautiful home while she has occupied a thatched hut; I have eaten of dainty fare while she has eaten only of the meanest. Thus am I living in luxury and leaving my mother to poverty and disgrace, disregardful of the fundamental laws and failing in the duty of a son. My mother, too, is old; she has no other child but me, and the distance separating us is great, with messengers few and far between. If I go up to the hills and call on the clouds to bear my greetings they heed not, and so my heart is sore. Now that matters are quiet in the State and affairs are fallen into repose, I humbly pray that your Majesty will kindly consider and grant my request, giving me two or three months so that I may go and replace the sod on my ancestors' graves, and bring my[p240]mother here that we may both together praise your Majesty's high and exalted virtue. If you graciously grant me this, I shall in my turn do my best to repay the Imperial kindness. I humbly bow and make this petition, and may your High Majesty please to grant me a favourable answer."

"저는 어머니 말씀을 받들었고, 맘속에 새겨서 단 한 번도 잊지 않았습니다. 제게는 크고 선한 운이 미쳐서 궁중에서 겨우 몇 년 만에 지위가 도약하고 또 튀어 올라 상승했습니다. 제국의 칙령에 따라 여러 다른 직을 거쳤고, 반란자의 무릎이 떨리도록 만들었습니다. 명을 받들어 서쪽으로 가서 흉포한 티베트인들의 손을 묶었습니다. 첫째로 소신은 선비가의 미숙한 아들에 불과하였습니다. 그런 제가 어떻게 지금과 같은 그런 자리에 이를 계획을 상상이라도 할 수 있었겠습니까? 이는 모두 황제폐하의 위엄 덕택입니다. 관리들은 기꺼이 목숨을 걸었고, 폐하께서는 저희들이 행한 작은 노고에도 관대하게 격려하였으며, 진정 후하게 보상하셨습니다. 그래서 제 마음은 불편하고 부끄러울 따름이라 차라리 설명 드리지 않는 편이 낫겠습니다. 제 모친의 소원은 오로지 제 편에서 과거급제였으며 들어본 적이 없는 운으로 제가 제국의 사위로 뽑혔습니다. 그 일과 관련하여 제국의 명이 너무 강하여 그에 버틸 수가 없었고, 제 처지에서 너무나 부끄럽게도 제국은 그렇게 미천한 사람으로 인하여 불명예를 안아야 하는 데도 불구하고, 저는 받아들여야 했습니다. 저의 연로한 어머니의 희망은 애초에 작은 녹봉을 넘지 않았고, 저의 원 또한 선비의 초라한 관직을 넘지 않았습니다. 지금 저를 본다면, 나라의 최고위에 있고 동료들 중 첫째에 있습니다. 그런 날들이 지나고 공무로 인하여 저는 아직도 모친을 도성에 모셔올 기회를 가져본 적이 없습니다. 저는 좋은 집에서 살면서도, 어머니께선 초막을 지키고 계십니다. 저는 맛있는 음식을 먹었습니다만, 어머니께선 보잘 것 없는 음식을 드십니다. 제가 사치스럽게 살아가는 것은 따라서 제 어머니를 가난과 불명예의 장소에 버려두는 셈입니다. 이건 인간의 기본 법에 대한 무시이며 자식 된 도리의 저버림입니다. 또한 모친께선 연로하시며 저 이외엔 다른 자식이 없습니다. 우리와 떨어진 거리가 사이에 소식을 전할 이도 거의 없으며 아주 멉니다. 제가 산이라도 올라 구름을 불러 제 인사를 올려놓더라도, 그들은 무시하며 제 마음은 욱신거릴 뿐입니다. 마침 국가의 일들이 안정되어 있고 사정이 평정되어, 황송하게도 소신이 폐하께서 친히 고려하시어 저의 청을 허락해주시길 바랍니다. 그 청은 다름이 아니라, 저에게 이 삼 개월을 주신다면, 고향으로 가서 조상 묘지의 뗏장을 바꾸고 제 모친을 이곳으로 모시고 와서 폐하의 드높은 덕을 함께 찬양할 수 있을 터입니다. 폐하의 허락이 떨어진다면, 저는 제국의 배려를 갚기 위해 최선을 다할 것입니다. 삼가 절을 올리며 이 청원을 올립니다. 부디 황제폐하께서 호의적인 답변으로 저에게 허락해주시길 빕니다."

The Emperor read it and sighed, saying: "You are a filial son, Yang So-yoo."

황제가 그 글을 읽고 한숨을 쉬며 말했다.
"자네 정말 효자로다, 양소유."

He gave him rich rewards, gold a thousand pieces, eight hundred rolls of silk to be presented to his mother, and the word of command to bring her quickly.

그는 양에게 황금 일천 근과 비단 팔백 필을 어머니에게 드리도록 풍족한 상을 주고, 어서 어머니를 모셔오라는 명을 내렸다.

The Master then entered the inner palace and bade farewell to the Empress Dowager. She also gave gold and silk in abundance, twice as much as the Emperor.

그러자 사부는 내궁으로 들어가 태후에게 인사했다. 그녀 역시 금과 비단을 황제보다 두 배 정도로 많이 주었다.

Yang then withdrew and bade farewell to the two Princesses, to Chin See and to Cloudlet, and set out on his way. When he reached the Chon-jin Bridge, the two dancing-girls, Moonlight and Wildgoose, having been informed by the Governor, awaited him at the guest-house.

양은 물러나와 두 공주와 진씨 그리고 클라우들릿에게 인사하고 길을 떠났다. 그가 천진교에 당도하자, 지사의 통고를 받은 문라이트와 와일드구스, 두 무희가 객관에서 그를 기다렸다.

The Master greeted them smilingly and said "This journey of mine is a private one and has no relation to the King's commands; how did you two know of my coming?"

사부는 웃으며 그들을 만나며 말했다.

"나의 이번 여정은 사적인 일이며 왕명과는 상관없소. 그런데 두 사람이 어떻게 알았소?"

Moonlight and Wildgoose replied: "The Master, Prince of Wee, son-in-law of the Empress, could hardly set out on a journey without its being known to us. From the secluded valleys we hurried forth to meet you. Even though we were in the deep recesses of the hills still we had our ears and eyes; how much[p241]the more when the Governor regards us as second only to your Excellency? Last year when you went by in your official capacity we won lasting glory, but now with still higher office, and with honour still greater, our glory will be a hundred-fold enhanced. We have heard that you are married to the two Princesses, and are wondering if they will tolerate us."

문라이트와 와일드구스는 답했다.

"위나라 왕이시며 태후의 사위이신 사부님께서는 우리 몰래 여행을 떠나시기 어렵습니다. 저 외진 골짜기로부터 저희는 님을 만나기 위해 허겁지겁 왔답니다. 비록 저희가 산중의 깊은 구석에 살지만, 여전히 눈과 귀를 두고 있습니다. 지사께서 상공나리 다음으로 우리를 대우하시니 얼마나 더 잘 알려 주겠습니까? 지난해 사부님께서 공무로 지나가셨을 때, 변치 않는 영광을 얻었습니다. 그런데 이제 더 높은 관직과 더큰 명예 때문에 저희의 영광은 백배나 더 높아질 것입니다. 저희들이 듣기로는 두 공주님과 결혼하셨다는데, 그분들이 우리를 인정해주실까 궁금합니다."

The Master replied: "Of the two Princesses, one is sister of the Emperor and one is a daughter of Justice Cheung, who, at the request of the younger Princess, became an adopted daughter of the Empress Dowager. We have Cheung See and her sister's kindly and loving dispositions and liberal spirit to trust; will they not be glad at your happiness? "

사부는 답했다.

"두 공주님 중 한분은 황제의 누이고 또 한분은 정사도 님의 딸이신데 그보다 나이가 어린 공주의 요구에 의해 태후마마의 수양딸이 되었소. 정씨와 그녀의 여동생이 가진 친절하며 사랑하는 기질과 개방적인 정신을 믿을 만 하오. 그런 그들이 그대들의 행복에 기뻐하지 않겠소?"

At this Wildgoose and Moonlight looked at each other and spoke their thanks and congratulations.

이에 와일드구스와 문라이트가 서로를 보면서 감사의 말을 하며 축하했다.

The Master spent the night and then started for his native place. He had left his mother and begun life's journey as a boy of eighteen. Now he was returning, riding in the chair of a Minister of State, wearing the insignia of the Prince of Wee, and having upon him the honours of the Imperial son-in-law. All this had taken place in four short years. Was it not a wonder?

양사부는 그날 밤을 보내고 고향으로 출발했다. 그는 어머니를 떠나서 약관 열여덟 살에 인생의 여정을 시작했다. 마침내 그는 위나라 왕의 기장을 달고서 대승상의 마차를 타고 제국의 사위라는 명예를 얻어 귀향하고 있는 것이다. 이런 모든 일은 사년이라는 짧은 기간 안에 일어났으니, 놀라운 일이 아니겠는가?[217]

He appeared before his mother, and in her joy she took him by the hands and lovingly patting him said: "Are you truly my boy, So-yoo? I really cannot believe it. When you repeated your cycle years so long ago and began your first lessons in the character, who would have thought that such glory awaited you?"

그가 어머니 앞에 등장하자 기쁨에 젖어 그녀는 손을 잡고 그를 사랑스럽게 토닥이며 말했다.

"네가 정녕 내 자식 소유인 거냐? 정말 믿을 수가 없구나. 오래 전에 육십갑자를 외우면서 글자 학습을 처음 시작했을 때 이런 영광이 너를 기다리고 있었다고 누가 생각이나 했겠느냐?"

Her joy passed all limits and her tears flowed.

그녀의 기쁨은 한이 없었으며 눈물이 주룩주룩 흘러내렸다.

---

217 원문에는 번역문과 같이 양소유의 행적을 칭찬하는 내용이 서술되어 있지 않다.

The Master then told her how he had won his[p242]fame, of his marriage, and of the secondary wives that he had.

그러자 사부는 어머니에게 자신이 명성을 얻고 결혼했으며 첩들을 얻게 된 내력을 이야기했다.

She replied: "Your father always said of you that you were to bring glory to our home. I am so sorry that he did not live to see it for himself."

그녀가 대답했다.

"네 아버지께서 언제나 너에게 관해서 우리 집안에 영광을 가져올 인물이라고 말했었지. 나는 그 분이 살아서 직접 그것을 보지 못하는 것이 유감이다."

Yang visited the ancestral graves on the near hills. The gold and silk that came from the Palace were made ready, and then, on a great feast being given in honour of his mother, he presented these. All the friends and relatives were called, and the rejoicing lasted for ten days. On its completion, in company with his mother, he set out on his return. The officials along the route, with the governors and the magistrates, made their salutations and helped to do honour to his progress. His way glittered with splendour.

양은 가까운 산에 있는 선조들의 묘를 방문했다. 왕궁에서 가져온 금과 비단이 준비되었고, 어머니에게 영광을 돌리기 위한 거대한 잔치를 열었으며, 이 물건들이 선사되었다. 모든 친구들 친척들이 초청되고, 그 축하 잔치는 열흘 동안 계속되었다. 그것이 완료되자 그는 어머니를 모시고 귀환 길에 올랐다. 지사와 현령을 포함하여 그의 행로 중의 관리들은 인사를 올리고 그의 행로에 경의를 표하였다. 그의 길은 찬란하게 빛났다.

When the Master passed Nak-yang he sent word to the magistrate to have Wildgoose and Moonlight called, but the answer came back that they had already left for the capital. Disappointed to miss them, he went on his way and at last reached the Imperial City. Here he led his mother into his home and into the Palace, where she made her deep obeisance. She was commanded to audience and they gave her gold, silver, silks and satins. The ministers and courtiers were invited and for three days a feast was celebrated amid joy and rejoicing.

사부가 낙양을 지날 무렵 현령에게 전갈을 보내 와일드구스와 문라이트를 부르게 했는데, 그들은 벌써 도성으로 떠났다는 답이 돌아왔다. 그들을 놓친 데 실망하여 그는 계속 길을 갔고 마침내 제국의 도성에 당도했다. 이제 어머니를 자기 집에 모시고 왕궁으로 인도하니, 거기서 어머니는 깊은 경의를 표했다. 그녀는 알현을 명받았고, 왕실에서는 그녀에게 금, 은, 비단, 공단 등을 선물했다. 대신들과 궁내인들이 초대되었고 삼일 동안 기쁨과 축하의 잔치가 이어졌다.

The Master selected a lucky day and led her to her new home that he had prepared as a gift. It was like a palace with towers, pavilions and parks. Cheung See and Orchid performed the ceremony of the bride before the mother-in-law, and Chin See and Cloudlet also made ceremonial salutations. By abundance[p243]of gifts and in gentleness of deportment they showed themselves such that the mother's face shone with joy and her soul was filled with delight.

사부는 길일을 잡아서 어머니를 모시고 그가 선물로 마련해 놓았던 새 집으로 갔다. 그 집에는 망루와 누각과 정원이 있어 마치 궁궐 같았다. 정씨와 오키드는 시어머니 앞에서 신부의 예를 행했으며, 진씨와 클라우들릿 역시 예를 갖추고 경의를 표했다. 풍성한 선물과 그들이 직접 보이는 품행의 친절함에 어머니의 얼굴은 기쁨으로 빛이 났고 혼은 즐거움으로 가득찼다.

When the Master came to give all the gifts that he had received for his mother he had three days of feasting again, on which occasion the palace band of music was sent for and tables of food were brought from the Imperial halls that the officials shared.

사부가 어머니를 위해 받았던 선물을 모두 다 전달했을 때, 그는 다시 삼일 잔치를 벌였다. 그 잔치에는 궁중의 음악단이 파견되었고 관리들이 먹는 음식상이 궁중에서 운반되어 왔다.

The Master, dressed in coloured robes and with the two Princesses by his side, raised high his glass, made way for his mother, and then all joined in the chorus. Before the feast broke up the gate guard came in to say that just before the entrance were two girls who had passed in their names for the ladies and the Master.

사부가 색동옷을 입고 옆으로 두 공주를 대동하여 잔을 높이 들어 어머니에게로 가서는 모든 함께 노래를 불렀다. 잔치가 끝나기 전에 문지기가 들어와서 고하니, 입구 바로 앞에 두 여인이 자기들 이름을 마님들과 사부에게 전했다는 것이었다.

"Doubtless Moonlight and Wildgoose," said he. He told his mother of them, and she invited them in. They bowed before the step way, and all the guests remarked that Wildgoose from Nak-yang and Moonlight from Ha-book had long been famous, beautiful women, surpassing others.

"분명히 문라이트와 와일드구스야."

양이 어머니에게 그들에 관해 말했고, 어머니는 그들을 초대했다. 그들이 통행로 앞에서 절을 했고, 모든 손님들이 낙양의 와일드구스와 하북의 문라이트가 오래토록 유명하다더니 여타의 사람들을 능가하는 아름다운 여인이구나, 하고 평했다.

If the Master had not been a magician how could he have brought all this to pass?

만일 사부가 마법사가 아니었다면, 어떻게 이런 모든 일을 가능하게 할 수 있었겠는가?

He commanded the two dancing-girls to entertain the guests with special selections, and at once they both arose, put on their dancing shoes, waved their soft silken sleeves and made the bright-coloured folds fly like fluttering birds as they danced together. Their songs were like falling flowers, like the passing of leaves on the spring breezes, like the shadows of clouds rolling across the eave-tops of the city.

그는 그 두 무희들에게 특별한 재주들로 손님들에게 즐거움을 선사해라는 명을 내리자, 즉시 그 둘은 일어났다. 그들이 무용 신발을 신고 부드러운 비단 소매를 물결처럼 휘날리며 함께 춤추면서 마치 날개를 퍼덕이는 새들처럼 밝은 색의 기복들을 만들었다. 노래들은 떨어지는 꽃과 같고, 봄바람 타고 스쳐 지나는 나뭇잎과 같으며, 또한 도시의 처마들을 가로질러 휘말리는 구름의 그늘과 같았다.

The mother and the two Princesses treated the two dancing-girls to the most bounteous gifts; and, as[p244]Chin See had been formerly acquainted with Moonlight, they talked of the past with overflowing joy.

어머니와 두 공주는 그 두 무희를 가장 풍성한 선물로 접대했다. 그리고 진씨는 이전부터 문라이트와 친분이 있었으므로 넘쳐나는 즐거움으로 지난날에 대해 이야기를 나눴다.

Cheung See took up the glass and specially offered it to Moonlight to thank her for her recommendation. But the mother said: “Do you thank Moonlight only and forget my cousin? You will overlook the source of it all if you are not careful.”

정씨는 술잔을 들어 특별히 자신을 양에게 추천했던 일에 감사하며 문라이트에게 주었다. 하지만 어머니는 말했다.

“너희들은 문라이트에게만 감사하고 내 사촌을 잊었느냐? 주의 깊지 못하면, 모든 일의 원천을 소홀히 하게 되느니라.”

The Master said: “My joy to-day is due to the priestess Too-ryon, and now, mother, that you have come to the capital, even though no special command is issued, she too must be specially invited to join us. Messengers have been sent to the office to say: ‘It is three years since the teacher Too-ryon went to the land of Chok, and the lady Yoo is greatly concerned about her.’”[p245]

양사부는 말했다.

"오늘 저의 즐거움은 여도사 두연의 덕택이며, 이제 어머니께서 도성에 오셨으니 비록 특별한 명이 내리진 않았더라도 틀림없이 그분 역시 특별히 초청해 우리와 함께 하게 될 것입니다. 도교 사원으로 파견되었던 사신들이 돌아와 말했다." 두연 선생님께서 촉나라 땅으로 간지가 삼년이 되었고, 유씨마님은 그녀를 크게 걱정하고 계십니다."

Chapter XIV In the Fairy Lists
제14장 선녀 명부에서

AFTER the arrival of Wildgoose and Moonlight at the Master's home his maids and attendants daily grew greater in number. He appointed to each their particular place of residence. Palaces, halls, galleries and pagodas were called into requisition.

사부의 집에 와일드구스와 문라이트가 온 이후, 그의 하녀들과 시종들은 날로 그 수가 많아졌다. 그는 그들 각각의 거처를 마련해주었다. 궁궐, 방들, 회랑, 정자 등등 쓰임새에 따라 이름이 부여됐다.[218]

In the palace enclosure there were eight hundred musicians, the most beautiful in the Empire. They were divided into two divisions to

218 원문에 따르면 유부인이 거처하는 곳은 경복당, 좌부인 영양부인이 거처하는 곳은 연희당, 우부인인 난양공주가 거처하는 곳은 봉소궁, 숙인 진채봉은 희진원에 영춘각에는 가춘운이 산화루와 대월루에 각각 계섬월과 적경홍이 거처하였다고 한다.

east and west. To the east were four hundred of whom Moonlight had charge; and to the east a like number with Wildgoose for overseer. These were taught singing and dancing and were given lessons in music. Each month they all met in the Chong-wha Pavilion and engaged in contests of skill.

구획된 궁중에는 제국에서 가장 미모가 뛰어난 팔백 명의 음악 관련자들이 있었다. 그들은 동과 서 둘로 나뉘어 배치되었다. 동쪽의 사백 명은 문라이트가 담당했고, 서쪽의 같은 수가 와일드구스의 관리를 받았다. 이들은 노래와 춤은 교육받았고, 음악 수업을 받았다. 매달 그들은 청화루에서 회합했고, 실력 경연에 참가했다.

The Master, along with his mother, the two Princesses accompanying, would act as judge, give prizes or require forfeits. Each winner would get three glasses of wine and a wreath of flowers for her brow crowning her with glory. The loser was given a glass of cold water and a dot of ink was imprinted on her forehead. This mark was such a disgrace and shame that they laboured to escape it and advanced in skill day by day, so that the musicians of Prince Wee and Prince Wol were the finest in the world.

어머니와 함께 두 공주를 대동한 사부는 심판을 보았으며 상을 주고 벌을 정했다. 각 승자는 세 잔의 술과 영광의 화관을 머리에 씌워 주었다. 패자는 냉수 한잔에다 이마에 먹물로 점을 찍어주었다. 이

표식은 대단한 불명예와 수치였으므로 그들은 벗어나기 위해 노력했고, 나날이 기예가 신장되었다. 그리하여 위왕과 월왕의 음악가들이 천하에서 제일 세련되었다.

One day the two Princesses and the other women were in attendance on the mother, when the Master brought a letter to where they were seated and gave[p246]it to Princess Orchid, saying: "This is a letter from your brother, Prince Wol."

하루는 두 공주와 다른 여성들은 어머니를 모시고 있었고, 그때 사부가 그들이 앉아 있는 곳으로 편지 한 통을 가져와 오키드 공주에게 전달하며 말했다.

"이것은 당신의 오빠인 월나라 왕이 보낸 편지요."

The Princess opened it and read: "The spring weather is so beautiful, may all blessing and happiness be yours. Heretofore so many affairs of State have engaged you that you have had no leisure. No horsemen have been seen on the Festal Grounds, and no boats have been moored at the head of Kong-myong Lake. The fathers of the city talk of the splendour and life that accompanied the days of Cho and weep over the departed glory of the past with tearful faces. By the grace of the Emperor, and your Excellency's skill, we are at peace on every hand and the people are well content. This is the time to recall the happy days of the past. Spring is not yet too far advanced, the weather is agreeable and the flowers and willow catkins make a man's heart glad. No time is more suitable for an agreeable outing or for sights to see than now. I suggest that we meet on the Festal Grounds and try a spell at the chase and at music, and help the world a little toward the perfection of its joy. If your Excellency will kindly consent to choose a day and let me know, I shall avail myself of the privilege of joining you."

공주가 그것을 펼쳐서 읽었다.

"봄 날씨가 화창합니다. 상공께 모든 축복과 행복이 깃들기를 기원합니다. 지금까지 너무나 많은 국무가 공을 붙잡았으니 여가를 가질 수 없었겠습니다. 축제마당[219]에 말 타는 사람이 없고, 곤명지 뱃머리에 배라고는 볼 수 없었습니다. 도시의 원로들은 초나라 시대의 찬란함과 인생을 이야기하고, 눈물어린 표정으로 과거의 멀어져간 영광에 울고 있습니다. 황제의 은혜와 상공의 기량으로 우리는 모든 방면에서 평화롭게 살고 있고, 또 백성들은 편안합니다. 지금이 과거의 행복한 나날을 회고하는 시간입니다. 봄은 아직도 너무 멀리 나아가지는 않았고, 날씨는 순조로우며, 꽃들과 버드나무 꽃차례가 남자의 마음을 즐겁게 만듭니다. 마음에 드는 외출과 경치 구경을 위해 지금보다 더 적합한 시간이 없습니다. 저는 우리가 축제마당에서 만나서 사냥과 음악의 매력에 빠져보며, 그 즐거움으로 세상이 조금 완벽하게 되는 데 도움을 주자고 제안합니다. 만약 상공께서

219 낙유원

친히 날을 잡는데 동의하시어 제게 알려주시면, 저는 상공과 함께하는 특혜를 누리게 될 것입니다."

When the Princess had read it she said to the Master: "Do you know what lies behind Prince Wol's thought?"

공주가 그 글을 다 읽고는 사부에게 말했다.
"월왕의 생각 배후에 무엇이 있는지 아십니까?"

The Master said: "Why, has he some deep thought or other hidden underneath this? Nothing more, I should think, than an ordinary outing among the flowers and willows. It is the proposal of one who enjoys pleasure."

사부가 말했다.
"무슨 이유로 그에게 깊은 생각이나 숨기는 다른 생각이 있겠소? 꽃과 버드나무 사이로 평범한 외출 이외에 내가 생각할 것은 더 없는 것이오. 그저 즐겁게 노닐자는 제안일 따름이오."

The Princess answered: "Your Excellency does[p247]not understand it fully. Prince Wol likes pretty girls and good music. The prettiest girls in the world are not all in the Palace. Recently one arrived at Prince Wol's, a special favourite, a noted dancing-girl from Mu-chang whose name is Ok-yon. The maids-in-waiting have seen her and lost their hearts to her. They are almost beside themselves, feeling that they are mere nothings and nobodies in comparison. Ok-yon's skill and beauty are without a parallel, and now my brother, Prince Wol, hearing that there are many beautiful women in our home, wants to do as did Wang-kai and Sok-soong in days of yore and have a trial of skill."

공주가 말했다.

"상공께서는 그 편지를 충분히 이해하지 못하십니다. 월왕은 예쁜 여인과 근사한 음악을 좋아합니다. 그 궁궐 내에서 천하절색의 미녀들이 전부가 아닙니다. 최근에는 월왕의 궁궐에 어떤 이가 왔는데, 특별히 인기 있는 사람으로서 무창 출신의 옥연이란 유명한 무희라 합니다. 시녀들이 그녀를 한번 보고는 그녀에게 마음을 빼앗겼답니다. 그들은 그녀와 비교하여 자신들이 아무 것도 어떤 내세울 사람도 아니라고 여기며 거의 정신을 잃을 정도라는 군요. 옥연의 기예와 미모는 견줄 이가 없고, 그래서 지금 제 오빠인 월왕이 우리 궁궐에 다수의 미녀들이 있다는 소식을 들어 옛날 왕개와 석숭이 했던 바대로 하고 싶고, 기예를 시험해보고자 하는 것입니다."

"I read it indifferently," said the Master; "your Highness knows his thought better than I do."

사부가 말했다.

"내가 무심하게 읽었군요. 공주마마께선 나보다 그의 생각을 더 잘 아십니다."

Cheung See said: "Even though this is to be a trial of skill entered on but once, let us see to it that our side wins." She nodded to Wildgoose and Moonlight and added: "Though you train soldiers for ten years, yet the trial you put them to may be only for a morning. Our success rests altogether on the skill of you two leaders. Do your best I pray you."

정씨가 말했다.

"비록 이 편지가 단 한번 시도되는 재능 시합이 될 것이라 하더라도, 우리 편이 이기는 방향으로 봅시다."

그녀는 와일드구스와 문라이트에게 고개를 끄덕이며 덧붙였다.

"병사들을 십년 동안 훈련시켰다 하더라도, 그들이 겨루는 단 하루를 위해서인지도 모르는 법. 우리의 성공은 절대적으로 그대들 두 지도자의 기량에 달려있는 것이오. 부디 최선을 다 해주시오."

Moonlight made reply: "I am afraid we cannot beat them. Prince Wol's band has the highest reputation in the world; and Ok-yon from Mu-chang is echoed from mouth to mouth through all the Nine Provinces. Prince Wol has already got such an orchestra in hand, and such a skilful performer as she to assist, that I fear that he will be a very difficult opponent to face. With our one-sided small force, unacquainted with the rules that govern a performance like this, I am afraid that before ever the battle begins our people may decide to run off and make[p248]their escape. Our own shame is not to be specially thought of, but our family would be put to eternal disgrace."

문라이트가 답했다.

"우리가 이길 수 없을까 걱정됩니다. 월왕의 풍악대는 천하 최고의 명성을 가졌습니다. 또한 무창 출신의 옥연은 아홉 개 현을 통틀어서 입에서 입으로 반향되고 있는 사람입니다. 월왕은 벌써부터 대단한 악단을 손에 넣었고, 그녀 같은 유능한 공연자가 뒷바라지 하는 까닭에 그는 맞서기 아주 까다로운 경쟁자일 것이라는 우려입니다. 이런 공연을 관리하는 규칙들에 친숙하지 못한 불공평하게도 작은 우리 힘으로는, 어쩌면 겨뤄보기도 전에 우리 사람들이 도망하거나 피하려고 결정할까 두렵습니다. 우리 자신의 부끄럼은 우리의 사정이 특별하게 고려되지 못하는 것이 아니라, 우리 왕가가 영구적인 불명예를 뒤집어쓰게 되지 않을까 하는 것입니다.

The Master said: "When I first met Moonlight in the Chong pavilion of Nak-yang, they said that she was the prettiest girl by far, and Ok-yon was there as well. It must be the same person referred to here. When I have Che Kal-yang [42] on my side, why should I fear to meet Hang-oo or Han Pom-jing?"

사부가 말했다.

"내가 낙양의 천진각에서 문라이트를 처음 만났을 때, 사람들이 그녀가 단연 최고 아름다운 여인이며, 옥연은 그에 상응한다고 말했소. 여기에 언급된 똑같은 그 사람임에 틀림없소. 내가 제갈량을 내 편을 두었는데, 어찌하여 항우나 한범증 만나는 것을 두려워할 것이오?"

The Princess said: "In the palace of Prince Wol Ok-yon is not alone the special beauty."

공주가 말했다.
"월왕의 궁중에서 옥연이 특별한 미모에 있어 혼자가 아니랍니다."

Moonlight added: "In Prince Wol's palace the number of those who paint their faces and put on rouge is like the blades of grass on Pal-kang Mountain. There is no help for it but quickly to make our escape. How can we ever hope to meet them? Please, your Highness, ask Wildgoose to take charge of it; I am a person of such small courage that when I hear anything like this my throat closes up, and I am not able to utter a word."

문라이트가 덧붙였다.
"월왕의 궁중에서 화장을 하고 연지를 바르는 사람들 수가 팔강산의 풀잎사귀 만큼 된답니다. 우리가 속히 피하는 것 이외에 다른 대안이 없을 듯합니다. 우리가 어떻게 그들에 맞설 꿈이라도 꾸겠습니까? 제발 상공 나으리, 와일드구스에게 그 책임을 맞도록 청하십시오. 저는 이런 이야기를 듣게 되면 목이 막혀버려 아무 말도 못할 정도로 용기가 없는 사람입니다."

Wildgoose apparently grew very angry and said: "What do you mean, Moonlight? Is this true? We two have travelled over seventy counties of Kwan-dong and not a noted player was there that we did not hear, and not a single singer that we did not listen to. My knees have never yet bowed to another, why should they yield the first place to Ok-yon? If the ladies of Han were there who upset cities and kingdoms by their beauty, or the fairy maids of Cho, who could at will become clouds and rain, I might possibly be startled, but with only this Ok-yon to face, why should I be anxious?"

와일드구스는 분명히 아주 화가 나 말했다.

"그 무슨 말씀이오, 문라이트? 그게 정말이오? 우리 둘은 관동 칠십 개 군을 여행했고, 거기서 우리가 들어보지 않았던 유명한 연주자는 한 명도 없었고, 경청하지 않았던 독보적인 가수도 없었어요. 내 무릎은 아직 한 번도 타인 앞에 꿇은 적이 없었소. 그런 사람들이 어찌하여 옥연에게 제일의 자리를 양보하려 하는 거요? 만일 자기들 미모로 도시들과 왕국을 떠들썩하게 만든 한나라의 여자들이나 제멋대로 구름과 비가 될 수도 있는 조나라의 선녀 같은 여인들이 거기 있다면, 어쩌면 내가 깜짝 놀랄 수도 있겠지만 맞설 이가 겨우 이 옥연이라면, 왜 내가 걱정해야 할까요?"

Moonlight said: "Wildgoose, you talk as if it[p249]were so easy a matter. True, when we were together in Kwan-dong, we took part on many great occasions at which there were magistrates, governors, and nobles present; at lesser ones, too, where there were literati and scholars, but we never once met any capable opponents. Now, however, it is a question of Prince Wol with a critical eye, who has grown up among gems and jewels. He regards great mountains and wide seas as nothing. How can one mistake a small hill the size of the hand or the little stream like a thread of silk for one of these? This is like combating Son-o, or like trying one's strength with Poon-yok. A great general cannot be opposed by a little child; how much less Prince Wol's household by this poor weakling? To beat him lies beyond a hundred miles of probability. How can you look at it so lightly? I see in Wildgoose's boastful word that she has spoken like Cho-kwal, foretelling her own defeat." Then she added, speaking to the Master: "Wildgoose has a boastful spirit; I should like to tell you some of her defects. When she first followed your Excellency she stole one of the fine steeds of the King of Yon, rode it, calling herself a young man from Ha-book, and then from the side of the Hai-tan roadway, along which you were to pass, she greeted you. If Wildgoose be really so graceful and pretty, how was it that your Excellency mistook her for a man? On the first night, too, that she was with you, taking advantage of the darkness, she usurped my place. Yet after all this she says these boastful words."

문라이트가 말했다.

"와일드구스, 자기는 마치 그렇게 쉬운 문제처럼 얘기하네. 정말, 우리 함께 관동에 갔을 때, 성주들, 지사들, 귀족들이 펼치는 다수의 큰 잔치에도 나섰는가 하면, 서생과 학자들의 더 작은 잔치 또한 겪었지만, 유능한 경쟁자들이라곤 만나 본 적이 한 번도 없다. 그렇지만 이번엔 어려서부터 금은보화 속에서 날카로운 안목을 다듬어 온 월왕이야. 그에겐 거대한 산들과 드넓은 바다조차 아무 것도 아니야. 어떻게 이런 분이 손바닥만한 작은 산이나 비단 실 같은 작은 개울을 잘못 볼 수 있겠니? 이것은 손오[220]와의 싸움이나 분육[221]과 힘겨루기 하는 것과 같아. 큰 장수는 어린애와 적수일 수 없는 법, 이런 하찮은 약골로 월왕의 궁에 비하면 얼마나 더 적은가? 그분을 꺾을 가능성은 이백 리 밖에 있어. 어떻게 문제를 그리도 가볍게 보는 거야? 음, 음, 저는 와일드구스의 뻐기는 말에서 자신의 승리를 예견했던 조괄을 흉내 내서 말했다고 봅니다."

그러면서 그녀는 사부에게 덧붙여 말했다.

"와일드구스에겐 허풍 떠는 기질이 있습니다. 제가 그녀의 결점을 말씀드리고 싶습니다. 그녀가 처음 상공을 따랐을 때, 연나라 왕의 훌륭한 군마들 중 하나를 훔쳐 타고는 자신을 하북의 젊은이라고 불렀고, 상공께서 지나갈 한단의 길가에서 인사를 드리게 되었지요. 와일드구스가 정말 그렇게 우아하고 예쁘다면, 어떻게 상공이 그녀를 남자로 생각하게 만든단 말입니까? 그녀가 함께 지냈던 그 첫날 밤 또한 어둠을 틈타서 그녀가 제 자리를 강탈했던 것이지요. 결국

220 손자와 오자
221 맹분과 하육

이런 모든 일들이 그녀의 허풍이었다는 말씀입니다."

Wildgoose laughed as she replied: "Truly there's no knowing people's minds. Before I followed your Excellency, Moonlight praised my beauty and looked[p250]upon me as Hang-a of the moon, and now she regards me as more worthless than a cash piece. It must mean that you love me better than you love her and she wants to have all your love to herself."

와일드구스가 웃으면서 답했다.

"참으로 사람의 마음은 알 수가 없구나. 제가 상공을 따라가기 전에, 문라이트가 제 미모를 칭찬하면서 달나라의 항아라고 치켜세우더니, 이제는 저를 엽전 한 조각보 더 무가치한 것으로 간주합니다. 이는 필시 공께서 자기보다 저를 더 사랑하시니, 모든 사랑을 다 차지하려는 속셈입니다."

Then Moonlight and the others laughed, and Blossom said: "Since Wildgoose's refinement and delicacy are such, the fact that the Master took her for a boy must be due to his defective eyesight. It is nothing to Wildgoose's credit to be so regarded, for Moonlight's words are true. It is not ladylike to assume the guise of a boy and wear men's clothes; neither would a man's putting on women's clothing to deceive another be considered manly. Because of their weakness and defects in each case they assume a disguise."

그러자 문라이트와 다른 이들이 웃었고, 블라썸이 말했다.

"와일드구스의 세련미와 정치함이 그렇다고 한다면, 사부님께서 그녀를 소년으로 여겼다는 사실은 분명 그분의 결함 있는 안목 때문일 것입니다. 와일드구스의 신용이 그렇게 간주되는 것은 문라이트의 말이 옳기 때문에 큰 잘못이 아닌 것 같소. 소년으로 가장하고 남자 복장을 입으면 여자 같지 않아 보이는 것은, 마찬가지로 다른 이에게 남자로 생각되도록 속이기 위해 여성의 복장을 입는 남자도 그러합니다. 각각이 자기들 약점과 결점 때문에 변장을 하는 것 아니겠소."

The Master laughed and said: "Your ladyship has evidently pointed this joke at me, but I may say in reply that your dear eyes were not bright, for though you could distinguish the different tunes you did not know a man from a woman. This was due to the fact that though you have ears to hear, your eyes are defective in seeing. If one set of faculties is defective, would you call the person perfect? Though you make light of me, still the people who see my picture in the Neung-yoo Pavilion all praise the majesty of its proportions, its strength and its dignity."

사부는 웃으면서 말했다.

"부인께서는 분명히 이 조롱을 갖고 저를 겨냥하시는군요. 허나 나는 당신의 귀중한 눈은 그다지 초롱 하지 못했음을 답으로 말하고자 하오. 이유인즉, 그대가 설사 다른 가락을 분별했다고 하더라도, 남녀를 구분하지는 못했습니다. 이는 당신이 들을 귀는 있지만, 보는 데서 눈에 결함이 있다는 사실에서 기인하는 것이오. 신체 기관의 능력 중 한 기관에 결함이 있는데, 당신은 그 사람을 완벽하다고 할 것이오? 당신이 나를 가볍게 취급함에도 불구하고, 능유각[222]에 있는 내 초상을 보는 사람들은 모두 그 웅장한 몸과 위력과 품위가 드러내는 위엄을 칭찬합니다."

Those assembled laughed delightedly when Moonlight went on: "Just now it is a question of falling in and marching out to meet a powerful enemy; why do we sit idly by and waste time? We two alone cannot be fully trusted to win the day. Suppose we have Cloudlet to help us. Since Prince Wol is not[p251]an outsider, Cloudlet could have no special objection to seeing him."

그 자리에 모인 그들은 즐겁게 웃었고, 문라이트가 말을 이었다.

"바로 지금 문제는 아주 강력한 상대에 맞서야 하고 또 그러기 위해 나아가는 것입니다. 어찌하여 우리는 한가로이 앉아서 시간을 낭비하는 겁니까? 그날의 승리를 위해서는 우리 둘만으로 충분히 믿을 수가 없습니다. 클라우들릿이 우리를 도운다면 어떨까요. 월왕이 국외자가 아닌 이상, 클라우들릿이 그를 보는 것이 어떤 특별한 문제로 될 수가 없는 것입니다."

Then Chin See said: "If the two, Moonlight and Wildgoose, are to

222 능연각

go alone into the arena, I should like to help, but when it comes to singing and dancing what use would I be? If I go I fear Moonlight will never win."

그러자 진씨가 말했다.

"만약 문라이트와 와일드구스 두 사람만이 경연장에 들어간다면, 저는 돕고 싶지만, 제가 어디에 쓸모가 있어 노래하고 춤추는 데 나서겠습니까? 만약 제가 나선다면 문라이트는 결코 이기지 못할 것입니다."

Cloudlet said: "Although I do not excel in dancing and singing, still if the question pertain only to my own person, why should I not have a view of such a gathering as this? But if I should go the people will assuredly point me out and say with smiles: 'Yonder is Prince Wee's wife, second to the Princesses Blossom and Orchid.' Such would mean contempt for the Master, and would prove a source of anxiety to the ladies. I certainly cannot go."

클라우들릿이 말했다.

"비록 제가 춤과 노래에서 뛰어나지 못하더라도, 그 사안이 오로지 저 혼자 만에 관련된다고 한다면, 그런 모임에 나가보지 않을 이유가 있겠습니까? 그렇지만 제가 나간다면, 사람들이 확실히 저를 집어내서 웃으면서 말할 것입니다. '저쪽이 블라썸 공주와 오키드 공주 다음에 있는 위왕의 아내다.' 그런 일은 사부님을 욕되게 하는 일이며, 부인들께도 근심을 만들어줄 것입니다. 확실히 제가 나서는 일은 불가능입니다."

The Princess said: "In what possible way could the Master be dishonoured by Cloudlet's going, or what anxiety could that be for us?"

공주가 말했다.

"클라우들릿의 출전으로 인해 어떤 가능한 방식으로 사부님께서 불명예를 쓸 수 있을까, 또한 우리에게 그것이 무슨 근심이 될 수 있을까?"

Then Cloudlet answered: "If we pitch the wide silken awning and the sky-coloured tent, the people will naturally say: 'The General's beloved wife Cloudlet is coming,' and they will rub shoulders and crowd heels, and strive to see and push up for a place, and after all will behold only my ill-starred face and frowzy head, and they will say with amazement: 'General Yang must have disease of the eyes to have chosen such as she for wife'; and will this not be a cause of disgrace to the Master? Prince Wol has never yet set eyes upon a contemptible performer, and if he should see me he would undoubtedly be filled with nausea and be made ill. Will not the two ladies be disgraced likewise?"[p252]

그러자 클라우들릿이 답했다.

"만일 우리가 넓은 비단 천막을 쳐서 하늘색 막사를 만든다면, 사람들이 자연스레 말할 것입니다. '장군의 총애받는 아내 클라우들릿이 온다.' 그리고는 그들은 서로 보려고 자리 잡기 위해서 어깨를 밀치고 까치발을 할 것이며, 모든 이가 제 비운의 얼굴과 초라한 머리만 보고는 놀라서 말할 것입니다. '양장군께서 저런 여자를 아내로 삼다니 눈에 무슨 병이 있는 게 틀림없어.' 그렇다면 이것이 사부님께 불명예의 원인이 되지 않겠습니까? 월왕께서는 아직까지 하찮은 무희에게 눈을 돌려본 적이 없으신 분인지라, 만약 저를 보신다면, 분명히 메스꺼워 하실 것이며 몸이 편치 않으실 것입니다. 사태가 이러하다면, 두 부인께서 치욕스럽지 않겠습니까?"

The Princess said: "Cloudlet, really your modesty is amazing. Once upon a time you changed from a girl into a spirit; now you want to change from a peerless beauty into a perfect fright. I cannot trust you, Cloudlet, at all." So she referred the matter to the Master, saying: "In your reply what day have you decided upon?"

공주가 말했다.

"클라우들릿, 정말 자네의 겸양이 놀라울 따름이네. 예전에 너는 소녀에서 귀신으로 변신하더니, 이제 비길 데 없는 미모를 완벽하게 기이한 꼴로 변모시키려 하는구나.[223] 난 자네, 클라우들릿을 전혀

223 원문에는 서시(西施)와 무염(無鹽)을 빗대서 서술하고 있다.

믿을 수 없네."

그리하여 그녀는 그 문제를 사부에게 물었다.

"답신에 어느 날을 택하셨는지요?"

The Master replied: "We have decided upon to-morrow."

사부는 답했다.

"내일로 잡았소."

Wildgoose and Moonlight gave a start of dismay, saying: "No orders have as yet been issued to the two divisions of dancing-girls. How can you possibly have it in as short a time?" They then called their leaders together and said: "The Master has appointed a general gathering for to-morrow with Prince Wol at the Festal Grounds, when all the dancing girls of the two divisions are to gather in their best outfits, setting forth at earliest dawn."

와일드구스와 문라이트 놀라서 낙담했다.

"우리 무희들에게는 아직 어떠한 명도 떨어지지 않았습니다. 어떻게 그리도 짧은 시간에 그것이 가능할 수 있을까요?"

그러고는 수석 무희들을 불러 모아서 말했다.

"사부님께서는 내일 축제마당에서 월왕님과 더불어 전체 모임을 명하셨으니, 새벽 일찍이 나올 준비를 하고 제일 훌륭한 복장으로 모여야 한다."

Eight hundred dancers heard this command, drew long faces and lifted their eyebrows. But they took their instruments in hand and began to tune up in preparation.

팔백 명의 무희들이 이 명을 듣자 화장을 하고 눈썹을 올렸고, 손에 악기를 들고서 가락을 맞춰 준비하기 시작했다.

On the next day the Master arose early, dressed in ceremonial robe, took bow and arrows, and mounted his snow-white charger. With three thousand chosen huntsmen to attend him, he passed through the South Gate of the city. Moonlight and Wildgoose, specially dressed and bedecked in gold ornaments and chiselled green stones, and wearing flower embroideries, were in command of the dancers. They rode mounted on beautifully caparisoned horses, seated in gilded saddles, with silver stirrups hanging by the side, and jewelled bridle reins in hand. They[p253]raised their coral whips and followed close behind the Master, while eight hundred dancers mounted on beautiful horses brought up the rear.

다음날 사부는 일찍이 일어나 예복으로 단장하고 활과 살을 챙기고 자신의 흑백 얼룩말을 탔다. 선발된 삼천 명 사냥꾼의 호위를 받으며 그는 도시의 남문을 통과했다. 금장식과 깎아 만든 녹색 돌로 특별히 꾸미고 꽃 자수 문양 옷을 입은 문라이트와 와일드구스는 무희들을 지휘했다. 그들은 아름답게 옷 입힌 말을 타고 도금된 안장에 앉아서 옆으로는 은색 등자를 매달고서 손에 보석 장식의 말고삐를 붙잡고 나아갔다. 그들은 산호로 만든 채찍을 들어올리고 사부를 가까이서 뒤 따랐다. 그리고 팔백명의 무희들이 아름다운 말에 올라서 뒤를 이었다.

On the main roadway they met Prince Wol, and lo! he had hunters and musicians enough to equal those of Master Yang.

중심 도로에서 그들은 월왕을 만났고, 보라[224], 그가 대동하고 나타난 사냥꾼과 무희는 양사부의 그것과 충분히 맞먹었다.

Thus they rode side by side, when Prince Wol asked of General Yang: "What breed of horse is that you ride, sir?"

그래서 그들은 나란히 말을 타고 갔고, 그때 월왕이 양장군에게 물었다.

"타고계시는 말은 어떤 종인지요?"

The Master. replied: "A Persian horse. It seems to me that the one your Highness rides is the same."

사부가 답했다.

224 번역문에는 원문과 달리 작자의 의도가 반영된 직접적인 당부의 목소리가 서술되어 있다.

"페르시아 말입니다. 대왕께서 타고계신 말[225]과 똑같은 종인 것 같습니다."

Prince Wol made answer: "Yes, that is so. This horse's name is 'Thousand Mile Cloud Breed.' Last year, in the autumn, while out hunting along with the Emperor, there were over ten thousand horses from the Imperial stables present. There were perfect wild wind flyers among them, but none of them could equal this one. Now Nephew Chang's fast horses and General Yi's black steeds are both said to be specially fine, but compared with mine they could hardly be dignified by the name of horse."

월왕이 대답했다.

"예, 그렇습니다. 이 말의 이름은 '천리부운총(千里浮雲驄)'입니다. 지난해 가을 황제폐하와 함께 사냥 나갔을 때 제국의 마구간에서 나온 일만 필이 넘는 말들이 있었소. 그것들 중에 완벽하게 야생의 바람 타는 말들이 있었지만, 어느 놈도 이것에 비할 수 없었소. 조카 장의 준마와 이장군의 검은 군마들이 특별히 훌륭하다 얘기되지만, 제 것에 비한다면 그 녀석들은 말이란 이름으로 존중받기 힘들지요."

The Master said: "Last year when I led the attack on Tibet over deep and dangerous waters and by precipitous cliffs where a man

225 대완마를 일컫는다.

could not go, this horse walked as freely as if he were on level ground, and never once missed his footing. Any success I had was largely due to this good steed's efficiency. You know Too-jami says: 'One in heart with man and equal to him in merit.' He refers to the horse.

사부는 말했다.

"작년 제가 티베트 정벌을 이끌었을 때, 깊고 위험한 강들 너머 그리고 인간이 갈 수 없는 깎아지는 벼랑들 옆으로 이 말이 마치 평평한 땅을 다니듯이 자유롭게 걸었습니다. 이 녀석의 발걸음을 한번도 잊은 적이 없었어요. 제가 거둔 어떤 성공도 이 훌륭한 말의 능력에 크게 힘입었지요. 아시다시피 두자미[226]가 말했지요. '사람과 마음으로 하나가 되면 공덕에서도 그와 동등하다.' 이는 준마를 지칭하고 있습니다."

"After I had brought back the forces my rank was raised and I laid down office, so that I rode lazily in a palanquin and went softly along the easy way of life till both horse and man were ready to fall ill. [p254]Please let us lay on the whip and have a race and see which of these two steeds will win. Let us show the ancients what we can do in the daring field of courage."

226 두보

“제가 군사를 데려오고 난 후에, 제 지위가 상승하고 공무를 내려놓게 되어, 저는 느리게 가마나 타고, 말과 사람 둘 다 모두 병들기 쉬운 지경이 될 때까지, 살랑살랑 쉬운 삶의 길을 따라갔습니다. 자, 그럼, 우리 함께 채찍을 휘둘러 경주를 하여 이 두 말 중에 어느 말이 이기는지 봅시다. 그래서 옛 사람들에게 대담한 용기의 측면에서 우리가 할 수 있는 것을 보여줍시다.”

Prince Wol was greatly delighted and said: “Those are my sentiments exactly.”

월왕이 크게 반기며 말했다.
“그 말씀은 정확히 내 마음이라오.”

Then they ordered the leaders who followed them with the two companies of guests and dancers to wait in the tent pavilion. They were about to lay on the whip when suddenly a huge stag that had been awakened by the hunters dashed past Prince Wol. The Prince called to the two keepers of the seal to shoot. Several let fly their arrows simultaneously, but they all missed, and the Prince, disgusted, dashed forth on his horse and with one shot in the side felled the huge beast. The soldiers shouted: “Long live the Prince.”

그들은 자기들을 따르던 장수들에게 명하여 두 왕가의 손님과 무희들이 막사에서 기다리도록 했다. 그들이 막 채찍을 내려칠 찰나였다. 갑자기 거대한 수사슴이 사냥꾼들에 놀라서 월왕에게 돌진해 지나갔다. 왕은 사냥터 지기 두 명에게 활을 쏘게 했다. 몇몇이 화살을 동시에 날렸으나 모두 놓치고 말았다. 그러자 분개한 왕은 말을 타고 앞으로 돌진하여 단 한 발로 옆구리를 맞춰 거대한 동물을 쓰러뜨렸다. 병사들이 외쳤다.

"대왕 만세."

The Master said: "Your marvellous bow outdoes King Yo-yang."

사부가 말했다.

"경이로운 궁술이 여양왕을 능가합니다."

But the Prince said in reply: "What is there to praise in a little thing like that? I would like to see your Excellency shoot; won't you give me a sample?"

왕이 대답했다.

"그처럼 작은 일로 무슨 칭찬이십니까? 저는 상공의 궁술을 보고 싶습니다. 시범을 보이시지요?"

Before he had done speaking, a pair of swans came sailing along in the rifts of the cloud, and the soldiers shouted: "These birds are hardest of all to hit; we must use a Hadong falcon."

그가 말을 마치기 전에 백조[227] 한 쌍이 구름의 틈 사이를 따라 날아왔다. 병사들이 외쳤다.

"이 새들은 쏘아 맞추기는 너무 어렵습니다. 사냥매를 사용해야 합니다."

The Master said: "Don't disturb them," but carefully fitted an arrow to his bow and let fly, hitting a bird and driving the shaft straight through its head so that it fell before the horses.

사부가 말했다.

"저들을 놀라게 하지 마라."

신중하게 활에 화살을 꼽고는 날렸고, 한 마리를 맞혔는데, 화살을 그것의 머리를 관통하게 했고 그것은 말들 앞에 떨어졌다.

The Prince gave a shout of applause and remarked: "Your Excellency's skill is equal to that of Yang-yoo."[p255]

왕은 소리 내어 칭송하며 그의 궁술을 평했다.

"상공의 궁술은 양여의 그것과 같습니다."

Then the two suddenly raised their whips and away they dashed on horseback, like shooting stars, or like devils of the night, with demon

227 원문에는 고니라고 서술되어 있다.

flashes of fire accompanying. In an instant they had crossed the wide plain and had scudded up the hill.

그런 다음 두 사람은 채찍을 들어 올려 내치자, 불을 동반한 귀신의 번쩍임과 함께 마치 혜성처럼 혹은 밤의 악마처럼 마을 탄 그들이 돌진했다. 한 순간에 넓은 평야를 가로질러서 언덕 위로 질주했다.

The two riders drew rein exactly even. For a time they stood gazing out over the wide expanse and talked of music and archery. Little by little the servants began to approach them, bringing the deer and the swan on bearers, which they offered to the Prince and to the Master.

그 두 주자는 정확히 같이 고삐를 당겼다. 그들은 넓은 평원을 응시하면서 한 동안 음악과 궁술에 관해 이야기를 나눴다. 하인들이 조금씩 가까이 오기 시작했는데, 사슴과 백조를 운반해서 그것들을 왕과 사부에게 바쳤다.

The two dismounted, sat on the grass, drew the sword that was in the hilt and cut some of the meat, which was cooked and eaten. They passed the glass in mutual congratulation. As they gazed into the distance they saw two red-coated yamen servants running towards them at great speed with a host of people following.

두 사람은 말에서 내려 풀밭에 앉아서 자루 속에 있던 칼을 꺼내 요리된 고기를 조금 잘라서 먹었다. 그들은 서로 축하의 잔을 돌렸다. 그들이 멀리 응시했을 때, 두 붉은 외투를 입은 관아 하인들이 빠르게 그들을 향해 달려왔고, 일군의 사람들이 뒤를 이어 왔다.

One rushed forward to say: "The Emperor and the Empress have sent out refreshments."

한 명이 돌진하여 와서 말했다.
"황제와 태후께서 음식을 보내셨습니다."

The Prince and the Master then returned, went into the pavilion and waited. Two officers of the Court poured out the Imperial wine and ordered two others to bring specially decorated writing paper.

그 말을 듣고 왕과 사부는 돌아와 누각에 들어가서 기다렸다. 궁중의 두 관리가 황제의 술을 따르고는 다른 두 사람에게 특별하게 장식된 글 쓸 종이를 가져오라 명했다.

They each took one in hand, knelt down, opened the roll and the subject suggested was "The Hunt," and the command was given to write.

그들은 각각 하나씩 받아 들고 무릎을 꿇어서 말린 종이를 폈다.

제시된 주제는 "사냥"이었다.

What the Master wrote ran as follows:

사부의 시는 다음과 같다.

"In early morning, with all the combatants, off we go,
With glittering swords and arrows like shooting stars.[p256]
The tent is filled with the prettiest faces in the land.
In pairs, before the horses, are the keen-eyed falcons.
We unite to taste with grateful hearts the sweet wine of the king,
We draw the glittering sword and cut from the high roast before us.
I think of last year, and the wild western hordes,
While I go forth on this happy hunt to-day."

"이른 아침 모든 전투 요원들과 함께 우리 떠나네,
빛나는 검과 혜성 같은 활을 갖고
막사는 지상의 절색미녀들로 가득차고
말들 앞에서 짝지은 날카로운 눈매의 사냥매들
우리는 황제의 감주를 감사하는 마음으로 맛보기 위해 뭉쳤네,
우리는 번뜩이는 칼을 꺼내 앞에 잘 구인 고기를 잘라 먹네,
나는 지난해 서쪽 변방 원정을 생각하며
오늘 행복한 사냥을 나선다네"

Prince Wol wrote:

월왕이 썼다.

"Flying dragons go by us like the lightning,
Fitted to the saddle, and accompanied by the rattling drum.
Swift like shooting stars, like arrows that strike the deer,
Round as the moon, flash the bows and the falling wildgoose answers.
The joy of the hunter rises in the keen zest of the play,
While all faces shine from the royal wines that flow.
Let's no more talk of the fine shots of Yo-yang;
How could he ever equal the feats of this happy day?"[p257]

"나는 용이 마치 번개처럼 우리 옆을 지나가네,
안장에 맞춰 앉고 북소리 울리면서
혜성같이 날쌔게 날아 사슴을 맞추는 화살처럼
달처럼 둥글게, 화살들 날리니 떨어지는 야생 고니가 답하네
사냥꾼의 즐거움은 놀이의 예민한 풍미로 일어나네
흐르는 황제의 술로 모든 얼굴에 화색이 도니
이제 더 이상 요양의 빼어난 궁술 이야기는 접고
이 행복한 날의 위업에 어찌 그가 비견될 수 있겠는가?"

The officials received the compositions, bade farewell and

returned within the city, while the two companies of guests sat each in rows and the stewards passed refreshments. Who can tell of the delightful flavour of wine mixed with milk and of the tender lips of the monkey? Fruit was there from Wol, and potatoes from Yong piled high on the green stone platters, and such a banquet none had ever seen even at the Lake of Gems with the Western Queen Mother presiding. One need not speak of gatherings under Moo-jee of Han or of such delicacies or delights ever having been seen before.

관리들이 그 글들을 받고는 절을 하고 도성으로 돌아갔다. 한편 두 집단의 손님들은 각각 줄 맞춰 앉고 식사 담당들이 음식을 날랐다. 우유를 섞은 술과 원숭이의 부드러운 입술의 신기한 맛에 대해 누가 이야기할 수 있는가? 과일은 월나라에서 왔고, 용나라에서 온 감자는 옥 접시에 높이 쌓여 있다. 서왕모가 요지에서 벌인 잔치에서조차도 그런 연회는 누구도 본적이 없는 것이었다. 한나라 무제의 모임이나 이전에 언제나 보였던 그런 음식과 즐거움에 대해서는 지금 이야기할 필요가 없는 것이다.

Behold the dancers ready, a thousand strong, in ranks three deep with the broad silk awning shading them. The sound of gems and ornaments was like rippling thunder; the slender waists of the dancers were more lithe than the willow; the hundred pretty faces vied with the flowers in freshness and beauty; the sound of harps and flutes surpassed the music of many waters; the singing made the whole South Mountain to tremble.

천 명 만큼이나 많은 무희들이 세 겹으로 둘러 넓은 비단 장막이 그들을 가리고 대기한 것을 보라. 보석과 장식의 소리는 잔물결이 이루는 천둥 같았다. 무희들을 가냘픈 허리는 버드나무 가지보다 더 낭창낭창 했다. 수백의 아리따운 얼굴들이 신선하고 아름다운 꽃들로 다투었다. 거문고와 퉁소 소리는 숱한 물의 음악을 능가했다. 노래는 전체 남산을 떨게 만들었다.

When the glass was passed Prince Wol said to the Master: "I, your humble servant, have been the recipient of your abundant favour, and there is no way by which I can return my lively appreciation. I want once to make you glad through the maids-of-honour that I have brought with me, so, if you please, I will call them and make them sing and dance before your Excellency."

술잔이 전달되면서 월왕이 사부에게 말했다.

"소인은 상공의 풍성한 은혜를 받았는데, 저의 생생한 감사를 돌려드릴 방법이 없습니다. 제가 데려온 소첩 몇 명으로 한번 상공을 기쁘게 해드리고 싶습니다. 그래서 양해하신다면, 제가 그들을 불러 상공 앞에서 노래와 춤을 추도록 하겠습니다."

The Master thanked him and said: "How should your humble servant look upon the ladies of my lord's household, but since we are brothers, bound together by your sister's gracious favour, I shall venture to be[p258]so bold. I, too, have my household here who desire to see the celebration, and I shall call upon them to accompany the ladies of your palace, each following the music according to her own special skill, and so add cheer to the occasion."

사부는 그에게 감사를 표하며 말했다.

"어찌 소인이 제 주인 집의 부인들을 보겠습니까? 하지만 우리가 대왕의 여동생의 품위 있는 은혜로 한 집안 형제가 되었으니, 제가 감히 한번 보도록 하겠습니다. 저 또한 제 집안에 축하연을 보고자 하는 이들을 여기 데려 왔습니다. 그래서 그들을 불러서 대왕의 여인들과 함께 자기들 특유의 기량에 따르는 음악에 맞춰서 흥을 북돋을까 합니다."

The Prince replied: "Good, how happy your suggestion is."

왕이 답했다.

"좋소, 상공의 제안이 얼마나 반가운지."

Then Moonlight and Wildgoose and four dancers of Prince Wol came forth, and made their obeisance before the dais.

그러자 문라이트와 와일드구스, 그리고 월왕의 네 무희들이 앞으로 나와서 상단 앞에서 경의를 표했다.

The Master said: "In ancient times King Yong had one famous dancing-girl whose name was Lotus Bud. Yi Tai-baik earnestly requested King Yong that he might hear her sing, but he never dreamed of asking to see her face. Now I, your humble servant, see all these pretty dancers and behold their beauty, and am therefore blessed many times beyond Yi Tai-baik. What are the names of these four, please? "

사부가 말했다.

"옛날 영왕은 로터스버드[228]이라는 유명한 무희를 데리고 있었습니다. 이태백이 진심으로 영왕에게 청하여 그녀의 노래를 듣고자 하였으나, 그는 그녀의 얼굴 보기를 청하기까지는 꿈도 꾸지 못했지요. 지금 소인은 이들 예쁜 무희들 모두의 미모를 보니, 이태백보다 몇 곱절 축복받았습니다. 여기 네 명의 이름은 무엇인지요?"

The four then advanced and gave answer for themselves, saying: "I am the Cloud Fairy of Keum-neung; I am Hair Pin of Chin-joo; I am Ok-yon of Moo-chang; I am Soft Whinny of Chang-an."

그러자 그 네 명이 앞으로 나와서 스스로 답했다.

"저는 금능의 클라우드페어리입니다. 저는 진유의 헤어핀입니다. 저는 무창의 옥연입니다. 저는 장안의 소프트휘니[229]입니다."

228 부용

229 각각 두운선(杜雲仙), 소채아(少蔡兒), 만옥연(萬玉燕), 호영영(胡英英)

Then the Master remarked to Prince Wol: "When I was a young scholar and travelled from place to place, I heard the famous name of Ok-yon. Now that I see her face to face she far surpasses in beauty the renown that preceded her."

사부가 월왕에게 말했다.

"제가 젊은 서생으로 여기저기를 떠돌 때, 옥연이라는 유명한 이름을 들었습니다. 마침 그녀 얼굴을 대하고 보니, 그녀의 미모는 이미 들었던 명성을 훨씬 뛰어넘습니다."

Prince Wol hearing the names of Moonlight and Wildgoose, and recognising them, said: "These two famous women are noted the world over, and now they have become attached to your Excellency's household. They certainly have been very fortunate[p259]in the master they have chosen. I wonder where you first met them?"

문라이트와 와일드구스의 이름을 들은 월왕은 그들을 알아보고 말했다.

"이 두 유명한 여자들은 전 세상에 알려진 사람들이며, 이제야 그들이 상공의 집안에 들어갔군요. 그들은 확실히 주인을 선택하는 데 있어 아주 행운을 얻었습니다. 어디서 그들을 처음 만났는지가 궁금하군요."

The Master replied: "Moonlight I met on my way to examination.

When I reached Nak-yang she came to me of her own accord. Wildgoose was originally attached to the palace of the King of Yon, but when I went there as envoy she made her escape and followed me."

사부는 답했다.

"문라이트는 제가 과거시험을 보러가는 도중에 만났습니다. 제가 낙양에 도착했을 때, 그녀는 자기 의향으로 저에게 찾아왔습니다. 와일드구스는 원래 연나라 왕궁에 소속되었습니다. 그런데 제가 사절로서 그곳에 갔을 때, 그녀는 탈출하여 저를 따랐습니다."

The Prince clapped his hands, laughed, and said: "Wildgoose had courage indeed."

왕은 박수를 치고 웃으며 말했다.

"와일드구스는 정말 용감하군요.[230]"

The Master went on: "When I think of those days, really it is amusing. A poor scholar like me, riding a mean little donkey, with but a boy to accompany me, started out on my way. I was overtaken with thirst, and drank overmuch fragrant wine, and when crossing Chon-jin Bridge found several score of the literati youth enjoying

230 원문에서는 적경홍의 의협심을 홍불기와 비교하여 서술하는 한편, 계섬월과의 만남은 어떠한 인연으로 이루어진 것인지 묻는 내용이 부연 서술되어 있다.

themselves with music and dancing. I took courage and went in. My poor clothes and headgear were put to shame by the dresses of the slaves that served. But I took a seat and there was Moonlight. In the exhilaration of the moment I never thought of making a laughing-stock of myself but wrote a verse or two. I do not know now what I wrote or what it was like, but Moonlight chose it before all the others and sang it. There had been an agreement in the first place that Moonlight should be given to the one whose verse she chose to sing, so there was no question that she was mine; besides it was a predestined affinity that settled the matter between us."

사부는 말을 이었다.

"지난날들을 생각하기만 해도, 정말 유쾌합니다. 저 같이 가난한 서생이 형편없이 작은 당나귀를 타고 소년 하나를 대동하고 길을 나선 것이지요. 도중에 제가 너무 목이 마른 참에 향기로운 술을 과음했습니다. 그리고는 전진교를 건널 무렵, 수십 명의 젊은 선비들이 음악과 춤으로 즐기고 있었습니다. 제가 용기를 내어 들어갔지요. 남루한 옷에 선비 갓을 쓰고 갔더니 술과 음식을 나르는 노비들의 옷에 비교되어 창피했습니다. 아무튼 자리를 잡고 앉자 거기에 문라이트가 있었습니다. 그 순간 들뜬 기분에 제 자신을 조롱거리로 만들 생각이 없었지만, 시 한 두 수를 지었습니다. 지금은 내가 무슨 내용을 썼는지 알지 못하지만, 문라이트가 다른 모든 것들 중에 그것을 선택하여 노래 불렀지요. 이보다 먼저 약속하기로 그녀가 노래 부르기 위해 선택된 시를 쓴 자에게 문라이트를 양보한다는 것이었습니다. 그래서 그녀가 제 것이 되는데 어떤 의문도 없었지요. 게다가 그것이 우리 둘 사이의 문제를 해결하는 미리 점지된 인연이었던 것입니다."

Prince Wol laughed and said: "You are winner in more than one field. Certainly to win her was more marvellous and delightful than being crowned with[p260]laurel. I am sure what you wrote must be very fine indeed. Might I hear it?"

월왕이 웃으면서 말했다.

"상공은 여러모로 성공한 사람입니다. 확실히 그녀를 얻는 일은 영광의 왕관을 쓰는 일[231]보다 더 경이롭고 유쾌한 일이었겠군요. 그 당시 썼던 시는 분명히 아주 훌륭했을 터라고 확신합니다. 그것을 들어볼 수 있을까요?"

The Master replied: "How can I possibly recall what I wrote then?"

사부가 답했다.

"그때 쓴 것을 제가 어떻게 기억하겠습니까?"

Then the Prince said to Moonlight: "The Master has forgotten the verse that he wrote when he first met you. Can you not recite it for me?"

231 원문에서는 왕관을 쓰는 일이 아닌 장원급제에 이를 비교하고 있다.

그러자 왕은 문라이트에게 말했다.

"사부님께서 너를 처음 만났을 때 썼던 시를 잊은 것 같구나. 나를 위해 네가 그것을 다시 읊어볼 수 있겠느냐?"

Moonlight said: "I remember it well; shall I write it out and hand it to your Highness, or shall I sing it?"

문라이트가 말했다.

"제가 그것을 잘 기억하고 있습니다. 제가 그것을 써서 전하께 올려야 할까요, 아니면 노래로 불러드릴까요?"

The Prince, pleased with the reply, said: "If you would sing it, as well as give it to me, I should be delighted."

그 대답에 기뻐하면서 왕이 말했다.

"만약 네가 그것을 내게 주고 또 노래한다면, 내가 분명히 즐거우리라."

Then Moonlight advanced and sang, so that the assembled guests were transfigured with joy. The Prince, overcome with a sense of wonder and awe, praised her, saying: "Your Excellency's gift in writing and Moonlight's soft compelling song are nowhere to be equalled. The bouquets of flowers that bloom forth from that song of yours rival the pretty girl's soft robes and ornaments. It would make even Yi Tai-baik take a second place. How can those who make a pretence at writing nowadays ever venture to look at such?"

그러자 문라이트가 나와서 노래하니, 모인 손님들이 즐거움으로 감동했다. 놀라움과 경이의 감정에 압도된 왕은 그녀를 칭찬하면서 말했다.

"글에 있어 상공의 재능과 문라이트의 부드럽고도 감탄하지 않을 수 없는 노래는 비길 데가 아무 데도 없습니다. 상공의 시에서 뿜어져 나오는 꽃들의 향기는 예쁜 여인의 부드러운 예복과 장식에 필적합니다. 그로 인해 이태백조차 이등 자리로 강등되겠습니다. 근래에 글 좀 쓰는 체하는 사람들이 어찌 감히 그런 경지를 보려고 시도할 수나 있겠습니까?"

Wine was then passed in a golden goblet filled to the brim, and thus were Moonlight and Wildgoose rewarded.

금제 잔에 넘칠 정도로 채운 술이 돌았고, 문라이트와 와일드구스는 보상을 받았다.[232]

The four dancers from Prince Wol's palace and these two sang together the tune of "Long Life," and the assembled guests announced

232 원문에는 계섬월 만이 금 술잔에 술을 받았다고 서술되어 있다.

them angels from heaven. Ok-yon's name was rated with that of Moonlight and Wildgoose. The three others, while not equal to Ok-yon, were yet wonderfully skilful.[p261]

월왕 왕궁의 네 무희와 이들 두 명은 함께 "장수"의 가락에 맞춰 노래 불렀다. 그리고 모인 손님들은 그들을 하늘에서 온 천사라고 말했다. 옥연의 이름은 문라이트와 와일드구스의 이름과 같이 평가되었다. 나머지 세 사람은 옥연과 같지는 않지만 그럼에도 놀라운 기량이었다.

The Prince, congratulating himself on the occasion, and highly pleased, now asked all the guests to step forth from the tent to see the military master's sword exercise, spear drill and charging in the lists.

월왕은 그 일과 관련 스스로를 축하하면서 크게 기뻐했다. 이제 모든 손님들에게 막사 바깥으로 나와서 군사적 달인들의 검술과 창술, 그리고 투기장에서 공격하기를 구경하도록 요청했다.

He said: "The women's horsemanship and shooting with the bow are worth seeing. Several among my palace maids are adepts. Your Excellency has among yours, no doubt, women from the north, who would, if you gave command, shoot a rabbit or pheasant for the amusement of the assembled company."

그가 말했다.

"여인들의 마술과 활쏘기는 볼만한 가치가 있습니다. 제 궁중의 여인들 중에 몇몇이 달인들입니다. 상공의 여인들 중에도 틀림없이 있을 테지요. 북방에서 온 여인들에게 만약 명을 내린다면 모인 사람들의 흥을 위하여 토끼나 꿩을 맞출 것입니다."

The Master was pleased at this and gave the order for a score or more to be chosen who were practised with the bow and in dashing horsemanship. These, with the maids from the palace of Prince Wol, laid wagers. Suddenly Wildgoose stepped forward and said: "Though I am not trained with the bow, still I have seen a great deal of riding and shooting and to-day I should like to try."

사부는 이 말을 반기면서 궁술과 마술에 숙달된 십여 명을 선발하도록 명했다. 월왕의 궁중 여인들과 함께 이들은 내기를 했다. 그런데 갑자기 와일드구스가 앞으로 나와서 말했다.

"비록 소녀 궁술을 훈련하지는 않았습니다만, 말 타기와 활쏘기를 많이 보았으므로 오늘 한번 시도해 보겠습니다."

The Master gave ready assent, unfastened the bow from his own belt and handed it to her. Wildgoose took it and said to the combatants: "Even though I do not hit the mark you girls must not laugh at me." At once she mounted as if by wing one of the fast horses and sped away from before the tent. Just then a pheasant came flying from the copse. Wildgoose instantly straightened her slender back, grasped the bow, and the arrow went singing through the air, when a bunch of feathers in all the five colours fell before the horse's head.

사부는 즉시 동의했고, 자신의 혁대로부터 활을 풀어서 그녀에게 건넸다. 와일드구스는 전투원들에게 말했다.

"비록 내가 과녁을 맞추지 못한다 하더라도 너희들이 비웃으면 안 될 것이야."

즉시 그녀는 마치 날개를 단 듯이 준마들 중 하나에 올라타서 막사 앞으로부터 속력을 내서 멀어져 나갔다. 바로 그때 잡목 숲에서 꿩 한 마리가 날아올랐다. 와일드구스는 즉시 자신의 가는 허리를 꼿꼿이 세운 다음 활을 붙잡자, 화살이 공중에서 휙 소리 내면서 날아갔다. 그때 다섯 가지 색의 깃털 뭉치가 말 머리 앞에 떨어졌다.

The Master and the Prince clapped their hands and gave a ringing outburst of applause.

사부와 왕은 박수를 치며 칭찬을 쏟아냈다.

[CUTLINE: In the Fairy Lists: Swallow and White-Cap Enter][233]

[선녀의 명부에서: 스왈로우와 화이트캡[234]의 등장]

233 원문과 달리 번역문에서는 적경홍이 활을 쏘아 꿩을 잡은 대목에서 장을 구분짓고 있다.

Wildgoose turned rapidly, rode back and alighted[p262]before the tent. She walked slowly to her place and sat down while all the girls congratulated her, saying: "We have trained for ten years and all to no purpose."

와일드구스가 빠르게 몸을 돌려 말을 타고 막사 앞에 착지했다. 그녀는 모든 여인들의 축하를 받으면서 천천히 자기 자리로 걸어가 앉았다. 여인들은 말했다.

"우리가 십년 동안 훈련을 했는데, 모두 헛수고였다."[235]

But Moonlight turned to her and said: "Though we two have not been beaten by the dancers from Prince Wol's palace, still there are four of them and we only two. This is hard work. Our not bringing Cloudlet was a great mistake. Though dancing and singing are not Cloudlet's speciality, her beauty and grace are such as would hold their own with Ok-yon's company." She gave a sigh. Suddenly two women were seen coming from the farther side of the grounds in a swift palanquin across the blooming green sward. They reached the entrance of the pavilion, when the gate-keeper said: "Do you come from Prince Wol's palace, or from the home of the Prince of Wee?"

234 백능파

235 원문에는 적경홍의 사냥 이후, 다수의 여자들이 꿩과 토끼를 잡아 양소유와 월왕의 처분에 따라 금과 비단을 상으로 받았다는 내용이 서술되어 있다.

그런데 문라이트가 그녀에게 몸을 돌리며 말했다.

"설사 우리 둘이 월왕 궁중의 무희들에게 패하지 않았다 하더라도, 그들은 네 명이고 우리는 겨우 두 명이야. 이건 어려운 일이다. 클라우들릿을 데려오지 않은 것이 큰 실수였다. 춤과 노래가 클라우들릿의 전문 분야가 아니긴 하지만, 그녀의 미모와 우아함이 옥연의 여자들의 미모를 휘어잡을 만큼 대단하니 말이야."

그녀는 한숨을 내쉬었다. 그 경연장의 먼 저편으로부터 갑자기 두 여인이 활짝 핀 녹색 잔디밭을 재빨리 가로지르는 마차를 타고 오는 것이 보였다. 그들이 누각의 입구에 당도하자 문지기가 말했다.

"너희는 월왕의 궁에서 온 것이냐, 아니면 위왕의 집에서 온 것이냐?"

The charioteer replied: "These two ladies are from the household of General Yang. They have been delayed, and so did not get here at first with the others."

마부가 답했다.

"여기 두 여인은 양장군의 집에서 왔다. 그들은 지체되어 다른 이들과 함께 먼저 오지 못했다.

The soldier guards then went in and reported the matter.

문지기 병사들이 안으로 들어가 사실을 보고했다.

Master Yang said: "It is evidently Cloudlet who has come to see, but why has she come in this unaccountable way? Call her in."

양사부가 말했다.

"보러온 사람은 분명히 클라우들릿이렸다. 그런데 어찌하여 그녀가 이다지도 이상한 방식[236]으로 왔을까? 들여보내라."

The two ladies wearing embroidered shoes alighted from the palanquin. In front was Swallow, and behind was the maiden seen so clearly in the dream, the daughter of the Tong-jong Dragon King. The two came forward before the Master and bowed.

자수 신발을 신은 그 두 여인이 마차에서 내렸다. 앞에는 스왈로우[237]였고, 뒤에는 꿈에서 아주 분명하게 보았던 여인이었다. 그 여인은 동정호의 용왕의 딸이었다. 둘은 사부 앞으로 와서 절을 했다.

Then Yang pointed towards Prince Wol and said: "This is his Highness Prince Wol; go and make your obeisance to him."[p263]

그러자 양은 월왕을 가리키며 말했다.

"이분은 월나라 대왕이시다. 가서 경의를 표하도록 하여라."

When they had done so, the Master gavc orders that they should be

236 원문에는 행색이 간략하여 의문이 들었다는 사실이 서술되어 있다.
237 심요연을 이른다.

placed beside Wildgoose and Moonlight. Then he said to Prince Wol: "These two maidens I met first on my campaign against the Tibetan. I have been so busy recently that I did not have opportunity to bring them before. They have come in order that they might enjoy the music and see the sights of the day."

그들이 월왕에게 절을 마쳤을 때, 사부는 명을 내려 그들이 와일드구스와 문라이트 옆에 자리하도록 했다. 그런 연후에 그는 월왕에게 말했다.

"이들 두 여인은 티베트 원정길에서 처음 만났습니다. 제가 최근에 너무 바빠서 앞서 그들을 데려올 기회가 없었습니다. 그들이 음악을 즐기고 시절 풍경을 봐도 좋다는 명에 의해 왔습니다.[238]"

When the Prince had looked at them again he saw that they were beautiful, like sisters to Moonlight and Wildgoose, with their grace of form even enhanced if that were possible.

왕이 그들을 다시 보았을 때, 그는 그들이 마치 문라이트와 와일드구스의 자매인 것처럼 아름답다는 사실을 확인했다. 그들 몸체의 우아함은 만일 가능하다면 훨씬 향상되었을 것이다.

The Prince was astonished, and all the faces of the galaxy from his

238 원문에서는 양소유가 그들이 찾아온 이유가 양소유가 월왕을 모시고 즐긴다는 말을 듣고 구경하러 왔기 때문이라고 서술하고 있다.

palace turned pale as ashes.

왕은 놀랐고, 자기 왕궁의 은하수 같은 모든 얼굴들이 재처럼 하얗게 되었다.

He asked: "What are the names of these two ladies and where are they from, please?"

그는 물었다.
"이 두 여인의 이름은 무엇이고 어디서 오셨는지 알려주겠는가?"

One of them replied, saying: "I am Sim, the Swallow. I come from west Yang-joo." And the other replied, saying: "I am White-cap, who came originally from the neighbourhood of the So-sang River. Unfortunately I met with trouble and made my escape from home and have taken refuge with the Master."

그들 중 한 명이 말했다.
"저는 성은 심이요, 이름은 스왈로우입니다. 서쪽 양주에서 왔습니다."
그리고 나머지 한 명이 대답했다.
"저는 화이트캡이며 원래 소상강 유역 출신입니다. 불행하게도 변고를 당해서 집을 빠져나와서 사부님에게로 피신해 왔습니다."

The Prince said: "These two maidens are not mortals, I am sure. Do they know how to play the harp?"

왕이 말했다.
"이 두 여인은 인간이 아니라고 난 확신하오. 그들이 퉁소 연주[239]를 할 줄 아오?"

Swallow replied: "I am a humble person from a distant part and never heard the harp in my early days. By what possibility could I entertain your Highness? In my childhood I learned the sword dance, but this is an entertainment of the camp and not of the drawing-room."

스왈로우가 답했다.
"저는 외진 곳 출신의 천한 인간이며 일찍이 퉁소를 들어본 적이 없습니다. 제가 대왕님을 무슨 재주로 즐겁게 해드릴 수 있겠는지요? 어린 시절 배운 것이라곤 칼춤이었습니다만, 이건 군영에서의 놀이지 귀한 자리에서 할 것은 못 됩니다."

The Prince was now all excitement and said to the[p264]Master: "In the days of Hyon-jong, the great dancer, Kong-son was renowned the world over for her skill in sword-dancing. Later generations lost

239 원문에는 번역문과 같이 구체적으로 퉁소연주를 지칭하지 않고, 악기를 연주하는 재주를 가진 것이 있느냐는 질문을 던진다

the art and I have always felt sorry that I have not seen it. Now that you say the maid is skilled in sword-dancing I am more delighted than ever."

왕은 완전히 흥이 돌아 사부에게 말했다.

"현종 시대의 대단한 무희 공손은 뛰어난 기량의 검무로 천하에 이름을 알렸소. 이후 세대는 그 기술을 이어받지 못해, 나로선 그것을 본 적이 없어 늘 유감이었습니다. 지금 저 여인이 검술에 능하다 하니 나로선 너무나 기쁘다오."

Then the Prince and the Master each drew from their belt the sword that they carried and gave it; Swallow fastened up her sleeves, put off her belt ornaments and stepped forth to dance. At once from top to floor came the flashing of the blades, and the swift fierce passings from side to side. The red cheeks and bright sword blades melted into one, like the snows of the third moon that fall on the red buds of the springtime. Suddenly the speed of the sleevelets increased, and the whirling edges went faster and fiercer, till a blaze of white light filled the tent and Swallow's form was lost entirely to view. Mysteriously a rainbow halo suddenly appeared and a cool wind was felt to pass between the cups and glasses of the feast board. All the assembled company felt a shuddering in their bones and their locks stood on end.

왕과 사부는 각각 자기 혁대로부터 검을 빼서 전달했다. 스왈로우는 소매를 걷어붙이고 혁대 장식을 풀어놓은 다음 춤추기 위해 앞으로 걸어 나왔다. 칼날의 번뜩임이 천장부터 바닥까지 이편에서 저편으로 동시에 날쌔게 휘젓고 다녔다. 붉은 볼과 선명한 칼날이 춘삼월 붉은 꽃봉오리에 떨어진 눈의 풍경과 같이 하나로 뒤섞였다. 팔놀림의 속도가 갑자기 높아지더니 회오리치는 칼날이 백광의 번뜩임이 막사를 가득 채우고 스왈로우의 몸이 완전히 눈에 보이지 않을 때까지 더 빨라지고 더 맹렬해졌다. 신비롭게도 느닷없이 무지갯빛 후광이 나타나고 시원한 바람이 잔치 상 위의 술잔 사이로 지나는 것이 느껴졌다. 모인 사람들 전체가 뼛속부터 오싹하는 기분이었고, 꼼짝 못하고 서 있었다.

Swallow intended to give an exhibition of the various forms she had learned, but fearing that it would cause alarm to the Prince, stopped, threw down the sword, bowed and retired.

스왈로우는 자기가 배웠던 다양한 자세를 선 보이려고 했으나 대왕을 놀라게 만들까 걱정하여 멈추고 칼을 내려놓고는 절하고 물러났다.

The Prince was some time in recovering his senses; then he said: "How could any mortal attain to such skill as that? I have heard that many fairies are skilled in the sword-dance. Tell me are you not a fairy?"

왕은 정신을 차리기 위해 한 동안 가만히 있었다. 그런 연후에 말했다.

"어떻게 사람이 저와 같은 그런 기량을 얻을 수 있는가? 내 다수의 선녀들이 검무에 능하다고 들었다. 정녕 네가 선녀가 아니냐?"

Swallow said in reply: "The custom of the west is to practise feats of skill with military weapons, so[p265]I learned this when I was a child. Why should you think me a fairy?"

스왈로우는 답했다.

"서쪽 지방의 관습은 무기로 기량을 연마하는 것이 있습니다. 그래서 저는 어릴 때부터 이것을 배웠습니다. 왜 제가 선녀라고 생각하시는지요?"

The Prince said: "When I go back to my palace, the best dancers among my maids shall be chosen and sent to you in the hope that you will kindly teach them."

왕이 말했다.

"내가 왕궁으로 돌아갈 때, 내 여인들 중 최고의 무희들이 선발되어 그대에게 파견될 것이니, 부디 잘 가르쳐주기 바란다."

Swallow bowed and gladly assented.

스왈로우는 절하고 기꺼이 받아들였다.

The Prince then asked White-cap: "What special skill have you, young lady?

왕은 화이트캡에게 물었다.
"그대 젊은 여인은 어떤 특기가 있는가?"

White-cap replied: "My home overlooked the So-sang River, the place where A-whang [43] and Yo-yong played together, where the skies seem so far away, and the nights are so quiet, with soft breezes and a clear moon. From between the gentle rifts of the clouds I have heard again and again the strains of the harp, and these from earliest childhood I set myself to imitate. I used to play there alone and was so happy. I am afraid your Highness would not care for it, however."

화이트캡이 답했다.
"저의 집은 소상강을 내려다보는 아황과 여영이 함께 놀았던 곳입니다. 그곳의 하늘은 드높으며 부드러운 바람과 맑은 달이 뜬 밤은 너무나 조용합니다. 구름들의 부드러운 틈 사이로부터 저는 자주 비파 소리를 들었습니다. 그리하여 어릴 때부터 저는 스스로 그 소리를 흉내 냈고, 혼자서 연주하며 즐거웠습니다. 그럼에도 불구하고 대왕께서 그것을 좋아하지 않으실까 걱정됩니다."

The Prince said: "In the writings of the ancients we read that A-whang and Yo-yong played upon the harp, but I have never heard that their tunes were passed on to mortal generations. If you have learned and know them let us hear them. Why should we compare them with the common music of the day?"

왕이 말했다.

"옛 글에서 우리는 아황과 여영이 비파를 연주했다고 읽었지만, 나는 그 가락이 인간 세상에 전해졌다는 소리는 들은 적이 없었다. 만약 네가 배워서 알고 있다면, 우리에게 들려다오. 우리가 왜 오늘날의 평범한 음악과 그것을 비교하겠느냐?"

Then White-cap drew from her sleeve a small harp and played in tones indescribably tender, clear and persuasive, like waters hurrying through the mountain passes, or like the wildgeese clamouring the long length of heaven. All the guests were deeply moved, and tears began to flow. Suddenly the petals of the flowers trembled and the rustlings of autumn broke in upon the scene.[p266]

그러자 화이트캡이 자기 소매에서 작은 비파를 꺼내서 연주했는데, 그 가락은 깊은 산 계곡을 급히 흘러가는 물처럼 혹은 장대한 하늘나라를 울리는 야생 오리들처럼 형언할 수 없이 푸근하고 맑으며 끌어당기는 힘이 있었다. 모든 손님들이 깊이 감동하여 눈물이 흐르기 시작했다. 주위의 꽃들의 꽃잎들이 떨렸고, 가을의 바삭하는 소리가 그 현장에 끼어들었다.

The Prince, mystified, said: "I never heard before that music could move the seasons in their course. If you are only a mortal, how is it that you can turn spring to autumn, or cause the leaves to fall? Could any mere human being ever learn a tune such as this?"

기이하게 생각한 왕이 말했다.

"내 이전에 음악이 정해진 계절을 바꿀 수 있다는 소릴 들어보지 못했다. 그대가 한갓 인간에 지나지 않는데, 어찌하여 봄을 가을로 혹은 나뭇잎을 낙엽으로 떨어지게 바꿀 수 있느냐? 대체 이와 같은 가락을 인간이 배울 수라도 있다는 말인가?"

White-cap replied: "I have passed on merely the dregs of what I have heard, and have shown no special skill in the little that I have played for you."

화이트캡이 대답했다.

"저는 다만 제가 들었던 것 중에서 찌꺼기만 전했습니다. 그리고 연주해 올린 하찮은 곡에는 별다른 기량이 없습니다."

Ok-yon here interrupted and addressed the Prince, saying: "Though I have no special skill of my own, yet there is one tune that I should like to play to your Highness. It is called the Song of the

White Lotus. Shall I play it?"

여기서 옥연이 끼어들어서 왕에게 말했다.

"비록 소첩이 별다른 기량이 없기는 하지만, 대왕님께 바칠 가락이 하나 있습니다. <백련곡>이라는 가락인데, 연주하여도 괜찮겠습니까?"

She took up a harp such as was used in Chon-king's time, went forward and began to twang the strings. Across the twenty-five of them that lined the board, passed her hands in sweet and lovely music, well worth the hearing. The Master as well as the two dancers, Moonlight and Wildgoose, praised its beauty and the Prince was greatly delighted.[p267]

그녀는 전왕시대[240]에 사용되었던 것과 같은 아쟁을 들고 앞으로 나서서 줄을 튕기기 시작했다. 그녀의 손이 스물다섯 줄을 가로질러 넘나들며 들을 만한 감미롭고 사랑스런 음악을 만들어냈다. 두 무희 문라이트와 와일드구스뿐 아니라 사부 또한 그 아름다움을 칭찬했으며, 왕은 크게 기뻐했다.

Chapter XV The Wine Punishment

제15장 벌주

240 진나라

ON this day of the happy festival Swallow and White-cap came in at the last and added the final touch of delight. The Master and the Prince, while desiring to stay longer, were compelled by the falling shadows of the evening to break up the feast and return. They gave to each performer rich presents of gold, silver and silk. Grain measures of gems were scattered about and rolls of costly materials were piled up like hillocks. The Master and the Prince, taking advantage of the moonlight, returned home to the city amid the ringing of bells. All the dancers and musicians jostled each other along the way, each desiring to be first to return. The sound of gems and tinkling ornaments was like falling water; and perfume filled the atmosphere. Straying hairpins and jewelled ornaments were crushed by the horses' hoofs and the passing of countless feet. The crowd in the city, desiring to see, stood like a wall on each side of the way. Old men of ninety and a hundred wept tears of joy, saying: "In my younger days I saw his Majesty Hyon-jong out on procession, and his splendour alone could be compared with this. Beyond all my expectations I have lived till to-day and now see this happy gathering."

행복한 잔치의 날의 마지막에 스왈로우와 화이트캡이 등장하여 즐거움의 끝머리를 장식했다. 더 오래 머무르고 싶지만 양사부와 월왕은 떨어지는 저녁 어둠에 어쩔 수 없이 잔치를 끝내고 돌아갔다. 그들은 각각의 공연자들에게 금은 비단 등 풍성한 선물을 안겼다. 구슬 같은 보석들이 주변에 흩어졌고 진귀한 물건들 뭉치가 언덕처럼 쌓였다. 사부와 왕은 달빛을 벗 삼아 종소리가 울리는 가운데 도시로 돌아왔다. 모든 무희와 악사들은 길을 따라오면서 서로 먼저 가려고 부딪히곤 했다. 보석과 짤랑거리는 장식물들의 소리가 떨어지는 물소리 같았고, 향수 냄새가 대기를 채웠다. 흩어진 비녀와 보석 장식물들이 말발굽과 지나는 사람들의 무수한 발에 짓밟혔다. 그걸 보기 위해 도시의 군중들은 길옆에 마치 벽처럼 서 있었다. 구십대와 백 살 노인들은 기쁨의 눈물을 흘렸다.

"내가 젊은 시절 현종폐하의 바깥 행차를 보았는데, 그 장대함이 오늘과 같았지. 내 기대를 뛰어넘어 오늘까지 살아서 이런 행복한 모임[241]을 보는구나."

The two Princesses with Chin See and Cloudlet were with the mother awaiting the return of the Master. In a little he came, bringing in his train[p268]Swallow and White-cap, who at once appeared before the mother and the two Princesses and made their salutations.

진씨와 클라우들릿과 더불어 두 공주는 사부의 귀환을 기다리며 어머니와 함께 있었다. 잠시 지나자 사부가 자기 마차에 스왈로우와 화이트캡을 데리고 왔는데, 그들은 즉시 어머니와 두 공주 앞에 나타나서 경의를 표했다.

Cheung See said: "Your Excellency has spoken very often, saying

241 원문에는 나라의 태평한 기상을 보게되어 기쁘다고 서술되어 있다.

that by the help of these two maidens you had brought into subjection whole districts of rebels. I was always sorry that I had never met them. Why is it, girls, that you have come so late?"

정씨가 말했다.

"상공께서 이 두 여자들의 도움으로 전체 반란 지역을 복종시킬 수 있었다고 아주 자주 말씀하셨다. 나는 한번도 그들을 보지 못하여 늘 유감이었다. 이렇게 늦게 나타난 이유가 무엇이더냐?"

Swallow and White-cap made answer: "We are unknown people from a distant province, and though the Master has kindly looked upon us, we feared that the two ladies would not be willing to accord us a place with them so we hesitated to come. But now having entered the gates and having heard the people say that the two Princesses were blessed with the happy hearts of Kwa-jo and Kyoo-mok, and that their kindly virtues moved high and low alike, we have come boldly in to make our obeisance. Just at the time of our entrance into the city we learned that the Master was engaged in the Festal Grounds; so we hurried out and joined in the happy gathering. Now that your kind words are spoken to us how delighted indeed we are."

스왈로우와 화이트캡은 답했다.

"우리는 변방 출신의 무명인입니다. 비록 사부님께서 자비롭게 우리를 높이 사셨지만, 우리는 두 마님께서 우리에게 자리를 내주기

꺼리실까 걱정하여서 오기를 주저하였습니다. 하지만 이제 우리가 문을 들어섰고, 또한 두 공주님께서 과조와 규목의 따뜻한 마음을 가지셨다는 사람들의 말을 들은 까닭에, 더불어서 그분들은 신분의 고하를 막론하고 자비로운 덕을 베푼다 하니, 우리가 감히 경의 표하며 인사드리기 위해 왔습니다. 우리가 도시로 들어오는 바로 그때 사부께서 잔치마당에 계신다는 사실을 알고 서둘러 가서 모임에 함께 하였습니다. 이제 마님들의 다정한 말씀을 들으니 실로 얼마나 기쁜지 모르겠습니다."

The Princess laughed and said to the Master: "To-day we have a garden of flowers gathered in the palace. Without doubt your Excellency will boast of it. It all pertains to our merits, however, and is due to us two. You must not think it due to yourself."

공주가 웃으면서 사부에게 말했다.

"오늘 우리 궁중이 꽃들 만발한 정원이 되었습니다. 틀림없이 상공께선 그게 모두 자신의 덕으로 인한 것이라고 자랑하시겠지만, 실은 우리 두 사람 덕택입니다. 자기 자신 때문이라고는 생각하지 않으시겠지요."

The Master laughed heartily and said: "The saying runs, 'Folks in high places like praise.' It seems to be true. These two come for the first time[p269]to the palace, and are afraid of the dignity of your Highnesses, so they have resorted to flattery. Do you take what they say as real and so pride yourselves on your own merit?" And all those present laughed.

사부는 맘 놓고 웃으면서 말했다.

"이런 말이 있소. '높은 자리 사람들은 아부를 좋아한다.' 그게 사실인 것 같구려. 이 두 사람이 왕궁에 처음 와서 공주마마의 위엄에 두려워하여, 그들이 아첨에 기대보려 하였던 것이라오. 그들이 말한 것을 진짜로 여겨서, 스스로 자신의 공으로 자랑하려는군요."

그러자 모든 사람들이 웃었다.

Then Chin See and Cloudlet asked of Moonlight and Wildgoose: "Who won to-day in the lists?"

그때 진씨와 클라우들릿은 문라이트와 와일드구스에게 물었다.

"오늘 경기장에서 누가 이겼느냐?"

Wildgoose made answer: "Moonlight laughed at my boasting, and yet with one word I took all the courage out of Prince Wol. Che Kal-yang on a little boat like the leaf of a tree entered Kang-dong, and with a few diminutive words made clear where right and wrong lay, so that Chu Kong-geum and No Ja-kyong could not utter a syllable for shame. Prince Pyong-won went to the kingdom of Cho to make a contract of peace and amity, while the nineteen who accompanied him had no occasion for a word, and nothing whatever to do. It is because my heart is large that my lips at times are boastful; but in my boastful words there lay victory. You may ask Moonlight; she knows what I say is true."

와일드구스가 대답했다.

"문라이트가 저의 자랑을 비웃었으나, 한 마디로 월왕 쪽의 용기를 수그러들게 만들었습니다. 제갈량은 나뭇잎 같이 작은 배에 몸을 싣고 강동에 들어가 단 몇 마디 작은 표현으로 옳고 그름의 장을 정리했습니다. 주공금과 노자경이 창피하여 아무 말도 할 수 없었습니다. 평원군이 평화와 친교의 약속을 하기 위해 조나라에 갔는데, 그를 따라 갔던 열아홉 명이 한 마디 할 기회가 없었고 어떤 할 일도 없었습니다. 제 입이 때때로 자랑을 많이 하지만 그것은 내 마음이 넓은 때문입니다. 그런데 저의 자랑하는 말들이 거기서는 승리를 얻었습니다. 문라이트에게 물어보신다면, 제 말씀이 사실이라고 말할 겁니다."

Moonlight said: "Wildgoose's skill of bow and horseback riding is indeed wonderful and suited to the Festal Ground, but if arrows and stones were raining round her on the battlefield she would not dare to ride a pace or draw a bow. The taking all the courage out of Prince Wol was due to the arrival of the two fairy maids, with their beauty and skill; how could she think of its being due to herself? I have just one word to say to Wildgoose, and I will say it now. In the days of the Spring and Autumn Classic, Minister Ka had a very dirty, unwashed face, so that people who passed by, in contempt, spat upon him. He was married for three years without[p270]his wife once having smiled. On a certain day he went with her into the fields when he chanced to shoot a pheasant that was flying by. His wife laughed for the first time. Wildgoose's shooting the pheasant was just like Minister Ka. He was no good and yet he shot a pheasant."

문라이트가 말했다.

"와일드구스의 궁술과 마술은 정말 놀라웠으며, 축제마당에 꼭 맞았습니다. 하지만 전장에서 그녀 주위에 화살과 돌이 비처럼 쏟아진다면, 감히 한 발짝 내디뎌서 활을 꺼내지도 못할 것입니다. 월왕 쪽의 용기를 수그러들게 만들었던 것은 미모와 기량을 갖춘 선녀 같은 두 여인이 왔던 때문이었지요. 어찌 그녀가 자신 때문에 그리 되었다 생각할 수 있겠습니까? 와일드구스에게 해줄 한 마디가 있었는데, 이제 말하겠습니다. 춘추시대 대신이었던 가씨는 아주 더럽고 때 낀 얼굴을 하고 있어, 지나치는 사람들이 경멸하며 그에게 침을 뱉었지요. 그는 결혼한 지 삼년이 되었는데, 그의 아내는 한 번도 웃지 않았다 합니다. 어느 날 그가 아내와 함께 들판에 나갔는데, 옆으로 날아가는 꿩을 쏠 기회를 잡았습니다. 그의 아내가 처음으로 웃었지요. 와일드구스의 꿩잡이는 가대신 사례와 꼭 같습니다. 그가 전혀 뛰어나지 않지만, 어쨌든 꿩을 맞혔다는 것이지요."

Wildgoose made answer: "Minister Ka, in spite of his dirty face, by means of skill at the bow and horsemanship, made his wife to smile; how much more would one with skill and beauty besides when they shoot a pheasant, make the world to smile and sing their praises."

와일드구스가 답했다.

"가대신은 그의 더러운 몰골에도 불구하고 궁술과 마술에의 기량을 써서 자기 아내를 웃게 했지요. 기량과 미모를 갖춘 이가 게다가 꿩을 잡아서 세상이 웃게 하고 칭찬하도록 만들었다면 얼마나 더 뛰어난 일인가."

Moonlight laughed and said in reply: "Your boastfulness, Wildgoose, grows apace. It is because the Master loves you overmuch that you are vain and proud."

문라이트가 웃으면서 답했다.

"와일드구스, 너의 자랑은 한 걸음 더 나가는구나. 사부님의 사랑이 과하여 허영과 자만이 넘치게 된 까닭이야."

The Master laughed and said: "I knew long ago that Moonlight was greatly gifted, but I never knew that she was up in the Classics as well. Now I find that she is acquainted with the Spring and Autumn Book."

사부가 웃으면서 말했다.

"나는 오래 전에 문라이트가 대단한 재주를 가졌다는 사실을 알

앐지만, 고전에도 또한 밝은지는 몰랐소. 이제야 나는 그녀가 춘추 시대의 책[242]을 가까이 했다는 것을 알았습니다."

Moonlight's answer was: "In my leisure I used to study the Classics and history, but how could you say that I was acquainted with them?"

문라이트가 대답했다.

"여가 시간이면 고전과 역사를 읽곤 했습니다만, 그런 서적에 조예가 있다고 말할 수는 없습니다."

On the following day the Master went into audience before his Imperial Majesty. His Majesty summoned the Empress Dowager and Prince Wol. The two Princesses had already come in and were seated with them.

다음날 양사부는 황제폐하 전에 알현하기 위해 갔다. 폐하는 태후와 월왕을 불렀다. 두 공주는 이미 와서 그들과 함께 앉아 있었다.

The Empress Dowager said to Prince Wol: "You and the General had a contest of pretty girls yesterday; tell me who won?"[p271]

태후가 월왕에게 말했다.

242 원문에 따르면 『춘추좌씨전』을 이른다.

"자네와 장군이 어제 미녀들의 경쟁을 했다는데, 누가 이겼는고?"

The Prince replied: "I was altogether defeated; no one can hope to equal General Yang in the blessings of life and good-luck. But how do blessings like these," pointing to the secondary wives, "appeal to your daughters, I wonder? Please, your Majesty, ask this of his Excellency, will you?"

월왕이 대답했다.

"제가 완패했습니다. 세상 어느 누구도 인생의 축복과 행운에 있어 양장군을 따르리라고 희망할 수가 없습니다. 그러나 축복이 어떻게 이렇게 작용하는지요."

그는 장군의 아내들을 가리키며

"어머니의 딸들에게 호소력이 있는지[243], 궁금합니다. 폐하, 이에 대해 상공에게 물어보시지 않겠습니까?"

The Master broke in: "His Highness's statement that he was defeated by me is quite aside of the mark. It is like Yi Tai-baik turning pale when he saw the writing of Choi-ho. Whether this is a happiness to the Princesses or not, how can I answer? Please ask their Highnesses themselves."

243 원문에는 누이들에게도 복이 되는지 궁금하다고 서술되어 있다.

사부가 끼어들었다.

"자신이 패했다는 대왕의 말씀은 과녁을 아주 빗나갔습니다. 이는 최호의 글을 보고는 창백해진 이태백과 같습니다. 이것이 공주들에게 행복인지 아닌지는 제가 답할 수 있겠습니까? 그들 자신께 물어보심이 옳습니다."

The Dowager laughed and looked toward the Princesses, who replied, saying: "Husband and wife are one, whether it be for gladness or for sorrow. There can be no difference in their lives. If our husband wins glory we win it too, but if failure falls to his lot, we too must share it. Whatever makes him glad makes us glad also."

태후가 웃으면서 공주들 쪽으로 눈길을 보내자, 그들이 답했다.

"그것이 기쁨이든 슬픔이든 남편과 아내는 하나입니다. 그들의 삶에서는 어떤 차이도 없습니다. 만약 우리 남편이 영광을 얻으신다면, 우리 또한 마찬가진 것이지요. 실패가 그의 자리에 떨어진다 해도 우리는 역시 나눠야 합니다. 그를 기쁘게 만드는 일이라면 무엇이든 우리 또한 기쁘게 하는 것이지요."

Prince Wol said: "My sisters' words are all very sweet to listen to, yet they are not from the heart. Since ancient times there never was such an extravagant son-in-law as this General. It would indicate that the good old laws that once prevailed are losing ground. Please have his Excellency sent to the Chief Justice, and his contempt of court and disregard of the laws of State looked into."

월왕이 말했다.

"제 여동생들의 말은 전부 듣기에는 아주 달콤하지만, 마음에서 우러난 것은 아니지요. 옛날부터 양장군과 같은 방탕한 사위는 없었습니다. 이는 한때 널리 보급되었던 좋은 옛 법률이 자리를 잃었다는 사실을 말합니다. 제발 상공을 사법부로 보내서 궁중에 대한 모욕과 국법에 대한 경시를 조사해봐야 합니다."

The Dowager laughed and said: "Our son-in-law is doubtless somewhat of a sinner in this respect, but if you desire to judge him according to the law you will plunge an old woman like me and my two daughters into a whirl of anxiety. Let's dispense with the State laws and deal with him privately."[p272]

태후가 웃으며 말했다.

"우리 사위가 그런 측면에서 어느 정도 죄인 것만은 분명하지만, 네가 만약 그를 법에 따라 심판하려 한다면, 나 같은 늙은이와 내 두 딸을 근심의 소용돌이에 던져 넣게 될 것이다. 국법에 물을 필요 없이 사적으로 그를 다루어보자."

Prince Wol then said: "Though it might cause a measure of anxiety you cannot lightly overlook such a sin as his. Please let us inquire into his case before your Majesty, determine the nature of his offence, and deal with him accordingly." (He then wrote as though dictated to by the Empress.)

그러자 월왕이 말했다.

"비록 그 일이 근심의 근거를 유발하겠지만, 그와 같은 그의 죄를 가벼이 보고 넘어갈 수 없습니다. 제발 폐하 앞에서 그의 사건을 심문해야 합니다. 그의 위반 사항을 정하시고 그에 따라 그를 처분하심이 옳은 일입니다."

(그는 태후가 불러주는 듯이 하여 글을 썼다.)

The Empress laughed while Prince Wol hastened to write out his statement:

태후는 월왕이 서둘러 그의 주장을 쓰는 동안 웃었다.

"Since ancient times the son-in-law of the Empress has never taken to himself secondary wives. This is not due to the fact that he might not desire to do so, nor to the fact that he lacked sufficient food and clothes to give them, but only from a desire to do reverence to the Emperor and honour to the State. Now, however, if we regard the lofty station of the two Princesses, they are daughters of my own, and in their bringing-up and attainment they are not inferior to Im-sa [44]. But you, Yang So-yoo, have not been appreciative of this or of your bounden duty. Instead you have possessed yourself of a spirit of lawlessness and wild excess, and have lost your heart over every painted cheek and powdered head, and have given your thought to dainty silks and gaudy dresses. You have gathered a host of pretty girls together in an astoundingly greedy manner, seeking them in the east by morning light, and in the west at evening time. You have let the light and the lands of Cho and Yon to blind your eyes, and you have allowed your ears to be filled with the songs of the Cheung Kingdom, condescending to look on groups who gather like ants in the music halls, or like bees in swarms[p273]to talk and chatter together. Though the Princesses in their spirit of liberality show no jealousy, how about your duty and your behaviour in the matter? One cannot but punish a sin of pride and excess. Now let us have no dissimulation, but a straightforward confession and an acceptance of the sentence."

예부터 태후의 사위가 첩들을 가진 적이 없었다. 이는 그가 그렇게 하고 싶은 마음이 없기 때문이나 그가 그들에게 줄 충분한 음식과 의복이 없기 때문이 아니라, 오로지 황제에 대한 존중과 국가에 명예를 돌리려는 마음에서 비롯되는 것이다. 그러나 지금 두 공주의 높은 지위를 고려한다면, 내 자신의 딸이며, 그 성장과 학식에서 임-사[244]에 열등하지 않다. 하지만 너, 양소유는 이와 함께 네 본분을 감사히 여기지 않았다. 대신에 너는 무법과 과잉 방종의 정신을 가졌

244 태임과 태사

으며, 모든 색칠하고 분 바른 얼굴에 마음을 잃었고, 미려한 비단과 번지르르한 의복에 생각을 빼앗겼다. 너는 아연실색할 정도로 탐욕스런 방식으로 일군의 미녀들을 함께 모아, 아침에는 동쪽으로 저녁에는 서쪽으로 그들을 찾아다녔다. 너는 조나라와 연나라 땅에서 화려한 빛으로 네 눈을 멀게 하였으며, 네 귀가 정나라의 노래들로 가득 차도록 허용했다. 짐짓 겸손하게 굴면서 음악당에 개미떼처럼 혹은 벌떼처럼 서로 이야기하고 재잘대기 위해 모인 집단들에 눈을 빼앗겼던 것이다. 너그러운 정신의 공주들이 설사 질투를 표시하지 않는다 하더라도, 그런 일과 관련한 네 의무와 행동은 어떻게 생각하는가? 교만과 방자의 죄를 벌하지 않을 수 없느니라. 자 이제, 어떠한 가식도 하지 말고, 솔직히 고백하여 심판을 받아라."

The Master then descended from the dais, put off his headgear and awaited sentence. Prince Wol went to the end of the railed enclosure, and in a loud voice read out what had been written, and after the Master had heard it he said by way of confession: "Your Majesty's humble subject, Yang So-yoo, has presumptuously accepted of favours accorded by your two Excellent Majesties and has been crowned with the greatest possible glory, having the two Princesses made his very own with all their true and matchless graces. I had already won more than all that heart could wish. Still I was ungrateful, and my soul did not cherish the delight of the modest and the beautiful, but loved music excessively, as well as dancing and singing. This was indeed excess beyond what one already so greatly blessed should have shown. Still, as I humbly read the laws of the State, the son-in-law of her Majesty may have secondary wives, that is if they be taken before his marriage with the first Princess. Though I have secondary wives, my wife Chin See is mine by reason of the command of your Excellent Majesty, concerning which there can be no question. My wife Cloudlet was my attendant while I lived in the home of Justice Cheung. My wives Moonlight, Wildgoose, Swallow and White-cap [p274]were taken in the days before my marriage with the Princesses. Their being here in this place is also by command and with the permission of the Princesses themselves, and not by reason of any act of mine. If we speak of State laws or your Majesty's expressed will, I feel that there is no sin in this that deserves punishment. These are your humble subject's statements and he offers them in fear and reverence."

그러자 사부는 상단에서 내려와 관을 벗고 심판을 기다렸다. 월왕이 난간 끝머리로 가서 큰 목소리로 적힌 내용을 읽었다. 그것을 다 들은 사부는 고백의 형식으로 고했다.

"폐하의 천한 백성, 양소유는 두 폐하께서 내리시는 은혜를 주제넘게도 받아왔으며, 가능한 중 가장 큰 영광을 입었고 또한 진정 비길 데 없는 은총으로 두 공주님을 아내로 맞았습니다. 저는 이미 제 마음이 원할 수 있는 모든 것보다 더 많이 얻었습니다. 그럼에도 저는 배은하며 제 혼은 그 온유함과 미모의 환희를 귀하게 여지 않고, 춤과 노래 뿐 아니라 음악을 과도하게 좋아했습니다. 이는 실로 이미 크게 은혜를 입은 자가 보였어야 했던 것을 넘어 과잉이었습니다. 그럼에도 제가 황송하게도 국법을 읽었던바 만약 태후마마의 사위가 첩을 둘 수도 있는데, 그것은 바로 공주와의 결혼 이전에 취한 경우입니다. 비록 제가 첩들을 두었지만, 제 아내 진씨는 폐하의 명을 근거로 그리되었고, 그와 관련하여 어떤 의문도 없습니다. 제 아내 클라우들릿은 제가 정사도 댁에 거주하는 동안 저를 보필했습니다. 제 아내들인, 문라이트, 와일드구스, 스왈로우, 화이트캡은 공주님들과 결혼하기 전에 맺어진 사람들입니다. 그들이 이 자리에 있는 것은 또한 공주님들 자신의 명과 허락에 의해서이기도 합니다. 전혀 제 행동에 근거하지 않았습니다. 만약 우리가 국법이나 폐하의 표현된 의지에 대해 말한다면, 이 사안에서 벌 받아 마땅한 어떤 죄도 없다고 생각합니다. 이것이 폐하의 비천한 백성의 진술이며 그가 삼가 경외하는 마음으로 올립니다."

The Empress Dowager on hearing this laughed and said: "The taking to himself of several wives does not in any way impair the dignity of the Superior Man. This I can forgive, but excess in the matter of drink causes me anxiety. Be careful!"

이를 듣고 난 태후가 웃으면서 말했다.

"그 자신 몇몇 아내를 취하는 것이 대인의 위엄에 어떤 식으로든 손상을 주지 않는다. 이를 내가 용서한다. 하지만 나를 근심케 만드는 음주의 과잉 문제는 주의를 기울여야 할 것이야."

Prince Wol, however, went on to say: "It is not right that the son-in-law should take so many wives. So-yoo, too, blames the Princesses, forgetting that he has his own responsibility to answer for. I should like to have him properly disciplined for this. Please, your Majesty, ask concerning this again."

월왕은 그럼에도 불구하고 계속 말을 이었다.

"사위가 그렇게 많은 아내를 거느리는 일은 옳지 않습니다. 소유는 또한 자기가 답해야 할 책임을 망각하고 공주를 핑계로 삼습니다. 저는 이 일과 관련 그를 적절하게 훈련시키고 싶습니다. 태후마마 다시 문초하십시오."

Then Yang in a state of embarrassment bowed his head and asked forgiveness, while the Dowager laughed and said: "So-yoo, while my son-in-law, is indeed a Minister of State. Why should I treat him as a son-in-law?" and she bade him put on his headgear and come up before the dais.

그러자 당황한 상태의 양이 고개를 숙이고 용서를 청했다. 그런 중에 태후는 웃으면서 말했다.

"내 사위 소유는 실로 승상이시다. 왜 내가 그를 사위로 삼느냐?"

그녀는 그에게 관을 쓰도록 하고 상단 가까이 오도록 했다.

Prince Wol said: "Though his Excellency's merit is very great, and it is difficult to punish him, still the laws of the State are strict and he ought not to go without some mark of reprimand. You might try the wine punishment upon him."

월왕이 말했다.

"승상의 덕이 아주 커서 그를 벌주기 어렵다 하더라도, 무릇 국법이 엄격하니, 그가 아무른 질책의 표도 없이 나갈 수는 없는 노릇입니다."

The Dowager laughed and gave consent.

태후는 웃으며 동의했다.

[CUTLINE: The Wine Punishment: Green Mountain Castle][245]

[벌주: 푸른 산성]

The palace maids then brought out a little white stone goblet, but Prince Wol said: "The General[p275]has the capacity of a whale, and his offence is so great that you must use a larger dish than this." So they brought a huge ornamented gold goblet and poured it full to the brim. Although the Master's capacity was large still this could not fail to make him drunk. He nodded his head and said: "The

245 원문과 달리 번역문에서는 월왕이 양소유에게 벌주를 주려 하는 장면을 기점으로 장을 나누고 있다.

Herdsman loved the Weaving Damsel very, very much, and was scolded by his father-in-law. I, too, for taking too many wives, am punished by my mother-in-law. It is indeed difficult to fill the place of son-in-law of the Empress. This wine has gone to my head and I ask permission to retire, please."

그때 궁중 하녀들이 작은 백석 술잔을 가지고 나왔으나, 월왕이 말했다.

"장군께서 고래의 술통을 가졌고, 그의 죄가 아주 크니, 이런 잔보다는 더 큰 사발을 사용하셔야 할 것입니다."

그리하여 그들은 장식된 거대한 금 술잔을 갖고 와서 끝에서 찰랑찰랑할 때까지 가득 채웠다. 아무리 사부의 술통이 크다 하여도, 이것은 필시 그를 만취하게 만들 것이다. 그는 고개를 끄덕이며 말했다.

"견우는 직녀를 아주, 너무 사랑하여, 자기 장인에게 험담을 듣습니다. 저 역시 너무 많은 아내를 두었기에 장모님께 벌을 받는군요. 실로 태후마마의 사위 자리를 완수하기가 어렵습니다. 이 술은 내 머리 속으로 가서, 제가 물러가도록 허락해주시길 청하니, 제발 용서하십시오."

The Dowager laughed and ordered the palace maids to help him away. She said also to the two Princesses: "The Master is upset and feeling ill, you must go and look after him."

태후가 웃으며 궁녀들에게 명하여 그를 도와 물러가도록 했다. 그녀는 또한 두 공주에게 말했다.

"사부가 정신이 없고 몸이 불편하니, 너희들이 가서 돌봐줘야 할 것 같다."

The two Princesses obeyed orders and followed.

두 공주가 명을 받들어 뒤 따라 나갔다.

At this time Madame Yoo had lit the lamps in the main hall and was waiting her son's return. Seeing him drunk she said in amazement: "What is this? Drink? I have seen you drink before but never saw you drunk. What does it mean?"

이때 어머니 유씨는 중앙전의 등에 불을 밝히고, 아들의 귀가를 기다렸다. 술 취한 그를 보고 놀라서 그녀는 말했다.

"이게 무슨 일이냐? 술 마셨어? 내 이전에도 네가 술 마시는 것을 보았지만 결코 취하지 않았는데. 어쩌다 이렇게 된 것이냐?"

The Master, with intoxicated look, at first made no reply, but after a time, pointing to the Princesses, he said: "The Princesses' brother, Prince Wol, has prevaricated to the Empress Dowager and brought me into judgment. I pleaded my own cause with skill and really cleared myself, but the Prince, by force, has put an imaginary fault upon me, and has caused me to undergo the wine punishment. If I had not been accustomed to wine I should have died. It is nothing but the result of his mortification of having been beaten in the lists yesterday. He wants to settle[p276]accounts with me, I see, and Orchid is jealous of my having so many wives. She has joined her brother in this scheme, no doubt. Her generous heart of former days seems to have gone. I pray you, mother, to give Orchid a glass of punishment as well and so make amends for this disgrace of mine."

술취한 표정으로 사부는 처음에는 아무 대답이 없었지만, 잠시 후 공주들을 가리키며 말했다.

"공주들의 오빠인 월왕이 태후마마를 속여서 나를 법정에 세웠습니다. 제가 능숙하게 제 자신의 이유를 고하여 정말 말끔히 해결했습니다만, 월왕이 강제로 어떤 상상의 잘못을 저에게 뒤집어 씌웠습니다. 그래서 저를 벌주를 마시도록 했던 것입니다. 만약 제가 술에 익숙하지 않았더라면, 분명 죽었을 것입니다. 이는 분명히 어제 경연장에서 패한 데 대한 굴욕감에서 나온 것입니다. 그는 저에게 책임을 묻고 싶었고, 옳지, 오키드는 또 제가 아내를 많이 가진데 질투하였던 것이지요. 그녀는 분명히 이 계획에 그의 오빠와 한 통속이었습니다. 이전에 그녀의 관대한 마음은 사라진 것 같습니다. 제발 어머니 오키드에게 마찬가지로 벌주를 내리소서. 그리하여 저의 불명예를 벌충해주십시오."

The mother said: "It is not at all clear that Orchid is guilty as you say, and she has never tasted wine in all her life. If you desire that I should punish her, let it be with a cup of tea instead."

어머니가 말했다.

"네가 말하는 대로 오키드가 죄를 지었다는 것은 전혀 분명하지 않구나. 그리고 그녀는 평생 동안 술이라곤 입에 댄 적이 없었다. 만약 네가 벌주려고 하거든 차 한 잔으로 대신하여라."

The Master said: "No, that will not do, it must be wine."

사부가 말했다.

"안 됩니다. 그것은 아니 되옵니다. 술이어야 합니다."

The mother laughed and said to Orchid: "If your Highness does not drink of it, this wretched fellow will not be satisfied," so she called a maid and ordered her to give to Orchid a glass of punishment.

어머니가 웃으며 오키드에게 말했다.

"만약 공주마마께서 마시지 않으시면, 이 불쌍한 친구가 만족하지 않을 것 같네."

그리하여 그녀는 하녀를 불러 오키드에게 벌을 한 잔 주라고 명했다.

While the Princess attempted to drink it, the Master suddenly expressed a doubt and tried to take the glass by force to taste it, but

Orchid quickly threw it on to the matting. The Master then dipped his finger in the dregs, tasted it, and found that it was only sweetened water.

공주가 그것을 마시려 하자, 사부는 갑자기 의심을 나타내면서 강제로 잔을 뺏어 맛을 보려고 했다. 그러나 오키드가 재빨리 그것을 돗자리에 던졌다. 그러자 사부가 남은 미량에 손가락을 찍어 맛봤으니, 다름 아닌 설탕물이었다.

He said: "If her Majesty, the Empress, had punished me with sweetened water, my mother's giving sweetened water to Orchid would have been all right, but I have had to drink strong wine, so Orchid must have strong wine too and not sweetened water." He called a maid and bade her bring a glass and he himself poured it full and sent it. The Princess, having no alternative, drank it all.

그는 말했다.

"만약 태후마마께서 나를 설탕물로 벌했다면 내 어머니께서 오키드에게 설탕물을 주어도 좋았을 것입니다만, 제가 독주를 마셔야 했으므로, 오키드 또한 설탕물이 아닌 독주를 마셔야 합니다."

그는 하녀를 불러서 잔을 가져오도록 하여 직접 잔을 채워 전달했다. 대안이 없는 공주는 그걸 다 마셨다.

Then he said again to his mother: "The one who urged the Empress to give me wine punishment was Orchid, but Blossom was in the scheme, too, you[p277]may be sure. She sat before the Empress and saw all my confusion, but she only laughed and nodded to Orchid. There is no fathoming her. My desire is that you punish Blossom too."

그러자 그가 다시 어머니에게 말했다.

"태후를 부추겨서 제게 벌주를 마시도록 했던 사람은 오키드였지만, 블라썸 또한 그 계획에 속해 있습니다. 그녀는 태후 앞에 앉아서 나의 혼란한 장황을 모두 보았습니다. 그러나 그녀는 그저 웃으며 오키드에게 고개를 끄덕였습니다. 그녀를 가늠할 수 있는 방법이 없습니다. 제 마음은 어머니께서 블라썸 역시 벌하는 것입니다."

The mother laughed and sent the glass to Cheung See. Cheung See retired from her place and drank it.

어머니는 웃으며 정씨에게 술잔을 보냈다. 정씨는 자기 자리에서 물러나 그것을 마셨다.

The mother then said: "The Empress's punishment of the Master was on account of his having taken so many wives. The two Princesses have both had to drink of it, how can you girls escape?"

그때 어머니가 말했다.

"태후께서 내리신 벌은 너무 많은 아내를 둔 데 대한 책임이었다. 이제 저 두 공주가 모두 술을 마셨으니, 어떻게 너희 나머지 여인들이 피할 수 있겠느냐?"

The Master said: "Prince Wol's meeting me on the Festal Field was simply to find about our singers and dancers, and there, in spite of all his great company, he was defeated by Wildgoose, Moonlight, Swallow and White-cap. Our weak numbers put his whole palace to shame. In the contest we won the day, and this is why Prince Wol has vented his resentment on me and caused my discomfiture. These four must certainly be punished as well."

사부가 말했다.

"잔치마당에서 저와 월왕의 만남은 그저 우리 무희들에 관해서 알고자 할 뿐이었는데, 거대한 무리를 대동했음에도 그가 와일드구스, 문라이트, 스왈로우, 화이트캡 때문에 패했습니다. 우리들은 적은 수에도 그의 전체 왕궁을 창피하게 만들었습니다. 그 경연에서 이겼고, 이것이 월왕이 나에게 분개하도록 했고, 저의 괴멸을 유발했습니다. 이들 네 명도 마찬가지로 벌을 받아 마땅합니다."

The mother asked: "Do you punish those who win in the contest? Yours are the ridiculous words of a drunken man." But she called the four and gave them each a glass; and when all had drunk, Wildgoose and Moonlight knelt before the mother and said: "The Empress's punishment of the Master was assuredly on account of his many wives, and not because of his having won the day on the Festal Field. Swallow and White-cap have not shared the Master's home and yet they have been punished also. Will this not be a source of resentment later? Cloudlet has for a long time been with him, and has been greatly favoured, but she did not share the sports on the Festal Field, and so has escaped the[p278]punishment altogether. The rest of us humble folk feel that this is not fair."

어머니가 물었다.

"네가 경연에서 이긴 사람들을 벌할 것이냐? 너의 말은 술 취한 자의 기괴한 말이로다."

하지만 그녀는 네 명을 불러서 한 잔씩 돌렸다. 모두가 취하자 와일드구스와 문라이트가 어머니 앞에 무릎을 꿇고 말했다.

"사부님에 대한 태후마마의 벌은 확실히 첩이 많은 데 대한 책임을 물은 것이었지, 잔치마당에서 그날 이겼기 때문이 아니었습니다. 스왈로우와 화이트캡은 사부님 댁을 나눠 쓰지 않았지만 그들 역시 벌을 받았습니다. 이 일이 나중에 분의 원인이 되지 않겠습니까? 클라우들릿은 오랫동안 사부님과 함께 살았고, 아주 사랑받고 있습니다. 하지만 그녀는 잔치마당의 놀이에 참여하지도 않았습니다. 그리하여 그 벌에서 완전히 빠졌습니다. 나머지 우리 비천한 사람들은 불공평하다고 생각합니다."

"You are perfectly right," said the mother. Then she gave a large glass to Cloudlet, who smothered her laughter and drank it, so all were made to share alike in the glass of punishment and all were put to confusion.

어머니가 말했다.

"자네 말이 절대로 옳네."

그러고는 클라우들릿에게 커다란 잔을 주었고, 그녀는 웃음을 억제하고는 그것을 마셨다. 그리하여 모두가 비슷하게 벌주를 나누게 되었으며, 모두 어지러운 상태로 되었다.

Princess Orchid was overcome and in great distress; but Chin See sat in a corner in a manner wholly unconcerned, saying nothing and without a smile.

오키드 공주는 술에 취해 괴로워했지만, 진씨는 전적으로 무관하다는 식으로 구석 자리에 앉아 아무 말도 하지 않고 웃지도 않았다.

The Master said: "Chin See alone is not moved by it, and regards all the rest of us with contempt. She shall be punished once more." So he poured out another glass to the full and gave it to Chin See, who took it with a laugh and drank it.

사부는 말했다.

"진씨 혼자 취하지 않고 나머지 우리 모두를 경멸하고 있다. 그녀는 한번 더 벌받을 것이다.”

그래서 그는 또 한잔을 가득 따라서 진씨에게 주었다. 그녀는 웃으면서 받아 마셨다.

The mother asked of the Princess: “Your Highness has never tasted of this before, how are you feeling?

어머니가 공주에게 물었다.

“공주마마는 이전에 이것을 맛도 보지 않았는데, 몸이 어떠하신가요?”

She replied: “My head aches terribly.”

그녀는 답했다.

“두통이 심하네요.”

The mother told Chin See to help the Princess to her room, and bade Cloudlet pour out another glass and bring it. She took the glass and said: “Our two daughters are Princesses of the Palace and I feel that I am wholly unworthy of them. Now you in your intoxication have caused them much discomfort. If her Majesty the Empress hears of this she will be very much disturbed. I have failed to bring you up properly, so we have had this disgraceful scene to-day. I cannot say that I am without sin in the matter, so I shall have to take a glass myself." She drank it all.

어머니가 진씨에게 일러 공주를 도와서 방으로 가도록 했다. 그리고 클라우들릿으로 하여금 또 한잔을 부어서 갖고 오라 하였다. 그녀는 그 잔을 받고서 말했다.

"우리 딸은 황실의 공주들이며, 나는 그들에 비해 전적으로 가치없는 사람이다. 술에 취한 네가 지금 그들을 아주 불편하게 만들었다. 만약 태후마마께서 이를 듣는다면, 아주 많이 당황하실 것이다. 내 너를 올바르게 키우지 못했으니 우리가 오늘 이런 창피한 장면을 만들었구나. 내가 그 문제와 관련 죄 없다 말할 수가 없다. 그래서 내 직접 한잔 마신록 하겠다."

그녀는 그 잔을 비웠다.

The Master, alarmed, knelt and said: "Mother,[p279]on account of my misdeeds, you have yourself shared in the glass of punishment. A beating, such as you give a child, would not be enough for me." Then he made Wildgoose bring still another big glass. He took it and, kneeling, said: "I have not lived up to the teaching of my mother, but have caused her pain and anxiety, so I drink this extra glass for shame." He drank it all and was so overcome that he could not sit up. He desired to go to his room and made signs accordingly. The mother asked Cloudlet to help him away, but she said she could not because Wildgoose and Moonlight would be jealous, so she told Moonlight and Wildgoose to do so instead.

놀란 사부는 무릎을 꿇고 말했다.

"소인 비행의 책임을 지고 어머니께서 벌주를 나누셨습니다. 아이들에게 주는 매질이 저에게 충분하지 못할 것입니다."

그러고는 그가 와일드구스를 시켜 또 하나 큰 잔을 가져오도록 했다. 그는 그것을 받아서 무릎을 꿇고 말했다.

"제가 어머니의 가르침에 따라 살지 못하여 고통과 근심을 유발하였으니, 그 수치 때문에 추가 잔을 마십니다."

그는 잔을 비우고 그렇게 취하여 바로 앉을 수 없었다. 그는 자기 방으로 가려고 했고 그런 의향을 보였다. 어머니는 클라우들릿에게 도와서 물러가도록 했지만, 그녀는 와일드구스와 문라이크가 질투할 것이기 때문에 할 수 없다고 말했다. 그래서 어머니는 문라이트와 와일드구스에게 대신 하도록 명했다.

Moonlight remarked: "Cloudlet does not wish to do it on account of what I said; I shall not either."

문라이트가 말했다.

"클리우들릿은 내가 말한 것 때문에 하지 않으려 하는구나. 나 또한 하지 않을 것이야."

Wildgoose laughed, arose and helped the Master away, and so they each and all retired.

와일드구스가 웃으면서 일어나 사부를 도와서 나갔고, 그렇게 모두는 각각 다 빠져나갔다.

Swallow and White-cap were great lovers of the open hills and streams. This the Master knew, and had made for them a beautiful lake in the middle of the Imperial park. There he erected a special home which he called "Butterfly Pavilion." Here White-cap lived. On the other side of the lake was a hill whose top was ornamented with great rocks that were piled one above the other. There the shadows of the ancient pines screened the light and the spare graceful bamboo cast its grateful shade. Here also was a house built which he called "The Hall of Ice and Snow" in which Swallow took up her abode. When they all came out to have a happy time in the garden, Swallow and White-cap acted as hostesses of the sylvan halls.[p280]

스왈로우와 화이트캡은 탁 트인 산과 강을 너무 좋아하는 사람들이었다. 이를 사부는 알았고, 그들을 위하여 황궁 공원의 중앙에 아름다운 호수를 만들었다. 거기에 그가 '영아루(映蛾樓)'라 이름 붙인 특별한 집을 세웠다. 여기에 화이트캡이 살았다. 호수 반대편에 언덕을 만들었는데, 그 꼭대기는 거대한 돌을 쌓아서 장식되었다. 거기엔 옛 소나무들의 그늘이 빛을 차단했고, 여위고 우아한 대나무가 쾌적한 그림자를 던졌다. 여기에도 역시 집이 세워졌는데, 그가 '빙설헌(氷雪軒)'이라 했다. 스왈로우가 거기에 거처를 마련했다. 그들 모두가 정원으로 나와 즐거운 시간을 가질 때, 스왈로우와 화이트캡은 그 숲 속 집의 여주인으로 행세했다.

The several sisters asked quietly of White-cap: “Could you explain to us the wonderful law of metamorphosis through which you have passed.”

몇몇 자매들이 조용히 화이트캡에게 물었다.
“네가 해왔던 신기한 변신법을 우리에게 설명해줄 수 있겠니?”

White-cap replied: “That is something that belongs to a former existence. Taking advantage of the divine wheel of change, and by means of the powers of nature, I put off my former body and changed my appearance. The scales and discarded features were very gruesome to behold. I am like the sparrow changed into a clam. How can you expect me still to have wings with which to fly?”

화이트캡이 대답했다.
“그것은 전생에 속한 일입니다. 신성한 변화의 수레바퀴를 이용하고 자연의 힘을 수단으로 하여, 저는 이전의 신체를 빠져나와 겉모습을 바꾸었답니다. 비늘과 버려진 용모는 보기에 흉측합니다. 저는 조개로 변한 제비와 같답니다. 어떻게 제가 날 수 있는 날개를 여전히 가질 수 있으리라 기대하십니까?”

The ladies all said: “Surely the principles and laws governing such a thing are wonderful.”

그 여인들이 하나같이 말했다.

"확실히 그런 일을 지배하는 원리와 법은 신기하구나."

Though Swallow, to please them, sometimes gave an exhibition of sword-dancing before the mother, the Master and the Princesses, she did not care to give it often, saying: "Though I met the Master because of my skill of hand with the sword, still the suggestion of death that goes with it does not make it a pleasant exercise nor one that should be often indulged."

그들을 즐겁게 해주기 위해서 스왈로우는 어머니와 사부와 공주들 앞에서 칼춤을 선보이기는 했지만, 그렇다고 자주 그러기는 싫었다.

"제 비록 칼솜씨 때문에 사부님을 만났지만, 그럼에도 그것에 붙어 다니는 죽음의 암시는 어떤 즐거운 수련도, 그리고 자주 빠져들 일도 아니랍니다."

From this time on the two ladies and the six subsidiary wives were all gladness and joy together, like fishes in the stream, or birds that flit among the clouds. They were ever united in heart and ever dependent one on the other like real sisters, while the Master regarded them with love all alike. Though it was due to the goodness of the two ladies that the whole house was so happy, still it was specially due to the fact that the nine had all been once together on Nam-ak Mountain and thus their wishes were fulfilled.

이때부터 줄곧 두 정부인과 보조적인 여섯 아내들은 강의 물고기들처럼 혹은 구름 속에서 훨훨 나는 새들처럼 함께 기쁘고 즐겁게 지냈다. 그들은 마음으로 언제나 연대했으며, 마치 실제 자매들처럼 서로에게 의지했던 한편, 사부는 모두를 같이 사랑으로 그들을 대했다. 전 집안이 화평한 것은 두 부인의 선한 덕성 때문이었다 하더라도, 그것은 특별히 아홉 명 모두가 한때 남악에서 함께 인연을 맺었기 때문이었고, 그래서 그들의 소원이 이루어진 것이었다.

On a certain day the two Princesses said to each[p281]other: "In olden days sisters were known to marry into one and the same family, some becoming wives of the first order, and some becoming wives of the second order. Now we two wives and our six attendant sisters love each other more than those born of the same house; and among us are some who have come from distant regions. How could this be otherwise than by the ordinance of God? Our persons and our names differ one from the other; our social conditions, too, were widely separated, and yet here we are to-day with no incongruity to mar our gathering. We are indeed older and younger sisters and love so to be called."

어느 날 두 공주는 서로에게 말했다.

"옛날 자매들이 한 사람에게 결혼해 한 가족을 이루어 어떤 이들은 첫째 부인들이 되고 어떤 이들은 둘째 부인들이 되었다고 알려져 있습니다. 지금 우리는 두 부인과 여섯 명의 보필하는 자매들이 같은 집에서 태어난 사람들보다 더 서로를 사랑하고 있습니다. 또 우리들 중에 몇 명은 먼 지역 출신이기도 합니다. 어찌 이런 일이 천명에 따른 것이 아닌 다른 것으로 가능하겠습니까? 사람도 다르고 이름도 다르며 사회적 조건 역시 넓게 분리되어 있지만, 지금 여기 우리가 우리의 공동체를 망치는 부조화 없이 살아갑니다. 우리는 정말 손위 손아래 자매들이며, 우애 또한 그렇게 불릴 만하지요."

Thus they spoke to the six sisters, when these, with great earnestness, disclaimed any such possibility, maintaining that they were wholly unworthy, especially Cloudlet, Wildgoose, and Moonlight.

그래서 두 공주는 여섯 자매들에게 말했다. 그들은 특히 클라우들릿, 와일드구스, 그리고 문라이트가 완전히 하찮은 사람들이라고 말하면서 아주 신중하게 그런 여하한 가능성을 거절했다.

Cheung See said: "Yoo Hyon-tok, Kwan On-jang, and Chang Ik-tok were all courtiers of the king, and yet they preserved to the last the bond of brotherhood. How much more should I be a loved and trusted sister to Cloudlet who was my dear friend in days gone by? The wife of Sokamoni and the wife of their next-door neighbour were worlds apart in social standing, and also in virtue and chastity. Still they each became disciples of the Buddha, and they became one in heart. One rises to the place of illumination and rectitude."

정씨가 말했다.

"유현덕, 관온장, 장익덕은 모두 임금의 신하들이었지만[246], 그들은 끝까지 형제애의 유대를 간직했다. 내가 지난날 나의 사랑하는 벗이었던 클라우들릿에게 아낌과 신뢰를 받는 자매로서 얼마나 더 많이 있어야 하는가? 석가모니의 아내와 옆집 이웃의 아내는 사회적 지위와 덕성이나 정숙에서 분리된 세상에서 살았다. 그럼에도 그들은 각각 부처의 제자가 되었으며, 마음으로 하나가 되었다. 모두 깨달음과 정명(正明)의 자리에 올랐다."

The two Princesses said to the six: "Let us go to the Merciful Buddha who sits within the palace chapel and there burn incense and offer prayer."

두 공주는 여섯에게 말했다.

"우리 궁내 절에 앉아계시는 자비로운 부처에게 가서 향을 태우고 기도를 올리자."

They wrote out a solemn oath which read thus: "Such a year, such a day, the disciples Cheung called[p282]Blossom, Yi called Orchid, Chin called the Phoenix, Ka called Cloudlet, Kay called Moonlight, Chok called Wildgoose, Sim called Swallow, Pak called White-cap, having bathed and cleansed their hearts, come now with all reverence

246 원문에는 유비가 군주이며, 관우, 장비는 신하였지만 의형제를 맺었다는 내용이다. 하지만 게일은 유비, 관우, 장비 모두 신하로 오역했다.

before the great Buddha of the Southern Sea."

그들은 경건한 맹세문을 썼다.

"모년 모일 불제자 블라썸이라 불리는 정씨, 오키드라 불리는 이씨, 피닉스라 불리는 진씨, 클라우들릿으로 불리는 가씨, 문라이트라는 계씨, 와일드구스란 이름의 적씨, 스왈로우라 불리는 심씨, 화이트캡으로 불리는 백씨는 목욕재계하고 마음을 청결히 하여 남해의 위대한 부처님 전에 모든 존경을 바치기 위해 왔습니다."

"People of the world oftentimes reckon all within the Four Seas as brothers because they are similar in thought and desire. Even those born by appointment of God as brothers in the same family sometimes view each other as strangers and unknown passers by. This is due to the fact that they fail in love and have no common interest. We, eight disciples, though we have been born at different places, and have been separated wide as the four corners of the earth, now serve one husband, live in one place, and are one in thought and life. Our love is perfect and flows out to each other. If one were to make comparison we are surely like a group of flowers that grew on one twig and fared alike in wind and weather, till at last one fell into the palace, one into a home of the gentry, one on the bank by the way, one was swept into the mountains, one borne down the stream and out to sea, but if we seek the origin it will be found that we are all from one root and finally shall all return at last to one place. So it is with men when born of a similar blood though separated widely by the vicissitudes of time; they all come home to abide together in the end."

"세상 사람들은 생각과 욕망에서 비슷한 까닭에 종종 사해 안에서 모두 형제로 생각합니다. 하늘의 지명으로 같은 집안의 형제로 태어난 사람들조차 때때로 서로를 이방인으로 그리고 모르는 나그네로 보기도 합니다. 이는 그들이 사랑에 실패하고 공통적인 관심사가 없기 때문입니다. 우리 여덟 명의 제자들은 비록 서로 다른 곳에서 태어났고 지구의 사방 구석만큼 넓게 분리되어 있었지만, 이제 한 남편을 섬기면서 한 장소에 살고 또한 생각과 삶에서 하나입니다. 우리의 사랑은 완벽하며 서로에게 흘러나갑니다. 이를 비유하여 말하자면, 우리는 확실히 하나의 가지에서 자라서 비슷한 바람과 날씨 속에서 살다가 결국에는 하나는 궁중에 떨어지고, 하나는 귀족 집안으로 들어가고, 하나는 도중에 기슭으로, 하나는 산속으로 쓸려가며, 하나는 강으로 다가서고 또 바다로 나가고 할 때까지 일군의 꽃들이었습니다. 하지만 우리가 기원을 찾는다면, 우리가 모두 한 뿌리로부터 나온다는 사실이 밝혀질 것이며, 그래서 결국 모두가 한 곳으로 돌아갈 것입니다. 그것은 인간과 관련하여서도 마찬가지입니다. 시대의 변천에 따라 넓게 분리되더라도 유사한 피에서 태어났다면, 그들은 모두 결국에는 함께 살기 위하여 고향으로 옵니다."

"The past has far receded from us. But in it we eight were born at one and the same time, and though we have been separated by this wide expanse of empire yet here we are gathered together and living

[p283]in the same home. This is truly an affinity that has come down to us from a former existence and explains the joy and gladness of our present life."

"과거는 우리로부터 멀리 물러가 버렸습니다. 그러나 그 안에 우리 여덟 명은 한 곳에서 동시에 태어났습니다. 비록 우리가 이 제국의 광대한 공간에 의해 분리되었지만, 여기서 우리가 함께 모이게 되었고 같은 집에 살고 있습니다. 이것이 진정으로 전생으로부터 우리에게 내려오는 인연이며, 우리 현재 삶의 즐거움과 기쁨을 설명합니다."

"So we eight disciples make a solemn vow and swear an oath of sisterhood to receive together the blessings or the reverses of life; to live together and die together and never, never to part. If among us there be any otherwise minded and forgetful of this oath, may God strike them dead and may the invisible spirits regard them with abhorrence.

"그래서 우리 여덟 명의 제자들은 경건한 맹세를 합니다. 우리가 함께 인생의 축복 혹은 역전을 수용하기 위하여 자매 관계를 맹세합니다. 같이 살고 같이 죽어 결코, 다시는 헤어지지 않습니다. 만약 우리 중에 이 맹세를 달리 생각하거나 망각하는 일라도 생기면, 하늘이 후려쳐 그들을 죽일 것이며, 보이지 않는 귀신이 그들을 증오하게 될 것입니다."

"We humbly pray that the great Buddha may give us blessing here and remove from us all sorrow, and help us so that when life is over we may enter the regions of the blessed."

우리는 황송하게도 위대하신 부처께서 여기에 축복을 주시고 우리로부터 모든 슬픔을 제거해주시며 우리를 도와주시어, 삶이 다할 무렵 우리가 복 받은 자들의 지역에 들어가도록 허락하시길 기도드립니다."

The two ladies hereafter called the six their younger sisters, but they, out of regard for their humble station, did not call the Princesses older sisters though they truly loved them as such in heart.

지금부터 두 부인은 여섯 명을 여동생으로 불렀지만, 그들은 자기들 천한 신분에 대한 고려를 벗어나 공주들을 언니라고 부르지는 않았다. 비록 그들이 두 공주를 진정으로 마음에서 그러하듯이 사랑함에도 불구하고, 그랬다.

They each were blessed with children. The two Princesses, Cloudlet, Moonlight, Swallow and Wildgoose had each a son, while Phoenix and White-cap had each a daughter. Not once did any of them see a little child die in the home, which is an experience that differs from the common world of mortals.

그들 각각은 자식들로 축복받았다. 두 공주들, 클라우들릿, 문라이트, 스왈로우, 그리고 와일드구스 등은 각각 아들을 낳았다. 반면 피닉스와 화이트캡은 딸을 낳았다. 한번도 그들 중 집에서 영아가 죽는 경우를 보지 못했다. 그것은 일반적인 인간 세상과 다른 경험이었다.

At this time the whole world was at peace, with people dwelling safely and enjoying years of plentiful harvest. Little was there for the Government to do.

이때는 사람들이 안전하게 거주하고 풍부한 수확의 수년을 구가함으로써 온 천하가 평화로웠다. 이제 정부가 해야 할 일은 거의 없었다.

When the Emperor went on hunting expeditions the Master accompanied him, and on his return he would retire to his mother and family, where, with music and dancing, he passed happy days. Their joy and gladness accompanied the changing seasons. With years of office, the Master enjoyed great reward[p284]and prosperity. But in the providence of God when peace recedes unrest comes in its place, and, when joy has reached its full, sorrow falls.

황제가 사냥 원정을 하고 있을 때, 사부가 그를 보좌했다. 그리고 돌아오는 길에 그가 어머니와 가족에게로 물러갔다. 그곳에서 그는 음악과 춤으로 행복한 나날을 보냈다. 그들이 즐거움과 기쁨으로 보내는 동안 계절이 바뀌었다. 공직 생활을 함으로써 사부는 큰 보상과 번영을 누렸다. 그러나 신의 섭리 안에서는 평화가 멀어지면 불안이 자리를 틀고, 즐거움이 가득 차게 되면 슬픔이 내린다.

Unexpectedly the lady Yoo fell ill and died at the advanced age of over ninety. The Master mourned deeply and sorrowed, so that both their Majesties were anxious and sent a eunuch to comfort him and attend his needs. He buried his mother with all the honours of a queen. Justice Cheung and his wife also passed away at a great age, and he mourned for them with no less sorrow than Cheung See herself.

예기치 않게 어머니 유씨가 병에 들어 구십대 후반의 나이로 죽었다. 사부는 깊이 애도했고 슬퍼했다. 그래서 황제와 태후는 걱정하여 내관을 보내 그를 위로하고 시중을 들었다. 그는 어머니를 왕후의 격식에 맞춰서 매장했다. 정사도와 그의 아내 역시 연로하여 세상을 떠났다. 그는 정씨 자신보다 덜하지 않은 슬픔으로 그들을 애도했다.

The Master's six sons and two daughters were all blessed with the beauty and comeliness of their parents, like jade-stones and orchid flowers. The eldest son's name was Great Honour, child of Cheung See, and he rose to the office of Minister of Foreign Affairs; the second son's name was Lesser Honour, a son of Wildgoose, and he rose to the rank of Mayor of the Capital; the third was Lightsome Honour, a son of Cloudlet, who became Chief Justice; the fourth was Latest Honour, son of Princess Orchid, who became Minister of War; the fifth was called Fifth Honour, Moonlight's son, who rose to the rank of Chief of the Literati; the sixth was Final Honour, a son of Swallow. At fifteen he was stronger than any grown man, and was like the genii in his wisdom. The Master greatly loved him, and made him generalissimo of the forces. He commanded the forty thousand soldiers who served as guard for the Imperial Palace.

사부의 육남 이녀는 마치 옥돌과 난초 꽃들 같은 자기 부모의 미모와 깨끗한 외모로 축복을 받았다. 정씨가 낳은 대경이란 이름의 장남은 이부상서가 되었고, 와일드구스가 낳은 차경이란 이름의 둘째 아들은 경조윤이 되었고, 클라우들릿이 낳은 순경이란 이름의 셋째 아들은 어사중승이 되었으며, 오키드 공주가 낳은 계경이란 이름의 넷째 아들은 병부시랑이 되었고, 문라이트가 낳은 오경이란 이름의 다섯 째 아들은 한림학사가 되었으며, 스왈로우가 낳은 치경이란 이름의 여섯 째 아들은 나이 열다섯이 되자 장성한 어른들보다 더 강골인데다, 그 지혜에서는 신선 같았다. 사부가 그를 크게 아꼈으며[247], 그를 군사령관으로 만들었다. 그는 제국의 황궁 수비에 복무하는 오만 병사를 지휘했다.

247 원문은 "上大愛之" 즉, 천자가 아낀 자식인데, 게일은 오역했다.

The eldest daughter's name was Tinted Rose, a child of Chin See. She married, later, Prince Wol's son. The second daughter was called Eternal Joy,[p285]born of White-cap. She became a second wife of the Prince Imperial.

장녀 이름은 전단으로 진씨가 낳았다. 그녀는 나중에 월왕의 아들[248]과 결혼했다. 둘째 딸 영락은 화이트캡이 낳았다. 그는 황태자의 둘째 부인이 되었다.

The Master, who originally was but a common literatus, had met a King who knew his worth and took advantage of his mighty talents. He it was who brought a great war to a glad conclusion, and in merit and renown equalled Kwak Poon-yang.

원래 평범한 선비였던 사부는 자신의 가치를 알아주는 왕을 만났고, 대단한 재능을 활용했다. 그는 큰 전쟁을 평정한 그는 공덕과 명성에서 곽분양과 나란히 섰다.[249]

The Master said: "If we are too prosperous misfortune easily follows, and if our cup of joy be too full a danger exists of running over. I shall now make request to retire from office." And so he

248 원문에 따르면 낭야왕을 이른다.

249 원문에서는 곽분양과 부귀공명이 같았지만, 양소유가 보다 앞섰다는 내용을 서술하고 있다.

wrote, "I bow a hundred times and make my humble petition to his Majesty. My desire for riches and long life has been realised, and no longer does anything remain to be fulfilled. Parents ask for their children only riches and honour, thinking that if they attain to these nothing is left beyond. Is it not the glory of long life with fame and wealth that the world struggles and contends for? They are indeed the things that the human heart constantly craves. Men do not know the wisdom that says 'Enough,' but desire ever more and more till at last they plunge themselves into the sea of destruction that follows. Though long life and honour have their attractive sides, still they cannot equal a contented mind, or dying peacefully in one's native land. Though these are things we rejoice over, how can they equal a happy home? My abilities were of a mediocre kind and my powers limited, yet I have come to the highest estate possible and have held the most important offices in the land. I have had every honour and glory extended to me. My earliest ambitions did not reach a thousandth part of what has come to pass. Who[p286]would have guessed that such lay wrapped away in the future? Notwithstanding my humble station, I became the Imperial son-in-law, superior to all the other courtiers of the Palace; and the gifts of your Majesty have been showered upon me beyond measure. From a child who lived on herbs I have come to dine on the richest fare; and from the lowest origin I have come to be a dweller among kings. I fear that it will prove a blot on your Majesty's record and a wrong that I have permitted. How can I be happy in view of it? In my early days I desired to hide my origin, to retire from the world, to close my gates, to refuse all favour and to confess my presumption to Heaven, to Earth, and to the invisible spirits. But your Majesty's favours were so great that I could not resist them; and since I was strong and well in physique, I accepted, desiring to repay if possible some single part of what you had bestowed upon me. I guarded my ancestral graves, and so lived out my life. But old age is coming on and my hair is growing grey. My form is like the decaying tree and shows the approach of the autumn season and signs of the yellow leaf. My heart is like an unused well, which though never drawn from still runs dry. Although I take to myself as my model the dog and the horse and set my strength in an effort to requite the many favours that have been accorded me, there is no way open by which to do it.

양사부가 말했다.

"만일 우리가 너무 번성하면, 불행이 쉽게 찾아오고, 즐거움의 잔이 넘치면 곧 방문할 위험이 존재한다는 뜻이다. 나는 이제 공직에서 은퇴를 청하는 상소를 올릴 것이다."

그리고 그는 그렇게 썼다.

"폐하께 백번 절하면서 감히 상소를 올립니다. 부귀와 장수의 욕망은 실현되었고, 더 이상 채워야 할 것이라곤 남지 않았습니다. 부모들은 만약 부와 명예를 얻으면 그 너머에 아무 것도 남지 않는다고 생각하면서 아이들에게 오로지 이것들만을 요구합니다. 세상이 싸우고 쟁탈하는 것이 명성과 부를 갖춘 장수의 영예가 아니겠습니까? 그것들은 실제로 인간의 마음이 언제나 욕구하는 것들입니다. 인간들은 '그것으로 충분하다'는 지혜를 모릅니다. 오로지 언제나 더 많이 욕망하여서 결국에는 그 너머에 따라오는 파멸의 바다에 자기들 스스로를 던져버립니다. 설사 장수와 명예가 매혹적인 측면이기는 하지만, 그럼에도 만족하는 마음이나 자기 고향 땅에서 편안하게 죽는 것에 비길 수 없습니다. 비록 이것들이 우리가 환호하는 것들임에도 불구하고, 어떻게 그것들이 행복한 가정에 비길 수 있겠습니까? 제 능력은 보잘 것 없으며 힘은 제한되어 있었지만, 제가 가능한 가장 큰 재산에 이르렀고, 이 땅에서 제일 중요한 관직을 지켜왔습니다. 저는 모든 명예와 영광이 제게까지 미치도록 만들었습니다. 제 젊은 시절의 야망에 의거하면, 지금까지 이뤄온 것은 그 천분의 일에도 이르지 못했습니다. 미래에 그런 것들을 싸서 가져가버린다고 추측이나 했겠습니까? 저는 제 천한 신분에도 불구하고 궁중의 다른 모든 신하들 위에 있는 제국의 사위가 되었습니다. 그리고 폐하의 선물들이 헤아릴 수 없을 정도로 제게 쏟아졌습니다. 초목에 근근이 연명하던 어린이에서 가장 기름기 있는 음식으로 식사를 하기에 이르렀고, 제일 비천한 근본에서 왕들과 함께 거주하는 사람이 되었습니다. 저는 그런 생활이 폐하의 기록에 오점으로 그리고 제가 방임했던 잘못으로 증명될까 걱정입니다. 그런 것이 보이는 데 제가 어떻게 행복할 수 있겠습니까? 일찍이 저는 제 출신을 숨기고, 세상으로부터 떨어져, 저의 문을 닫고, 모든 혜택을 거절하며, 하늘에 땅에 그리고 보이지 않는 귀신에게 저의 주제 넘는 마음을 고백하고 싶었습니다. 그러나 폐하의 성은이 너무 커서 저로선 버틸 수가 없었습니다. 그리고 제가 튼튼하고 신체적으로 건강했기 때문에 만일 가능하다면 제게 베푸신 것을 일부분이라도 갚으려는 마음에서 받아들였습니다. 저는 선조들 묘를 지키며 여생을 보내고자 하였지만, 노년이 찾아오고 머리카락은 희끗해지고 있습니다. 기골은 썩은 나무 같으며 가을의 도래를 보이고 시든 잎을 나타냅니다. 제 마음은 퍼낸 적이 없는데도 말라 있는 사용되지 않은 우물과 같습니다. 설령 제가 지금 개와 말을 모범을 삼아 저의 힘을 제가 받았던 수많은 은혜를 갚는 노력에 쏟고자 하더라도, 그렇게 할 수 있는 어떤 길도 열려 있지 않습니다."

"May your Gracious Majesty, seeing that all is quiet in the outlying regions of the empire, that there is no need longer for military force; that the people are at peace and that the sound of the drum has ceased from the land, grant me my request. God's[p287]blessing is upon you and the harvest is rich and plentiful as it was in the happiest days of the Three Kingdoms. Even though you hold me still to office, and make me carry on affairs of State, it means only the expenditure of public money and the hearing of Kyok-yang songs. What special profit will it be, or what new reform can you expect?

"부디 은혜로운 폐하이시여, 지금 제국의 변방 지역이 모두 조용한 사정을 미루어 더 이상 군사력의 필요가 없다는 점과 백성들이 평화롭고 땅에서 북소리가 그쳤음을 살피시어, 제 청을 허락하여 주시기를 바랍니다. 하늘의 복이 폐하께 내리시어, 곡식이 풍부하니 마치 삼국의 태평성대[250]에 있는 듯합니다. 그럼에도 불구하고 폐하께서 저를 공직에 붙잡아 국무를 수행토록 하신다면, 공적인 돈의 낭비이며 곡양가를 청취하는 것일 뿐일 것입니다. 그것이 무슨 특별한 이득이 있을 것이며 혹은 이런 상황에서 어떤 새로운 개혁을 기대하실 수 있겠습니까?"

"The King and his officer are like father and son. Now a father loves even an ungrateful son because he is his child and he thinks of him when he goes beyond the gate. I pray your Majesty to look upon me as aged and past service. I desire to act my part as a child does towards a parent, and know that you will think of me as the best parent thinks concerning his son. My load of Imperial favour is on my back. How can I go far away or say a long farewell to so good a King? Since you cannot fill fuller the glass already full, and since a broken cart can no more be ridden, my prayer is that your Majesty will behold how I can no longer bear the burden of State and let me go back to my native land to fill out my span of life and sing for ever the Imperial praises."

"임금과 신하는 아버지와 아들의 관계와 같습니다. 그래서 아버지는 아들이 자기 자식이기 때문에 불효자라도 사랑하며, 문밖을 나가면 그를 걱정하는 것입니다. 황제폐하께서 저의 나이와 지난 공적

250 요순시대

을 살펴주시길 기원합니다. 저는 자식이 아버지에게 하듯이 행동하고 싶습니다. 또한 폐하께서 최상의 부모가 자기 아들을 생각하듯이 저를 생각하실 것임을 알고 있습니다. 황제의 성은이라는 저의 무거운 짐이 제 등 위에 있습니다. 그런데 제가 어떻게 아주 멀리 떠나갈 수 있거나 오랜 작별을 고할 수 있겠습니까? 폐하께서 이미 찬 술잔을 더 채울 수가 없는 까닭에, 그리고 망가진 수레는 더 이상 탈 수 없는 까닭에, 저의 기원은 폐하께서 어찌하여 제가 더 이상 국가의 짐을 감당할 수 없는지를 헤아리셔서, 제가 고향 땅으로 돌아가 여생을 채우고 황제의 성은을 영원히 노래하도록 허락해 주십사 하는 것입니다."

The Emperor read this memorial and wrote the reply with his own hand: "Your Excellency's great office and influence have been a blessing to all the people. Your experience has been of immense service to the State. Your prestige and weight have held the empire steady. In olden days Ta-kong and So-kong aided the kingdom of Cho till they were nearly a hundred, and helped in the minutest affairs of government. Your Excellency has not yet reached the limit of age when office is laid down, and though you excuse yourself and desire to retire I cannot[p288]grant it. The pines and the firs of the forest look with contempt upon the snow and are strong in spirit, while the willows have their leaves stripped from them when they meet the cold winds, because they are not courageous in soul. Your Excellency is of the nature of the pine and the fir, how can you be anxious concerning a fate similar to that of the willow and the poplar?

황제는 이 상소를 읽고 손수 답신을 적었다.

"승상의 훌륭한 직무와 영향은 모든 백성에게 축복이었소. 그대의 경험은 국가에 막대한 봉사였소. 그의 위엄과 무게로 제국이 굳건하게 서 있었던 것이오. 옛날 태공과 소공이 거의 백 살에 이르기까지 조왕국에 협력하고, 정부의 소소한 일까지 도왔습니다. 상공은 관직을 내려놓을 나이의 한계에 아직 이르지 않았고, 비록 그대가 스스로를 삼가고 물러나고 싶어 하지만, 나로선 허락할 수 없소. 숲 속의 소나무와 전나무가 눈을 하찮게 보고 기운이 강하지만, 버드나무는 그 혼에 용기가 없는 까닭에 찬바람을 만나면 잎들을 벗어버리지요. 상공은 소나무와 전나무의 본성을 가졌는데, 어찌하여 버드나무와 목련의 운명과 비슷한 것을 걱정할 수 있겠소?

"As I behold you, you seem as young as ever; your strength has not diminished since the day you first took office. It is as vigorous as it was when you crossed the Wee Bridge to fight against the rebels. Though you say you are old I do not accept it. By all means change your attitude from that of So-boo[45]and aid me in my government. This is my decision."

"내 그대를 보니, 어느 때 만큼이나 젊은 것 같소. 상공이 처음 공직을 맡은 날 이후로 그 강골은 감퇴되지 않았소. 그것은 반란군과 싸우기 위해 위교를 건널 때 만큼이나 원기왕성하오. 상공이 늙었다고 말하나 나는 납득하지 않소. 소부의 태도를 고집 말고 반드시 바꿔서 나의 조정에서 도와주시오. 이것이 나의 결정이오."

The Master, when a disciple of the Buddha, had received the mysteries of the doctrine from the teacher on Nam-chon hills. He had there tasted its refining influence, so that now, though his age was far advanced, he still showed no signs of decay, and the people referred to him as one of the immortals. This is why the Emperor so worded his reply.

부처의 제자였을 때, 사부는 남전산 도사로부터 신비로운 가르침을 받았다. 그는 거기서 그것의 신묘한 위력을 체험했던 까닭에 이제 나이가 많이 되어서도 여전히 쇠락의 표시를 나타내지 않았다. 그래서 사람들은 그를 신선으로 여겼다. 바로 이것이 황제가 답신할 때 그를 그렇게 표현했는지 하는 이유이다.

But the Master again memorialised the Throne so earnestly that his Majesty called him and said: "Your Excellency has so persuasively made request to retire, that though my desire is on no account to accede to you, still I find I must. If you should go far away to your own state and reside there, there would be no one to whom I could refer the more pressing affairs of the kingdom. Now, also, that the Empress Dowager has taken her departure to the distant regions, how can I bear to part for so long from[p289]Blossom and Orchid? To the south of the city, forty li distant, there is a special palace called the Green Mountain Castle where King Hyon-jong used to go to escape the hot season. It is quiet and retired and is just such a place as old age could enjoy and delight itself in. I give this to you."

그러나 사부는 다시 황제에게 아주 진실하게 상소하니, 폐하는 그를 불러 말했다.

"상공은 은퇴의 요청을 너무 설득력 있게 만들어 비록 내가 그대에게 동의할 이유가 없음에도 불구하고 내가 그리 해야 함을 알게 되었소. 만약 그대가 멀리 자신의 나라로 떠나 거기에 거주한다면, 아주 급박한 국무를 논의할 사람이 없을 터. 또한 지금은 태후께서 먼 길을 떠나셨으니, 어떻게 그리 오래토록 블라썸과 오키드로부터 떨어져 살아갈 수 있겠소? 도성의 남쪽으로 사십리 정도에 녹산성[251] 이라 불리는 특별한 궁이 있소. 현종께서 무더위를 피하러 가시던 곳이었소. 그곳은 조용하고 한적하여서 노년을 즐기며 홀로 기뻐할 수 있는 장소로 안성맞춤이오. 내 이 성을 그대에게 주겠소."

So he issued a proclamation making the Master the honorary Chief of the Literati, and appointing to him five thousand extra homes to exalt his rank, while he relieved him of all the arduous duties of active office.[p290]

251 취미궁

그래서 그는 사부를 한림원 명예원장으로 임하여 그의 지위를 올리기 위해 오천 호의 여분 집을 하사하는 한편, 현직의 힘든 모든 의무를 면해 주었다.

Chapter XVI The Answer: Back to the Buddha
제16장 결국 부처에게로 돌아감

THE Master was exceedingly grateful for this Imperial favour and bowed low and gave thanks. He then removed his whole household to Green Mountain Castle, which was among the hills to the south of the city. The towers were all in good repair and the views from their tops, beautiful beyond comparison, were like the fairy vistas of the Pong-nai Hills.

사부는 이런 황제의 은혜에 매우 감복하여, 절하며 감사했다. 그런 다음 그는 도성의 남쪽 산들 가운데 있는 녹산성으로 집을 옮겼다. 망루들이 잘 수리되었고, 그 꼭대기에서 보는 비교할 수 없이 아름다운 광경은 봉래산 신선의 경지와 같았다.

The main hall was empty and there he placed the Imperial rescripts and orders. In the inner pavilion he made the two Princesses live and the six sisters. Day by day in company with his household he visited the groves and streams, enjoyed the light of the moon, or went into the valleys to seek cherry blossoms. There they wrote verses as they sat under the shade of the pines, or played on the harp, so that all who knew of it spoke with admiration of their happy old age.

중앙당[252]은 비어 있어, 그는 거기에 황제의 포고와 명령을 보관했다. 내부 누각에는 두 공주와 여섯 자매들이 기거하는 곳으로 만들었다. 그는 매일 식구들과 함께 숲과 개울을 찾아다녔고, 달빛을 즐기거나 매화꽃을 보기 위해 계곡으로 들어갔다. 소나무 그늘에 앉았을 때, 그들은 시를 쓰고, 혹은 거문고를 연주하며 놀았다. 그래서 아는 사람들은 그들의 행복한 노년을 경탄했다.

Desiring quiet, the Master no longer saw guests or callers.

평안하게 지내려는 마음으로 양사부는 손님이나 방문자를 만나지 않았다.

On the 16th of the 8th Moon, which was his birthday, a great feast was held at which all the members of his clan were present. It lasted for ten days, during which time the whole place was astir. When it was over and quiet had returned, the retired mode of life was resumed.

음력 팔월 십육일, 그의 생일날, 자기 씨족 구성원들 전체가 참석한 가운데 거창한 잔치가 열렸다. 그런 생활이 십일 동안 지속되었

252 정전(正殿)

다. 그럴 때면 성 전체가 떠들썩했다. 잔치가 끝나면 평안이 되돌아오고, 한적한 생활양식이 재개되었다.

A little later came the 9th Moon, when the buds of the chrysanthemum began to open and the so-yoo[p291]berries bloomed red on the high peaks and ledges of the hills.

조금 지나 구월이 되자, 국화 꽃봉오리가 열리기 시작했고, 산수유 열매가 높은 봉우리와 언덕 바위턱을 붉게 물들였다.

To the west of Green Mountain Castle was a high tower from which a view of the Chin River was to be had, stretching a hundred miles, silvery and clear in its long expanse of water. The Master greatly enjoyed this view, and one day he took the two Princesses and the six ladies with him to the top. Each had a wreath of chrysanthemum flowers encircling her brow, and as they looked off over the autumn valleys they passed the glass together. Suddenly the descending sun cast a shadow from the neighbouring peak that ran a shaft of darkness over the wide stretch of plain. The Master drew forth his green stone flute and began to play. The tune was one plaintive beyond expression, as though heaped-up sorrows and hidden tears had broken forth upon them. The ladies' hearts were overcome with sadness, joy departed, and deep, long shadows closed down upon the soul.

녹산성의 서편에 높은 망루가 있는데 거기서는 은빛으로 맑은 긴 물길로 팔백 리를 뻗어나가는 진천이 눈에 들어온다. 사부는 이 광경을 즐겁게 감상했는데, 어느 날 그는 두 공주와 여섯 여인을 데리고 꼭대기로 갔다. 각자 국화꽃으로 화관을 만들어 썼고, 그들은 가을 계곡을 굽어보면서 함께 술잔을 돌렸다. 떨어지는 태양은 갑작스레 드넓은 평원 위로 어둠의 축을 던져 이웃 봉우리부터 차츰 그늘을 던져갔다. 사부는 옥퉁소를 끄집어내 불기 시작했는데, 그 가락은 쌓여왔던 슬픔과 숨겨왔던 눈물이 왈칵 쏟아져 그들 앞으로 덮쳐오는 듯 이루 말할 수 없을 만큼 애처로웠다. 여인들의 마음은 슬픔에 휩싸여, 기쁨은 사라지고 깊고 긴 그늘이 혼을 뒤덮었다.

The two Princesses asked "Your Excellency has won everything in the way of honour and fame. You are rich in goods that you have long enjoyed, with which the world blesses you – something but rarely seen. When you are so happily circumstanced, with a beautiful world outstretched before you, and the golden flowers dropping their petals at your feet, why should you suggest sadness and sorrow? With our loving hearts around you, too, what more could you have of what the world calls happiness? The notes of your flute break our hearts and cause our tears to flow. You never did this before; what does it mean, pray?"[p292]

두 공주가 물었다.

"상공께서는 명예와 명성에 관련한 모든 것을 얻었습니다. 오래토록 향유할 것들도 풍부합니다. 그로 인해 세상은 상공을 찬미하지요. 이것은 쉬 볼 수 없는 일이지요. 상공 앞에서 펼쳐진 화려한 세계와 발 앞에 꽃잎을 뿌려주는 황금색 꽃들과 함께 그렇게 행복한 조건에서, 어찌하여 슬픔과 비탄을 암시하셔야 합니까? 또한 상공을 에워싼 우리들의 아끼는 마음들이 있는데, 세상이 행복이라고 부르는 것과 관련하여 무엇을 더 가질 수 있겠습니까? 공의 퉁소에서 나오는 음들은 우리 마음을 부수고 눈물이 흐르도록 만드는 군요. 상공께서는 이전에 이런 적이 없으셨는데, 무엇을 기원하시는 바이신지요?"

Then the Master threw away the flute, drew aside, and resting on the railing of the balcony, pointed to the darkening landscape and said: "When I look north a stretch of level country greets me as far as the eye can see; one dismantled hill-top only breaks the view. The falling light of the evening permits me to see indistinctly amid the long grass the ruined A-bang Palace where dwelt the Emperor Chin-see. When I look west the lonely winds rustle the dry reeds of the evening as the mists crown the hill over the deserted tomb of Moo-jee of Han, As I look east, a white wall encircles a hill, and a red-tiled palace rises skyward over which the moon now casts its beams. The marble railings show no one resting on them, for it is the long-vacated palace of Hyon-jong, where he dallied his days away with the famous woman Yang Kwi-pee. Alas, these were all kings of great renown, who made their gates of the surrounding sea, and their court of the far-stretching world. All the people were their subjects, and were at their service as courtiers or mistresses. Their mighty powers and talents were enlisted in search of the eternal Pong-nai Hills where they might enjoy unending bliss for ever."

그러자 사부는 퉁소를 던지고 옆으로 떨어져 현관 난간에 기대서 어두워지는 풍경을 가리키며 말했다.

"내가 북으로 보면, 눈이 볼 수 있는 곳까지 멀리 평평하게 뻗은 농촌이 나를 맞이하오. 그런데 허물어진 구릉 하나가 그 광경을 어그러뜨립니다. 석양빛이 옛날 진시황이 거주하던 허물어진 아방궁을 저렇게 긴 풀밭 가운데서 희미하게 보도록 하지요. 내가 서쪽으로 보면 외로운 바람이 한나라 무제의 버려진 무덤 너머 산에 안개 왕관을 씌우면서 저녁의 마른 갈대로 하여금 바스락 소리를 내도록 합니다. 내가 동쪽을 보면, 하얀 벽이 산 하나를 둘러싸고 붉은 벽돌 왕궁이 하늘로 치솟고 그 위로 달이 광선을 던지는구려. 현종이 유명한 양귀비를 희롱하면 놀던 시절이 지나가고 오래토록 비워진 그곳, 그 대리석 난간에는 기대는 이도 없습니다. 아, 이런 것들이 모두 둘러싼 바다를 자기들 문으로 삼고 멀리 뻗은 세상을 자기 궁궐로 삼았던 큰 명성으로 한 시대를 살았던 왕들의 것이오. 만인이 자기들 백성이며, 신하나 궁녀로서 복무했지요. 그들의 위력과 재능은 그들이 영원히 끝나지 않는 환희를 누리는 곳, 불멸의 봉래산을 찾는 데 편입되었습니다."

"I, So-yoo, in my boyhood was a poor scholar, but I have been blessed with enduring favours from his Majesty, and elevated to the highest rank. The members of my household have lived together in sweetness and accord till this time of old age. If it had not been for the affinity of a former existence, how could this have been? By reason of this mysterious bond it has all come to pass. When the term fixed for this mortal life is completed, we must part;[p293]and when once death has swept us away, even this lofty tower shall fall and the fair lake beneath us shall be dried up. This palace hall, where to-day is music and dancing, will be overgrown with grass and the mists will cover it. Children who gather wood or feed their cattle on the hillside will sing their songs and tell our mournful story, saying: 'This is where Master Yang made merry with his wives and family. All his honours and delights, all the pretty faces of his ladies, are gone for ever."

"나, 소유는 소시 적에 가난한 서생이었지만, 폐하의 지속적인 성은을 입어 가장 높은 지위에 올랐습니다. 우리 집의 구성원들은 행복하게 함께 살아왔고, 노년에 이르기까지 조화로웠지요. 전생의 인연이 아니었다면, 이것이 어떻게 이뤄질 수 있었겠습니까? 이렇게 신기한 유대 때문에 모든 일이 순조로웠습니다. 이런 운명적 삶에 붙박아놓은 기간이 완료되었을 때, 우리는 헤어져야 합니다. 그리고 죽음이 우리를 휩쓸어 가버렸을 때, 이렇게 높은 망루조차도 무너지며 우리 아래에 있는 아름다운 호수 또한 말라버릴 것입니다. 오늘 음악과 춤이 있는 이 궁궐 또한 잡초로 무성해지며 안개가 뒤덮어버릴 것입니다. 산 옆에서 나무를 줍거나 가축을 먹이는 아이들이 노래를 부르며 우리의 애처로운 사연을 이야기할 것입니다. 이렇게 말이지요. '이곳이 양사부가 자기 부인들과 가족과 더불어 즐거웠던 곳이야. 그의 명예와 즐거움 모두, 아내들의 아름다운 얼굴들 모두가 영원히 사라졌지."

"The boy who gathers wood and the lad who cares for the cattle will look upon this place of ours just as I look upon the palace and tomb of the kings that have gone before us. When I think of it, a man's life is only the span of a moment after all.

"나무를 줍던 소년과 가축을 돌보던 청년은, 지금 내가 우리 이전에 떠나간 왕들의 궁전과 무덤을 바라보는 것과 똑같이, 바로 우리가 있는 이곳을 올려다 볼 것입니다. 그것을 한번 생각해본다면, 인생이란 결국 한 순간의 짧은 길이에 불과합니다."

"There are three religions on earth, Confucianism, Taoism, and Buddhism. Among the three, Buddhism is the most spiritual; Confucianism deals with terrestrial matters and has to do with the duties of man to man. It helps to pass on names to posterity. Taoism is related to the misty and unknown, and though it has many followers there is no proof of its verity.

"세상에는 유교, 도교, 불교, 세 가지 종교가 있습니다. 그 셋 중에 불교가 가장 영적입니다. 유교는 지상의 문제를 다루어서 사람에 대한 사람의 의무와 관계되지요. 그것은 이름을 후세에 떨치는 데 도움을 주지요. 도교는 애매한 것과 미지의 것에 관계되면서 많은 신도들이 있으나 그 진리성의 증거가 없습니다."

"Since I gave up office I have dreamed of meditation before the Buddha. This is proof of my affinity with the God. Just as Chang Cha-pang [46] followed Chok Song-ja, the fairy, I, too, must say farewell to my home and go to the distant shore, there to seek the Merciful Buddha, ascend the Sacred Hall, and bow low before his image. The Way that has no birth and no death beckons to me and puts off all the sorrows of life. To you with whom I have spent so many happy days I must say a long farewell, and so my sorrow[p294] and loss is expressed by the sad notes of the green stone flute."

"내가 공직을 던진 이래로, 부처 앞에서의 명상을 꿈꿔왔습니다. 이것이 나와 신의 인연을 증거하는 것이지요. 바로 장자방이 신선 적송자를 따라갔듯이, 나 역시 우리 집안과 이별하고 먼 기슭으로 가서 자비로운 부처를 찾아 성전으로 올라 그의 상 앞에서 굽혀 절해야 하겠습니다. 생사가 없는 그 길이 나를 부르고, 나는 삶의 모든 슬픔을 벗고자 하오. 그렇게 숱한 행복한 날들을 함께 보낸 그대들에게 오랜 작별을 고해야 하겠소. 그때문에 옥퉁소의 슬픈 음색은 나의 슬픔과 상실을 표현하는 것이었소."

The ladies in their former existence had been the eight fairies who lived on Nam-ak Mountain. Now they had fulfilled their human affinity, and hearing the Master's word they were moved by it and said each to the other: "In the midst of all his affluence the Master's speech is evidently at the command of God, We eight sisters who have lived our life in these inner quarters and have bowed night and morning before the Buddha shall await the departure of our lord. When he goes he will assuredly meet the Enlightened One and the righteous friends who have gone before him and will hear the words of life. Our humble wish is that after he has attained he may be pleased to teach us the way."

전생에서 그 여인들은 남악에 살던 여덟 선녀였다. 이제 그들은 인간의 인연을 채웠고, 자기들을 감동시키는 사부의 말을 듣고는 서로에게 말했다.

"이 모든 풍요로운 삶 중에도 사부님의 말씀은 분명히 하늘의 명령에 가 있어. 내부 구역에서 우리 인생을 살아오면서 아침저녁으로 예불을 올려온 우리 여덟 자매들은 다가올 우리 주인과의 이별을 기다리고 있었던 것이다. 그분이 떠나시면, 그는 확실히 성불자와 그보다 앞서 간 올곧은 벗들을 만나서 인생에 대한 이야기들을 들을 것이야. 우리의 보잘 것 없는 소원은 그분이 성불한 다음 그가 우리에게 그 길을 가르치는 즐거움을 누리도록 비는 것이다."

The Master, greatly delighted, said: "Since your hearts are one with mine in this you need have no fear. I start to-morrow."

사부는 크게 기뻐하며 말했다.

"너희들 마음이 이렇게 내 마음과 하나이기 때문에 아무 걱정할 필요가 없을 것이오. 나는 내일 떠날 것입니다."

The ladies all said: "We shall each raise the glass that wishes you great peace on the eternal way."

여인들이 하나 같이 말했다.

"우리는 공께서 영원한 길에서 큰 평화를 이루시기를 기원하는 잔을 들겠습니다."

Just at the moment when they had given orders to the serving maids to bring the glasses, the fall of a staff was heard on the stone pavement beyond the open balcony. They exclaimed: "Who has come, I wonder?"

그들이 하녀들에게 술을 가져오라고 명하는 바로 그 순간, 지붕 없는 현관 너머 돌바닥에 지팡이 떨어지는 소리가 들렸다. 그들은 큰소리로 말했다.

"대체 누가 온 거지?"

Immediately an old priest appeared before them with eyebrows an ell long and eyes like the waves of the blue sea. His appearance and his behaviour were mysterious and wonderful. He ascended the tower, sat down before the Master, and said: "A dweller from the hills seeks audience with your Excellency."

즉시 한 자 길이의 눈썹과 파란 바다의 파도 같은 눈을 한 노승이 그들 앞에 나타났다. 겉모습과 행동은 신비했고 경이로웠다. 그는 망루로 올라와서 사부 앞에 앉고는 말했다.

"산 속 거주자가 상공을 뵈려 합니다."

Already the Master knew that he was no common[p295]man, so he arose quickly and made a respectful obeisance as he replied: "Whence comes the honoured teacher?"

사부는 이미 그가 보통사람이 아님을 알고서, 빠르게 일어나 경의를 표하고 말했다.

"명예로운 선생님께서 어찌하여 오셨습니까?"

The old priest made answer: "Do you not know an old friend? I have heard before that you had a gift for forgetfulness, and now I find that it is true."

노승은 답했다.

"그대는 옛 친구를 모르는가? 나는 이전에 그대가 망각의 재능을 가졌다고 들었는데[253], 지금 그것이 옳음을 알겠군요."

The Master looked carefully and then he thought he recognised the face, but he was not sure. Suddenly he recollected, and turning to the ladies said: "When I went into Tibet against the rebels, in my dream after I had shared the feast of the Dragon King and was on my way home, I went for a little up the Nam-ak Hills and saw an aged priest sitting in the seat of the Master reciting with his disciples the sacred sutras of the Buddha. The priest whom I saw there is the same who greets me now."

사부는 주의 깊게 살피고는 그 얼굴을 식별할 것 같았지만 확실하지 않았다. 갑자기 기억이 나자 여인들에게 몸을 돌려서 말했다. "반란을 진압하러 티베트로 갔을 때, 용왕의 잔치를 함께하고 집으로 오는 길에 꿈에서 남악에 올라서 사부의 자리에 앉아 제자들에게 불경을 암송해주던 노승을 만났소. 거기서 내가 보았던 스님이 지금 내가 마주한 똑같은 사람이오."

The priest clapped his hands, laughed and said: "You are right, right. You remember, however, seeing me in your dream only; the ten years that we spent together you have forgotten all about. Who would say that the Master Yang was an enlightened man?"

스님은 손을 마주치며 웃고는 말했다.

---

253 원문에서는 귀인은 잘 잊는다는 옛 말을 인용하고 있다.

"맞습니다. 맞아요. 기억하셨군요. 그럼에도 불구하고 꿈에서만 보았다고 기억하는군요. 그대가 모두를 잊은 것 같은데, 우리가 함께 십년을 보냈다오. 양사부가 깨달은 사람이라고 누가 말하겠는가?"

Yang, not knowing what he meant, replied: "When I was sixteen I was still with my parents. I then passed my examinations and from that time entered office, and did not again leave the capital till I went south as envoy. My next journey was to put down the Tibetans. There is no place that my feet have travelled over that I do not recall. When did I spend ten years with you, sir? "

그의 말을 이해 못한 양은 답했다.

"제 나이 열여섯 살이었을 때까지 저는 여전히 부모님과 함께 살았습니다. 그리고는 과거에 급제하고 그로부터 관직에 들어가 사신으로 남으로 가기까지 도성을 떠나보지 못했습니다. 저의 그 다음 여정은 티베트인들을 진압하는 길이었습니다. 제 발이 딛고 지나갔음에도 제가 회상하지 못할 곳이 없습니다. 제가 언제 선생님과 함께 십년을 보냈는지요?"

The priest looked sad and said: "Your Excellency has not yet awakened from your dark dream."

스님은 슬픈 표정으로 말했다.

"상공께서 아직도 자신의 어두운 꿈에서 깨어나지 못하셨군요."

"Have you, great teacher, any means of awakening me?" asked Yang.[p296]

양이 물었다.
"대선사님, 저를 일깨울 수가 있습니까?"

"That is not difficult," said the priest. He raised his stone staff and struck the railing, when suddenly a white cloud arose all about them that came forth from the recesses of the hills till it enclosed the tower and made all dark and indistinct so that no one could see.

"그건 어렵지 않지요."
스님이 말하고는, 자기 돌 지팡이를 들어 난간을 치자, 느닷없이 하얀 구름이 모두를 싸고 망루를 에워싸서 아무도 알아볼 수 없을 정도로 완전히 어둡고 불분명해질 때까지 산의 후미진 곳에서 피어났다.

The Master, bewildered as in a dream, called loudly: "Will the Teacher not teach me the true way, instead of applying to me the terrors of magic?" He did not finish what he was about to say, for suddenly the clouds moved off and everybody had disappeared, including the priest and the eight ladies. He was greatly alarmed and mystified, and looked with wonder to find the tower with its ornamented curtains, but it also had passed from view. He turned his eyes upon himself to find his body, and there he was sitting cross-legged on a little round mat in a silent temple. There was an incense brazier before him from which the fires had died out. The moon was descending towards the west. He felt his head and it had just been shaved, with only the prickly roots noticeable. A string of a hundred and eight beads was round his neck, and there he was a poor insignificant priest with all the glory of General Yang departed from him. His mind and soul were hopelessly confused and his heart beat with trepidation. He suddenly awakened and said: "I am Song-jin, a priest of Yon-wha Monastery."

꿈속에서와 같이 어리둥절해진 사부는 큰 소리로 불렀다.

"대선사님, 저에게 마술로 두려움을 일으키는 대신에 진정한 길을 가르치지 않으시겠습니까?"

그는 갑자기 구름이 이동해 사라지고 또한 스님과 여덟 여인과 더불어 모두가 사라졌기 때문에, 막 하려던 말을 마치지도 못했다. 그는 크게 놀라고 또 이해하지 못했고, 장식용 차양을 드리운 망루를 놀라운 마음으로 살펴보았다. 그런데 그것 또한 시야에서 사라졌다. 눈을 자기 몸을 찾기 위해 두리번거리자, 그는 조용한 절 안의 작고 둥근 방석에 양반 다리로 앉아 있었다. 그의 앞에는 향로가 있었고, 불은 꺼져 있었다. 달은 서쪽으로 지고 있었다. 그는 자기 얼굴을 감각했고, 겨우 가시같이 느껴질 뿌리만 남기고 막 면도까지 되어 있었다. 백여덟 개 구슬의 목걸이가 자기 목에 걸렸으며, 양장군의 모든 영광은 사라지고 빈약해 보잘 것 없는 스님이 되어 있었다. 그의 정신과 혼은 절망적으로 뒤죽박죽이었고, 마음은 공포로 쿵쾅거렸다. 그는 갑자기 깨어나서 말했다.

"나는 연화 수도원의 중인 성진이다."

As he thought over the past he remembered how he had been reprimanded and what had followed. He recalled his flight to Hades and how he had transmigrated into human life; how he had become a clansman of the Yang family; his passing the[p297]examination and becoming a high Hallim; his promotion to the rank of General, and later to be the head of the entire official service; how he had memorialised the Emperor to resign his office; his retirement with the two Princesses and the six ladies how he had enjoyed music and dancing and the notes of the harp and lute; how he had drunk wine and played at go, and had lived his days in pleasure. Now it was all as a passing dream.

그가 과거를 돌아보자 자신이 얼마나 질책을 당했고 그로 인해 이어진 일들이 기억났다. 그는 지하세계로의 여행과 어떻게 인간의 삶으로 환생했는지를 떠올렸다. 어떻게 양씨 가문의 씨족이 되었는지, 과거에 급제하고 최고위 한림이 되었던 일, 장군의 지위로 진급한 일, 이후 공직 최고위가 되었던 일, 공직에서 물러나기 위해 황제에게 상소했던 일, 두 공주와 여섯 여인과 더불어 은퇴하여 음악과 춤을 즐겼던 일, 거문고와 퉁소의 음들, 술을 어떻게 마셨고, 장기를 어떻게 두었는지, 어떻게 생을 즐겁게 살았는지 등을 회상했다. 마침내 그것 모두는 지나가는 꿈이었다.

Then he said: "The Teacher indeed, knowing my great sin, sent me forth to dream this dream of life so that I might learn the fleeting character and instability of all earthly things and the vain loves of human kind."

그때 그는 말했다.

"나의 큰 죄를 아신 대선사께서 정말로 인생이라는 꿈을 꿔보도록 나를 보내서 모든 세속의 일들의 덧없는 성격과 불안정, 인류의 부질없는 애착[254]을 배우도록 하셨구나."

So he hastened to the stream of water rushing by and washed his face, put on his priest's cassock and hat and went to take his place among the disciples before the Teacher. When they were arranged in order the Teacher called with a loud voice and said "Song-jin, how did you find the joys of mortal life?"

그래서 그는 옆에서 세차게 흐르는 개울로 서둘러 가서 세수하고 그의 중들의 모자와 평상복을 입었다. 그리고는 대선사 앞의 제자들 중에 자기 자리로 갔다. 그들의 자리가 정리되자, 선사는 큰 목소리로 불렀다.

"성진아, 어떻게 너는 인간 삶의 즐거움을 찾기는 했느냐?"

254 원문에는 성진의 부귀와 번화한 일 그리고 남녀의 정욕이 허망한 것이다라는 사실만이 서술되어 있다.

Song-jin bowed, shed tears, and said: “I have at last come to realise what life means. My life has been very impure and my sins I can lay at no one’s door but my own. I have loved in a lost and fallen world, where for endless kalpas I should have suffered sorrow and misery had not the honoured Teacher by a dream of the night awakened my soul to see. In the ages to come I can never, never sufficiently thank Thee for what Thou hast done for me.”

성진은 절을 하고 눈물을 흘리며 말했다.

“저는 결국 인생의 의미를 깨달았습니다. 제 삶은 아주 불순했고, 저의 죄를 내 자신 이외에 어느 다른 누구에게도 놓을 수 없었습니다. 저는 길잃고 타락한 세상에서 사랑했지만, 슬픔과 불행을 겪어가야 할 영겁 때문에 제 혼이 볼 수 있도록 일깨우지 못한 것을 대선사께서는 그날 밤 한순간의 꿈으로 일깨우셨습니다. 다가오는 세월 동안 선사님께서 저에게 하신 은혜에 충분히 보답할 수는 결코 없을 것입니다.”

The Teacher said: “You have gone abroad on the wings of worldly delight and have seen and known for yourself. What part have I had in it, pray? You say that you have dreamed a dream of mortal life [p298]upon the wheel and that now you think the two to be different, the world and the dream itself; but that is not so. If you think it so it will show that you are not yet awakened from your sleep. Master Chang became a butterfly, and the butterfly became Master Chang.

Was Chang's becoming a butterfly a dream, or was the butterfly's becoming Chang a dream? You, Song-jin, now think yourself reality, and your past life a dream only; you do not reckon yourself one and the same as the dream. Which shall I label the dream, you Song-jin, or you So-yoo?"

선사가 말했다.

"너는 세속적 희열의 날개를 타고 떠났으며, 네 스스로 보고 알았느니라. 내가 그 안에 어떤 부분을 맡았겠는가? 너는 네가 윤회의 수레바퀴 위의 인간 삶에 대한 꿈을 꾸었고, 이제 세상과 꿈 그 자체, 그 둘이 다르다고 생각한다고 말한다. 하지만 그것은 그렇지 않다. 만약 네가 그렇게 생각한다면, 그것은 네가 아직 잠에서 깨어나지 않았음을 보여줄 것이다. 장사부[255]는 나비가 되었고, 그 나비가 장사부가 되었다. 장사부가 나비가 된 것이 꿈인가, 아니면 나비가 장사부가 된 것이 꿈인가? 너 성진은 이제 네 자신을 현실이라 생각하고 네 과거 삶은 꿈일 뿐이라 생각하는구나. 너는 네 자신이 그 꿈과 하나이며 동일하다고 생각하지 않는다. 내가 어느 것을 꿈이라 하겠느냐? 너 성진? 아니면 너 소유?"

Song-jin replied: "I am a darkened soul and so cannot distinguish which is the dream and which is the actual reality. Please, Teacher, open to me the truth and let me know."

---

255 장자

성진이 답했다.

"저는 어두운 혼입니다. 그래서 어느 것이 꿈이고 어느 것이 실제 현실인지 분별할 수 없습니다. 부디 선사님께 제게 진리를 열어주시어 알게 하십시오."

The Teacher said: "I shall explain to you the Diamond Sutra to awaken your soul, but there are other and new disciples whom I am shorty expecting. I await their coming."

선사는 말했다.

"내가 너에게 혼을 깨우기 위해 금강경을 설명하겠다. 그러나 내가 기대하는 새로 다른 제자들이 올 것이니 올 때까지 잠시 기다리겠다.

Before he had ended speaking the gate-keeper came in to say: "The eight fairies of Lady Wee who called yesterday have again arrived before the gate and desire to see the Great Teacher."

그가 말을 마치기 전에 문지기가 들어와 말했다.

"어제 부르셨던 위부인의 여덟 선녀가 다시 문 앞에 당도하여 대선사님을 뵙고자 합니다."

They were invited in, and as they entered they joined hands and bowed, saying: "We maids, though we wait upon Lady Wee, are untaught and unlearned and have never known how to repress the lawless workings of the soul. Our earthly desires have gone forth after sin and evil in the dream of mortal life and there is no one to save us but the Great Teacher, who in love and mercy Himself came to call us.

그들은 안으로 초대받았고, 들어서자 손을 모으고 절했다.

"비록 우리가 위부인을 모시고 있지만, 우리 여인들은 훈련받지도 배우지도 못했습니다. 그래서 혼의 망령난 작용을 억누를 방법을 몰랐습니다. 우리의 세속적 욕망은 인간 삶이라는 꿈속 죄악을 뒤쫓아 갔습니다. 그런데 거기엔 사랑과 자비로 우리를 불러주신 대선사님 이외에 우리를 일깨워 구원할 아무도 없었습니다."

"We went yesterday to Lady Wee, confessed our sins and wrongdoings and asked forgiveness. Now[p299]we have bade a long farewell to her, and have come home to the Buddha. We humbly pray that the Great Teacher will forgive our many shortcomings and tell us the way to the blessed life."

"우리는 어제 위부인께 가서 우리들의 죄와 악행을 고백했으며 용서를 빌었습니다. 마침내 우리는 그녀에게 긴 작별을 고하고 부처님 전 고향으로 돌아왔습니다. 아뢰옵건대 대선사께서 우리의 많은 결함을 용서하시고 복된 삶으로 가는 길을 가르쳐주시기 바랍니다."

He answered: "Though your desire is one greatly to be praised, the law of the Buddha is deep and hard to attain. It cannot be learned in a moment of time. Unless there be great earnestness and a deep heart of longing it can never be attained. I ask that you fairy maidens think well over it before you decide."

그는 답했다.

"비록 너희들의 마음이 크게 칭찬받을 만한 것이지만, 불법은 성취하기에 깊고 어렵다. 그것은 한순간에 개우치지 못하는 것이다. 대단한 성실성과 그를 갈망하는 깊은 마음이 없다면, 결코 성취될 수 없다. 나는 너희 선녀들이 결정하기 전에 그에 대해 잘 생각하기를 청하노라."

The eight fairies then withdrew, washed the rouge and colour from their faces and put aside the silks and satins in which they were bedecked. They took scissors and cut away their clouds of floating hair, and again entered to say: "We have made the necessary changes in our persons and will take the teaching of the Master with sincere and faithful hearts."

그러자 여덟 선녀들이 물러나서 자기들 얼굴의 연지곤지를 지웠고, 그들을 감싸 장식한 비단과 공단을 옆으로 치웠다. 그들은 가위를 잡고 자기들의 구름처럼 떠다니는 머리카락을 잘랐다. 그리고는 다시 들어와 말했다.

"우리는 각자 필요한 변화를 실천했고, 성실하고 충실한 마음으로 선사님의 가르침을 받겠습니다."

The Teacher answered: "Good, good. Since you eight have thus shown your true and earnest purpose, why should I longer withhold the Truth from you?"

선사가 답했다.
"잘 했군, 잘 했어. 너희 여덟 명이 자기 진실한 마음과 성실한 목표를 보여준 상황에서 어찌하여 내가 너희들로부터 진리를 더 이상 거둬들이겠느냐?"

Then he led them to their places in the Hall of the Buddha and made them recite the Sacred Sutras and the Chin-on. Thus did Song-jin and the eight priestesses awaken to the truths of religion and become partakers of the Buddha.

그러고는 그가 그들을 불당 안의 각자 자리로 인도하고, 금강경과 진언을 강론했다. 그리하여 성진과 여덟 여승들은 종교적 진리를 깨우치고 불제자가 되었다.

The Great Teacher, seeing the faithfulness and devotion of Song-jin, called his disciples to him and said: "I came from a far distant world to the Empire of the Tangs in order to preach the Truth. At last I have found one who can take my place and the time has come for me to go."

성진의 충실성과 헌신을 확인한 대선사는 제자들을 불러서 말했다. "나는 멀리 떨어진 세계에서 당제국으로 진리를 강론하기 위해서 왔다. 마침내 나의 자리를 맡아줄 사람을 발견하였고, 이제 떠날 때가 온 것이다."

He took his cassock, his alms-dish, water-bottle, his ornamented staff, his Diamond Sutra, gave them[p300]to Song-jin, bade farewell, and took his departure to the west.

그는 자기 평상복, 발우, 물병, 장식된 지팡이, 금강경 따위를 집어서 성진에 주었고, 작별을 고하고는, 서쪽으로 떠났다.

From this time Song-jin became chief of the disciples on the heights of Yon-wha and taught the Doctrine, so that fairies, dragons, demons and men all revered him as they did the late Great Teacher. The eight priestesses, too, served him as their master, drank deeply of the Doctrine, and at last they all reached the blissful heights of the Paradise to come.[p301]

이때부터 성진은 연화봉 불제자들 중 수장이 되어 교리를 가르쳤으니, 선녀들과 용들과 악마들과 인간들 모두가 이전의 대선사에게 했던 것과 같이 그를 존경했다. 여덟 여승들 또한 그를 자기들 사부로 모셨고, 교리를 깊이 흡수했으며, 결국 그들 모두가 다가오는 극락의 더 없는 환희의 경지에 도달하였다.

Appendix

[1] Page 3. —The worship of the hills. This religion of the East finds its origin in a passage of the "Book of History" which reads, "King Soon (2255-2205 B.C.)offered sacrifice to God, to the six Honourable Ones, to the hills and streams, and to the multitude of spirits."

Since that far-away time mountains have been regarded as divinities, presiding over the fortunes of the State and the welfare of the King, and as such have had prayers and sacrifices constantly offered to them.

산 숭배. 동양의 이런 종교는 그 기원을 <사기>의 문구에서 찾을 수 있다.

"순임금(2255-2205 B.C.)은 하늘에, 여섯 존귀한 대상에, 산과 강에, 다수의 귀신들에게 제물을 바쳤다.

먼 옛날부터 산들이 국가의 운, 왕의 안녕 따위를 주관하는 신령한 것들로 간주되었다. 그리고 그 자체로 그것들에 항상 제공되는 기도와 제물이었다.

[2] Page 3. —Deluge. In the "Book of History" there is an account

of a deluge that lasted for nine years, from which the people were saved by the might of Ha-oo (2205-2197 B.C.).

대홍수. <사서>에는 9년 간 지속된 대홍수에 대한 설명이 있는데, 사람들이 하우(2205-2197 B.C.)의 능력에 의해 대홍수로부터 구조되었다.

[3] Page 4.－Chin See-wang. (221-209 B.C.). This is the king who built the Great Wall of China; he is likewise famed for having destroyed all the libraries and literature of the kingdom, saying that it was a source of pride and contention, and of no service to the State. For this his unblessed name has been handed down through the centuries as keul-e to jok, the "thief of literature."

진시황(221-209 B.C.). 이 사람은 중국의 장성을 쌓은 왕이다. 그는 왕국의 도서관과 문학을 그것들이 자만과 다툼의 원천이며 국가에 아무런 도움이 되지 않는다고 말하면서 파괴해버린 것으로도 유명하다. 이에 따라 그의 악명은 수세기에 걸쳐 '글의 도적'(문학의 도둑)으로 전래되었다.

[4] Page 10.－Talma. He was the 28th, or last of the Indian patriarchs, Boddhidarma.

달마. 그는 '보드히다르마'라는 인도의 족장들 중 28대 혹은 마지막이었다.

[5] Page 16. ―Chee-jang. The God of the Buddhists, who has supreme charge of all earthly things, and under whose commands the King of Hades is supposed to act.

지장. 세속의 모든 일들을 최고 책임을 지는 불교도의 신이며, 그의 명령 하에 지하의 왕이 행동한다고 가정된다.

[6] Page 18. ―Saree. These are relics that are said to spring forth from the body of a faithful Buddhist, usually during cremation. They are guarded with great care, oftentimes having monumental stones placed over them; sometimes again they are swallowed by devoted disciples.

사리. 이것들은 충실한 불교도의 몸으로부터 대개는 화장 중에 튀어나온다고 이야기되는 유물이다. 그것들은 아주 조심스럽게 지켜지고, 종종 기념석들이 그것들 위에 놓인다. 때로는 그것들이 다시 헌신적인 불제자들에 의해 삼켜지기도 한다.

[7] Page 20. ―Pong-nai Hills. One of the fabled abodes of the genii, supposed to belong to some celestial island in the Eastern Sea. The story of it dates from 250 B.C. The fairy inhabitants of the place are said to live on gems found on the sea-shore. The elixir of life is

also dug from its enchanted slopes.[p302]

봉래산. 우화로 꾸며진 신선들의 거주지들 중 하나인데, 동쪽 바다에 있는 어떤 천상의 섬에 속해 있다고 추측된다. 그에 관한 이야기는 기원전 250년에서 시작된다. 그곳의 선녀 거주자들은 바닷가 위에 세워진 보석들에서 산다고 전해진다. 그곳의 불로장생약은 또한 마법에 홀린 언덕 사면에서 나오는 약이다.

[8] Page 21. – Panak. A youth of great beauty who lived in the time of the Chin Kingdom, 300 A.D.

반악. 서기 300년 진 왕국 시대에 살았던 크게 잘 생긴 청년.

[9] Page 23. – Willows. Before the capital of ancient China there was a grove of willows where people said their farewells and where expressions of sorrow at departure were spoken; hence the willow became the token of special love. It is the first tree, too, of springtime to announce by its blush of green the happy season.

버드나무. 고대 중국의 수도 이전에 버드나무로 이뤄진 작은 숲이 있었는데, 거기서 사람들은 작별 인사를 했으며, 거기서 이별의 슬픔에 대한 표현이 말해 지고, 그리하여 버드나무는 특별한 사랑의 증표가 되었다. 그것은 또한 그 녹색을 띤 홍조에 의해 행복한 계절을 알리는 봄날 첫 나무이다.

[10] Page 30. —Koo Sa-ryong. He was a noted rebel who attacked the State during the period of the Tangs, 840 A.D.

구사량. 그는 당 시대인 서기 840년 동안 국가를 공략했던 유명한 반란자였다.

[11] Page 37. —Nakyang. This city lies south of the Yellow River, not far from the great elbow where the stream turns east, and its name to-day is Ho-nan. The capital mentioned in the story is modern Si-an, or Si-ngan, that lies about 250 miles directly west.

낙양. 이 도시는 황하 이남에 있다. 그곳은 그 강이 동쪽으로 방향을 트는 대 굴곡으로부터 멀지 않다. 오늘날의 그 이름은 허난이다. 그 이야기 속에 언급되는 도성은 약 250마일 서쪽에 있는 근대의 시안이다.

[12] Page 19-43. —Superior Man. This is a translation of the term koon-ja, which means a man of superior virtue. Learning and training play their part, but goodness is thesine quâ non for this great master. His superior, again, in the scale of immortals is the "Sage," or holy man.

군자. 우월한 미덕을 갖춘 사람을 뜻한다. 학습과 훈련이 각자 역

할을 하지만, 이런 대사부에게는 덕성이 필수적인 것이다. 인간들의 규모에 따라 다시 군자는 '현자' 혹은 성인으로 불린다.

[13] Page 46.－Examinations. According to the old laws of China the official examinations were held only in the years of the intercalary moon, but special examinations might be held at other times with the permission of His Majesty.

과거. 중국의 옛 법에 따르면 공식적인 과거는 윤달이 있는 해에만 열린다. 하지만 특별한 과거는 황제 폐하의 허가에 따라 다른 시기에 열리기도 한다.

[14] Page 49.－Princess Tak-moon. The daughter of a great Croesus of China, B.C. 150, she has become associated with the most famous of all historic scandals. Through the influence of his skill upon the lute, she became enamoured of the scholar and poet, Sa-ma Sang-yo, and, contrary to all the laws that govern widows and keep them exclusively to the memory of their late husband, she eloped with him. Her name is universally associated to-day with the delights and charms of sweet music.

탁문 공주. 기원전 150년 중국 거부의 딸이다. 그녀는 모든 역사적 추문들 중 가장 유명한 사건과 관련되었다. 그의 퉁소 연주 기량의 영향력을 통하여 그녀는 사마 상여 같은 학자와 시인에 반하게 되었고, 과부로 하여금 죽은 남편을 기억하며 배타적으로 대하도록 지배하는 모든 법률과 상반되게 그녀는 그와 눈이 맞아 도망했다. 그녀의 이름은 오늘날 보편적으로 매력적인 음악의 환희와 매력과 연관된다.

[15] Page 50. －Yi Tai-baik. The most famous of China's poets. He lived from 699 to 762 A.D., in the Tang Kingdom, a hundred years or so before the time of this story. He claimed, as this story depicts, that he was one of the genii, exiled for a period to this dusty, troubled world.

이태백. 중국 시인들 중 가장 유명한 그는 이 이야기의 시대보다 백년 여 앞선 시기인 당 왕조 시대인 서기 699년부터 762년까지 살았다. 이 이야기가 그리듯이 그는 자신이 선선들 중 한명이며 일정 기간 동안 이렇게 더럽고 구차한 세상에 유배되었다고 주장했다.

[16] Page 50. －Han Moo-je. Died B.C. 87. He is one of[p303]the most famous Emperors of China. At first he was a great lover of Confucian literature, but later this love waned and he became a devotee of Taoism. He is said to have visited the famous Western Queen Mother, So Wang-mo, who kept her court of paradise on the tops of the Kuen-luen Mountains. She also visited him, and this has become the most famous incident in the life of this Emperor, who reigned for over fifty years.

한무제. 기원전 87년에 죽었다. 그는 중국의 가장 유명한 황제들 중 한명이다. 처음에 그는 유교 경전의 애독자였지만, 나중에 이런 애정이 시들고 도교에 귀의한다. 그는 유명한 서역의 어머니 여왕을 방문했다고 전해진다. 그녀는 곤륜산 정상에서 자신의 낙원궁을 지키던 왕모였다. 그녀 또한 그를 방문했고, 이것은 오십년 넘게 통치했던 이 황제의 생애 동안 제일 유명한 사건이 되었다.

[17] Page 56.－The Division of the Sexes. This custom has been strictly observed in Korea up to the present time, and forbids not only acquaintance but even the seeing of women and girls by members of the male sex. According to the law of Confucius, brothers and sisters were divided at seven years of age, the girls to abide thereafter in the inner quarters, while the boys were to live their lives outside this enclosure.

이성 간 구분(남여유별). 이런 관습은 한국에서는 오늘날까지도 엄격하게 준수되어 왔고, 남성에 의한 여성과의 교제뿐만 아니라 여자들과 소녀들을 보는 것까지도 금지한다. 유교의 법에 따라서 형제들과 자매들은 일곱 살이 되면 분리되고, 소녀들은 이때부터 내부 구역 안에 기거한다. 그러나 소년들은 이런 구획 바깥에서 자기들 삶을 살아간다.

[18] Page 58.－The Feast of Lanterns. Held as a prayer to the first

full moon of the year. One of the great sacrificial seasons of the Far East.

등축제. 그해 첫 보름에 기도한 행사로 열린다. 극동에서 가장 큰 희생의식의 계절 등 중 하나.

[19] Page 58. —Kok Kang. In the year 785 A.D. King Tok-jong, on the 1st day of the 2nd Moon, called his ministers and made them come to the Kok Kang Pavilion and write for him. The commemoration of this event has become a festival for the literati, and is called the Kok Kang Assembly.

곡강. 서기 785년 덕종왕은 음력 2월 1일에 신하들을 불러 그들을 곡강루에 오도록 하여 자기를 위해 글을 쓰도록 했다. 이런 행사의 기념은 선비들의 잔치가 되었고, 곡강 집회로 불렸다.

[20] Page 64. —Wang So-geun. This marvellous woman, by her beauty, brought on in the year 33 B.C. a war between the fierce barbarian Huns of the north and China Proper. She was finally captured and carried away, but rather than yield herself to her savage conqueror, she plunged into the Amur River and was drowned. Her tomb on the bank is said to be marked by undying verdure.

The history of Wang So-geun forms the basis of a drama, translated by Sir John Davis, and entitled "The Sorrows of Han."

왕소군. 미모로 경이적인 이 여성은 기원전 33년에 흉포한 북방의 훈족과 중국 본토 사이의 전쟁을 몰고 왔다. 그녀가 자신을 야만적 정복자에게 양도하기 보다는 끝내 체포되어서 압송되었는데, 그녀는 아무르 강에 몸을 던져 익사했다. 강기슭의 그녀 무덤에는 불명의 생기라고 새겨져 있다고 전해진다.

왕소군의 역사는 <한나라의 슬픔>이란 제목으로 존 데이비스 경이 번역한 드라마의 토대를 형성한다.

[21] Page 73.－The Hoi Examination. This is the second regular examination taken by those who have passed the first. The Chon is a special examination taken before the Emperor.

회시. 이 시험은 첫 번째 시험을 통과한 사람들에 의한 두 번째 정규 시험이다. 전은 황제 앞에서 치르는 특별 시험이다.

[22] Page 73.－Hallim. The term hallim means a member of the college of literature, a literary senator.[p304]

한림. 이 한림이라는 용어는 문과 대학의 구성원, 문학적 고령자를 뜻한다.

[23] Page 86.－So Wang-mo (Western Queen Mother). A great divinity of Taoism, who is supposed to dwell in her paradise on the tops of the Kuen-luen Mountains, Tibet. For thousands of years she

has been regarded as the chief of the genii, and kings and emperors have become immortalised from having had audience with her. She dwells by the "Lake of Gems," near whose border grow the peach trees of the fairies. Anyone eating of this fruit will live for ever. The gentle messengers who carry her despatches are the "azure pigeons" mentioned so often in Far Eastern stories.

서왕모(서역의 어머니 여왕). 티베트의 곤륜산 정상에 있는 낙원에 거주한다고 가정되는 도교의 큰 성인이다. 수천 년 동안 그녀는 신선들의 우두머리로서 간주되어왔으며, 왕과 황제들은 그녀를 알현하고서부터 불멸하는 존재가 되었다. 그녀는 선녀들의 복숭아 나무가 자라는 '보석담' 경계 근처에서 산다. 이 과일을 먹는 누구나 영원히 산다. 그녀의 운송 대리인들을 데리고 다니는 관대한 사신들은 극동의 이야기들에 매우 자주 언급되는 '하늘색 비둘기'이다.

[24] Page 102.－Song Ok. He was a great poet of the fourth century B.C. His teacher was Kool-won, who was drowned in the Myok-na River. Song Ok, by supernatural power, called up the dead spirit of his teacher and talked with him.

송옥. 그는 기원전 4세기의 위대한 시인이었다. 그의 사부는 굴원이었는데, 멱나강에서 익사했다. 초자연적 힘에 의해 송옥은 자기 스승의 죽은 영을 불러냈고, 그와 이야기까지 나눴다.

[25] Page 105. —Cho Yang-wang (650 B.C.). He met a fairy from Moo-san Mountains and lived with her. Her way of going and coming was by becoming rain in the evening and visiting him, and by becoming a cloud in the morning and so sailing away.

조양왕(650 B.C.). 그는 무산 출신의 선녀를 만났고, 그녀와 살았다. 그녀의 가고오는 방식은 저녁에 비가 되어 그를 방문하는 것이었고, 아침에는 구름이 되어 흘러가는 것이었다.

[26] Page 126. —Wang Ja-jin. A man of the time of Han Myong-je (58 A.D.), who became one of the genii. He was a magistrate of a far distant county, and yet he came the first day of every month to pay his devotions to the Emperor. His Majesty, amazed at his coming thus over so impossible a distance, had an officer commissioned to watch and find out how he came. This official, when the time came for Ja-jin's arrival, was on the look-out and saw two ducks flying toward the capital. He caught them in a net, when suddenly they changed into a pair of shoes. The shoes, on being examined, turned out to be a pair that the Emperor had given to Ja-jin.

When the time of Ja-jin's departure from the earth came, a green stone coffin descended from heaven. Ja-jin, seeing it, said that God was calling him. He then bathed and took his place in the coffin; the lid arose of itself and covered the top. A grave was found made without human hands just outside the city, where he is said to be buried.

왕자진. 한명제(서기 58년)시대의 신선이 된 남자다. 그는 어느 변방의 군 현령이었지만, 그는 매달 초하루에 황제에 대한 헌신을 보이기 위해 왔다. 그렇게 오기에 불가능한 거리임에도 계속되는 그의 방문에 놀란 폐하는 그가 오는 방식을 감시하고 밝히는 임무를 한 관리에 맡겼다. 자진이 도착할 시간이 다가오자 이 관리는 망루에 있었고, 도성을 향해 날아오는 두 오리를 보았다. 그는 오리들을 그물로 잡았는데, 그때 갑자기 그들이 한 짝의 신발로 변했다. 검사받은 그 신발은 황제가 자진에게 하사한 한 짝으로 밝혀졌다.

자신이 땅을 떠날 시간이 되자 옥돌관이 하늘에서 내려왔다. 그것을 본 자신은 하늘이 자신을 부른다고 말했다. 그러고는 그는 목욕하고 관에 자리를 잡았다. 뚜껑이 저절로 열리고 위에서 닫혔다. 한 무덤이 도성의 바로 바깥에 인간의 손을 빌리지 않고 조성되었고, 거기에는 그가 매장되었다고 전해진다.

[27] Page 127. −Nong-ok (sixth century B.C.). She was the wife of Wang Ja-jin, the most renowned of all China's flautists.[p305]She learned from him, and when they played together it is said they brought down angel-birds (phoenixes)from the sky to hear them.

농옥(기원전 6세기). 그녀는 왕자진의 아내였다. 전체 중국의 퉁소 연주자들 중 제일 유명한 사람이다. 그녀는 그에게서 배웠고, 그들이 함께 연주할 때면, 하늘로부터 불사조를 내려오게하여 듣게 했다고 전해진다.

[28] Page 129. - Yo, Soon. These are the two most famous rulers of patriarchal China. Their names are associated in Korea with the golden age of the world, and are passed from lip to lip as the ultimate of righteous kingship. Their story is told in the sacred "Book of History."

요순. 이들은 가부장적 중국의 가장 유명한 통치자 두 명이다. 그들 이름은 한국에서 연결되어 태평성대의 세계를 의미한다. 입에서 입으로 전해져서 올곧은 왕도의 최고를 뜻한다. 그들의 이야기는 <사기>에 나온다.

[29] Page 143. - The Three Relationships. The subject's duty to his sovereign; the son's duty to his father; the wife's duty to her husband.

삼강. 주권자에 대한 신하의 의무, 아버지에 대한 아들의 의무, 남편에 대한 아내의 의무.

[30] Page 144. - The Primary Laws. These are the Five Laws for which special honour is done Confucius, as the great sage who emphasised their importance. They are: duty to the king; duty to a father; duty to an older brother; duty to a husband; duty to a friend.

오륜. 다섯 가지 법으로서 그것들의 중요성을 강조한 위대한 현자인 공자가 특별한 명예를 부여했다. 임금에 대한 의무, 아버지에 대한 의무, 형에 대한 의무, 남편에 대한 의무, 친구에 대한 의무.

[31] Page 145. —The Six Forms. These have to do with marriage, and may be defined as: 1st, the announcement; 2nd, asking the name; 3rd, choosing the day; 4th, making the presents; 5th, settling the various times; 6th, performing the ceremony.

여섯 가지 결혼 예식. 결혼과 관련된다. 첫째, 공표, 둘째, 이름 묻기, 셋째, 택일, 넷째, 폐백, 다섯째, 시간 정하기, 여섯째, 예식.

[32] Page 149. —Six Laws. These pertain to the art of warfare, and are explained in the famous treatise said to have been written by the Duke Kang-tai, who flourished in the twelfth century B.C. The six divisions are marked respectively by the names Dragon, Tiger, Ideograph, Warrior, Leopard, Dog.

육도. 전쟁의 기술로서 기원전 12세기에 활약했던 강태공이 썼다고 알려진 책자에 설명되고 있다. 용, 호랑이, 표의문자, 전사, 사자, 개 등 이름의 여섯 부분으로 각각 표시된다.

[33] Page 149. —Eight Diagrams. These are sets of lines divided and undivided, arranged in threes, which, when combined in double

sets, form the basis of "the Book of Changes," the most famous literary work of Far Eastern Asia.

팔괘. 분리되고 되지 않은 선들의 묶음 체계로서 세 개씩 정렬된다. <역서>를 바탕으로 하여 이중 묶음으로 연결되는데, 극동 아시아의 가장 유명한 문헌이다.

[34] Page 156. —The Dragon King. He is said to live in the crystal palace, in the bottom of the sea, and to be the giver of rain. As the tiger is regarded as the king of the mountains, so the dragon rules the deep. The chief Dragon King presides over the Four Seas, while the lesser dragon kings hold court in such places as Nam-hai, Tong-jong, etc.

용왕. 그는 바다 밑바닥의 유리성에 살면서 비를 내려주는 존재라고 전해진다. 호랑이를 산의 왕으로 여기는 것처럼, 용이 바다 밑을 지배한다는 것이다. 우두머리 용왕은 사해를 관할하는 한편, 더 작은 용왕들은 남해, 동정호 등과 같은 지역의 용궁을 지배한다.

[35] Page 160. —Grandmother of the Moon. There was a[p306] man in the time of the Tangs called Wi-go, who greatly desired to get married. Once, while he was going on a journey he saw an old woman sitting in the moonlight reading a book, while she leaned her back against a linen sack. Wi-go asked what book she was reading, and she replied that it was a book of the marriages of all the earth.

Again he asked, "What is in the sack?" "Red string," said she. "When once I have tied the feet of those who are destined for each other with this red cord the whole world cannot keep them apart."

달의 할머니. 당나라 시대 위고라는 사람이 있었다. 그는 결혼하기를 아주 열망했다. 한번은 그가 여행을 하는 동안 달빛 아래서 책을 읽으며 앉아 있는 늙은 여인을 보았다. 그녀는 아마포 부대에 등을 기대고 있었다. 위고는 무슨 책을 읽는지 물었고, 그녀는 온 세상의 결혼에 관한 책이라고 답했다. 그가 다시

"거기 부대 안에 무엇이 있습니까?"

물으니, 그녀는 "빨간 끈"이라면서 "한번은 내가 이 붉은 끈으로 서로 운명적으로 결연된 사람들의 발을 묶었는데, 온 세상이 그들을 떼어놓을 수 없었다,"

라고 답했다.

[36] Page 174. —Transmigration of Souls. This is a teaching that came in with Buddhism, and has had a ruling place in the thought of the East for 2000 years. A righteous life in this present age means a step upward in the next existence, which, if continued, will at last bring one to Nirvana. Sin brings one lower and lower till at last it lands the guilty one in the hells that await the lost.

혼의 윤회. 이는 불교에서 내려오는 가르침이며, 2000년 동안 동양의 사상으로 통했다. 현세의 올바른 삶은 내세의 한 단계 상승을

의미한다. 이런 삶이 계속된다면, 결국에는 열반으로 가게 된다. 죄는 사람을 점점 더 낮은 단계로 가도록 하여, 죄 지은 자는 결국 죽은 자를 기다리고 있는 지옥에 당도한다.

[37] Page 178.－Weaving Damsel. She is one of the celestial lovers. Her sweetheart, the herdsman, is supposed to be the star b [beta] in Aquila, while she is the star a [alpha] in Lyra. They are lovers who, by the abyss of the Milky Way, are separated all the year round, till the 7th night of the 7th Moon, when the magpies of the earth assemble and form a bridge over the chasm and enable them to meet. This is one of the Orient's most famous legends.

직녀. 그녀는 천상의 연인들 중 하나이다. 그녀의 사랑인 견우는 독수리자리의 베타별에 있는 한편, 그녀는 거문고자리의 알파별에 산다. 그들은 은하수의 심해에 의해 한 해 동안 내내 떨어져 살아야 하는 연인 관계이다. 그러다 음력 7월 7일이 되면, 지상의 까마귀들이 모여서 그들 사이 갈라진 틈에 다리를 놓아 만날 수 있게 했다. 이것은 동양의 가장 유명한 전설들 중 하나이다.

[38] Page 179.－Panso. She is the most noted of ancient literary women. Her brother is one of the first historians of the East, and after his death she, at the command of the Emperor, carried on what he had begun.

반소. 고대의 문학 여성들 중 가장 유명한 인물. 그녀의 남자 형제는 동양 최초 역사가들 중 한 명이며, 그가 죽은 후 그녀는 황제의 명에 의해 그가 시작했던 작업을 수행했다.

[39] Page 180. −Pi-yon (first century B.C.)A famous dancing girl who, by her grace and loveliness of form, won the name of Pi-yon, Flying Swallow, and became the first favourite of the Emperor. So gifted was she in the touch of the toe that she could dance on the open palm of the hand.

비연(기원전 1세기). 심신의 품위와 아름다움으로 '나는 제비'란 의미의 비연이란 이름을 얻은 유명한 무희이며, 황제가 총애하는 인물이 되었다. 발가락의 움직임에 아주 재능이 있어서 손바닥 위에서 (물구나무를 서서)춤을 출 수 있었다.

[40] Page 208. −Seven Precious Things. 1st, the full moon; 2nd, lovely ladies; 3rd, horses; 4th, elephants; 5th, the guardians of the treasury; 6th, great generals; 7th, wonder-working pearls.

칠보. 첫째, 보름달, 둘째, 사랑스런 여인, 셋째, 말, 넷째, 코끼리, 다섯째, 재산 관리인, 여섯째, 대장군, 일곱째, 경이로운 진주 작품.

[41] Page 219. −The left hand. While in the East the right hand is really the place of honour if we judge by evidences[p307]of

antiquity, still in ordinary usage the left comes first. In the marriage here mentioned, Princess Blossom takes precedence of Princess Orchid.

좌측. 우리가 고대의 증거로 판단한다면, 동양에서 우측은 실로 명예의 자리이다. 그럼에도 불구하고 일반적인 사용에서 좌측이 제일이다. 여기 언급된 결혼에서 블라썸 공주가 오키드 공주에 비해 우선순위를 차지한다.

[42] Page 248. －Che Kal-yang. He is the great Napoleonic leader of China 200 B.C. Hang-oo and Pom-jing, who lived shortly before the beginning of the Christian era, were lesser lights in the world of the warrior.

제갈량. 기원전 200년 중국의 나폴레옹과 같은 위대한 지도자. 서양 기원의 시작 전에 짧게 살았던 항우와 범증은 전사들의 세계에서 약간 덜한 인물들이다.

[43] Page 265. －A-whang; Yo-yong. These were two sisters, daughters of the Emperor Yo (2288 B.C.), who, like Leah and Rachel, were given to his successor as his faithful wives. Tradition relates that they journeyed south with him till they reached Chang-o, where he died. They wept, and their tears, falling on the leaves, caused to come into being the spotted bamboo.

아황과 여영. 이들은 자매들인데, 요 황제의 딸들이다. 황제는 레아와 레이철과 같이 충실한 아내로서 자기 왕위 계승자에게 그들을 보냈다. 전통적으로 전해지기를, 그와 함께 남방을 여행했는데, 창오에 도착하여 그가 죽었다. 그들은 울었고, 그들의 눈물이 나뭇잎에 떨어졌는데, 그것이 점박이 대나무를 생기게 만들었던 것이다.

[44] Page 272.－Im, Sa. Two famous women of China, who lived 1122 B.C.

임-사(태임과 태사). 기원전 1122년에 살았던 중국의 유명한 여인들.

[45] Page 288.－So-boo (Nest-Father). He is a legendary being said to have lived B.C. 2357, and to have made his home in a tree; hence his name. He was a man of singular uprightness, who greatly influenced his age for good. Once, when offered the rule of the empire by the great Yo, he went and washed his ears in the brook to rid them of the taint of worldly ambition.

수부(둥지 남자). 그는 전설적인 인물로 기원전 2357년에 살았고 나무에 집을 지었다고 전해진다. 그는 특이하게 곧은 사람으로서 동시대의 덕성과 관련 상당한 영향을 미쳤다고 한다. 한번은 요왕의 명에 의해 제국의 통치를 제안 받았는데, 그는 세속적 야망의 오점을 지워버리기 위해서 시내 가에 가서 귀를 씻었다.

[46] Page 293. — Chang Cha-pang. One of the founders of the Han Dynasty (206 B.C.)and one of China's three great heroes. Mayers says: "At the close of his official career he renounced the use of food and prosecuted the search for the elixir of life under the guidance of a supernatural being, but failed to attain immortality."

장자방. 한 왕조의 창립 공신들 중 한명이며 중국의 위대한 세 영웅들 중 한 명. 공직을 마감한 그는 음식의 섭취를 사양하고 초자연적 존재의 보호 아래 불로장생약 탐색을 추구했지만, 불멸성을 성취할 수 없었다.